# 巴山夜雨

张恨水 著
高荣生 绘

人民文学出版社

图书在版编目（CIP）数据

巴山夜雨/张恨水著；高荣生绘. —北京：人民文学出版社，2016
ISBN 978-7-02-011913-4

I. ①巴… II. ①张…②高… III. ①长篇小说—中国—现代 IV. ①I246.5

中国版本图书馆 CIP 数据核字（2016）第 185801 号

责任编辑　陈建宾
装帧设计　崔欣晔
责任印制　王重艺

出版发行　人民文学出版社
社　　址　北京市朝内大街 166 号
邮政编码　100705
网　　址　http://www.rw-cn.com

印　　刷　三河市西华印务有限公司
经　　销　全国新华书店等

字　　数　551 千字
开　　本　880 毫米×1230 毫米　1/32
印　　张　23.75　插页 1
印　　数　5001—10000
版　　次　2017 年 5 月北京第 1 版
印　　次　2017 年 12 月第 2 次印刷

书　　号　978-7-02-011913-4
定　　价　78.00 元

如有印装质量问题，请与本社图书销售中心调换。电话:010-65233595

# 目　录

| 第 一 章 | 菜油灯下 | 001 |
| 第 二 章 | 红球挂起 | 017 |
| 第 三 章 | 斯文扫地 | 035 |
| 第 四 章 | 空谷佳人 | 053 |
| 第 五 章 | 自朝至暮 | 072 |
| 第 六 章 | 魂兮归来 | 105 |
| 第 七 章 | 疲劳轰炸 | 136 |
| 第 八 章 | 八日七夜 | 165 |
| 第 九 章 | 人间惨境 | 195 |
| 第 十 章 | 残月西沉 | 217 |
| 第十一章 | 蟾宫折桂 | 250 |
| 第十二章 | 清平世界 | 276 |
| 第十三章 | 各得其所 | 295 |
| 第十四章 | 茅屋风光 | 326 |

| 第 十 五 章 | 房牵萝补 | 355 |
| 第 十 六 章 | 家教之辱 | 382 |
| 第 十 七 章 | 我的上帝 | 402 |
| 第 十 八 章 | 鸡鸣而起 | 435 |
| 第 十 九 章 | 内科外科 | 464 |
| 第 二 十 章 | 生财有道 | 516 |
| 第二十一章 | 有了钱了 | 526 |
| 第二十二章 | 西窗烛影 | 550 |
| 第二十三章 | 未能免俗 | 579 |
| 第二十四章 | 月儿弯弯 | 614 |
| 第二十五章 | 群莺乱飞 | 646 |
| 第二十六章 | 天上人间 | 678 |
| 第二十七章 | 灯下归心 | 706 |

# 第一章　菜油灯下

四川的天气，最是变幻莫测，一晴可以二三十天。当中秋节前后，大太阳熏蒸了一个季节，由两三场雷雨，变成了连绵的阴雨，一天跟着一天，只管向下沉落。在这种雨丝笼罩的天气下，有一排茅草屋，背靠着一带山，半隐沉在烟水雾气里。茅草檐下流下来的水，像给这屋子挂上了排珠帘。这屋子虽然是茅草盖顶，竹片和黄泥夹的墙壁，可是这一带茅草屋里的人士，倒不是生下来就住着茅草屋的。他们认为这种叫做"国难房子"的建筑，相当符合了时代需要的条件。竹片夹壁上，开着大窗户，窗户外面，一带四五尺宽的走廊。虽然是阴雨沉沉的，在这走廊上，还可以散步。我们书上第一个出场的人物李南泉先生，就在这里踱着步，缓缓来去。他是个四十多岁的男子，中等身材，穿了件有十年历史的灰色湖皱旧夹衫，赤着脚，踏上了前面翻掌的青布鞋。两手背在身后，两肩扛起，把那个长圆的脸子衬着向下沉。他是很有些日子不曾理发，头上一把向后的头发，连鬓角上都弯了向后。在这鬓角弯曲的头发上，很有些白丝。胡楂子是毛刺刺的，成圈的围了嘴巴。他在这走廊上，看了廊子外面一道终年干涸的小溪，这时却流着一弯清水。把那乱生在干溪里的杂草，洗刷得绿油油的。溪那面，也是一排山。树叶和草，也新加了一道碧绿的油漆。

在这绿色中间，几条白线，错综着顺着山势下来，那是山上的积雨，流下的小瀑布,瀑布上面,就被云雾遮掩了,然而还透露着几丛模糊的树影。这是对面的山峰,若向走廊两头看去,远处的山和近处人家,全埋藏在雨雾里。这位李先生,似乎感到了一点画意,四处打量着。由画意就想到了那久已沦陷的江南。他又有点诗意了。踱着步子,自吟着李商隐的绝句道:"君问归期未有期,巴山夜雨涨秋池。"有人在走廊北头窗子里发言道:"李先生在吟诗?佳兴不浅!"李南泉道:"吴先生,来聊聊天罢,真是闷得慌。"吴先生是位老教授,六十岁了。他穷得抽不起纸烟,捧着一支水烟袋走出屋子来。他虽捧了水烟袋,衣服是和这东西不调和的。乃是一套灰布中山服,而且颜色浆洗得惨淡,襟摆飘飘然,并不沾身。他笑道:"真是闷得慌,这雨一下就是十来天。可是下雨也有好处,不用跑警报了。"李南泉笑道:"老兄忙什么,天一晴,敌机就会来的。"吴先生手捧着水烟袋正待要吸烟,听了这话,不由得嗐了一声,因道:"我们这抗战,哪年才能够结束呢?东西天天涨价,我们还拿的是那永远不动的几个钱薪水。别的罢了,贵了我就不买。可是这米粮涨价,那就不得了,我吴春圃也是个十年寒窗的出身,于今就弄成这样。"说着,他腾出一只捧水烟袋的手,将灰布中山服的衣襟,连连牵扯了几下。李南泉把一只脚抬了起来,笑道:"你看看,我还没有穿袜子呢,袜子涨了价不是,干脆,我就打赤脚。好在是四川打赤脚,乃是最普通的事。"

吴春圃笑道:"许多太太也省了袜子,那可不是入乡随俗,是摩登。"李南泉摇摇头道:"不尽然。我太太在南京的时候,她就反对不穿袜子,理由是日子久了,鞋帮子所套着的脚板,会分出了一道黑白的界线,那更难看。"李太太正把厨房里的晚餐作好,端了一碗煮豇豆走过来,她笑道:"你没事,讨论女人的脚。"李南泉道:"无非是由生活问题上说来,这是由严肃转到轻松,大概还不致于落到低级。"吴先生鉴于他夫妻两个近来喜欢抬杠,恐怕因这事又引起了他们的争论,便从中插上一句话道:"阴天难受,咱们摸四圈吧?"李太太一听到打牌,就引起了兴致。把碗放在窗户台上,牵了牵身上穿的蓝布大褂,笑道:"吴先生能算一角,我就来。"吴先生默然地先吸了两袋水烟,然后喷着烟向李南泉笑道:"李先生不反对吗?"李南泉笑道:"我负了一个反对太太打牌的名声,其实有下情。一个四个孩子的母亲,真够忙的,我的力量,根本已用不起女佣人,也因为了她身体弱,孩子闹,不得不忍痛负担。她一打牌去了,孩子们就闹得天翻地覆。统共是两间屋子,我没法躲开他们。而我靠着混饭吃的臭文章,就不能写。还有一层……"李太太摇着手道:"别说了,我们不过是因话答话,闹着好玩,你就提出了许多理由,住在这山旮旯里,什么娱乐也没有,打小牌输赢也不过是十块八块儿的,权当了打摆子。"说着,端起那碗菜,走进屋去。李先生看看太太的脸色,有点向下沉,还真是生气,不便再说什么,含着笑,抬头看对面山上的云雾,隔溪有一丛竹子,竹竿被雨水压着,微弯了腰,雨水一滴滴地向下落,他顺眼看着有点出神。吴先生又吸了两袋烟,笑道:"李太太到南方这多年了,还说的一口纯粹的北平话。可是和四川人说起话来,又用地道的四川话。这能说各种方言,也是一种天才。你瞧我在外面跑了几十年,依然是山东土腔。"李南泉分明知道他是搭讪,然而究是朋友一番好意,也就笑道:"能说各种方言,也不见得就是一种技能吧?"吴先生捧着水烟袋来回地在廊上走了几步,又笑道:"李先生这两天听到什么新闻没有?"李南泉道:"前两天到城里买点东西,接洽点事情,接连遇着两次警报,根本没工夫打听消息。"吴先生道:"报上登着,德苏的关系,微妙得很,德国会和苏联打起来吗?"李南泉笑道:"我们看报的人,最好新闻登到哪里,我们谈到哪里。国际问题,只有各国的首脑人物自己可以知道自己的事。就是对手方面的态度,他也摸不着。中国那些国际问题专家,那种佛庙抽签式的预言,千万信不得。"吴先生道:"我们自己的事怎样?敌人每到夏季,一直轰炸到雾季,这件事真有点讨厌。"李南泉道:"欧洲有问题,飞机没我们的份,而且……"说到这里,李太太由房门口伸出半截身子来,笑道:"你就别'而且'了。饭都凉了。难得阴天,晚上凉快,也可以早点睡。吃饭吧。"李先生一看太太,脸上并没有什么怒容,刚才的小冲突,算是过去了,便向吴先生点个头道:"回头我们再聊聊。"说着走进他的家去。

李先生这屋子,是合署办公式的。书房,客室,餐厅,带上避暑山庄的消夏室,全在这间屋子里。因为他在这屋子里,还添置了一架四川人叫做"凉板"的,乃是竹片儿编在短木架子上的小榻。靠墙一张白桌子上,点了一盏陶器菜油灯。三根灯草,飘在灯碟子里,冒出三分长的火焰。照见桌上放着一碗白煮老豇豆,一碗苋菜。另有个小碟子,放着两大片咸鸭蛋。李太太已是盛满了一碗黄色的平价米蒸饭,放到上手桌沿边,笑道:"吃罢。今天这糙米饭,是经我亲自挑剔过稗子的,免得你在菜油灯下慢慢地挑。"李先生还没有坐过来,下手跪在方凳子上吃饭的小女孩,早已伸出筷子,把那块咸鸭蛋,夹着放在她饭碗上。李太太过去,拍着女孩儿的肩膀道:"玲儿,这是你爸爸吃的。"玲儿回转头来看妈妈一眼,撇着嘴哇哇地哭了。李南泉道:"太太,你就让孩子吃了就是了。也不能让我和孩子抢东西吃呀!"李太太将手摇着小女儿道:"你这孩子,也是真馋,你不是已经吃过了吗?"李先生坐下来吃饭,见女儿不哭了。两个大的男孩子站在桌沿边扒着筷子,口对着饭碗沿,两只眼睛,却不住向妹妹打量。对妹妹那半边咸蛋,似乎特别感到兴趣。

她左手托着鸭蛋壳,右手作个兰花式,将两个指头钳着蛋黄蛋白吃。李先生放下筷子,把碟子里其余的半个蛋,再撅成两半,每个孩子,分了半截放在碗头。李太太道:"他们每个人一个蛋,都吃光了。你也并没有多得,分给他们干什么。这老豇豆老苋菜你全不爱吃,你又何必和孩子们客气?"李先生刚扶起筷子来,扒了两口饭,这就放下筷子来,长叹了一口气道:"我们能忍心自己吃,让孩子们瞪眼瞧着吗?霜筠,你吃了蛋没有?"他对太太表示亲切,特地叫了太太一声小字。李太太笑道:"哎呀!你就别干心疼了。每天少发两次书呆子牢骚,少撅我两次,比什么都好。"李南泉笑道:"我们原是爱情伴侣,变成了柴米夫妻,我记得,在十年前吧?我们一路骑驴去逛白云观。你披着青呢斗篷,鬓边斜插着一支通草扎的海棠花。脚下踏着海绒小蛮靴。恰好,那驴佚给你的那一支鞭子,用彩线绕着,非常的美丽。我在后面,看到你那斗篷,披在驴背上,实在是一幅绝好的美女图。那个时候,我就想着,我实在有福气,娶得这样一个入画的太太。"李太太笑道:"不要说了,孩子们这样大了,当着他们的面,说这些事情,也怪难为情吧?"李南泉道:"这倒不尽然。你看我们三天一抬杠,给孩子们的印象,也不大好。说些过去的事,也让他们知道,爹娘在过去原不是一来就板面孔的。"李太太道:"说到这点,我就有些不大理解。从前我年纪轻,又有上人在家里作主,我简直就不理会到你身上什么事。可是你对我很好。现在呢?我成了你家一个大脚老妈,什么事我没给你做到?你只瞧瞧你那袜子,每双都给你补过五六次。你就不对了,总觉得我当家不如你的意。"

她说这话,将筷子拌着那碗里的糙米饭,似乎感到不大好咽下去,只是将筷子拌着,却没有向口里扒送。李南泉道:"你吃不下去吧?"她笑道:"下午吃了两个冷烧饼,肚里还饱着呢。没关系,这碗饭我总得咽下去。"说着就把旁边竹几上一大瓦壶开水,向饭碗里倾倒下去,然后把筷子一和弄,站在桌子边,连水带饭,一口气扒着吃下去。李南泉道:"霜筲,你这样的吃饭,那是不消化的。"说着,他把苋菜碗端起来,也向饭碗里倒着汤。李太太道:"你说我,你不也是淘汤吃饭?明天我起个早,天不亮我就到菜市去,给你买点肉来吃。"李南泉道:"泥浆路滑,别为了嘴苦了腿。我也不那么馋。"李太太在门柱钉上扯下一条洗脸巾,浸在方木凳子上的洗脸盆里,对孩子们道:"来吧,我给你们洗脸。"玲儿已把那咸鸭蛋吃了个精光。她把小手托着那块鸭蛋皮送到嘴边上,伸长了舌头,只管在蛋壳里舔着。爬下椅子,走到母亲面前,她把那钳着蛋壳的手举了起来,指着母亲道:"妈!明天买肉吃,你不骗我呵!我们有七八天没有吃肉了。"李先生已把那碗淘苋菜汤的饭吃完了,放下筷子碗,摇摇头叹口气道:"听了孩子这话,我做爸爸的,真是惭愧死了。"李太太一面和孩子洗脸洗手,一面笑道:"你真叫爱惭愧了。她知道什么叫七八天?昨天还找出了一大块腊肉骨头熬豆腐汤呢。"李南泉笑道:"你看,你现在过日子过得十分妈妈经了。是几天吃一回肉你都记得。当年我们在北平、上海吃小饭馆子,两个人一点,就是四五样菜,吃不完一半全剩下了。"

李太太道:"怎么能谈从前的事,现在不是抗战吗?而且我们吃了这两三年的苦,也就觉悟到过去的浪费,是一种罪孽。"李南泉站起来,先打了个哈哈,点头道:"太太,你不许生气,我得驳你一句。即说到怕浪费,为什么你还要打牌?难道那不算浪费时间,浪费精力?而且,又浪费金钱。腾出那工夫你在家里写两张字,就算跟着我画两张画也好。再不然,跟着隔壁柳老先生补习几句英文,全比打牌强嘛!你不在家,王嫂把孩子带出去玩去了,我想喝口茶,还得自己烧开水;我不锁门,又不敢离开一步。你既决心做个贤内助,你就不该这样办。"李太太道:"一个人,总有个嗜好,没有嗜好,那是木头了。不过,我也想穿了,我也犯不上为了打小牌,丧失两口子的和气。从今以后,我不打牌了。"说时,他们家雇的女佣王嫂,正进来收拾饭菜碗,听了这话,她抿了嘴笑着出去。李南泉笑道:"你瞧见吗?连王嫂都不大信任这话。"李太太已把一个女孩两个男孩的手脸都洗完,倒了水,把桌上菜油灯加了一根灯草,而且换了一根新的小竹片儿,放在油碟子里,算是预备剔灯芯的,然后把这盏陶器油灯,放在临窗的三屉小桌上,笑向李先生道:"你来作你的夜课罢,开水马上就开,我会给你泡一杯好茶来。"她这么一交代,就有点没留神到手上,灯盏略微歪着,流了好些个灯油在手臂上。她赶快在字纸篓里抓了一把烂纸在手上擦着。不擦罢了,擦过之后,把字纸上的墨,反是涂了满手臂。

李南泉笑道:"这是何苦,省那点水,反而给你许多麻烦。"李太太笑道:"你不要管我了。你似乎还有点事。今天晚上凉快,你应该解决了吧?"李南泉道:"你说的那个剧本?我有点不愿写了。"李太太还继续将纸擦着手,不过换了一张干净纸。她昂着头问道:"那为什么?只差半幕戏了。假如你交了卷,他们戏剧委员会把本子通过了,就可以付咱们一笔稿费。拿了来买两斗米,给你添一件蓝布大褂,这不好吗?我相信他们也不会不通过。意识方面,不用说,你是鼓励抗战精神。情节也挺热闹的,有戏子,有地下工作人员,有汉奸,有大腹贾。对话方面……"李南泉微微向太太鞠了个躬,笑道:"先谢谢你。这完全是你参谋的功劳,纯粹的国语,而且是经过滤缸滤过的文艺国语。就凭这一点,比南方剧作家写的要好得多,准能通过。"李太太笑道:"老夫老妻,耍什么骨头?真的,你打半夜工,把它写完罢。"李南泉道:"我本来要写完的。这次进城,遇到许先生一谈之后,让我扫兴。人家是小说家,又是剧作家,文艺界第一流红人。可是,他对写剧本,不感到兴趣了。他说,剧本交出去,三月四月,不准给稿费。出书,不到上演,不好卖。而且轰炸季节里,印刷也不行。戏上演了,说是有百分之二或百分之四的上演税,那非要戏挣钱不可。若赔本呢,人家还怪你剧本写得不好,抹一鼻子灰。就算戏挣了钱,剧团里的人,那份艺术家浪漫脾气,有钱就化,管你是谁的。去晚了,钱化光了,拿不到。去早了,人家说是没有结帐。上演一回剧本,能拿到多少钱,那实在是难说。"

李太太道:"真的吗?"南泉道:"怎么不真,千真万确。这还是指在重庆而言。若论大后方其他几个城市,成都,昆明,贵阳,桂林,剧团上演你的剧本,那是瞧得起你。你要上演税,那叫梦话,你写信去和他要,他根本不睬,所以写剧本完全是为人做嫁的事。许先生那分流利的国语,再加上几分幽默感,不用说他用小说的笔法去布局,就单凭对话,也会是好戏。然而他没有在剧本上找到米,找到蓝布大褂。"李太太笑道:"这么一说,你就不该写剧本了。不过只差半幕戏,不写起来,怪可惜了儿的。"她说着,自去料理家务去了。李先生在屋子里来回走了几转,有点儿烟瘾上来,便打开三屉桌的中间抽屉。见里面纸张上面:放了小纸包印着黄色山水图案画的纸烟盒。上面有两个字:黄河。因道:"怎么着?换了个牌子。这烟简直没法儿抽。"那女佣人王嫂正进房来,便道:"朗个的?你不是说神童牌要不得,叫着狗屁牌吗?太太说,今天买黄河牌。比神童还要相因①些。"李先生摇摇头道:"这叫人不到黄河心不死。好烟抽不起,抽这烟,抽得口里臭气熏天,我下决心戒纸烟了。王嫂有火柴没有?"王嫂笑道:"土洋火咯,庞臭!你还是在灯上点吧。"李南泉把这盒黄河牌拿在手上踌躇了一会子,终于取了一支来,对着菜油灯头,把烟吸了。他的手挽在背后,走出房门来,在走廊上来回地踱着步。隔了窗户,见那位吴教授戴上老花眼镜,正伏在一张白木桌子上,看数学练习本。原来他除在大

---

① 相因,川语,便宜。

学当副教授之外,又在高中里兼了几点钟代数几何。

李先生一想,人家年纪比我大,还在作苦功呢,自己就别偷懒了。于是折转身来,走回屋子里去。那盏菜油灯,已添满了油。看那淡黄的颜色,半透明的,看到碟子底和三根灯草的全部。笑道:"今天的油好,没有掺假。难得的事,为了这油好,我也得写几个字。"于是将一把竹制的太师椅端正了,坐了下来。那一部写着的剧本,就在桌子头边,移了过来,先看看最后写的两页,觉得对话颇是够劲,便顺手打开抽屉,将那盒黄河牌纸烟取出,抽出一支,对着灯火吸着,昂起头来,望着窗子外面,见对面山溪那丛竹子,为这边的灯光所映照,一条伟大的尾巴,直伸到走廊茅屋檐下。那正是一竿比较长的竹子,为积雨压着垂下来了。一阵风过辟辟噗噗,几十点响声,雨点落在地上。这很有点诗意,立刻拿起面前的毛笔,文不加点地写下去。右手拿着笔,左手就把灯盏碟子里的小竹片儿剔了好几回灯草。同时,左手也不肯休息,慢慢地伸到桌子抽屉里去,摸索那纸烟。摸到了烟盒,也就跟着取一支放在嘴角,再伸到灯火上去点着,一面吸烟,一面写稿。眼前觉得灯光比较明亮。抬头看时,也不知道太太是什么时候走了来的,正靠了桌子角,拿着竹片儿轻轻地剔着灯草。笑道:"这好,我写到什么时候,你剔灯剔到什么时候。你不必管了,在菜油灯下,写了四五年稿子,也就无所谓了。反正到了看不见的时候,你一定会自来剔灯。"

李太太笑道:"我看你全副精神都在写剧本,所以我没有打搅你,老早给你泡好了一杯茶,你也没有喝。蚊子不咬你吗?"这句话把李先生提醒,"哎呀"了一声,放下了笔,立刻跳了起来,站在椅子外,弯着腰去摸腿。李太太道:"你抬起腿来我看罢。"李先生把右脚放在竹椅子上,掀起裤脚来看看,见一路红包由脚背上一直通到大腿缝里。李太太:"可了不得,赶快找点儿老虎油来搽搽。还有那一条腿呢?"李先生放下右脚,又把左脚放在椅子上。照样查看,照样的还是由脚背上起包到大腿缝里。李太太道:"这就去用老虎油来搽。两条腿全搽上,你也会感到火烧了大腿。"李先生放下脚来,摇摇头笑道:"这半幕戏我要写完了,恐怕流血不少。我的意思是弄点血汗供养全家,倒没有想到先喂了一群蚊子。"李太太道:"我是害了你了。那末,就不必再写了。"李南泉情不自禁的,又把那不到黄河心不死的纸烟,取了一支在手,就着灯火把烟吸了,背了两手,在屋子里踱着步子来去。李太太笑道:"你说这黄河牌的纸烟抽不得,我看你左一支右一支地抽着,把这盒烟都抽完了,你还说这烟难抽呢。"她说着,手上拿了一件旧的青衣服,和一卷棉线,坐到旁边竹椅子上去。李南泉道:"怎么着,你还要补衣服吗?蚊子对你会客气,它不咬你?"李太太道:"把这件衣服补起来,预备跑警报穿,天晴又没有工夫了。"

  李南泉叹了一口气,又坐到那张竹椅子上去。李太太道:"你还打算写?今天也大意了,忘记了买蚊烟。你真要写的话,我到吴先生家里,去给你借两条蚊烟来。"李南泉道:"我看吴先生家也未必有。他在那里看卷子,时时刻刻拿着一把扇子在桌子下轰赶蚊子。"李太太道:"这是你们先生们算盘打得不对。舍不得钱买蚊烟,蚊子叮了,将来打摆子,那损失就更大了。"李先生翻翻自己写的剧本,颇感兴趣,太太说什么话,他已没有听到,提起笔来,继续地写。后来闻到药味,低头一看,才知太太已在桌子脚下燃起了一根蚊烟。这更可以没有顾忌,低了头写下去。其间剔了几回灯草,最后一次,就是剔起来,也只亮了两分钟。抬头看时,碟子里面,没有了油。站起身来,首先发觉全家都静悄悄地睡了。好在太太细心,事情全已预备好,已把残破了瓶口的一只菜油瓶子,放在旁边竹制的茶几上。他往灯盏里加了油,瓶子放到原处,手心里感觉到油腻腻的,正弯着腰到字纸篓里去要拾起残破纸来,这就想到太太拿字纸擦油,曾擦了一手的墨迹。于是拐到里面屋里,找一块干净的手纸缓缓擦着。这时看看太太和三个孩子,全已在床上睡熟。难得一个凉快天,而且不必耽心夜袭,自然是痛痛快快地睡去了。这屋里的旧红漆桌子上,也是放了一盏菜油灯。豆大的灯光,映照得屋子里黄黄儿的,人影子都模糊不清。

听听屋子外面,一切声音,全已停止。倒是那檐溜下的雨点,滴滴笃笃,不断向地面落着。听到床上的鼻息声,与外面的雨点相应和,这倒很可以添着人的一番愁思。他觉得心里有一分很大的凄楚滋味,不由得有一声长叹,要由口里喷了出来。可是他想到这一声长叹若把太太惊醒了,又要增加她一番痛苦。因之他立刻忍住了那叹声,悄悄儿走到外面屋子来。外面屋子这盏灯,因为加油之后,还没有剔起灯草,比屋子里面还要昏黑。四川的蚊烟,是像灌香肠一样的作法,乃是把薄纸卷作长筒子,把木屑砒霜粉之类塞了进去,大长条儿地点着。但四川的地,又是很容易反潮的,蚊烟燃着放在地上,很容易熄。因之必须把蚊烟的一头架放烟身的中间,每到烧近烟身的时候,就该将火头移上前一截。现在没有移,一个火头,把蚊烟烧成了三截。三个火头烧着烟,烧得全屋子里烟雾缭绕,整个屋子成了烟洞。于是立刻把房门打开,把烟放了出去,将空气纳了进来。那半寸高的灯焰,在烟雾中跳动了几下,眼前一黑。李先生在黑暗中站了一会,失声笑了起来。外面吴春圃问道:"李先生还没有睡吗?摸黑坐着。"李南泉顺步走出房门,见屋檐外面已是一天星斗。

吴先生还是捧了水烟袋,站在走廊上,因问道:"吴兄也没有睡?"他答道:"看了几十份卷子,看得头昏眼花,站在这里休息休息。"两人说着话,越发靠近了廊沿的边端。抬头看那檐外的天色,已经没有了一点儿云渣,满天的星斗,像蓝幕上钉遍了银扣,半钩新月,正当天中,把雨水洗过了的山谷草木,照得青幽幽的。虫子在瓜棚豆架下,唧唧哼哼地叫着;两三个萤火虫,带着淡绿色的小灯笼,悠然地在屋檐外飞过。吴春圃吸了一口烟,因道:"夜色很好。四川的天气,就是这样,说好就好,说变就变。明天当然是个大晴天,早点吃饭,预备逃警报。"李南泉道:"这制空权不拿在自己手里,真是伤脑筋的事。明天有警报,我打算不走,万一飞机临头,我就在屋后面山洞子里躲一躲了事。"吴春圃道:"当然也不要紧。可是你不走,太太又得操心。我一家人倒是全不躲。明天来了警报,我们就在屋角上站着聊聊。"李南泉道:"吴先生明天没有课吗?"他道:"暑假中,本来我是可以休息休息的。不过我一家数口,不找补一些外快,怎么能对付得过去?我们没有法子节流,再节流只有勒紧裤带子不吃饭了,所以我无可奈何,只有开源。你看我这个开源的法子怎么样?"李南泉摇摇头道:"不妥当。人不是机器,超过了预定的工作,我们这中年人吃不消。"

吴先生一昂头,笑道:"什么中年人,我们简直是晚年人了。"吴太太在屋子里叫道:"俺说,别拉呱了吧?夜深着呢。李先生写了一夜的文章,咱别打搅人家。"这一口道地山东话,把吴先生引着打了一个哈哈。接着道:"俺这口子……"说着,他真的回去了。李南泉站在走廊下出了一会神,也就走进屋子去。在后面屋里,找到了一盒火柴,将前面油灯点着,也立刻关上了门。他在灯下再坐下来,又把写的剧本看看,觉得收得很好,自己就把最后一幕,从头到尾又看了一遍。正觉得有趣。忽听到对面山溪岸上,有人连连地叫了几声李先生。他打开门来,在走廊上站着问道:"是哪一位?"说时,隔了那丛竹子,看到山麓人行路上,晃荡着两个灯笼。灯光下有一群男女的影子。有一个女子声音答道:"李先生,是我呀!我看到你屋子里还点着灯呢,故而冒叫一声。"李南泉笑道:"杨老板说话都带着戏词儿,怎么这样夜深,还在我们这山沟里走?"那杨老板笑道:"我们在陈先生家里打小牌过阴天。"李南泉道:"下来,坐一会儿吗?"她道:"夜深了,不打搅了。明儿见。"说毕,那一群人影拥着灯笼走了。李南泉一回头,看到走廊上一个火星,正是吴春圃先生捧着水烟袋,燃了纸煤,站在走廊上。他先笑道:"过去的是杨艳华,唱得不错,李先生很赏识她。"李南泉道:"到了四川,很难得听到好京戏,有这么一个坤角儿,我就觉得很过瘾了。其实白天跑警报,晚上听戏,也太累人,我一个星期难得去听一次。"

吴春圃道:"她也常上你们家来。"李南泉道:"那是我太太也认识她。要不然我就应当避一避这个嫌疑。和唱花旦的女孩子来往有点儿那个……"说着打了一个哈哈。吴先生笑道:"那一点儿没关系。她们唱戏的女孩子,满不在乎。你避嫌疑,她还会笑你迂腐。你没有听到她走路上过,就老远地叫着你吗?大有拜干爹之意。"说着也是哈哈一笑,这笑声终于把睡觉的李太太惊醒了。她扶着门道:"就是一位仙女这样叫了你一声,也不致于高兴得睡不着觉吧?看你这样大说大笑,可把人家邻居惊动了。睡吧。"李南泉知道这事对太太是有点那个,因笑道:"是该睡了。大概十二点钟了。吴先生明天见。"他走回房去,见她披着长衣未扣,便握着她的手道:"你看手冰凉。何必起来,叫我一声就得了。"李太太对他看了一看,微微一笑,接着又摇了两摇头,也就进后面屋子睡觉去了。只看她后面的剪发,脖子微昂起来,可以想到她不高兴。李先生关上房门,把灯端着送到后面屋子来,因道:"霜筠,你又在生气。"李太太在榻上一个翻身道:"我才爱生气呢!"李南泉道:"你何必多顾虑。我已是中年以上的人,而且又穷。凭她杨艳华这样年轻漂亮,而又有相当的地位,她会注意到我这个穷措大?人家和我客气,笑嘻嘻地叫着李先生,我总不好意思不睬人家。再说,她到我们家来了,你又为什么殷勤招待呢?"李太太道:"嗳,睡罢,谁爱管这些闲事。"

李先生明知道太太还是不高兴,但究竟夜深了,自不能絮絮叨叨地去辩明。屋子旁边,另外一张小床,是李先生他独自享受的,他也就安然躺下。这小床倒是一张小藤绷子,但其宽不到三尺。床已没有了架子,只把两条凳子支着,床左靠了夹壁,床右就是一张小桌子,桌沿上放着一盏菜油灯。灯下堆叠着几十本书。李先生在临睡之前,照例是将枕头叠得高高,斜躺在床上,就着这豆大的灯光,看他一小时书。今天虽然已是深夜,可是还不想睡,就依然垫高了枕头躺着,抽出一本书,对着灯看下去。这本书,正是《宋史列传》,叙着南渡后的一班官吏。这和他心里的积郁,有些相互辉映。他看了两三篇列传,还觉得余兴未阑,又继续看下去。夜静极了,没有什么声音,只有那茅屋上不尽的雨点,两三分钟,嘀答一声,落在屋檐下的石板上。窗户虽是关闭的,依然有一缕幽静的风,由缝里钻了进来。这风吹到人身上,有些凉浸浸的。人都睡静了,耗子却越发放大了胆,三个一行,后面的跟着前面的尾巴,在地面上不断来往逡巡,去寻找地面上的残余食物。另有一个耗子,由桌子腿上爬上了桌子,一直爬到桌子正中心来。它把鼻子尖上的一丛长须,不住地扇动,前面两个爪子,抱住了鼻子尖,鼻子嘴乱动。

李南泉和它仅只相隔一尺远,放下书一回头,它猛可地一跳,把桌子角上的一杯凉茶倒翻。耗子大吃一惊,人也大吃一惊,那凉茶由桌子上斜流过来,要侵犯桌沿上这一叠书。他只得匆忙起来,将书抢着放开。这又把李太太惊醒了。她在枕上问道:"你今晚透着太兴奋一点儿似的吧?还不睡?"李南泉道:"我还兴奋呢,我看南宋亡国史,看得感慨万端。"李太太道:"你常念的那句赵瓯北诗,'家无半亩忧天下',倒是真的。你倒也自负不凡。"李南泉正拿了一块抹布擦抹桌上的水渍。听了这话,不由得两手一拍道:"妙!你不愧是文人的太太。你大有进步了,你会知道赵鸥北这个诗人。好极了!你前途无可限量。"他说着,又在桌上拍了一下。那盏菜油灯的油,本已油干到底,灯草也无油可吸,他这样一拍,灯草震得向下一滑溜,眼前就漆黑了。李太太在黑暗中问道:"你这可是太兴奋了吧?捡着你一句话这么重说一遍,也没有什么稀奇,你就灯都弄熄了。怎么办?"李先生在黑暗中站着出了一会神,笑道:"摸得到油也摸不到火柴。反正是睡觉了。黑暗就黑暗吧。"这时,火柴盒子摇着响。李太太道:"我是向来预备着火柴的,你点上灯罢。这样,你可以牵着一床薄被盖上,免得着了凉,阴天,晚上可凉。"

李先生摸索着上了床,笑道:"多谢美意,我已躺下了。外面满天星斗,据我的经验,阴雨之后,天一放晴,空中是非常的明朗,可能明天上午,就要闹警报,今天我们该好好养一养神。"李太太道:"我倒想起一件事。明天上午,徐先生来找你。"李先生听了这话,却又爬起床,向太太摸索着接过火柴,把灯重点起来。李先生这一个动作,是让他太太惊异的。因道:"你已经睡觉了,我说句徐先生要来,你怎么又爬起来了?"李南泉道:"你等我办完一件事,再来告诉你。"说着,就把点着了的这盏灯,送到外面屋子里去。李太太更是奇怪,就披衣踏鞋,跟着走到前面屋子来。见她丈夫伏在三屉小桌上,文不加点地,在写一张字条。李太太道:"你这是做什么?"李先生已把那字条写起,站起来道:"我讨厌那些发国难财的囤积商人。我见了他就要生气。你说老徐要来找我,我知道他是为什么事。我明天早上出去,留下一张字条在家里,拒绝他第二次再来找我。"李太太笑道:"就为了这一点?你真是书呆子,你不见他,明天早上起来写字条也不迟。于今满眼都是囤积商人,你看了就生气,还生不了许多的气呢。字条给我瞧瞧,你写了些什么话?"

李南泉道:"你明天早上看罢,反正我得经你的手交给他,你若认为不大妥当的话,不交出去就是了。这回可真睡了。"李太太看着他,微笑地摇了两摇头。李南泉道:"太太,你别摇头,抗战四个年头了,我们在大后方还能够顶住,就凭我这书呆子一流人物,还能保持着一股天地正气。"李太太笑道:"这话我倒是承认的。不过你们这天地正气,千万可别遇到那些唱花旦的女孩子。她们有一股天地秀气,会把你们的正气,冲淡下去。"李南泉笑道:"这位杨艳华小姐,真是多事,走我门口过,就走我门口过罢,为什么还要叫我一声。太太,我和你订个君子协定,从明天起,我决不去看杨艳华的戏。"李太太道:"那末,你是说,从明天起,我不打小牌。"李南泉笑道:"并无此要求。"夫妻两人谈着,又言归于好了,两人回到后面屋子里,各自上各自的床安歇。就在这时,睡在李太太床上的小玲儿,忽然大声叫起来:"明天早上买肉,不能骗我的呀!"她说完了这句话,就寂然不再说什么了。李太太道:"你瞧,这孩子睡在梦里都要吃肉。"李先生听了孩子这句话,真是万感在心,抗战时期的什么问题,都可联想到。他沉沉地想,不再说话。远远的鸡啼,让他睁开眼来一看,灯光变成了一粒小红豆,窗子外倒有几块白的月光,洒落在屋里地上。

## 第二章 红球挂起

李先生上半夜的困扰,是为了剧本上半幕戏;下半夜的困扰,是为着一个女伶叫了一声。精神上太劳顿了,需要休息。猪肉已不能再给什么兴奋,就安然地睡去。不知是他什么时候翻了个身,眼睛闪动一下,见着面前一片通亮。李太太道:"该起来了。九点多钟了。"他一个翻身坐起来,见太太正把一束野花,插在小桌上那只陶器瓶子里,另外还有一个粗纸包,放在桌沿。桌面上撒了不少芝麻,可想纸包里是两个小烧饼。因道:"你都上街回来了?"李太太道:"我已上街两次了。起来吧。听说天一亮,就挂了三角球。我下山到街上的时候,还听到侦察机的响声。外面大太阳,恐怕上午就有警报。"李先生见屋后壁窗户洞开,由窗户看屋后的山,全是强烈的阳光罩住。便道:"那末,赶快弄点水洗把脸。先喝茶,享受这两个烧饼。"李太太笑道:"我还替你作了一件顺心的事,下山的时候,遇到了老徐,看那样子,好像是要向咱们家来。他一问你,我就说你熬了一宿,还没起床。他站在路上很踌躇的样子,约了下午再来看你。他到底有什么要紧的事找你?"李南泉道:"他异想天开。他要到衡阳去作生意,说是路上过关过卡,怕有麻烦,要我找新闻界替他找个名义。就算我肯介绍,哪家报馆,也不会这样滥送名义吧?"

李太太道:"不要谈老徐的事了,三角球放下两小时了,敌人的侦察机已回到了基地,恐怕敌机要来了。"李南泉笑道:"我说怎么样?我是有先见之明,我知道今天一大早,就要来警报的。好在我已把剧本写完。今天就借敌机放一天假。"说着,他匆匆地洗脸喝茶。

在每天早上,李先生有一定的工作,竹书架上堆着的两百本旧书,必须顺手抽出一本来看,不问是中文或英文的,总得看上二三十分钟。他坐在那竹椅子上,正翻开一页书,却听到山溪对过人行路上,有人操着川音道:"挂起,挂起!"邻居的甄太太,是位五十多岁的人,只和一个十四岁的男孩子家居。身体弱,家境又相当清寒,最是怕警报,听到这挂起两个字,就战战兢兢地由走廊那头跑过来,操着江苏音问道:"李先生,阿是挂了红球?阿是挂了红球?"李南泉道:"甄太太不要紧,还只挂了一个球。你慢慢地收拾东西罢。"甄太太扶了窗户挡子,向屋里望着道:"警报越来越早,阿要尴尬?李太太躲不躲?"李太太托了个纸包出来,苦笑着道:"我孩子多,不躲怎么行呢?"说着,把那纸包放在桌上,纸散开了,里面是半个烧饼。因道:"你看,这些孩子,真不听说,一转眼,把给你留的三个烧饼,吃了两个半。"小玲儿听了这话,由外面跑了进来道:"爸爸,我只吃了一个,我叫哥哥别吃,给爸爸留着,他又分了我半个,你说,是不是岂有此理?"说着,她伸了个小指头,向爸爸连连指点几下。李先生哈哈大笑。

李太太道:"孩子这样淘气,你还笑呢。"李南泉道:"我不是笑她别的,笑她天真。尤其是岂有此理四个字,她四岁多的孩子,引用得这样恰当,不愧是咱们拿笔杆朋友的女儿。得受点奖励,还有半个烧饼,还是赏了你。"说着,就把那半个烧饼,赏了小玲儿。就在这时,两个男孩子,由对面溪岸的高坡上,一口气跑了下来,跑过溪上的那小桥时,踏得木桥叮叮咚咚作响。大孩子小白儿,一面跑,一面喊着:"妈呀!挂了球了!挂了球了!"他们跑进屋来,兀自喘着气。小的孩子小山儿,看到桌上一大碗茶，两手端起来就喝。李南泉道："你这两个小东西，实在是不成话，一大早就出去玩，不是挂球，大概还不回来。走路没有看见你们走过，总是跑，由那边坡上跑下来，一口气就到，假如让东西绊了一下，栽下沟去，怕不是重伤？"李太太道："快放警报了，他还不该跑回来？你女儿做什么事都是好的，你儿子无论做什么事都是错的。"李南泉还想辩论什么事，早是"呜呜呜"一阵警报的悲呼声，由空气里猛烈地传了过来。便把墙上一件旧蓝布大褂，往身上一披。书架子下，经常预备着一只旅行袋子，里面是几本书，一只灌好冷开水的玻璃瓶子。这就是逃警报的东西，他已是一手提了起来。李太太道："你就要走吗？你一点东西还没有吃呢。"他道："解除警报回来再吃罢，反正不饿。"

李太太道："你暂别忙走，我到山下去买两个馒头来带了去。"李南泉连说着不用，找了顶旧帽子在头上戴着，又拿了一把芭蕉扇子在手上，正待出门，小玲儿扯着他的衣襟道："爸爸，我和你一路去，我不躲防空洞。"说时，索兴两手抱了爸爸的腿。李先生对于孩子这个新提的要求，忽然有点锐敏的感觉，便道："好，我们今日都到后面山缝里去。太太，你看我这个提议如何？"李太太道："我带三个孩子，怎么能跟你跑上四五里路？这样大太阳，来去就是一身透汗，你就不必向山缝里跑了。虽然洞子里人多，反正不会有多大的时候。"李先生沉吟了一会子，因道："让我到山上去观察观察天势罢。"说着，就走到屋后小山坡上去。这时，天空是一片蔚蓝的大幕，虽是也飘荡几片白云，那白云的稀薄程度，像是破烂的白纱，悠悠地在长空飘荡。偶然有两三只鸟，在头顶上掠过。大自然，一切平静，与往常毫无分别。看看这山沟两旁的大山，青草蒙茸，像蹲着的狮子，抖动着全身的长毛。那阳光罩在山上，像有一丛火光向上反射。真的，自己随了山坡的石砌向前面走着，那深草里面，就有一阵阵的热气，向人衣

第二章　红球挂起　|　019

服下面直钻上来。他也不去理会,踢着深草的蚱蜢乱飞,径直奔往山坡的北端,那里是可以看到山下这一个镇市的。

山下市镇中间,有片川地难得的平坦广场。在那里插了一根高高的旗杆,横钉了一块木棍。在稍远的地方,虽是不能看清楚这根长杆,可是那横杆上所悬挂的两个大红纸球,在猛烈的太阳下,却异常明显。山脚下一条人行道,是镇市上奔往防空洞去的路径。人是一个跟着一个,牵了一大群,向山麓左角、另一个山峰上走去。在镇市的那头,另有一条公路,除了摆了一字长蛇阵,沿着对方的山麓走去而外,那却有一辆辆的卡车,疏散了开去。同时,也有一辆一辆的小座车,载着躲警报的人,由城里开来。李先生正在出神,李太太在屋角下叫道:"南泉,你还站着尽看些什么?"他摇着头走回来道:"今天躲空袭的人似乎比往日还要紧张。"李太太道:"既然比往日还要紧张,你就预备走罢,还犹豫什么?"李先生道:"我不走了,今天就陪你们躲一天洞子罢,一来,天气热,二来,我也和你带孩子。"说着走回家来。见小白儿、小山儿各背一个小布包袱在肩上,另外还各拿了一条小竹凳子,小玲儿腋下夹着她布做的小娃娃,手上也提了麦草秆的小手提包。王嫂已把朝外的房门锁起。墙壁下一路摆了四个大小手提旅行袋。李先生道:"天天躲警报,天天带上许多东西,多麻烦。"李太太道:"那有什么法子呢,万一房子中了个炸弹,连换洗衣服都没有。由南京到重庆,这种事就看得多了。你怕什么麻烦,又不要你拿一项。往常躲警报,你是最舒服,带着开水,带着书,到山沟里竹林子里去睡觉,我们可真受罪,又是东西,又是孩子。"

李先生道:"躲警报,还有什么舒服可言吗?我叫你和我一路到山后面去,你又说难跑路。"李太太沉着脸道:"躲警报的时候,我不和你吵。解除了,我再和你讲理。"李南泉道:"也许一个炸弹下来,先把我炸死,你要讲理,趁早!"那邻居甄太太提着小箱子,夹着小包袱正走门前经过,便道:"李太太。勿要吵哉!快放紧急哉!走罢。"李太太提了两个小包袱,一声不响,引了孩子们走。小玲儿走过了山溪,回转身来,将手连招了几下道:"爸爸,你马上就来呵,我给你占着位子。你和我带一包铁蚕豆来,洞子里坐着怪闷的。铁蚕豆就是四川人叫的胡豆,你晓得吧?"李先生被太太埋怨着,心里本是藏着一腔无名火。小女儿小手一招,还把蚕豆作了一番解释,乐得心花怒放,哈哈笑道:"这孩子,什么全知道。"李太太已走上了山坡,回头看着丈夫,也是忍不住一笑。甄太太拿了三四样东西,喘着气上山坡,因道:"侬家李先生,真个喜欢格位小姐。小姐讲啥个闲话,伊拉总归是笑个。"李太太道:"那有什么法子,这孩子给她爸爸带缘来了。"李先生在走廊上叫道:"别说闲话了,太太,你看路上这么些个人,回头洞子里找不到座位。入洞证带了没有?"李太太一扭头道:"谁和你废话!"她虽是这样说了,带着孩子真的加快了步子走。因为这村子口上,在山石下面,统共是两个防空洞。其中一个最大的,还是机关私有的,百姓不能进去。这个公用洞子虽小,凭证入洞,常是超出额外。

这时,村子里面向防空洞去躲飞机的人,也是摆出了一条长蛇阵。这山路下的一条人行路径,也不过是二尺宽。有的老太太扶着手杖,一步一步地挨,旁边还有小孩子扶着。那抢着要占位的人,可有些不耐,侧了身子,就挨着身子挤了过去。有的中年太太,手上抱着一个吃乳的孩子,衣襟可又被五六岁的小孩子牵着。那行路的速度,也不曾赛过扶杖的老太太。恰好有把人送进防空洞,而又二次回来拿东西的人,让这娘儿三个挡住,只管是左闪右躲,想找个空当抢过去。还有那挑着行李的人,尽管防空洞有规则,不许带大件东西进去,然而他一挑东西,就是他全家的资产。他把家产挑了来,虽然不能进洞,放在洞子附近,将青草遮盖了,也是物不

第二章 红球挂起 | 021

离人,人不离物。尤其是摆香烟摊子,摆小百货摊子的人,度命的玩艺,全在一担,他必须挑着。于是在许多走不动的人群之外,还是东碰西撞的担子。李太太带着三个孩子四个旅行袋,也就不怎么利落。正好前面是走不动的甄太太。再前面是一个小公务员的太太,肩上扛着一只大布包袱,手里提着锁门已坏,绳子捆着的小皮箱。手边还有两个孩子,都不满三尺长。小孩子走不动,她也拿东西不动,又不敢歇,走得身子七歪八倒。

这样的情形,可难坏胆小的人、性急的人。他们在后边喊着:"前面的人,快点走罢。若是走不动,就让一点路,让别人好走哇。"也有人喊道:"空袭都放了十多分钟了,马上就要放紧急。飞机到了头上,我看你们跑不跑?"也有人向前挤着跑,腿撞着小孩子,就把人撞倒在一边。小孩哇的一声哭了,那孩子母亲是能扛着三个小包袱的人,恰不示弱,便叫道:"你抢什么?炸弹下来,就会炸死你一个。"立刻,这小小行路上,闹成了一片。李先生虽是碰了太太一个钉子,可是看到这种情形,却不能再袖手旁观,就由家门口跑上路来,抱着小玲儿随在太太后面道:"今天怎么这样乱?我送你们到洞子里去罢。"他一来了,李太太的气就要平些。因道:"哪一天,又不是这样乱呢?一挂了球,你就独自个游山玩水去了,这些情形,你哪里看得见?你还没有看到洞子里那种情形呢。坐了一小时,比……"李南泉道:"那末,我又说了,为什么你不和我到后面山沟里去呢。"李太太道:"别抬杠了。你不忙。别人还要抢洞子呢。"李先生也就不再说什么话,抱着孩子在前面走。这村子口上,就是一个下坡的山口,站在这山口上,镇市广场里那旗杆上的红球,被太阳照着热烘烘的颜色,极明显地射入各人的眼帘。不断有人来到山口上,向那红球看,也就不断有人在后面问"两个球吗?落下去了吗?"小玲儿抱着李先生的颈脖子道:"爸爸,红球落下去了,就是日本飞机不来了吗?"

李南泉笑道：“这回你说得不对。两个球都落下去了，就是紧急情报。"小玲儿笑道："我晓得，绿球挂起来了。就是解了除。"南泉笑道："对的，对的。好一个解了除。"李太太道："你看，你爷儿俩，又在这里说上了。孩子多，我得坐在洞子里面。快来罢！"说着，她先走。在这山口的小路上，就是一堵青石悬崖。在青崖上打了两个进出洞门，难民们陆续向洞里进去。管洞子的两名防护团丁，站在门口，正向进洞子的人，检验入洞证。李南泉道："不忙了，今天检察入洞证，闲杂人等，不得进去的。"那团丁向他点了点头道："今天李先生也来躲洞子？还是洞子好，在山沟里怕机关枪扫射。你们不用看入洞证了，脸上就是入洞证。"正要说笑，忽然有一个人叫着："球落下去了，球落下去了！"这洞门口的斜坡，原来还有几丈见方的一块坦地。这里或站或坐，还拥着几十位没有入洞的人。在这一声叫中，大家就一阵风似的拥到了洞口。两个团丁四手一伸，把洞口挡住，叫道："忙啥子？日本鬼子杀得来了？"李南泉一家人，原站洞口，被这一拥，早就塞进了洞子。外面正是大太阳，由光处向这里面走来，立刻两眼漆黑，寸步难移，但觉得身子以外，全是人在碰撞。

所幸洞的深处，立刻有两支手电筒放出白光来，照见洞子里面的人还不十分拥挤，只是大家全塞在这进口的一截路上。李太太和孩子说两句话，洞底有人听出了李太太的声音，便叫道："老李，这里来坐罢。"这是一位下江太太的口音，那正是李太太的牌友。李太太随了这声音走过去，那位下江太太，就伸着手扯了她的衣服，让她在洞壁下的长板凳上坐着。她笑道："老李，你在家里作起贤妻良母来了，两天没有见着你。今天解除了警报，我们来八圈，好不好？"李太太还没有答言，李先生已抱了孩子，摸索着过来了。他道："孩子交给你罢，放了紧急我再来。"那位下江太太笑道："哎呀！李先生在这里。"李太太道："他在这里怎么样？谁也不能拦着我打小牌。"李南泉分明知道这是太太一句要面子的话,在洞里,全是村子里的熟人,这一点面子总是要给她的。这也就没说什么,默然地出了洞子。因为那一声球落下来了,并无下文,而警报器,又没有作凄惨的紧急呼声。原来拥塞在洞口上的人,都已走了出去。这平坦的一方地上,有几丛大芭蕉,又有两株槐树。原是给这洞口上,加起一番伪装。现在散开了满地的绿阴,倒是太阳下一个很好的歇脚地方。不曾入洞的人,大家都拥在槐树和芭蕉阴下。李南泉伸头一看山脚下的镇市,那两个表示空袭的红球,还挂在天空。这已有了相当的时间,躲警报的人,都已找得了存身之所。不愿躲警报的人,各各守家未出。

山下几条人行路,恰好和刚才的情形,处在相反的地位。空荡荡的没有一个人。俯瞰山下那整群的屋脊,也不曾在烟囱里冒出一缕烟。天上的白云,大小几片,停止在半空,似乎它也和警报声过后的大地一样,把动作给呆定了。李先生觉得眼前情景,是有一种大自然的死气,同时也觉得心中空洞无物。想起昨晚上和吴教授有约,今天来了警报,是预备不躲的,和他在屋檐下聊天。吴先生最爱聊,这倒是消磨警报时间的一种好办法,于是就转身向家里走,刚到路口,就有人老远地叫道:"李先生,不躲了吗?向哪里去?"回头看时,在一棵大黄桷树下,转出来一位梳两个辫子的女郎,这就是昨晚过门叫了一声的杨艳华。她那番好意,昨天晚上,就闹了整宿的家务。今天她又来打招呼,真是替自己找麻烦。可是看到杨小姐穿了一件黑拷绸长衫,越是显着皮肤雪白,长头发梳两个小辫,垂在肩上,辫梢上有两个小红丝线结子,顿觉得她身段苗条而娇小。因笑道:"杨小姐,你身上穿的衣服,虽然全是防空颜色,只是这两支辫子梢红红的,有点欠妥。"她笑道:"敌人的飞机上,带着显微镜吗?它会看到我这辫子梢?"正说着,有一位白太太含着笑由身边过去。李先生暗下叫一声不好。因为这位白夫人,也是太太的牌友,她们是很有帮助的。她进洞子去了,告诉太太,说你们李先生在和女戏子说话,那又是给人的一种麻烦了。

他有了这样一个感觉,不敢耽误了,和杨艳华点了个头,径自走开。一面走着,一面向白太太道:"白太太,你到洞子里去吗?请告诉我太太,我回家了,万一放了紧急,我来不及跑的话,我就躲在屋后面那小洞子里,那里倒也是很安全的。"他说着话,还是加紧了脚步走。走到家里,见那吴先生一家,一位太太,四个孩子,正沿了屋后小山上一条羊肠小径,向山的北端走去。那边有个天然山洞,叫仙龙洞,是个风景区,里面可以藏纳一千人。他们的学校,在大洞子里,又凿了小洞,是最安全的区域。他们原说,今天是不躲警报的,不想还是走了。隔了山溪,因叫了一声。吴先生道:"李先生,李先生,你还是躲一躲吧。今天有七批敌机来袭,第一批二十八架已经过了万县,马上就要放紧急了。"李南泉道:"好的。反正我现在是一个人,又不带东西,躲起来,倒没有什么困难。"老远的,就听到吴先生长声唉了一下。原来他抱着一个四岁的男孩,手背上又挽着一个包袱。六十岁的人,走着那步步高升的山路,相当吃力。他太太是双解放脚。左手牵着一位七岁的孩子,右手扶了根竹杖,走得是非常的慢。他们面前还有一位十五岁的小姐,十二岁的公子,全拿了包袱和旅行袋。虽是走得快,却是走一截停一截,等后面的人。太阳是高升起来,火一般地向人身上照着,叫人热汗直流。吴太太一路怨恨着说:"生这么些个孩子干什么?躲起警报来真要命。不躲警报,也吃不起这贵的米。"

吴先生本人,正累得有点儿上气接不了下气,听到太太这一埋怨,他就叫道:"你说这话,简直不讲理,俺叫伲今天别跑,伲要跑。"吴太太随身就坐在石头上,扭着头道:"咱不跑就不跑了吧。过这种揪心日子,还有个活头哇?炸弹炸死了,俺说是干脆。"李先生已跑过了山溪,走到屋后来了,便道:"吴先生,走罢。这大太阳,在这山上晒着,可受不了,你不说是今天有七批敌机吗?吴太太,你走罢,你孩子多,回头大批敌机投弹,骇着了孩子。"吴太太听到这话,就不愿和先生闹别扭了,扶着竹手杖,又开始爬山。李先生站在走廊的角端,看到这一群人走去,心里正在想着,怎么这么多年夫妻,全是闹别扭的?正在出神,有人遥远地叫道:"李先生,你没有走?"看时,是山溪对岸的邻居石正山教授。他家的屋子,和这里斜斜相对,大水的季节,倒是一溪流水两家分。他们的草房子,一般有条临溪的走廊。在无聊的时候,隔着山溪对话,却也有趣。他的走廊下,山壁缝子里,生出两株弯曲的松树,还有两丛芭蕉,倒也把这临溪茅舍,点缀得有些画意。便道:"你怎么没有躲呢?我看到你太太带孩子都到洞子里去了。"石正山道:"我刚刚由城里回来,一身的汗,先擦个澡,喝碗茶,我这沟下有个小洞子,敌机来了,就钻一钻罢。"李先生道:"你要开水,我这里现成。"他还不曾答言,他家里出来个女郎,端了一只茶碗,送将过去。

这个女郎是石先生的丫头。但既为教授,无蓄婢之理,就认为义女。她倒是和孩子受同等待遇一般,叫着爸爸妈妈。她十八岁了,非常的能干,挑花绣朵以至洗衣作饭,无所不能。而且,由义母亲自教导,还很认得几个字。石先生这个家庭组织,她是个强有力的分子。石太太有这样一个义女,减轻了不少主妇负担,家里也就不必再用老妈子。因之她对这位义女,是另眼相看,怕的是她有辞职之意。这丫头对于太太的命令,除了全体驳回,有时还狠狠顶撞几句,石太太倒也一笑置之。石先生对此,大不以为然,以为就是自己亲生的孩子,也不能民主到这种程度。所以他对于义女,是拿出一种严父的身分。当着家人,很少和义女透出笑容。石先生对太太的命令,无不乐从,也不敢不从。只有对待丫头的态度,始终和太太唱着反调。石太太对先生的抗命,向来是不容许的,但反对自己宽待丫头这一点,石太太却例外地不予计较。今天太太带孩子躲警报去,留着丫头在家里暂时看门,等候养父回来,同他一路进洞。石先生一回来,在门口先叫了一声:"太太,快去躲洞子罢。今天情形紧张。"丫头迎出来道:"妈妈早走了。"石先生这就笑道:"小青,你胆子大,你就不躲?"

小青道:"我走了,谁给你开门呢?你不洗脸喝茶吗?"石先生道:"小青,你一天也够累的,打洗脸水我自己来;你给我弄一碗茶来喝罢。"石先生进屋去脱衣抹了身上的汗,站在走廊上来纳凉,看到李先生,他就先叫了一声。李南泉对于石教授没有多大的交情,不过是为了同村子住,见着就点头而已。这时,他遥远打着招呼,倒不知道是何用意。站在走廊角上定了一会神,见石先生走进屋子去,不到几分钟,却又走了出来,而且是四处张望一番。李先生觉得他有点不愿人家看他房子似的,这就不再打量了。走上山坡去,对山下广场看了一会,见那两个红球,还是红鲜鲜地悬在高空。由平常的经验说空袭警报一刻钟上下,就应当放紧急警报,今天由空袭,这一段间隔,距离得太远,倒不明白什么原故,他看了一会,自行走回家来。警报之刺激人,也就是那开始的十来分钟。到了二十分钟后,心理上也就慢慢地松懈下来。他背了两手,在走廊上走来走去,听到隔壁邻居,还有人说话,就伸头看了一看。却见那主妇奚太太拿了一本书,在走廊下说话。她道:"这有什么不知道的,大不列颠联合王国,就是大英王国,不列颠是打不倒,也不会分裂又联合各党的王国,英国现在还有皇帝,所以叫王国。"李南泉一听,心想这位太太给谁在解译大英王国?她倒是先看到了,笑道:"李先生没有去躲警报?"李南泉道:"放了紧急再走罢。"奚太太向来胆大。她笑道:"我不怕。一放警报,我的家庭大学就开课,我给孩子补习功课。老实说,中学堂里,无论哪一门功课,我都可以教得下来。"奚太太说的是普通话,容易懂。但她有强烈的下江音尾,如"怕"读"薄"之类。

李南泉点着头笑道:"奚太太多才多艺,没有问题。不过,你也有一样小学功课教不了。"奚太太道:"你是说不会教唱歌?我年轻的时候,什么歌都会唱,现在……"李南泉立刻接着笑道:"现在你还年轻啦。"奚太太听了这话,两眉一伸,立刻笑了起来;她是张枣子脸,两头尖,牙齿原是乱的,镶了三粒金托子假牙。眼角向下微弯着,带了好几条鱼尾纹。这一笑之中,实在不能引起对方的多少美感。但她依然笑道:"我倒是不吹牛,于今摩登太太那套本领,全是化装品的工夫。我有化妆品,我不照样会摩登起来?"李南泉听了,哈哈一笑,但立刻觉得不妥,便道:"奚太太,你猜我笑什么?我笑你这是很大的一个失策,太太不摩登,那是很难于驾驭先生的。"奚太太将肩膀一扛,鼻子一耸,摇着头道:"我们家奚敬平,是被我统治惯了的。慢说轨外行动他不敢,就是喝酒吃香烟,没有我的许可,他也不敢自己作主。你看他由城里回来,抽过纸烟没有?"李南泉昂头想了一想,点头道:"果然的,我没有看到奚先生吸过纸烟。奚太太真是家教严明。不愧说是家庭大学。"奚太太道:"你那句话没有说完。你说我有一样小学功课教不来,我倒想不出。小学功课,我还有教不来的吗?"李南泉道:"我想,国语这一课,你该不行吧?"她将右手的书,在左手一拍,操着下江口音道:"那我太行了。我自小就学过注音字母。"

李南泉笑道:"也许你讲国语的时候,可以蹩着说出来。可是在平常谈话的时候,你的下江口音是很重的。"奚太太听说急了,抢着道:"这句闲窝(话),我不能承仍(认),我小的十(时)候,在学号(校)里演过窝结(话剧)。"李南泉笑道:"我的小姐,你看,你这一急,接二连三的下江话,你还演话剧呢!"奚太太也笑了,于是向这边屋角走近了几步,隔着廊檐外一段屋檐,笑道:"李先生,我喜欢和你谈天,你说的话是怪有趣的。天天你都去躲警报,今天情形更紧张,你为什么反倒不走?"李南泉道:"因为今天紧张,我得陪着太太躲洞子,随时听用。"奚太太抬起一只手来,扶着走廊上的柱子,情不自禁,打了个呵欠。但她立刻拿起左手的那本书,将嘴掩着。她笑着把眼角的鱼尾纹,又条是条地掀起。因道:"李先生,你对太太是忠实的。本来,有这样年轻漂亮的太太,那还有什么话说。"李南泉摇摇头道:"比黄脸婆子略胜一筹罢了。站在奚太太一处,那就差之远矣。"奚太太高兴极了,不觉说了一句川语道:"你客气啥子,我向来不化装。"李南泉笑道:"你无须化装呀!"奚太太听说,眉飞色舞,笑得假牙的金托子全露出来。这时她十一岁大的男孩子,拿了一册英文走过来,伸着书问字。

她看也不看,昂着头道:"那有什么不知道? I is a man. You is a boy."小孩子道:"两个人怎么念呢?"奚太太道:"多数加 s,有什么不知道,two mans,"说着她头又是一扬。李南泉听到奚太太这样教她孩子的英文,真有点骇然。可是他知道的,她是一位最好高的妇人,决不能当了她孩子的面,直截说她的错误,便沉默了一下,没有作声。奚太太道:"李先生,你正在想什么?"他是低了头望着走廊前那道干沟的,这就抬起头来笑道:"我所想的,也正是和管家太太们一样的问题。这样不断地闹着警报,市面受影响,东西恐怕要涨价。假如明天不闹警报的话,我想跑二十里去赶回场,买两斗米回来。"奚太太笑道:"是不是青山场?我们明天一路去,好不好?"李南泉道:"来回是三四十里路,你走得动吗?"奚太太道:"我有什么走不动?石正山的太太,一个礼拜,她要到青山场去三次。这位太太,我是佩服之至,现在菜油卖一百多元了吧?她现在还是吃八元一斤的菜油，人家是老早预备下了的。"李南泉道："她家那个丫头小青，也很能干，真是强将手下无弱兵。"奚太太道："的确是可以羡慕。我这里有这么一位小姑娘，那就好了。"李南泉笑道："奚太太，你这个买贱价苦力的算盘，那是打不得的。你要当心奚先生年纪还不大。"

奚太太冷笑了一声，她又不免昂起头来，因道："这个我放心，我有这么一个主张，丈夫讨小老婆，太太就讨小老公，而且必须是说得到做得到。在这种情形下，男子受到威胁，他才不敢为非作歹。"李南泉笑着摇了两摇头，没有敢多说什么。因见大路上，有人背了小包袱向山口里面走，便道："躲警报的人回来了？"那个过路的人答道："他们防护团得来的消息，说是敌机由川北直袭成都，看那样子，也许不会到重庆来。"奚太太笑道："你看，还是我有把握吧？我并不躲，省得跑这次冤枉路，你还不快去接你太太回来？"李南泉正踌躇着，却见杨艳华又同着两个女戏子，在对面山路上经过。他就故意掉过脸来和奚太太说话，只当没有看到。一会儿工夫，听到后面一阵脚步响，回头看时，正是三个人全来了。只得迎上前笑道："欢迎欢迎。可是门倒锁着，钥匙在太太身上，不能请三位到里面去坐，抱歉之至。"那另两位戏子，一个是唱小生的，一个是唱花旦的，都在三十上下，可说是老江湖。那个唱花旦的，有时还反串小丑。她倒是毫不在乎，头上却也梳了两个小辫，穿件旧黑绸长衫，衣襟上统共只扣了两个纽绊。光着腿赤着脚，穿着麦草编的凉鞋，手里拿着芭蕉扇，两只手搓了扇子柄消遣。

她笑道："无事不登三宝殿，李先生，我向你们借东西来了。"杨艳华笑道："你也慢点开口吧！人家认识你吗？"她笑道："唱戏的人天天在台上鬼混，几百只，几千只眼睛全望着他，不熟也熟，李先生一定知道我是胡玉花吧？这个唱小生的小胖子王月亭，你一定也认得。"说时，她将手上的芭蕉扇倒拿着,把扇子对着王月亭点了几点。那姓王的倒是有点难为情,把一条手帕放在嘴里,将牙齿咬着,两只手拿了手帕的另一端,微微地笑着。李南泉道:"三位小姐,我全认得。要借什么东西呢?挑我有的罢。"她笑道:"躲起警报来,真是闷得慌,我们想和你借两本小说看看。"李南泉笑道:"有的,不过门锁了,我没法子拿。我太太回来了,让她送到你们家去。"杨艳华道:"那可不敢当,还是我们自己来罢。"李先生正想表示着拒绝,可是一回头,就看到奚太太在隔壁屋子走廊下微笑,便表示了不在乎的样子,因道:"那也好。我太太最喜欢看小说,书都堆在书架子上,你们自己来挑罢。"杨艳华笑道:"解除了警报,我们照样要唱戏的……"她还没有把话说完,却有一种很粗暴的声音,叫道:"杨艳华,你好安逸,在这里躲警报呢。"她"哟"了一声,笑道:"刘副官,也走到这儿来了?"说着话,她就带着两个女伶,走上溪对岸山路上去了。

那个刘副官就站在路头上等她。他穿了件蓝绸短袖衬衫,腰上的皮带,束着一条黄色卡叽裤衩,下面光着半截腿子,踏了双紫色皮鞋。头上盖着巴斗式的遮阳帽,手里拿了根乌漆刻字手杖。这是在重庆度夏最摩登的男装,手中不方便的人是办不到的。李南泉老远地看了这家伙一眼,觉得他派头十足,就打算跫过屋角去,避开了他。却听到他大声道:"那不行呀!我的客都请好了,你若是不到,你赔我酒席钱。"杨艳华站在他身边,像是作哀告的样子。还听到她用很柔和的声音道:"刘副官,你得原谅我。我决不能平白无事地不唱戏。我若是唱完了戏再到公馆里去,那又太晚了。"刘副官道:"不唱戏要什么紧!那一晚上的戏份,算我包了就完了。"李南泉听了这话音,分明是杨艳华在受着压迫。虽是没有力量给她解围,说也奇怪,立刻一阵无名火起,两只脚再也走不开去,就睁着眼向对面山麓人行路上望着。见那刘副官拿起粗手杖,像发了疯似地,乱刷着山上的长草,抽得长草呼呼作响。他道:"没有错,你来就是。一场牌,那不就给你赢个万儿八千的,你还怕不够你的戏份?你们唱一晚戏,能卖多少张票?"杨艳华道:"倒不完全是戏票问题。"说到这里,她的声音就小了。李南泉在这遥远的地方,就听不清楚。不过看她站在那里的姿势,仿佛是向刘副官鞠着躬。那刘副官依然是拿了手杖,向山草上扫荡,那气焰是非常嚣张的。

这就听到那唱花旦的插言道:"艳华,就是那么说罢。我们明天一路到刘公馆去就是了。刘副官的面子,那有什么话说。"那刘副官拿了手杖把的钩子,将手杖在空中舞着个圈圈,又顺手掀了那帽子,向后脑勺子挂着,挺了胸道:"我反正是这样预备下了,就看你杨老板赏脸不赏罢。"说着,他大开着脚步,向山口上走了去。这三个女戏子,站在路头上,对了刘副官的后影,有点出神。随后她们集合在一处,叽叽咕咕地说着。李南泉站在走廊上,遥遥地对她们望着。杨艳华正回过头来向这里偷看,看到了他,就悄悄地点了两下头,李南泉抬起手来,指了指自己的鼻子,她和两个同伴,都点了几点头,那意思是叫他过去。女人的招呼,是有决定性的作用的。她三人这样的招呼了,李南泉就不能不迎了上去。胡玉花不等他走近,便道:"李先生,你看这事是不是岂有此理?那老刘硬叫我们放了戏不唱,让我们去陪他们打牌。这简直是叫条子的玩艺……"杨艳华瞪了她一眼,拦着她道:"你还怕人家不知道,站在路上就这样大声疾呼,什么话你都说得出来。"胡玉花道:"本来是嘛!你以为人家把我们抓了去了,还把我们当上宾吗?"李南泉还不曾答言,却有人插言道:"谁请胡老板去当上宾?我们请过两三次,都请不到。"回头看时,正是今天早上要躲开的那个游击商人老徐。

虽然这个时候,在重庆穿西装,已是第一等奢侈生活,可是这位徐老板,倒是穿着一套挺括的拍力司米色衣服。胸前飘着白底红花的漂亮领带。只是他瘦得像只猴子似的,满脸的烟容,两只眼睛落下两个大框子,鼻子高耸起来,上下嘴唇都各自缩着,露出里面两排马牙齿。这一看之下,心里就发生了一种厌恶,便向他点了两点头。老徐倒是表示更为亲热,老早地伸出手来为礼。李南泉只好和他握了一握,说了声"好久不见"。老徐笑道:"老兄,我今天找你两回了,不是来追刘副官,今天又碰不着。"李南泉不愿他把所要说的话说下去,因道:"你要找刘副官,你就赶快追上去吧。他也是刚刚走的。"老徐笑道:"我们刚才在一处的,我晓得。我们现时正做一桩买卖。不是警报我们就进城了。不久,我要到衡阳去一趟,若是交通便利的话,我还走远一点。老兄要什么东西,我可以给你带一点回来。"李南泉笑道:"我什么也不要。我倒有些东西要你带出去。"老徐愕然道:"是金子吗?还是关金?这些东西,带起来都很便利。"李南泉将手拍了身穿的一件旧蓝布大褂道:"你看我这么一副穷相,会有金子关金吗?我要你带去的,是几句闲话。你可以告诉前方人士,大后方虽然让敌机炸得很凶,虽然有人发国难财,可是大多数的国民,他们还是坚持着抗战到底。"

老徐听他说的是这种话,既觉得迂腐,又觉得扯淡,便微笑道:"我们作商人的,哪里管这些国家大事,你还是和我谈谈生意经罢!"李南泉说了句"隔行",转身就要走开。那老徐比他更快,一把将他衣袖扯住,笑道:"你别忙,我要和你说的话,还没有说呢。我前次托你的一件事,怎么样?这在你是不费什么力的。"李南泉沉着脸子道:"老板,你不是自己说了吗?你是商人,你不管国家大事。当新闻记者的人,正和你相反,国家大事要管,国家小事也要管。你要一个新闻记者的名义,人家凭什么给你这个国家大小事全不管的人?"老徐笑道:"我上了当。原来你先绕一个弯子说话,把我的嘴堵上。可是你要晓得,我要一个新闻记者名义,我并没有要报馆里给我薪水,它无非是一张秀才人情。我若有工夫,也可以把前方的新闻寄了来的。"南泉摇着头淡笑道:"这些话都不必去提它。记者这名义不值钱,你何必去要,值钱,人家又岂能白给?"那老徐被他的话问窘了,正不好再说什么,却听到半空"呜呼呼"又是一阵警报器发声。杨艳华一手拉了胡玉花,一手拉了王少亭,也是转身就走,口里还道:"紧急警报来了,走吧!"老徐放开了李南泉,伸长了两手,在路上一拦,笑道:"不要害怕,这是解除警报。"听了这话,大家都静静地偏了头向半空里听了去。那警报声,果然呜呜地拖着长响,并没有吱呀吱呀地转弯。杨艳华更是内行,在警报器一响的时候,她就抬起手表来看了一看。看到长针走了两分半钟,而警报器声还在长空呜呜地响着,便踢着足笑道:"好了好了,解除解除。"

## 第三章　斯文扫地

这让老徐说准了,笑道:"我说不用着急吧?走,我们下山坐茶馆去。"胡玉花将嘴一噘,头又一扭道:"你怕我们这唱花旦的孩子,还不够招摇撞骗的,还要坐茶馆去卖相呢。"杨艳华皱了眉道:"你这嘴实在是没有一点顾忌,什么话都说得出来,真是糟糕。"老徐笑道:"你们在台上不怕人看,在台下就怕人看吗?"杨艳华道:"真的,我要和李先生借几本小说书看。你在哪里喝茶,回头我就来,我也正有事和你商量。"老徐眯了眼,笑着将马牙齿全露了出来,点着头道:"我恭候不误。"杨艳华对于他的话,根本没有加以理会,转身就向山坡下面走。这里一条路,直通木板桥上去,这是通到李南泉家里去的。他站在路头上踌躇了一会子,却没有跟着走。她到了那屋子走廊上,看到李先生不曾下来,就回转身来,向他招着手笑道:"你来呀,我等着你呢。"李南泉笑道:"请你等一等,解除了,我得去到洞子里去接我太太。真是对不起,请你在走廊上等一下。那里不也是很阴凉的吗?"他这样说着,才转回身去,却看到太太衣服上,沾了许多污泥,一手提着布包袱,一手牵着玲儿,脸上现出十分疲倦的样子。已是悄悄地站在身边。她微笑着道:"你有先知之明,知道今日敌机不会来,在家里招待上宾。"李南泉要说什么,看那三位坤伶,都站在走廊上望着自己。若不辩白吧,这又实在是一桩冤枉。因笑道:"我正要去接你呢!你倒是回来了。"

李太太笑道:"你还是招待客要紧。天天跑警报,你接过我几回?"李先生觉得夫人这话,充分地带着酸味。所幸她说话的声音很低,倒未必为杨艳华所听见,只好不作声。那杨小姐倒毫不介意,在走廊上说了句"李太太回来了",就迎接过来。她看到李太太牵着小玲儿,又提了包袱,便笑道:"李太太,你是太累了。警报真是害人。"说着,人已走近。李太太点着头笑道:"失迎得很,难得来的,坐会儿罢,咱们聊聊天。咱们这北平姐究竟说得来。"杨艳华蹲下地去,两手搂着小玲儿,笑道:"你认不认得我?"小玲儿将手摸了摸她的小辫子,笑道:"我怎么不认得你?你是杨艳华。那个是胡玉花,那个是王少亭。"说着,她把小手指着走廊另两个坤伶。李太太笑道:"这孩子没大没小,叫姨妈。"杨艳华笑道:"这小妹妹真有意思,李先生常带她去听戏。小妹妹,你会不会唱?"小玲儿将两只小手摸了杨小姐的脸,笑道:"我会唱苏三。"说着,将右手比了个小兰花形,头一扭,扭得童发一掀,她学着小旦腔唱道:"苏三离了红的县,将身来在大姐前。"①李南泉拍着手哈哈大笑。小玲儿指着她爸爸道:"哼!唱对了,你就笑。今天晚上,该带我去听戏吧?"

李南泉道:"好的,你拜杨姨作老师。"杨艳华牵着她的小手向家里引,笑道:"拜我作老师,别折死我。这孩子挺聪明的,别跟我们这没出息的人学,好好念书,作个女学士。实不相瞒,我还想拜李太太作老师呢。老师,你收不收我这个唱戏的作学生?"说时,回过头来望着李太太。这句话说得李太太非常高兴,她笑道:"杨小姐,你说这话,就不怕折死我吗?就是那话,都是天涯沦落人,相逢何必曾相识,咱们交个朋友,这没有

---

① 京剧《女起解》原词为:"苏三离了洪洞县,将身来在大街前。"此处系小孩咬字不准,唱错了。

什么。"她在高兴之余,赶快在身上掏出了钥匙,将门开着,把三位女宾引了进去,那王嫂也提着包袱,引着孩子回来了。李太太笑道:"快烧开水罢。"杨艳华道:"逃警报回来,怪累的,休息休息,别张罗。"李太太道:"我们是没什么招待,只好是客来茶当酒。"胡玉花向同伴笑道:"李太太是个雅人,你看她,全是出口成章。"李太太笑道:"雅人?雅人的家里,会搞得像鸡窝一样?我也是无聊,近来日子长,常跟着我们这位老师念几句旧诗。"说着向李南泉笑着一努嘴。杨艳华笑道:"李先生,你们府上是反串《得意缘》,太太给先生作徒弟的。"他笑道:"家庭的事,你们作小姐的人是不知道的。我有时照样拜太太作老师。"他说着话,正在把太太躲警报的东西,一样样地向后面屋子里送。那个唱小生的王少亭,倒是不大爱说话的人,看了只是抿嘴微笑。杨艳华道:"你笑什么?"她低声笑道:"你这才应该学着一点吧!你看李太太和李先生的爱情是多么浓厚。"

这轻轻的言语,恰恰女主人听到了,她笑道:"这根本谈不上,我们已是老夫老妻,孩子一大群。"她说着话时,将靠墙桌上反盖着的几只粗瓷茶杯,一齐顺了过来。杨艳华道:"你还是别张罗,我们马上就走。来此并无别事,和您借几本小说书看看。料无推辞的了。"李太太笑道:"杨小姐三句话不离本行,满口戏词儿。"她笑道:"真是糟糕,说惯了,一溜就出了嘴。有道是……"她立刻将手蒙了嘴,把话没说下去。胡玉花笑道:"差不点儿,又是一句戏词。"于是大家全笑了;李先生在里面屋子里,也笑了出来。李太太在一种欢愉心情下,指着竹制书架子笑道:"最下那一层堆着的,全是小说,三位小姐自己拿罢。"杨艳华先道了声谢,然后在书架子上挑好了两套书放在桌上。因道:"李太太,我绝对负责,全书原样归还,一页不少。"李太太笑道:"少了也不要紧,咱们来个交换条件,你把《宝莲灯》给我教会。"杨艳华道:"这还成问题吗?只要你有工夫,随便哪天,您一叫我我就来。"李先生笑道:"杨老板,你若给我太太说青衣①,你得顺便教给我胡子②。太太玩票,我有一个条件,就是不和别人配戏。"李太太笑道:"你听听,他可自负得了不得,我学戏是专门和她当配角的。"胡玉花摇摇头道:"那倒不是,李先生是怕人家占去了便宜。其实那是无所谓的。我们在台上,今天当这个人的小姐,明天当那个人的夫人,我还是我,谁也没沾去我一块肉。怕人家占便宜就别唱戏。唱戏就不怕人家占便宜。"杨艳华站在一边,只管把眼瞪着她。但是她全不理会,还是一口气要把话来说完。杨艳华将书夹在腋下,将脚微微一顿道:"走罢!瞧你。"胡玉花向李氏夫妇道着"再见",先走了。主人夫妇将三位坤伶送走了,还站在走廊上看她们的背影。那邻居吴教授,敞开了身上的短袖子衬衫,将一条半旧毛巾塞到衣服里去擦汗,口里不住地哼。

　　李先生笑道:"吴先生可累着了。"他叹了口气道:"俺就是这分苦命,没得话说。"说着,他一笑道:"俺就爱听个北京小姐儿说话。杨艳华在你屋子里说话,好像是戏台上说戏词儿,俺也忘了累了,出来听听,不巧得很啦!她又走了。俺在济南府,星期天没个事儿,就是上趵突泉听京韵大鼓。"吴太太在她自己屋子里插嘴道:"俺说,伲小声点儿吧,人家还没走远咧!这么大岁数,甚么意思?"吴先生擦着汗,还不住地摇着头,咬了牙笑。李太太道:"吴先生这一笑,大有文章。"他笑道:"俺说句笑话儿,她都有点儿酸意。李太太,你是开明分子,唱戏的女孩子到你府上来,你满不在乎。"李太太还不曾答言,隔壁邻居奚太太走过来了。她头上扎了两只老鼠尾巴的小辫子,身上新换了一件八成旧的蓝花点子洋纱长衫。光着脚,踏着一双丈夫的漆皮拖鞋,滴答滴答,响着过来,像是刚洗过澡的样

---

①② 青衣、胡子,京剧术语,行当名称。

子。她笑道:"李太太是老好先生,我常要打抱不平;她是受压迫的分子。"李先生抱着拳头拱拱手笑道:"高邻!这个我受不了。当面挑拨,我很难说话。奚先生面前,我也会报复的。"奚太太将头一昂道:"那不是吹,你报复不了。老奚见了我,像耗子见了猫一样。"那位吴先生在走廊那头,还是左手牵着衬衫,右手拿着毛巾擦汗。又是咬着牙,捻着花白胡桩子笑。奚太太立刻也就更正着道:"也并不是说他怕我。我在他家作贤妻良母,一点嗜好都没有,他不能不敬重我。"

李太太笑着,并不曾答一句话,转身就要向屋子里走。奚太太抢着跑过来几步,一把将她的衣服抓住,笑道:"老李,你为什么不听我的话。不要紧,我们妇女们联合起来。"她说时,把左手捏了个拳头举了一举。李太太被她扭住了,可不能再置之不理,因站定了笑道:"你说的话,我完全赞同。不过受压迫,倒也不至于。我们两口子,谁不压迫谁。唯其是谁不压迫谁,半斤碰八两,常常抬杠。"奚太太随着她说话,就一路走到她屋子里去。李南泉将两手背在身后,还是在走廊上来回地走着。吴先生向他招了两招手,又点点头。李先生走了过去,吴先生轻轻道:"这位太太,锐不可当!"李南泉笑道:"那倒没有什么。躲了大半天的警报,早上一点东西没吃,而且每天早上应当灌足的那两杯浓茶,也没有过瘾。"他正说到这里,佣人王嫂,一手端了一碗菜,走将过来,笑道:"就吃晌午了,但是没有啥子好菜。"李先生看时,她左手那碗是黄澄澄的倭瓜块子,右手那碗,是煮的老豌豆,不过豌豆上铺了几条青椒丝,颜色倒是调合的。他正待摇摇头,大儿子小白儿,拿了一张钞票,由屋子里跑了出来。便叫住道:"又跑,躲警报还不够累的。"小白儿望了父亲道:"这又怪人,妈妈说,老倭瓜你不吃的,老豌豆又不下饭,叫我去给你买半斤切面来煮得吃。还有两个鸡蛋呢。"

李南泉心里荡漾了一下，立刻想到太太对奚太太这个答复，实在让人太感激了。他怔了一怔，站着没有说出话来。小白儿道："爸爸，你还要什么，要不要带一包狗屁回来？"吴春圃还在走廊上，笑道："这孩子不怕爸爸了，和爸爸开玩笑。"李南泉笑道："他并非开玩笑，他说的狗屁，是神童牌纸烟的代名词。"因向小白儿道："什么也不用买，你回去吃饭。刚刚由防空洞里出来，又去上街。"小白儿踌躇了一会子，因道："钱都拿在手上，又不去买了。"李南泉道："我明白你的用意，一定是你妈答应剩下的钱给你买零嘴吃，你不用跑，那份钱还是给你。进去吃饭罢。"小白儿将手上的钞票举了一举道："那我拿去了。"说毕，笑着一跳，跳到屋子里去了。李先生站在走廊上，听到奚太太在屋子里唧哩呱啦地谈话，便来回地徘徊着，不肯进去。奚太太在屋子里隔了玻璃窗，看到他的行动，便抬着手招了两招，笑着叫道："李先生，你怎么不进来吃饭？你讲一点男女授受不亲吗？"他没法子，只好进屋子去。太太带了孩子，已是围了桌子吃饭。奚太太伏在小白儿椅子背上，看了大家吃饭，笑道："李先生，你这样子吃苦，是你当年在上海想不到的事情吧？"李南泉道："这也不算苦。当年确曾想到，想到的苦，或者还不止是这样。但那并没有关系。怎么着也比在前线的士兵舒服些。你看对面山上那个人。"说着，他向窗子外一指。

大家向窗外看时。见一位穿蓝布大褂，架着宽边眼镜的人，从山路上过去。他左手提着一只旧麻布口袋，右手提着一只篮子，走了一截路，就把东西放在路边上，站在路头，只管擦汗。李太太道："那不是杨教授？"李南泉道："是他呀！我真同情他，自己五十多岁了，上面还有一位年将八旬的老母。下面是孩子一大堆。他挣的薪水，只够全家半月的粮食。他没法子，让太太上合作社，给人作女工缝衣服。两个大一点的孩子，上山砍柴,回家种菜。他自己是到学校扛平价米回家。为了省那几个脚力钱,把自己累成这个样子。你看,那篮子里,不就是平价米?"奚太太道:"这个我倒知道,这位杨教授,实在是阿弥陀佛的人,穷到这样,他没有和亲戚朋友借过一回钱。上半年,他老太太病了,他把身上一件羊皮袍子脱下来,叫他的孩子,扛到街上卖。自己出面,怕丢了教授们的脸,不出面,又怕孩子们卖东西,会上人家的当,自己穿件薄棉袍子,远远地站在人家屋檐下看着。我实在不过意,我送了一点东西,给他老太太吃。"李南泉道:"奚太太是见义勇为的人,你送了他什么呢?"奚太太踌躇了一会子,笑道:"那也不过是给她一点精神上的安慰罢了。"说到这里,正好她最喜欢的小儿子,站在门口,插言道:"那回是我去的。妈妈装了一酒杯子白糖,还有两个鸡蛋。"奚太太道:"胡说,一酒杯子?足足有三四两呢。快吃饭了,回去罢!"说着,她牵着孩子走了。

李先生站在桌子边,不由得深深地皱起眉头子。太太道:"叫孩子买面煮给你吃,你又不干;吃饭,嫌菜太坏。我说,你这个人真是别扭。"他半鞠着一个躬笑道:"太太你别生气,我们成日成夜的因小误会而抬杠,什么意思?"李太太把双竹筷子插在黄米饭里,两手扶了桌沿,沉着脸道:"你是狗咬吕洞宾,不知好歹。奚太太一走,你就板着那难看的面孔。她无论说什么,我也没有听一句,你生什么气?"李先生笑道:"言重一点儿吧?太太!不过,这句骂,我是乐于接受的。这是《红楼梦》上姑娘们口里的话。凭这一点,我知道你读书大有进步,所以人家说你出口成章。但是你究竟是误会。刚才,也许是我脸色有点不大好看。你要知道,那是我说她夸张得没有道理。送人家一酒杯白糖,两个鸡蛋,这还值得告诉邻居吗?你为人可和她相反,家里穷得没米下锅,只要人家开口,说不定你会把那口锅送人。你是北平人说的话,穷大手儿。"李太太的脸色,有点和缓过来了,可是还不曾笑。李先生站在屋子中间,躬身一揖,操着戏白道:"卑人这厢有礼了。"李太太软了口气,笑着扶起筷子来吃饭,摇摇头道:"对付你这种人,实在没有办法。"吴教授在外插言笑道:"好嘛! 你两口子在家里排戏了。"李先生笑道:"我们日夜尽抬杠,我不能不装个小丑来解围。"说着,走出门来,见吴先生扣着衬衫纽扣,手下夹了条扁担,向走廊外走。那扛米的杨先生在隔溪岸上道:"咦,居然有扁担。"吴先生举着扁担笑道:"现在当大学教授,有个不带扁担的吗?"

李南泉笑道:"吴先生这话,相当幽默。"他笑道:"俺也是套着戏词儿来的,《双摇会》①里的高邻,他说啦,劝架有不带骰子的吗?"他说着,那是格外带劲,把扁担扛在肩上。那位扛米的教授,倒还不失了他的斯文一派,放下米袋米篮子,就把卷起的蓝布长衫放下,那副大框子老花眼镜,却还端端正正架在鼻梁上。他向吴先生拱了两拱手笑道:"不敢当! 不敢当!"吴教授道:"赶上这份年月,咱不论什么全要来。"说着,操了句川语道:"啥子不敢当? 来罢?"说着,把扁担向口袋里一伸,然后把那盛米的篮子柄,也穿着向扁担上一套,笑道:"来罢? 仁兄,咱俩合作一次,你是子路负米,俺是陶侃运甓。"那位杨教授弯着腰将扁担放在肩上。吴先生倒是个老内行,蹲着两腿,将肩膀顶了扁担头,手扶着米袋。杨教授撑起腰之后,他才起身。可是这位杨先生的肩膀,没有受多少训练,扁担在蓝布大褂上一滑,篮子晃了两晃,里面的米,就唆的一声,泼了不少在地面。吴教授用山东腔连续地道:"可糟咧糕啦! 可糟咧糕啦! 放下罢,放下罢,俺的老夫子。"杨教授倒是不慌不忙蹲着腿,将担子歇下。回头看时,米大部分泼在路面石板上,两手扶了扶鼻梁上的大框眼镜,拱着拳头道:

---

① 《双摇会》为京剧剧名。

"没关系,没关系,捧到篮子里去就是了。"吴春圃道:"不行,咱脑汁同血汗换来的平价米,不能够随便扔了。"他看到李南泉还在走廊上,这就抬起手来,向他招了两招笑道:"李兄,你也来,大家凑分儿热闹。我知道你家买得有扫帚,请拿了来。"

李南泉也是十二分同情这位杨教授的,说了声"有的"。在家里找着那把扫帚,立刻亲自送到隔溪山路上来。杨先生拱了两手长衫袖子,连说了几声谢,然后才接过扫帚去。吴先生笑道:"李先生,还得你跑一趟。没有簸箕,这米还是弄不起来。"杨先生弯下腰去,将左手先扶了一扶大框眼镜,然后把扫帚轻轻在石板拭着,将洒的零碎米,一齐扫到米堆边,一面摇着头道:"不用不用,我两只手就是簸箕,把米捧到篮子里去就是。"吴春圃笑道:"杨先生,你不行,这样斯斯文文的,米在石头缝里,你扫不出来。"李南泉因他说不用簸箕,并未走开,这就笑道:"这就叫斯文扫地了。"这么一提,杨、吴两个恍然大悟,也都哄然一声笑着。杨先生蹲在地面,他原是牵起长衫下襟摆,夹在前面腿缝里的。他笑得周身颤动之后,衣襟下摆,也就落在地上。吴教授笑道:"仁兄这已经够斯文扫地的了,你还要把我们这大学教授一块招牌放到地下去磨石头。"杨先生看了这泼洒的米,除了中间一堆,四处的零碎米粒,在人行路的石板上,占了很大的面积。若是要扫得一粒不留,那就不知道要扫起好多灰土来。这就把扫帚放下,两手合着掌,将小米堆上的米粒捧起,向篮子里放去。恰是这路面上有块尖嘴石头,当他两手平放了向米堆上捧着米的时候,那石尖在他手背上重重划了一下,划出一道很深的血痕。

李先生道:"出血了,我去找块布来,给你包上罢!"杨先生道:"没关系,流点汗,再流点血,这平价米吃得才够味。"说着,他在衣袋里掏出一条成了灰色的布手绢,将手背立刻包扎起来。站起后扶着扁担,向吴先生道："不到半升米,牺牲了罢!不过我们的血汗,虽不值钱,农人的血汗是值钱的。一粒米由栽秧到剥糠壳,经过多少手续。你家不是养有鸡吗?你可以吩咐你少爷,把家里鸡捉两只来这里吃米。不然这山路上的人来往地踩着,也作孽得很。"吴春圃道："你这话有理之至。就是那么办。"李南泉笑道："那我还要建议一下。既然这粮食是给鸡吃的,就不怕会扫起了沙土,你两位可以抬米走。我来斯文扫地一下,把这米扫起。用簸箕送到吴先生家里去。这点爱惜物资的工作,我们来共同负担。"吴先生笑道："那末,我家的鸡,未免不劳而获了。"李南泉笑道："它有报酬的。将来下了鸡蛋,你送我两个,这斯文扫地的工作,就没有白费了。"于是三位先生哈哈一笑,分途工作。李南泉在家里找了簸箕来,把米扫到那里面去。正是巧得很,就在这个当儿,城里来了四位嘉宾。两男两女,男的是穿了西服,女的是穿了白花绸长衫,赤脚蹬着漏花帮子高跟皮鞋,她们自然是烫了发,而且是一脸的胭脂粉。两位男士,各撑着一柄花纸伞,给女宾挡了阳光。李南泉并没有理会,拖着身上的旧蓝布长衫,继续在扫地。其中一位女宾,"咦"了一声道："那不就是李先生?"

李先生回头看时,手提了扫帚站起来,点着头笑道："原来是金钱两位经理!这位是金夫人,这位是……?"他说着,望到后面一位穿白底红花绸长衫的女人,再点了个头。后面那位穿法兰绒西服的汉子笑道："这位是米小姐,慕名而来。"李先生道："不敢当,金钱二位,要到茅舍里坐坐吗?"那位金经理,是黄黑的面孔,长长的脸,高着鼻子,那长长的颈脖子,在衬衫领上露出肉来,也是黑的,和他那白哔叽西服,正是相映成趣。在他的西服的小口袋里,露出了一串金表链,黄澄澄的,在他身上添了一分富贵气,也就添了一分俗气。他笑道："老钱,我们不该同来。我们凑在一处,恰好是金钱二字,乐得李先生开我们的玩笑。"钱经理笑道："那也

"不用不用,我两只手就是簸箕,把米捧到篮子里去就是。"

好,金钱送到李先生家里去,给李先生添点彩头。"李先生将扫帚向隔沟的草屋一指,笑道:"那就请罢!"说毕,他依然把地下那些碎米,扫到簸箕里去。两手捧着扫帚簸箕,在前引路。那米小姐和金太太对于慕名来访的李先生,竟是一位自己扫米的人,不但失望,还觉有点奇怪,彼此对看了一下。李先生倒没有加以理会,先将米送到吴家去,然后引了四位嘉宾进屋。李太太将孩子交给王嫂带走了。自己也是在收拾饭后的屋子,舀了一木盆水,揩抹桌凳。看到两位西装客,引两位摩登女人进来,透着有点尴尬,便点着头笑道:"请坐请坐,我们是难民区,不要见笑。"

女人是最爱估量女人的。这两位女宾对女主人也看了一看。见她苗条的个子,穿件旧浅蓝布长衫,还是没有一点皱纹;脸上虽没有抹上脂粉,眉清目秀,还不带乡上黄脸婆的样子。和这位拿扫帚的男主人显然不是一个姿态。将首先不良的印象,就略微改善了一点。那位金经理夫人,说口上海普通话,倒是善于言词的,点着头道:"我们是慕名而来,来得太冒昧了。"李南泉对于他所说,根本不能相信。他心里猜着两件事:第一,他们想在此地找间房子避暑带躲警报。第二,他们在买卖上,有什么要利用之处,自己又是最怕这类国难富商的,也就只得含糊着接受这客气的言词。分别让着来宾在竹椅旧木凳上坐下,先笑道:"对不起,我不敢给客人敬纸烟。因为我的纸烟,让我惭愧得拿不出来。"金先生笑着说声"我有我有",就在西服怀里,把镶金扁平纸烟盒子取出。他将手一按小弹簧,盒子盖儿自开,托着送到主人面前,笑道:"来一支,这是香港货,最近运进来的,还很新鲜。"主人接过烟,钱先生就在身上掏出了打火机,来给点烟。主人答道:"当然这也是香港来的了。我很羡慕你们全身都是香港货。"钱先生道:"像李先生这样的文人,又不当公务员,最好就住在香港,何必到重庆来吃苦。而且是成天躲警报,太犯不上。"

李南泉点着头笑道:"你这话是对的,不过这也各有各的看法。大家看着香港是甜,重庆是苦;也许有人认为重庆是甜,香港是苦;就算重庆苦罢!这苦就有人愿意吃。比如苦瓜这样菜,也有人专爱吃的,就是这档子道理。"李太太听他说到这里,恐怕话说下去,更为严重,这是人家专诚拜访的人所受不了的。便插嘴笑道:"其实我们也是愿意去香港的,可是大小一家人,怎么走得了?老早是错过了这个机会,现在也就不能谈了。你们府上住在哪里?金太太,有好的防空洞吗?"她故意把话闪开。金太太道:"我们住在那岸,家里倒是有个洞子,不过城里受炸的时候,响声还是很大。这些时候,空袭只管加多,我们也有意搬到这里来住个夏天,恐怕房子不好找吧?"李南泉道:"的确是不好找。一到轰炸季,这山窝子里的草棚子就吃香了。不过,能多化几个钱,总有办法。大不了自盖上一间,当经理的人,有什么要紧?金兄,我一见你,就知道你必为此事而来。"金经理口角里衔着纸烟,摇了两摇头,笑道:"你没有猜着。至多你也只猜着了一半。"说着,将下巴颏向钱经理一仰,接着道:"他二位喜期到了,有点事求求你。"那钱经理是张柿子脸,胖得两只小眼睛要合起缝来。听了这话,两片肉泡脸上,笑着向上一拥,看这表情里面,很是有几分得意。

李南泉笑道:"原来如此,那我叨扰一杯喜酒了。有什么要兄弟效劳的吗?"金经理道:"为了避免警报的麻烦,他们决计把礼堂放在乡下。钱先生、米小姐都是爱文艺的人。打算请你给他们写点东西放在礼堂上,而且还要托李先生转求文艺界朋友,或者是画,或者是字,各赐一样,越多越好。除了下喜帖,恭请喝一杯喜酒,一律奉送报酬;报酬多少,请李先生代为酌定。我们的意思,无非是要弄得雅致一点。"李南泉笑道:"这倒是很别致的。不过……"那钱经理不等他说完这个转语,立刻抱了两只拳头,拱了几下手,笑道:"这件事,无论如何,是要李先生帮忙的。"金经理又打开了烟盒子向主人翁反敬了一支纸烟,然后笑道:"这是有点原故的,人家都说作商人的,离不了俗气,我们这就弄点雅致的事情试试。"李南泉对这两位商人看看,又对这两位摩登妇人看看,觉得在他们身上,实在寻不出一根毫毛是雅的,随着也就微笑一笑。钱经理还没有了解到他这番微笑,是什么意思,便道:"李先生觉得怎么样?我以为文人现在都是很清苦的,提倡风雅的事,当然有些力量不足,我们经商的人有点办法,可以和文化界朋友合作。"李南泉点点头道:"钱先生的思想,高雅得很。不过文人不提倡风雅,不光是为了穷,也有其他的原因。"说到这里,钱先生向金先生使了个眼色,金先生了解了,就回复他,点了一点头。

这时,钱先生就站起来,在他身上摸出了一卷钞票,估量着约莫四五百元;在这个时候,这是个惊人的数目。因为米价一百五十元一老斗(新秤四十二、三斤);猪肉卖十几块钱一斤。李先生每月的开支,也就不过是五六百元。平常很少有一次五六百元的收入。一见他掏出这么一笔巨款,已知道他是耍着商人的老套了,且不作声,看他说些什么。钱先生将钞票放在临窗的三屉桌上,因笑道:"这点款子,我们预备了作润笔的。我们除了李先生,就不认得文艺界朋友,请你给我代约一下。这里面有一半。是送给李先生作车马费的,也请你收下。"李先生摇着头道:"钱先生要这样处置,这件事我就不好办。诚然,我和我的朋友,全是卖文为活的;可是收下你的钱,再送你的婚礼,这成什么话?"金经理笑道:"这个我们也考虑过了。你是我们的朋友,请你送副喜联,或者写个贺屏,至多我们自己预备纸就是了,可是其他要李先生代约的人,并不认识钱先生是谁,他没有送礼的义务。于今纸笔墨砚,哪一样不贵?怎好去打了人家的秋风?"钱先生也点了头道:"这谈不上报酬,只是聊表敬意。不然,李先生代我们去找一点字画,是请人家向我这不相识的人送礼,也是很难启齿的吧？你只当代我收买一批字画,不是凑我的婚礼,这就很好处置了。"李南泉想了一想,因道:"但我们那一份,我不能收,请你为我人格着想。"

李先生这种表示,首先让两位女宾感到诧异。他拒绝人家给钱,竟把人格的话也说出来。难道他穷得住这样坏的茅草屋子,竟是连这样大的一笔款子都会嫌少？李南泉正坐在她们对面,已是看到她们面部一种不赞同的表情,继续着道:"我虽也是卖文为活,可卖的不是这种文;若是卖文卖到向朋友送礼也要钱,那我也不会住这样的茅草房子了。"他说话的时候,淡笑了一笑。钱先生看他的样子,那是充分的不愉快。拿钱给人,而且是给一位拿扫帚在大路扫米的人,竟会碰了他一个钉子,这却出乎意料。因望着金先生笑道:"这事怎么办？"金先生道:"李先生为人,我是知道的,既然这样说了,绝不能勉强。不过要李先生转请的人,似乎不能白白地要求。"他说话时,抬起手来,搔搔耳朵沿,又搔搔鬓发,似乎很有点踌躇。李南泉笑道:"那绝对没有关系,现在虽说是斯文扫地,念书人已是无身分可言了,可书呆子总是书呆子,不大通人情事故。凭我的面子也许可以弄到两三张字画,若是拿钱去买,那不卖字画的,他永久是不卖。卖字画的,那就用不着我去托人情了。"金先生笑道:"好的好的,我们就谨遵台命罢。在两个礼拜之内,可以办到吗？因为钱、米两位的喜期已是不远了。"

李南泉笑道:"就是明天的喜期,至少我这一份误不了事。"钱经理表示着道谢,和他握了一握手。回头向金先生道:"那我们就告辞吧。"金经理懂得他的意思,拿起放在竹几上的帽子,首先就走。其余三人跟着出来。李先生左手抓住钱经理的手,右手把桌子角上的钞票一把抓起,立刻塞在他的口袋里。因笑道:"钱兄这个玩不得,我们这穷措大家里,担保不起这银钱的责任。"钱经理要把钞票再送进门来,李南泉可站在门口,把路挡住了。他便笑着叫道:"老金,李先生一定不肯赏脸,这事怎么办?"姓金的摇摇头笑道:"我们是老朋友,李南翁,就是这么一点书生脾气,你就由着他罢。"姓钱的站在走廊上踌躇了一会子,向主人笑道:"简直不赏脸?"李南泉道:"言重言重。反正我一定送钱先生一份秀才情的喜礼就是了。"那姓钱的看看主人翁的脸色,并没有可以通融的表示,料着也不宜多说废话,这就笑道:"好罢,恭敬不如从命。我们在此地还要耽搁两天,明日约李先生李太太下山吃回小馆,这大概可以赏脸吧?"李南泉抬头看了看茅檐外的天色,因点着头道:"只要不闹警报,我总可以奉陪,也许是由兄弟来作个小东。"金钱两位总觉得这位主人落落难合,什么也不容易谈拢来,也就只好扫兴告辞而去。

　　李太太对于这群男女来宾,知道非先生所欢迎,根本也就没有招待。客都走远了,见李先生还是横门拦着,便笑道:"你怕钱咬了手吗?你既是这样把钱拒绝了,他还会送回来吗?看你这样子,要把这房门当关口。"李南泉这才回转身来,笑道:"对不起,太太。我知道我们家这些时候,始终是缺着钱用。可是这两个囤积商人的钱,我没有法子接受。"李太太道:"我并不主张你接受这笔钱。不过你的态度上有些过火。你那样说话,简直让人下不了台。你不会对人家说得婉转一点吗?"李南泉站着凝神了一下,笑道:"我有什么话说得过火了一点吗?这是我个性不好,不晓得外交词令的原故。"李太太笑道:"我又抓你的错处了。我每次看你和女戏子在一起,你就很擅长外交词令了。"李南泉笑道:"这问题又转到杨艳华身上去了。今天解除警报以后,她们来借书,可是你满盘招待。"他口里这样说着,可是学个王顾左右而言他,要找一个扯开话来的机会。正好吴先生已把抬米的工作做完,肩上扛着一条扁担,像扛枪似的,把右手托着;左手牵着他的衣襟,不住地抖汗。李南泉这就抢着迎了出去,笑道:"今天你可作了一件好事,如其不然,杨先生这一袋和一篮子米。要累掉他半条命。"吴先生满脸是笑容,微摆着头道:"帮朋友的忙,那倒无所谓,我很以我能抬米而感到欣慰,这至少证明我还不老。"

李南泉笑道:"俗话说,骑驴撞见亲家公。今天我就闹了这么一个笑话。当我在大路上扫地的时候,城里来了两对有钱的朋友。"吴春圃笑道:"那要什么紧?咱这分穷劲,谁人不知。"李南泉道:"自然是这样。不过他们笑我穷没关系。笑我穷,以致猜我见钱眼开,那就受不了。"吴春圃摇着头笑道:"没关系。随便人家怎么瞧不起我,我决不问人家借一个铜子儿。笑咱斯文扫地不是?来!咱再来一回。"说着,他很快将扁担放在墙壁下。将阶沿边放的一把旧扫帚,拿起就向门外山溪那边走。吴太太在屋子里叫道:"你这是怎么回事?也不怕个累。抬米没到家,又拿着一把扫帚走了。你还是越说越带劲。一个当大教授的人,老是做这些粗事,也不怕你学生来了看你笑话。"吴先生道:"要说出来,我就是为了你呢。明天早上拢起火来,你总是嫌着没有引火的东西。刚才我由杨先生那里回来,看到路边草地上有不少的刨木皮。用手一摸,还是挺干。扫回来给你引火,那不好吗?小南子,来!把那个小背箕儿拿上,咱爷儿俩合演一出拣柴。"他的第七个男孩子,今年七岁,就喜欢个爬山越岭。这时父亲一嘉奖他要去合演,高兴得了不得。说着一声来了,拉着背箕的绳子,就在地面上拖了起来。四川是山地,不但不宜车子,连挑担子,有些地方都不大合适,所以多用背箕。

背箕这个东西,是下江腰桶型的一个大竹篮子,用竹片编着很大的眼,篮子边沿上,用麻绳子纽两个大环子,将手挽着背在肩上,代了担子用。这里面什么东西全可以放,若是放柴草的话,照例是背箕里面一半,而背箕外面一半。人背着柴草来了,常是高过人头好几尺,像路上来了一只大蜗牛。教授们既是自操薪水之劳,所以每人家里,也就都预备下了背篓。吴少爷的一条短裤衩,裤带子勒不住,直坠到裆下去。上身穿着那件小衬衫,一顺地敞着纽扣,赤了两只脚,跑得地下啪啪作响。吴太太又在屋子里叫道:"爹也不像个爹,儿也不像个儿,这个样子,他带了孩子四处跑。"吴先生满不理会太太的埋怨,接过那背篓,笑嘻嘻地走。他刚一走上那人行路,就遇到隔壁的邻居奚敬平先生由城里回来。他是个有面子的公务员,而且还算独挡一面。因之他穿了一套白哔叽的西服,又是一顶盔式凉帽。手上拿了根乌漆手杖,摇摇摆摆走来。他和吴先生正是山东同乡。虽然太太是下江人,比较少来往,但是彼此相见,还是很亲热的。他将手杖提起来,指着他的背篓扫帚道:"你怎么来这一套?"吴春圃将扫帚一举道:"我怕对不起斯文扫地这四个字,于今这样办起来那就名实相副了。城里有什么消息?"奚敬平道:"这两天要警戒一点罢。敌人广播,对重庆要大举轰炸,还要让我们十天十夜不解除警报。"

奚敬平一提这消息,早就惹下大片人注意。首先是这路边这户人家,是个小资产阶级,连男带女一下子就来五、六个人,站在门口,瞪了大眼睛向这里望着。吴先生道:"管他怎么样轰炸,反正我什么也没有了,就剩了这一副老八字。把我炸死了,倒也干脆,免得活受罪,也免得斯文扫地,替念书的人丢脸。"那大门口站着一位雷公脸的人,穿了一套纺绸裤褂,伸出那枯柴似的手臂,摇着一柄白纸扇子,沉着面色,接了嘴道:"奚先生你亲自听到这广播的吗?"他道:"我也是听到朋友说的,大概不会假。但是敌人尽管炸,也不过住在城里没有疏散的老百姓倒霉。这对我们军事,不会发生什么影响。"那位雷公脸展开扇面,在胸面前微微招了两下,因道:"倒不可以那样乐观。重庆是中枢,若是让敌机连续轰炸十天十夜……"吴先生是个山东人,他还保持着北方人那种直率的脾气。听了这话,他不等那人说完,立刻抢着拦住道:"袁先生,你这话可不能那样说。敌人就是这样的看法,那才会对重庆下毒手。若是我们自己也这样想,那就糟了。随便敌人怎样炸,我们也必须抗着。"他说完了,身子一扭,举着扫帚道:"来罢!小南子。一天得吃,一天就得干。斯文扫地,就是斯文扫地罢。反正咱苦到这般田地,也是为了国家。咱穷是穷,这良心还不坏。"他这几句话,倒不止是光发牢骚,听着的人可有点儿不是味儿了。

## 第四章　空谷佳人

这位邻居袁四维,是位老官吏,肚子里很有点法律。但在公务员清苦生活环境之下,他看定了这不是一条出路。除了自己还在机关、保持着这一联络而外,他却是经营生意,作一个就地的游击商人。这所村中最好的楼房,也就是用游击术弄来的。对于敌人空袭,在生命一点上,他倒处之坦然;认为放了警报,只要有两只脚存在,就四处可以躲警报。只有这所楼房,却不是在手提箱里可以放着的,只有让它屹立在这山麓,来个目标显然。他就联想到,不闹炸弹则已,若闹炸弹,这房子绝难幸免,现在奚敬平带来的消息,敌人广播要连续炸十天十夜,谁知道敌机要来多少批?所以他听到这消息,却比任何一个人还要着急;不想奚吴两位,都讨厌自己的问话。尤其是吴春圃的话,有些锋芒毕露。他怔怔地站着出了一会神,见两位先生都走了,淡笑了一声骂道:"这两个穷骨头,穷得有点发神经。邻居们见面,大家随便谈天,什么话不可问?你看这个老山东,指桑骂槐,好好地污辱我们一顿。"他是把话来和他太太说的。他太太三十多岁,比丈夫年纪小着将近一半。以姿色而论,这样大的年纪,也就够个六、七十分。只是也有个极大的缺点,和丈夫正相反,是个极肥的胖子。尤其是她那个大肚囊子,连腰带胸一齐圆了起来,人像大布袋。在妇女犹自讲曲线美的日子,这实在大为扫兴。

袁太太对于这个缺憾，其初还不十分介意，反正丈夫老了，又没有什么余钱，倒不会顾虑到他会去另找细腰。自从袁四维盖起房子，作起生意来，手下很有富裕。老这个字，根本也限制不了他什么行动。因之这袁太太四处打听有什么治胖病，尤其减小大肚囊子的病。她晓得中医对此毫无办法，就多多地请教西医。西医也说对治胖病，没有什么特效药，只是告诉她少吃富有脂肪的东西而已。此外也劝她多劳动，不必吃得太饱，甚至有人劝她少吃水果，少喝水。她倒是全盘接受。除了不吃任何荤菜之外，她吃的菜里，油都不搁。原来的饭量，是每餐三碗，下了个决心，减去三分之二。水果是根本戒绝了，水也尽可能少喝，惟有运动一层，有点办不到，只有每日多在路上散散步。同时，自己将预备的一根带子，每日在晚上量腰两三次，试试是不是减瘦了腰肢。在起初每餐吃一碗饭之下，发生了良好的反应，大肚囊几乎缩小了一寸。可是自己的肠胃，向来没有受过这分委屈。饿得肚子里像火烧似的，咕噜作响。尤其是每餐吃饭时，吃过一碗之后，勉强放下碗来，实在有些爱不忍释。孩子们同桌共饭，猜不到她这分痛苦，老是看到她的碗空了，立刻接过碗去，就给她盛上一碗，送了过来。饿人看到大碗的饭，放在面前，实在忍不住不吃，照例她又吃完了那一碗。

自从这样吃了饭，她于每顿吃一碗饭的戒律，实在有些难守，也就改为每顿吃八成饱了。这样一来，她的体重，随着也就渐渐恢复旧观。好在她量腰的工作，每日总得实行两遍，她在大肚囊子并未超过她所量的限度下，到底对前途是乐观的，自己也落得不必挨饿。这天躲过警报回来之后，早午两顿饭作一次吃，未免又多吃了点，放下了筷子、碗方才想到这和肚皮有关，正是后悔不及，就决定了不吃晚饭。同时，并决定了在山麓人行路上散散步。不想刚到大门口，就遇到了这样一个扫兴的报告。她的丈夫埋怨起吴春圃来,她倒是更有同感。因道:"不要睬他们。我对这些当教授的人,就不爱理会。他们以为是大学教授,两只眼睛长在头顶心里,就不看见别人。其实他们有什么了不得? 你若肯教书,你不照样是法律系的教授?"袁四维道:"随他去。好在我们也不会求教他们这班穷鬼。你要不要出去散散步?"袁太太道:"等一下罢,等太阳落到山那边去再说。我们进去罢,那个姓李的来了。"原来他们是和李南泉斜对门住着。他们在门口,正看到李南泉撑了把纸伞,由那山溪木桥上走过来。袁四维却迟疑了一会,直等人家走过了桥,已到这岸,却不便故意闪开,就点了个头道:"这样大的太阳,李先生上街去吗?"他点点头,叹口气道:"没法子,到邮政局里取笔款,明日好过警报天。"

袁四维道:"李先生,你也听到敌人的广播吗?"他笑道:"我有两个星期不曾进城,哪里听到敌人什么广播。"袁四维道:"你怎么知道明天是警报天呢?"李南泉闪到袁家门口一棵小槐树下,将纸伞收了起来,将手抬起,对天画了个大圈圈。因道:"你看天上这样万里无云,恐怕由重庆晴起,一直要晴到汉口。我们的制空权完全落到人家手里,这样好的天气,他有飞机停在汉口,为什么不来?"袁四维苦笑了一笑,又伸手搔搔他的秃头,因踌躇着道:"李先生也变成了个悲观论者。"李南泉道:"我并不悲观,悲观对自己又有什么用处。我觉得是良心不可不保持,祸害也不可不预防。"袁四维道:"我倒愿请教。中国到了现在这个地步,有没有挽救的希望?"李南泉道:"当然有! 若没有挽救的希望,还打个什么仗,干脆向日本人投降。"袁四维正想追问下去,却见李太太将手扣结着那件半旧的洋纱长衫下襟纽扣,赤着脚,穿双布底青鞋子走了过桥。腋下还夹了一把细竹片儿编的土产扇子,便道:"李太太陪先生一路上街?"李太太走到面前,笑道:"不,我替他去。"因向南泉道:"你把那封挂号信交给我吧。这大热天,回头上山来,你又是一身臭汗。"李南泉道:"难道你回家就不是一身臭汗?你今天已经上街两次了,这次该我。"李太太道:"我还不是早上买菜那一次吗?是我比你年轻得多,有事弟子服其劳罢!"说时,伸着手向李先生要信。

李南泉笑道:"这又何必客气?你若愿意上街溜溜的话,我们一路去。"那位胖太太看到他们夫妇这样客气,便笑道:"你们真是相敬如宾。"李太太笑道:"我们住了这样久的邻居,袁太太大概没有少见我们打吵子。"李南泉道:"岂止看见?人家也做过好几回和事佬。"李太太摇摇头笑道:"这也就亏你忝着脸说。把信拿来罢!回头邮政局又关门了。"李南泉在衣袋里将信交给太太;把纸伞撑着也交给太太,笑道:"那我就落得在家里睡一回午觉。假如……"李太太道:"不用假如,我会给你带一张戏票回来。今天晚上是杨艳华全本《玉堂春》。"李南泉摇着手道:"非也非也。我是说今晚上若不大热的话,我把那剧本赶了起来,大概还有两三千字。管它有没有钱可赚,反正完了一件心事。"李太太并没有和他仔细辩论,撑着纸伞走了。袁四维道:"李先生,你太太对你就很好,你们不应该抬杠。"李南泉笑道:"她是小孩子脾气,我也不计较。不过她对于抬杠,另外有一番人生哲学,她说夫妻之间,常常闹闹小别扭才对,感情太好了,夫妻是难到头的。这个说法,我只赞成一半。我以为不抬杠的夫妻,多少有点作伪。高兴就要好,不高兴就打吵子,这才是率真的态度。"

这番交代刚是说完,却听到有人叫了声李先生。正是那位家庭大学校长奚太太的声音。回过头去看时,她将一双手撑住了走廊的夹片柱子,笑着点点头。奚敬平脱了西服,踏着拖鞋,在他家走廊上散步,回过头来,也点点头道:"李先生老是在家里?"李南泉道:"这个轰炸季,能不进城就不进城罢。躲起警报来,防空洞里那一份儿罪,不大好受。"奚敬平道:

"大概要暑假以后教书你才进城了。"两人说着,就彼此都走到走廊的角上。李先生叹口气道:"教什么书,连来带去的旅费,加上在路上吃两顿饭,非赔本不可。若是来去不坐公共汽车,只买几个烧饼充饥,也许可以教一次书,能够盈余一点钱,可是那又何苦?我的精力也不行了,三天工夫,教六堂课,回来还跑八、九十华里的旱路,未免太苦了。"奚先生道:"现在这社会,最现实,找钱第一。我看凭李先生这一支笔,应该有办法。何不到公司里或者银行里去弄个秘书当当。这虽不见得就发了财,眼前的生活问题是可以解决的。"李南泉微笑着没有作声。奚太太道:"李先生清高得很,他官也不作,怎会去经商?"李南泉道:"奚太太你太夸奖了。请问哪家银行行长会认识我?这样找事,那是何不食肉糜的说法。"奚太太道:"他虽然清高,敬平,你该学人家,人家非常听太太的话。"

李南泉摇着手道:"奚太太,这一点我不能承认。你在我太太当面,说她是个被压迫者;在奚先生当面,又说我最听太太的命令;这未免是两极端。"奚太太且不答复他这个反问,顺手在她家对外的窗户台上一摸,摸出一只赛银扁烟盒子,向着李南泉举了一举。笑道:"我是和你谦逊两句罢了。我倒不怕敬平不听我的约束。你看看这只烟盒子,我已经没收了。我说了不许他吸香烟,就不许他吸香烟。他背着我在外面吸烟,那还罢了。公然把烟盒子带回家来,这一点是不可饶恕的,我已经把他的违禁品没收下来了。"她说了不算,还将那烟盒子,轻轻儿地在奚敬平肩膀上敲了一下。接着向李南泉道:"我会告诉你太太,照我这样办。"奚敬平回头看太太,透着有点难堪,便皱了眉道:"原是你叫我学人家,结果,你叫人家学你。"奚太太道:"李先生有一点也可学。就是他自动放弃家庭经济权。挣来的钱,完全交给太太。敬平,我告诉你,这个办法最妥当。你们不看头等阔人,他的经济权完全是交给太太的。这样,他除了作成天字第一号的大官,还让世界上的人叫他一声财神,这就是最好的榜样。"奚先生真觉得太太的话,一点不留地步,也只有把话扯开来,因道:"听说那位蔡先生的别墅,化了不少的钱,现在完工了吗?我就没有到山那边去看过。"

李南泉道:"为了赶着躲警报,哪有不完工之理?据说那防空洞,赛过全重庆。除了洞子穿过山峰之外,这山是青石山,坚硬无比。洞子里电灯,电话,通风器的普通设备,自不须说;而且里面有沙发,有钢丝床,有卫生设备,防毒设备,有点心柜,有小图书馆。"奚敬平笑道:"你这又是写文章的手法,未免夸张了一点。"李南泉道:"夸张,也不见得夸张,有钱的人,什么事办不出来?你看过清人的笔记,你看看和珅的家产是多少?和珅不过是官方收入,还并没有作国际贸易呢。其实,一个人钱太多了,反是没有用处的。比如我躲警报,一瓶冷开水,一本书,随哪个山洼子里树阴下一躺,并不化半文钱,也就泰然过去。"奚先生多少有点政治立场,不愿把这话太露骨地说下去,没有答词,只微微一笑。李南泉也有点觉悟,说句晚上乘凉再谈,自回家去,补足今天未能睡到的那场午觉。他一觉醒来,屋子外已是阴沉的天气。原来是太阳落到山那边去,这深谷里不见阳光了。由床上坐起来,揉揉眼睛,却有一种阴凉的东西,在手上碰了一碰。看时,太太拧了一个冷手巾把子,站在旁边递了过来,双手将手巾把接着,因道:"这是怎么敢当?太太!"她笑道:"别客气,平常少撅我两句就得。"

李南泉擦着脸,向外面屋子里走,见那小桌上已泡好一玻璃杯子茶,将盖子盖着。另有个字纸包,将一本旧的英文书盖着。这是李太太对孩子们的暗号,表示那是爸爸吃的东西,别动。南泉端起茶杯来喝着,问道:"你和我买了什么了?"李太太道:"花生米子。我瞧一颗颗很肥胖,刚出锅,苍蝇没爬过,所以我给你买了二两。"南泉抖开那纸包,就高声喊着小玲儿。太太道:"她吃过了,你忘不了她,太阳下山,她逮蜻蜓去了。"南泉笑道:"什么样子的妈,生什么样子的女儿。我就知道你小时候淘气。歪着两个小辫,晒得满头是汗。到南下洼子苇塘子里去捉蛤蟆蓇葖,逮蜻蜓,挺好的小姐,弄成黄毛丫头。"李太太脸一沉道:"我还有什么错处没有?二十几年前的事,你还要揭根子。什么样子的妈,养什么样子的女儿,一点不错,我是黄毛丫头,你趁早找那红粉佳人去。"说着,她扭身走到屋里去了。李南泉落了个大没趣,只有呆呆地站着喝茶吃花生米。一会儿,李太太端了把竹椅子在走廊下乘凉,顺手将桌上狗屁牌纸烟拿了一支去。李先生晓得,每当太太生气到了极高潮的时候,必定分一支纸烟去吸。便隔了窗户,轻轻道:"筠,你把邮政局的款子取到了?"李先生很少称呼太太一个字,如有这个时候,那就是极亲爱的时候。可是太太用很沉着的声音答道:"回头我给你报帐,没有胡化一个。反正就是那几个穷钱。"

李先生叹了口气道:"可不就是那几个穷钱呵!我没有想到会穷得这样。不过我自信还没有作过丧失人格的事。若是……我也不说了。"他说毕了这话,又叹一口气。因为太太始终是不理,他也感觉到无聊。把那杯茶喝完了,看看对面的山峰,只有峰尖上,有一抹黄色的斜阳。其余一直到底,全是幽黑的。下面的幽暗色调中,挺立着一些零落的苍绿色柏树,仿佛是墨笔画的画。这和那顶上的阳光对照,非常好看。他因之起了一点雅兴,立刻披上蓝布大褂,拿了一根手杖,逍遥自在地走了出去。李太太还静静地坐在走廊上,看到丈夫擦身走过去,并没有理会。李南泉料着是自己刚才言语冒犯,不愿再去讨没趣,也就没有说什么。悄然走过了那道架着溪岸的小木桥,向山麓人行道走去。约莫走了二、三十丈路,小白儿在走廊上大声喊问道:"爸爸哪里去?"李南泉回头一望道:"我赶晚班车进城,你又想要什么?"说完,依然向前走。又没有走二、三十步,后面可有小孩子哭了。李先生不用回头,听那声音,就知道是爱女小玲儿在叫着:"爸爸呀!爸爸呀!你到哪里去?我也要去。"说着,她跑来了。她手上提了她两只小皮鞋,身上穿了一件带裙子的小洋衣,既沾草,又带泥,光着一双赤脚,在石板路上的浅草地上跑着。李南泉早是站住了等她,笑道:"我不哪里去,你又打赤脚。石头硌脚不是?手上提了皮鞋。这是什么打扮?"

小玲儿将小胖手揉着眼睛,走上前来,坐在草上,自穿皮鞋,因道:"我知道,你又悄悄儿地到重庆去。我不穿皮鞋,你不带我去;穿好了皮鞋,我又赶你不上。"李南泉俯着身子抚摸了她的小童发,笑道:"我不到哪里去,不过在大路上溜溜。吃过晚饭,我带你去听戏。"小玲儿把两只落了纽绊的小皮鞋穿起来,跳着牵了爸爸的手,因道:"你不骗我吗?"南泉笑道:"我最不喜欢骗小孩子。"小玲儿道:"对的,狼变的老太婆喜欢骗小孩子。那末,我们一路回家去吃晚饭。"李南泉笑道:"那末这句话,学大人学得很好。可是小孩子,别那样老气横秋地说话。"小玲儿道:"你告诉我说,我要怎么说呢?"吴春圃教授,也拿了一把破芭蕉扇,站在那小木桥上乘凉,哈哈笑道:"好吗?出个难题你爸爸作。小玲儿你问他,小孩子应当怎么说话,让他学给你听听。"李南泉不知不觉地牵着小女儿的手走回家。吴春圃将扇子扇着腿,笑道:"咱穷居在这山旮旯里,没个什么乐子。四川人的话,小幺儿。俺找找俺的小幺儿逗个趣,你也找找你的小姐逗逗趣。"南泉笑道:"我这个也是小幺女。"吴春圃摇着头笑道:"你幺不住,恐怕不过几个月,第二个小幺儿又出来了。李太太,你说是不是?"说着,他望了站在走廊上的李太太,撅了小胡子笑。她道:"米这样贵,左一个,右一个,把什么来养活?逃起难来,才知道儿女累人。"

吴春圃道："警报还会永远躲下去吗？也不能为了怕警报，不养活孩子。"李先生叹了一口气道："对这生活，我真有点感到厌倦了。不用说再养活儿女，就是现在这情形，也压得我透不出一口气来。我青年时节，曾一度想作和尚。我现在又想作和尚了。"他说着话，牵了小玲儿走向走廊。太太已不生气了，插嘴笑道："好的，当和尚去。把手上牵着的带去当小姑子。"吴春圃笑道："那还不好，干脆，李太太也去当姑子，大家到庙里去凑这么一分热闹。"李先生已走进自己家里，他隔了窗子道："既然当和尚，那就各干各的，来了什么人我也拒绝。"他说着话让小玲儿去玩，也就脱了大褂，在那张白木架粗线布支的交椅上躺下。李太太随着进来，看到玻璃杯子里是空的，又提了开水来，给他加上，但李先生始终不作声。李太太觉得没趣，提着开水壶走了，过了一会子，她又走进屋子来，先站在那张既当写字台，又当画案，更当客厅陈列品的三屉小桌边，将那打开包的花生米，箝了两粒放到嘴里咀嚼着，抓了一小撮花生米来，放到桌子角上，笑道："今天花生米都不吃了？"李先生装着闭了眼睡觉，并不作声。李太太微笑了一笑，把放在抽屉里的小皮包取出，打开来，拿了一张绿纸印的戏票，向李先生鼻子尖上触了几触，因道："这东西你该不拒绝了吧？"李先生睁开眼来笑道："你也当让我休息休息吧？"

李太太笑道："有孽龙，就有降孽龙的罗汉；有猛狮，就有豢狮的狮奴。不怕你别扭，我有法子让你屈服。"李南泉笑着拍手道："鄙人屈服了，屈服的不是那张戏票，是你引的那两个陪客。除了看小说，我也没有看到你看什么书，你的学问实在有进步，这是咱们牛衣对泣中极可欣慰的一件事。"李太太道："我又得驳你了。咱们住的虽是茅庐三间，我很坦然。女人的眼泪容易，我可没为了这个揪一鼻子。你更是甘心斯文扫地。牛衣对泣这句话，从何说起？"李南泉笑道："对极了，我接受你的批评。"

得此素心人,乐与共朝夕。"他说得高兴,昂起头来,吟了两句诗。李太太笑道:"别再酸了,再酸可以写上《儒林外史》。我给你先炒碗鸡蛋饭,吃了饭,好瞧你那高足的玉堂春。"李南泉笑道:"是什么时候,我收了杨艳华作学生?"李太太道:"你没作过秦淮歌女的老师?"李南泉笑道:"你一辈子记得这件事。可是在南京是什么日子,于今在重庆,又是什么日子?太太,这张戏票你是降服孽龙用的,孽龙已经降服了,用不着它,你带了小玲儿去。散戏的时候,我带着灯笼去接你。"李太太道:"我实在是给你买的戏票。有钱,当买一斤肉打牙祭;有钱,也得买张戏票,轻松几小时。成天让家庭负担压在你肩上,这是你应得的报酬。"李南泉笑道:"这样和我客气起来,倒也却之不恭。你也是个戏迷,为什么不买两张票,我们一路去?"李太太道:"《玉堂春》这出戏太熟了,我不像你那样感兴趣。"李先生一听所说全盘是理,提前吃过晚饭,就带小玲儿去听戏。

　　这个乡下戏馆子,设立在菜市的楼上。矮矮的楼,小小的戏台,实在是简陋得很。可是避轰炸而下乡的人,还是有办法的人占多数。游山玩水,这不是普遍人感兴趣的,乡下唯一的娱乐,就是打牌。有了这么一个戏馆子,足可以调剂枯燥生活,因之小小戏楼,三、四百客位,照例是天天满座。另外还有一个奇迹,看客究不外是附近村庄里的人,多年的邻居,十停有七、八停是熟人。这批熟人,又是三天两天到,不但台下和台上熟,台上也和台下熟。李南泉带着小玲儿入座,含着笑,四处打招呼。有几位近邻,带了太太来看戏,见李先生是单独来到,还笑着说两句耳语。李南泉明知这里有文章,也就不说什么。台上的玉堂春,还是嫖院这一段刚上场,却听到座位后面稀里哗啦一片脚步响。当时听戏的人,全有个锐敏的感觉,一听这声音,就知不妙,大家不约而同地站起身来。回头看时,后排的看客,已完全向场子外面走。李南泉也抱着小玲儿站起。她搂住了父亲的颈脖子道:"爸爸,又是有了警报吗?"李南泉道:"不要紧,我抱着你。我们慢慢出去。"这时,台上的锣鼓,已经停止,一部分看客走上了台,和穿戏装的人站在一处。那个装沈雁林的小丑,已不说山西话了,手里拿着一把折扇,摆着那绿褶子大衫袖,向台下打招呼:"诸位,维持秩序,维持秩序! 不要紧,还只挂了一个红球。慢慢儿走罢。不放警报我们还唱。"

站在台上的看客,有人插嘴道:"谁都像你沈雁林不知死活,挂了球还嫖院。"这话说完,一阵哄堂大笑。这时,乡镇警察也在人丛中喊着:"不要紧,只挂了一个球。"这么一来,走的人算是渐渐儿地安定,陆续走出戏院。小玲儿听说还要唱戏,她就不肯走。因向爸爸道:"挂一个球,不要紧,我们还看戏罢。"李南泉笑道:"你倒是个小戏迷,看戏连警报也不怕。只要人家唱,我们就看。"于是抱着孩子,复又坐了下来。可是听戏的人一动脚,就没有谁能留住,不到五分钟,满座客人,已经走空。南泉将女儿抱起,笑道:"这没有什么想头了。"小玲将小眼睛向四周一溜,听戏的人固然是走了,就是戏台上的戏子,也都换掉了衣服,走下台了。她噘了嘴道:"日本鬼子,真是讨厌。"南泉哈哈大笑,抱着她走出戏楼,然后牵了她慢慢地走。为了免除小孩子过分的扫兴,又在大菜油灯下的水果担子上,买了半斤沙果,约好了,回家用冷开水洗过再吃。这水果摊,是摆在横跨一道小河的石桥头上。一连串的七八个摊贩,由桥头接到通镇市的公路上。做小生意的人,总喜欢在这类咽喉要径,拦阻了顾客的。这时,忽然有阵皮鞋响,随了是强烈的白光,向摊子上扫射着,正是那穿皮鞋的人,在用手电筒搜寻小摊子。这就听了一声大喝道:"快收拾过去,哪个叫你们摆在桥头上? 混帐王八蛋!"说话的是北方口音,正是白天见的那位刘副官。

这其中有个摊贩,还不明白刘副官的来历。他首先搭腔道:"天天都在这里摆,今天就朗个摆不得?管理局也没有下公告叫不要摆。"刘副官跑了过去,提起手杖,对那人就是上中下三鞭。接着抬起脚来将放在地面的水果箩子,连踢带踩,两箩沙果和杏子滚了满地。口里骂道:"瞎了你的狗眼,你也不看人说话。管理局?什么东西!我叫管理局长一路和你们滚。"旁边有一个年老的小贩,向前拱了手拦着道:"刘副官,你不要生气,他乡下人,不懂啥子事。我们立马就展开。"他说着,回了头道:"你们不认得?这是九完①长公馆里的刘副官。你们是铁脑壳,不怕打?展开展开!"他口里吩咐着众人,又不住向刘副官拱揖。那个挨打的小贩,这才如梦初醒,原来人家是院长公馆里的副官。他说叫管理局长一路滚,一点也不夸张。这还有什么话说?赶快弯下腰去,把滚在地上的水果,连扫带扒,抢着扫入箩中。其余的小贩,哪个敢捋虎须?早已全数挑着担子走了。李南泉站在远远的地方看到,心里老大不平。这些小贩,在桥头摆摊子,与姓刘的什么相干?正这样踌躇着,却见街外沿山的公路上,射来了两道大白光,像探照队的探照飞机灯,如两条光芒逼人的银龙,由远处飞来。随着,是"呜嘟呜嘟"一阵汽车喇叭响。正是来了一辆夜行小座车。这汽车的喇叭声,是一种暗号,立刻上面人影子晃动,一阵鸟乱。

原来在这路头上,人家屋檐下,坐着八个人,一律蓝布裤褂,蓝布还是阴丹士林,在大后方已经当缎子穿了。路头上另有几位穿西服的人,各提了玻璃罩子马灯。这种灯,是要煤油才能够点亮的。在抗战第二年,四川已没有了煤油。只凭这几盏马灯,也就很可以知道这些人排场不小。六

---

① 川语,"院"念成"完",下同。

七盏马灯,对于乡村街市上,光亮已不算小,借灯光,看到四个穿蓝布短衣人,将一乘藤轿抢着在屋檐阶下放平。提马灯的西服男子,在街头上站成了一条线,拦着来往行人的路径。同时,屋檐下又钻出几个男子,一律上身穿灰色西服,下穿米黄卡叽布短裤裆。他们每人手上一支手电棒,放出了白光。这样草草布置的当儿,那辆汽车,已经来到,在停车并没有一点声音的情形之下,又可想到这是一辆最好的车子。那汽车司机,似乎有极好的训练。停的所在,不前不后,正与那放在阶沿上藤轿并排。车门开着,在灯光中,看到走出一位四十多岁的妇人。虽看不清那长衣是什么颜色,但在灯光下,能反映出一片丝光来。这妇人出了车门,她的脚并没有落地,一伸腿,踏在藤轿的脚踏藤绷上。那几个精神抖擞的蓝衣人,原来是轿夫,已各自找了自己的位置,蹲在地面,另外有四个人,前后左右四处靠轿杆站定。那妇人踏上了藤绷,四大五常的,在轿椅上坐下。只听到有人轻轻一阵吆喝,像变戏法一样快,那轿子上了四位的肩膀,平空抬起。

　　四个扶轿杆的人,手托了轿杆高举,立刻放下,闪到一边去。于是四个提马灯,两个打手电筒,抢行在轿子前面,再又是一声吆喝,轿子随了四盏马灯,飞跑过桥。其余的一群人,众星拱月似的,簇拥着轿子,风涌而去。李南泉自言自语道:"原来刘副官轰赶桥头上这群小贩,就为了要过这乘轿子,唉!"小玲儿道:"刚才过去的那个人,是新娘子吗?"李南泉道:"你长大了,愿意学她吗?"小玲儿说了句川语道:"好凶哟!要不得!"李南泉摸着她小头道:"好孩子,不要学她,她是妖精。"小玲儿道:"妖精吃不吃人?"李南泉道:"是妖精,都吃人,她吃的人可就多了。那轿子是人骨头做的,汽车是人血变的。"他一面说着,一面走着过桥。身后有人带了笑音道:"李兄,说话谨慎点,隔墙有耳,况且是大路上。"听那声音,正是邻居吴春圃。因道:"晚上还在外面?"他道:"白天闹警报,任什么事没有办。找到朋友，没谈上几句话，又挂球了，俺那位朋友，是个最怕空袭的主儿，立刻要去躲警报。俺知趣一点，这就回家了。城里阔人坐汽车下乡躲警报，这真是个味儿。你看那一路灯火照耀，可了不得。"李南泉抬头看时，那簇拥了轿子的一群灯火，已是走上了半山腰，因道："这轿夫是飞毛腿，走得好快。"吴春圃道："走得为什么不快呢？八个轿夫，养肥猪似地养着，一天就是这么一趟，他就卖命，也得跑。不然，人家主子化这么些个钱干什么？要知道，人家就是图晚上回公馆这么一点痛快。"

李南泉道："看他那股子劲，大概每日吃的便饭，比我们半个月打回牙祭还要好。读书真不如去抬轿。"吴春圃道："咱们读书人，就是这股子傻劲。穷死了，还得保留这分书生面目。"李南泉笑道："你以为我们没有抬轿？老实说，那上山的空谷佳人，就是我们无形中抬出来的。若不是我们老百姓这身血汗，她的丈夫就作为阔人了吗？就说对面山上那所高楼，是抗战后两年建筑起来的。那不是四川人和我们入川分子的这批血汗？老实说，我们就只有埋头干自己的本分，什么事都不去看，都不去听，若遇事都去听或看的话，你觉得在四川还有什么意思呢？"吴春圃忽然插句嘴道："你瞧这股子劲。"说着，他手向对面深山一指。原来那地方，是最高的所在，两排山峰，对面高峙，中间陷下去一道深谷，谷里有道山河，终年流水潺潺，碰在乱石上，浪花飞翻。两边山上，密密丛丛地长着常绿树，在常绿树掩映中直立着一幢阴绿色的洋楼。平常在白天，这样的房子，放在这样的山谷里，也让人看不清楚。在这样疏星淡月的夜间，这房子自然是看不出来。不想在这时候，突然灯火齐明，每个楼房的窗户洞里发出光亮，在半空中好像长出了一座琉璃塔，非常的好看。李南泉道："真美！这高山上哪里来的电灯？想必是他们公馆，自备有发电机了。"这说明刚才坐轿子上山的这位佳人，已经到了公馆里了。有钱的人，能把电灯线带着跑,这真叫让人羡慕不置。

两人说着话,看看这深谷里的景致,自是感慨万端。小玲儿牵着爸爸的手道:"那一座洋楼,仅看有什么意思?我们还是去看戏罢!"这句话提醒了李南泉,笑道:"球挂了这样久,说不定马上就要放警报了,我们快回去罢。回去削沙果给你吃。"于是牵了孩子,慢慢向回家的路上走。走到石正山教授家附近,却听到一种悄悄的歌声。这歌声虽小,唱得非常娇媚。正是流行过去多年的《桃花江》。吴先生手上是打着灯笼的,这灯笼在山路的转角处,突然亮出来,那歌也就立刻停止。李南泉倒是注意这歌声是早不重闻于大后方的,应该是一位赶不上时代的中年妇人所唱。因为,现在摩登女郎唱的是英文歌了。他在想着心事,就没有和吴春圃说话,大家悄悄走着。路边上发现两个人影。吴先生的灯光一举,看清楚了人,便道:"石先生出来躲警报?没关系,还只挂一个球。而且今晚上月亮不好,敌机也不会来。"那人答道:"我也是出来看看情形,是可以不必躲了。"答言的正是石正山。他那后面,有个矮些的女郎影子。不用猜,就知道那是他的养女或丫嬛小青。她向来是梳两个小辫子垂在肩上的。她背过身去,灯笼照着有两个小辫。李南泉道:"我想石兄也不会躲警报,你们家人马未曾移动。"石正山笑道:"太太不在家,小孩子们都睡了,人马怎么会移动?我那位太太是个性急的人,若是在家,人马早就该移动了。"说着话,彼此擦身而过。那小青身上有一阵香气透出,大概佩戴了不少白兰花、茉莉花。

这位小姐在那灯笼一举的时候,似乎有特别锐敏的感觉,立刻由那边斜坡下,悄悄地向大路下面一溜。她不走,吴李两人却也无所谓。她突然一溜,倒引起了他两人的注意,都向她的后影望着。石先生便向前一步,走到吴春圃面前,笑道:"仁兄,你也可以少忙一点,天气太热,到了这样夜深,你还没有回家。"吴春圃笑道:"老兄,我不像你,你有贤内助,可以帮助生产。我家的夫人,是十足的老乡,大门不出,二门不迈,说什么都得全靠我这老牛一条。"说毕,叹了一口气,提着灯笼就在前面走。石正山的目的,就是打这么一个岔。吴先生既是走了,他再也不说什么。李南泉自己跟着灯笼的影子向家里走。到家以后,门还是虚掩的,推门看时,王嫂拿了双旧线袜子,坐在菜油灯下补袜底。家里静悄悄的,小孩子们都睡了。李南泉问道:"太太老早就睡了?"王嫂站起身来,给他冲茶,微笑着没有作声。小玲儿站在房子中间,伸出了一个小指头,指点着父亲,点了头笑道:"爸爸,我有一件事,我不和你说。妈妈打牌去了,你不晓得吧?"王嫂笑道:"这个娃儿,要不得,搬妈妈的是非。你说不说,还不是说出来了吗?"李南泉笑道:"太太用心良苦,算了。我也不管她了。"王嫂是站在太太一条战线上的,看到先生已同情了太太,她也很高兴,便将桌上放的那杯茶向桌沿上移了一下,表示向主人敬茶,因道:"别个本来不要打牌,几个牌鬼太太要太太去,她有啥子办法?消遣嘛,横竖输赢没得好多钱。"

李南泉笑道:"管她怎样,你带着玲儿,我要去睡觉。若是放警报了,你就叫我。"说毕,自回房去安睡。朦胧中听到有大声喊叫的声音,他以为是放了警报,猛可地一个翻身坐了起来。时间大概是不早,全家人都睡了。而且也熄了灯。窗外放进一片灰白色的月光,隔了窗格子可以看到屋后的山挺立着一座伟大的影子。坐定了神,还听到那大声音说话。好像就在山沟对面的行人路上。这可能是防护团叫居民熄灯,益发猜是有了警报。这就打开门来看,有一群人,站在对面路心。说话的声音南腔北调,哪里人都有。这就听到一个北方口音的人道:"你们明天一大早,六点钟就要到。去晚了,打断你们的狗腿。有一担算一担,有一挑算一挑。你们要得了龙王宫里多少宝,一个钱不少你们的。院长有公馆在这里,是你们保甲长的运气。你们每个人都可以发一下小财,你们不必在老百姓头上揩油,又做什么生意。只要每个月多望夫人来几趟,你们什么便宜都有了。"这就听到一个川音人答道:"王副官,你明鉴吗?我们朗个敢说空话?乱说,有几个脑壳?但是一层,今晚上挂过球,夜又深了。你叫我们保甲上冒夜找人,别个说是拉壮丁,面也不照,爬起来跳(读如条)了,反是误了你的公事。明天早起,我们去找人。八点钟到完长公馆,要不要得?把钱不把钱,不生关系,遇事请王副官多照顾点,就要得。我虽不是下江人,我到过汉口。你们的事我都知道咯。"北方口音道:"我不管,你六点钟得到,你自己说了,半夜里拉过壮丁,半夜找工人有什么难处?"

于是这就接连着三、四个说川话的人,央告一阵。最后,听到王副官大声喝道:"废话少说,我要回去睡觉了。"说着一阵手电棒的白光,四处照耀,引着他走了。李南泉就叫了一声道:"刘保长,啥子事?"有人道:"是李先生?你朗个早不说话?也好替我讲情嘛。"说着,一路下来四个人:一位保长,三位甲长,全是村子里人。李南泉道:"警报解除了没有?深夜你们还在和王副官办交涉。"刘保长道:"没有放警报,挂过绿球了。啥子事?就是为了别个逃警报不方便咯。王副官说,镇市外一段公路坏了,要我保上出二十个人,一天亮,就去修公路。别个有好汽车,跑这坏公路,要不得。"一个甲长道:"公路是公路局修的,我们不招闲①。"保长道:"不招闲,刚才当了王副官,你朗个不说?老杨,没得啥子说,你今晚上去找六个人,连你自己七个,在完长公馆集合。把钱不把钱不生关系。不把

---

① 川语,意为管不着、不管闲事。

钱,我刘保长拿钱来垫起。好大的事吗?二十个工,我姓刘的垫得起。"李南泉笑道:"你垫钱,羊毛出在羊身上吧?刘保长,我先声明,修公路本就有公路局负责。现在修路,让人家坐汽车的太太跑警报,这笔摊款我不出。"刘保长在月亮影子里抱了拳头作揖,笑道:"再说,再说!"回头对三位甲长道:"走罢,分头去找人。说不得,我回家去煮上一锅吹吹儿稀饭①,早上一顿算我的。哪个教我们这里有福气,住了阔人?"三位甲长究有些怯场,在保长带说带劝之下,无精打彩地走了。李南泉长叹了一声气。

这一声长叹,可把吴春圃惊动了。他开了门出来问道:"李先生还没有睡吗?"李南泉道:"让那王副官把我嚷醒了。"吴春圃将蒲扇拍着大腿,因道:"今天可热,明天跑警报可受不了。"李南泉道:"唯其如此,所以人家阔夫人要连夜抓壮丁修路。我得改一改旧诗了。近代有佳人,躲机来空谷。一顾破人家,再顾吃人肉。"吴春圃笑道:"好厉害!可也真是实情。最好请她们高抬贵手,少光顾一点。可是话又说回来了,咱们哪管得了许多?只当没有看见。"李南泉道:"我们还不是愿意少见为妙?要不然,为什么要住到这山沟里来?可是住在山沟里,还要看见这些不平的事,却也叫人无可奈何!"吴春圃笑道:"怪不得你屋里自写了这样一副对联——人谷我停千里足,隔山人筑半闲堂。这种事情……"他的话不曾说完,他太太在屋子里又叫起来了道:"嘿,没个白天黑天的,又啦呱起来咧!教俺说呀,人家李先生也得休息,追出去找人啦呱真是疵毛。"吴春圃最能屈服于这山东土腔的劝说,嗤地一声笑着,回家关着门了。李先生一人呆立在走廊上,看看天上大半钩月亮,已落到屋子后边去。一阵吵闹

---

① 意指吹得动的米汤。

过去了,四周特别显着静悄悄的。那斜月的光辉,只能照着对面山峰。下面的山,被屋后的山顶,将月光挡住了,下面是暗暗的。整条山沟在幽暗的情形下,隐隐的有些人家和树木的影子。他觉着这境界很好,只管站着呆看下去。

## 第五章　自朝至暮

在这幽暗的山谷中,环境是像一条宽大的长巷,几阵疏风,一片淡月,在这深夜,有一种令人说不出的低徊滋味。遥望山谷的下端,在一丛房屋的阴影中,闪动着一簇灯火,那正是李太太牌友白太太的家。平常,白太太在小菜里都舍不得多搁素油,于今却是在这样深夜,明亮着许多灯火,这就不吝惜了。他有了这个感想,也就对太太此类主妇,有背择友之道。他心里这样一不高兴,人就在这廊上徘徊着。接着那里灯火一阵晃动,随即就是一阵妇女的嬉笑之声。在夜阑闻远语的情形之下,这就听到有一位太太笑道:"今天可把您拖下海,对不起得很。"这就听到李太太笑了道:"别忙呀!明天咱们再见高低。"又有人道:"把我这手电拿了去罢!别摔了跤,那更是不合算。"这么一说,李先生知道夫人又是大败而归,且在走廊上等着。山路上有太太们说着话,把战将送回了家。李南泉立刻把屋子里一盏菜油灯端了出来,将身子闪在旁边,把灯光照着人行路。路上这就听到一位下江口音的太太笑道:"李先生还没有睡啦,老李,你们先生实在是好,给你候门不算,还打着灯亮给你照路呢。"李先生笑道:"这是理所当然。杨太太,你回家,没有人给你候门亮灯吗?"杨太太笑道:"我回家去,首先一句话,就是报告这件事情,让他跟着李先生学。"李南泉道:"好的,晚安,明儿见。"那路上两三位太太笑道:"双料的客气话,李先生真多礼。"

李太太觉得在牌友面前,得了很大的一个面子。而且先生这样表示好感,也不知道用意所在,便走向前伸手接过灯,笑道:"你还没有睡?"李南泉没有答复,跟着进了屋子,自关上了门。李太太又向他笑道:"今天晚上的玉堂春,唱得怎么样?"李先生还是不作声,自走进里面屋子去。李太太拿着灯进来,自言自语地道:"都睡了?"李先生已在小床上睡下,倒是插言了,因道:"还不睡。今天三十晚上,熬一宿守岁?"李太太却不好意思驳他,搭讪着在前后屋子里张望一番,因道:"挂球的时候,你就回来了?"李南泉道:"戏不唱了,我不回来?我摸黑给人家看守戏馆子?"李太太望了他道:"你这是怎么啦?一开口就是一铳。"李南泉闭了眼睛躺着,沉默了两分钟,才睁开眼道:"你没话找话,一切是明知故问。"李太太嫣然地笑了,因道:"我就知道我理屈,没话找话,也就向你投降了,你好意思铳我。你这个人说来劲就来劲。在走廊上还是有说有笑,一到屋子里,就不同了。你是……"她没说下去,忍着又笑了。李南泉道:"你是说我狗脸善变。"李太太笑道:"我可不敢说,夜已深了,别吵吵闹闹地惊动了邻居。"李南泉道:"对了,你们那样灯火辉煌,一路笑着归家,简直行同明火执仗,还说别人惊动邻居。"李太太道:"我说今日不打牌,白太太死乞白赖地拉了去,我晓得回来了,又要受你的气。真是犯不上。好啦,我们都明火执仗了。"

李南泉道:"你这话简直不通。白太太死乞白赖拉你去打牌,你就不能不去打牌;假如她死乞白赖拉你去寻死,你也只好去寻死吗?"他说着这话时,觉得理由充足,随着说话的姿势,坐了起来。李太太含着满脸的笑容,点了头道:"睡罢!算我错了。还不成吗?"他问道:"算你错了?"李太太还是笑,因道:"不,我简直错了。睡罢!说不定明天又得闹大半天警报。"李南泉道:"我看你今天心软口软,大概输得不少。把这输的钱买只鸡来煨汤,大家进点儿养品,那不好得多吗?唉!"他叹了一口气,也就躺下去睡了。他睡得很香,次日起来已看到窗外的山峰,是一片太阳。漱洗完毕,端了一杯茶喝,心里在筹划着,今天有警报怎样去补救这浪费的时间。就在这时,对面山溪岸上,很快地走下来一位中年妇人。她穿着一件八成新的阴丹士林大褂,露出两条光膀子,左手戴着老式的玉镯子,右手戴着新式的银镯子,手里举起一把蒲扇遮太阳,老远就问道:"李先生不在?"李南泉隔了窗子点头道:"保长太太,今天刘保长派你一趟差事?"保长太太走进来点着头道:"我特为来请李先生帮一忙。昨夜里不是完长公馆到保甲上来找人修路吗?搞得我们一夜没有困觉,天亮都没有亮,喝了一顿吹吹稀饭,就去了。这样当差,还有啥子话说?去了,又不要我们修路,派了大家展木器家私上山。听说,展完了家私,还要带人到南岸去展。警报连天,朗个去得?"

李南泉笑道:"保长太太的意思,是要我和你去讲情吗?"她笑道:"李先生,你是有面子的人嘛!完长公馆里的刘副官、王副官和你都很熟咯,你若是和他们去说一声,不要派保甲上到南岸去展家私,他一定要卖个面子给你。二天叫刘保长和你多帮忙,要不要得?"她究竟是位保长太太,在这地方,不失是个十三四等的官家。虽然是求人,那态度还是相当傲慢,摇晃着手臂上的玉石镯子,只管将蒲扇招着,说完了,她自在椅子上坐下,李南泉看着,心里先有三分不高兴。这也无须和他客气,自在那破藤椅子上坐下。又自取了一支纸烟,擦了火吸着。喷出一口烟来道:"我吸的是狗屁牌,要不要来一支?"说着把桌面的纸烟盒子一推。保长太太道:"啥子狗屁?是神童牌吗?我们还吃不起咯,包叶子烟吃。我扰你一根根。"说着,她就自取烟吸了。李南泉向窗外看看天色,叹口气道:"该预备逃警报了。"保长太太道："李老太爷，去一趟吧？你不看刘保长的面子，你也可怜可怜这山沟沟里的穷人嘛！大家吃的是糊羹羹，穿的是烂筋筋，别个不招闲，你李老太爷是热心人哟！这样大热天，他完长公馆，有大卡车不展家私，要人去扛。就不怕警报，一天伙食也垫不起呃。说不定遇到抓壮丁的，一索子套起，我们当保长的，对地方上朗个交代？"李南泉道："真的，为什么他们不用卡车搬东西，要人去扛？院长公馆我是不去。我可以和你去问问王副官。"

他这样说了，看了看刘保长太太一眼。她道："李老太爷，这是朗个说法？王副官在完长公馆办公，你不到完长公馆去，朗个看得到他？"李南泉道："我们一路去。我在山脚下等你，你上去把王副官请下来。"她喷出一口烟，摇摇头道："要不得！那王副官架子大得很，没得事求他，他也不大睬人。现在要去求他，请他下山来，那是空话。"李南泉冷笑一声道："保长太太，你这话有点欠考虑。他姓王的架子大，我姓李的就该架子小不成？副官也要看什么副官。若是军队里的副官，是你们四川人说的话，打国战的。若是院长公馆里的副官，哼！我姓李的，就不伺候他。再说那个人骨头堆起来的院长公馆，在那山顶上，我是文人，爬不上去。"她见李先生变了脸，这就站起来道："李老太爷，就是嘛！我叫乘滑竿来抬你！"李南泉道："抬我我也不上山去。除非你上山去，把王副官叫下山来。"保长太太看他脸上没一点笑容，觉得不容易转移，只好用个步步为营的法子，答应陪他一同走。两人走着，她说了不少的好话。经过山下镇市，还买了一盒比神童牌加三级的王花牌纸烟奉赠。走到院长公馆山麓下，抬头一看那青石面的宽阶，像是九曲连环，在松树林子下，一层层地绕了弯子上山。山坡尽处，一幢阴绿色的立体三层大楼，高耸在一个小峰上，四周大树围绕。人所站的地方，一道山河，翻着白浪，在乱石堆里响了过去。

河那岸的山,壁立对峙,半山腰里,一线人行小路,在松林里穿过,看行人三五,在树影里移动,他不觉叫了一声好。

刘保长太太,倒不知道他这声赞美从何而来,便搭讪着道:"李先生,你们在下江没得坡爬。到我们这里来,天天爬坡,二天不打国战了,回去走路有力气。"她一面说着,一面向山坡上走。李南泉就在路头一块山石上坐下,笑道:"保长太太,我们有约在先,我是不上这山顶上去的。有那上山的力气,我还留着回头跑警报。你上山去请王副官,我在这里等着。"保长太太见他不受笼络,站在坡子上,呆了一呆,因道:"倘若王副官不肯下来呢?"李先生笑着操了句川语道:"我不招闲。"她倒没有了主意,只是拿扇子在面前扇着。抬头看看山顶那洋楼下面的小坦地,倒有些人影晃动,她道:"李先生,你看,他们不都在那里?"她这样一句叫着,惊动了路口上的守卫。因为这个地方,很少人来,守卫的卫兵照例是在松树林子里睡觉。这时,两个人背了枪从树下走出来,一个瞪着眼喝道:"干什么的?"她道:"我是刘保长家里的,有公事见王副官。"卫兵道:"王副官上街去了。走罢!不要在这里罗嗦。"刘保长太太在保上很有办法,到了这里来,她就什么智能都消失了。缓缓地走下坡子,来到李南泉面前,轻轻地道:"见不到人,朗个办?"李南泉笑道:"这还是在山脚下呢,若再走上去,钉子有的碰呢。还是那话,我不招闲。"保长太太道:"我到公路上去过,都不在公路上,哪里去找?"正说着,有一乘滑竿从山河的大桥上抬过来。这座桥也是院长公馆建筑的。在两排高山的脚下,一道石桥,夹着铁栏,横跨过峡中的激流,气势非常。

假如不讲人道,坐滑竿游山,那是适意不过的事。尤其是在这深山大谷里,走过这座跨过急流的河道;那是最适意的一个路段。那王副官天天由这里经过,大概对于烂熟的风景,已不怎么感到兴趣,伸了两条腿,踏着绳吊的软踏脚,仰卧在滑竿上。他手里还拿了根手杖,挺在空中指东划西。这种姿态,根本就不能引起人的好感,李南泉站到一边,故意背了身子去看风景。保长太太叫了起来道:"王副官来了。"王副官在滑竿上喝道:"你叫些什么?你以为这是你们那保长办公处?"保长太太满脸是笑地迎着道:"不是我一个,李先生也在这里来看你。"王副官道:"哪个什么李先生?"李南泉听了,早是一阵怒气向胸口涌将上来。心想,这小子!怎么这样无礼?回转身来望他时,他的滑竿抬到了近处,已看清楚了人,这就把手杖敲着轿杆子道:"停下停下。"滑竿从轿夫的肩上放下了。他一跳两跳向前,望着南泉道:"啊!是老兄。我上次送了两张纸去,请你给我画一画,写一张,怎么样?直到现在,你还没交卷呢。"李南泉道:"纸还存在舍下,没有敢糟踏。"王副官抬起手上的手杖,敲着面前的一棵老松树的横枝,满身不在乎的样子,因道:"我当然是要你画,过两天,我先把润笔送了过去。"李南泉几乎要笑出来,但立刻想到和许多乡下人说情来了,那就犯不上得罪他,因道:"你阁下晓得,我是不卖字画的。我有点事情受人之托,来有个请求。你若是答应了,我今天就交卷。作为交换条件。"

王副官笑道:"你老兄的脾气,我知道的,一不借钱,二不找事,有什么交换的条件?请说罢。"李南泉对保长太太指了一指道:"你看,我是和她一路来的。多少应该与保甲上有关。"王副官将手杖在地面上画着圈圈,因道:"你说的是找老百姓修公路的事?这个,我们倒不是白征他们工作,每人都给一份工资。只要保长不吞没下去,他们并不会吃亏的。实不相瞒,钱经过我的手,我有个二八回扣。李先生的面子,你那甲上的扣头,我就不要了。戏台上的话,靠山吃山,靠水吃水,你当然知道这是我们的规矩。"李南泉笑道:"先生误矣,我还会打断你的财喜吗?刘保长太太说,你们征的民工,不修路了,要到南岸去搬东西。大家觉得有卡车不用,拿人力去搬,这是一件太不合算的事情。而这几天,不断闹警报,在南岸遇到了空袭,他们也找不着洞子。"王副官听说,打了个哈哈,将手杖指着保长太太,笑道:"你别信她胡说。到南岸去搬东西,是有这件事。可是去搬东西的人,让他们坐卡车去。也并不是要他们把东西由南岸搬到这里来,只是要他们由船上搬上卡车。"李南泉道:"在南岸找码头工人,不简便得多吗?"王副官笑了一笑,望着他道:"办公事都走简便的一条路,我们当副官的,喝西北风?"李南泉这就明白了。他是将修路的民工调去搬东西,把这笔搬东西的工资轻轻悄悄地塞进了腰包,而且他还是公开地对人说,可见他毫不在乎。于是他也笑了一笑。

王副官道:"李兄,你这一笑,大有意思。请教!"说时,他将手杖撑了地面,身子和脑袋都偏了过去,李南泉怕是把话说僵了,因笑道:"我笑你南方人,却有北方人的气概,说话是最爽直不过。你自己的手法,你完全都说出来了。很可佩服。"王副官笑道:"原来你是笑这个。我成天和北方人在一处混,性格真改变了不少。你不见我说的话,也完全是北方口音了。"南泉笑道:"那末,我就干脆说出来了。可不可以别让我那保的人到南岸去搬东西?"王副官把手杖插在地上,抬起手来搔搔头发,踌躇着,立刻不能予以答复。那位保长太太,深知王副官踌躇点所在,便上前一步,点着头道:"王副官,我说句话,要不要得?"王副官瞪了眼望着她道:"你说罢。"她道:"我们保甲的人,情愿修两天路,不要钱。"王副官道:"你能作主?"她道:"哪个龟儿子敢骗你。说话算话。不算话,请你先把我拿绳子套起走。"李南泉笑道:"我对她有相当的认识。刘保长是怕太太的,老百姓又是怕保长的。保长太太说不要工资,我想也没有哪个敢要工资。"王副官听了这话,脸上算有点笑意。她还不曾说话,半山腰上有个人大叫道:"是老王吗? 快上来罢,有了消息了。七十二架,分三批来。"王副官道:"他妈的,这空袭越来越早,才八点多钟。"回头望了刘保长太太道:"快有空袭了,反正南岸去不成。解除了再说罢。夫人今天没走,我得去布置防空洞。"说着,望了扶着轿杆的滑竿夫,说:"走!"

李南泉道:"保长太太,对不起,我不能管你们的事了。你听见没有? 敌机来了七十多架,我得回家去看看,帮着家里人躲警报。"他也不再管她,立刻转身就向家里走。果然,经过小镇市时,那广场上的大木柱子,已经挂了通红的大灯笼。镇市上人似乎也料着今天的空袭厉害,已纷纷地在关着铺门。李南泉想顺便到烧饼店里买点馒头、烧饼带着,又不料刚到店铺门口,半空里呜呜的一阵怪叫,已放了空袭警报。回头看那大柱上,两个红球,在那大太阳底下照着,那颜色红得有点怕人。这点刺激,大概谁都是一样地感觉到。烧饼店里老板已是全家背了包裹行囊出来,将大门倒锁着,正要去躲空袭。这就不必开口向人家买东西了。待得自己找第二家时,也是一样在倒锁大门。躲警报的人们,又已成了群。大家拉着长阵线,向防空洞所在走去。熟人就喊着道:"李先生,你还不回去吗? 今天有敌机七批。"他笑答道:"我们还怕敌人给我们的刺激不够,老是自己吓自己作什么? 已经挨了四五年的轰炸,也不过这么回事,今天会有什么特别吗?"他说着还是从容地走回家去。隔了山溪,就看到自己那幢草屋里的人,都在忙乱着。那位最厌恶警报的甄太太,手里提了两个包裹,又扶根手杖,慢慢走上山溪的坡子。她老远扬了头问道:"李先生,消息那浪? 阿是有敌机六七批? 警报放过哉!"李南泉笑道:"不用忙,进洞子总来得及的。"甄太太操着苏白,连说孽煞。

李南泉笑道:"不要紧,有我们这里这样好的山洞子,什么炸弹也不怕。"说到这里,李太太带着一群儿女,由屋子里走出来了,笑道:"你今天也称赞洞子,那我们一路去躲罢。"李南泉回到走廊上,笑道:"对不起,今天我还得和你告一天假。什么意思呢?那本英文小说,我还差半本没有看完呢。带着英文字典……"李太太也不等他说完,将一把铜锁交到他手上,因道:"我走了,你锁门吧,空袭已经放了十分钟。你要游山玩水的话,也应当快快的走。"说毕,连同王嫂在内,一家人全走了。今天是透着紧张。吴春圃先生一家,也老早就全走了。他走进屋子,在书架上乱翻一阵,偏是找不到那本英文小说。转个念头,抽了本线装书在手,不想刚刚要找别的东西,半空里"呜呀",已放出了悲惨的紧急警报声。家里到目的地,还有二三十分钟的路,倒是不耽误的好。捏着那本书,匆匆出来锁了房门。就在这时,远远的一阵嗡嗡之声,在空气中震撼。那正是敌人的轰炸机群冲动空气的动作。再也不能犹豫,顺着山麓上的小道,向山沟里面就走。今天特别匆忙,没有带伞,没有带手杖,也没有带一点躲警报的食粮和饮料。走起来倒还相当便利。加紧了步伐,只五分钟工夫,就走出向山里的村口。但走得快,恐怖也来得快,早是"轧轧轧"一阵战斗机的马达声,由远来到头上。他心里想着,好久没有自己的飞机迎击了,今天有场热闹。

他这样想着抬头一看,两架战斗机,由斜刺里飞来,直扑到头顶上。先听到那响声的刺耳,有点奇怪,不是平常自己战斗机的声音。走到这里,正是山谷的暴露处,并没有一棵树可以掩蔽,只好将身子一闪,闪在山麓一处比较陡峭的崖壁下。飞机飞来比人动作还快。它又不大高,抬头一看,看得清楚,翅膀上乃是红膏药两块图记。他立刻将身子一蹲,完全闪躲起来。偏是这两架敌机,转了方向,顺着这条山谷,由南向北直飞重庆。看那意思,简直要在这山谷里面寻找目标。只有把身子更向下蹲,更贴着山壁。在这山谷路上同走的人,正有七八位,他们同样地错误,以为这战斗机是自己的,原来是坦率地走路,及至看到了飞机上的日本国徽,大家猛可地分奔着掩蔽地点。有人找不着地点,索兴顺了山谷狂跑。蹲在地上的人就喝道:"蹲下蹲下,不要跑。"有的索兴喊着:"你当汉奸吗?"就在这时,前面两架敌机过去了,后面"呼呼呼",战斗机的狂奔声随之而来,又是两架战斗机,顺了山谷寻找。咯!咯!咯!就在头顶上,放了阵机关枪。李南泉想着,果然是这几个跑的人惹下了祸事。心里随着一阵乱跳。好在这四架敌机,在上空都没有两三分钟。抬头看到它们像小燕子似的,钻到北方山头后面去了,耳朵里也没有其他的机声,赶快起身就走,看看手上捏的那本线装书,书面和底页,全印着五个手指头的汗印。

那蹲在地面上的几个行人,也都陆续站了起来。其中有个川人道:"越来越不对头,紧急刚才放过去,敌机就来到了脑壳上。重庆都叫鬼子搞得稀扒烂,还打啥子国战罗?"这人约莫五十上下年纪,身穿阴丹大褂,赤脚穿草鞋,手里倒是提了一双黑色皮鞋,肩上扛了把湖南花纸伞。在他的举止上,可以看出,他是一位绅粮[①]。他后面跟着两个青年,都穿了学生制服,似乎是他的子侄之辈。这就有个答道:"朗个不能打?老师对我们讲多了。他说,空军对农业国家,没得啥子用,一个炸弹,炸水田里一个坑坑,我们没得损失。重庆不是工业区,打国战也不靠重庆啥子工业品。重庆炸成了平地,前线也不受影响。"那绅粮道:"那是空话。重庆现在是战时首都嘛!随便朗个说,也要搞几架驱逐机来防空。只靠拉壮丁,打不退鬼子咯。壮丁他会上天?老实说,不是为了拉壮丁,我也不叫你两个人都进学校。你晓得现在进学校,一个学期要化好多钱?"李南泉听了这篇

---

[①] 四川人对地主兼绅士的称谓。

话,跟在后面,情不自禁地叹了口气。那大的青年,回过头来,问道:"李先生哪里去?"他道:"躲警报。你老兄怎么认得我的?"青年道:"李先生到我们学校里去演讲过,我朗个不认得?刚才你叹口气,觉得我们的话太悲观了吧?"李南泉道:"我们的领空,的确是控制不住。但这日子不会很久,有办法改正过来的。"

那青年道:"报上常常提到现在世界上是两个壁垒,一个是中美英苏,一个是德意日。李先生,你看哪边会得到最后胜利?"他答道:"当然是我们这一边。人力、物力全比轴心国强大得多。"绅粮插嘴道:"啥子叫轴心国?"青年答道:"就是德意日嘛。"绅粮忽然反问道:"轴心国拉壮丁不拉,派款不派款?"李南泉道:"老先生问这话什么意思?"他道:"又拉壮丁又派款,根本失了民心,哪个同你打国战?"李南泉笑道:"不要人,不要钱,怎么打仗?不过戏法人人会变,各有巧妙不同。不见得人家要人要钱,也像我们这样的要法。"老绅粮昂头叹了口气道:"人为啥子活得不耐烦,要打仗?就说不打仗,躲在山旮旯里,也是脱不倒手,今天乡公所要钱,明天县政府要人,后天又是啥子啥子要粮。这样都不管他。一拉空袭搞得路都走不好。刚才这龟儿子敌机,在脑壳上放机关枪。要是一粒子弹落到身上,怕不作个路倒①。"李南泉不愿和他继续说下去,便道:"老先生,你们顺了大路快走罢。这一串人在大路上走着,目标显然。我要走小路疏散了。"说着话时,正是又来了一阵轰炸机声音。山谷到了这里,右边展开了一方平谷,有一条小路穿过平谷进入山口。人就向小路走过去。当这平谷还没有走完,机群声已响到了头上。

回头看那绅粮和两个青年,也吓得慌了。顺着人行大路,拚命地向前

---

① 川语,意指路上倒毙之人。

跑。抬头看天上敌机是作个梯形队伍，三架、六架、九架、十八架，共是三十六架，飞着约莫五六千公尺，从从容容地，由东南向西北飞，正经过头顶这群山峰。在这群飞机后面，还有九架战斗机，两翼包抄，兜了大圈子，一架跟着一架，赶到了轰炸机群的前面。四十五架飞机的马达声，震破了天空。突然有两三个树上的小鸟，惊惶地飞出了树梢。李南泉看这形势凶猛，不知道敌人伸出毒手，要炸毁掉重庆哪一片土。而梯形机头，又正对了自己而来，急忙中并没有个掩蔽所在，跑又是万万来不及了。所行之处，是山坡的坡处，人行路下，有三、四尺的小陡崖，便将身子一跳，跳在崖脚。在崖脚下有个小土坑，一丛草围着一圈湿地，虽跳在草上，脚下还是微微地滑着，向旁边倒着，幸是靠了土崖，不曾摔倒。正待将身子蹲下去，草里嗤溜一声，钻出一条三四尺长的乌蛇，箭似地向庄稼地里射去。这玩艺比飞机还怕人，他怕草里还藏有第二条，再也不敢蹲下，复又抓着崖上的短草，爬上坡去，而已是两三分钟的耽误，飞机飞得斜斜的，临到头上，于是蹲着身子一跳，定睛看时，落在一条深可见丈的大干沟里。沟里也有草，这地方掩蔽得很好，就不管他有蛇没蛇了。

他是刚刚站定，那三十六架轰炸机，已在头上过去了一半。机群尾上的大部分，还正临头上。他下意识地贴紧了土岩，向下蹲着。可是这双眼睛，还不能不翻着向上看。眼见机群全过去了，自己便慢慢儿伸起腰来。见那机群是刚刚经过这里的山峰，就开始爬高。爬过几里外那排山峰，约莫已到了重庆上空。它们就一字排开，三十六架飞机，排了条横线，拦过天空。刚是高山把飞机的影子挡住，就听到"哄咚哄咚"几阵高射炮声。随后是连串的哄咚响声，比以先的还厉害，那是敌机在投弹了。他料着自己所站的这一带，眼前是太平过去，才定睛向四周看着。原来自己摔进的这条干沟，是对面山上洪水暴发冲刷出来的。沟的两岸，不成规则，有高有低，但

第五章　自朝至暮　｜　083

大致都有两尺以上高。沟里是碎石子带着一些野草。而且沟并不是一条直线,随着地势,弯弯曲曲下来。记得战事初起,在南京所见到的防空壕,比这就差远了。在平原上找到这样一条干沟,以后在半路上遇到了敌机,可以在这里休息一下子了。这地方就是自己单独地躲避敌机,爱怎样行动就怎样行动,一点不受干涉。听听敌机声已远去,正待爬起来,却听到有两个人的细语声,在沟的上半段,有人道:"敌机走远了,爬上来罢,没有关系了。"

李南泉自言自语地笑道:"到底还是有同伴。"他这话音说得不低,早是惊动了那个人,伸出头来望着。看时,却是熟人,对门邻居石正山先生。他也穿了保护色的灰布长衫,抓着沟上的短草,爬了出来。笑道:"当飞机临头的时候,我听到哄咚一声,有东西摔下了沟。当时吓我一跳,原来是阁下。"李南泉道:"躲警报我向来不入洞,就在这一带山地徘徊。今天敌机来得真快,我还没出村子口,四架驱逐机就到了头上。刚才和一位绅粮谈话,耽误了路程,先躲到那边坎下,遇到一条大蛇……"他这段未曾交代完毕,沟里早有人哎呀一声,立刻再钻上一个人来。石正山笑着,将她牵起,正是他的义女小青。小青穿着蓝布衫子,已沾了不少泥土。两个小辫子,有一个已经散了。她手摸那散的小辫子,噘了嘴道:"又吓我一跳,沟里有蛇。"石正山笑道:"胡说。是李先生先前遇到了蛇,这时来告诉我们。"李南泉倒不去追究这个事非,因道:"第一批敌机,已去了个相当时期,该是第二批敌机来的时候了。我们该找个妥当地方了。"石正山道:"我原来是带着她到这个小村子上来,想买点新鲜李子。走出了村子口,就遇到了警报。既然有警报,我们就不回去了。"李南泉笑道:"我带的书丢了,再见。"他说着,离开他们,捡了一段枯树枝,边打草惊蛇,边在庄稼地里找失物。将失物找到,抬头也就看不到此二人了。

他站着出神地望了一望。大太阳下,真个是空谷无人。金光照着庄稼地的玉蜀黍小林子,长叶纷披,好像都有些不耐蒸晒。庄稼地中间的人行路,晒得黄中发白。而庄稼地两边,阵阵的热气,由地面倒卷上来,由衣襟下面直袭到胸脯上来。这谷的四方,都是山。向南处的小山麓上,有一丛树林,堆拥着隐隐藏藏的几集屋角。这是个村子,名叫团山子。这村子里的人,常常运些菜蔬鲜果,柴草,卖给疏散区的下江人,所以彼此倒还相当熟识。这大太阳,不能不去找个阴凉地方歇脚。便顺着山坡向村子里走去。刚走到树林下,汪的一声,跳出来四五条恶狗,昂起头,倒卷着尾巴,向人狂叫。李南泉将树枝指着一条精瘦的黄狗笑道:"别条狗咬我,那还罢了,你是几乎每天到我家门口去巡视一番的,东西没有少给你吃,多少该有点感情。现在到你们村庄上来了,你就是用这种态度来对待我?"他口里说着,将树枝挥着狗。这才把村子里的人惊动出来。大人喝着狗,小孩代袤着。一个老卖菜蔬的老刘,手里提着扁担和箩筐出来,问道:"李先生哪里去?"他道:"还不是躲警报。我是一天要来一次。今天来得匆忙一点,没有走这村子外的大路。"老刘道:"不生关系,这里不怕敌机,歇一下脚吧?"这路边就是老刘的家,三方黄土墙,一方高粱秫秸夹的壁子,围了个四方的小屋。屋顶上堆着尺多厚的山草。墙壁上全不开窗户,屋子里漆黑。

老刘的老婆,敞着胸襟上的一路纽扣,夹个方木凳子,放在草屋檐下,因道:"李先生,歇下稍,我这里没得啥子关系,屋后边到处是山沟沟,飞机来了,你到沟沟里趴一下就是。这沟沟不是黄泥巴,四边都是石头壳壳。"她说着,还拍了几下木板凳。李南泉看她一副黄面孔,散着半头乱发,而且还瞎了一只眼睛,觉得很够凄惨,便站着点了两点头道:"不必客气了。我们躲警报的人,找个地方避避就是。"刘老板已歇下担子了,站在路上笑道:"不生关系,这是我太婆儿①,倒碗茶来吃嘛!"刘太婆道:"老荫儿茶咯,他们脚底下人②不吃。"李南泉客气道:"脚底下人,现在比你们还要苦呢,什么都不在乎。"说着也就坐了下来。这位刘太婆,信以为真,立刻将一只粗饭碗,捧了大半碗马尿似的东西,送到客人手上。李南泉正待要喝一口,一阵奇烈的臭气,向鼻子里冲了过来,几乎让人要把肺腑都翻了出来,立刻捧了粗饭碗走将开去,向屋子里张望。这里面是个没烟囱的平头灶。灶头一方破壁,下面是个石砌的大坑,原来是个大猪圈,猪圈紧连着就是粪窖。这是两只大小猪屙着尿,尿流入粪窖里,翻出来了的臭味。他立刻联想到这烧茶的锅和水,实在不敢将嘴亲近这碗沿。便把那只碗放在木方凳上,因道:"我还是再走一截路吧。"

刘老板笑道:"吃口茶嘛!躲到山沟沟里去,没有人家咯。"李南泉对于他们这番招待,还是受之有愧,连连点头道:"再见罢。"他口里说着,人可已向村里面走。这村子里,七上八下,夹峙着一条人行路,各家的人,也是照样作事。唯一和平常不同的,就是大家放低了声音说话。又经过两次狗的围剿,也就走出了村子。这个村子,藏在大谷中的一个小谷里。谷口的小山,把人行路捏在一个葫芦把里,纵然敌机在这里投弹,只要不落在小葫芦把里,四周都被小山挡住,并无关系。这样子,心里好像坦然些,走起来也就是慢慢的。出了这谷口,平平地下着坡子,豁然开朗,是个更大的平谷,周围约莫是五里路。这平原里,只有靠东面的山脚有一幢瓦屋,此外全是庄稼地。这里恰是瘦瘠之区,并无水田,只稀落地种了些高粱和玉蜀黍。田园中间,也只有几棵人样高的小橘子树,眼前一片大太阳,照在庄稼地上,只觉得热气薰人。他站着出了会儿神。今天走的是条

---

① 川语,意指妻子。
② 川语,指下江人。

新路，一时还不知道向哪里去躲警报好。向东看去，人家后面山麓上，有一丛很密的竹林。那竹林接连过去，就是山头的密杂小树。在这地方，还是可以算个理想中的掩蔽地带，便决定到那竹林子下去休息。顺着庄稼地里的窄埂走着，约莫有大半里路，却哄哄地又听见了轰炸机破空的响声。

这时，在这平原上，看不到一个人，除了草木，面前空荡荡的。躲空袭就是心理作用。眼前无人，第一是感到清静，清静就可以减少恐怖。因之他虽听到了飞机群的声音，还是自由自在地走。约莫又走了十来步路，机声似已临到了头上，各处张望并不看到飞机。仿佛机声是由后来，掉转头一看，不得不感觉着老大的惊慌。又是个一字长蛇阵的机群，约莫二三十架，由北向南，已飞到头上。这里是一片平原，向哪里也找不出掩蔽的所在。要跑，已万万来不及。只好把身子向下跳着一蹲，蹲到高不及二尺的田坎下去。那飞机来得更快，整个长蛇阵，已横排在平原上的天空。它们恰不是径直飞着，就在这当顶，来个九十度转弯，机头由南向变着向东。他心里哎呀一声，想着，难道他们还要转这一带地区的念头吗？人蹲在田坎下，眼光可是由高粱秫秸的头上，向天空里看了去。直到敌机群飞远了，慢慢儿地站起，自言自语道：今天是有点奇怪，全是大批着来的，也许真有七批。现在还是刚过去两批哩。他神经指挥着他独白，又指挥着他独自表演，连连地摇了几摇头，他再也不肯犹豫，更不择路，就直穿了庄稼地，向东面的山麓上走去。躲空袭者的心理，一切是变态，什么响声也不愿有。他为着避免狗的喊叫，不经过那瓦屋的前门，却绕着屋子外一条山沟，向山麓上走。为了怕再遇到蛇，将手里的树枝，一路敲着沟里两旁的蓬松深草。

沟里有些地方是湿的，乱草盖着，成批的蚊子藏在里面。树枝敲着乱草,蚊子就哄哄地向四处乱飞。有些地方,由沟沿上垂下来些野藤,不住在脸上、衣服上挂着。他不由得叹了口气道:"人生,什么样子没有走过的路,我都走过了。"这句独白,竟是惹起了反应,有人在沟上面用川语问道:"哪一个?"便答道:"无非是躲警报的人。"那人道:"这里安逸得很,不用逃了。"又有个妇人道:"是李先生喀,不生关系。"李南泉心想,这两句话连在一处,作何解释?找着一个沟的缺口,于是爬了上来。原来在这沟里摸索着,已摸到那瓦屋的后面,有深深的一丛凤尾竹林子。在说话的男女一对,男的是村口上刘局长公馆里的刘厨子,女的是村子里王家的女佣人陈嫂。陈嫂是个小胖个儿,满脸的疙疸麻子。她就在自己家里帮工过几天,太太因她长相之过于不入眼,不曾雇她。她这是靠了一块石头,坐在竹阴下草地上。手里倒拿了一柄白纸折扇,爱招不招的。身边放着两个旅行袋,刘厨子抄着腰,站在沟沿上。他已不是平常作工的样子,下穿蓝布短裤衩,上穿夏威夷的白夏布衬衫。竹子梢上挂了件蓝布褂子,那是躲空袭的衣服,这和那陈嫂有点赛美的意味,她也穿着蓝底子红花点的夏布长衫呢。陈嫂看到人来了,将白纸扇张了,放在胸前,将厚嘴唇咬了扇子的边沿,脸上倒有三分笑意,七分红晕。

李南泉老早就挑选了这样一个好地方躲警报。没想到这幽僻的地方,还有比自己先到的,自己知趣一点,还是闪开为妙。于是手扶了竹子,站着出了一会神。那刘厨子笑道:"李先生,要不要吃点饼干?"说着,解开了旅行袋拿出三个纸包来,有饼干、糖果、鸡蛋糕之类,同时,在袋里面滚出了好几枚水果。他想,他们好阔,不是躲警报,是到竹林子里进野餐来了。便向刘厨子摇摇头道:"不必客气,躲警报的生活,越简单越好。"交代完了这句话,走出竹林子,向四周看看,打算寻觅第二个避难所。就在这时,轰炸机群的响声,遥遥地又是远处发出,刘厨子骂道:"龟儿子,又来了。今天这个样子,上半天硬是幺不倒台。"陈嫂道:"吃不到晌午喀①。"刘厨子是蹲在地上解旅行袋的,离着陈嫂坐着的草地,约莫有四五尺远,他拿起个大桃子,向她怀里一扔,正打在她的乳峰上,口里笑道:"来一个。"陈嫂红起大麻脸,哎哟了一声,骂道:"龟儿子,你整得老子好痛。"李南泉一看,这太不像话,头也不回,自己就扬长而去。竹林外面,是一片山坡,山坡上辟了庄稼地,稀稀落落地长着些玉蜀黍和高粱,他为了隐蔽着身体走,就在高粱秆子下钻着。那长叶子上有很多的粉屑,粘染满身。有两片叶子,接连地在手臂上划着,留下两条痕。但他也顾不得许多了,继续向前钻。

他把这片庄稼地也钻完了,面前是一列矮山。山上树木不多,山脚下长有不少大小石头,像摆八阵图似的,随处围绕着,成了些石坑。他由家里跑出来以后,始终是跑动的,没有喘一口气。且走向这石头窝里找一安身地点。寻觅的时候,用手摸摸石头,全是烫手的。于是顺了这小小的八阵图向前走。在石阵前面,有株桐子树,长得团圆无缺,像把绿伞。这绿伞高不到一丈,绿阴下,正好覆盖着两方大石头,夹成了一个石槽。这实在是个理想的野游、避空袭所在。听听天空上的机群声,始终在几十里路外哄哄不断。也应当找个好掩蔽地方,免得飞机群到了头上,自己又是手慌脚乱。于是不加考虑,就绕过前面这块大石,想由缺口处踏进去。还不曾走近,就看到有对男女,面对面的,各靠了一方大石,坐在地上。这两个人都认得,男子是公园里的花儿匠,女的也是疏散区里人家的老妈子。他们看到人来,虽是抬着眼皮将人注视了一下,可是他们全毫不在乎地将脸掉了过去。那花儿匠道:"现在不知道有几点钟了。一拉空袭,啥子事都

---

① 川语,意指午饭。

不好做。"那女仆道:"怕只有十来点钟。"李南泉听他,是突引起的话锋,分明不是继续前言。这一石坑,虽然足以容纳三四个人,但自己决不能和他们为伍,只好缩着脚转了开去。去之不远,听到石坑里面有隐隐的笑声发出。他心里想着,难道我还有可笑之处吗?

但站脚听了,那笑声好像又不是讥讽别人,或者与自己无关,这就继续走去。在这大谷的西头,是一排森林茂密的山岗子。山岗子下,石板平铺的人行路,倒是通行市集的交通线。因空袭的情况下,行人向来是稀少的,这时,却看到前后有五个人,顺了这条路走。只看到那些人带着旅行袋和小木凳子,就知道他们是去躲警报的。其间有个女孩子,是犯着双跛腿的病,她左右两腋,夹着两根木棍,弯了腰,也在路上走。这可怜的孩子,不会有力气出来玩,当然也是躲空袭的了。看这样子,大路前途似乎有最好的躲警报所在,倒不可不去领略一番。好在那远处的轰炸机声,现在又停止了,似乎这批敌机和下批敌机,还有个相当的间隔。于是不管好歹,径直插上那段大道。顺着这路走,不到半里路,就是个峡口,两山拥挤着,留着三四丈的平地,让人行道穿过去。出了这峡,地方更为开朗,又是一片平谷。见前面走的人,连那个跛腿的孩子在内,全丢下大路,向三间草屋旁的庄稼地走去。这里有什么可避空袭的?倒奇怪了,自也跟着他们走去。到了终点,看见一座小土堆,上面长了些野藤和几株小树。土堆下面,却是三四尺厚的青石壳子,在那石壳子上有着条条儿的横缝,可以知道太古时代水成岩的迹象。四川的地质,都是这样,下面是整块的石头山,上面却有几尺厚的土,土上长着草木。

他想着,在这地方,还能建筑什么防空洞吗?正自诧异着,看见那些先来的人,拂开了野藤,各各地向里面钻了进去。他随着他们之后,踏上土堆,扯着野藤向里一看,这就甚叹重庆地形之奇了。原来土堆像牛圈似的,围着一个直径两丈多的大石坑,由上到下,也将到两丈多深,就在自己面前,有个土坡下去,这个坑的底子,完全是石头,在坑底和牛圈相接之处,东西南三面,凹进去一道四、五尺深的石缝。缝的上面,就是那牛圈;牛圈的青石板,就有四五尺厚,再加上石板上的土,有丈多厚的掩蔽部了。这石壳是整个的,又是青石的,那决不下于钢筋水泥,而况土长得有植物,也天然生就了伪装。这石缝口子不过两尺高,人须弯腰爬了进去。而石缝里面反是有三尺上下,人可直了腰坐着,站在牛圈,看见有几个人坐在缝口。也有些男子,在缝外坑里散步。正打量着,有几个人同声笑喊道:"欢迎欢迎。"看时,一位陆教授,两位第一号委员赵先生,王先生。陆教授是同乡。他看到了,首先抬起手来招呼道:"快下来,还有位子,又有一点响声了。"李南泉道:"我倒没有想到,这里有这样好的防空洞,各位是什么时候发现的?"赵委员笑道:"我们发现久矣。虽无丝竹管弦之盛,而一觞一咏,亦足以畅叙幽情。"这位委员穿了件旧的灰绸长衫,手里拿把白纸折扇,慢慢儿地摇摆着,倒也态度自然之至。

李南泉笑道:"咏或有之,觞则未必。"陆教授笑道:"何相见之不广也?你不妨先到洞子里去参观一番。"他倒也以先睹为快,立刻牵起长衣襟,由裂缝较宽的所在钻了进去。伸直腰来,四周一看,情不自禁地说了声:"很好。"原来这石头缝在地下是半环形,除了裂口的所在,整个的是石头壳子包着的。这石头壳,只是留着万万年的水成岩水冲浪纹,再没有一丝漏隙。以在旷野地点而论,这实在是个无可比拟的好防空壕了。这个防空壕里,并不寂寞,约莫有二十多人。有两男两女,团坐口子露光处打扑克。有几个小孩靠了石壁斜躺着,低着声音唱歌。也有人把席子铺在洞底,捧了小说看。最妙的是村子里的伍先生,把家里帆布支架睡椅搬了来,放在石洞的末端,躺在椅子上,闭眼养神。因为洞子里相当阴凉,他还带了一条线毯子来,搭在肚子上。打扑克集团里,有位张太太,点个头笑道:"李先生,欢迎,加入吧?"说着将手上拿的扑克牌举了一举,又笑问道:"太太没来?"他随便在洞底坐着,因道:"我太太怕走路,躲到山子口上的洞子去了。孩子多,实在也难得走。"张先生正用长麻线拴着一只大蚂蚱,逗引着一位两岁的公子在玩。他就接嘴笑道:"你家里的大脚老妈,太不负责任。"李南泉道:"我家里的那个女工,倒还不坏,虽然是多要几个工钱,和我们太太倒是很能合作的。"张太太将手上的一把扑克,丢在地上,拍了她先生一下肩膀,笑道:"孩子给我,你来休息。"

李南泉这才算明白了,因笑道:"果然的,我这个大脚老妈,将张先生比起来,实在没有尽职。不过我在担负家庭这份责任上,却是全部担当,可不像你们太太和你共同……"这句话不曾说完,在洞外散步的这些人,纷纷钻进洞子,而且态度是非常的仓皇。在洞子里的人,立刻坐着向里移,打扑克的不打了,唱歌的不唱了,看书的不看了,全部人寂寞而又紧张。陆教授是胆大的人,他最后进来,悄悄道:"来了,来了。响声沉着得很,数目又是不少。"他这样说着,并未坐进来,随身就坐在洞口边。而且还弯了腰,偏着头由裂缝口向外张望着,这就有好几个人轻声喊着,"进来,进来,别向外瞧。"也就在这时,那轰炸机群的声响,轰隆轰隆,好像就在头顶上。看大家的脸色时,都呆了。这天然洞里最活泼的一个,是打扑克的金太太。她约莫二十多岁,穿件发亮的黑拷绸长衫,露着手臂更白。脸子又长得很漂亮,和熟人有说有笑,这时也不是那一朵欢喜花了。她微盘了腿坐在一只小草垫上,垂了眼皮,低着头剥指甲。相反的,为大家所厌恶的一位南京来的妇人,是女工出身,而会作小生意;头上的长头发用黑骨梳子倒撒住,成了个朝天刷子,一脸横肉。她穿件大袖子短蓝布褂,抬起手来乱扇芭蕉叶。腋下那种极浓浊的狐臊味,一阵阵向人鼻子里倒灌着。大家也只有忍受,并没有谁说句话。但李南泉和她却坐得最近,生平又最怕的是狐臊臭,只有偏过脸去,将头向着里。不料里面是一位母亲带着三个孩子,更给了难题。

这三个孩子,都小得很,顶大的四、五岁,其次的两、三岁,最小的不到一岁。小孩子知道什么空袭不空袭,照样闹。尤其是那最大的,大家紧张着不许动,他觉得奇怪,只管在地上爬来爬去。大的有行动,其次的也就跟着动。两个闹着,不知谁碰了谁,立刻哭了起来。在飞机临头的当儿,谁要多咳嗽了两声,在座的人也不愿意,怎样能容得小孩子哭?一致怒目相视,接二连三地吆喝着。这个作母亲的,一面将孩子分开,一面用好言劝说,这两个孩子哭声未停,抱在怀里的最小一个,又吓哭了。这倒好办,作母亲的人,衣襟根本没扣钮扣,立刻拖出乳来,将孩子搂紧,把乳头向他嘴里一塞。可是她只有两只手,不能再照顾两个大的小孩。在洞里躲警报的人,正喝道:"把他丢出去。"李南泉看她母子四人,成了众矢之的,实在不忍,就代搂住其次的孩子,轻轻地道:"别哭,等一会儿,我带你出去买桃子吃。"同时向那个大孩子道:"你不怕飞机吗?飞机听到小孩子哭会飞下来咬人的。"这样,算是把这两个小孩哄住了。可是在怀里吃乳的那个小孩子,忽然屙起尿来。他正是分开着两条腿,小鸡子像自来水管子放开了龙头,尿是一条线似的放射出来。全射在自己的大衣襟上。他母亲"呵哟"了一声,将孩子偏开。尿撒在地上,趁了石壳子的洞底流,涓滴归公,把李南泉的裤脚沾湿了大半截。等他觉得皮肤发粘,低下头看时,小孩子已经不撒了。

那位作母亲的太太看到之后,十二分的不过意,连说着对不起。李南泉看着人家满脸都是难为情的样子,真不好再说什么,反是答复了她两句话。在这一阵纷乱中,当顶的飞机声音,已经慢慢消失,首先是那位陆教授,他不耐烦在苦闷中摸索,已由洞口钻了出去。李南泉忍不住问道:"怎么样?飞机已经走远了吗?"他答道:"出来罢!一点响声都没有了。"李南泉再也不加考虑,立刻钻了出去。抬头一看,四面天空,全是蔚蓝色的天幕,偶然飘着几片浮云。此外是什么都不看见。再看地面上,高粱叶子,被太阳晒得发亮。山上草木,静亭亭地站着。尤其是脚下的草间,几只小虫儿,吱吱叫着,大自然一切如平时,看不出什么战时的景象。他自言自语地道:"大好的宇宙,让它去自然地生长吧!何必为了少数人的利益,用多数人的血去涂染它?"陆教授笑道:"老兄这个意识,大不正确,有点儿非战啦。"他道:"这话当分两层来说,站在中国人的立场,谈不到非战。因为是人家打我,我们自卫,不能说是好战。若站在人类的立场上,不但战争是残酷的,就是战争这个念头都是残酷的,好战的英雄们,此念一起,就不知道有多少人要受害。你只看刚才洞里那位带着三个孩子的太太,就够受大家的气。"陆教授向他身上的尿渍看了一遍,笑道:"那末,你受了点委屈,毫不在乎了。这三个孩子就委托你带两个罢。我们实在被他闹得可以。"

李南泉抬头看了一看天色,笑道:"我也就适可而止,不再找这个美差了。再干下去,小孩子还得拉我一身屎。现在没有事了,我要走了。"说着就要走上那石坑的土圈子。在他说话的时间,在洞子里躲着的男子,已完全走了出来,王、赵两位委员,也站在一处。王委员身躯魁伟,穿着一身灰色的川绸褂裤,虽然是跑警报的保护色衣服,还不失却富贵的身分。手上拿了根椅子腿那般粗的手杖,昂着头将手杖在石坑的地面,重重地顿了一下,因道:"天天闹警报,真是讨厌。照说,中国战事,是不至于如此没有进步的,最大原因,就是由于不能合作。"李南泉便道:"就是后方的政治,也配合不上军事,两三个人包唱一台戏,连跑龙套也怕找了外人……"王委员听到这里,掉过头去,看人家屋后的两棵树。赵委员向洞子里的人道:"飞机去远了,你们可以出来休息休息,透透空气了。"李南泉一想,自己有点不知趣,怎么在这种人面前谈政治。话说错了,这地方更不好驻足了。

他想过了,再也不加考虑,提起脚步就再上平原处。这石坑不远,是三间草屋,构造特殊一点。猪圈毛坑,在屋子后面,第一是不臭。这屋子坐北朝南,门口一片三合土面的打麦场,倒是光滑滑的。打麦场外,稀落地有几株杂树,其中有株黄桷树,粗笨的树身有小桌面那样大,歪歪曲曲,四面伸张着横枝,小掌心大的叶子,盖了大半边阴地。黄桷树是川东的特产,树枝像人犯了癞麻疯的手臂,颇不雅观。但它极肯长,而且是大半横长,树叶子卵形,厚而且大,一年有十个月碧绿。尤其是夏天,遮着阴凉很大。川东三叉路口,十字路口,照例有这么一两株大黄桷树,作个天然凉亭。这草屋前面有这些树,不问它是否歇足之地,反正有这种招人的象征存在。看到黄桷树的老根,在地面拱起一大段,像是一条横搁在地下的凳子,这倒还可以坐坐。于是放下树枝,把手上捏着的这本书,也放在树根上。今天出来得仓皇,并不曾将那共同抗战的破表带出来,也不知道是什么时候。抬头看看天上的日影,太阳已到树顶正中不远,应该是十点多钟了。根据过去的经验,警报不过是闹两、三小时,这应该是解除的时候了。脱下身上这件长衫,抖了两抖灰,复又坐下,看看这三间草屋,是半敞着门的,空洞洞的,里面并没有人。口里已经感到焦渴,伸头向屋子里看看,那里并没有人。他摇了摇头自言自语地道:"今天躲警报,躲得真不顺适。"

这句话惊动了那屋子里的人,有人出来对他望了一望。这人穿着粗蓝布中山服,赤脚草鞋,头上剪着平头。虽然周身没有一点富贵气,可也没有点仓俗气。照这身制服,应该是个伕役之流,然而他的皮肤,还是白晳的,更不会是个乡下人,乡下人不穿中山服。李南泉只管打量他,他点着头笑道:"李先生,你怎么一个人单独在这里坐着?哦!还带得有书,你真不肯浪费光阴。"李南泉一听,这就想着,单独、浪费,这些个名词,并不是一个普通老百姓会说的。站起来点头操川语道:"你老哥倒认得我,贵姓……?"他笑道:"不客气,我不是四川人,我叫公孙白。也是下江人。"李南泉道:"复姓公孙,贵姓还是很不容易遇到。"他含着笑走过来,对放在树根上的书看着,因道:"李先生不就是住在山沟西边那带洋式的草屋子里吗?"他道:"就是那幢国难房子。"公孙白道:"现阶段知识分子,谈不到提高生活水准。只有发国难财和榨取劳动的人有办法。"李南泉等他走近了,已看到他身上有几分书卷气。年纪不到三十岁,目光闪闪,长长的脸,紧绷皮肤,神气上是十分的自信与自负,便道:"你先生也住在这地方吗?倒少见。"公孙白道:"我偶然到这里来看看两个朋友,两三个月来一回。今天遇到了警报,别了朋友顺这条路游览游览。"李南泉道:"刚才飞机来了,没有到防空洞里去躲躲?"他淡笑道:"我先去过一次。和李先生一样,终于是离开了他们。这批飞机来了,我没有躲。"

李南泉道:"其实是心理作用,这地方值不得敌机一炸,不躲也没有多大关系。"公孙白摇了两摇头,又淡淡地笑道:"那倒不见得。敌人是世界上最凶暴而又最狡诈的人。他会想到,我们会找安全区,他就在安全区里投弹。不过丢弹的机会少些而已。进一步说,无形的轰炸,比有形的轰炸更厉害,敌人把我们海陆空的交通,完全控制着,窒息得我们透不过气来。我们封锁在大后方,正像大家上次躲在大隧道底下一样,很有全数闷死的可能。我们若不向外打出几个透气眼,那是很危险的。我在前、后方跑了好几回,我认为看得很清楚。今年,也许就是我们最危险的日子吧?可叹这些大人先生藏躲在四川的防空洞里,一点也不明白,贪污,荒淫,颠预,一切照常,真是燕雀处堂的身分。那防空洞里,不就有几位大人先生,你听听他们说些什么?"说着,他向那天然洞子一指,还来了个呵呵大笑。在他这一篇谈话之后,那就更可知道他是哪一种人了。李南泉道:"事到如今,真会让有心人短气。不过悲观愤慨,也都于事无补,我们是尽其在我罢。"公孙白笑道:"坐着谈谈罢,躲警报的时间,反正是白消耗的。"他说时,向那大树根上坐下来。但他立刻感觉得不妥,顺手将放在树根上的那册书拿起,翻了两翻,笑道:"《资治通鉴》。李先生在这种日子看历史,我想是别有用心的。我不打搅你,你看书罢。改日我到府上去拜访。"说着,他站起身就往草屋子里走去,头也不回。

李南泉虽觉得这人的行为可怪,但究竟都是善意的,也就不去追问他。坐在树根上,拿起书来看了几页。那边天然洞子里走出人来。他道:"好久没有飞机声音,也许已经解除了。这地方没有防护团来报告,要到前面去打听消息。李先生回去吗?"李南泉拿着书站起来道:"不但是又渴又饿,而且昨晚睡得迟,今日起得早,精神也支持不了。"说着,也就随着那人身后向村子里走。还没有走到半里路,飞机哄哄的声音,又在正北面响起。那地方就是重庆。先前那位同村子的人,站着出了一会神,立刻掉转身来向回跑。他摇着头道:"已经到重庆市区了。一定是由这里头顶上回航。"他口里说着,脚下并没有停止。脸色红着,气呼呼的,擦身而过。李南泉因为所站的地方,是个窄小的谷口;两边的山脚,很有些高低石缝,可以掩蔽,也就没有走开。果然,不到五分钟,哄咚、哄咚响着几下,也猜不出是高射炮放射,或者是炸弹爆炸,这只好又候着一个稍长的时候了。不过这石板人行路上,并没树阴,太阳当了头,晒得头上冒火。石板被阳光烤着,隔着袜子、鞋子,还烫着脚心。回头看左边山脚下,有两块孤立的石块突起,虽然一高一低,恰好夹峙着凹地,约可两尺宽。石头上铺着许多藤蔓,其后有两株子母桐树,像两把伞撑着,这倒是个歇脚的地方。赶快向那里走时,不料这是行路旁边的天然厕所,还不曾靠近,就奇臭扑人。

他立刻退回到人行路上,还吐了几口唾沫。正打算着另找个地方,却看到右边山腰上松树底下,钻出几个人来。有人向这里连连招了几下手。不言而喻,那也是个防空洞所在地。于是慢慢儿地向山上走。这山三分之二是光石头壳子,只是在石壳裂缝的地方,生长出来大小的树木。有人招手的地方,是块大石头,裂开了尺多宽的口子。高有四五尺,简直就是个洞子,有三、四个男人,站在洞口斜石板上。其中一个河南小贩子老马,手挥着芭蕉扇,坐在石板上,靠了一棵大树兜子,微闭了眼睛,态度很是自在。看到他来,便笑道:"李先生,不要跑了,就在这里休息休息吧?刚才我们的飞机去,打下几个敌机?听说,我们由外国新来了三百架飞机,比日本鬼子的要好,是吗?"李南泉也不能答复什么,只是微笑。老马道:"当年初开仗的时候,我亲眼看到一架中国飞机,打落了三架日本飞机。这些飞机现时都在前方吗?调一部分到重庆来就好了。刚才有一阵飞机响,好像就是我当年在河南听到的那种声响。前方的飞机回来了,日本鬼子就不敢来了。"有位四川工人站在洞口,对天上看看,插嘴道:"怕不是?听说,我们在外国买了啥子电网,在空中扯起,日本鬼子的飞机来了,一碰就幺台。"老马道:"电网在半天云里怎么挂得起来呢?"这话引起躲警报人的兴趣,有个人在洞子里用川语答道:"无线电嘛,要挂个啥子?听说英国京城鄹都挂的就是无线电网。"老马道:"不对,鄹都我到过,是川东一个县。"那人又道:"阴京朗个不是鄹都?"

李南泉实在忍不住笑,因笑着叹口气道:"凭我们现在这分知识,想打倒日本人,真还不是一件容易事。就算日本人天数难逃,自趋灭亡,也不难再有第二种钻出来和我们捣乱。"大家听了他的话,都有些莫名其妙,正打算问个原故,不料那空中飞机的响声,又逼近来了。那老马首先由地面站了起来骂道:"真是可恶呀,今天简直是捣乱不放手呵。"他口里说着,人就钻进了洞,李南泉抬头四望,还没有看到飞机,且和一位四川工人,依然站在洞口,他道:"列位老哥吃晌午了咯。"说着他在工人服小口袋里掏出挂表来看看。那挂表扁而平,大概是一枚瑞士货,这在久战的大后方是不易得的,因道:"你哥子,几点钟了?这表不错。"他听说,脸上泛出了一番得意的颜色,因道:"十二点多钟了。这表是在桂林买的,重庆找不到。"李南泉道:"什么时候到桂林去的?"他道:"跟车子上两个月前去的,路跑多了,到过衡阳,还到过广州湾,上两个礼拜才转来,城里住了几天,天天有空袭,硬是讨厌,下乡来耍几天,个老子,还是跳远些。"李南泉道:"于今跑长途汽车,是一桩好买卖。"他摇摇头道:"也说不一定咯,在路上走,个老子,车子排排班,都要化钱。贩一万块钱,开一万块钱包袱,也不够。个老子,打啥子国战,硬是人抢钱。"李南泉道:"跑一趟能挣多少钱?"他道:"也说不定咯,货卖得对头,跑一趟就能挣几百万,我们跟车子,好处不多。个老子,再跑一年,我也买百十石谷子收租,下乡当绅粮。"

李南泉听了他这篇话,再对周身看看,对他之为人,可说完全了解。便道:"你哥子有工夫到这个地方来耍?"他笑道:"一来是耍,二来也有点事情。完长公馆的王副官,我们是朋友。这个人的才学,硬是要得!他要是肯出洋的话,怕不是个博士?"李南泉笑道:"博士?也许。"正说到这里,一大群飞机影子,由北面山顶的天空上透露出来了,看那趋势,还正是向这里飞。那人连连道:"来了,来了。"他赶快就向洞子里走去。李南泉虽是不大关心,但看到飞机径直向这里飞,也不能不闪开一下,也就顺着洞子向里退了去。这个洞子恰似两个人身那么宽窄,由亮处到洞子里来,只觉得眼前一黑,还看不到洞里面大体情形。靠着石壁略微站了一站,又将眼睛闭着养了五分钟的神,再睁开眼来看时,看到洞子里深进去两丈多,还有个洞尾子,向地底下凹了下去,虽是藏着几个人,倒还是疏疏落落地坐在地上,这位赶车子的工人,先在衣袋里掏出一支五寸长的手电筒,放开了亮。放在地面上,光虽然朝里放着,还照得洞子里雪亮。然后他掏一盒纸烟,对所有在洞子里的人各敬上一支。这还不算。接着又在身上掏出一大把糖果,然后各人面前敬上一枚。其中有一位下江人笑道:"王老师,这年月把纸烟敬客,也不是件容易的事呀。"李南泉听着,却有点稀奇,怎么会再称呼他是老师呢?那王老师笑着喷出一口烟来道:"这算不了什么。我们跑长途的,随便多带两包货,就够我胡化的了。"

大家是约莫静止了五分钟,那姓王的道:"飞机走远了,还是到洞子外头去罢。"说着,他取了手电,先自走了出去。那老马道:"人学了一门手艺,真比做官都强。你看这位王老师是多么的威风。"李南泉道:"怎么大家叫他作王老师,他教过书吗?"老马轻轻地道:"本来称呼他司机,是很客气的。可是在公路上跑来跑去,一挣几十万,称呼他司机,太普通了。现在大家都称呼他们老司。是司机的司,不是师傅的师。不过写起字来,也有人写老师的。"有个人插言道:"怎么当不得老师?我们这里的小学教员挣三年的钱不够他跑一趟长途的。读他妈十年、二十年的书,大学毕业怎么样?两顿饭也吃不饱。学三个月开汽车,身上的钞票,大把地抓。我就愿意拜他为师去开汽车。"这个说话的人,也是村子里住的下江人。在机关里当个小公务员,被裁下来,正赋闲住在亲戚家里。李南泉在村子里来往常见面,倒没有请教姓名。听他的口音,好像是北方人,令人有天涯沦落之感,便叹了口气道:"北平人说话,年头儿赶上的,牢骚何用?"说着话走出洞来，那个北方人也跟着。看他时，穿套灰布中山服，七成是洗白了，胸前还落了两枚纽扣。看去年岁不大，不到三十，脸上又黄又瘦。他向李南泉点个头道："这个洞子，李先生没有躲过吧，今天怎么上这里来了？"李南泉道："我躲警报是随遇而安。"那北方人对天上看看，摇着头道："一点多钟了，饿得难受，回去找点东西吃。贱命一条，炸死拉倒。"说着，他真走下山坡去。

李南泉看着这情景，也应该是解除警报的时候了，就也随着下山，约莫走了半里路，只见那个北方人又匆匆忙忙地跑回来，左手拿了四五条生黄瓜，右手向人乱摇着道："李先生不要回去罢。还有两批飞机在后面呢。"说着，他将生黄瓜送到嘴里去咬。李南泉实在感到疲倦了，不愿走来走去，就在大路边上坐着。恰好这田沟边上，有百十来竿野竹子，倒挡着太阳，闪出一块阴地。他在竹阴下一块石头上坐着，耐心拿出书来看了七、八页，自言自语地道："没事，回去罢。"起身走有四、五十步，飞机又在哄隆哄隆地响。因为这响声很远，昂头看看天空，并没有飞机的影子，就坦然在路边站着，只管对飞机响声所在的空中看去。眼前五、六里，有一排大山，挡着北望重庆的天空，在那里虽有声音，却看不到飞机，也就安心站着。不想突然一阵飞机响动，回转头向上一看，却是八架敌机，由左边山顶的天空横飞过来。要跑，已是来不及，站着又怕目标显然，只好向路边深沟里一跳。就在这时，半空里"嘘唧唧"一阵怪叫，他知道这是炸弹向下的声，心想完了完了，赶快把头低着，把身子伏着，贴紧了沟壁，把身体掩蔽住。紧接着就"哄咚"一声，他只觉咚咚乱跳，也不知道沟外面危险到了什么程度。约莫五分钟，听听天空的飞机声，已是去远了，微抬着头向沟外看去，天空已是云片飘荡。蔚蓝的天幕下，并没有别的痕迹。慢慢伸直腰来，看到右边小山外，冒出阵阵的白烟。

看这情形,一定是刚才"嘘唧唧"那一声,把炸弹扔在山谷。那边虽有三、五户荒凉人家,也是个深谷,实在不值得一炸。那个地方,倒是常有村里人藏着躲警报,莫非这也让敌人发现了吗?这么一来,他又不敢回家了,呆了半晌,只好还是在竹子阴下坐着,看看太阳影子,已经偏到西方去了,整天不吃不喝,实在支持不住。而且今天为了那保长太太的罗嗦,又起身特别早。自己坐了二十来分钟,还是忍不住站起来,向回家的路上走。还算好,接连遇到两个行人,说是还有一批敌机未到,防护团只放行人向村子外走,不让人进去,他站着看看天色,再看四周,今天整天闹空袭,路上行人断绝,连山缝子里的乡下人都没有出来,大地死过去了。口里干得发燥,肚里一阵阵饥火乱搅着,实在想弄点东西装到胃里去。想到上午来时,在团山子老刘家里,有一碗马尿似的茶,未曾喝下。现在既不能回家,再到团山子去,寻一碗黄水喝罢。这样想着,不再考虑,就起身走。那本《资治通鉴》,这时捏着,实在感到吃力。走了三、五十步,遇到两个躲警报的同志,向东边小山上大声叫着:"可以卖吗?随便你要多少钱。"看时,有个乡下人,挑着一副箩担,由李树林子里走出来。他大声答道:"还不是在街上卖的价钱,多要朗个?我也发不到你的财。"说话的正是刘老板,原来挑的是新摘下来的李子。这两位同志听说,立刻迎了上去。

李南泉站着看了一会,见那两位躲警报的同志,很快由那边山坡上,各把衣服兜着百十个李子回来。他在饥火如焚之下,看到那鸡蛋大的李子,黄澄澄的颜色中,又抹了些朱红,非常引人注目,便情不自禁,向那山坡走去。刘老板正挑了那箩担,向大路上走来,两人遇个正着。那竹箩恰是没有盖子,满箩红黄果子上,带几枝新鲜的绿叶子,颜色是非常调和、好看。而且,有一阵阵的果子清香,向人鼻子里冲了来。便道:"刘老板,我饿得厉害,你卖斤李子我吃罢。"他道:"称就是嘛,随便你给钱。"李南泉笑道:"我今天要作个一百零一回的事。出来得太急,身上分文未带。我要赊帐。"刘老板对他周身看了一遍,不觉笑了:"李先生也不缺少我们的钱。称嘛。"说着,他倒是大方,立刻用铜盘称,给李南泉称了二、三十个大李子。他道:"两斤,够不够?"李南泉是不大喜欢吃水果的人。尤其是桃子、李子,不怎么感兴趣。便笑道:"我三年不吃一个李子,这么些个李子,那简直是够吃半辈子的。不过今天是例外。"说着,将长衫大襟牵起来,让他把李子倒在衣兜里。一方面伸手到衣袋里去摸索。但手不曾摸到衣袋,立刻感觉到自己是多此一举。好在这位刘老板却也相识,挑起担子就叮嘱了道:"二天上街,由你门前,我吼一声,你就送钱给我,要不要得?"李南泉答应着,已是取了个李子在手,在衣襟上磨擦了几下,立刻送到嘴里去。

李子这东西,不苦就酸,完全甜的,不容易得着。这时把李子送到嘴里,既甜又脆。尤其是嚼出那种果汁,觉得世界上没有任何饮料,可以和它相比。很快地,不容自己神经支配,这李子就到了肚里。站在路上,不曾移脚,就把衣兜里的李子吃完了一半。肚里有了这些水果,不是那样扯风箱似地向外冒着胃火了。这就牵了衣兜,依然回到竹子阴下去坐着。直到把最后一枚李子都送到嘴里去了,才抬头看看太阳,已是落到西边山顶上去了。饥渴都算解决了,就在山谷的人行道上徘徊。依然看不到有躲警报的人向村子里走。由早上八点钟起,直到这个时候,还没有解除警报,这却是第一次。不知道敌人换了什么花样,也就不敢冒险回家。徘徊了又是一小时,太阳早就落到山后面去。山阴遮遍了山谷,东面山峰上的斜阳返照,一片金光,反是由东射到草上和树叶子上。一座山谷,就是自己一个人,只有风吹着面前庄稼地里的叶子,嘎嘎作响。石板路边的长草,透出星星的小紫光。蚱蜢儿不时地由里面跳出来。小虫儿在草根下弹着翅子。他想,大自然是随时随地都好的,人不如这些小虫,坦然地过着自然的生活,并没有战争和死亡的恐怖。于是呆望了四周,微微地叹着气。在山谷外,忽然有了叫唤声道:"回来罢,解除了。""解除了"三个字,除是特别宏亮而外,还又重复了一句。

这"解除了"三个字,等于在人心理上解下一副千斤担子,首先是让人透过一口气来。于是迎着声音走去。果然是村里人来迎接逃警报的,老远打着招呼。随着,也就听到了村子里解除警报的锣声。"噹"的一声,又"噹"的一声,缓缓响了起来,散在四周山沟里。天然洞子里的人,四面八方地钻到大路上。大家都说,今天闹了一天,是出乎意料。李南泉吃了十多个李子,已经不饿了。一条宽不到三尺的石板路上,扶老携幼的难民,抢着回家吃喝、休息。且让在路边,随停随走。将到村子口上,却看到自己的太太带了三分焦急的样子,很快向这边走着,便老远地叫道:"怎么向这里走?有什么问题吗?"她道:"家里没有问题。你看,从太阳出山起,直到现在,你不吃不喝,解除警报多久,你又没回来。我急得了不得。"李南泉笑道:"没关系,什么大难临头,我都足以应付,躲一天警报,算不了什么。刚回家,孩子们吃点喝点,你不该丢了他们出来。"李太太沉着脸道:"那末,是我来接你接坏了。"她也不再作声,转身就走,而且比来时走得还快。李南泉看着她的后影,不觉笑了。心想,回家去给她道个歉罢。正走了几步,迎面又来了一串人,第一个人抬起手来招了几招,就是那个干游击商的老徐。后面三个女子,是坤伶杨艳华、胡玉花、王少亭,最后是刘副官。他立刻明白了,前一个后一个,把这三个女孩子要押解到刘副官家里去喝酒打牌。这不是刚刚解除警报吗?这种人真是想得开。于是又站在路边让着路。

## 第六章　魂兮归来

　　这一行人最前面的老徐，虽是一副鸦片烟鬼的架子，可是他有了刘副官在一路，精神抖擞，晃着两只肩膀走路，两手一伸，把路拦住，笑道："李先生哪里去？我们一路去玩玩。刘副官家里有家伙，大家去吊吊嗓子好不好？"李南泉道："在外面躲了一天警报，没吃没喝，该回去了。"杨艳华这时装束得很朴素，只穿了一件蓝布长褂子，脸上并没有抹脂粉，蓬着头发，在鬓发上斜插了一朵紫色的野花。她站着默然不作声，却向李南泉丢了个眼色，又将嘴向前面的老徐努了努。胡玉花在她后面，却是忍耐不住，向李南泉道："李先生你回家一趟，也到刘公馆来凑个热闹吗？你随便唱什么，我都可以给你配戏。"李南泉笑道："我会唱《捉放曹》里的家人，你配什么？"她笑道："我就配那口猪得了！"杨艳华又向他丢了个眼色，接着道："李先生若是有工夫的话，也可以去瞧瞧。这不卖票。"李南泉连看她丢了两回眼色，料其中必有原故，便道："好的，我有工夫就来。"他口里是这样说着，眼神可就不住地向后面看刘副官，见他始终是笑嘻嘻的，便向他点个头道："我可以到府上去打搅吗？"他笑道："客气什么，客气什么？有吃有喝有乐，大家一块鬼混罢。日本鬼子，天天来轰炸，知道哪一天会让炸弹炸死。乐一天是一天。"说着，把手向上一抬，招了几下，说了两个字："要来。"于是就带着三个坤伶走了。李南泉站在路头出了一会神,望着那群男女的去影,有的走着带劲,有的走着拖着脚步,似乎这里面就很有问题了。

他感慨系之地这样站着,从后面来了两位太太,一位是白太太,一位是石太太。全是这村子里的交际家,而白太太又是他太太的牌友。她们老远就带了笑容走过来。走到面前,他不免点个头打个招呼。白太太笑道:"杨艳华过去了,看见吗?"李南泉心想,这话问得蹊跷,杨艳华过去了,关我姓李的什么事?便笑道:"看见的。她是我们这疏散区一枝野花,行动全有人注意。"石太太笑道:"野花不要紧,李先生薰陶一下,就是家花了。听说,她拜了李先生作老师。"李南泉道:"我又不会唱戏,她拜我作老师干什么?倒是你们石先生是喜欢音乐的,她可以拜石先生的门。"石太太昂着头,笑着哼了一声,而且两道眉毛扬着。白太太笑道:"石先生可是极听内阁命令的。"她说这话时,虽是带了几分笑意,但那态度还是相当严肃。因为她站在路上,身子不动,对石太太有肃然起敬的意思。石太太就回头向她笑道:"你们白先生也不能有轨外行动呀。"李南泉心里想着,这不像话,难道说我姓李的还有什么轨外行动吗?也就只好微笑着站在路边,让这二位太太过去。他又想,这两位太太似乎有点向我挑衅。除非拦阻自己太太打牌,大有点不凑趣,此外并没有得罪她们之处,想着,偶然一回头,却看到石太太的那位女小青,在路上走着,突然把脚缩住,好像是吃了一惊。李南泉觉得她岁数虽是不小,究竟还是很客气,站着半鞠躬,又叫了句"李先生"。

这样,李南泉就不能再不理会了。因道:"石小姐,躲警报你是刚才回来吗?今天这时间真久啊!"他说这话,是敷衍她那半鞠躬。不料她听了,竟是把脸羞了个通红。李南泉想着,这么一句话,也有羞成通红之必要吗?她到底不是那读书的女孩子,不会交际,也就不必再多话了。可是,她脸上虽然红着,而眼睛还只是望过来。慢慢地走到身边,笑问道:"刚才石太太过去,向李先生提到了我吗?"李南泉这就有点醒悟,便连连摇着头道:"没有没有,刚才不是杨艳华过去吗? 他们把杨老板笑说了一阵。"小青笑道:"石太太是不大喜欢看戏的。"李南泉道:"平常你称呼她妈妈,大姑娘,是吗?"她笑道:"是的,她让我那样叫。其实,她还生我不出。"说着,脸上又有一点红晕,再作个鞠躬礼,然后走了。李南泉心想,这难怪呀:我们还是初次说话,听她的言谈之间,好像她不大安于这个义女身分似的。这种话,可以对我说吗? 而且举止是那么客气。这件事得回家告诉太太。他心里憋着这含笑向家里走。去家不远,就看到白太太、石太太站在行人路上,和自己太太笑着说话。自己来了,她们才含笑而去。李南泉道:"你还没有回家哪? 该回家休息休息了,今天累了一天。"李太太走着道:"别假情假义吧。我是个老实人。"李南泉笑道:"这话从何说起? 刚才是我言语冒犯了,你也别见怪。我倒有个问题要问你,那石小青不是称石太太作妈妈吗?"

李太太道:"你这叫多管闲事。"李南泉听着太太的口吻,分明是余怒未息。还是悄悄地跟着走回家去。小孩子们躲了一天警报,乃是真的饿了。正站着围了桌吃饭。平常李太太是必把那当沙发的竹椅子搬过来,让李先生安坐的。这时却没有加以理睬,自盛着饭在旁边吃。李南泉刚刚吃下去两斤李子,避开太太的怒气,且到走廊上去站站。只见邻居吴春圃先生,拿了一把旧手巾,伸到破汗衫底下,不住在胸前、背后擦着汗。他看到邻人咬着牙笑了一笑,复又摇摇头。李南泉道:"今天空袭的时间太久,吴先生躲了没有?"他笑道:"早上有朋友通知我,有好几批敌机来袭,躲躲为妙。我以为和往常一样,没吃没喝,带了全家,去躲公共洞子,谁知是这么一整天。冒着绝大的危险,在敌机走了的时候,回家来找到十几块大小锅巴和四枚西红柿,再送进洞给小孩子吃了,我老两口子,直饿到回家,抢着烙了两张饼吃,肚子还饿着呢。"李南泉道:"那公共洞子里,也有作警报生意的?"吴春圃道:"唉!我起初还不想省两文。一个小面,只有一、二两,要卖五毛钱,我只好忍住了。不想也就是十几个小贩子,几百人一阵抢购,立刻卖光。等到我想买时,只剩了些炒蚕豆,买两包给孩子们嚼嚼,也就算了。天下没有什么是平等,躲警报亦是如此。你没有饿着?"李南泉笑道:"我几乎饿出肚子里的黄水来了。出门没带钱。比老兄更窘。"

吴春圃道:"你府上正在吃饭,你为什么在外面站着?"他笑了一笑,并没有答复。自己还是闲闲地站在走廊上。这时,天色黑了。山谷里由上向下黑下来,人家以外全是昏沉沉的。山峰在两边伸着,山谷像张着大嘴向天上哈气。看山峰上的天幕,陆续地冒着星点。这虽是几点星光,但头顶正中的云彩,有些乳白色。而这乳白色也就向深暗的山谷里撒下着微微的光辉。这种光辉,撒在那阴谷的郁黑的松林,相映得非常好看。李南泉不觉昂着头赞叹着一声道:"美哉,此景!"他正有点诗兴大发时,自己的腿上,好像有一阵阵的凉风拂来。回头看时,小白儿拿着扇子在身后,不住地扇着。便道:"你去吃饭罢;我不热。"吴春圃笑着操川语道:"要得要得,孝心可嘉。"小白道:"我妈妈说,蚊子多。给爸爸轰赶蚊子。"李南泉接过芭蕉扇,笑道:"少淘气就得了,去吃饭罢!"小白道:"饿得不得了,我们见了饭就吃。一刻工夫,就吃了三碗。妈妈叫王嫂给你炒鸡蛋饭了。"李南泉笑道:"我忘记告诉你们了。我在团山子吃了两斤李子,不饿了。"他说着走进屋去,见太太还是脸上不带笑容,捧了一碗糙米饭,就着煮老豌豆吃,便抱着拳头拱拱手道:"多谢多谢!既是炒鸡蛋饭,何不多炒一点?"李太太道:"我们是贱命,饿了就什么都吃得下。"李南泉道:

"从今日起我们不要因为这小事发生误会,好不好?"

李太太把糙米饭吃完了,将瓦壶里的冷开水倾倒在饭碗里,将饭碗微微摇撼着,把饭粒摇落到水里去,然后端起碗来,将饭粒和冷开水一起吞下。这就放下碗来,向李南泉一笑,摇了两摇头。

他道:"你这里面,仿佛还有文章。"李太太道:"有什么文章?你这是一支伏笔。我写文章虽然写不赢你,可是也就闻弦歌而知雅意。你是刘副官那里,晚上还有个约会。你怕我拦着,先把话来封了门。其实,我晓得你是不爱和这种人来往的,虽然有杨艳华在那里,你去了也乐不敌苦。生在这环境里,这种人也不可得罪。你去一趟,我很谅解。"说着,她从容地放下碗。把李南泉手上的扇子接过去,将椅子扇了几下,笑道:"饭来了,坐下来吃罢。今天够你饿的了。"这时,王嫂端着一大碗鸡蛋炒饭和一碟炒泡菜,放到桌上。他看那蛋炒饭面上,油光淋淋的,想是放下了猪油不少,便坐下扶着筷子,向太太笑道:"你再来半碗?"她将扇子拂了两拂,笑道:"我不需要这些殷勤。"李南泉道:"我吃了两斤李子,已是很饱。决吃不下去这碗饭。"小山儿、小玲儿站在桌子边便同时答应着"我吃我吃"。李南泉分给孩子们吃,李太太却只管拦着。他且不吃饭,扶了筷子摇头道:"疾风知劲草。文以穷而后工,情以穷而后笃。"她"唉"了一声笑道:"你真够酸。我看你这个毛病,和另一种毛病一样,永远治不好。"吴春圃先生正在窗外,便打趣插嘴笑问道:"李先生还有什么毛病呢?"

李南泉笑道:"你可别火上加油呀!"吴春圃笑着走进屋来,因道:"我知道李太太是个贤惠人。"说着,把声音低了一低道:"若是道壁的奚太太,或者斜对门的石太太,我决不敢当她们面,给她们先生开玩笑。"李南泉笑道:"石太太!她不成。吴兄,你记着我这话,将来有一台好戏瞧。"李太太张罗着请吴先生坐下,因笑道:"我对于南泉的行动是从不干涉的。其实先生们有了轨外的行动,干涉也是无用。不过在这抗战期间,吃的是平价米,穿的是破旧衣,纵然不念国家民族的前途,过这一分揪心的日子,应该也是高兴不起来。我有时也和南泉别扭着。我倒不是打破醋坛子,我就奇怪着,作先生的,为什么演讲起来,或者写起文章来,都是忠义愤发,一腔热血。何以到了吃喝玩乐起来,国家民族,就丢到脑后去了?我不服他们这个假面具。我就得说这样的人几句。"李南泉笑道:"你自然是一种正义感。不过……"他拖着话音没有说下去。李太太笑道:"我知道,你又该问我为什么也打牌了。可是我并没有作过爱国主义的演讲,也没有写过爱国的文章。根本我们就是一个不知道爱国的妇女,打打小牌,也不过是自甘暴弃的帐本上再加上一笔。"吴先生笑道:"言重言重。李太太说出这话来,正是表示你对国家民族的热心。把这个轰炸机挨过去了,我们有几个爱好旧戏,打算来一回劳军公演,那时,一定请你参加,谅无推辞的了。"说到戏,吴先生就带劲,最后来了一句韵白。

李南泉笑道:"吴兄,我看你也有一个毛病,是喜欢玩票。"吴春圃笑道:"咱这算毛病吗?叫作穷起哄。这穷日子过得什么嗜好都谈不上。可是嗓子是咱自己的。咱扯开嗓子,自己唱戏自己听,这不用化钱。咱要来个什么游艺会,一切的开销,也是人家的咱才来。要说是玩儿个票,由借行头到场面上的,全得化钱。咱就买他两斤黄牛肉,自己在地里摘下几个西红柿,炖上一大沙锅,吃他个热和劲儿,比在台上过瘾可强多咧。"说着,哈哈一阵大笑。李太太笑道:"吴先生真想得开。"他笑道:"咱是有名儿的乐天派。抗战这年月,真是数着钟点儿过。若是尽发愁,不用日本人来打,咱愁也愁死了。中国人有弹性,大概俺就是这么一个代表。"说着,再打了一个哈哈。李太太笑道:"要玩票,又想不化钱,这种便宜事,不见得常有。不过今天倒有这么一个机会。"吴春圃笑道:"别笑话。成天的闹警报,听说今天街上的戏园子都回了戏。谁还有那个兴致,开什么游艺会。"李太太道:"天底下的人不一样呀。有怕警报的,也有警报越多越乐的。你问他,今晚上有没有玩票的地方。他马上就要去参加。"说时,笑着指了李先生。他知道太太说来说去,必定要提到这上面来的。自己最好是装麻糊含混过去。现在太太指到脸上来说,却麻糊不掉。因笑道:"也不是什么聚会。那刘副官把几个女伶人接到家里去了,大概要闹半晚上清唱。"

吴春圃笑道:"我看到他们走上去的,有你的高足在内。"李南泉笑道:"你说的是杨艳华?"李太太笑道:"你漏了,李先生。怎么人家一说高足,你就说是杨艳华呢?"李南泉摇着头道:"我也就只好说是市言讹虎罢。"吴春圃也就嘻嘻一笑。大家谈了几句别的话,屋子里已是点上了灯。吴先生别去。李南泉擦了个澡,上身穿了件破旧汗衫,搬了张帆布支架椅子,就放到走廊上来乘凉。李太太送了张方凳子过来,靠椅子放着。然后燃了一支蚊烟,放在椅子下,又端了杯温热的茶水,放在方凳子上,接着把纸烟、火柴、扇子都放在方凳子上。李先生觉得太太的招待,实在有异于平常,因道:"躲了一天的警报,你也该休息休息了。"李太太道:"我还好,我怕你累出毛病来,你好好休息罢。"说着,她也端了个椅子在旁边相陪。李南泉躺在睡椅上,将扇子轻轻拂着。眼望着屋檐外天上的半勾月亮,有点思乡。连连想着《四郎探母》这出戏,口里也就哼起戏词来。太太笑道:"戏瘾上来了吗?"他忽然有所省悟,笑道:"身体疲乏得抬不动了,什么瘾也没有。"太太也只轻轻一笑。约莫五六分钟,忽然一阵丝竹金鼓之声,在空洞的深谷中,随了风吹来。李太太道:"刘副官家真唱起来了。"李南泉道:"这是一群没有灵魂的人。说他不知死活,还觉得轻了一点。"李太太道:"他们也是乐天派,想得开吧?"

李南泉也只好笑了一笑,但没有五分钟,走廊那头吴先生说着话了。他笑道:"李先生,你听听,锣鼓丝弦这分热闹劲。"李南泉道:"咱们不化钱在这里听一会清唱罢。这变化真也是太快了。两小时前,我们还在躲炸弹,这会子我们躺着乘凉听戏了。"吴先生说着话走过来,李太太立刻搬了凳子来让坐。吴先生将扇子拍着大腿,因道:"站站罢,不坐了。"李南泉道:"精神疲乏还没有复元。坐着摆摆龙门阵。"吴春圃道:"不是说参加刘副官家的清唱吗? 咱们带着乘凉,便走去瞧瞧,好不好?"李南泉笑道:"老兄还是兴致不小。"他道:"反正晚上没事。李太太,你也瞧瞧去。"她道:"刘家我不认识。"他道:"那末,李先生,咱们去。唔! 你听,拉上了反二簧不知道杨艳华在唱什么,好像是《六月雪》。走罢!"李南泉笑着没有作声。李太太道:"你就陪着吴先生瞧瞧去罢。"李南泉站起来踌躇着道:"我穿件短袖子汗衫,不大好,我去换件褂子。"他走进屋里去,叫道:"筠,你来给我找件衣服。"李太太走进屋子,李先生隔了菜油灯,向太太笑道:"这可是你叫我去的。"她笑道:"别假惺惺了,同吴先生去有什么关系? 可是回来也别太晚了。"他伸了一个食指道:"至多一小时。也许不要,三、四十分钟就够了。"她微笑着没说什么。李先生换了件旧川绸短褂子,拿了柄蒲扇,就和吴先生同路向刘副官家里去。他们家是一幢西式瓦房,傍山麓建筑,门口还有块坦地。

坦地上面是很宽的廊子,桌椅杂乱地摆着。桌上点了两盏带玻璃罩子的电石灯,照得通亮。茶烟水果,在灯下铺满了桌面。走廊的一角,四、五个人拥着一副锣鼓,再进前一点,两个人坐着拉京胡与二胡。一排坐了三个女戏子,脸都微侧了向里。此外是六、七个轻浮少年,远围了桌子坐着。有个尖削脸的汉子满脸酒泡,下穿哔叽短裤衩,上套夏威夷绸衬衫,头发一把乌亮,灯光下,兀自看着滴得下油来。他拿了把黑纸折扇站在屋檐下,扯开了嗓子正唱麒派拿手好戏《萧何月下追韩信》。刘副官满脸神气,口里斜衔了一支烟卷,两手叉着腰,也站在屋檐下。村子里听到锣鼓响都来赶这分热闹,坦地上站着坐着有二、三十人。刘副官等那酒泡脸唱完一段,鼓着掌叫了一声好。那烟卷落到地下去了,他也不拾起来。一回头看到吴、李二位,连忙赶过来,笑道:"欢迎,欢迎。老丁这出戏唱完了,我们来出全本的《探母回令》,就差一个杨宗保。李先生这一来,锦上添花,请来一段姜妙香的《扯四门》。"李南泉笑道:"我根本不会。我看你们改《法门寺》罢。吴教授的刘瑾,是这疏建区有名的。"吴春圃道:"不成,咱这口济南腔,那损透了刘瑾,咱是刘公道咧。"刘副官鼓了掌道:"好!就是《法门寺》带《大审》。刘瑾这一角,我对付。"说着,挺起胸脯子摇头晃脑地笑。随后向走廊上他家的男佣工,招了两招手,又伸着两个指头,那意思是说招待两位客人。

他们的佣工,看到主人这样欢迎,立刻搬着椅子茶几,以及茶烟之类前来款待。那个唱《追韩信》的老丁,把一段三生有幸的大段唱完,回转身来,迎着李南泉笑道:"无论如何,今天要李先生消遣一段。《黄鹤楼》好不好?我给你配刘备。"说着在他的短裤衩口袋里,掏出一只赛银扁烟盒子,一按弹簧,向吴、李二客敬着烟,随着又在另一口袋里摸出了打火机,按着火给客人点烟。李南泉笑道:"丁先生虽然在大后方,周身还是摩登装备。"他笑道:"这是有人从香港回来带给我的玩艺儿。我们交换条件,李先生消遣一段,我明天送你一只打火机。"这时锣鼓已经停了,两三个熟人,都前来周旋。老徐尤其是带劲,端着大盘瓜子,向吴、李面前递送。他笑道:"今天到场的人,都要消遣一段。我唱的开锣戏。已经唱过去了。"吴春圃道:"三位小姐呢?"说着向三个女角儿看去。她们到刘家来,却是相当的矜持。看到吴、李二人,只起着身,含笑点点头,并没有走过来。吴先生虽然爱唱两句而家道比李南泉还要清寒,平常简直不买票看戏。这几位女角,只是在街上看见过,却不相识,更没有打过招呼。这时三个人同时点头为礼,一个向来没有接触过坤伶的人,觉得这是一回极大的安慰,也就连连向人家点了头回礼。刘副官笑道:"怎么样,二位不赏光凑一分热闹吗?晚上反正没事,我家里预备了一点酒菜。把戏唱完,回头咱们喝三杯,闹个不醉无归。"李南泉心想,什么事这样高兴,看他时,昂着头,斜衔了烟卷,得意之至。

那刘副官倒没有感觉到自己有什么异样,向走廊上坐着的女伶招了两招手道:"艳华你过来。"她笑着走过来了,因道:"李先生你刚来?这里热闹了很大一阵子了。"李南泉道:"躲警报回家,身体是疲倦得不得了。我原不打算来。这位吴先生是位老票友,听到你们这里家伙响起来了,就拉着我来看这番热闹。"吴春圃"啊哟"了一声道:"杨老板,你别信他的话,说我是个戏迷,还则罢了,老票友这三个字绝不敢当。"杨艳华道:"上次那银行楼上的票友房里,吴先生不是还唱过一出《探阴山》吗?"吴春圃道:"杨老板怎么知道?"她道:"我在楼下听过,唱得非常够味。有人告诉我,那就是李先生邻居吴先生唱的,我是久仰的了。"吴先生被内行这样称赞了几句,颇为高兴,拱着手道:"见笑见笑。"刘副官伸着手,拍了两拍她的肩膀道:"这二位都不肯赏光,你劝驾一番罢。"说着,他又摸摸她的头发。在这样多的人群当中,李南泉觉得他动手动脚,显着轻薄。不过杨艳华自身,并不大介意,自也不必去替她不平。她倒是笑道:"李先生你就消遣一段。你唱什么,我凑合着和你配一出。"说着,微偏了头,向他丢了个眼风。他把拒绝和刘副官交朋友的意思加一层地冲淡了,笑道:"我实在不会唱。你真要我唱,我唱四句摇板。至于和我配戏那可不敢当。"老徐正把那个瓜子碟,送回到那桌上去,听了这话就直奔了过来,拍着手道:"好极了,杨老板若和李先生合唱一出,那简直是珠联璧合,什么戏?什么戏?"

杨艳华瞟了他一眼,淡淡笑道:"徐先生别忙,仔细摔跤呀!"他在面前站定了,看到刘副官脸上,也有点不愉快的样子,便忽然有所省悟。因笑道:"索兴请我们名角刘副官也加入,来一个锦上添花。"刘副官扛着肩膀笑了一笑,取出嘴角上的烟卷,弹了两弹烟灰,望了他笑道:"名角?谁比得上你十足的谭味呀。"老徐向他半鞠着躬,因道:"老兄,你不要骂人。"刘副官笑道:"你真有谭味。至少,你耍的那支老枪,是小叫天的传授,你不是外号老枪吗?"他笑道:"哪里有这样一个浑号?"说着,向四周看看,又向刘副官摇摇手。刘副官偏是不睬他,笑道:"今天晚上,好像是过足了瘾才来的,所以精神抖擞。"老徐向他连作了几个揖,央告着道:"副座,饶了我,行不行?"刘副官这才打个哈哈,把话接过去。老丁扯着主人道:"不要扯淡了,唱什么戏,让他们打起来,还是照原定的戏码进行吗?"刘副官道:"艳华,你说唱什么?"她望着吴春圃笑道:"烦吴教授一出《黑风帕》,让王少亭、胡玉花两个人给你配,差一个老旦,我反串。"老徐道:"吴先生,这不能推诿了,人家真捧场呀。"吴春圃两个指头夹着烟卷,送到嘴边,待吸不吸,只是微笑。李南泉道:"就来一出罢。反正这都是村子里的熟人。唱砸了,没关系。"吴春圃道:"你别尽叫别人唱,你也自己出个题目呀。要来大家来。你不唱我也不唱。"李南泉笑道:"准唱四句摇板。"杨艳华将牙齿咬着下嘴唇,垂着眼皮想了一想,向他微笑道:"多唱两三句,行不行?"李南泉没有考虑,笑道:"那倒无所谓了。"

杨艳华笑道:"好罢,那我们来一出《红鸾禧》罢。"李南泉道:"这就不对了。说好了唱几句摇板,怎么来一出戏?"她笑道:"李先生你想想罢,《红鸾禧》的小生除了四句摇板,此外还有什么?统共是再加三句摇板,两句二簧原板,四句南梆子。"李南泉偏着头想了一想,因道:"果然不错,你好熟的戏。"刘副官笑道:"那还用说吗?人家是干什么的!"杨艳华就在桌子上拿了烟卷和火柴来,亲自向李南泉敬着烟。这时那几个起哄的人都走开了。她趁着擦火柴向他点烟的时候,低声道:"你救救我们可怜的孩子罢!"他听了有些愕然,这里面另外还有什么文章。看她时,她皱了两皱眉头,似乎很有苦衷。刘副官站在走廊上,将手一扬道:"艳华,这样劝驾还是不行的话,你可砸了。"她笑道:"没有问题了。吴先生的《黑风帕》,李先生的《红鸾禧》。"刘副官还不放心,大声问道:"李兄,没有问题吗?"李南泉听了这个"兄"字虽是十分扎耳,可是杨艳华叫"救救可怜的孩子",倒怕拒绝了,会给她什么痛苦,因笑道:"大家起哄罢,可是还缺个金老丈呢。"刘副官道:"我行,我来。"说着,他回头向王少亭道:"我若忘了词,你给我提一声。"老丁、老徐听说立刻喊着打起家伙来《黑风帕》。老丁表示他还会锣鼓,立刻走过去,在打家伙人手上,抢过一面锣。锣鼓响了,这位吴教授的嗓子,也就痒了。笑着走到走廊边,向打小鼓的点了个头道:"我是烂票角票,不值钱,多照应点。"回过身来,又向拉胡琴的道:"我的调门是低得很,请把弦子定低一点。"刘副官走过来,伸手拍了李南泉肩膀道:"吴兄真有一手,不用听他唱,就看他这分张罗,就不外行。老哥,你是更好的了。"李南泉看他这番下流派的亲热,心里老大不高兴。但是既和这种人在一处起哄,根本也就失去了书生的本色,让他这样拍肩膀叫老哥,也是咎由自取。笑道:"我实在没多大兴致。"刘副官道:"我知道你的脾气,这还不是看我刘副官的三分金面吗?"说着,伸了个食指,向鼻子尖上指着。

这时,《黑风帕》的锣鼓已经打上,刘副官并没有感到李南泉之烦腻,挽了他一只手,走上走廊,佣工们端椅子送茶烟,又是一番招待。李南泉隔了桌面,看那边坐的三位女伶,依然是正襟危坐,偶然互相就着耳朵说几句话,并没有什么笑容。那边的胡玉花平常是最活泼,而且也是向不避什么嫌疑的,而今晚上在她脸上也就找不出什么笑容。李南泉想着,平常这镇市上,白天有警报,照例晚上唱夜戏。今天戏园子回戏,也许不为的是警报的原因。只看这三位叫座的女角,都来到这里,戏园子里还有什么戏可唱?这一晚的营业损失,姓刘的决不会负担,她们大概是为了这事发愁。但就个人而言,损失也没有什么了不起,为什么杨艳华叫救救可怜的孩子?他心里这样想着,眼睛就不住地对三人望着。那胡玉花和吴先生配着戏,是掉过脸向屋子里唱的,偶然偏过头来,却微笑着向李南泉点点头。但那笑容并不自然,似乎她也是在可怜的孩子之列。这就心里转了个念头,不能唱完了就回家了,应该在这地方多停留些时间,看看姓刘的有什么新花样。他正出着神,刘副官挨了他身子坐下扶着他肩膀道:"我们要对对词儿吗?"他笑道:"这又不上台,无所谓。忘了词,随便让人提提就是了。"他这个动作,在桌子那边的杨艳华,似乎是明白了,立刻走了过来,问道:"是不是对对?"刘副官道:"老李说不用对了。反正不上台。"杨艳华向他道:"我们还是对对罢。在坝子①上站一会儿。"说着她先走,刘副官也跟了去。李南泉看他们站在那边坦地上说话,也没有理会。

过了一会,刘副官走过来,笑道:"艳华说,她不放心,还是请你去对对罢。"李南泉明白,这是那位小姐调虎离山之计,立刻离开坐位,走到她面前去。艳华叫了声"李先生",却没有向下说,只是对他一笑。李南泉道:"咱们对对词吗?"她笑道:"对对词?我有几句话告诉你。"说着又低声微微一笑。李南泉道:"什么话,快说!"说着,他把眼睛向四周看了看,

---

① 川语,意指平地。

又向她催了一句:"快说。"杨艳华道:"不用快说,我只告诉你一句,我今晚上恐怕脱不倒手①。你得想法子救我。"李南泉道:"脱不倒手?为什么?这里是监牢吗?"杨艳华道:"不是监牢,哼!"只说到这里,刘副官已走了过来,杨艳华是非常的聪明,立刻改了口唱戏道:"但愿得作夫妻永不离分。"李南泉道:"好了,好了!差不多了。大概我们可以把这台戏唱完。"刘副官笑道:"你们倒是把词对完呀!"李南泉道:"不用了,不用了,《黑风帕》快完了。"他说着,回到了走廊的坐位上坐着,忽然想过来了,刚才她突然改口唱戏,为什么唱这句作夫妻永不离分。固然,《红鸾禧》这戏里面,有这么一句原板。什么戏词不能唱,什么道白不能说,为什么单单唱上这么两句?他想到这里,不免低了头仔细想了想。就在这时,一阵鼓掌,原来是《黑风帕》已经唱完了。刘副官走到他身边,轻轻拍着他的肩膀,因道:"该轮着你了。"杨艳华坐在桌子这面,对刘副官又瞟了一眼。李南泉笑着点点头。这算是势成骑虎,决不容不唱了。锣鼓打上之后,他只好站着背转身去,开始唱起来,第一句南梆子唱完,连屋子里偷听的女眷在内,一齐鼓掌。

在这鼓掌声中,大家还同时叫着好。李南泉心里明白,《红鸾禧》出场的这两句南梆子,无从好起。什么名小生唱这几句戏,也不见有人叫好。当然这一阵好,完全属于人情方面。在这叫好声中,还有女子的声音。谁家的眷属,肯这样捧场?他有点疑惑了。但同时也警戒着自己,玩票的人,十个有九个犯着怕叫好的毛病,别是人家一叫好,把词忘了,于是丢下这些还是安心去唱戏。到了道白的时候,锣鼓家伙停着。他也知道千斤道白四两唱,当大家静静听着的时候,他格外留心,把尖团字扣准了

---

① 川语,意指无法脱身。

说着。同时,他也想到,这是白费劲。在这四川山窝子里听京戏的人,根本是起哄,几个人知道尖团字?可是他这念头并未过去,在一段道白说完之后,却听到身旁有人低低地叫了声好。这是个奇迹,却不能不理会,回头看去,杨艳华微笑着,向他点了两点下巴。那意思是说"不错"。他也就会心地回个微笑。等到金玉奴上场,杨艳华也十分卖力地唱白。她本是江苏人,平常说京腔,兀自带着一些南方尾音。现在她道起京白了,除了把字咬得极准,而且在语尾上,故意带着一些娇音,听来甚是入耳。李南泉听她的戏多了,在台上没有看到她这样卖力过。这很可能知道她表示那分友好态度。后来刘副官加入唱金松一角,他根本就是开玩笑的态度,笑向杨艳华道:"他是个要饭的秀才,请到咱们家来喝豆汁。这要是吃平价米的大教授,你不冲着他叫老师,那才怪呢。"这么一抓哏,连杨艳华也忍不住笑。吴春圃也高兴了,大声笑着叫好。

　　这出《红鸾禧》,三人唱得功力悉敌。唱完,场面上人放下家伙,一致鼓掌叫好。那打小鼓的,是戏班子里的,站起身来,向李南泉拱拱手道:"李先生,太好太好,这是经过名师传授的。"那杨艳华站在桌子边斟着一杯茶喝,在杯子沿上将眼光射过来向他看去。李南泉也忍不住微笑。他的微笑,不仅是她这个眼风。他觉得今天这出戏,和她作了一回假夫妻,却是生平第一次的玩艺。取了一支烟吸着,回味着。他的沉思,被好事的老徐大声喊醒,他笑道:"过瘾过瘾,再来一个,再来一个!"李南泉道:"别起哄罢,早点回家去休息,打起精神来明天好跑警报。杨老板,你们什么时候下山?我和吴先生可以奉送你们一程。"杨艳华道:"好极了,等着我。我们怕走这山路。"她说着话,绕过那桌子,走到李南泉面前来相就。刘副官举起一只手,高过了头顶,笑道:"别忙别忙。我家里办了许多酒菜,你们不吃,难道让我自己过节不成?"说着他又一伸手,将李南泉衣襟拉着，因道："老李，你不许走，走了不够朋友。"李南泉心想，左一声老李，右一声老李，谁和你这样亲热。可是心里尽管如此，面子上又不好怎样表示不接受。因笑道："这样夜深了，吃了东西，更是睡不着觉。"刘副官笑道："那更好，我们唱到天亮。喂！预备好了没有？先把菜摆下，我们就吃，吃了我们还要再唱呢。"他说着话，突然转了话锋向着家里的男女佣工传下命令去。大家答应着，早就预备好了，有些菜凉了，还要重新再热一道呢。刘副官高抬着两手，向大家挥着，连连说请。

到了这时，想不赴他的宴会，却是不可能。李南泉向吴春圃看看，笑道："我们就叨扰一顿罢。"大家走进刘副官的屋子，是一间很大的客厅，虽是土墙，石灰糊着寸来厚，像钢骨水泥的墙壁一样。四周的玻璃窗向外洞开，屋子里放着四盏电石灯，白粉墙反映，照得雪亮。屋子正中，摆设下两个圆桌面，上铺了洁白的桌布，杯筷齐全。第一碗菜，已放在桌子中心了。李南泉看了，有些愕然。今晚是什么盛典，姓刘的这样大事铺张？吴春圃正也有此想，悄悄问道，刘先生家里有什么事吧？正好老徐还站在屋子外面，两人不约而同地退了出来。李南泉问道："老徐，你实说，今天这里有什么喜事？我们糊里糊涂地来了，至少也该道贺道贺吧？"老徐先笑了一笑，然后道："我实告诉你罢，老刘作了一票生意挣了两个三倍，大家和他一起哄，他答应拿出一笔钱来快活一晚上。除了老朋友，他是不让人家知道这件事的，你若给他道贺，他反而是受窘的。他糊里糊涂地请，我们就糊里糊涂地吃罢。"说着分开左右手，就把两人拉进了屋子。他们耽误了五分钟，这两张桌子就坐满了人了。就只有东向这张桌子，空着上手两个坐位。刘副官拉着他们就向首席上面塞了过去。李南泉道："我怎么可以坐那里？"那姓刘的力气又大，连推带拉，硬把他送到椅子上坐着，而且还把桌上斟好的一杯白酒，送到他手上笑道："谁要客气，骂我王八蛋。"

李南泉这时,不能不接受了,只得接着酒杯,站起来一喝而尽。刘副官看他喝完了酒,将大拇指伸了一伸。笑道:"够交情,够交情。"于是回转脸来向吴春圃笑道:"我们虽是初次拉交情,可是路上常见面,很熟了。客气就大煞风景。请坐请坐。"吴春圃看看两席的人,也只好坐了。刘副官找着桌上一个大杯子,斟满了一杯酒,高高举平额头,眼望了客人道:"我大杯拼你小杯,干不干?"吴春圃笑道:"俺喝,俺喝了。回敬一杯,行不行?"刘副官道:"没有问题,我先干了。"说着,举起大杯子,向口里咕嘟着。然后翻过杯子,向吴春圃照了照杯。吴春圃陪着喝了那杯,又斟了一杯回敬。刘副官更是奋勇,自取过酒壶来,向杯子里斟着。把酒杯对着口,连杯子带头脖一齐向后仰着,那杯酒也就干了。吴春圃是敬酒的人,酒还没有喝完呢,主人既干,自不容有什么犹豫。喝完了酒,他方才坐下,刘副官就转到对面桌子旁,两手一抱拳,笑道:"各位,要喝,我的酒预备得多。若不把我预备的酒喝完,我是不放大家走的。大家闹他个通宵,明日接上跑警报。"他好像是句开玩笑的话,可是李南泉听到,就在心上留下了个暗影。那旁桌上的老徐道:"好的,我照那桌的例喝一杯敬一杯。"刘副官道:"为什么回敬?"老徐笑道:"你心里明白就得了嘛!"回敬决不能是无缘无故的。刘副官拿着那杯酒在手上,呆站着望了他,总有三、四分钟之久,没有说话。老徐立刻端起杯来喝着,连道:"罚我罚我!"

刘副官道:"哼!你自己认罚,不然我灌你三大杯。"他说着话时,沉着面孔,没一点笑容,那老徐非常听他的话,端起酒杯来喝干,接上又喝下去两杯。刘副官道:"各位看见没有,酒令大似军令,谁要捣乱就照着老徐的这个例子。我现在拿手上这杯酒打通关,打不过,我一百杯也喝。"说着,把手上那酒杯子举了一举。接着,又指着下方坐的一个汉子道:

"由你这里起。"李南泉认得他,他是个下江人,全街人叫他小陈,在街上开爿小杂货店,终日里和那些副官之辈来往,可能他的本钱,就是这副官群的资本。小陈虽是小生意买卖人,外表很好,穿着西服。因为这样,也有人误会着他是院长公馆的职员。他在下属社会上,也就很混得过去。只是见了这些副官之流,却是驯羊一般的柔和,叫他在地下爬,不敢在地上跪着。这时刘副官在屋子中间,首先指着了他,吓得立刻举着杯子站起来,半鞠着躬笑道:"刘副官要我喝多少?"刘副官道:"你简直是个笨蛋。不是说打通关吗?我们划拳。你输了,喝酒,我再找下面的人。也许,你会赢的,那我们就再划。傻小子懂不懂?"小陈笑道:"懂,但是我不会划拳,我罚杯酒行不行呢?"刘副官摇着头道:"不行,第一个轮着你,就放着闷炮,太煞风景了。要罚就罚十杯。"小陈笑道:"那我就划罢。我若错了,请刘副官原谅一点!"刘副官道:"哪来那么些个废话,先罚一杯再划拳。"小陈道:"是是是,先罚我这杯。"说着把端的酒喝下。吴春圃坐在隔席上,看到姓刘的这样气焰逼人,倒是很替那小陈难受,将手拐子轻轻碰了李南泉一下。二人对看一眼,也没有说什么。

那姓刘的向来就是这样玩惯了的,他并没有注意到有人不满。站在屋子中间七巧八马,伸着拳头乱喊。这小陈不会划拳,而且不敢赢刘副官的拳,口里随便着叫,他出两个指头,会把大拇指、小拇指同伸着,像平常比着的六。老徐立刻站起来将手拦着,笑道:"小陈,你输了,哪有这样伸手的法子?"那小陈笑着点头道:"我是望风而逃,本就该输,罚几杯?"老徐正想说什么,忽然感到不妥,望了刘副官道:"应该怎么办,向令官请示。"刘副官道:"喝一杯算了。谁和这无用的计较。"小陈被人骂着"无用",不敢驳回半个字,端起面前的酒杯喝光。于是刘副官接着向下打通关,把全桌人战败了,他才喝三杯酒。他端了杯子,走过这席来,依然不肯坐下,将杯子放在桌子下方,向桌上一抱拳,笑道:"不恭了,由哪里划起?"三个女伶都是坐在这桌子上的,杨艳华道:"刘先生,你可是知道的,我们三个人,全不会喝酒,也不会划拳。"刘副官道:"那边桌上的女宾有先例。拳是人家代表,酒可是要自己喝。如其不然,就不能叫作什么通关。喝醉了不要紧,我家里有的是床铺,三人一张铺可以,一人一张铺也可以。"杨艳华听了这话,不由得脸上红起来,垂着眼皮不敢正视人,刘副官已把眼光射到吴、李二人身上,点着头,又抱了抱拳,笑道:"从哪位起?那旁桌上,让我战败得落花流水,你们可别再泄气呀。"他面前正有一张空的方凳子,他便一脚踏在上面,拿起筷子,夹了一大夹菜,送到口里去咀嚼着。吴春圃还是初次和这路人物接触,觉得他这分狂妄无礼,实在让人接受不了。只是望了他微笑着,并没有说什么。

李南泉知道吴先生为人,兀自有着山东人的"老赶"脾气,万一他借了三分酒意,把言语冲犯了姓刘的,那会来个不欢而散。于是站起来向主人拱拱手道:"老兄,你要打通关,先由我这里起罢。杨小姐的拳,我代表,酒呢,"说着,向杨艳华望了笑道,"一杯酒的事,你应该是无所谓了。"杨艳华笑道:"半杯行不行?"吴春圃道:"半杯,我代劳了罢。"刘副官摇着头道:"你不用代她,她的酒量好得很。"吴春圃笑道:"吃完了,你不还是要她唱吗?"刘副官对了她道:"小杨,听见没有,吃了饭,还要唱呀。"杨艳华也没作声,只是微笑着。刘副官交代已毕,立刻和李南泉划起拳来。这席的通关,没有让他那样便宜,喝了六杯酒,他脸红红的,就在这席陪客。他的上手,就是唱花旦的胡玉花。他不断地找着她说话,最后偏过头去,直要靠到她肩膀上了,斜溜着醉眼,因道:"小胡,你今年二十几?应该找个主了,老唱下去有什么意思,我们这院长公馆里的朋友,你爱哪一个?你说,我全可以给你拉皮条。"胡玉花将手轻轻推了他一下,因道:"你醉了,说得那样难听。"刘副官笑道:"我该罚,我该罚,应该说介绍一位。不,我应该说是作媒。你说,你愿意说哪一个?"胡玉花把他面前的杯子端起,放在他手上,因道:"我要罚你酒。"他倒并不推辞,端起杯子来喝了,放下酒杯道:"酒是要罚,话也得说,你说,到底愿意我们院长公馆里哪一位?"胡玉花道:"说就说嘛,唱戏的人,都是脸厚的,有什么说不出来。哪个女人不要嫁人吗?说出来也没有什么要紧。"刘副官拍着手道:"痛快痛快,这就让我很疼你了。你说,愿意嫁哪个?"

胡玉花道:"你们院长公馆出来的人,个个是好的,还用得着挑吗?"刘副官将头一晃道:"那你是说随便给你介绍哪一位,你都愿意的了?"胡玉花笑道:"可不是?"李南泉听了,很是惊异,心想,这位小姐,并没有喝什么酒,怎么说出这样的话来?这姓刘的说得出,作得出,他真要给她介绍起来,那她怎么办?连杨艳华、王少亭都给她着急,都把眼睛望了她。可是她很随便,因笑道:"可是我有点困难。"刘副官道:"有什么困难?我们不含糊,都可以和你解决。"胡玉花摇着头笑道:"这困难解决不了的。实对你说,我嫁人两年了,他还是个小公务员呢。"刘副官道:"胡扯,我没有听到说过你有丈夫。"胡玉花脸色沉了一沉,把笑容收拾了,因道:"一点不胡扯。你想呀,他自己是个公务员,养不起太太,让太太上台唱花旦,这还有好大的面子不成,他瞒人还来不及呢,我平白提他干什么?不是刘副官的好意,要给我说媒,我也就不提了。"刘副官道:"真的?他在哪一个机关?"说着,偏了头望着胡玉花的脸色,她也并不感到什么受窘,淡笑道:"反正是穷机关罢了。我若说出来,对不住我丈夫,也对不住我丈夫服务的那个机关。你不知道,我还有个伤心的事。我有个近两岁的孩子,我交给孩子的祖母,让他喂米糊、面糊呢。"刘副官将手一拍桌子道:"完了。我的朋友老黄,已经很迷你的,今晚上本也要来,为着好让我和你说

……他这分狂妄无礼，实在让人接受不了。

话,他没有来。老黄这个人,你也相当熟。人是很好的,手边也很有几个钱,配你这个人,绝对配得过去。你既是有了孩子的太太,那没有话说,我明天给他回信,他是兜头让浇了一盆冷水了。"

胡玉花笑道:"你们在院长手下作事,有的是钱,有的是办法,怕讨不到大家闺秀作老婆,要我们女戏子?"刘副官道:"大家闺秀也要,女戏子也要,吓!小胡,你和我说的这个人交个朋友罢。他原配太太,在原籍没有来,一切责任,有我担负,反正他不会亏你。"李南泉听了这话,实在忍不住一阵怒火,由心腔子里直涌,涌到两只眼睛里来。这小子简直把女伶当娼妓看待。恨不得拿起面前的酒杯子,向他砸了去。可是看胡玉花本人,依然是坦然自得,笑道:"谢谢你的好意。说起黄副官,人是不错,我们根本也就是朋友,交朋友就交朋友,管他太太在什么地方。这也用不着刘先生有什么担待。"刘副官将手拍着她的肩膀道:"你这丫头真有手段,可是老黄已经着了你的迷,他也不会轻易放过你的。"胡玉花撇着嘴角,微笑了一笑。对于他这话,似乎不大介意。吴春圃笑着点点头道:"胡小姐真会说话,我敬你一杯酒。你随便喝,我干了。"说着,他真的把手上那杯酒一仰脖子干了。胡玉花只端着杯子,道了声谢谢。刘副官又拍了她的肩膀笑道:"小胡,你也聪明过顶了,喝口酒要什么紧。这里大家都在喝,有毒药,也不会毒死你一个人。我倒是打算把你灌醉了,把你送到老黄那里去。可也不一定是今天的事。"说着,仰起脖子,哈哈大笑一阵。李南泉看他这样子,已慢慢地露了原形。趁着问题还没有达到杨艳华身上,应该给她找个开脱之道。因之在席上且不说话,默想着怎样找机会,他想着,姓刘的已借了几分酒意,无话不说,在问题的本身,决不能不把三个女人救出今日的火坑。这样转着念头,有十分钟之久,居然有了主意。

他问道:"刘副官,我说句正经话。我打听打听,院长什么时候到这里来?"姓刘的这小子,虽是很有了几分酒意,可是一提到院长,他的酒意,自然就消灭了,立刻正了颜色问道:"李先生有什么事吗?"李南泉道:"当然有点事。我一个朋友,在贵院长手下当秘书,是专办应酬文件的。"刘副官道:"是孟秘书?"李南泉道:"对了,他写信给我,要同院长一路到这里来住些时候,并说贵院长约我谈谈。我一个从来不过问政治的人,约我谈些什么呢?我已回信婉谢了。可是,孟秘书前天又专人送了一封信来,说是院长一定要约我谈谈,请我在最近几天,不要离开本地。他还附带一句,所谈也无非风土人情而已。这样,我当然不拒绝。"刘副官站起来道:"那怎么能拒绝呢?孟秘书来了,我会亲自来给李先生报告。李先生,你务必要到。"李南泉道:"我所以要和你打听院长行踪者,就在于此。过两天,我也想进城去一次。若是我进城去了,院长又来了,两下里就走差了。"刘副官道:"进城有什么事,交给我,我托人代办就是了。无论如何,你得在乡下等着。而且这几天,不断闹警报,你跑到城里去赶警报,那也太犯不上。"李南泉心中大喜,这一着棋居然下得极为准确,因笑道:"那也好,见到孟秘书,你就说我在家里等着了。你就是对院长直接提到也可以,只要你不嫌越级言事。"刘副官道:"这事是孟秘书接洽的,当然还是由他去办。"说着笑了一笑道:"恐怕是院长要借重李先生。其实,这穷教授真可以不干了。院长待人是最为优厚的。我们欢迎李先生出山来作事。"

这席话,接连有几声院长,早把那边的老徐惊动了,正是停杯不语,侧耳细听。等到刘副官劝李南泉作官,他就实在忍不住了,端着一杯酒,走过来,笑道:"李先生,好消息,我得敬贺你一杯。"李南泉道:"你这酒贺得有点莫名其妙吧?你以为我要见院长,这是可贺的事,这并没有什么稀奇,假如你有事要见院长的话,你也可以去见他。"老徐缩着脖子,伸了伸舌头,然后摇摇头道:"凭我这副角色,可以去见院长?来来来,干了这杯酒。"李南泉笑道:"你坐回去罢,你若愿意见院长,你打听着他哪日下乡,在公路头上等着。等到下汽车上轿子,你向他行个三鞠躬,我保证这些副官,没有哪个会轰你。"刘副官道:"那没有准,他这副三分不像人,七分倒像鬼的样子,站在路边等院长的汽车,知道他是干什么的。李先生不要睬他,我们喝。"说着端起杯子来。李南泉虽嫌老徐这家伙无耻过顶,可是不接受他这杯酒,他可下不了台,借了刘副官端杯子的机会,也就把酒喝了。喝完,向两个人照杯。老徐早已陪完了他那杯酒,于是半鞠着躬道:"谢谢。"姓刘的笑道:"滚罢。一张纸画个鼻子,好大的面子,人家会受你的酒?"老徐笑道:"滚可不行,地方太小,我只有溜了回去。"于是装着鬼脸,笑着回席去了。李南泉想着,这鸦片鬼无非是靠了院长手下几位副官的帮忙,作些投机生意罢了,本钱还是他自己的。为什么要受姓刘的这分吃喝?这姓刘的一群人,简直是地方上一霸,这三个女孩子若在这里过夜,真不知会弄出什么丑事来的。

这样想着,更进一步地想要把杨艳华等救出去。于是放下杯子,问道:"孟秘书和刘副官很熟吗?"他道:"有时候我到孟秘书家里去拿信件,倒是认得的。"李南泉道:"那末,你也未必知道他有什么事约我了。据我想着,有一种四六文章,孟秘书弄得不十分顺手,他是作唐宋八大家一派文字的。必定有什么四六文字,保荐我一笔买卖。我倒不一定卖文给院长,我愿送他几篇文章作个交换条件。第一件事,就是许我随便请见。见不见由他,可别经过挂号那些手续,我想可以办到的。他有文章叫我写,不当面交代怎么可以?第二件事,我对这疏建区的大家福利,作一点要求。反正也用不着院长捐廉,只要他下个条子就行。你看,他肯答应吗?"刘副官道:"第一件事,当然没有问题。不过,关于地方上的,我倒是劝李先生少和他谈。他下个条子不要紧,可把这地方上芝麻大的小官,连保甲长在内,要累个七死八活。"李南泉道:"我和他说的,一定都不是大家麻烦的事。我不是这疏建区的人,我愿地方上麻烦,我愿得罪地方上人?"刘副官点头道:"这话对极了,与人方便,自己方便。来,敬李先生一杯酒。"说着,端起酒杯子来。李南泉陪着他喝酒,却只管谈谈孟秘书和院长。由他的言词里,刘副官知道他对院长手下的二、三路人物,着实认识几个。吃过饭,刘副官又吩咐家人熬着云南的好普洱茶敬客。李南泉道:"大概一两点钟了,我们不能真玩个通宵,我要告辞了。月亮没有了,杨小姐,你带有手电筒吗?"她心里一机灵,便笑着迎上前道:"李老师,有事弟子服其劳,我送你回府罢。我有手电筒呀。"胡玉花道:"那我们要一路走了,我没有灯亮。"

李南泉故意装着不解,问道:"什么?你们来这些个人,只带一盏灯亮吗?好罢,我们共着一只手电筒走。我和吴先生还可以送你们一截路程,送到街口上。王小姐,手电在不在你手上?"那个唱小生、又带唱老生的王少亭,人老实得很,年岁也大一点,她始终是不作声。李南泉虽知道她身上的危险性比较少些,可是也决不能丢下,因之故意向她这样问了一声。她道:"手电筒小杨带着呢。"杨艳华手里拿了手电筒一举,笑道:"有男人送我,我就胆大了,我在前面引路。"说着,先走出了屋子门,走到走廊屋檐下站着。刘副官道:"这么多人,一只手电不够,让老徐送送罢。手电灯笼,我全有。"胡玉花挽了王少亭一只手,便向门外走,笑道:"刘副官,不必客气了,打搅了你一夜。只要有男人作伴,没有灯火,我也是一样敢走的。"李南泉看那姓刘的,还有拦着她们的样子,便向前握着他的手摇撼了几下,笑道:"又吃又喝,今天是着实打搅了阁下。以往我们少深谈,还摸不着阁下的性格,今天作了这久的盘桓,我才明白,刘先生是个极洒脱的人,也是个极慷慨的人,有便见着院长,我一定要说项一番。"刘副官没想到心里所要说的话,人家竟是先自说出来,这就满脸是笑地鞠着躬道:"李先生肯吹嘘一二,那就感激不尽。"李南泉笑道:"朋友,彼此帮忙罢,多谢多谢。"他说着,先退出屋来。吴春圃又向前周旋一番。等主人翁出来送客时,李南泉带着三个女伶,已经走到院坝外面人行路上了。刘副官只得道一声"招待不周",这男女一行五人,已是亮着手电筒,向村子外走去。回头看那副官公馆,兀自灯火通明。

杨艳华默然亮着手电筒,只管朝前走,胡玉花道:"小杨,你还跑什么?离刘家远了,你以为还有老虎咬你?"她这才站住了脚,看看后面,并没有人跟上来,因道:"今天幸是李先生帮了个大忙。"吴春圃走在最后,这就向前两步,问道:"我看着三位小姐的样子,有些不自然。早有点纳闷。这样一说,我更有点疑心了。"李南泉道:"我也不十分明白,但我知道要我解围。再走过去一截路,请教杨小姐罢。"于是五个人默然地走着,到了李南泉家门外,便道:"杨小姐,我送你到街上罢。"她站住了脚,又把电筒向两头照了两下,因道:"不用了,至多,李先生站在这路头上五分钟,估量着我们到街上,后面并没有人追来,就请你回府。我们也就没事了。"这时,五个人梅花形地站在路头上,说话方便得多,吴春圃道:"到底晚上有什么事要发生?"杨艳华道:"今晚上这一关虽已过去,以后有什么变化,也难说呢。唱戏的女孩子,什么话说不出来,我就实说了罢。今天我们在老刘家闹了半夜,不是没有看到他太太吗?他太太住医院去了。而且这个也不是他的太太,是个伪组织。他太太住了半个多月医院,他就不安分了,常常找我的麻烦,我是给他个满不在乎,敞开来交朋友,朋友就是朋友,像交同性朋友一样。若像平常人交女朋友,就想玩弄女朋友的事,我远远地躲开,前几天他天天追着我,简直地说明了,要讨我作个二房。再明白点一说,在伪组织外再作第二个伪组织。"李南泉笑道:"这名词很新鲜。那末,那个病的是汪精卫,让你去作王克敏了。"

杨艳华笑道:"李先生,你那还是高比呢。"吴春圃道:"不管王克敏汪精卫了,你还是归入本题罢,今天晚上好像是鸿门宴了,这又是怎么一个局面?我们糊里糊涂地加入,又糊里糊涂地把三位带出来了。"杨艳华道:"今天晚上,他是对付我和玉花两个,大概预备唱半夜戏,然后用酒把我们三人灌醉,让我们走不了。那个姓黄的,倒是真托刘副官作媒。"吴春圃道:"那姓黄的也是个大混蛋,托人说媒,也不打听人家是小姐还是太太。"杨艳华低声道:"玉花是胡说的。她还没有出嫁呢。"李南泉哈哈一笑道:"原来如此,胡小姐真有办法,轻轻悄悄的,就把姓刘的给挡回去了。我倒问一声,姓刘的若和杨小姐开谈判的时候,你打算用什么手段对付?"她道:"那也看事行事罢了。他若真逼得我厉害,我就和他决裂。酒是灌不醉我的,凭你用什么手段我也不喝。反正你不敢拿手枪打死我。他的厉害,就是因为他身上带有手枪可以吓人,重庆带手枪的人多了,若是拿着手枪的人就可以为所欲为,那还成什么战时首都?"她说到这里,吴春圃还要继续问她两句。可是刚才李先生那阵笑声,早是把两家候门的主妇惊动了,隔着山溪,门"呀"的一声响,早是两道灯光,由草屋廊檐下射了过来。李南泉首先有个感觉,这简直是在太太面前丧失信用。原来说是去看看就回来的,怎么在人家那里大半夜?便道:"筠,你还没有睡?可等久了。"李太太道:"我也在这里听戏呀。夜深了,村子那头说话的声音都听到,别说你们又吹又唱了。"

杨艳华插言道:"李太太,你今晚上没去听义务戏呀。夜深了,我不来看你了。明天见罢。"李太太道:"是啊,忙了这么一天,你也应该回去休息了。"杨艳华道:"明天若是不跑警报的话,我一定来看师母。"隔着山溪的李太太并没有答复她的称呼,李南泉只好低声说着不敢当,不敢当。杨艳华笑道:"李老师,你作人情作到底,请你还在这里站五分钟罢。"李南泉对于她这分要求,当然不能拒绝,连吴春圃在内,同声答应着就是。她们三人走了,李、吴二人还站在路头上闲话。李太太在门口站着,正等了门呢,见他们老是不下来,只得点着灯笼迎过溪来,笑道:"路漆黑黑的,我来接罢。"她总想着,这里有三个以上的人,可是到了面前,将灯笼一举,仅仅就是李吴二人,因问道:"二位还要等谁?"李南泉想把原因说出来,这却是一大篇文章,笑道:"不等谁,我和吴先生是龙门阵专家,一搭腔,就拉长了。"吴春圃笑道:"够五分钟了,我们可以回去了。"李太太道:"什么意思?杨小姐下命令,让你们罚站五分钟吗?"吴春圃笑道:"她可不能罚我,只能罚他老师。"李南泉接过太太手上的灯笼,哈哈一笑,就在前面引路。到了家里,悬了灯笼掩上门,见小三屉桌上,兀自用四、五根灯草,燃着大灯焰,灯下摆着一本书,笑道:"太太,真对不起,让你看书等着我。"李太太笑道:"这不算什么。我打夜牌的时候,你没有等过我吗?"李南泉觉得她这话,极合情理。可是低头看那书时,不觉惊讶着道:"你太进步了,你居然能把这书看懂呀!"

李太太笑道:"你以为读楚辞只是你们研究中国文学的人的事?书上面有注解,一半儿猜,一半看也没什么不懂。反正谁也不是生下娘胎就会读楚辞的。"李南泉道:"你可别误会,我是说你大有进步。《渔父》、《卜居》两篇,是比较容易懂的,我看你是……"他说着弯腰仔细看那书,并不是那两篇,而是《招魂》。而且在书上还圈了几行圈,便笑道:"可想你坐久无聊了,还把句子标点了。"李太太道:"可别怨我弄脏了你的书。这书根本是残的,而且是一折八扣的书,你也不大爱惜。"李南泉笑道:"怎么回事?你以为我老有意思和你别扭?"他说着,看第一路圈就圈得有点意思,是以下几句:"魂兮归来,去君之恒干,何为四方些? 舍君之乐处,而离彼不详些",于是点头微笑了一笑。其后断断续续,常有几项圈在文旁。最后有几行圈接连着,乃是这一段:"美人既醉,朱颜酡些,嬉光眇视,目曾波些。被文服纤,丽而不奇些。长发曼鬋,艳陆离些。二八齐容,起郑舞些,衽若交竿,抚案下些,竽瑟狂会,搷鸣鼓些,宫庭震惊,发激楚些。吴歈蔡讴,奏大吕些。士女杂坐,乱而不分些"。于是放下书哈哈大笑。李太太望了他,也微笑道:"对吗?"李南泉拱拱手道:"老弟台,对是对的。可是我究竟还可以作你的老师。你引的这段文,有两点小错误。宋玉为屈原招魂,他是说外面不好,家里好。所以前面几段,四面八方,全是吃人的地方,留不得。像这几段,是说家里有吃有乐,不是说外面,你引个正相反。第二,士女杂坐,乱而不分,是转韵第一句,不是结句,所以下面紧接着'放陈组缨,班其相纷些'。吕音以上几句,是押韵的。(下)字念户音。"

李太太笑道:"多谢你的指教。可是我就算明白了这一点,又有什么用? 于今天天闹空袭,吃用东西,跟着空袭涨价。我能够到粮食店里讲一段楚辞,请他们少要一点价钱吗? 天下往往是读书最多的人,干着最愚蠢的事。"李南泉笑道:"你是说我吗? 我的书念得并不多。可也不会干最愚蠢的事。这次去到刘家听戏,本来陪着吴先生绕个弯就回来的。不想到了那里临时出了一点问题,不能不晚点回家来。什么时候,前方的情形,我们是不大知道。以后方的情形来说,空袭频繁,国际的情形,民主国家也是一团糟。我们正是感到国亡之无日。哪有心吃喝吹唱。"李太太道:"对的,我记得你还没有到刘家去的时候,你说那是一群没有灵魂的人,不知道你到那里去了以后,灵魂是不是还在身上? 我在走廊上,坐了好半天了。先听到你们拉着嗓子高唱入云,后来又听到你们划拳,简直忘了太阳落山的时候还在跑警报呢。在这种情形下,你能够说人家是失了灵魂的人吗?这件事让朋友知道了,似乎是你读书人盛德之累吗?不用说我了,假如是你一个兄弟,或者是个要好的朋友,在今晚上这样狂欢之下,你也不会谅解的。你们当局者迷,自己是不知道的,夜静了,我听到刘副官家这一场热闹,实在让人不解。不过年,不过节,又不是什么喜庆的日子,这样通宵大闹,什么意思?庆祝轰炸得厉害吗?那应当是敌人的事呀。"她说着是把脸色沉了下来的,随后却改了,微微一笑,因道:"你可别生气,我是说那姓刘的。"

李南泉回想到刚才刘家的狂欢,本来是不成话,尤其是对太太曾批评着那些人是没有灵魂的,便笑道:"筠,你让我解释一下。"李先生特地称呼太太小字霜筠的时候,是表示着亲切,称一个"筠"字的时候,是表示着特别的亲切。太太已经很习惯了,在这个"筠"字呼唤下,知道他以下是什么意思,便笑道:"不用解释,我全明白。不就是那姓刘的,强迫着你唱戏,强迫着你划拳喝酒,又强迫着杨艳华拜你做老师吗?我没出门,还白饶了人家叫句师母。不用说了,快天亮了,再不睡觉,明天跑警报,可没有精神。"她说完,先自回卧室去了。李南泉坐在那张竹子围椅上,在菜油灯昏黄色的灯光下一看,四周的双夹壁墙,白石灰,多已裂了缝。尤其是左手这堵墙,夹壁里直立着的竹片,不胜负荷,拱起了个大肚子。自己画着像童话似的山水,还有一副自己写的五言对联,这都是不曾裱褙的,用浆糊粘在那堵墙壁上。夹壁起了大肚子,将这聊以释嘲的书画,都顶着离开了壁子。向这旁看,一只竹制的书架,堆着乱七八糟的破旧书籍,颜色全是灰黄色,再低头看看脚下的土地,有不少的大小凹坑。一切是破旧。不用说是抗战期间,就算是平常日子,混了半辈子,混到这种境况,哪里还高兴得起来?太太圈点的那本楚辞,还摆在面前,送着书归书架子,也就自叹了一口气道："魂兮归来哀吾庐。"而在他这低头之间，又发现了伏着写字的这三屉小桌，裂着指头宽的一条横缝。

这一切，本来不自今日今时始。可是由人家那里狂欢归来，对于这些，格外是一种刺激。他心里有点不自然，回想到半夜的狂欢，实在有些荒唐。于是悄悄打开了屋门，独自走到走廊上来。这时，的确是夜深了，皎月已经是落下去很久，天空里只有满天的星点，排列得非常繁密，证明了上空没有一点云雾。想到明日，又是足够敌人轰炸的一个晴天。走出廊檐下，向山峪两端看看，阴沉沉的没有一星灯火，便是南端刘副官家里，也沉埋在夜色中，没有了响动。回想到上半夜那一阵狂欢，只是一场梦，踪影都没有了。附近人家，房屋的轮廓，在星光下，还有个黑黑的影子。想到任何一家的主人，都已睡眠了好几个小时了。虽然是夏季，到了这样深夜，暑气都已消失。站在露天下，穿着短袖汗衫，颇觉得两只手臂凉浸浸的。隔了这干涸的山溪，是一丛竹子，夜风吹进竹子丛里，竹叶子飕飕有声。他抬头看着天，银河的星云是格外的明显，横跨了山谷上的两排巍峨的黑影。竹子响过了一阵，大的声音都没有了，草里的虫子，拉成了片地叫着，或远或近，或起或落。虫的声音，像远处有人扣着五金乐器，也像人家深夜在纺织，也像阳关古道，远远地推着木轮车子。在巍峨的山影下，这渺小的虫声，是格外的有趣。四川的萤火虫，春末就有，到了夏季，反是收拾了。山缝里没有虫子食物，萤火虫更是稀落。但这时，偶然有两、三点绿火，在头上飞掠过去，立刻不见，颇添着一种幽渺趣味。他情不自禁地叫了句"魂兮归来。"

身后却有个人笑道："你这是怎么了？"他听到是太太的声音，便道："你还没有睡啦？我觉得今天上半夜的事，实在有些胡闹。我在这清静的环境下，把头脑先清醒一下。唉！魂兮归来。"李太太走下廊沿来，将他的一只手臂拉着,笑道:"和你说句笑话,你为什么搁在心里?哎呀,手这样冰凉。回去罢,回去罢。"李南泉笑道:"你不叫魂兮归来?"李太太道:"这件事,你老提着,太贫了。夫妻之间,就不能说句笑话码?难道要我给你道歉?"李先生说了句"言重言重",也就回家安歇。这实在是夜深了,疲倦地睡去,次早起来,山谷里是整片的太阳。李先生起床,连脸都没有洗,就到廊檐下,抬头看天色。邻居甄太太,正端了一簸箕土面馒头向屋子里送,因道:"都要吃午饭了,今天起来得太迟了。"甄太太道:"勿,今朝还不算晏。大家才怕警报要来,老早烧饭。耐看看,傍人家烟囱勿来浪出烟?"李太太穿了件黑旧绸衫,踏了双拖鞋,手里也捧着一瓦钵黑面馒头,由厨房走来,拖鞋踏着地面"啪啪"作响,可想到她忙。李南泉道:"馒头都蒸得了,你起来得太早了。"李太太道:"我是打算挂了球再叫你,让你睡足了。"他笑道:"你猜着今天一定有警报?"她道:"那有什么问题?天气这样好,敌人会放过我们?警报一闹就是八、九个小时,大人罢了,孩子怎么受得了,昨天受了那番教训,今天不能不把干粮、开水,老早地预备。换洗衣服,零用钱我也包好了,进洞子带着,万一这草屋子炸了,我们还得活下去呀。"李南泉笑道:"这样严重?到了晚上,大家又该荒唐了,魂兮归来哀江南。"

## 第七章 疲劳轰炸

在李先生一方面,他醒过来,觉得是自己过于荒唐,多一次忏悔,就多叫一句"魂兮归来"。可是在李太太一方面,她就疑心是自己昨晚上的刺激太深了,所以老让丈夫心里介意,便笑道:"老提过去的事作什么?洗脸喝茶罢。一切都给你预备好了。"李先生进屋来洗过了脸,李太太斟着一杯热茶双手送到他面前,笑道:"我给你道歉。"说着,还勾了勾头。李南泉接着茶杯,"啊哟"了一声道:"筠,这不是有意见外吗?你要知道,人一穷,就喜欢装名士派,为的是不衫不履,可以掩盖许多穷相。昨晚上是装名士派的顶点,以后我改了。"李太太笑道:"我倒喜欢你的名士派。在这上面,往往可以看到你天真之处。"李先生道:"有时候你闹点小孩子脾气,我也很原谅,因为也是天真之处。"两人正说到这里,忽听到外面有人道:"多少钱一张票?"这话有点突然,他夫妻向外看时,是那位家庭大学校长奚太太来了。她永远是那样,穿了件半新的白花长褂,脚下拖着一双皮拖鞋,脸上从来不施脂粉,薄薄的长头发,梳着两个老鼠尾巴的小辫子。手里拿了一本英文杂志。那杂志封面上清清楚楚地印了一个英文字:Time。李南泉笑道:"卖什么票?不懂。"她笑道:"你夫妻两个在演话剧,我们看看,要不要买票?"李太太笑道:"因为我们又有点小误会,互相解释着,语意里面,也许有点客气存在。奚太太真是多才多艺,又看起英文来了。"奚太太将书一举道:"这是家庭杂志,有不少东西,可以给我们参考。"李南泉眼望了那书封面,笑道:"你买到多少种英文杂志?"她道:"奚先生带回来了几本,都是家庭杂志。躲警报的时候借给你看。"李南泉笑道:"那你送非其人。我的英文,还是初中程度,怎么能看英文杂志?"

随着这话,又有太太在后面插言道:"何事罗?怕我们讨教,这个样子客气。"这太太带着很浓重的长沙音。一听就知道是石正山太太了。她又是疏建区另一型的妇人,是介乎职业妇女与家庭太太两者之间的人物。她圆圆的脸,为了常有些妇女运动的议论,脸上向来不抹脂粉,将头发结个辫子横在后脑勺上,身上永远是件蓝布大褂。不过她年轻时曾负有美人之号,现在是中年人,更不忍牺牲这个可纪念的美号。因之,头发梳得溜光,脸上也在用香皂洗过之后,薄薄敷上一层雪花膏。那意思是说,只要人家看不出她用化装品,她还是尽可能地利用化装品。她随着奚太太后面走了来,手上拿了个拍纸簿,似乎是有所为而来的。李南泉就把两位太太让进屋里,石太太道:"无事不登三宝殿,我有点子事情请求李先生,不知道可能赏个面子?"她说的话多用舌尖音,透着清脆。李先生青春时代在长沙勾留过一个时期。那个时候,青年男女,说一种俏皮的长沙话,曾是这个作风,让他立刻憧憬着过去的黄金时代。便笑道:"只要我能做到,无不从命。"奚太太表示着她是和李家更熟识一点,便笑道:"哪好意思不答应的?石太太要组织一个妇女工读合作社,请你当名发起人。"李南泉点头道:"我虽然不是妇女,我也乐观其成,不过有个但书。若是出股子的话,我的力量可小到了极点。"石太太笑道:"那是第二步的事罗,冒得钱,也一样当发起人。请你就在这只簿子上签个名罢。"

李南泉笑道:"没有问题,将来我们还可以买些便宜东西呢。"说时,接过那簿子来看,上面写了段缘起。这合作社的社址,却在十里路远的一个小镇上,因摇摇头道:"这便宜想不到了,谁为了一点小便宜去跑这样远的路。"石太太道:"那没有关系,我三、两天就去一次,你们要什么东西,我大担子挑了回来,大家分用。"李太太道:"你常不在家,我以为你不怕空袭,进城去了呢,原来是下乡。你这位管家太太,倒放得下心,把家丢到一边。"奚太太拍了石太太的肩膀,笑道:"她太有办法了。一手训练出来的小青,当家过日子,粗细一把抓,样样在行。而且她还和太太作一件秘密工作。"李南泉听到这话,心里吓了一大跳,心想,这位太太口没遮拦,可别胡乱说出来,可是她并不感到什么为难,继续地道:"小青他是太太的情报科长,先生一举一动,她都秘密报告太太。太太走了,太太的眼睛、耳朵留在家里,要什么紧?"石太太笑道:"你说得我是这样子厉害。你管得先生不洽香烟,我就冒问过他洽不洽香烟。李太太,你是怎样子管理你先生的?"李太太摇摇头道:"我是块懦肉,他不管我就是了,我还想管他呢!"奚太太一着急,把家乡话也急出来了,笑着叫道:"啥个闲话?中骨(国)要恢复赞(专)制?陆雅(老爷)可以公刻(开)呀薄(压迫)特特(太太)。"说着,她把手里的英文杂志,在桌上拍了一下。她们两位太太一起哄,主人就感到脑筋发胀。他立刻在那簿子上签了名,拿着簿子,向石太太作了个揖笑道:"名已签了,还有什么事要我作的吗?"石太太笑道:"现在没有什么事相烦,将来总免不了有许多事求教。走罢,奚太太,我还要跑几家呢。"

主人对于这样的客人,当然也不挽留,亲自送到走廊上分手。他回到屋子里向太太笑道:"这两位太太,都够做官的资格,法螺吹得很响。最有味的是隔避这位邻居,她喜欢卖弄英文。英文好又怎么样呢?她那种You is 的教法,还不是在家里当家庭大学校长。"李太太道:"你管她怎么样,反正人家奚先生佩服她就够了。已快到放警报的时期,你想吃点什么,好早早给你预备。"李南泉道:"还预备什么呢?有什么吃什么罢。我去看看挂球了没有?"他说着,就向屋后走。老远地就看见山坡上朝外的人行路上站着两个人。一位吴先生,一位就是甄太太的少爷。吴春圃向他招招手,笑道:"来罢。咱三家恰好各来一个,在这里当监视哨。"李南泉看他那情形,料着是并没有挂球,便笑道:"不放警报,心里倒老是嘀咕着,放了警报,倒也死了心预备逃跑了。"说着迎向前来,看山下镇市,那个挂球的旗杆,正是秃立在一片绿树梢上。吴春圃笑道:"我连饭都忙到肚子里去了,包袱凳子,一切都预备妥当。红球一挂起,立刻就走。"李南泉摇摇头道:"这不是办法。以前没有预行警报,大家是听了警报器有响声才走。自从有了挂球的办法,比放警报的戒备进一步,躲警报的人开步走也就早了一步。这么一来,一天有大半天牺牲在警报声中,精神上的损失,太不能计了。从今以后,我要改变办法了,非放空袭警报不走。"甄家的少爷叫小弟,虽是中学生,父母的老儿子,是这样疼爱地叫着的。唯其是父母疼爱,父母要他躲警报,比自己躲警报还要关切。

在昨天饱受了长时间空袭经验之下,甄太太已经让小弟来看过红球三次了。小弟正借了本武侠小说看得有趣,很为了这事感到烦恼。这时,他索兴把那本小说插在短裤袋里,预备坐在这山坡上看书。可是这山坡上的大树,都让有力量的人砍走了。没有个遮阴的地方,还是没有办法。李、吴说完了话,他也就插嘴道:"敌人的飞机,真是讨厌,难道我们就没法子对付他?"李南泉笑道:"等你和你的同学都会驾飞机了,就有办法了。"小弟道:"我本来愿意学空军的。我父亲说,到了我可以考空军的年龄,他也赞成我去投考。可是有一个条件,一定要像刘副官、黄副官这种人都不再作副官,才可以让我去。"李南泉笑道:"令尊那意思我懂得。可是他们不作副官那中国事更不可问,他们作了更大的官了,我们别作那梦

第七章 疲劳轰炸 | 139

想,他们穷不了,也闲不了。"吴春圃向山溪对面人行路上一努嘴,低声笑道:"他正来着。"果然,他站在那边,远远地一招手,叫道:"李先生预备罢。三十六架,在武汉起飞了。"李南泉道:"什么时候得到的消息?"他道:"刚刚得到的城里电话。最好你们带几块沾着胰子水的湿手巾。"吴春圃吃惊地道:"什么?敌人会投毒气弹?"刘副官道:"那没有准呀!"说着他匆匆地向街上走。在他后面就是一大群男女拿着包袱,提了小箱子,成串地向前走,已开始去抢防空洞里的好地位。小弟听了这消息,脸色变得苍白,扭转身,就要走。李南泉一把将他抓住,因道:"你别信他的话,他是危言耸听。他也没有得到敌人的报告。他怎么会知道今天丢毒气弹?"

这话一说破,吴春圃也想过来了,因道:"这是实话,他怎么会知道敌机会放毒气?"小弟看了看镇市上那红球并没有挂起,也就没走。可是甄太太走来了,战战兢兢站在屋檐下,老远地问道:"阿是有消息哉?"小弟道:"没有挂球。"李太太已换上了旧的蓝布长衫,这是防空衣服,也走来了,问道:"没有挂球吗?你看大路上那些人在走。"李南泉道:"挂球本就是未雨绸缪。他们不等挂球,再做个未雨绸缪的绸缪。有何不可!"两位太太站在屋檐下,四周看看天色,似乎还相信不过李先生的解说。就在这时,山底下,又有成群的人,走进谷口来,向山里面走,其中有位江苏太太招着手道:"老李,你不打算走吗?今天来的形势,恐怕比昨天还要凶,我不愿躲公共洞子,要到山里面去了,你去不去?"李太太笑道:"我胆子小,敞着头顶,看到飞机我可害怕,我还是躲洞子。现在又没有挂球,忙什么?"江苏太太道:"反正是要走的,何必挂了球走呢?昨天空袭警报一放,战斗机就来了,我那时还没有进洞子,吓出了一身汗。"她站在人行道边,正是这样说着。后面有两个男子,放开了脚步,连跑带走,抢着擦身过去。江苏太太身边有个男孩子,他说了句"有警报了",拉了孩子就走。在大路上的行人,全为了这两个开快步的男子所引动,一齐开始跑动,甄太太连忙问道:"阿是有了警报?不挂球警报就来哉,阿要尴尬。"那两个跑路的人,遇到了乡村的防护团丁,问道:"跑啥子?"其中有个答道:"没得啥子,好要喀。"防护团丁立刻向路上走着的人连摇着手,喊着"没得事,没得事"。

李太太问道:"不是警报?可吓了我一跳。"正说着,隔溪斜对过,"哟啷哟啷"的一阵响。甄太太道:"啊,敲锣哉?阿是警报来哉?"小弟站在山坡上,正是四面观望,摇手笑道:"不是,不是,对面王家把一只破的洋铁洗脸盆,丢到山沟里去。"他虽然这样交代着,对门邻居袁家,小孩子们哄然地由屋子里跑了出来,叫道:"空袭警报,空袭警报,敲锣了!"李南泉摇摇头道:"这真弄成了风声鹤唳,草木皆兵。这空袭对于人民心理上发生的作用,实在太大了。"李太太苦笑了一下。甄太太牵着她的手,抖了两抖,笑道:"骇得来。"吴春圃笑道:"回去罢,管他挂球不挂球。想安全的朋友,马上可以带了东西,到防空洞里去等着。反正每日总有这么一趟。"他说着,缓缓地走下了坡子。李南泉和小弟,也都走下来,李太太道:"这大太阳,在山坡上守着红球,那不是办法。过一二十分钟,我们可以轮流来看一次。"李南泉笑道:"我以为你真放弃了看守红球的计划,原来你还是要十几分钟来一次。"甄太太咬着牙摇摇头道:"俚是大意勿得格。"大家在不断的虚惊之下,倒反是笑着各走回家去。李南泉在这时候,读书写字,他都感到不能安贴,便索兴和太太闲话,把昨天晚上的事,详细地报告了一遍。她在靠门的椅子上坐着,笑道:"原来有这些原故。若是你回来就告诉我,免了许多误会。"李南泉道:"若是我到现在还不告诉你,岂不是还在误会着吗?"她笑道:"你又凭什么不告诉我呢?"说着她顺手一带门，却有阵呜呜的声音。她突然站起来道："这回可真放了警报了。"

李南泉笑道："你忘了一个笑话。我们在南京乡下住着的时候，听到磨坊里的驴叫，以为是紧急警报。现在空袭的警报，也不是……"李太太也听出来了，忽然笑起来道："真是草木皆兵。这是门角落里的蚊子群，让我惊动了。"李南泉笑道："我们可以稍安毋躁了。现在有月亮，可能是敌机下午来，连着晚上的空袭，干脆，我们早点儿吃午饭。饭后，睡一场午觉，到了晚上，我们打起精神来进防空洞。"李太太笑道："真闹得不成话。我们现在一天到晚，都是在挂心警报。我也想破了，不理他，照样做我的事。"说是这样说了，她却跑到后面的屋子里，在枕头下摸出一只手表来看了看。这手表还是战前三年的储藏品，轮摆全疲劳了，一年至少得修理两次。新近是刚刚修得，所以还在走着。她看了看表，笑道："才到十点钟。"李南泉在外面屋子哈哈笑道："你说不挂心警报，可是说完你又去看表了。看表又有什么用，只有求天下场暴风雨，把起飞的敌机，全数刮到长江里去。"李太太笑道："我不否认我是个饭桶。可是，不承认作饭桶的人，也很少法子，对付敌人的空袭，单说献机运动，我出过多少次钱，我那钱究竟在哪架飞机身上我猜不出来，也许，那钱变成了外汇之后，冻结在美国。"李南泉笑道："你说这话是太乐观了。不过，我也不悲观，报上登着，德国出动飞机，一来就是两三千架。他也没有把小小的英伦三岛炸服。日本一来百把架飞机，这样大的中国，那是摇撼不动的。"

窗子外吴春圃笑道："我以为谈警报的人，不一定是胆小。谁不怕死？只有那些心里怕警报口里说不怕的人，那才是虚伪呢。"李南泉坐在屋子里，已开始工作，伏在桌子上写字。他听了邻居的话，倒有些感想，觉得大家全是把警报这问题放在心上，实在不妥。也就不向窗子外答话了。

在大家心境的不安中,拖过了正午,村子里的人家也就开始煮饭。吃午饭的时候,看到那些未雨绸缪的去躲空袭的人,又成串地回来。有人在山路上笑道:"还是你们胆子大的人好,免得来回地跑。千万可别我们到了家,球又挂起了。"李南泉坐在饭桌上摇摇头道:"真是弄得人食不甘味。"李太太也只是笑笑。吃过了午饭,已经是两点钟。照着往回空袭的时间而论,已将近解除,因此大家心里就宁贴些,一直到傍晚,都没有任何空袭的象征,大家更是心情轻松了。不过这已是阴历十一,太阳一沉过了山头,那像把大银梳子似的新月,已横挂在天空,夏季来乘凉的人,抬头看到月亮,就会谈到空袭。因此,为着这月亮特别的明亮,没有一片云彩配合,大家的心情又紧张了两小时。终于是平安无事地月亮西斜,算混过了一天。因为有这一天的轻松,次日早上,大家有些恢复原状,没有做什么急迫的准备。李南泉照普通的生活,喝一杯热茶,吃两个冷烧饼。刚刚要吃早餐,甄家的小弟,在隔溪人行大路上,就高声大喊道:"挂了球了。"这回是真的挂了球了,李太太正清理着几件衣服,预备拿去洗,这就站在屋子里呆了一呆。

李南泉笑道:"发什么呆?兵来将挡,我们预备走罢。"她道:"我倒不是害怕。你看,今天的警报,来得这样早,免不了又是一整天。"李南泉道:"你说罢,今天是躲村口上这个洞子,还是躲山那边的公共洞子?"李太太道:"村口洞子自由一点,公共洞子空气好一点,消息也灵通一点。"李南泉低头想了一想,因道:"我看还是躲公共洞子罢。第一,是我不愿意在那漆黑的洞子里闷坐;第二,我也愿意看看公共洞子里的紧张场面。"李太太道:"怎么着,你还要看看紧张的场面吗?"李南泉笑道:"但愿没有紧张场面就好。不过我总得向这条路上去防备。你赶快去收拾东西罢。"这样交代了,大家也就来不及多说话,立刻分手去办理逃难事务。

好在吃午饭的时候还早,大家也不必顾虑到吃的东西。在十分钟之内,大家都把事情预备好了。李太太带着孩子,提了包袱,王嫂抱了小妹妹殿后,一同出门。李南泉笑道:"今天我决计陪你们躲一回公共洞子,我等放了紧急警报才走。先在家里坐镇,你们有什么要我办的没有?"李太太道:"公共洞子里嘈杂得厉害,你还是去游山玩水罢。"她还想交代什么话时,半空里已是传着呜呜的空袭警报声,李南泉道:"你们走罢,随后我就来。"说着,接过太太手上的包袱,一直提着在先走,送到屋角上山坡的路头。这条路是不大有人走的,这时也是三三五五,拉长了一条线,沿着山坡向前移动。再回头看山溪对岸的那条人行路,也拖了半里路的长蛇阵,李太太道:"你看,今天又很紧张,你快走罢。"

李南泉点点头道:"大概今天不躲的人是很少。你们放心去罢。赶得及时的话,我一定到公共洞子里来。赶不及,我向山后走,走一截躲一截。"李太太接过他手上的包袱,又握着他的手道:"你可要躲,不是闹着玩的。"小玲儿也指着她爸爸道:"不是闹着玩的。"李南泉看了她那肉包似的小手,指头像个王瓜儿,他就乐了,摸着她的小手亲了个吻。李太太皱了眉头道:"你倒是全不在乎,这时候还有工夫疼孩子。走走走。"她落在后面,催了孩子们走。李南泉回转身来,到屋子里周围看了一番,把躲警报的旅行袋提着。先锁起了屋子门,然后到厨房去看看。见土灶里还有些火星,在水缸里接连舀了两勺水将火泼熄,又伸头对左右邻居的厨房看看。见吴家灶外,还有两橛焦木柴,放在地上兀自冒着青烟。好在他的厨房门没锁,就进去,也用水将柴头泼熄。走出厨房来,遇到吴春圃。他问道:"还有火吗?"李南泉道:"我已经给你泼熄了。"吴春圃道:"劳驾劳驾。我是走到半路上,想起来了,不得不回来看看。过去重庆有好几次发生这事情,大家全去躲警报,屋子里留下火种,起了火是关着门烧。我们住的又是草房子,危险性更大。李兄,走罢,今天哪个洞子里都客满。往后山去的人,也是随处都有。你要找个清静而又安全的地方,非跑出去五、六里路不可。再过十分钟,恐怕就要放紧急了,迟了你来不及跑。"李南泉道:"我今天躲公共洞子了,帮太太照应照应孩子。"说着由走廊经过自己家门口,不知是何原故,有点放心不下,将锁打开,重新进家去看看。

他到了屋子里,周围看看,一切安静如常。外面屋子里看了一看,又到里面重新检点了一次,实在没有什么令人不放心的地方。四周看过了,再又对地下看看,这算是发现了,地下有两橛纸烟头,将纸烟头捡起来看,那不但是烟头上没有火气,而且烟质还真潮的呢。他扔在地面将脚乱踏了一阵,方才在谨慎检查的情形之下,反锁了屋子门出去。就是这样几分钟,环境是整个地变了,耳朵里一丝声音没有,左右邻居,全不见一个人出来活动。就是人家屋顶上,也没有烟冒出来。溪对面大路上,除了偶然有个防护团丁走过,也是没有人迹。早晨算已过去的太阳,现在变了强烈的白光,照得大地惨白。对面竹子林,叶子微微颤动着,正望着那竹子有点出神,却见两三只小鸟,闪动着尾巴,在竹枝上站着。这也就越显得这宇宙整个儿沉寂着过去了。他忽然省悟到,要走就走,这还等什么。于是拿了旅行袋子,踏上了屋角后的山坡,向公共洞子走去。这公共洞子,是重庆郊外的一个名胜区。山峰脚下,山头凹进去一个房屋似的大洞。裂口的山崖,像很宽大的屋檐,在上面盖着。洞前是幢庙,庙也有两进。洞里是越深越窄小。四周玲珑的石乳,在壁上高高低低突出。随着大洞外的小洞,雕上了很多的佛龛。自经了两三年的空袭,这里更布置得周密,在洞口上将沙包堆得像山似的,挡住了空隙,沙包和石壁相连的地方,也辟了个洞门,躲警报的人,就由那里走进去。

李南泉翻过那个山头,就是公共洞子外的庙宇。这庙宇的两重佛殿,都已自行拆除,佛龛兀立在露天下。来躲警报的男子们纷纷站在无顶殿中闲话。也有几个贩卖零食的人,挽了个篮子,坐在阶沿上,等候买卖。这些避难的人,不是镇市上的,就是村子里的,大半都认识,彼此看见,都点点头。有人还笑问道:"李先生今天也加入我们这个团体?"他笑道:"天天躲清静警报,今天也来回热闹的。"有个老人立刻变了颜色道:"这是什么话?糊涂!"看这老人,胡子都有半白了,李南泉可不能和人家计较。只是付之一笑。走进了沙包旁边的小侧门,那大山洞里,倒是洋洋大观,不问洞子高下,矮凳上,地面上,全坐满了。人不分阶级,什么人都有。这些人各自找着伙伴谈话。大家的谈话,造成了一种很大的嗡嗡之声。仿佛戏院里没有开戏,满座的人都在纷乱中。他站着四周望了一遍,并没有看到自己家里人。这洞子是个葫芦形,就再踏上几步台阶,走进了小洞子。这里约莫是三丈宽,五、六丈深,随着洞子,放了四条矮脚板凳,每条凳子上,都像坐电车上似的,人挨人地挤着。在右边的洞壁上,有机关在洞中凿开的横洞,门是向外敞着的,每个洞口两个穿制服的人把守着。他想太太为了安全起见,也许走到这洞子里去了,可是自己并无入洞证,是犯不着前去碰钉子。再向里走,直到洞子底上,有个小佛龛,前面摆着香案。便是那香案,也都有人坐着。依然不见家里人。他正有点犹豫,以为他们全挤到洞子外面去了。小玲儿却由佛龛后面转了出来,向他连连招着手道:"我们全在这里呢。"

看那佛龛后面,正还有个空档,便笑道:"你们真是计出万全,一直躲到洞底上来了。"李太太也由佛龛角上伸出半截身子,向他招招手。他牵着小玲儿走到佛龛后面看时,依然不是洞底。还有茶几面那样大一个眼,黑洞洞的,向里伸着。这里的洞身,高可五、六尺,大可直起腰来。宽有四、五尺,全家人坐在小板凳子和包袱上,并不拥挤,李南泉向太太笑道:

"你的意思,以为藏在这里,还可以借点佛力保佑。"她笑道:"我什么时候信过菩萨?这不过是免得和人家挤。别人嫌这个地方黑,又没有周旋的余地,都不肯来,人弃我取,我就觉得这里不错。坐着罢。"说着,把一个旅行袋拿了出来,拍了两下。李南泉站着,周围看看,并没有坐下,在身上取出纸烟盒子和火柴来,敬了太太一支烟。她笑道:"我看你在这里有些坐不惯,还是到山后去罢。"李南泉还没有答复,却听到洞外"呜嘟嘟"一阵军号声,李太太道:"紧急紧急。"早是轰然一声,在庙外的人,乱蜂子似的,向洞子里面拥挤着进来。原来洞子上下已是坐满了人。现在再加入大批的人,连站的地方都没有。原来这佛龛转角的所在,还有些空地,现在也来了一群人,塞得满满的。同时,在洞子里嘘嘘地吹着哨子,继续着有人叫道:"不要闹,不要闹。"果然,这哨子发生很大的效力,洞子里差不多有一千人上下,全是鸦雀无声地站着或坐着。也不知是哪个咳嗽了一声,这就发生了急性的传染病,彼起此落,人群里面,就发生着咳嗽。突然有个操川语的人道:"大家镇定,十八架飞机,已经到了重庆市上空。"

这个报告,把大家的咳嗽都吓回去了。可是也只有两、三分钟,喁喁的细语声,又已发生。尤其是去这佛龛前不远的所在,矮板凳的人堆中间,坐着一个中年妇人。她身旁坐了个孩子,怀里又抱了个孩子。那最小的孩子,偏在人声停止、心里紧张的时期,哇哇地哭了起来。"不许让小孩哭!"那个妇女知道这是干犯众怒的事,她一点回驳没有。把那敞开的现成的衣襟,向两边拉开,露出半只乳,不问小孩是不是要吃,把乳头向孩子嘴里塞了进去。抱着孩子的手,紧紧地向怀里搂着。可是那个孩子偏不吃乳,吐出乳头子来,继续地哭。这就有人骂道:"哄不了小孩子,就不该来躲公共洞子,敌机临头,这是闹着玩的事吗?你一个小孩子,可别带累这许多人。"那妇人不敢作声,把乳头再向孩子嘴里塞了去。不想她动作重一点,碰了大孩子,大孩子的头碰了洞壁,他又哭了。这可引起了好几个人的怒气,有人喝道:"把这个不懂事的女人轰了出去,真是混蛋!"这位太太正抱着小孩子吃乳,又哄着大孩子说好话呢。听了这样的辱骂,她实在不能忍受,因道:"轰出去?哪个敢轰?飞机在头上,让我出去送死吗?"紧靠了她,有位老先生,便道:"大嫂,你既知道飞机在头上,就哄着孩子别让他哭了。敌人飞机上有无线电,你地面上什么声音他听不到?孩子在这里哭,他就发现了这里是防空洞了。"李南泉听了这话,却忍不住对了太太笑。李太太深怕他多事,不住向他摇着手,而且还摇了摇头。

在若干杂乱的声中,防护团走向前,轻轻喝道:"啥子事,大家不怕死吗?小娃儿哭就怕飞机听到,你们乱吼就不怕飞机听到吗?"他说着,在制服袋里,掏出个大桃子,塞到那大孩子手上,弯了腰道:"悄悄地,歇一下,我再拿一个来给你吃。"那大孩子有了这个桃子,立刻就不哭了。吃乳的孩子,竟是在这混乱中睡着了,一场危险,竟然过去。那团丁横着身子在人丛中挤了进来,自然还是横了身子挤了出去。当他在人丛里,慢慢向外拖动身子的时候,自不免和他人挨肩叠背。在这里,他发现了面前站着一个下江人,戴了眼镜,便瞪了眼道:"把眼镜拿下来。"那人道:"戴眼镜也违犯规则吗?新鲜!"团丁听这话,就在人丛里站着,望了那人道:"看你像个知识分子,避难规则你都不懂得,镜子有反光,你晓不晓得?"这个说法,提醒了其他的避难人,好几个人接着道:"把眼镜拿下来,把眼镜拿下来!"那人道:"眼镜反光,我知道,那是指在野外说,现时在洞子里,眼镜向哪里反光,难道还能够穿透几十丈的石头,反光到半空里去吗?那我这副眼镜倒是宝贝。真缺乏常识。"于是好些人嘻嘻一笑。五个字批评和一阵笑,团丁如何肯受,越发地恼了,喝道:"你不守秩序,你还倒说别人缺乏常识,你取不取下眼镜来?不取下,我们去见洞长。"那团丁的话音,也越来越大,又引着其他两个团丁来了,难友们有认识这人的,便道:"丁先生,这是小事。你何必固执?"丁先生道:"并非我固执,我的近视很深,我若没有眼镜,成了瞎子,在这人堆里,把头都要撞破。"

大家听了这话,又看到那副近视眼镜,紧贴地架在鼻子上,实在觉得他取下了眼镜,那是受罪的事,又笑了起来。那位丁先生心生一计,在袋里掏出一方手绢,向眼睛上罩着。嘴在手绢里面说着话道:"这样子,行不行?我隔了手绢还看得见,而各位也不必怕我的眼镜反光。"这就连那三个团丁也带着笑挤走了。然而眼镜的问题方告一段落,左佛龛前,又有两起口角发生。一起是两位女客为了手提箱压在身上而争吵。一起是坐的板凳位子,被人占了,一个老头子和一个中年男汉子争吵。人丛中虽也有人调解,那口角并不停止。这个洞子,里外两大层,口角声,调解声,谈话声,又已哄然而起。李南泉默然地坐在神龛后,向太太道:"这里的秩序,怎么这样坏?"她道:"敌机不临头,总是这样的。人太多了,有什么法子呢。"李先生还想问话,只听"嘀哩哩"一阵哨子响,这又是警报的信号。果然,耳根子立刻清静,任何的嘈杂声都没有了,约莫静了三、四分钟。有人操着川语报告道:"敌机二十四架。在瓷器口外投弹。我正用高射炮射击,现在还没有离开市空。"这时,仿佛有那飞机群的轰轰轧轧之声在头顶上盘旋,所有在洞里的人,算是真正静止下来。成堆站着的人,都呆定了,坐着的人,把头垂下去。每个母亲紧搂着她的小孩子。所有的小孩子也乖了,多半是业已睡着,睡不着的,也是连话都不说。李南泉把小玲儿搂在怀里,不住地用鼻子尖去嗅她的小童发。

在成千人的呼吸停顿中,什么声音都没有。约莫是五、六分钟,却听到有人报告道:"敌机已向东逸去,第二批飞机,在巴东发现。现在大家可以休息一下。"在这个报告完毕以后,洞里的避难者,就复行纷纷议论起来。有些人也就缓缓地挤出洞子去，在佛龛面前也就留出了个大空档。这是重庆防空洞的新办法。原来自发生了大隧道惨案以后，当局感觉得长时期的洞中生活，那是太危险的事。因之，在敌机已经离开市空的时候，宣布休息。所有警报台挂警报信号球的地方，却挂上两个红球，等于空袭警报。凡是洞子里的人全可以到洞外站站。李太太向李先生道："这个洞子生活，你是不习惯的。趁着这个机会，你由这庙后的小路到山后去罢。"李南泉道："我既到这里来了，就陪着你在洞里罢。我看今天的秩序太乱，我在这里帮着你也好些。"李太太笑道："今天秩序太乱？哪天也是这样。你就不到山后去，在洞子口上站站，和熟人聊聊天也好。"李南泉摇摇头笑道："我觉得很少有几个人可以和我谈得拢。"说着，站起来牵牵衣服，走到佛龛前站了一会。又在身上掏出纸烟盒子来，靠了佛龛桌子，缓缓地吸着烟。忽然之间，洞子外的人向里面一拥，好像股潮浪。李南泉也只好向后退着，退到神龛后面来。但听到那些人互相告诉着道："球落下去了。"因为这些人来势的猛烈，把那佛龛的桌子角，都挤着歪动了。李太太赶快搂着孩子，把身子偏侧过去。李南泉也赶快抢过来，挡住了路口，以免人拥过来。

李太太道："不要紧的，不要紧的，落了球，照例有这么一阵起哄的，没有关系。"但是她虽这样说了，李先生还是不肯放松那把关的责任。约莫是五、六分钟，那哨子又"嘘哩哩"地吹了一阵。这才把那惊动蚊子堆的声音平定下来。大家静悄悄地坐着，什么响声也没有。李南泉挤回神龛后面，搂着小玲儿坐在旅行袋上。她虽是站着，头靠在爸爸怀里，已经是睡着了，他抚摸着小女儿的手，一阵悲哀，由心里涌起。他想着，这五岁的孩子，她对人类有什么罪恶？战火，将这样天真无知的小孩子，一齐卷入里面。这责任当然不必由中国人来负。只要日本人不侵略中国，中国人不会打仗。可是中国人要是早十年、二十年伸得直腰来，也许日本人不敢向中国侵略。由此他又想到那些侵略国家了。无论军力怎样优势，侵略别人的国家，总要支出一笔血肉债的。用血肉去占领人家的土地，出了血肉的人，算是白白牺牲，让那没有支付血肉代价的人，去作胜利者，去搜刮享受，这在侵略国本身，也是件极不平的事。他慢慢地想着也就忘了是在防空洞里了。忽然有人大声报告着道："敌机十八架，在化龙桥附近投弹，现在已向东北逸去。第三批敌机，已经过了万县，大家要休息，可以出洞去透下空气，希望早一点回到座位上，免得回头又乱挤一阵。"报告过，洞子里又是哄哄一阵响起，有些人也就陆续地挤出洞子去。李南泉听说第三批敌机已过万县，根本也就不打算走，依然坐着。

果然，不到十分钟，又是哨子叫，又是人一阵拥进。紧张了二十来分钟，经过洞中防护团员的报告，敌机群已东去，敌人的行动，倒不是刻板不动的，这次是四、五两批，同时扑到重庆市上空，而且敌机数目也减少了，各批都是九架。防护团员报告过，最后带了一点轻松的语调叫道："大家注意，今天敌机硬是滥整，第三、四批后面，还有几批。不过第五批是刚刚过巴东，要是有人想吃晌午的话，回家去吃点饮食，还来得及。"避难的洞中人，自然也就陆续地出去了。可是李家这家人，藏躲在洞子的最里，像听戏的坐前三排似的，散戏之时，非等着后面的人走了过半数是走不出去的，而坐防空洞的人，除非解除警报，却不能像散戏那样都走。有些人怕变生不测，有些人家又住得远，有些人扶老携幼，虽是知道敌机还远，大家也坐着不走。这只有人丛当中，让开了一条缝，让大胆的出去。李先生便道："这个样子，今天又是一场整日工作，现在已经两点钟了，孩子们可不能久饿，我去找点吃的来。"王嫂道："家里有冷馒头，菜没得，我抢着去买两个咸蛋来，要不要得？"李太太笑道："少舒服一点罢。而且街上的铺子也关了门。冷馒头就好。"李南泉也不考虑,起身就走。

他以五百米跳栏竞赛的姿势,由庙门口转入山后,一口气奔回家里。直待走到草屋廊檐下,才停住了脚。向山下镇市上看去,见树木丛中,乃一支挺立出来的旗竿上,兀自挂着红滴滴的两个大球,右手撑了屋角,左手掏起保护色的蓝布大襟,擦着额角上的汗。口里喘着气,向山溪对岸大路上望去。见吴春圃先生也是开了快步子向家里走,便问道:"吴先生也是回来办粮的?"他抬起一只手,在空中摇摆着道:"不忙,不忙,那批敌机,还没有过万县。我们镇定一点。还得留着这条老命,和敌人干个十年八年呢。"李南泉站了两三分钟,喘过那口气,开着屋门,将冷馒头找到,又到厨房里去寻找了一阵,实在没有什么小菜,仅仅有半碗老倭瓜,已经有了馊味。另外有个碟子,盛了几十粒煮的老豌豆。他想到孩子究不能淡食,这盛豌豆的碟子底上,盐汁很浓,于是找了张干净纸,将豌豆包了。回到屋子里,找了个小旅行袋,将冷馒头装着,没有敢多耽误立刻回转身来就向防空洞走去。可是吴先生在后面拦着了。笑道:"李兄,不要过分紧张,我们还是谈笑麾敌罢。"李南泉回头看时,他并没有带什么熟食品,手里提着一串地瓜。这个东西,产生于川湘一带。湖南人叫作凉薯。它的形状和番薯差不多。它是地下的块根,和番薯也是同科。不过它的质料很特别,外面包着一层薄皮,在茎蒂所在,掐个缝将皮撕着,可以把整个地瓜的外皮撕去。薄皮里的肉,光滑雪白,有些像嫩藕。若把它切了,又像梨。吃到嘴里脆而且甜,水津津的。可是它有极大的缺点,有带土腥气的生花生味。

李南泉看到,便问道:"吴先生,这就是你们躲警报的干粮吗?"他将提的地瓜举了一举,笑道:"日本人会对付我们,我们也就会对付日本。他轰炸得我们作不成饭,要多化钱。我就不作饭,而且也就不多化钱,我也会把肚子弄饱。李先生对这玩艺怎么样,来两个?"李南泉摇摇头道:"到四川来,人家初次请我吃地瓜,我当是梨,那土腥味吃到嘴里,似乎两小时都没有去掉。不过你这分抗战精神,我是赞同的。"吴先生提了地瓜,随了他后面走着,走一截路,就看看那旗竿上的红球。直走到了公共防空洞口,吴先生忽然笑了起来道:"我这人喜欢谈话大概世无其匹。我只顾和你谈着,忘记我是干什么的了。我躲的是第二洞,我跑到这里来了。"说着扭身转去。李南泉看了这位先生的行为,也不免站着微笑。后面却有人问道:"李先生也去办了粮草来了?"看时却是杨艳华提了一只篮子,开始向洞子里走。看她篮子里,有饭有菜,而且还有筷子碗,因笑道:"你们躲警报躲得舒服,照常吃饭。"杨艳华道:"我们是天天晚上预备着,现成的东西,警报来了,拿起就走,我躲在第二洞,王少亭和胡玉花在这里,我送来她们吃的。李先生袋子里是什么?"他笑道:"惭愧,我一家人全啃冷馒头。不过这已可满意了。那位吴先生刚过去,你没有看见吗?提的是十来二十个地瓜。"杨艳华伸手到篮子里,拿了两个咸鸭蛋,交给他道:"拿去给弟弟妹妹吃。"李南泉依然放到她篮子里去,因道:"这就太不恕道,有了我的,没有两位小姐的了。"杨艳华道:"她们还有榨菜炒豆腐干呢,大家患难相共,客气什么?"

他们这么一客气,身后有人插话了。她道:"到洞子里去谈罢。"杨艳华立刻叫了声师母。正是李太太赶出洞子来了。李南泉道:"杨小姐一定要送我们孩子两个咸蛋,那是送胡小姐、王小姐吃的,我们怎好半路劫下来呢?"李太太接过先生手上的旅行袋,向杨艳华道:"杨小姐,我们躲在洞子最后面,来找我们呀。"说着在前面走了。李南泉看太太的脸色,并不正常,就不再和杨艳华谈话,跟着挤到洞里面来。李太太坐下,分着冷馒头给孩子吃,并不说话,李南泉笑道:"你又怪上我了。"她冷笑一声道:"你这人叫我说什么好?挂着两个球儿呢,回家去了这久,我真急得不得了。若是球落下去了,你正在路上走着……你看,为了要东西,让你冒着这大危险,我心里真过不去。谁知道你倒没事,站在外面和杨艳华闲聊。若不是我出去,不知道要情话绵绵到什么时候。"说到"情话绵绵"也卟嗤一声笑了。李南泉道:"我就是一百二十分不知死活,我也不会在这个时候和她说情话吧?真是巧,她和我一客气,你就到了。女人的心里总是这样,不能让她先生……"李太太塞了个冷馒头在他手上,低声道:"吃罢,你也饿了,这是什么地方,你说这个。"李南泉见她用剿抚兼施的手段,直摸不着她是怒是喜。她对于杨艳华的接近,一直是误会着,自己是大可避开这女子。说也奇怪,一见了她,就不忍不睬人家。太太也是这样见了她也就软化了,总是客客气气地和她说话。

这个女戏子,真有一分克服人的魔力。想到这里,他也自笑了。李太太道:"你想着什么好笑?"他道:"回家慢慢地告诉你罢。我想,将来抗战结束了,这防空洞里许多的事情,真值得描写。"李太太摇摇头,她的话还没有表示出来,人丛中又是一阵哨子响,又是一阵人浪汹涌,接着声音也寂然了。这次敌机的声势来得很凶,只听到嗡嗡的马达声就在洞顶上盘旋。这洞是很厚而很深的。飞机声听得这样明显,那必然是在洞顶上,有人嘘嘘地低声道:"就在头顶上,就在头顶上。"有人立刻轻喝道:"不要作声。"李南泉向神位外看去,见站着的人,人靠着人,全呆定了,坐的人,低了头,闭上了眼睛。遥遥又是轰通轰通两声,不知道是扔炸弹,还是开了高射炮。靠着这神案前,有个中年汉子,两手死命地撑住了桌子,周身发抖,抖得那神案也吱吱作响。大家沉寂极了,有一千人在这里,好像没有人一样,一点声音没有。看看自己太太,搂着女儿在怀里,把头垂下去,紧闭了眼睛。越是大家这样沉寂,那天空里的飞机声,越是听得清楚。那嗡嗡之声,去而复还,只管在头上盘旋。李南泉看到太太相当惶恐,就伸手过去握着她一只手。这很好,似乎壮了她的胆。她将丈夫的手紧紧地握着。李南泉觉着她手是潮湿的,又感到她手是冰凉的。但不能开口去安慰她,怕的是受难胞的责备,也怕惊动了孩子,只有彼此紧紧地握着手。好像彼此心里在互相勉励着:要死,我们就死在一处。也不知道是经过了多少时候,那飞机的声,终于是听不见了。铃叮叮的,有阵电话铃响。大家料着是报告来了,更沉静了等消息。

这个紧张的局面,到了这时,算略微松一点。那接电话的地方,本在大洞子所套的小洞子里,平常原是听不到说话的,现在听到接电话的人说:"挂休息球,还不解除,还有一批,要得,今天这龟儿子硬是作怪。"大家听了这话,虽知道暂时又过了一关,可是还有一关。只有互相看着,作一番苦笑。接着那个情报员,出来大声报告,刚才是炸了市区上清寺,正在起火。敌机业已东去,大家可以休息一下。李南泉放了太太的手,因道:"霜筠,我看你神经太紧张了,我们出洞子到山后去躲躲罢。"李太太把搂抱着孩子的手松开,理着鬓边的乱发,摇摇头苦笑着道:"不行。你知道敌机到了什么地方?万一我们刚出洞子,球就落下来了,到哪里找地方去躲?好在已到五点钟了。天色一黑,总可以解除。还有两个多钟头,熬着罢。"李南泉道:"我摸你的手冷汗都浸得冰凉了。你可别闹病。"李太太道:"病就病罢,谁让中国的妇女都是身体不好呢。"他夫妻二人说话,神龛外面一位四川老太太,可插上嘴了。她道:"女人家无论做啥子事,总是吃亏的,躲警报也没得男人安逸。那洞口口上有个你们下江太太在生娃儿,硬是作孽。"李太太"呀"了一声道:"那不要是刘太太吧?他先生不在家,她还带着两个孩子呢,我看看去。"李南泉知道这也是太太牌友之一。这刘太太省吃俭用,而且轻重家事,一切自理,就是有个毛病,喜欢打小牌,一个苦干的妇女,还有这点嗜好,容易给人留下一个印象。而这疏建区有牌癖的太太们也就这样,认为她是个忠实的艰苦同志,非常予以同情。因此李先生并不拦着太太前去探视。

李太太由人丛中挤了出来,这倒不用问,大家争着说,有一位太太在生孩子。随了人家传说的方向,出了洞子葫芦柄的所在,看到前面洞身宽敞之处,许多难民的眼睛,都向右边洞壁下张望着。顺了人家眼光看去,石壁有个地方凹进去一点,在前面放了两张椅子,椅子背上搭了个旧被单。被单外面,居然有个尺来宽的空当,没有人挤。就是有人坐着,空当外也是些太太和老太婆,围坐了半个圈。李太太知道那必是刘太太的"产科医院"了。走到被单外面,问道:"是刘太太吗?你两个孩子呢?"刘太太在里面哼着道:"孩子让朋友带走了。我托人雇滑竿去了。可是这警报时间,哪里去找滑竿?"李太太证明了这是刘太太,这就由被单下面钻了进去,见刘太太面色苍白,半坐半睡地在地上。地上仅仅一件旧蓝布大褂垫着,是她身上脱下来的。这时,她身上只穿了件男子的对襟褂子,想必还是临时借来的。她头发蓬松着,还有两缕乱发纷纷披在脸上,她将左手扶了椅子,右手撑着地面,抿了嘴,咬了牙,似乎肚子疼得厉害。李太太低声道:"这个地方,怎样能生产?隔层布是整千的人,而且连个转身的地方都没有。你有什么要我帮忙的吗?"刘太太咬着牙连哼了几声,微微地摇着头。李太太道:"这个样子,就是把滑竿找了来,你也不能坐上去。"正说着,一位老太太奔过来,扶了椅子背,由被单上面看下来,因道:"满街店铺全关门的。找着洞口子上几个乡下人,说是多出钱,请找副滑竿来。他们听说是抬产妇,全不肯抬。"刘太太道:"这样罢。王老太太,还有位李太太,搀着我到洞外山上去生罢。"

李太太道:"那不行,敌机来了,怎么办呢?若是你在那机关小洞子里想不到办法的话……"她的话,还不曾说完,刘太太忽然咬着牙站起来,摇摇头道:"不行,我要生了。"李太太道:"那末,我让这老太太帮着你,我再去找两位太太来罢。"她扭身走着,在人丛中找到两位女友,可是当她走回来的时候,那被单里面,已经有着哇哇的哭声了。那被单外面围坐着的人,皱着眉头,各各闪开。恰好在这个时候,情报员吹着哨子,告诉人敌机又已临头。去洞子外休息的人,可不问这些,一股潮浪,向里面涌了进来。闪开的人,和涌进来的人也两下一挤,李太太和邀来的两位女同志,全已冲散。李太太没有力量可以抵抗这股人浪,好在是站在人浪的峰头,就让他们一冲直冲到洞底神龛面前来。李南泉一听到哨子响,就知道情势严重,将几个孩子交给了王嫂,前来迎接,看到李太太撞跌着过来,赶快伸着两手,将她撑住。然后挤了身子向前将她挤转到身后。李太太到了神案边上,将身子缩下,由神案下钻到佛龛后面,才算是脱了险境。李南泉在人丛中支持了两三分钟,把脚站定。伸手扶了神案,要转到后面去。却看到右手五个指头沾遍鲜血,仔细看着却是两个指甲被挤翻断了。大概是扯出太太来的时候,受的伤,这也没工夫来管它,也是由神龛案下钻进了后面,才算定神。他将左手把右手两指紧紧捏着,不让它继续出血,此外却也并无别法。所幸这次空袭,敌机并未临头,洞子里的空气,比较安定一点。

这一场紧张场面,时间也不怎样久,大概是三十分钟。由情报员的报告,敌机分批东去。但巴东方面,还发现有三架敌机西来,依然没有解除警报的希望。这时天色已经昏黑了。部分难民,听说只有三架敌机,而且快要天黑了,就陆续回家。李南泉向太太道:"由早上八、九点钟起,直到现在,快是十二小时了,仅仅是吃两个冷馒头,"说着,他"哎哟"了一声,笑道:"我在家里曾用纸包了几十颗煮豌豆,我忘了拿出来了。"说着,在衣袋里摸索那个小纸包。二个孩子就不约而同地伸出了手来,李南泉笑道:"你们算是不错,赶上了这个大时代。我来配给一下。"于是透开那纸包,将煮的几十粒豌豆分作三份。用三个指头撮着,各放到小孩子手掌心里。李太太皱了眉道:"别孩子气了。我实在支持不住了,回去罢。我想在乡下,夜袭不大要紧,真是敌机临头,屋后那个洞子,总也可以钻钻。"说着,手扶了洞壁,缓缓地站了起来。王嫂首先将小玲儿抱着,因道:"今天若是不躲,也没得事。日本鬼子,他把炸弹炸茅草棚棚,啥子意思,炸弹不要本钱咯?"李南泉笑道:"大家都有经验了,你都能发挥这套议论,好,回去。"于是他牵着两个男孩,作螃蟹式的横行,由人丛中走出去。在庙门口坡上,正俯瞰着街市上的那警报旗竿。暮色苍茫中,旗竿上的两枚红球里面亮起了蜡烛,越是显得惨红。看到这东西,就让人心里,立刻泛出了一种极不愉快的观念。绕着庙边的山路走,看到山谷里没有了反照的阳光,已是阴沉沉的,而抬头看去,大半轮月亮,却因天色变深灰,便成了半边亮镜。

大家看到了月亮,都有同一的感觉,就是她不是平常给人那种欣赏的好风景,而是带来一种凄惨恐怖的杀气。大家走一阵就抬头望望。李太太道:"唉!月亮,老早的就驾临了。敌人的空袭,还不是继续到深夜,甚至到天亮。天亮,明日的空袭又来了。老天爷这两天来个连阴天罢。整日整夜,真……"她这句话不曾说完,在深草的小路上,踏着块斜石头,人向草边一倒。李南泉笑道:"你刚说了句没出息的话,希望老天爷下雨,老天爷就惩罚着你了,你看还是大家艰苦奋斗靠自己罢。"李太太道:"怎么靠自己呢?我们也不会造飞机,也不会造高射炮。"王嫂在后面道:"我们找一个有道行的和尚,念起咒语把龟儿子日本飞机咒得跌下来。"李南泉哈哈笑道:"还是你这个办法万无一失。"他们说笑着,走近了家。在屋檐下的吴先生问道:"解除了吗?"王嫂道:"又有三架飞机来了。哪里会解除?"吴先生道:"我听到你们有说有笑,所以就这样猜想了。这有典故的,有道是空袭警报,吓人一跳,紧急警报,百事不要;解除警报,有说有笑。"李家一家走到了屋檐下,见吴先生又是拿了干手巾,伸到衬衫里面擦汗,同时,并咬着牙摇头。李南泉道:"吴兄,准备罢。敌人在广播里说了,要空袭重庆十日十夜,不让我们解除警报,我看这趋势,大有可能。我们不能不作个永久坚持的办法。"

大家说着话,不曾得个结论,却听到警报器的呜呜之声,在空中发出。吴先生道:"也该解除了。"大家经过这一日夜的疲劳,都也觉着松了这口气。王嫂放下孩子,开着门,首先抢到屋子里去亮着灯火。然而,那警报器的声音,早已改变着呜呀呜呀急促的惨叫。大家都喊着紧急紧急。有几户人家本是亮着灯火的,立刻都已吹灭。吴春圃在廊檐下叫起来道:"这就奇怪了。拉过紧急之后,照例不拉第二次的,既未解除警报为什么又拉紧急呢?"他这个问题,乡村的防护团丁在山溪那岸人行路上答复了。他走着路叫道:"休息球挂的时间太久了,怕大家忘记,现在敌机来了,又拉紧急。诸位注意!"李太太本也带着孩子进了屋子,跑了出来,抓着李南泉的手道:"这怎么办?"李南泉道:"山路晚上不好走,孩子们也受不了。就是走到公共洞子里去,也是秩序太乱。"一言未了,便有飞机的嗡嗡之声。三个孩子全跑了过来,围着爸爸站住。王嫂在廊沿外叫道:"那是啥子家私?那山顶上好大个星罗。不是,不是,变大了,这个时候,还有人放孔明灯①?"李南泉道:"山那边是重庆,这是敌机到了市空丢下

---

① 川俗,丧家斋醮,用白油纸及轻篾,糊为小灯笼,闭其上方,以油燃巨芯于下,火力猛冲,灯即上升,而入高空。原系诸葛亮发明,夜战作志号者。本物理浅理,民间奇之,流传为丧家招魂之用,谓之为孔明灯。

的照明弹。什么孔明灯!你们看,又是两个。"说着,向北方一排山头指去。

大家向他手指的所在看去,天空里有大小三个水晶球,大的有面盆大,小的也有碗口圆,而那东西不是固定的形态,慢慢地膨胀变大,它大了之后,晶光四溢,对面那个山头,相隔约莫五里路,照得树影清清楚楚,同时这亮球由三个加到七个,那半边天像挂了七个圆月亮。天空如同白昼。李太太道:"扔下这么些个照明弹,地下什么看不出来?敌机快要投弹了,快躲罢。"她说着,向屋后山坡上跑,跑了十几步,却又跑回来。李南泉道:"不要慌,镇定一点儿。照明弹是在重庆上空,并不是乡下。"说着,他一手抱着小玲儿,一手推着儿儿白儿,说着:"你们都跟我来。"他也顾不得高低踏着山坡上的丛草乱响,奔向屋后山坡。这里有个村里人自盘的防空洞,因为经费不足,半途而废。这洞子径深不过一丈多,借着崖石的坡度斜伸开了两个洞门,洞门是斜着向下,洞里蓄着潜水,出不去;洞底已是一个小井泉,洞口进去,就是烂泥。虽然山是很高的,因为这在斜坡上,洞顶的石头,就不过两三丈厚。村子里人既感到不保险,而且洞底又不能下脚,所以无人过问。洞门上的藤蔓,经过半个夏季纷纷的下垂,不到之处,有蜘蛛帮着封锁,洞门内外的蚊子嗡嗡地叫,人来了,更是哄然一声。李南泉已听到头顶的马达声,在呼呼狂叫,顾不得许多,冲开了草藤和蛛网,连抱带拖,把三个孩子,涌进了洞子。太太是牵着他的后衣襟,借了他的拉力向前跑。洞子里本来就黑,夜里更是什么都看不见。

在这里几位邻居,也同有此感,觉得这回夜袭相当厉害,一个跟着一个,都向这洞子里摸了进来。幸亏是甄家小弟,带得有手电筒,而且他还是非常内行,把手电筒直伸到洞口里面,方才给电光亮着。大家趁了这亮光,才看出了洞底下全是浮泥,大家都站在浮泥里面,那洞子的石壁,正是湿粘粘地向外冒水。吴先生一家人,差不多也挤进来了。但吴先生本人,却因压队的关系,还站在洞外。他叫道:"没有关系,没有关系,这不过是照明弹吓人。李先生出来看罢,重庆市上空在空战。"李南泉既把家里人都送进了洞子,胆子就大了,扶着洞子门伸出头来,见那大半轮月亮,正当了头顶,眼前一片清光,吴先生站在洞子外平坡上,向北昂头望着那五、六里外的山顶。这时,排在那边山外的照明弹,已只剩了两颗。在那两颗照明弹的外边,却有两串红球,向天空飞机射上来。那就是我们高射炮阵地里射出来的高射炮弹。敌机本是在照明弹上边,地面上并不能因为有照明弹的光,将它发现。但当照明弹已经熄灭了五个时,我们城四周的照测部队,立即向天空上放出了探照灯。天空上横七竖八,许多条直线的银虹,已作了三、四个十字架,在十字当中的交叉点所在,就照出了一只白色的毒鸟。正好,那最后的两颗照明弹,突然变成了一阵青烟,光芒全熄。照明的灯光,格外明亮。高射炮的红球,又对了那白光的十字架里,连续地射出去几十颗红球。

李南泉看到这样精彩的表演,也就情不自禁地由洞子里慢慢走出来,和吴先生并肩站着。吴春圃见那射上去的红球,到了探照灯光线十字叉所在,就消失了,不住顿着脚,连叫"唉"字。因为那敌机一被探照灯找着,它立刻爬高,逃脱照射,我们高射炮的力量,射不到那样高,只好让敌机逃去。李南泉道:"到底是让它跑了。虽然让它跑了,究竟比毫无抵抗要好得多。像白天敌机那样毫无顾虑……"吴春圃不等他把话说完,拉着他的手就向洞口跑来。他也是有着锐敏的感觉,觉得那敌机的声音,已临到头上。同时,那探照灯两条万尺长的白光,直向这村子顶上射来。两人抢进了洞里,见地面上已插了一枚土蜡烛。照见洞里的人,全是半低了头,站在烂泥里的。李太太低声道:"你真是胆大妄为,外面空战那样厉害,你跑到洞外去看。多少人是看热闹出了毛病的。这点经验你都没有,快进来罢;里面有地方,站进来罢。"甄小弟把手上的电筒交给他道:"里面是水坑,请李先生照着走。"他接过电筒,在人丛中挤到洞底,电光照着,果然是桌面大一坑水。这洞口另一个出口,却在水坑那面,并没有人过去站着。他想到这安全路线,应当探照探照。将手电筒,向水坑对面,逐节地照射着。白光射去,有条红白相间的花带子,在洞口石壁缝下蠕动,再仔细地照着,正是一条酒杯粗的花蛇,被白光照着,向外面屈曲着钻了去。他不觉"哎呀"了一声,连叫道:"蛇!蛇!"

他这一声叫喊,早把全洞子里的人都惊动了。吴春圃连喊道:"在哪里?在哪里?"他手上正拿了一根手杖,赶快就跑到洞子底上来。李南泉将手电筒向那边洞口紧紧地照着,却见那条花蛇缓缓地向外面蠕动。还有一条尾巴拖在洞里面。吴春圃拿了那手杖,跳不过水去,只将手杖头子,打着水哗啦哗啦地响。在洞里躲着的人,以为是蛇游水过来了,吓得跌跌撞撞,又向洞子外面跑。到了洞外,灯光和飞机声,都已消失,也就站着不动,及至吴、李二人也出来了,说明原委。大家知道蛇出来了,又是一阵跑。那吴太太扶着大的一个孩子,走一步身子歪倒一下,吴先生抢向前搀着她道:"怎么回事?"她道:"不行不行,我的腿软了,站不起来了。"大家听了都忍不住哈哈地笑。吴春圃道:"还没有解除警报。大家就有说有笑了,这未免有点不合理论。"听着,大家又笑起来了。李太太已走回到屋檐下,因叹口气道:"这实在太难了,站在外面,怕飞机炸弹,躲到洞子里去,又怕蛇。再有了警报,我们怎么办?"李南泉也带了孩子们走回来,笑道:"不要紧的。我们那些人在洞子里,条把蛇有什么关系!"吴太太还是搀着她的大孩子,慢慢地摇摆着到了屋檐下,摇着头道:"怎么着我也不进那个洞子了。"甄太太扶着一根竹棍子当手杖,站在屋檐角上,总有十分钟不曾说话,这才接着道:"再要逃警报,我就吃不消。"说着慢慢蹲下去,坐在台阶沿的石头上。吴春圃道:"有什么法子呢?吃不消也要吃得消呀。敌人在广播里说,这叫疲劳轰炸,要轰炸我们十天八天的,这还是第一天呢。"

甄太太道:"别格罢哉。我们小弟早浪到格些晨光,还勿曾好好交吃一眼末事,阿要吃勿销?真格唔陶成。"她一急,急得一句普通话都没有了,吴太太和甄太太作邻居久了,相当懂得苏白。她以纯粹的山东腔接着道:"俺说,甄太太,这个年头哇,死着比活着强咧。小孩儿他爹,中上就是捎了几个地瓜给小孩儿啃咧。他们吃多了,拉上稀咧,可糟咧糕咧。"李太太站在两位当中,听了这南腔北调的呼应,很是有趣,不由得笑起来。李先生道:"你不怕了。"李太太道:"我也想破了,愁死了白愁死了。作饭吃去。"她说着,刚是走了两步,那对溪人行道上,团丁操着川话叫道:"是哪一家人在烧火?烟囱里烟冒起好高。朗个的?不怕死。不晓得敌机没有走远,熄火不熄火?不熄火给老子上警察局!"李太太站着道:"不行,防护团丁,在村子里监视着呢。屋子里又不能点灯,坐的地方也没有。"吴春圃笑道:"好月亮,坐在屋檐下赏月乘凉罢。我们不要不知足,在重庆城里的人,这时候,大概藏在洞子里还没出来罢?"说完,有好几个人叹着气,也就搬了凳子在露天里坐着。隔壁那位奚太太,隔了空地,向这边叫着道:"喂!你们坐在那里挨饿吗?开水也当喝一杯。我有个新发明,你们听着,把木炭在小炉子里生火,可以作饭。既没有烟,敌机来了,一盆水就泼熄了。我总有办法,什么都难不倒我。"李南泉道:"此法甚好,不愧足下有家庭大学校长之称。"奚太太笑道:"那不是吹的,让我当防空司令,我也有办法。一个人总要脑筋灵活,才能适应这个大时代呀。"大家听了她高声自吹,虽没有作声,但她这个办法,倒是全都引用了。

在半小时内,由于大发明家、家庭大学校长奚太太的启示,大家都用了木炭生着小炉子火,开始作饭。在这半小时内,邻居们轮流去看球,倒始终悬着,并没有落下,又是半小时,各家的饭都熟了,有什么菜就作什么菜,至多是两碗,又是不能点灯的,各家将饭碗放在凳子上,人就站在月亮下面吃饭,却也别有风味。小孩都饥不择食,没有哪个为了饭菜简单而吃不下去的。李家饭后,大家还在月亮下坐着。吴春圃将新烙得的饼,卷了个卷子捏在手上,站在屋檐下吃。李南泉道:"不错,吴先生还有烙饼可吃。"他道:"只有这东西,作起来来得快。和着面就下锅去烙。"李太太笑道:"吴先生吃得很香,卷着什么吃的?"吴春圃把手上的烙饼卷子一举,笑道:"你猜不到,这是炒的芝麻盐。这个办法很简单,就是弄一碟生芝麻加上一撮盐,在锅里一炒,包在烙饼里,又咸又香,虽然没有什么馅儿,可是吃起来,还是很爽口的。"他说着,又送到嘴里咀嚼着。就在这时,听到对面山溪路上,又有人叫道:"球落了。大家当心。"李南泉道:"怎么办,现在还要躲洞子吗?"李太太道:"我不行了。"她说到这里,未免犹豫了一阵子,接着道:"我们还是躲一躲罢。我想,对门王家后面那个私人洞子,虽是只有一个门,可是石头很高,倒是很可保险。敌机不来,我们在洞口坐着;敌机来了,我们再进洞子,好不好?"李南泉还不曾答复这个问题,那位甄太太扶着竹棍子手杖,已经起身向过溪的那木板桥步着了。月亮不好,几个人同声叹着,真是疲劳轰炸。

# 第八章　八日七夜

在这种情形之下，大家虽感到十分疲劳，可是一听到说红球落下了，神经紧张起来，还是继续地跑警报。这时跑公共洞子来不及，跑屋后洞子，又怕有蛇。经李太太提议之后，就不约而同地，奔向对溪的王家屋后洞子。这洞子已经有了三岁，在凿山的时候，人工还不算贵，所以工程大些。这里沿着山的斜坡，先开了一条人行路，便于爬走。洞是山坡的整块斜石上开辟着进去的，先就有个朝天的缺口，像是防空壕，到了洞口，上面已是毕陡的山峰了。因之虽是一扇门的私洞，村里人谈点交情，不少人向这里挤着。李南泉护着家人到了这里，见难民却比较镇定，男子和小孩子们，全在缺口的石头上坐着。月亮半已西斜，清光反照在这山上，山抹着一层淡粉，树留下丛丛黑影，见三三五五的人影，都在深草外的乱石上坐着。有人在月亮下听到李南泉说话，便笑道："李先生也躲我们这个独眼洞，欢迎欢迎。"他叹口气道："还是欢送罢，真受不了。"同时，洞门口有李太太的女牌友迎了出来，叫道："老李，来罢。我们给你预备下了一个位子，小孩子可以睡，大人也可以躺躺。洞子里不好走，敌机来了，跑不及的。"李南泉接受了人家的盛意，将妇孺先送进洞子去。这洞子在整个石块里面，有丈来宽，四、五丈深，前后倒点了三盏带铁柄子的菜油灯。那灯炳像火筷子，插进凿好了的石壁缝里去，灯盏是个陶瓷壶，嘴子上燃着棉絮灯芯,油焰抽出来,尺来多长,连光带火,一齐闪闪不定。

油灯下,这洞底都展开了地铺,有的是铺在席子上,有的放一张竹片板,再把铺盖放在上面。老年人和小孩儿全都睡了,人挨着人,比轮船四等舱里还要拥挤。李家人全家来了,根本就没有安插脚的地方。加之这洞里又燃了几根猪肠子似的纸卷蚊烟,那硫磺砒霜的药味带着缭绕的烟雾,颇令人感到空气闭塞。李太太道:"哎呀,这怎么行呢?我们还是出去罢。"这洞子里,李太太的牌友最多,王太太、白太太,还以绰号著名的下江太太,尤其是好友。看在牌谊分上,她们倒不忍牌友站在这里而没有办法。白太太将她睡在地铺上的四个孩子,向两边推了两推,推出尺来宽的空档,就拍着地铺道:"来来来,你娘儿几个,就在这里挤挤罢。"李太太还没有答话,两个最顽皮的男孩子,感到身体不支持,已蹲在地上爬了过来。王太太对于牌友,也就当仁不让;向邻近躺着的人说了几句好话,也空出了个布包袱的座位。李太太知道不必客气,就坐了下去。那王嫂有她们的女工帮,在这晚上,她们不愿躲洞,找着她们的女伴,成群地在山沟里藏着,可以谈谈各家主人的家务,交换知识。尤其是这些女工,由二十岁到三十岁为止,全在青春,每人都有极丰富的罗曼史,趁了这个东家绝对管不着的机会,可以痛快谈一下。所以王嫂也不挤洞子。只剩了李南泉一个人在人丛烟丛的洞子中间站着。李太太看了,便道:"你不找个地方挤挤坐下去,站着不是办法。"他道:"敌机还没有来,我还是出去罢。"

在洞子里的男宾,差不多都是李先生的朋友,见他在洞子中间站着,怪不舒服的,大家都争着让座。他笑道:"今天坐了一天的地牢,敌机既然没来,落得透透空气,我还是到洞外去作个监视哨罢。一有情报,我就进洞来报告。"说着,他依然走出洞外,大概年富力强的人,都没有进洞子,大家全三五相聚地闲话。所以说的不是轰炸情形,就是天下大事。听他们的言语，八、九不着事实的边际，参加也乏味得很。离开人行路，有块平坦的圆石，倒像个桌面。石外有两三棵弯曲的小松树，比乱草高不出二、三尺，松枝上盘绕了一些藤蔓。月亮斜照着，草上有几团模糊的轻影，倒还有点清趣。于是单独地架脚坐在石上，歇过洞里那口闷气。抬头看看天，深蓝色的夜幕，飘荡了几片薄如轻纱的云翳。月亮是大半个冰盘，斜挂在对面山顶上。月色并不十分清亮，因之有些星点，散布在夜幕上，和新月争辉。虽然是夏季，这不是最热的时候，临晚这样又暑气退了。凉气微微在空中荡漾，脸和肌肤上感到一阵清凉。身上穿的这件空袭防护衣蓝布大褂，终日都感觉到累赘。白天有几次汗从旧汗衫里透出，将大褂背心浸湿。这时，这件大褂已是虚若无物，凉气反是压在肩背上。他想着，躲空袭完全是心理作用，一个炸弹，究竟能炸多大地方？而全后方的人，只要在市集或镇市上，都是忙乱和恐怖交织着。乡下人照样工作，又何尝不是有被炸的可能的。他们先觉得空阔地方没事，没有警报器响，没有红球刺激，心里安定，就不知道害怕，也就不躲。

这淡月疏星之夜，在平常的夏夜，正好是纳凉闲话的时候，为了心中的恐怖，一天的吃喝全不能上轨道，晚上也得不着觉睡，就是这样在乱山深草中坐着。他想到这里，看看月亮，联想到沦陷区的同胞，当然也是同度着这样的夜景，不知他们是在月下有些什么感想，过些什么生活。同时也就想到数千里外的家乡。那是紧临战区的所在，不知已成人的大儿子，和那七十岁的老母，是否像自己这样提心吊胆地过着日子。也会知道大后方是昼夜闹着空袭吗？想到这里，只见一道白光，拦空晃了两晃，探照灯又起来了。但是并没有听到飞机马达声音，却不肯躲开，依然在石头上静静地坐着。那探照灯一晃之下立刻熄灭了，也没有感到有什么威胁。不过五分钟后，天上的白光，又由一道加到三道，在天角的东北角，作了个十字架，架起之后，又来了两道白光。这就看到一只白燕子似的东西，在灯光里向东逃走，天空里仅仅有点马达响声，并不怎样猛烈。那防空洞的嘈杂人语声，曾因白光的架空，突然停止下去。这时飞机走了，人声又嘈杂起来。接着，就听到石正山教授大声叹了口气道："唉！真是气死人。这批敌机，就只有一架。假如我们有夜间战斗机的话，立刻可以飞上去，把它打落下来。仅仅是一架敌机，也照样的戒备，照样的灯火管制。"吴春圃在洞口问道："石先生在山下得到的消息吗？后面还有敌机没有？"他答道："据说，还有一批，只是两架而已，这有什么威力？完全是捣乱。"

李南泉听了这消息，也就走过去，在一处谈话。见石先生披了一件保护色的长衫，站在路头上，撩起衣襟，当着扇子摇。看那情形，是上山坡跑得热了，因问道："石兄，是在防护团那里得来的消息了？决不会错。我看我们大家回家睡觉去罢。敌机一架、两架地飞来，我们就得全体动员地藏躲着，是大上其当的事情。"石正山道："当然如此，不过太太和小孩子们最好还是不要回去。万一敌机临头，他们可跑不动。我们忝为户主，守土有责，可以回去看看房子。我来和内人打个招呼，我这就回家了。"说着，他就进防空洞去了。果然，过了一会子，他又出洞来了，就匆匆地顺山坡走了去。李南泉觉得石先生的办法也是，自早晨到现在，这村子里每一幢房子都没有人看守。村子里房子全是夹山溪建筑的，家家后壁是山，很可能引起小偷的注意，于是也就进洞子向太太打个招呼，踏着月亮下的人行石板路，缓缓向家里走去。这山村里，到了晚上本来就够清静，这时受着灯火管制，全村没有一星灯火。淡淡的月亮，笼罩着两排山脚下那些断断续续的人家影子，幽静中间，带些恐怖肃杀的意味，让人说不出心里是一种什么情绪。他背了两手，缓缓走着，看看天空四周，又看看两旁的山影，这人家的空档里，有些斜坡，各家栽着自己爱种植的植物。有的种些瓜豆藤蔓,有的种些菜蔬,有的也种些高粱和玉蜀黍。因为那些东西丛生着,倒有些像竹林。窗外或门外,有这一片绿色,倒也增加了不少的清趣。尤其是月夜,月亮照在高粱的长绿叶子上,会发生出一片清光。

他缓缓地走来,看了看这轻松的夜景,也就忘了空袭的紧张空气。眼前正有一丛高粱叶子,被月光射着,被轻风摇撼着,在眼前发生了一片绿光。心里想着,这样眼前的景致,却没有被田园诗人描写过,现在就凑两句诗描写一下,倒是发前人所未发。他正是静静地站着,有点出神,却听到高粱地那边,有一阵低微的嬉笑之声。空袭时间,向野外躲着的人,这事倒也时常发生,并未理会。且避开这里。缓缓走过了几步,又听到石正山家的那位丫环小姐小青笑道:"蚊子咬死了,我还是回家去。"接着石正山道:"你是越来越胆子大了,简直不听我的命令。"小青道:"不听命令怎么样,你把我轰出石家大门罢。"这言语可相当冒犯。然而接着的,却是主人家一阵笑。李南泉听了,越是感到不便,只有放轻了脚步,赶快回家。隔了山溪,就听到奚太太和这边吴先生谈话,大概吴先生早回来了。她道:"刚才防护团接到电话,储奇门前后,中了十几颗炸弹。我们奚先生办公的地点就在那里,真让我挂心。他本来可以疏散乡下去办公的。他说他那里的防空洞好,不肯走。"吴先生笑道:"莫非是留恋女朋友?"奚太太道:"那他不敢。这村子里我和石太太是最会对付先生的。石正山是除了不敢接近女人,不敢赌钱,纸烟还是吸的。我家里老奚,纸烟都不吸。我以为男女当平等。我不吸纸烟他也就不能吸纸烟。他对我这种说法,完全接受。"李南泉也走近了,接嘴笑道:"这样说,石太太只能做家庭大学副校长。"

奚太太虽然好高,可是也替她的好友要面子。李先生说石正山夫人只能作家庭大学副校长,她不同意这个看法,因道:"你们对石太太还没有深切的认识。石先生在外面是大学教授,回到家里,可是个小学生。无论什么事,都要太太指示了才能办。他也乐得这样做。每月赚回来的薪水双手奉献给太太以后,家里的事,他就不负任何责任。"吴先生道:"我知道,石太太常出门,一出门就是好几天,家里的事,谁来作主呢?"奚太太道:"他们家小青哪。小青是石太太的心腹,可以和她主持家政,也可以替她监视义父的行动。石太太这一着棋,下得是非常之好,这个家,随时可以拿得起,随时也可以放得下。我要有这样一个助手,就好了。不管算丫环也好,算义女也好,这帮助是很大的。"李先生慢慢地踱过了溪桥,见吴先生站在屋檐下,隔了两家中间的空地,和奚太太谈话。便以大不经意的样子,在其中插了一句话道:"天下事,理想和事实总相距一段路程的。"奚太太在她家走廊上问道:"李先生这话,是指着哪一点?"李南泉倒省悟了,这件事怎好随意加以批评?因笑道:"我是说训练一个心腹人出来那是太不容易的事。"奚太太道:"这话我同意。尤其是丫环这个身分,现在人人平等的日子,谁愿意居这个地位还和你主人出力?这也许是佛家说的那个'缘'字,石太太和小青是有缘分的,所以小青对她这样鞠躬尽瘁。其实她待小青,也不见得优厚到哪里去。除了大家同锅吃饭这点外,我还没有见到小青穿过一件新衣服呢。周身上下,全是石太太的旧衣服改的。"

李南泉向来不太喜欢和这位家庭大学校长说话。谈到这里,也就不愿再听她的夸张了,向屋檐外看去,那对面山上的夜色,已分了上下层。上层是月亮照着的,依然雪白,下层却是这边的山阴,一直到深溪里都是幽黑的。便向吴先生道:"月亮也就快下去了。照着中原时间和陇蜀时间来说,汉口的时间,比这里早一点钟,湖北境内,月亮大概已落了,敌人黑夜飞行的技术,根本就不够了,四川半夜总有雾的,大概今晚上不会再来了。"吴春圃笑道:"老兄也靠天说话。"李南泉叹了口气道:"弱国之民,不可为也。我们各端把椅子来谈谈罢。我谈北平、南京,你谈济南、青岛。我们来个虽不能至,心向往之,聊以快意,比谈国际战争好得多。"说着,开了屋门,搬出两个方凳来。暗中摸索得了茶壶、茶杯,斟了两杯,放在窗户台上。吴先生端起一杯茶来,笑道:"这是我的了。"说着,将那够装五、六两水的玻璃杯子,就着嘴唇,"咕嘟咕嘟"一饮而尽,放下杯子,"哎"了一声,赞叹着道:"好茶!"李南泉笑道:"完全是普通喝的茶,并没有什么好处。"他道:"这就是渴者易为饮了。等一会儿,我们一路去接太太罢。到四川来,没有家眷是太感到寂寞。可是有了家眷,又太感到累赘。假使我们没有家眷,躲什么空袭!我是一切照常。"说着,他坐下来,两手拍着腿太息不已。李南泉道:"你对于这一日一夜的长期轰炸,支持得住吗?"他不由得打了个呵欠,笑道:"渴和饿都还罢了。在洞子里无所谓。到了家里,怎么老想睡觉?"

李南泉笑道:"这怪我们自己,昨天和那三个坤伶解围耽误了自己的睡眠。"吴春圃笑道:"也许我可以说这话,你却不应当。杨艳华不是你的及门弟子吗?"李南泉道:"吴兄,这我是个冤狱。太太也许很不谅解。至于坤伶方面,这却是伤心史。她们以声色作号召,当然容易招惹事非;惹了事非,就得多请人帮忙。所以他们之拜老师,拜干爹决非出自本心,乃是应付环境的一种手腕。你把她这手腕当了她是有意攀交情,那才是傻瓜呢。尤其是拜老师这种事,近乎滑稽。坤伶除了学戏,她还要向外行学习什么?可是那些有钱或有闲阶级,一让坤伶叫两声干爹或老师,就昏了脑袋瓜了。"他正说得畅快,李太太却在山溪那边人行路上笑起来了。李南泉迎上前道:"你怎么回来了?"她道:"洞子里孩子多,吵吵闹闹,真是受不了,蚊烟薰着,空气又十分龌龊,我只好回来了。不想赶上了你这段快人快语。"李南泉没有加以申辩,接过太太的手提包,向家里引。吴春圃在走廊上迎着笑道:"李太太,你可别中李先生的计。他早知道你回来了。故意来个取瑟而歌,使之闻之。要不,哪有这样巧?"李太太笑道:"也许有一点。不过,这就很好。多少他总有点明白。成天躲空袭,大家的精神,都疲倦得不得了。谈点风花雪月,陶醉一下,我倒也并不反对。"吴春圃笑道:"李太太贤明之至。不过这样来,家庭大学里面,你得不到教授的位置。"李太太低声笑道:"我们说笑话不要紧,可别牵涉太远了。各人看法不同,不要说罢。"

吴春圃笑道:"不说笑话了,俺也当去迎接我的内阁回宫了。不解除也不管他,没有月亮料着敌机也不能再来。"他这个说法,本也就像李南泉说的,一般无奈。可是这种心理,却是极普遍的,也就听到山溪对过,有人叫道:"不管解除没有,月亮下去了,接太太回来罢。"李南泉夫妻二人,都因整日的疲劳,各坐在一张凳子上,默默无言,抬头看那对面山上的白色,只剩了山峰尖上的一小截。大孩子小白儿,靠了墙壁站定,埋怨着道:"真是讨厌,这月亮老不下去。"李南泉不由得笑起来了,因道:"不要说这样无用的话罢。弟弟、妹妹都睡觉去了,你也可以去睡。"小白儿道:"若是敌机来了呢?"李南泉笑道:"难道我们去躲洞子,会把你们扔在床上?"小白儿道:"爸爸妈妈都不睡吗?"李南泉道:"为了给你们等候消息,我不睡。"小白儿道:"那太不平等了。"李南泉道:"不错,你还有点赤子之心。你要知道,父子之间,是没有平等的。封建社会,没有父子平等,民主社会,也没有父子平等。父子平等,人类就会灭绝,尤其是作母亲的,她永远不能和孩子谈平等。在封建时代,尽管百行孝为先,母亲对于孩子的义务,是没有法子补偿的。"李太太道:"你和孩子谈这些理论,不是白费劲?"小白儿笑道:"我真不大懂。"李南泉:"你看到山羊乳着小羊没有?

你们去逗小羊的时候,老羊总把两只犄角抵着你,来保护小羊的。可是小羊大了,并不管老羊,只有它作了母亲的时候,它才爱它的小羊。人也是这样,永远是父母保护孩子,孩子大了,并不怎样保护父母。可是他自己有孩子,他又得保护了。睡去罢!我们作老羊。"

小白儿听到如此的教训,睡觉去了。李太太笑道:"你今天高兴,肯和孩子说这套议论。"他道:"我在人世味中有个新领会,就是经过了患难,对于骨肉之亲,更觉得增加一分亲爱,你不也有这一点吗?"李太太道:"对的。可是对于我们两人,不适用这个例子。我们就常常会因躲空袭,闹些无味的别扭。"正说到这里,却听到山溪对面人行路上,有了说话声。吴太太道:"俺不回去了,俺就在这路上呆一宿。"吴先生道:"不回去就不回去,伲还会讹到人吗?俺……俺……"李南泉哈哈大笑道:"不用说,吴先生两口子,已经代我答复了。为躲警报而闹别扭,那正不是我们两口子,谁都是这样。因为夫妻之间,最可以率真,最可以不用客气,所以我可以和孩子客气,而不和你客气。和你客气,那就是作伪了。"李太太笑道:"好的,我就利用你这一套议论去劝说吴太太。他两口子又别扭上了。"说着,就过了桥向溪对面人行路上走去。果然,吴太太坐在路边石头上,面前摆了几个包袱,孩子们和吴先生,全在人行路上站着。李太太笑道:"怎么回事?吴先生这趟差事没有办好,把太太接到半路上,就算完事了?"吴先生道:"她不走有什么法子?警报也许跑得不够吧?"吴太太道:"俺是跑得不够。俺……"李太太拦着道:"你们不要吵,我和二位说一个新议论。"因把李南泉刚才说的话重述了一遍。吴春圃先忍不住笑了。李太太道:"他的说法是对的吗?"吴春圃道:"俺就是不会花言巧语,也不会虚情假意。"吴太太道:"你说句话,撅死人,撅老头子!"

李先生笑道:"这就是吴先生天真之处啦。回去罢。今晚下半夜,我们养精蓄锐一番,预备明天再躲空袭呢。"于是李先生牵着他们孩子,李太太牵着吴太太,一同回家。走到对门邻居袁家屋后,却听见袁先生叫起来。他道:"你们躲防空洞,我在这里和你们看家,有什么不对,怎么回来就发脾气?"李南泉笑道:"吴兄,听见没有?这是两口子闹别扭的事情了。"吴春圃道:"不但回家吵,有好些人,两口子在洞子里就会吵起来,那是什么原故?"李南泉道:"这个我就能解答。在空袭的时候,个个都发生心理变态。除了恐怖,就是牢骚,这牢骚向谁发泄呢?向敌人发泄,不能够。向政府发泄,无此理。向社会发泄,谁又不在躲警报?向自己家里任何一人发泄,也不可能。只有夫妻两口子,你也牢骚,我也牢骚,脸色先有三分不正常。反正谁得罪了谁也没关系。而且躲警报的时候,大家的安全见解不一样,太太有时要纠正先生的行为,这个要说,那个是绝对的不听,因为根本在心里头烦闷的时候,不愿受人家干涉呀。于是就别扭起来了,就冲突起来了。"吴太太听说,也笑了,因道:"好像是有那么一点。可是俺不招人,俺也不看人家的脸子。谁不在逃命咧。"吴先生道:"得啦得啦,又来了。"李南泉笑道:"吴先生这态度就很好。"李太太道:"你既然知道很好,你为什么不学吴先生?"吴太太道:"学他?那可糟咧糟咧。"吴先生"唉"了一声道:"我整个失败。"于是大家都笑了。

在大家这样笑话之时,前面山上的月痕,已完全消失,大家也不知道到了什么时候。因为这里三户人家,都没有可走的钟表。甄先生家里有两只表,一只,先生戴进了城,家里一只,坏了。李先生家里有两只手表,李先生戴的,业已逾龄,退休在桌子抽屉里。李太太有一只表,三年没有戴,最近拿去修理,戴了两天又停了。也放在箱子里。吴先生家里没有表,据说是在逃难时候失落了。谁也买不起新表。家里有个小马蹄钟,倒是能走,可是有个条件,要横着搁在桌上。看十二点,要像看九点那样看。

今天三公子收拾桌子，忘记它是螃蟹性的，把它直立过来了，螃蟹怎能直走呢？所以三户人家，全找不到时刻。但李先生还不知道，问道，"吴兄，现在几点钟了？"吴先生"唉"了一声道："别提啦，俺那儿，直道而行，把钟站起来了。早就不走唎。"吴太太道："那个破钟，还摆在桌上，人来了，也不怕人家笑掉牙。没有钟，不拿出来不要紧，横着搁一个小酒杯儿的钟，真出尽了大学教授的穷相。"吴先生道："不论怎么着，横也好，直也好。总是一口钟。你别瞧它倒下来，走得还是真准，一天二十四小时，它只慢四点钟。日夜变成十点钟，不多不少，以十进。三句话不离本行，俺上课，用十除以一百二十，一点没错，准时到校。"说得大家都笑了。吴太太也没法子生气了，笑着直叹气。李太太笑道："那就睡罢。大概……"正在这时，警报器呜呜地在夜空中呼号，大家说话的声音，完全停止，要听它这一个最紧要的报告。

那警报器，这回算是不负人望，径直地拉着长声，在最后的声音里，并没有发出颤动可怕的声浪，到底是真解除了。三户邻居，不约而同地，喊出了"睡觉"的声音。李家夫妻也正在关门，预备安眠的时候，那在山路上巡逻的防护团，却走下来叫道："各位户主，晚上睡得惊醒一点，警报随时可以来的。还有一层，望大家预备一条湿毛巾，上面打上肥皂水，敌人放毒气，就把手巾套住鼻子口。"他一家一家地这样报告着，把刚刚放下的害怕的心，重新又提了起来。李太太开了门问道："你们得了情报，敌人会放毒气，还是已经放过毒气了呢？"团丁道："这个我们也不晓得，上面是这样吩咐下来的，当然我们也就照样报告给老百姓。"说着，他自己去了。李太太抓住李先生的手道："敌人的空袭越来越凶，那怎么办？"李南泉道："若以躲炸弹而论，当然是这坚厚的山洞最好。若说躲毒气，洞子就不妙了。洞子里空气，最是闭塞，平常吸香烟的味儿，也不容易流通

第八章 八日七夜 | 175

出去,何况是毒气。我们明天改变一个方向,把干粮开水,带得足足的,起早向深山里走,敌人放毒气,定是选人烟稠密的地方掷弹,没有人的地方,他不会掷弹,就是掷弹,风一吹,就把毒气吹散了。我们只管向上风头走,料然无事。"李太太道:"你还有心背戏词,我急都急死了。"李南泉道:"千万别这样傻。我们着急,就中了日本人的诡计了。现在第一件事,是休息,预备明天起早奋斗。"

正说着,小玲儿在后面屋子里哭起来,连说"我怕我怕"。追到屋子里,在床上抱起她,她还在哭。李太太已燃起了菜油灯送进屋子里,见小玲儿将头藏进爸爸的怀里哭泣着,因道:"这是白天在公共洞子里让挤的人吓着了,现在作梦呢。"李南泉道:"可不就是。大人还受不了这长期的心理袭击,何况是小孩呢。"夫妻二人安慰着小孩,也就困倦地睡去。朦胧中听到开门声,李南泉惊醒,见前后屋的菜油灯都已亮着,问道:"谁起来了?又有警报?"王嫂在外间屋子答道:"大家都起来煮饭了。"李南泉道:"你也和我们一样的疲劳,那太偏劳你了。"王嫂得了主人这个奖词,她就高兴了,因道:"我比你们睡得早,够了,你们再睡一下吧。有警报我来叫你们。"李南泉虽觉得她的盛情可感,但是自醒了以后,在床上就睡不着。养了十来分钟的神,只好起来,帮同料理一切。天色刚有点混混的亮,团丁在大路上喊着"挂球了,挂球了!"李南泉叹了口气,正要进屋去告诉太太,太太也披着一件黑绸长衫,一面扣绊,一面走出来。李南泉道:"不忙,我们今天绝对作个长期抗战的准备。水瓶子灌好了三瓶多,有一大瓦壶茶,饭和咸菜,用个大篮子装着,诸事妥贴。热水现成,你把孩子们叫起来罢。"李太太答应着,先伸头向外面,见廊檐外的天还是鱼肚色。便道:"真是要了谁的命,不问白天黑天,就是那样闹警报。"甄太太在走廊上答道:"是格哇。蚀本鬼子真格可恶。今朝那浪躲法?"李太太道:

"你瞧,又传说放毒气了,洞子里不敢躲,我们只有疏散下乡。"

她们这样说着,饱经训练的小孩子,也都一一地爬了起来。争着问"有警报吗?"李氏夫妇一面和孩子洗脸换衣服,一面收拾东西。这些琐事,还不曾办完,警报器又在呜呜地响了。李家今天是预备疏散的,就不作到公共洞子里抢位子的准备。益发把家里东西收拾妥当,门窗也关好顶好。李南泉照例到厨房里巡视一番,调查是否还有火种。在他们这些动作中,整个屋子里的邻居,都已走空了。李太太和王嫂已带着孩子们,过了山溪去等候。李先生道:"你们慢慢地在前面走罢,我还在这里镇守几分钟,等候紧急警报。"李太太道:"你让我们今天走远点,你又不来引路,让我们向哪里走?你还要等紧急,那个时候,你能走多远?"她说着说着脸色就沉下来了。李先生立刻跑过,笑着摇手道:"大清早的,我们不闹别扭,我这就陪你走。要不然,昨天我说的那套理论,算是白说了。"李太太也想起这理论来了,倒为之一笑。于是全家人顺着山麓上的石板人行路,就向后面山窝子里走去。这时,天色虽已大亮,太阳还没有升起,整个山谷,都是阴沉的。早上略微有点风,风拂到人身上,带了一种山上草木的清芬之气,让人很感到凉爽。可是同时也就送人一种困倦的意味。李太太走着路,首先打了两个呵欠,李南泉道:"为了生活,我不能不住在战都重庆,可把你拖累苦了。我若稍有办法,住得离重庆远一点,就不必这样天天跑警报;我真有点歉然。"李太太道:"你别假惺惺,这话赶快收回。那些被困在沦陷区的人,不都说是为了家眷吗?这个理论,非常恶劣。"

李南泉笑道:"难得,你有这种见解,将来……"李太太道:"什么时候,说这闲话,我们快走两步,就多走一截路,别在路上遇到了敌机,那才是进退两难。"她这样提议了,于是大家不再说什么,低了头,顺着石板路走。走出了村口,石板路还是一样,路旁的乱草,簇拥着向路中心长着,把这地面的石板,藏掩去了三分之二。人在路上走,两脚全在草头上拨动。那草头上的隔夜露水依然是湿滴滴的,走起来,不但鞋袜全已打湿,就是穿的长衫,也湿了大半截。李太太提起衣襟来,抖了几下水,因道:"这怎么办?"李南泉笑道:"大热天,五分钟就干了。你还没有看到那些水进的洞子,脏水一两尺深,避难的人,连着鞋子袜子站在里面。不是这样,不到前线的人,怎么知道战争是残酷的。"他们说着话,叹了气,却看到乡下人,背箩提篮,各装了新鲜瓜菜,迎面走来。其中还有个白发苍苍的老太婆,曲着背,矮得像个小孩子,提了一篮鸡蛋,也慢慢地走来。李南泉这就忍不住不说话了,因道:"老太婆不必走过去。街上已经放了警报,你这样大年纪,跑不动。"那些乡下人,看到街边上成串地向内走,已经是疑惑得睁了眼望着。听了这个报告,都站住脚问道:"啥子?这样早就有空袭?"李南泉道:"你不看我们都走进山窝里来了吗?"那老妇战战兢兢地道:"那朗个做?我家里没得粮食两天了。我攒下这些鸡蛋,想去换一点米来吃。"李南泉看到他们没有回身的意思,自带着家人继续向前。

他们走得很慢,也没有理会警报是什么情形,只见后面几个壮健的汉子,抢步跑了过来。口里还报告着道:"紧急放了很多时候了。快!"他也就只能说了这一个"快"字,就侧着身子抢跑了过去。李太太道:"我们的目的地在什么地方?再不到目的地,敌机可就来了。"李南泉道:"不要紧,到了这地方,随便在路旁树下石头坐坐就行了。"李太太听了他的话,果然牵着孩子,向路边树下走去。去的地方,是山脚下,两棵桐子树,交叉地长着,有三个馒头式的乌石堆子,品字形地立着。石头约莫有半人高,中间又凹了下去,勉强算是个防空壕吧?她踏着杂乱的露水草,衣服简直湿平了胸襟。小白儿、小山儿跟着,乱草的头子将近肩膀,可以说周身都打湿了。李南泉道:"怎么说躲就躲?"李太太来不及说话,将手乱指了东边天角。他听时,果然有飞机马达之声。他们把空袭经验得惯了,在声音里面,可以判断出飞机大概有多少,而且也可以判断出是轰炸机,战斗机,或者是侦察机。这时他随了这指的方向,侧耳听去,那嗡嗡之声,急而猛烈,可以想出来了,是一大批轰炸机,这要临时去找安全的掩蔽地方,已不可能。怔怔地站了一会子,却已听到嗡嗡之声,由东向北逼上重庆,他觉着这无须顾虑,还是站在路头上发呆,在这个时候,也陆续有几批难民跑着步子过去。口里连连说着,"来了来了",脸上表现着惊慌的样子,步子跑得七颠八倒。

李太太已是蹲到石头下面去了,这就扶着石头,伸出了小半截身子,向李先生连连招手道:"你还不快躲下来。"李先生道:"不要紧,敌机在市空,根本看不到影子。"李太太索兴伸直腰,偏着头听听,果然马达声音还远,随后不知是发高射炮还是扔炸弹,遥远的"哄咚"两声。由此以后,马达的嗡嗡之声,更是遥远,凭着以往的经验,那可知敌机已是走远了。李太太这已有暇发生别的感觉,那就是光着的腿子,有些痛痒,已是被草里的蚊子,吃了一个饱。她不愿再在石头窝里躲着,又踏着乱草走了出来。李南泉道:"趁着第二批敌机没来,我们还是走罢。"李太太也同意这个办法,将站在面前的三个孩子,每个轻轻推了一下,她自己先在前面引路。约莫是走了一、二十步路,突然发现了整群的飞机声,抬头四周去看,天上并没有飞机的影子,只好还是走。路的前面,两旁山峰闪开,中间出现了平谷,约莫有二、三十亩地大。石板路就穿过这个平谷,走到平谷中间,这就发现敌机了。敌机是由后面山背飞过来的,刚才正避在那山脚下,所以看不见。这时举头看清,敌机总在三十架以上。雁排字似的,排成个人字形,尖头正对了这平谷飞来。就以肉眼估量着,相距也不到两里

第八章 八日七夜 | 179

路。这里恰是平谷的中间,要跑向那个山脚旁的掩蔽,都不会比飞机来得更快,李太太首先吓呆了。

李南泉到了这时也是感到手脚无所措,便牵着太太的手道:"我们蹲下罢,别跑别跑。"他说的"别跑",是指着女佣工王嫂,她镇定不住,首先一个人向后跑。她忘记了脚下有条干沟,两脚踏虚滚了下去。三个孩子,倒还机灵,三五十步外,有一丛高粱,一齐跑着钻到里面去。李氏夫妇倒是觉得忙中有错,还不如小孩子会找掩蔽所在,他只好扯着太太立刻蹲下。所幸这石板路下,是个两尺深的干田沟,半藏在田埂下面,两个人忙乱着,溜下了田沟。李太太两手撑了田土闭着眼睛,将身子掩藏在田埂下。李南泉觉得在这个地方除了掩藏目标,是不会发生别的效用,躲也无用。因此溜下田沟,还抬起头来看着。见那群敌机不歪不斜正好在头顶上。人在这毫无遮拦的所在,实在不能没有戒心,他也不由得心房怦怦乱跳。两分钟的工夫,那人字机群的双尾已掠过了头顶。凭常识判断,飞机掷弹是斜角度的,这算是过了危险阶段。但还不敢站起身来,依然手扶了田埂,半伸了身子望着,直等机群飞去了两里路,弯下腰看看太太,见她面色发紫,两眼兀自紧闭着,便拍着她的肩膀道:"没事没事,敌机过去了。"她站起来首先向敌机马达发声的所在张望了一下,这才沉着脸道:"躲公共洞子多好,就是你要疏散出来,受着这样的虚惊。"三个小孩子也都由高粱秆子下面钻出来了。小玲儿跑过来道:"我们找个地方躲躲罢,飞机来了,怪害怕的。"李太太道:"这都是你爸爸做的聪明事。"

李南泉笑道:"别生气,别生气,忘记昨天晚上我谈的空袭时间夫妻变态心理吗?"李太太道:"这倒好,我一说什么,你就把这话来作挡箭牌。"李南泉道:"请你想,假如我不说这话,势必两人又重新别扭起来,你说是不是?我既然是肯用挡箭牌,你就别再进攻了。"李太太看着李先生始终退让,满身都是为难的样子,笑道:"看你这分委屈,我也不忍说什么了。"李南泉道:"那末,我们就继续前进罢。"这时,东边的太阳已经出来了,照着平谷里的庄稼倒是青气扑人。究竟是夏季的太阳,尤其是四川的太阳,一出来,就照着身上热不可当。大家赶快穿过这个平谷,踏上一个小山坡。这里有两、三丛密集的竹林,掩藏着七、八户人家的一个小村庄。大家一口气奔进竹林里,方才歇脚。李太太将包裹放在石头上,首先就在竹阴下坐了,因道:"先歇歇罢,刚才真把我吓着了,直到现在,我还是心口跳。"李南泉看这竹林子外,是向下倾的斜坡,整片的青石,由土地里冲出来,在地面上长起了许多小堡垒。尤其是三、四块石头夹峙的地方,除去上面没有顶,倒是绝好的防御工事。他有了刚才这番教训,决不愿太太再来受惊,就亲自到林子里去巡视一番。他走了几个石头堆,在一个石头窝子中间,见地面的石头,向旁边石壁凹进去,约莫是三、四尺长。一个人侧身躺在里面,足足可以掩藏起来,正高兴着要报告太太,下面平谷里却有人叫起来。

在这空袭情形之下,任何一种突发的声音,都是惊吓人的。李南泉忽然听到这种吆喝声音,先吃了一惊,向前看时,那平谷里却来了一串男女,最前一个,便是李太太的好友白太太。她手上提了一个包裹,身后跟着女仆,肩上扛了一只小皮箱。她大声叫着"老李、老李"。她们这些女友,为了表示亲热起见,就是这样在人家丈夫姓上,加一个老字。李南泉在她这种亲热的呼声中去揣测,料着并没有什么惊恐的事情发生,便答道:"我们都在这里。"那白太太老远地点点头,向这里走来。到了竹林子下面,李太太迎着道:"刚才这批敌机经过的时候,你在什么地方?"白太太道:"还好,我们身旁有一丈来深的大沟,不问好歹,我们全跳到里面去了。吓倒没有吓倒,可是几乎出了个乱子。"说着,把手上提的白布小包裹举了一举,因道:"几乎把我这里面的东西,丢了两张。"李太太笑道:"真有你的,你还把麻将牌带着呢。"白太太笑道:"若不是为了这个,我还不疏散到这地方来呢。牌来了,角儿也邀齐了,我们找个适当的地方,就动起手来罢。要不然,由这个时候起,到晚半天,七点半钟的时间,我们怎么消磨?"李太太向她身后的人行路上看时,那里有王太太,有下江太太,尤其是那下江太太带劲。手上捏了个小白绢包,裹得像个锤子,她一路走着一路摇晃了那个白手绢包,笑嘻嘻地望了人,将手拍着那个手绢包。她虽不说话,那是表示她带了钱来了。

李太太笑道:"不用说,你们人马齐备,没有我在内。"白太太笑道:"怎么会没有你?没有你,这一台戏还有什么起色?你们李先生知道,假如这镇市上的胜利大舞台,演出《四郎探母》,这里面并没有杨艳华,你想,那戏还有什么意思?李先生,你说是不是?"李南泉站在一边,笑着没有作声。李太太笑道:"你提到杨艳华,可别当我的面说。当我的面说她,他是有点儿头痛。不,根本我的女朋友,也不当谈杨艳华,谈了,他就认为这有点讥讽的作用。其实我没有什么,那孩子也怪可疼的。"李先生笑道:"太太们,许不许我插一句话?"下江太太已走上前,笑道:"可以的。可是不许你说,这时候还打牌,不知死活。"李南泉道:"我也不能那样冒昧。我说的是正事,现在第一批敌机,已飞去十来分钟了,假使敌机是连续而来的话,可能第二批敌机就到,为了安全起见,可不可以趁这个时候,找到你们摆开战场的地点,万一敌机临头,放下牌,你们就可以躲进洞去。"白太太道:"这里有防空洞子吗?"李南泉道:"人家村子里人,没有想到各位躲空袭要消遣,并没有事先预备下防空洞。倒是他们这屋后山脚,有许多天然的洞子,每个洞子,藏四、五个人没有问题。而且这里最后靠山的那户人家,墙后就有两个洞子。"白太太笑道:"不管李先生是不是挖苦我,有这样一个地方,我得先去看看。我是有名的打虎将,先锋当属于我。"说着她先行前走。早是把村子里的狗惊动了,一窝蜂似地跑出来四、五条,拦在路头,昂起头来,张着大口,露出尖的白牙,向人乱吠。

白太太一见,丢下手巾,扯腿就向后跑。那几条黄狗,看到人跑,它们追得更凶,一只黄毛狮子狗,对了白太太脚后跟的所在,伸着老长的颈脖子,向前一栽,"呼嗤"一声,其实它并没有咬着白太太的脚,不过是将鼻子尖,插在路面她的脚印上。她"哎呀"了一声,人向路边草地上直扒过去。李南泉挥着手上的手杖,将狗一阵追逐。村子里人听到喧哗,也跑出来,代着把狗轰走。李南泉在地面上,将那个大手巾包提起,里面"哗啦"有声,正是麻将牌的木盒子跌碎,牌全散在包里了,太太们早就是笑着一团,带问着白太太:"摔着了没有?"她由草地上站起来,拍去身上的草屑,红着脸道:"这真是恶狗村,他们村子里有这些条。"李太太笑道:"谁让你自负是打虎将呢!"白太太接过李先生手上的手巾包,身子一扭,板着脸道:"我另外找个地方去了,我不进这个村子。"村子里出来轰狗的人,早已看到这是一票生意。一位常到疏建区卖柴的老太太,就迎着道:"不要紧,请到我家去玩一下,打牌凉快,我们屋后有洞子,飞机来了,一放牌就进了洞子。"正说着,天上又有了"嗡嗡"之声,白太太已来不及另走地方了。听说这里有洞子,也只好随了大众,一齐走进村子。这里倒是个树木森森的所在,树底上的一幢草屋,三明两暗五大间,后面是山,前面是片甘蔗地。正中堂屋里,只有一桌四凳,旁边一个石磨架子,三合土的地,扫得干干净净。屋左右全有大树,把屋子掩蔽了,大家全说这地方合理想,白太太也定了神,摸着头发上的草屑,笑起来了。恰好敌机凑趣,"嗡嗡"之声,却已远去。

下江太太那个手巾包,还捏在手里,高高举起,笑道:"把桌布蒙上,来来来,喂,我说小胡子,你给我们听着一点飞机。"原来小胡子,是下江太太的丈夫,他是河南人,姓胡,太太本来叫他小胡,自从他在嘴唇上养着一撮小胡子的时候,太太就多加了一个字,叫他小胡子。胡先生只三十来岁,胖胖的身材,白白的皮肤。因为过去不久曾是一个不小的处长,他为了表示处长的尊严,就添了这一撮小胡子。现在不当处长了,这胡子也未便立刻剃去。太太是长得苹果一样的圆脸,有双水汪汪的眼睛。乌黑的头发,在脑后用两个细辫子绕了个双扁环,在鬓发下老是压着一朵小鲜花,越是显出那少妇美。一个黄河流域的壮汉,娶着一位年轻漂亮的下江太太。真是唯命是从,驯如绵羊。因之下江太太,不但是天之骄子,引动了其他的青春少妇,一律看齐都训练着丈夫。不过下江太太的作风,和家庭大学校长奚太太不同,她是以柔进,向来不和丈夫红脸。先生如不听话,不是流泪就是生病睡觉,生病永远是两种,不是头疼,就是心口疼,照例不吃饭。只要两餐饭不吃,胡先生就无条件投降。她出来躲警报,照例空着两手,胡先生提着一个旅行袋,里面是干粮冷开水瓶,和点心、水果之类。老妈却提了个箱子。她还怕打人的眼,把好提箱留下,用只旧的而且打有补钉的箱子。今天这番疏散,胡先生也是有长夜准备的,吃喝用的,全带齐了,乃是两个手提旅行袋。他正站在树阴乘凉。听到一声小胡子,立刻跑向前来,笑道:"先让我来四圈吗?"下江太太嘴一撇道:"男宾不许加入,你给我听飞机。"

　　胡先生碰了一鼻子灰后,走出屋子来,兀自摇着头。李南泉坐在大树阴下石头上,笑道:"老兄对于夫人,可谓鞠躬尽瘁。"他道:"没法子。你想,我们过着什么日子?战局这样紧张,生活程度是天天向上高升,每日二十四小时,都在计划着生活,若是家庭又有纠纷,那怎么办?干脆,我一切听太太的,要怎么办,就怎么办。除非要在我身上割四两肉下去,我得考虑考虑,此外是什么事都好办,今天的空袭,可能又是一整天,得用精神维持这一天,我还能和她别扭吗?打牌也好,她打牌去了,我就减少了许多的差事了。"李先生听了他这话,虽然大半是假的。可是怕太太这一层,他倒不讳言,也就含笑不再批评。这里还有几位村子里的人,都是因为昨天洞子躲苦了,今天疏散到野外来的,大家分找着树阴下的石头、草地坐着,谈谈笑笑,倒也自在。可是好景不长,不到一小时,天空东边,又发出了马达的沉浊声音。胡先生首先一个,跑到屋后山坡上去张望。李南泉也觉这声音来得特别沉重,就也跟着胡先生向那山坡上走去。这时,胡先生昂着头望了东北角天角。李南泉也顺了那天角看时,白云堆里,已钻出一大批敌机。那机群在天空里摆着塔形,九架一堆,共堆了十堆,四、三、二、一向上堆着,不问总数,可知是几十架。不觉失声地说了句"哎呀",胡先生到底是个军人出身,沉得住气,回转身来,向他摇了两摇手。那敌机在天空里,原只是些小黑点,逐渐西移,也就逐渐放大。先看像群蜻蜓,继续看倒像群小鸟。到了像由小鸟变鹞子似的,就逼近了重庆市空了。

　　李南泉看到这种情形,扭身就要跑开。胡先生一把将他拉住,另一只手对天上的飞机指着。同时,还摇了两摇头,他明白了胡先生的意思,那是说"不要紧"。他想着这批飞机,是向重庆市空飞去,料着也不会到头顶上来,还是呆呆地站着。那几十架敌机,这时已变成了一字长蛇阵,像拉网似地,向重庆市空盖去。当这批飞机还没有到市空上的时候,正北又来了一批,虽然数目看不清,可是那布在天空的长蛇阵,和东边来的机群,也相差不多。两批敌机会合在一处的当儿,以目力揣测,那正是重庆市上面。这样一、二百架飞机,排在一处,当然也乌黑了一片。这样的目标,显然是很庞大的,下面的高射炮,"哄隆哄隆"响着,无数的白云点,在飞机

第八章　八日七夜

下面开着花。虽然看不到这白云点打中飞机,可是这些敌机,已受到了威胁,一部分向上爬高,一部分就分开来,四处分飞。这其间就有四、五队飞机,绕半个圈子向南飞来,胡先生说声"不好",立刻向山坡下跑。口里喊着:"敌机要来了,快出来躲着罢。"他这样喊叫着,本来已是嫌迟了,所幸屋子里打牌的人,也早已听到这震天震地的马达声,大家已放下了牌,纷纷跑了出来。胡先生举着手,叫道:"山坡上有天然洞子,大家赶快躲。"出来的人一面跑,一面抬头向天上望着,那飞机怎么样兜着圈子,也比人跑得快,早有八架飞机,由对面山上从九十度的转弯而绕飞到了头上。太太们哪里来得及找洞子,有的钻入草丛里,有的蹲在树下,有的就跳进山坡下干沟里。

大家虽是这样跑,可是两个作监视哨的胡、李二先生,兀自站在山坡上。原因是用肉眼去看,那队飞机,却是偏斜地在这个村庄南角,纵然掷弹,也还很远,所以两人就各避在一棵小松树下,并没有跑。不想那飞机队里面,有一架脱了队,猛然一个大转弯,同时带着俯冲。空气让飞机猛烈刺激着,"哇呜呜"的一声怪叫,不必看飞机向哪里来,只这个猛烈的姿势,已不能不让人大吃一惊。胡、李二人,同时向下一蹲。在松树叶子网里看那飞机头,正是对着这座村庄,李南泉心里连连喊着:"糟了,糟了!完了,完了!"那架敌机,果然不是无故俯冲,"咯咯咯",开了一阵机关枪。事到这种情形,有什么法子呢?只有把身子格外向下俯贴着,约莫三、五分钟的时间,那机关枪不响了,敌机却也爬高着向东而去。胡、李二人依然不敢站起来,只是转着身子,由松树缝里向天上望着。还是那位跳在干沟里的白太太,首先伸出半截身子来,四周看了看,手拍胸道:"我的天,这一下,真把我吓着了。这样露天下躲飞机不是办法,无论敌人炸不炸,看到也怪怕人的。"那下江太太也由一丛深草里钻出来了,第一句话,就是很沉重地叫了声"小胡子"。胡先生由小松树下跑出来,向前陪笑道:"太太,你吓着了。"下江太太道:"小胡子,你是怎么回事。让你看守飞机的,飞机到头上了你还没有哼气,真是岂有此理。"她站在一株小树下,趁了这话势将树枝扯着,扯下了一小枝。

胡先生自知理短,笑嘻嘻地站着,却没有说什么。李南泉道:"胡太太,这个不能怪他。这两批飞机,全是径直地向重庆市空飞去的。我们对了重庆市上面注意,料着敌机一炸之后,就要向东方回转去的。没有想到……"李太太也由一堵斜坡下走出来了,便拦着道:"别解释了。你又不是敌人空军总指挥,有什么料到料不到。"这么一来,所有的打牌太太,都怪下来了。在这里共同躲警报的,还有其他的几位先生,也都负着监视敌机的责任的,听到太太们的责备,各人都悄悄地离开了。下江太太站在山坡下面,举了手向四周指着,口里念念有词,然后回转头来向太太们道:"没事了,没事了,我们继续上战场。"李太太脸上的神色还没有定,摇摇头道:"不行不行。我的胆小,像刚才这样敌机临头的事情,我再经受不了。"李南泉道:"不要紧,这回我一定在山坡上,好好地看守敌机。只要一有响声,我就报告。"胡先生一拍手道:"对了,就是……"下江太太将头一偏,板着脸瞪了他一眼道:"少说话罢,处长,谁要指望着你,那算倒霉。"每当下江太太喊着处长的时候,那就是最严重的阶段。若在家里,可能下一幕就是她要犯心口疼的老毛病。胡先生听着,身子向后一缩,将舌头伸着,下江太太也不再理他,左手扯李太太,右手扯了白太太,就向屋子里拉了去。李太太说是胆小,却不是推诿的,深深皱着两条眉毛,笑道:"哪里这么大的牌瘾。"一面说着,一面向屋子里走了去。看到高桌子矮板凳,配合着桌上的百多张牌,摆得齐齐的,先有三分软了。

下江太太笑道:"来罢,不要太胆小。这次我敢担保,他们监视敌机的行动，一定是很尽职的。"说着，她已走到桌子边，两手去和动麻将牌。于是白太太坐下了，王太太也坐下了，李太太也就不能不跟着坐下来。这些先生们，比在洞子里躲警报还要小心几倍，轮流在山坡上放哨。可是敌机的行动，也就有意和打牌的太太为难，由清晨到下午，在这村子头上，一共经过七次。一有了马达声，大家就放下了牌，纷纷向山坡上藏躲。若遇敌机经过，大家更是心脏跳到口里，各人捏着一把冷汗。好容易熬到天色黄昏，算是松了一口劲。而那大半轮月亮，已像一面赛银镜子悬挂在天空，又是一个夜袭的好天气。天上这时并没有什么云片，只是像乱丝似的红霞，稀稀地铺展着。东边天角也是红红的光线反映，却不知是哪里发出来的光。李太太走出屋子来，先抬着头向四周看看，皱了眉道："疏散下乡，这决不是个办法。没有防护团，也没有警报器，是不是解除了，一点儿不知道。打打牌，钻钻山沟，又是这样过了一天。看到飞机在头上经过，谁不是一阵冷汗？明天说什么我也不来了。"李南泉不敢说什么，只是牵着一个孩子，抱着一个孩子，站在路边。李太太看过了天空，并不对李先生看，就径直地顺着路走去。李南泉跟着后面问道："我们回去吗？"李太太并不作声，还是走。同时，他看到所有来躲空袭的人，已零零落落地在人行路上牵了一条长线，不知是斜阳的反照，也不知是月亮的清辉，地面上仿佛着有一片银灰的影子，人全在朦胧的暮色里走。

李南泉知道，太太又犯上了别扭。本来也是自己的错误，她好好地躲着洞子，却要她疏散下乡。在洞子里看不到飞机临头，无论受着什么惊吓，比敞着头没有遮盖要好得多。他不敢说话，静静地跟着。将进村口，月光已照得地面上一片白，虽然夜袭的机会更多，但是当时乡居的人，和城居的人心理两样，总以为在乡下目标散开，不必怎样怕夜袭。因之到了这时，大家下决心向家里走。忽然这人行路上散落的回家队伍，停止不进,并有个男子,匆匆忙忙向回跑,轻轻地喊着,"又来了,又来了!"大家停住了脚,偏了头听着。果然,在正北方又是"哄哄"的马达响。在空气并不猛烈震撼的情形下,知道飞机相距还远,大家也没有找躲避的所在,就在这路上站着。仿佛听到是马达声更为逼近,就只见对面山峰上一串红球,涌入天空,高射炮弹,正是向着敌机群发射了去。在这串红球发射的时候,才有三、四道探照灯的白光交叉在天空上。白光罩着两架敌机,连那翅膀都照得雪白,像两只海鸟,在灯光里绕着弯子向上爬高。这虽没将高射炮打着飞机,可是灯光和炮弹的控制,也够让敌机惊恐的。立刻逃出了灯光,向南飞来。这两架敌机,似乎怕脱离伴侣,一前一后,在飞机两旁,放射着信号弹。那信号弹发射在空中,像几十根红绿黄蓝的带子,在月光里飘展飞舞。马达声哄哄然,随了这群奇怪的光带子径直就飞到这群人的头上来。这正是两山夹缝中一条人行路,没有更好的掩蔽地带。

那些常躲洞子的太太们,还没有见过这有声有色的夜袭状况。无地可躲,分向两边山脚下蹲着。等这批敌机走了,大家复回到人行路上,这就发生了纷纷的议论。胆小的都说:"敌机一批跟着一批来,我们怎么可以回家去呢?"那下江太太倒是个大胆的,便道:"我不管,我要回去。天亮就跑出来,这个时候还不回去,成了野人了。"她说着,首先在前面走,胡先生给她提着旅行袋,紧紧地跟在后面。其余的太太们,都也各领着家里人走了,只有李太太独自坐在人行路的石板上。王嫂是早已离开队伍了,李南泉带着孩子们,站在路上相陪。不知道用什么话去问太太,知道一开口就会是个钉子。小玲儿站在石板路上,跳着两只光腿子,哼着道:"蚊子咬死了。"李太太突然站起来道:"你们这些小冤家,走罢。不是为了你们这些小冤家,我到前方医院里去当女看护,免得受这口闷气。"说着,她也走了。李南泉带了孩子跟在后面,笑道:"前方医院,可不能带着麻将牌躲警报。"她也不回驳,还是走。到了家里,全村子在月光下面,各各立着屋子,没有哪家亮着灯头。在月光下听到家家的说话声,也就料着躲空袭的都回来了。黑暗中,各家用炭火煮着饭,烧着水,又闹着两次敌机临头。晚上还是固定的功课,在对溪王家后面,独门洞子里躲着。等到防护团敲着一响的锣声,已是晚上两点钟了。李南泉接连熬了两夜,也有点精神撑持不住,回得家来,燃支蚊香,放在竹椅子下,自己就坐着伏在小书桌上睡。

李太太把孩子都打发睡了;掩上门,也正去睡,看到李先生伏案而睡,便向前摇撼着他道:"这样子怎么能睡呢?"他抬起头来,看看太太并无怒容,因笑道:"你要知道,并没有解除警报,可能随时有敌机临头。那时,大家因疲倦得久了,睡得不知人事。谁来把人叫醒?"李太太道:"我们都是一样,跑了两天两夜的警报,就让你一个人守候警报,那太不恕道。"李先生笑着站起来,向太太一抱拳,因道:"我的太太,你还和我讲恕道呀。你没有看到下江太太命令胡先生那个作风吗?可是人家胡先生除了唯命是从而外,连个名正言顺的称呼也得不着。太太是始终叫他小胡子。太太在屋子里打牌,先生在山上当监视哨,胡先生没有能耐,不能发出死光,把敌机烧掉,飞机临了头,下江太太挺好的一牌清一条龙没有和成……"李太太笑道:"别挨骂了,你绕着弯子说我。我们再来个君子协定。明天我不疏散了,我也不去躲公共洞子,村口上那家银行洞子,我得了四张防空证,连大带小,全可以进去。那里人少,洞子也坚固。干脆,我明天带了席子和毯,带孩子在里面睡一天觉。你一个人还是去游山玩水。干粮和开水瓶,给你都预备好了。"李南泉道:"那个银行洞子躲警报,太理想了。整个青石山里挖进去的洞子,里面有坐的椅子,睡的椅子,没有一个杂乱的人能进去。大概连灯火开水,什么都齐全,到家又是三分钟的平路,我也愿意去。"李太太笑道:"你不必去。免得闹别扭。"李南泉道:"弄得四张洞证,那太不容易呀,谁送给你的?"她回答了三个字:"你徒弟。"李南泉听到这三个字,便感到什么都不好说,笑嘻嘻地站着。李太太道:"她也领教过公共洞子的滋味,改躲银行洞子了。银行经理,大概也是她老师。可比你这老师强得多呀。你是到山后去呢,还是……"李南泉笑道:"你知道,我是决不躲洞子的。"李太太想着,或者又有一场别扭,所以预先就把杨艳华提出来。她还没有提出真名实姓,只说了个"你徒弟"这一代名词,李先生就吃别了。李南泉这也用不着什么考虑了,端了一张凉床,拦门而睡。其实这时天已大亮,还是安静的时间。四川的雾,冬日是整季的防空,在别的时候,半夜以后,依然有很大的防空作用。次日真睡到天亮以后,太阳出山,才开始有警报。这反正是大家预备好了的,一得消息,各自提了防空的东西,各自向预定的方向跑。李南泉因家中人今天是躲村口银行私洞,比往日更觉放心,锁了门,巡查家中一遍。带着旅行袋,提了手杖,径直就向山后大路上走。他知道去这里五、六里路,有个极好的天然洞子,是经村子里住的一位宋工程师,重新布置的。那宋工程师曾预约了好几回,到他们那洞子去躲避,这就顺了那方向径直走去。那地方在四围小山中,凹下去一个小谷。小谷中间,外围是高粱地,中间绿森森地长了几百根竹子,竹子连梢到底,全是密密的竹叶子拥着,远看去,像堆了一座翠山。这小谷是由上到下逐渐凹下去的,那丛竹子的尖梢,还比人行的路要低矮些。

  李南泉曾听宋工程师说过,那个天然洞子就在这里,这就离开路向高粱地里走去。可是这里的高粱秆儿长得密密的,三寸的空间都没有,更不容易找到人行路。他绕着高粱地转了大半个圈子,遇到插出林子来的竹子,在那竹子上看到有顶半新的草帽。这就不找出路了,分开了高粱秸儿,就向前面钻了过去。到了那竹子下面,倒现出一条水冲刷的干沟,颇像一道人行路的坡子。坡子弯曲着,有两尺宽,两面的竹林梢,簇拥在沟两旁,遮盖得一点天日都没有。顺了沟向下走,倒反是在竹林的黄土地里拥出高低大小几十块大石头。翻过那石头,四围是竹林,中间凹下去很大一个深坑。很像是个无水的大池塘。这也就看出人工建筑来了。用石块砌着三、四十层坡子,直伸到坑里去。接着石板坡,又是两道弯曲的木板扶梯,直到坑底。他站在扶梯口上,情不自禁地"咦"了一声。这个惊呀的呼声,居然有了反应,洞底带着"嗡嗡"之音。伏在栏干上仔细听时,好像放留声机,"未开言不由人泪流满面",一句《四郎探母》的倒板,听得非常清楚。而且那"流"字微微一顿,活像是谭叫天唱片。心想,这就更奇了。躲警报有人带着麻将牌,更有人带话匣子。索兴听下去,听出来了,那配唱的乐器,只有胡琴,不是唱片上那样有二胡、月琴、板鼓,分明是有人在这里唱戏。那"嗡嗡"之声,是洞子里的回音,闷着传了出来的。虽然不是唱片,这奇怪并不下带话匣,一唱一拉,是不亚于打牌难民的那番兴致的。

李南泉看到这种情形,倒也有些奇怪,这还有人在洞子里唱戏!向下看着,这个洞子,绝像个极大的干井,四壁石墙,湿淋淋的,玲珑的石块上流着水。洞底不但是湿的,而且还在细碎的石子上,流出一条沟。他走着板梯到洞底下,轻轻问了一声:"有人吗?"也没有答应。石壁里面,《四郎探母》还唱得来劲,一段快板一口气唱完,没有停止。转过梯子,这才看到石壁脚下很大一道裂缝,又裂进去一个横洞,洞里亮着灯火,里面人影摇摇。他咳嗽了两声,里面才有人出来。那个人在这三伏天,穿着毛线短褂子,手里夹着大衣。他认得这是名票友老唐,《四郎探母》,就是他唱的了。老唐先道:"欢迎欢迎!加入我们这个洞底俱乐部。李先生,你赶快穿上你那件大褂,这洞子里过的是初冬天气呢。"李南泉果然觉得寒气袭人,穿上大褂,和老唐走进洞子,里面两条横板凳,男女带小孩坐了八、九个人。除挂了一盏菜油灯,连吃喝用具,全都放在两个大篮子里。一个中年汉子坐着,手里拿了胡琴,见人进来,抱着胡琴拱手。这是个琴票,外号老马,和杨艳华也合作过的。李南泉笑道:"这里真是世外桃源,不想你们对警报躲得这样轻松凉快。这个井有六、七丈深,横洞子在这个井壁里,已是相当保险。加上这里是荒山小谷,竹木森森,掩蔽得十分好。可惜我今天才发现,不然我早来了。"那个发现这个洞子的宋工程师,自然也在座中,便又道:"好是很好,可是任什么不干,天亮来躲,晚上回去,经济上怎样支持得了?"

宋工程师笑道:"我们这是一个长期抗战的准备。知道敌人实施疲劳轰炸,我们也就坚壁清野,肯定地在这洞子里躲着。反正炸弹炸到这里,机枪射到这里,那不是百分比比得出来的。"老唐笑道:"来消遣一段怎么样?我们合唱《珠帘寨》。"李南泉心里想,这批人物,找得了这井中隧道,倒也十分安心。不过中国人全像这个样子,那就不大好谈抗战了。他如此想着,便笑道:"不行,这洞子里太凉。我明天把棉衣服带来,才可以奉陪。"老唐道:"你不在这里躲着,打算到哪里去?"他笑道:"我权当你们一个监视哨,就在井上竹阴下坐着。听到有飞机声音,我下来报告。"说着,也不再和他们商量,自扶着梯子出洞来。他一径地穿出竹林,走到高粱地里,向天空四周观望一下,立刻在皮肤上,有种异样的感觉,便是地面上有一阵热气,倒卷上来,由脚底直钻入衣襟里面。记得在南方,在有冷气设备的电影院里看电影,出场之后就是这滋味。于是脱了大褂,就在竹林子里石头上坐着。所带的旅行袋里,吃的喝的,还有看的书,太太都已预备好了。拿出书来,坐在石头上看,倒是和躲警报的情绪相距在极反面。有时几架飞机也在空中经过,可是钻出竹林子来看,总是有些偏斜的。到了下午,索兴把长衫当席子铺在草地上,足足睡上一觉。直到红日落山,地下俱乐部的那批人也都出来了,他趁着月色缓步回家。这日晚上的月色更好,敌机自也连续第三晚上的空袭。大家有了三日的经验,一切也是照常进行,到了次日,李南泉带上棉衣,带上更多的书,加入地下俱乐部。

这个地方躲警报,那完全是轻松的。除了听到飞机响声逼近,心里不免紧张一下,倒没有格外的痛苦。只是有家有室的,全成了野人,半夜归来,天亮就走。吃是冷饭,喝是冷水。家里的用具和细软,只有付之天命。炸弹中了,算是情理中事;炸弹不中,就算侥幸逃过。这样到了第五天晚上,李南泉踏着月亮,由洞子回来,见整幢草屋,静悄悄地蹲在山阴下,没有一点灯火,也没有人声。所有各家门户,全是倒锁着的,正是邻居们还在防空洞里未归。他所躲的地方,并没有情报,看这样子,想必还是在空袭情况中。所幸自己另带有一把钥匙,开了门。借着月光反映,在壶里找点冷开水喝后,端了一张凉板,放在廊沿上睡觉。一切是寂寞的,月光正当顶,照在对面山上,深深的山草,像涂了一片银色,带些惨淡的意味。小树一棵棵,由草里伸出来,显出丛丛的黑影,像许多魔鬼站在山上等机会抓人。夏天的虫子,细小的声音,在草根下面叫。不但不能打破寂寞,在心境上,反是增加了寂寞。这屋下山涧里,还有一洼水未干,夜深了,青蛙出来找虫子吃,三、五分钟,"咕嘟"两声。在这个村子里,夹溪而居的,本来将近二百户人家。平常的夏夜,人全在外面乘凉,说话声,小孩子唱歌声,总是闹成一片的。现时在月光地里,只有不点灯火的房屋影子断断续续蹲在山溪两岸,什么都是静止的,死过去了。李南泉在凉板上睡着,由寂寞里发生出一种悲哀意味,正感到有点不能独自守下去,却听到溪岸那边发出了惊讶声。好像是个凶讯,他也惊着坐起来了。

## 第九章　人间惨境

溪岸那边的惊讶声,随着也就听清楚了,是这里邻居甄子明说话。他道:"到这个时候,躲警报的人还没有回来,这也和城里的紧张情形差不多了。"李南泉道:"甄先生回来了,辛苦辛苦,受惊了。"他答道:"啊!李先生看守老营,不要提啦。几乎你我不能相见。"说着话,他走过了溪上桥,后面跟着一乘空的滑竿。他把滑竿上的东西,取着放在廊子里,掏出钞票,将手电筒打亮,照清数目,打发两个滑竿夫走去。站在走廊上,四周看了看,点着头道:"总算不错,一切无恙。内人和小孩子没什么吗?"李南泉:"都很好,请你放心。倒是你太太每天念你千百遍。信没有,电话也不通,不知道甄先生在哪里躲警报。"甄子明道:"我们躲的洞子,倒还相当坚固。若是差劲一点,老朋友,我们另一辈子相见。"说着,打了个哈哈。李南泉道:"甄太太带你令郎,现在村口上洞子里。他们为了安全起见,不解除警报是不回来的。你家的门倒锁着的,你可进不去了,我去和甄太太送个信罢。"甄子明道:"那倒毋须,还是让他们多躲一下子罢。我是惊弓之鸟,还是计出万全为妙。"李南泉道:"那也好,甄先生休息。我家里冷热开水全有,先喝一点。"说着,摸黑到屋子里,先倒了一大杯温茶,给甄先生,又搬出个凳子来给他坐。甄先生喝完那杯茶,将茶杯送回。坐下去长长唉了一声,嘘出那口闷气,因道:"大概上帝把这条命交还给我了。"李南泉道:"远在连续轰炸以前,敌机已经空袭重庆两天了。现在是七天八夜,甄先生都安全地躲过?"他道:"苦吃尽了,惊受够了,我说点故事你听听罢。我现在感到很轻松了。"于是将他九死一生的事说出来。

原来这位甄子明先生,在重庆市里一个机关内当着秘书。为了职务的关系,他不能离开城里疏散到乡下去,依然在机关里守着。当疲劳轰炸的第一天,甄子明因为他头一天晚上,有了应酬,睡得晚一点;睡觉之后,恰是帐子里钻进了几个蚊子,闹得两、三小时不能睡稳,起来重新找把扇子,在帐子里轰赶一阵。趁着夜半清凉,好好地睡上一觉。所以到早上七点钟,还没有起来。这时,勤务冲进房来,连连喊道:"甄秘书,快起来罢,挂了球了。"在重庆城里的抗战居民,最耽心的,就是"挂了球了"这一句话。他一个翻身坐起,问道:"挂了几个球?"勤务还不曾答复这句话,那电发警报器和手摇警报器,同时发出了"呜呜"的响声。空袭这个战略上的作用,还莫过心理上的扰乱。当年大后方一部分人,有这样一个毛病,每一听到警报器响,就要大便。尤其是女性,很有些人是响斯应。这在生理上是什么原因,还没有听到医生说过。反正离不了是神经紧张,牵涉到了排泄机关。甄先生在生理上也有这个毛病,立刻找着了手纸,前去登坑。好在他们这机关,有自设的防空洞,却也不愁躲避不及。他匆匆地由厕所里转回卧室来,要找洗脸水,恰是勤务们在收拾珍贵东西,和重要文件,纷纷装箱和打包袱。并没有工夫来料理杂务。甄先生自拿了洗脸盆向厨房里去舀水,恰好厨子倒锁门要走,他首先报告道:"火全熄了。快放紧急了,甄秘书你下洞罢。"

甄先生看到工役们全是这样忙乱,自己也没了主意,只好立刻到办公室里,把紧要文件和图章,收在手皮包里,锁着门,赶快就向防空洞子里走。他们这防空洞,就在机关所在地的楼下。这里原是一座小山,楼房半凿了山壁建筑着,楼下便是半山麓。洞子门由山壁上凿进去,逐步向下二十来级,再把洞身凿平了,微弯着作个弧形,那端是另一个洞门,通到山外边。虽然这山是风化石的底子,洞顶上约莫有十来丈高,大家认为保险。洞里有电灯,这时电灯亮着照见拦着洞壁的木板,撑着洞顶的木柱和柳条,一律是黄黄的颜色。这种颜色,好像是带有几分病态,在情绪不好的人看来,是可以让人增加不快的。甄先生手上带了个手电筒,照着走进洞子,看到除了机关的人已在像坐电车似的,在两旁矮板凳坐着之外,还有不少职员的眷属,扶老携幼夹在长凳上坐着。洞子是条长巷,两旁对坐着人,中间膝盖弯着对了膝盖,也就只许一个人经过。而这些眷属们都是超过洞中名额加入的,各将自己带的小凳或包裹,就在膝盖对峙中心坐着。甄先生在人缝里伸着腿,口里不住说着谦逊的话。只走了小半截洞子,电灯突然灭了。重庆防空的规矩,紧急警报五分钟后就灭电灯,这是表示紧急警报已过五分钟。甄先生说了声"糟糕",只好在人丛里先呆站着。但他是这机关里最高级的职员,他在洞子里有个固定的位置,无论如何,管理洞子的负责人是不许别人占领的。这人是刘科员,准在洞中。

甄先生立刻叫了两声刘科员。他答道:"甄秘书,快来罢,我给你把位子看守好了的。"他说着话,已由洞子那端打着电筒照了过来。甄先生借了个光,手扶着人家肩膀,腿试探着插入人家腿缝,挤着向前。刘科员立刻拉着他的手,拖进了人丛。甄明感觉到身边有个空隙,就挨着左右坐下的人,把身子塞下去坐着。洞子里漆黑,但听到刘科员在附近发言道:"今天的警报,来得太早,洞子里菜油灯、开水全没有预备。大家原谅一点罢。"洞子里那头也有人答话。立刻有人轻喝道:"别作声,来了。"同时,坐在洞子里的人,也就一个挨着一个,向里猛挤一挤。他们这机关,在重庆新市区的东角,有些地方,还是空旷着没有人家的。两个洞口都向着

第九章 人间惨境 | 197

空旷的地方,外面的声浪,还容易传进。大家早就听到"哄咚哄咚"几阵巨响。在巨响前后,那飞机马达声,更是轧轧哄哄,响得天地相连,把人的耳朵和心脏,一齐带进恐怖的环境中。甄先生是个晚年的人了,生平斯文一脉的,向不加入竞争恐怖的场合。现时在这窄小的防空洞里,听到这压迫人的声浪,他也不说什么,两手扶了弯起来的大腿,俯着身子呆呆坐着,不说话,也不移动,静默地像睡着了一样。他自进洞以后,足有三、四小时,就是这样的。直到有人在洞口喊着,"挂休息球了。"有人缓缓向外走着。甄子明觉得周身骨节酸痛,尤其是腰部,简值伸不起来。他看到洞子里的人差不多都走出去了,自己扶着洞子壁,也就缓缓地向洞子外面走了出来。到了洞口首先感到舒适的,就是鼻子呼吸不痛苦,周身的皮肤,都触觉一阵清爽。

　　同事们有先出洞子的,这时楼上、楼下跑个不歇,补足所需要的东西。甄子明对别的需要还则罢了,早上起来,既未漱口,又没洗脸,这非常不习惯,眼睛和脸皮,都觉绷着很难受。自己先回卧室里拿着洗脸盆,向厨下舀水。厨房门是开着了,却见刘科员站在厨房门口,大声叫道:"各位,不能打洗脸水了。现在厨房里只剩大半缸冷水,全机关四、五十人,煮饭烧水全靠这个。自来水管子被炸断了,没有水来。非到晚上找不着人去挑江水,这半缸水是不能再动了。"他是负着防空责任的人,他这样不断地喊着,大家倒不好意思去抢水,各各拿着空脸盆子回来。甄子明是高级职员,要作全体职员的表率,他更不便向厨房里去,在半路上就折回来了。到了卧室里,找着手巾,向脸上勉强揩抹几下。无奈这是夏天,洗脸手巾挂在脸盆架子上过了夜,早是干透了心。擦在脸上,非常不舒服,只得罢了,提了桌上的茶壶,颠了两下里面倒还有半壶茶,这就斟上一杯,也不用牙膏了,将牙刷子蘸着冷茶,胡乱地在牙齿上淘刷了一阵。再含着茶咕嘟几下,把茶吐了,就算漱了口。这就听到有人叫道:"我们用电话问过了,第二批敌机快到了,大家先到洞门口等着罢,等球落下了再走,也许来不及。"甄子明本来就是心慌,听了叫喊声,赶快锁了房门就走。锁了房门,将顺手带出来的东西拿起,这就不由得自己失笑起来。原来要带的是皮包,这却带的是玻璃杯子和牙刷。于是重新开了房门,将皮包取出,顺便将那半壶茶也带着。

这时听到人声哄然一声,甄子明料着是球落下去了。拿了东西,赶快就走。洞里不是先前那样漆黑,一条龙似地挂了小瓦壶的菜油灯。他走进洞子时,差不多全体难胞都落了座。他挨着人家面前走,有人问道:"甄先生,还打算在洞子里洗脸漱口么?"他道:"彼此彼此,我们没有洗成脸,含了口冷茶就算漱了口了。"那人道:"你已经漱了口,为什么还把漱口盂带到防空洞子里?"甄先生低头一看,也不觉笑了。原来是打算一手拿着皮包,一手提了那半壶茶。不想第二次的错误,承袭了第一次的错误,还是放下了茶壶将漱口盂拿着来了。匆忙中,也来不及向人家解释这个错误,自挤向那固定的位置去坐着。他身边坐着一位老同事陈先生,问道:"现在几点钟了?早起一下床,就钻进防空洞。由防空洞里出去,脸都没洗到,第二次又钻进洞子来。"甄子明道:"管他是几点钟,反正是消磨时间。"说毕,将皮包抱在怀里,两手按住了膝盖,身子向后一仰,闭了眼睛作个休息的样子。就在这时,听到洞里难民,不约而同地轻轻放出惊恐声,连说着"来了来了"。又有人说,这声音来得猛烈,恐怕有好几十架,更有人拦着:"别说话,别说话。"接着就是轰轰两下巨响。随后"啪嚓"一声,有一阵猛烈的热风扑进洞子来。当这风扑进洞子来的时候,里面还夹杂着一些沙子。同时,眼前一黑,那洞子里所有的菜油灯亮,完全熄灭。这无论是谁都理解得到,一定是附近地方中了弹。立刻"呜咽呜

第九章 人间惨境 | 199

咽",有两位妇人哭了。

甄子明知道这情形十分严重,心里头也怦怦乱跳。但是他是老教授出身,有着极丰富的新知识。他立刻意识到当热风扑进洞,菜油灯吹熄了的时候,在洞子里的人有整个被活埋的可能。现时觉得坐着的地方,并没有什么特别变化之处,那是炸弹已经爆发过去了。危险也已过去了。不过听那"哄哄轧轧"的飞机马达声,依然十分厉害地在头顶上响着,当然有第二次落下炸弹来的可能。大概在一声巨响之下,完全失去了知觉,这就是今生最后一幕了。他正这样揣想着生命怎样归宿,同时却感到身体有些摇撼。他心里有点奇怪,难道这洞子在摇撼吗?洞子里没有了灯火,他已看不出来这是什么东西在作怪。在这身体感到摇撼之中,自己的右手臂,是被东西震撼得最厉害的一处。用手抚摸着,他觉察出来了,乃是邻座陈先生,拚命地在这里哆嗦。在触觉上还可以揣摩得出来。他好像是落了锅的虾子,把腰躬了起来,两手两脚,全缩到一处。他周身像是全安上了弹簧,三百六十根骨节,一齐动作。为了他周身在动作,便是他嘴里也呼嗤呼嗤哼着。甄子明道:"陈先生,镇定一点,不要害怕。"陈先生颤动着声音道:"我……我……不不怕,可是……他……他……他们还在哭。"甄子明也不愿多说话,依然用那两手按着膝盖,靠了洞壁坐着。也不知道是经过了多少时候,洞子里两个哭的人,已经把声音降低到最低限度,又完全停止了。有人轻轻地在黑暗中道:"不要紧了,过去了。"

这个恐怖的时间,究是不太长,一会马达声没有了。洞子里停止了两个人的哭泣声,倒反是一切的声音都已静止过去,什么全听不到了。有人喁喁地在洞那头低声道:"走了走了,出洞去看看罢。"也有人低低喝着去不得。究竟是那管理洞子的刘科员胆子大些,却擦了火柴,把洞子里的菜油灯陆续地点着。在灯下的难民们彼此相见,就胆子壮些。大家议论着刚才两三下大响,不知是炸了附近什么地方,那热风涌进洞子来,好大的力量,把人都要推倒。甄子明依然不说话,说不出来心里那分疲倦,只是靠了洞壁坐着。所幸邻座那位陈先生,已不再抖战,坐得比较安适些。这就有人在洞口叫道,挂起两个球了,大家出来罢,我们对面山上中了弹。随了这声音,洞子里人陆续走出,甄子明本不想动,但听到说对面山上中了弹,虽是已经过去的事,心里总是不安的。最后,和那位打战的陈先生一路走出洞子。首先让人有恍如隔世之感的,便是那当空的太阳。躲在洞子里的人,总以为时在深夜,这时才知道还是中午。所有出洞的人,这时都向对面小山上望着,有人发了呆,有人摇了头只说"危险"。有人带着惨笑,向同事道:"在半空里只要百分之一秒的相差,就中在我们这里了。"甄先生一看,果然山上四、五幢房子,全数倒塌,兀自冒着白烟。那里和这里的距离,也不过一、二百步,木片碎瓦,在洞口上一片山坡,像有人倒了垃圾似的,撒了满地。再回头看看其他地方,西南角和西北角,都在半空里冒着极浓厚的黑烟,是在烧房子。

这种情形下,可以知道这批敌机,炸的地方不少。甄子明怔怔地站了一会,却听到有人叫道:"要拿东西的就拿罢。我们刚和防空司令部打过电话,说是第三批敌机,已飞过了万县,说不定马上就要落下球来了。"甄子明听了这话,立刻想到过去四、五小时,只喝了两口冷茶,也没吃一粒饭,再进洞子,又必是两小时上下。于是赶快跑上楼去,把那大半壶冷茶拿了下来。他到楼下,见有同事拿几个冷馒头在手上,一面走着,一面乱嚼。这就想到离机关所在地不远,有片北方小吃馆,这必是那里得来的东西。平常看到那里漆黑的木板隔壁,屋梁上还挂了不少的尘灰穗子,屋旁边就是一条沟,臭气熏人,他们那案板,苍蝇上下成群,人走过去,"嗡哗"一阵响着,面块上的苍蝇真像嵌上了黑豆和芝麻。这不但是自己不敢吃,就是别人去吃,自己也愿意拦着,这时想着除了这家,并无别路,且把茶壶放在阶沿上,夹了那个寸步不离的大皮包,径直就向那家北方小馆跑了去。他们这门外,是一条零落的大街,七歪八倒的人家,都关闭着门窗,街上被大太阳照着,像大水洗了一样,不见人影。到了那店门口时,只开了半扇门,已经有两个人站在门口买东西。那店老板站在门里,伸出两只漆黑的手,各拿了几个大饼,还声明似地道:"没有了,没有了。"那两个人似乎有事迫不及待,各拿了大饼转身就跑。甄子明一看,就知无望,可是也不愿就走,就向前道:"老板,我是隔壁邻居,随便卖点吃的给我罢。"

那店老板倒认得他,哦了一声道:"甄秘书,真对不起,什么都卖完了。只剩一些炒米粉,是预备我们自己吃的,你包些去罢。"他说着,也知道时间宝贵,立刻找了张脏报纸,包了六、七两炒米粉,塞到甄子明手上,问他要多少钱时,他摇着头道:"大难当头,这点东西还算什么钱,今日的警报,来得特别紧张,你快回去罢,我这就关门。"随手已把半扇门关上。甄子明自也无暇和他客气,赶快回洞。经过放茶壶的所在,把茶壶带着。但是拿在手上,轻了许多。揭开壶盖看时,里面的冷茶,又去了一半,但毕竟还有一些,依然带进洞去。不料,这小半壶茶和六、七两炒米粉,却发生很大的作用,解除了这一天的饥荒。这日下午,根本就没有出洞。直到晚上十二点钟以后,才得着一段休息时间。警报球的旗竿上,始终挂了两个红球。出得洞来,谁也不敢远去,都在洞门口空地上徘徊着,听听大家的谈话。有不少人是一天半晚,没吃没喝。甄子明找着刘科员,就和他商量着道:"到这时候,还没有解除警报的希望。夏日夜短,两、三个钟头以后就要天亮,敌机可能又来了。这些又饥又渴的人,怎么支持得住?火是不能烧,饭更不能煮,冷水我们还有大半缸,应该舀些来给大家喝。"刘科员道:"现在虽然谈不到卫生,空肚子冷水,究竟不喝的好。"甄子明道:"我吃了一包炒米粉,只有两小杯茶送下去。现在不但嗓子眼里干得冒烟,我胃里也快要起火了。什么水我不敢喝?"刘科员道:"请等我十分钟,我一定想出个办法来。"说时,见有两个勤务在身边,扯了他们就跑。

甄子明也不知道刘科员是什么意思,自己依然是急于要水喝,他忙忙地向厨房去,不想厨房门依然关着。却有几个同事在门外徘徊。一个道:"管他什么责任不责任,救命要紧,撞开门来,我们进去找点水喝。"只这一声,那厨房门早是"哄咚"一声倒了下来。随了这声响大家一拥而进,遥遥地只听到木瓢铁勺断续地撞击水缸响。甄子明虽维持着自己这分长衫朋友的身分,但嗓子眼里,阵阵向外冒着烟火,又忍受不住。看到还有人陆续地向厨房走去,嗓子好像要裂开,自己也就情不自禁地跟了进去。月亮光由窗户里射进来,黑地上,平常地印着几块白印,映着整群的人围着大水缸,在各种器具舀着冷水声之外,有许多许多"咕嘟咕嘟"的响声。那个在洞里发抖的陈先生也在这里,他舀了一大碗冷水,送过来道:"甄秘书,你挤不上前吧?来一碗。"甄先生丝毫不能有所考虑,接过碗来,仰着脖子就喝了下去,连气都不曾喘过一下。陈先生伸过手来,把碗接过去,又舀着送了一碗过来,当甄子明喝那第一碗水的时候,但觉得有股凉气,由嗓子眼里直射注到肺腑里去,其余的知觉全没有。现在喝这第二碗水的时候,嘴里可就觉得麻酥酥的,同时,舌尖上还有一阵辣味。他这就感觉出来,原来那是装花椒的碗。正想另找只碗来盛水喝,可是听到前面有人喊叫着。大家全是惊弓之鸟,又是一拥而出。甄先生在黑暗中接连让人碰撞了好几下。他也站立不定,随着人们跑出来。到了洞门口时,心里这才安定,原来是刘科员在放赈。

刘科员放的赈品,却是很新鲜的,乃是每人两个冷馒头和一大块冷大饼,另外是大黄瓜一枚,或小黄瓜两枚。不用人说,大家就知道这黄瓜是当饮料用的。那喝过冷水的朋友,对黄瓜倒罢了。不曾喝水的人,对于这向来不大领教的生黄瓜,都当了宝物,各各掀起自己的衣襟,将黄瓜皮擦磨了,就当了浆瑶柱咀嚼着。甄子明是吃干米粉充饥的,虽然喝了两碗冷水,依然不能解渴。现在拿着黄瓜,也就不知不觉地送到口里去咀嚼。这种东西,生在城市里的南方人,实在很少吃过,现时嚼到嘴里,甜津津的,凉飕飕的,非常受用。大家抬头看见,那大半轮月亮,已经沉到西边天角下去了。东方的天气,变作乳白色,空气清凉,站在露天下的人,感到周身舒适。但抬头看西南角的两个警报台,全是挂着通红的两个大球。这就有一种恐怖和惊险的意味,向人心上袭来,吃的冷馒头和黄瓜,也就变了滋味。这机关里也有情报联络员,不断向防空司令部通着电话。这时,他就站在大众面前,先吹了吹口哨,然后大声叫道:"报告,诸位注意。防空司令部电话,现在有敌机两批,由武汉起飞西犯。第一批已过忠县,第二批达到夔府附近,可能是接连空袭本市。"大家听了这个消息立刻在心上加重了一副千斤担子。为了安全起见,各人便开始向洞子里走着。这次到洞子里以后,就是三小时,出得洞子,已是烈日当空。警报台上依然是挂两个球。这不像夜间躲警报,露天下不能站立。大家不在洞子继续坐着,也仅是在屋檐下站站。原因是无时不望了警报台上那个挂着球的旗竿。

这紧张的情形,实在也不让人有片刻的安适。悬两个球的时候,照例是不会超过一小时,又落下来了。警报台旗竿上的球不见了,市民就得进防空洞,否则躲避不及。因为有时在球落下尚不到十分钟,敌机就临头了。虽有时也许在一小时后敌机才到,可是谁也不敢那样大意,超过十分钟入洞。甄子明是六十岁的人了,两晚不曾睡觉,又是四十多小时,少吃少喝,坐在洞里,只是闭了眼,将背靠住洞壁。便是挂球他也懒得出来。

在菜油灯下,看到那些同洞子的人,全是前仰后合,坐立不正,不是靠在洞壁上,就是两腿弯了起,俯着身子,伏在膝盖上打瞌睡。到了第二个日子的下午三点钟,洞子里有七、八个人病倒,有的是泻肚,有的是头晕,有的是呕吐,有的说不出什么病,就在洞子地上躺着了。洞子里虽也预备了暑药,可是得着的人,又没有水送下肚去。在两个球落下来之后,谁也不敢出洞去另想办法。偏是在这种大家焦急的时候,飞机的马达声,在洞底上是轰雷似地连续响着。这两日来虽是把这声音听得惯了,但以往不像这样猛烈。洞子里的人,包括病人在内,连哼声也不敢发出。各人的心房,已装上了弹簧,全在上上下下地跳荡。那位陈先生还是坐在老地方,他又在筛糠似地抖颤。他们这个心理上的作用是相当灵验的,耳朵边震天震地的一下巨响,甄子明在沙土热风压盖之下,身体猛烈地颤动了一下,人随着晕了过去,仿佛听到洞子里一片惨叫和哭声涌起,却不知道发生了什么事情。有两、三分钟的工夫,知觉方始恢复。首先抢着抚摸了一片身体,检查是否受了伤。

这当然是下意识作用,假如自己还能伸手摸着自己痛痒的话,那人的生命就根本没有受到损害。甄子明有了五分钟的犹豫,智识完全恢复过来了。立刻觉得,邻座的陈先生已经颤动得使隔离洞壁的木板,都咯吱咯吱地响着。他已不觉得有人,只觉一把无靠的弹簧椅子,放在身边,它自己在颤动着,把四周的人也牵连着颤动了。他想用两句话去安慰他,可是自己觉得心里那句话到了舌头尖上,却又忍受住了,说不出来。不过,第二个感觉随着跟了来,就是洞子里人感到空虚了。全洞子烟雾弥漫,硫磺气只管向鼻子里袭击着,滴滴得得,四周全向下落着碎土和砂子。这让他省悟过来了,必是洞子炸垮了。赶紧向洞子口奔去,却只是有些灰色的光圈,略微像个洞口。奔出了洞口,眼前全是白雾,什么东西全看不见。在白雾里面,倒是有几个人影子在晃动。他的眼睛,虽不能看到远处。可是他的耳朵,却四面八方去探察动静。第一件事让他安心的,就是飞机马达声已完全停止。他不问那人影子是谁,就连声地问道:"哪里中了弹?哪里中了弹?"有人道:"完了完了,我们的机关全完了。"甄先生在白雾中冲了出来,首先向那幢三层楼望着,见那个巍峨的轮廓,并没有什么变动。但走近两步,就发现了满地全是瓦砾砖块,零碎木料和正挡了去路、一截电线杆带了蜘蛛网似的电线,把楼下那一片空地完全占领了。站住了脚,再向四周打量一番,这算看清楚了,屋顶成了个空架子,瓦全飞散了。

他正出着神呢,有个人叫道:"可了不得,走开走开,这里有个没有爆发的炸弹!"甄子明也不能辨别这声音自何而来,以为这个炸弹就在前面,掉转身就跑。顶头正遇着那个刘科员,将手抓住了他的衣袖道:"危……危……危险。屋子后……后面有个没有爆发的炸弹。"刘科员道:"不要紧,我们已经判明了,那是个燃烧弹。我们抢着把沙土盖起来了。没事。"说毕,扭身就走。甄子明虽知道刘科员的话不会假,可是也不敢向屋子里走,远远地离开了那铁丝网的所在,向坡子下面走。这时,那炸弹烟已经慢慢消失了,他没有目的地走着,却被一样东西绊了一下,低头看时,吓得"哎呀"一声,倒退了四、五步,几乎把自己摔倒了。原来是半截死尸,没有头,没有手脚,就是半段体腔。这体腔也不是整个的,五脏全裂了出来。他周身酥麻着,绕着这块地走开,却又让一样东西劈头落来,在肩膀上重重打击了一下。看那东西落在地上,却是一条人腿。裤子是没有了,脚上还穿着一只便鞋呢。甄子明打了个冷战,站着定了一定神,这才向前面看去。约莫在二、三百步外,一大片民房,全变成了木料砖瓦堆,在这砖瓦堆外面,兀自向半空中冒着青烟,已经有十几个救火的人,举着橡皮管子向那冒烟的地方灌水。这倒给他壮了壮胆子,虽是空袭严重之下,还有这样大胆子的人,挺身出来救火。他也就放下了那颗不安的心,顺步走下山坡,向那被炸的房子,逼近一些看去。恰好这身边有一幢炸过的屋架子,有两堵墙还存在,砖墙上像浮雕似的,堆了些惨紫色的东西,仔细看时,却是些脏腑和零块的碎肉紧紧粘贴着。

甄子明向来居心慈善,人家杀只鸡、鸭,都怕看得。这时看到这么些个人腿、人肉,简直不知道全身是什么感触,又是酥麻,又是颤抖,这两条腿,好像是去了骨头,兀自站立不住,只管要向下蹲着。他始终是不敢看了,在地下拾起一根棍子,扶着自己,就向洞子里走来,刚好,警报球落下,敌机又到了。甄先生到了这时,已没有过去五十小时的精力,坐在洞子里,只是斜靠了洞壁,周身瘫软了。因为电线已经炸断,洞子里始终是挂着菜油灯。他神经迷糊了,人是昏沉地睡了过去。有时也睁开眼睛来看看,但见全洞子人都七歪八倒,没有谁是正端端地坐着的。也没有了平常洞子里那番嘈杂。全是闭了眼,垂了头,并不作声。在昏黄的灯光下,看到人头挤着人头的那些黑影子,他心想着,这应当是古代殉葬的一群奴隶吧?读史书的时候,常想象那群送进墓穴里的活人,会是什么惨状。现在若把左右两个洞门都塞住了,像这两天敌人的炸法,任何一个地方,都有被炸的可能。全洞人被埋,那是很容易的事。他沉沉地闭了眼想着,随后又睁开眼来看看。看到全洞子里,都像面粉捏的人,有些沉沉弯腰下坠。他推想着,大概大家都有这个感想吧?正好飞机的马达声,高射炮轰鸣声,在洞外半空里发出了交响曲。他的心脏,随了这声音像开机关枪似地乱跳。自己感到两只手心冰凉,像又湿粘粘的,直待天空的交响曲完毕,倒有了个新发现,平常人说捏两把冷汗,就是这样的了。

空袭的时间,不容易过去,也容易过去。这话怎么说呢?当然那炸弹乱轰的时候,一秒钟的时间,真不下于一年。等轰炸过去了,大家困守在洞里，不知道外面是什么时间，根本没有人计算到时间上去，随随便便，就混过去了几小时。甄子明躲了这样两日两夜的洞子，受了好几次的惊骇，人已到了半昏迷的状态，飞机马达响过去了，他就半迷糊地睡着。但洞子里有什么举动，还是照样知道。这晚上又受惊了三次，已熬到了雾气漫空的深夜。忽然洞子里哄然一声，他猛可地一惊。睁开眼来，菜油灯光下，见洞子里的人，纷纷向外走去，同时也有人道："解除了！解除了！"他忽然站起来道："真的解除了？"洞中没有人答应，洞口却有人大叫道："解除了，大家出来罢。"甄子明说不出心里有种什么感觉，仿佛心脏原是将绳子束缚着的，这时却解开了。他拿起三日来不曾离手的皮包，随着难友走出洞子，那警报器"呜呜"一声长鸣，还没有完了。这是三日来所盼望，而始终叫不出来的声音，自是听了心里轻松起来。但出洞的人，总怕这是紧急警报，大家纷纷地找着高处，向警报台的旗杆上望去。果然那旗杆上已挂着几尺长的绿灯笼。同时，那长鸣的警报器，并没有间断声，悠然停止。解除警报声，本来是响三分钟，这次响得特别长，总有五分钟之久。站在面前的难友，三三五五，叹了气带着笑声，都说"总算解除了"，正自这样议论，却有一辆车，突然开到了机关门口。

甄子明所服务的这个机关，虽是半独立的，可是全机关里只有半辆汽车。原来他们的金局长，在这个机关，坐的是另一机关的车子。这时来了车子，大家不约而同地有一个感觉，知道必是金局长到了。局长在这疲劳轰炸下，还没有失了他的官体，穿着笔挺的米色西服，手里拿了根手杖，由汽车上下来。他顺了山坡，将手杖指点着地皮，走一下，手杖向地戳一下，相应着这个动作，还是微微一摇头，在这种情形下，表示了他的愤慨与叹息。在这里和金局长最接近的，自然是甄子明秘书了，他夹着他那个皮包，颠着步伐迎到金局长面前，点了头道："局长辛苦了。"这时，天色已经大亮,局长一抬头看到他面色苍白,两只颧骨高撑起来,眼睛凹下去两个洞,便向他注视着道:"甄秘书,你倒是辛苦了。"他苦笑道:"同人都是一样。我还好,勉强还可以撑持,可是同人喝着凉水,受着潮湿,病了十几个人了。"金局长说着话,向机关里走。他的办公室,设在第二层楼。那扇房门,已倒塌在地上。第三层楼底的天花板,震破了几个大窟窿。那些粉碎的石灰,和窗户上的玻璃屑子,像大风刮来的飞沙似的,满屋都撒得是。尤其那办公桌上,假天花板的木条有几十根堆积在上面。还有一根小横梁,卷了垮下来的电灯线,将进门的所在挡住。看这样子,是无法坐下的了。金局长也没有坐下去,就在全机关巡视了一番。总而言之,屋顶已是十分之八没有瓦,三层楼让碎瓦飞砂掩埋了,动用家具,全部残破或紊乱。于是走到楼底下空场,召集全体职员训话。

金局长站在台阶上,职员站在空地上围了几层。金局长向大家看看,然后在脸上堆出几分和蔼的样子,因道:"这两天我知道各位太辛苦了。但敌人这种轰炸法,就是在疲劳我们。我们若承认了疲劳,就中了他们的计了。他只炸得掉我们地面一些建筑品,此外我们没有损失,更不会丝毫影响军事。就以我们本机关而论,我们也仅仅是碎了几片玻璃窗户。这何足挂齿?他炸得厉害,我们更要工作加紧。"大家听了这一番训话,各人都在心里拴上了一个疙瘩。各各想着,房子没有了顶,屋子里全是灰土,人又是三天三晚没吃没喝没睡觉,还要加紧工作吗?金局长说到了这里,却立刻来了一个转笔,他道:"好在我们这机关,现在只是整理档案的工作,无须争取这一、两天的时间。我所得到的情报,敌人还会继续轰炸几天。现在解除警报,不是真正的解除警报,我们警戒哨侦察得敌机还入川境不深,就算解除。等到原来该放警报的时间,前几分钟挂一个球。所以现在预行警报的时间,并不会太久。这意思是当局让商人好开店门作买卖,让市民买东西吃。换句话说,今日还是像前、昨两日那样紧张。为了大家安全起见,我允许各位有眷属在乡下的,可以疏散回家去。一来喘过这口气,二来也免得家里人挂心。"这点恩惠,让职员们太感激了。情不自禁地,哄然一声。金局长脸上放出了笑意,接着道,时间是宝贵的,有愿走的,立刻就走,我给各位五天的假。

这简直是皇恩大赦,大家又情不自禁地哄然了一声。金局长接着道:"我不多不少,给你们五天的假,那是有原因的。这样子办,可以把日子拖到阴历二十日以后去,那时纵有空袭,也不过是白天的事,我们白天躲警报,晚上照样工作。在这几天假期中,希望各位养精蓄锐,等到回来上班的时候,再和敌人决一死战。"说着,他右手捏了个拳头,左手伸平了巴掌,在左手心里猛可地打了一下,这大概算是金局长最后的表示,说完了,立刻点了个头就走下坡子。这些职员,虽觉得皇恩大赦已颁发,可是还有许多细则,有不明白的地方,总还想向局长请示。大家掉转身来,望了局长的后影,他竟是头也不回,直走出大门口上车而去。有几位见机而作的人,觉得时间是稍纵即逝。各人拿上衣服,打算就走。可是不幸的消息,立刻传来,警报器"呜呜"长鸣,不曾挂着预行警报球,就传出了空袭警报。随后,大家也就是一些躲洞子的例行手续。偏是这天的轰炸,比过去三日还要猛烈。一次连接着一次。这对甄子明的伙伴,是个更重的打击。在过去的三日,局长并不曾说放假,大家也就只有死心塌地地等死。现在有了逃生的机会,却没有了逃生的时间。各人在恐怖的情绪中,又增加了几分焦急。直到下午三点钟,方才放着解除警报。甄子明有了早上那个经验,赶快跑进屋子去,在灰土中提出了一些细软,扯着床上的被单,连手提包胡乱地卷在一处,夹在腋下,赶快就走,到了大门口,约站了两分钟,想着有什么未了之事没有。

但第二个感想,立刻追了上来,抢时间是比什么东西都要紧。赶快就走罢,他再没有了考虑,夹了那个包袱卷就走。他这机关,在重庆半岛的北端,他要到南岸去,正是要经过这个漫长的半岛,路是很远的。他赶到马路上,先想坐公共汽车,无奈市民的心都是一样的,停在市区的大批车辆,已经疏散下乡,剩着两三部车子在市区里应景,车子里的人塞得车门都关不起来。经过车站,车子一阵风开过去,干脆不停。甄子明也不敢作等车的希望,另向人力车去想法,偏巧所有的人力车,都是坐着带着行李卷的客人的。好容易找着一辆空车,正要问价钱,另一位走路人经过,他索兴不说价钱,坐上车子去,叫声"走",将脚在车踏板上连顿几下。甄子明看到无望,也就不再作坐车的打算,加紧了步子跑。那夏天的太阳,在重庆是特别晒人。人在阳光里,仿佛就是在火罩子里行走。马路面像是热的炉板,隔了皮鞋底还烫着脚心。那热气不由天空向下扑,却由地面倒卷着向上冲,热气里还夹杂了尘土味。他是个老书生,哪里拿过多少重量东西,他腋下夹着那个包袱卷,简直夹持不住,只是向下沉。腋下的汗,顺着手臂流,把那床单都湿了几大片。走到了两路口附近,这是半岛的中心,也是十字路口,可以斜着走向扬子江边去。也就为了这一点,成了敌机轰炸的重要目标。甄子明走到那里还有百十步路,早是一阵焦糊的气味,由空气里传来,向人鼻子里袭去。而眼睛望去,半空里缭绕着几道白烟。

这些现象,更刺激着甄子明不得不提快了脚步走。走近了两路口看时,那冒白烟的所在,正是被炸猛烈的所在,一望整条马路,两旁的房屋全已倒塌。这带地点,十之八九,是川东式的木架房子,很少砖墙。屋子倒下来,屋瓦和屋架子,堆叠着压在地面,像是秽土堆。两路口的地势,正好是一道山梁,马路是山梁背脊。两旁的店房,前临马路,后面是木柱在山坡上支架着的吊楼。现在两旁的房屋被轰炸平了，山梁两边，全是倾斜的秽土堆，又像是炮火轰击过的战场。电线柱子炸断了，还挨着地牵扯了电线，正像是战地上布着电网。尤其是遍地在砖瓦木料堆里冒着的白烟，在空气里散布着硫磺火药味，绝对是个战场光景。这里原是个山梁，原有市房挡住视线。这时市房没有了，眼前一片空洞，左看到扬子江，右看到嘉陵江，市区现出了半岛的原形，这一切是给甄子明第一个印象。随着来的，是两旁倒的房子，砖瓦木架堆里，有家具分裂着，有衣被散乱着，而且就在面前四、五丈路外，电线上挂了几串紫色的人肠子，砖堆里露出半截人，只有两条腿在外。这大概就是过去最近一次轰炸的现象，还没有人来收拾。他不敢看了，赶忙就向砖瓦堆里找出还半露的一条下山石坡，向扬子江边跑，在石坡半截所在，有二、三十个市民和防护团丁，带了锹锄铁铲，在挖掘半悬崖上一个防空洞门。同时有人弯腰由洞里拖着死人的两条腿，就向洞口砖瓦堆上放。

他看到这个惨相，已是不免打了一个冷战。而这位拖死尸的活人，将死人拖着放在砖瓦堆上时，甄子明向那地方看去，却是沙丁鱼似的，排了七八具死尸。离尸首不远，还有那黄木薄板子钉的小棺材，像大抽屉似的，横七竖八，放了好几具。这种景象的配合，让人看着，实在难受，他一口气跑下坡，想把这惨境扔到身后边去。不想将石坡只走了一大半，这是在山半腰开辟的一座小公园，眼界相当空阔。一眼望去，在这公园山顶上，高高的有个挂警报球的旗杆，上面已是悬着一枚通红的大球了。甄子明这倒怔了一怔。这要向江边渡口去，还有两、三里路，赶着过河，万来不及，若要回机关去躲洞子，也是两里来路，事实上也赶不及。正好山上、山下两条路，纷纷向这里来着难民，他们就是来躲洞子的。这公园是开辟着之字路，画了半个山头的。每条之字路的一边都有很陡的悬崖。在悬崖上就连续地开着大洞子门。每个洞子门口,已有穿了草绿色制服的团丁,监视着难民入洞。甄子明夹了那包袱卷,向团丁商量着,要借洞子躲一躲。连续访过两个洞口,都被拒绝。他们所持的理由,是洞子有一定的容量,没有入洞证,是不能进去的。说话之间,已放出空袭警报了,甄子明站在一个洞门边,点头笑道:"那也好,我就在这里坐着罢,倘若我炸死,你这洞子里人,良心上也说不过去。"一个守洞口的团丁,面带了忠厚相,看到他年纪很大,便低声道:"老太爷,你不要吼。耍一下嘛,我和你想法子。"甄子明笑道:"死在头上,我还耍一下呢。"

那个团丁,倒是知道他的意思,便微笑道:"我们川人说耍一下,就是你们下江人说的等一下。我们川人这句话倒是搁不平。我到过下江,有啥子不晓得?"甄子明道:"你老哥也是出远门的人,那是见多识广的了。"那团丁笑道:"我到过汉口,我还到过开封。下江都是平坝子,不用爬坡。"甄子明道:"可是凿起防空洞来,那可毫无办法了。"他说这话,正是要引到进洞子的本问题上来。那团丁回头向洞里张望了一下,低声笑道:"不生关系。耍一下,你和我一路进洞子去,我和你找个好地方。"甄子明知道没有了问题,就坐在放在地上的包袱卷上。掏出一盒纸烟和火柴来,敬了团丁一支烟,并和他点上。这一点手腕,完全发生了作用。一会发了紧急警报,团丁就带着甄子明一路进去。这个洞子,纯粹是公共的,里面是个交叉式的三个隧道,分段点着菜油灯。灯壶用铁丝绕着,悬在洞子的横梁上。照见在隧道底上,直列着两条矮矮的长凳。难民一个挨着一个,像蹲在地上似的坐着。穿着制服的洞长和团丁,在隧道交叉点上站着,不住四面张望。这洞子有三个洞口,两个洞口上安设打风机,已有难民里面的壮丁,在转动着打风机的转纽。有两个肩上挂着救济药品袋的人,在隧道上来去走着。同时,并看到交叉点上有两只木桶盖着盖子。桶上写着有字:难民饮料,保持清洁。他看到这里,心里倒暗暗叫了一声惭愧。这些表现,那是比自己机关里所设私有洞子,要好得多了。而且听听洞子里的声音,也很细微,并没有多少人说话。

但这个洞子的秩序虽好,环境可不好。敌机最大的目标,就在这一带。那马达轰轰轧轧的响声,始终在头上盘旋。炸弹的爆炸声,也无非在这左右前后。有几次,猛烈的风由洞口里拥进,洞子里的菜油灯,完全为这烈风扑熄。但这风是凉的,难胞是有轰炸经验的,知弹着点还不怎样的近。要不然,这风就是热的了。那个洞长,站在隧道的交叉点上,每到紧张的时候,就用很沉着的声音报告道:"不要紧,大家镇定,镇定就是安全。我们这洞子是非常坚固的。"这时,洞子里倒是没有人说话。在黑暗中,却不断地呼嗤呼嗤地响,是好几处发出惊慌中的微小哭声。甄子明心里可就想着,若在这个洞子里炸死了,机关里只有宣告秘书一名失踪,谁会知道甄子明是路过此地藏着的呢?转念一想,所幸那个团丁特别通融,放自己进洞子来,若是还挡在洞外,那不用炸死,吓也吓死了。他心里稳住了那将坠落的魂魄,环抱着两只手臂,紧闭了眼睛,呆坐在长板凳的人丛中。将到两小时的熬炼,还是有个炸弹落在最近,连着沙土拥进一阵热风。"哄隆咚"一下大响,似乎这洞子都有些摇撼。全洞子人齐齐向后一倒,那种呼嗤呼嗤的哭声,立刻变为哇哇的大哭声。就是那屡次高声喊着"镇定"的洞长,这时也都不再叫了。甄子明也昏过去了,不知道作声,也不会动作。又过去了二、三十分钟,天空里的马达声,方才算是停止。那洞长倒是首先在黑暗中发言道:"不要紧,敌机过去了,大家镇定!"

又是半小时后,团丁在洞子口上,吹着很长一次口哨,这就是代替解除警报的响声。大家闷得苦了,哄然着说了一声:"好了好了!"大家全向洞外走来。那洞长却不断地在人丛中叫道:"不要挤,不要挤,不会有人把你们留在这里的。"甄子明本来生怕又被警报截住了,恨不得一口气冲过洞去。但是这公共洞子里的人,全守着秩序,自己是个客位,越是不好意思挤,直等着洞子里走得稀松了,然后夹了那包袱卷儿,慢慢随在人后面走。到了洞外,见太阳光变成血红色,照在面前山坡黄土红石上,很是可怕。这第一是太阳已经偏西,落到山头上了。第二是这前前后后,全是烧房子的烟火,向天上猛冲。偏西的那股烟雾,却是黑云头子在堆宝塔。一团团的黑雾,只管向上去堆叠着高升。太阳落在烟雾后面,隔了烟阵,透出一个大鸡子黄样的东西。面前有三股烟阵,都冲到几十丈高。烟焰阵头到了半空,慢慢地散开,彼此分布的烟网,在半空里接近,就合流了。半空里成了雾城。这样的暑天,现在四面是火,好像烟糊气味里,带有一股热浪,只管向人扑着。甄子明脱下了身上一件旧蓝布大褂,作了个卷,塞在包袱里。身上穿着白色变成了灰黑色的短褂裤,将腰带紧了一紧。把秘书先生的身分,先且丢到一边,把包袱卷扛在左肩上,手抓了包袱绳子,拨开脚步就跑。他选择的这个方向,正是火焰烧得最猛烈的所在。越近前,烟糊气越感到浓厚。这是沿江边的一条马路,救火的人正和出洞的难民在路上奔走。

这条马路,叫做林森路,在下半城,是最繁华的一条街,军事委员会也就在这条路的西头。大概就为了这一点,敌机在这条沿扬子江的马路上,轰炸得非常之厉害。远远看去,这一带街道,烟尘滚滚,所有人家房屋,全数都被黑色的浓烟笼罩住。半空里的黑烟,非常之浓,漆黑一片,倒反是笼罩着一片紫色的火光。甄子明一面走着,一面四处张望着警报台上的旗杆,因所有的旗杆上,都还挂着一个绿色的长灯笼。他放下了那颗惊恐的心,放开步子走,他跑进了一大片废墟。那被炸的屋子,全是乱砖碎瓦的荒地,空洞洞地,一望半里路并没有房屋。其门偶然剩下两堵半截墙,都烧得红中带黄,远远就有一股热气薰人。在半堵墙里外,栽倒着铁质的窗格子,或者是半焦糊的短柱,散布的黑烟就滚着上升,那景象是格外荒凉的。在废墟那一头,房子还在焚烧着,正有大群的人在火焰外面注射着水头。甄子明舍开了马路,折向临江的小街,那更是惨境了。

这带临江小街,在码头悬崖下,有时撑着一段吊楼,只是半边巷子。有时棚子对棚子,只是一段烂泥脏水浸的黑巷子。现在马路上被轰炸了,小街上的木板竹子架撑的小矮房,全都震垮了,高高低低,弯弯曲曲,全是碎瓦片压住了一堆木板竹棍子。这时,天已经昏黑了,向码头崖上看,只是烟焰。向下看,是一片活动的水影。这些倒坍的木架瓦堆,偶然也露出尺来宽的一截石板路。灯火是没有了,在那瓦堆旁边,间三间四地有豆大的火光,在地面上放了一盏瓦檠菜油灯。那灯旁边,各放着小长盒子似的白木板棺材。有的棺材旁边,也留着一堆略带火星的纸钱灰。可是这些棺材旁边,全没有人。甄子明误打误撞地走到这小废墟上,简直不是人境。他心里怦怦跳着,想不看,又不能闭上眼睛。只好跑着在碎瓦堆上穿过。可是一盏豆大的灯光,照着一口白木棺材的布景,却是越走越有,走了一、二百步路,还是这样地陈列着。走到快近江边的所在,有一幢半倒的黑木棚子,剩了个无瓦的空架子了。在木架子下,地面上斜摆着一具长条的白木棺材。那旁边有一只破碗,斜放在地上,里面盛了小半碗油。烧着三根灯草。也是豆子大的一点黄光。还有个破罐子,盛了半钵子纸灰。这景致原不怎样特别,可是地面上坐着一位穿破衣服的老太婆,蓬着一把苍白头发,伏在棺材上,窸窸窣窣地哭着。甄子明看到这样子,真要哭了,看到瓦砾堆中间,有一条石板路,赶快顺着石板坡子向下直跑。口里连连喊着:"人间惨境!人间惨境……"

## 第十章　残月西沉

在这天晚上,甄子明过了江,算是脱离了险境。雇着一乘滑竿,回到乡下,在月亮下面,和李南泉谈话,把这段事情,告诉过了。李南泉笑道:"这几天的苦,那是真够甄先生熬过来的。现在回来了,好好休息两天罢。"甄子明摇摇头道:"嘻!不能提,自我记事以来,这还是第一次,四日四夜,既没有洗脸,也没有漱口。"李南泉笑道:"甄先生带了牙刷没有?这个我倒可以奉请。"于是到屋子里去,端着一盆水出来,里面放了一玻璃杯子开水,一齐放到阶沿石上,笑道:"我的洗脸手巾,是干净的,舍下人全没有砂眼。"他这样一说,甄子明就不好意思说不洗脸了。他蹲在地上洗过脸,又含着水漱漱口。然后昂起头来,长长地叹了口气,笑道:"痛快痛快,我脸上,起码轻了两斤。"李南泉笑道:"这么说,你索兴痛快痛快罢。"于是又斟了一杯温热的茶,送到甄子明手上。他笑道:"我这才明白无官一身轻是怎么一回事了。我若不是干这什么小秘书,我照样的乡居,可就不受这几天惊吓了。"这时,忽然山溪那边,有人接了嘴道:"李老师,你们家有城里来的客人吗?"李南泉道:"不是客人,是邻居甄先生。杨小姐特意来打听消息的?"随了这话,杨艳华小姐将一根木棍子敲着板桥嘻嘻地笑了过来,一面问道:"有狗没有?有蛇没有?替我看着一点儿,老师。"甄子明见月光下面走来一个身段苗条的女子,心里倒很有几分奇怪,李先生哪里有这么一位放浪形骸的女学生?她到了面前,李南泉就给介绍着道:"这就是由城里面回来的甄先生。杨小姐,你要打听什么消息,你就问罢。准保甄先生是知无不言。"

甄子明这位老先生,对于人家来问话,总是客气的,便点着头道:"小姐,我们在城里的人,也都过的是洞中生活。不是担任防护责任的,谁敢在大街上走?我们所听到,反正是整个重庆城,无处不落弹。我是由林森路回来的,据我亲眼看到的,这一条街,几乎是烧完炸完了。"杨艳华道:"我倒不打听这么多,不知道城里的戏馆子,炸掉了几家?"甄先生听她这一问,大为惊奇,反问着道:"杨小姐挂念着哪几家戏馆子?"李南泉便插嘴笑道:"这应当让我来解释的。甄先生有所不知,杨小姐是梨园行人。她惦记着她的出路,她也惦记着她的同业。"甄子明先"哦"了一声,然后笑道:"对不起,我不大清楚。不过城里的几条繁华街道,完全都毁坏了。戏馆子都是在繁华街道上的,恐怕也都遭炸了。杨小姐老早就疏散下乡来了的吗?有贵老师在这里照应,那是好得多的。"李南泉笑道:"甄先生你别信她。杨小姐客气,要叫我老师,其实是不敢当。她和内人很要好。"甄先生听了他的解释,得知他的用意,也就不必多问了,因道:"杨小姐,请坐。还有什么问我的吗?"就在这时,警报器放着了解除的长声,杨艳华道:"老师,我去和你接师母师弟去吧。"说着她依然拿了那根木棍子,敲动着桥板,就走过去。这桥板是横格子式的,偶不在意,棍子插进桥板格子的横空当,人走棍子不走,反是绊了她的腿,人向前一栽,扑倒在桥上。桥上自"哄咚"一下响。在月亮下面,李南泉看她摔倒了,立刻跑过去,弯身将她扶起。

杨艳华带了笑声,"哎哟"了几句。人是站起来,兀自弯着腰,将手去摩擦着膝盖。李南泉道:"擦破了皮没有?我家里有红药水,给你抹上一点儿罢。"杨艳华笑着,声音打颤,摇摇头道:"哎哼!没有破,没关系。"随手就扶了李先生搀着的手。他道:"你在我这里坐一下罢。我去接孩子们了。"说着,就扶了她走过桥,向廊子下走来。在这个时候,李太太在山溪对岸的人行路上,就叫起来了。她道:"老早解除了,家里为什么不点上灯?"杨艳华叫道:"师母,你就回来了?我说去接你的,没想到在你这桥上摔着了。老师在和我当着看护呢。"一会工夫,李太太带着孩子们一路埋怨着回来了。她道:"你这些孩子真是讨厌,躲了一天的警报,还不好好回家,只管一路上蘑菇。回家去,一个揍你一顿。"李南泉听这口风不大好,立刻过了桥迎上前去。见太太抱着小玲儿,就伸手要接过来。她将身子一扭道:"我们都到家了,还要你接什么?"李南泉不好说什么,只得悄悄跟在后面,一路回到走廊上。杨艳华弯着腰,掀开了长衫底襟,还在看那大腿上的伤痕呢。这就代接过小玲儿来抱着,抚摸了她的小童发,因道:"小妹妹,肚子饿了罢?我给你找点吃的去。师母,你要吃什么,我还可以到街上去找得着。"李太太摸着火柴盒,擦了一根,亮着走进屋去,一面答着道:"杨小姐,你也该休息了,你不累吗?"杨艳华抱着小玲儿,随着走进屋来,笑道:"今晚上我根本没有躲洞子。"李南泉在窗子外接嘴问道:"那末,你在家里才出来吗?"

杨艳华便道:"我在家门口一个小洞子里预备了个座位。事实上是和几位邻居在院坝里摆龙门阵。到了这样夜深,我想应该没有事了,特意来看看师母。"李太太笑道:"那可是不敢当了。在躲警报的时候,还要你惦记着我。"杨艳华道:"我还有一件事,向老师来打听,老师说认识院长手下一位孟秘书,那是真的吗?"李太太亮上了菜油灯,拍着杨小姐的肩膀,笑道:"请坐罢。玲儿下来,别老让杨姑姑抱着。人家身体多娇弱,抱不动你。"小玲儿溜下地了,扯着杨艳华的衣服道:"杨姑姑力气大得很,我看到她在戏台上打仗。我长大了也学杨姑姑那样打仗。"她就手抚了小玲儿的童发,笑道:"趁早别说这话,要再说这话你爸爸会打你的。戏台上的杨姑姑,学不得的。不,就是戏台下的杨姑姑也学不得的。你明天读书进大学,毕了业之后,作博士。"小玲儿道:"妈,什么叫博士?"李太太笑道:"博士吗?将来和杨姑姑结婚的人就是吧?你杨姑姑什么都不想,就是想个博士姑父。"说着,她又拍着杨艳华的肩膀道:"你说是不是?这一点,你是个可取的好孩子,你倒并不想作达官贵人的太太。"杨艳华摇摇头道:"博士要我们去干什么?"李太太道:"这个问你老师,他就能答复你了。中国的斗方名士,都有那么一个落伍的自私思想,希望来个红袖添香。凡是会哼两句旧诗,写几笔字的人,都想作白居易来个小蛮,都思作苏东坡来个朝云。其实时代不同,还是不行的。"

李南泉一听这话锋,颇为不妙。太太是直接地向着自己发箭了,正想着找个适当的答词,杨艳华已在屋子里很快地接上嘴了,她道:"的确有些人是这样的想法,不过李老师不是这种人。而且有这样一个性情相投、共过患难的师母,不会有那种落伍思想的。倒是老师说的那个孟秘书,很有些佳人才子的思想。老师真认识他吗?"李南泉走进屋子来,笑问道:"你知道他是个才子?"杨艳华道:"老师那晚在老刘家里说什么孟秘书,当时我并没有注意。今天下午我由防空洞子里回家,那刘副官特意来问我,老师和孟秘书是什么交情?我就说了和李老师也认识不久,怎么会知道老师的朋友呢?老刘倒和我说了一套。他说若老师和孟秘书交情很厚的话,他要求老师和他介绍见见孟秘书。他又说,孟秘书琴棋书画,无一不妙。他专门和院长作应酬文章。这样一说,我倒想起来了,这位孟秘书我见过他的。他还送过我一首诗呢。老师认得的这位孟秘书,准是这个人。"李南泉道:"你怎么知道是这个人?"杨艳华听到这里,不肯说了,抿嘴微笑着。李南泉笑道:"那末你必须有个新证据。"杨艳华道:"他是李老师的朋友,我说起来了,恐怕得罪老师。那证据是很可笑的。"李南泉道:"你别吞吞吐吐,你这样说着那我更难受。"杨艳华没有说,先就噗嗤一声笑了,接着道:"好在老师师母不是外人,说了也没有关系。那个人是个近视眼,对不对?"李南泉道:"对的。这也不算是什么可笑的事情呀。"杨艳华昂头想了想,益发是嘻嘻地笑了。

李太太看到,也愣住了,因道:"这是怎么回事?里面有什么特别情形吗?"杨艳华忍住了笑,点点头道:"的确,这个人有点奇怪。他不是个近视眼吗?原来就老戴着眼镜的,见了女人他把戴着的那副眼镜取下来,另在怀里拿出一副眼镜来,换着戴上。我有一次在宴会上遇到他,对于他换眼镜的举动,本来不怎么注意。因为他把换上的眼镜戴了一会,依然摘下,好像是那眼镜看近处不大行。后来再来一个女的,自然还是唱戏的,他又把衣袋里的眼镜掏出来换着。这让我证明了,他是专门换了眼镜看我们唱戏的女孩子的。其实我们并不怕人家看,而且还是你越爱看越好。你若不爱看,我们这项戏饭就吃不成了。可是拿这态度去对别个女人,那就不大好了。"李南泉笑道:"你这话是对的,我们这位好友,是有这么一点毛病的。你不嫌他看,他当然高兴,无怪要送你一首诗了。诗就是在筵席上写的吗?一定很好。你可记得?"杨艳华道:"我认识几个大字?哪会懂诗?不过他那诗最后两句意思不大深,我倒想得起,他说是:'一曲琵琶两行泪,樽前同是下江人'。"李太太笑道:"这位孟秘书,太对你表示同情了。后来怎么样?"杨艳华道:"就是见过那一回,后来就没有会到过了。假如他真到这里来,我倒是愿意见他。师母你总明白,我们这种可怜的孩子,若有这样的人和我们说几句话,可以减少在应酬方面许多麻烦。"说到这里,她把声音低了一低,接着道:"至少,他那个身分可以压倒姓刘的,所以愿意借重他一下。"李南泉点点头道:"我明白了,这个我有办法。"

提到刘副官,倒引起了李太太的正义感。她向李先生道:"对了,孟先生来了,你倒是可以和他说几句。人家是拿演戏为职业的,家里还有一大家子人靠她吃饭,在人家正式演戏的时候,可别扰惑人家。"李南泉道:"那我一定办到。不过那天我和老刘说,孟秘书会来,那是随口诌的一句话,并没有这回事。"杨艳华笑道:"老师随便这样诌一句不要紧,那姓刘的是个死心眼子,他却认为是千真万确的事。他只管钉着我要打听个水落石出。还要我明天给他回信呢!"李南泉昂头想了想,笑道:"老孟这个人我有法子让他来。"说着,摇了两摇头,又笑道:"那也犯不上让他来。"李太太道:"这是什么意思?"李南泉道:"老孟为人,头巾气最重,什么天子不臣,诸侯不友,那都不能比拟。若是他不愿意,你就给他磕头,他也是不理。可是有女人的场合,只要有边可沾,他是一定不招自来。我现在写一封信给他,说是你所说的下江人,正疏散在乡场上避难,若是能来非常欢迎。那就一定会来。"李太太道:"你这是用的美人计呀。"杨艳华向她半鞠着躬,笑道:"你说这话,我就不敢当。"李太太笑着,拍了拍她的肩膀道:"你可不要妄自菲薄。自从你领班子到这里来唱戏以后,多少人为你所颠倒。"杨艳华笑笑道:"师母,你不能和我说这样的话,我是一个可怜的孩子。我还得倚靠着师母、老师多多维持我呢。"她说着这话,走近了两步,靠着李太太站了,身子微微向李太太肩膀下倒着,作出撒娇的样子,还扭了两扭。

李太太虽知她是做的一种姿态,可是她那话说得那样软弱,倒叫人很难拒绝她的要求。正想用什么话来安慰她,外边却有女子高声叫道:"艳华,你在这里,让我们好找哇。"李南泉听出那声音,正是另一个戏子胡玉花。迎出去看时,桥头上月亮下站有三、四个人。便答道:"胡小姐,她在这里呢。有什么事吗?"胡玉花笑道:"她们家要登报寻人了。她们家的人全来了。"杨艳华很快地由屋子里跑了出来,叫道:"妈,我在这里呢。"她的母亲杨老太太在木板桥上,踉跄着步子走了过来,到了走廊上,拉着女儿的手,低声道:"还没有解除警报的时候,刘副官带着两个勤务,打着很大的手电筒,在我家门口,来回走了好几趟。你又是不声不响地走了。我怎样放得下心去?我们四、五个人,找了好几个地方了。"杨艳华道:"你们这是打草惊蛇。李先生一家,躲了警报回来,还没有休息呢,我们别打搅人家了,走罢。"她说毕,首先的在前面走,把来人带走了。只有胡玉花在最后跟着,过了溪上的桥,她又悄悄走了回来。李南泉正还在廊檐下出神,想到杨艳华来得突然,她们这是闹些什么玩艺。在月光下看到一个女人的影子又走了回来,以为杨小姐还有什么话说,便迎上前两步,低声道:"你有什么事要商量,最好当着你师母的面……"他不曾把说话完,已看清楚了,来的是胡玉花,便忍住了。她知道李先生有误会,倒不去追问。笑道:"我有一件小事告诉李先生,倒是不关乎艳华的,说出来了你别见笑。"

李先生道:"你说罢,有什么事托我,只要我办得到的我一定办。"胡玉花笑了一笑,因道:"李先生有位同乡王先生,明后天会来看你。"李南泉想了一想,因道:"姓王的,这是最普通的一个姓,同乡里的王先生,应该不少。"胡玉花道:"这是我说话笼统了一点。这位王先生,二十多岁,长方脸儿,有时戴上一副平光眼镜。"李南泉笑道:"还是很普通,最好你告诉我,他叫什么名字,他到我这里来,会有什么问题牵涉到你。"胡玉花笑道:"他的名字,我也摸不清楚,不过他写信给我的时候,自称王小晋,这名字我觉得念着别扭。"李南泉点点头道:"是的,我认识这么一个人。"

第十章 残月西沉 | 223

再请说你为什么要向我提到他?"胡玉花在嗓子眼里格格地笑了一声,又笑道:"事情是没有什么事情,不过这位王先生年纪太轻,他若来了,最好李先生劝他一劝。"李南泉笑道:"你这话说着,真让我摸不着边沿。你让我劝他,劝他哪一门子事呢?"胡玉花沉吟了一会子,因笑道:"你就劝他好好儿办公,别乱化钱罢。"李南泉道:"他和胡小姐有很深的友谊吗?你这样关切着他。"胡玉花连连辩论着道:"不,不,我和他简直没有友谊。你想,若是和我有友谊,难道他的名字我都不知道吗?"李南泉摇摇头道:"这可怪了,你和他没有友谊,你又这样关切他。小姐,你是什么意思,干脆告诉我吧。"胡玉花道:"不必多说了,你就告诉他这是我托李先生劝他的。年轻的人,要图上进。唱戏的女孩子,也不一样,有些人是很有正义感的。我只是职业妇女,别的谈不到。这样一说,他就明白了。"

这一篇吞吞吐吐的话,李南泉算是听明白了,因笑道:"我的小姐,这事情很简单,你何必绕上这么些个弯子来说。你的意思,就是告诉王先生,以后别来捧角,对不对?"胡玉花道:"对的,我索兴坦白一点儿说,假如我们现在要人捧的话,一定是找那发国难财的商人,或者是要人一列的人物。像这样的小公务员化上两个月薪水,也不够做我们一件行头。在捧角的人,真是合了那话,吃力不讨好。"李南泉道:"好的好的,我完全明白了。不但如此,我还可以把你在老刘家里那幕精彩表演告诉他,让他对你有新的认识。"胡玉花道:"随便怎样说都可以,反正我让他少化钱,那总是好意。打搅了,明天见罢。"说着,她自行走去。李南泉站在屋檐下,倒有些出神,心想,一个作女戏子的人有劝人不捧角的吗?这问题恐怕不是那样简单。他怔怔地站着,隔壁甄先生家却正开着座谈会。甄先生把这几日城里空袭的情形,绘声绘色地说着。邻居奚太太、石太太、吴春圃先生全在房门外坐在竹椅上听着。甄先生正带笑地叹了口气道:"把命逃得回来,我就十分满意了。"石太太道:"这警报闹个几天几夜不停,真是讨厌。我正想过江到青木关去一趟。这样闹着警报可无法搭得上长途汽车。"甄先生坐在竹子躺椅上,口里衔着大半截烟卷,正要在这种享受里,补救一些过去的疲劳,这就微笑道:"那是教育部所在地呀。"石太太道:"甄先生你相信我是想运动一个校长当吗?"

吴春圃笑道:"到青木关去不是上教育部,至少也是访在教育部供职的朋友。这警报声中,温度是一百来度,谁到那么远去作暑假旅行?"石太太笑道:"你猜不着。我正是去作暑假旅行。"奚太太却接嘴了,她道:"我们也不必过于自谦。若是我们弄个中学办办,准不会坏。就是当个'萝卜赛花儿'也没有什么充不过去的。"甄子明是自幼儿就在教会学校念书的。他的英文可说是科班出身。听到奚太太这么一句话,料是英文字,便道:"'萝卜赛花儿'?这这这……"他口含着烟卷,吸上一口又喷了一口,昂头向她望着。奚太太向吴春圃笑道:"大学教授,英文念什么?"吴先生手上拿了芭蕉扇站在走廊柱子边,弯了腰,将扇子扇着两条腿边的蚊子,笑道:"俺当年学的是德文,毕了业,没让俺捎来,俺都交还了先生咧。"李南泉站在自己家门口,便遥遥地道:"这个字我倒记得,不是念 professor 吗?奚太太念的字音完全对,只是字音前后颠倒一点。譬如'大学教授',虽然念成'授教学大',反正……"他的话还没有说完,可是李太太已快跑了出来,拉着他的手,将他拖到屋子里面去,悄悄地道:"你放忠厚一点罢。"李南泉微笑着道:"这家伙真吹得有些过火。"李太太道:"趁着今晚月亮起山晚,多休息一会儿。满天星斗,明天还没有解除警报的可能,睡罢。"李南泉且不理会太太的话,他燃了一支香烟,坐在竹圈椅子上,偏着头,只管听甄先生那边的谈话,听故事的人分别散去,石太太是最后才走去。那甄子明说了句赞叹之词,乃是这两位太太见义勇为真热心。

李南泉听了这个批评,心想:石太太有什么事见义勇为?她算盘打得极精,哪里还有工夫和别人去勇为。正这样想着,就听到由溪那边人行路上,有人大声喝骂起来。那正是石太太的声音,她道:"天天闹警报,吃饭穿衣哪一样不发生问题,你还要谈享受。我长了三十多岁,没有吸过一支烟,我也没有少长一块肉。什么大不了的事,这样好的月亮,还打着灯笼出来找纸烟?蜡烛不要钱买的?"这就听到石正山教授道:"我也是一功两得,带着灯笼来接你回来,把这几盒烟吸完了我就戒纸烟。"说话的声音,越走越远,随着也就听不到了。李南泉走出屋子来看看,见前面小路上有一只黄色的灯笼,在树影丛中摇晃着,那吵嘴的声音,还是一直传了来。他心里也就想着,这应该是个见义勇为的强烈讽刺。但想到明日早上,该是警报来到的时候;在警报以前,有几个朋友须约谈一番,还是早点睡罢。这个主意定了,在纸窗户现出鱼白色的当儿,立刻就起床,用点冷水漱洗过了,拿了根手杖,马上出门。这时,太阳还没有起山,东方山顶上,只飘荡着几片金黄色的云彩,溪岸上的竹林子,被早上的凉风吹动,叶子摇摆着,有些瑟瑟的响声。这瑟瑟之声过去,几十只小鸟儿在竹枝上喳喳叫着。那清凉的空气,浸润到身上,觉得毫毛孔里,都有点收缩。这是多少天的紧张情形下所没有的轻松,心里感到些愉快。

他在这愉快的情形下,拿了手杖慢慢走着,在山路上迎头就遇到了石太太。她点着头笑道:"李先生,你早哇。"李南泉道:"应该是石太太比我早。我是下床就走出门来的。"说着,向她周身望着,她已穿上一件丝毫没有皱纹的花夏布长衫,头发梳得溜光,后脑勺梳了个双环细辫,那辫子也是没有一根杂毛。脸上虽没有抹胭脂粉,可是已洗擦得十分白净。她已知道了人家考察她脸上的用意,便笑道:"我向来是学你们的名士派,不知道什么叫化装。今天要作个短程旅行,不能不换件衣服。"李南泉道："就是到青木关去了？重庆这一关不大好过。纵然不在城里碰到警报，在半路上也避免不了。一个乡下人到城里找防空洞，是一件不大容易的事。"石太太笑道："对于自己生命的安全，谁也不会疏忽的。我已另找了路线渡江，避开重庆，完全走乡下。不要紧的，为了朋友，我不能不走一趟。"李南泉道："朋友生病了吗？"石太太站在路头上对他微笑了一笑，因道："这件事，在李先生也许是不大赞成的。我们一位同乡太太，受着先生的压迫，生活有了问题。她先生另外和一个不好的女人同居。我们女朋友们给这位太太打抱不平，要解决这个问题。"李南泉笑道："这自然是女权运动里面所应有的事。"石太太笑道："当然，你也不能不主张公道。"说毕，昂着头走了。李南泉看她那番得意，颇是见义勇为的举动。可是在疲劳轰炸的情形下，她值得这样远道奔波吗？在好奇心上，倒发生了一个可以研究的事情。

他下得山去，匆匆地看过两位朋友，太阳已经起山几丈高，而警报也就跟着来了。李南泉想着家里的小孩子还要照应，赶快回家，在半路上又遇到了石正山。他倒是很从容，在路上拦着笑道："不要紧，敌人不是疲劳轰炸吗？我们落得以逸待劳，飞机不临头，我们一切照常工作，他也就没奈我何。"李南泉摇摇头道："不行，我内人不能和你太太相比，胆子小得多。"提到了石太太，石先生似乎特别兴奋，向他笑道："她这个人个性太强，我也没有法子。刚才你遇着她的，她是说到青木关去吗？"李南泉道："你为什么不拦着她，在轰炸下来去，是很危险的。她对我说，是为了朋友家里在闹桃色案件。现在是办这种事的时候吗？"石正山道："她确是多此一举。在这抗战期中，男女都有些心理变态。若是无伤大雅，闹点桃色案件，作太太的人尽可不过问。"说着，扬起两道眉毛，微笑了一笑，问道："我兄以为如何？"说到这里，那警报器呜呀呜呀地发出刺人耳膜的

紧急警报声,李南泉转身又要走。石正山将手横伸着,拦了去路,笑道:
"不忙不忙,我根本不躲。昨天晚上内人向甄先生打听消息的时候,她说
了些什么?"李南泉把他夫妻两人的言语一对照,就觉得这里面颇有文
章,以石太太的脾气而论,倒是以不多事为妙。便笑道:"昨晚上甄先生
家里宾客满堂,我挤不上去谈话。我得回家去看看,再谈罢。"他不顾石
先生的拦阻,在他身边冲了过去。可是到了家里,屋子门已经锁着,全家
都走了。他站着踌躇了一会,抬头却见奚太太站在她家走廊上,高抬着右
手在半空里招着,点了头叫:"来,来,来!"便笑道:"奚太太,我佩服你胆
子大,在这样的疲劳情况中,你还不打算躲一躲吗?"奚太太一只手扶着
走廊上的柱子,一只手还抬起来招着,点了头笑道:"不管怎样,你还是到
我这里来谈谈,你那屋后面不是有个现成的小洞子吗?万一敌机临头,我
们就到那洞子里避一下。来罢,我有点事和你谈谈。"李南泉对这位太太
虽是十分讨厌,可是在她邀约之下,倒不好怎样拒绝。抬头看看天色,已
经有了变动,鱼鳞斑的云片,在当头满满地铺了一层,看不到太阳,也看不
到蔚蓝色的天空。站着沉吟了一会子。奚太太含了笑点着头道:"来罢,
不要紧,我给你保险。"李南泉走到自己廊沿角的柱子边,隔了两家中间
的空地望着。奚太太也迁就地走过来,站在自己廊沿角上笑道:"李先
生,我告诉你一个写剧本的好材料,你怎样谢我?"李先生笑着,没有答
复。她也来不及等答复了,又道:"有一位局长,在外面嫖女人,他太太知
道了,并不管他,却用一种极好的手段来制服他。她说,男女是平等的,男
人可以嫖,女人当然也可以嫖,你猜她在这原则上怎样地去进行?"李南
泉笑着摇摇头。

奚太太倒不管李南泉有什么感想,接着笑道:"这个办法是十分有效
的。她是这样对局长说的,你若出去嫖,我也出去嫖。你嫖着三天不回

来,我也三天不回来。你七天不回来,我也七天不回来。那局长哪会把这话放在心上。还是照样在外面过夜。当天这位太太是来不及了。到了第二夜,她就出门了。在最好的旅馆里,开了最上等的一间房间,就对茶房说,去给我找一个理发匠来。工钱不问多少,我都照给。就是要找一个最年轻而又漂亮的。茶房当然不明白她的用意,只是在上等理发馆,找了一位手艺最高明的理发匠来。她一见面,是个四十上下的理发匠,便大声骂着说,我叫你找年轻漂亮的,为什么找这样年纪大的?这个不行,重找一个。你若不信,先到我这里拿一笔钱去。她说得到,做得到,就给了茶房一摞钞票。这茶房也就看出一些情形来了,果然给她找了一位不满二十岁的小理发匠来。这位太太点头含笑,连说不错。就留着这位小理发匠在洗澡间里理发,由上午到晚上,还不放他走,什么事情都做到了,第二日她继续进行。局长见太太一天一夜不回家,在汉口市上到处找,居然在旅馆找到了。他把太太找回家,就再也不敢嫖了。"李南泉听到,不由得一摆头,失声说了句"岂有此理。"奚太太笑道:"怎么是岂有此理?你说的是这位太太,还是这位局长?"李南泉道:"两个人是一对混蛋。你说的这事发生在汉口,那自然是战前的事了。不然,倒可为战都之羞。"

奚太太笑道:"怎么会是战都之羞?你以为在重庆就不会发生这类事情吗?我就常把这个故事,告诉奚敬平的。他听了这故事,我料他就冷了下半截。"李南泉本想说那位局长太太下三滥,可是奚太太表示着当仁不让的态度,倒教他不好说什么,于是对她很快地扫了一眼。奚太太道:"你觉得怎么样,这样的作风不好吗?以男女平等而论,这是无可非议的。"李南泉微笑着点了两点头。奚太太道:"我说的剧本材料并不是这个,这是一个引子,我说的是我们女朋友的事。我们朋友里面一位刘太太,和她先生也是自由恋爱而结婚的。抗战初期,刘先生随了机关来到重庆,刘太太千辛万苦带着三个孩子,由江西湖南再经过广西贵州来到四川,陪着刘先生继续的吃苦。刘先生害病,刘太太到中学去教书担负起养家的责任。到处请人帮忙,筹来了款子送刘先生到医院去治病。哪知这位刘先生恩将仇报,爱上了病院里一位女看护,出了病院,带着那女看护逃到兰州去了。这位刘太太倒也不去计较,带了三个孩子,离开重庆!到昆明去教书,她用了一条计,改名换姓,告诉亲戚,是回沦陷区了。刘先生得了这消息,信以为真,又回到了重庆,而且他也改名换姓,干起囤积商人来大发其财。刘太太原托了我们几个知己女朋友给她当侦探的……"

李南泉笑道:"不用说了,我全知道。这女朋友包括石太太、奚太太在内,于是探得了消息,报告给刘太太,刘太太就回到重庆来了。现在就在这疲劳轰炸之下,再给那刘先生一个打击!"奚太太立刻拦着道:"怎么是给他一个打击?这还不是应当办的事吗?"李南泉笑道:"对的,也许友谊到了极深的时候,那是可以共生死的。对不起,我要……"奚太太不等他转身,又高高地抬着手招了两招。同时还顿了脚道:"不要走,不要走,我有要紧的话和你说。"他看她很着急的样子,只好又停下来了。她笑道:"你何必那样胆子小,我不也是一条命吗?村子里人全去躲警报去了,清静得很,我们正好摆摆龙门阵。"李南泉道:"不行,我一看到飞机临头,我就慌了手脚,我得趁这天空里还没有飞机响声的时候,跑到山后面去。"奚太太斜靠了那走廊的柱子,悬起一只踏着拖鞋的赤脚,颤动了一阵,笑道:"你这个人说你名士派很重,可又头巾气很重;说你头巾气很重,可是你好像又有几分革命性。"李南泉道:"对了,我就是这样矛盾地生活着。你借了今天无人的机会,批评我一下吗?"

奚太太望了他,欠着嘴角,微微地笑了,因道:"也许是吧?你是个为人师表的人,我怎能在大庭广众之下批评你的错误?"李南泉离开了那走廊的柱子,面向了奚公馆的廊子站着,而且是垂直了两只袖子,深深地一鞠躬,笑道:"谨领教。"说毕,扭了身就走,他这回是再不受她的拘束了。总算他走得见机,只走出了向一方的村口,飞机马达声,已轰轰而至。抬头看那天空,鱼鳞片的云彩,已一扫而空,半天里现出了毫无遮盖的蔚蓝色。抬头向有声音的东北角天空看去,一大群麻雀似的小黑影子,向西南飞来,那个方向,虽然还是正对了重庆市,可是为慎重起见,还是躲避的好。于是提快了步伐,顺着石板铺的小路就跑。正在这时,山脚草丛里伸出半截人身来,向他连连地招了几下手。他认得这人是同村子吴旅长。他是个东北荣誉军人,上海之役,腿部受了重伤,现在是退役家居了。这是个可钦佩的人,向来就对他表示好感。他既招手,自不能不迎将过去。吴旅长穿了身黑色的旧短衣,坐在一个深五、六尺的干沟底上。他还是招着手,叫道:"快跳下来罢!快跳下来罢!"李南泉因为他是个军人,对于空袭的经验,当然比老百姓丰富,也不再加考虑,就向沟里一跳。这是一个微弯的所在,成了个桌面的圆坑。他跳下来,吴旅长立刻伸手将他搀住,让他在对面坐下,笑道:"这里相当安全,我们摆摆龙门阵罢。这些行为,都是人生可纪念的事。"

　　两个人说着话,以为地位很安全,也就没有理会到空袭。忽然一阵马达声逼近,抬头看时,有五架敌机,由西向东,隔了西面一列山峰,对着头上飞来。李南泉道:"这一小股敌机,对于我们所在地,路线是如此准确,我们留神点。"吴旅长也没答话,将头伸出沟沿,目不邪视,对了敌机望着。飞机越近,他的头是越昂起来。直到脸子要仰起来了,他笑道:"不要紧,飞机已过了掷弹线了。由高空向下投弹,是斜的,不是垂直的。"李先生本也有这点常识,经军人这一解释,更觉无事。他也就伸出头来望着。看那飞机,五架列着前二后三,已快到头顶上,忽然嘘嘘嘘一阵怪叫,一声"不好"两个字,还不曾喊出,早看到两个长圆形的大黑点,在飞机尾巴上下坠,跟着飞机的速率,斜向地面落来。不用猜,那是炸弹。李南泉赶快将身子向下一缩,吴旅长已偏着身体,卧到沟的西壁脚下。这是避弹的绝好地点,被人家占据了,只好卧到沟的东壁下去。在敞地里看到炸弹落下来,这还是第一次。人伏在地上,却不免心里扑扑乱跳。接着听到轰轰两下巨响,炸弹已经落地。但炸弹虽已落地,可是这沟的前边,并没有什么震动,料想弹着点还相距有些路。静静地躺着,不敢移动。约莫是三、四分钟,那半空的马达声,已渐渐地消失。吴旅长首先一个挺起腰杆子来向四周看了看,摇摇头,又笑道:"李兄,请坐起来罢。没事了。"李南泉站起来看时,一阵浓密的白雾,由西边山顶上涌将过来。

在这白雾中,夹着很浓厚的硫磺味,一阵阵地向鼻子袭来。顷刻之间,面前四山夹着的一个小谷,完全让白色弥漫了。吴旅长伸手和他握着,摇撼了几下,笑道:"我们这也是置之死地而后生,可算是患难之交了。"李南泉道:"这里有了炸弹的烟焰,是老大的目标。第二批敌机再来,可能给我们这里再补上一弹。若是扔到山这边,那就不会这样舒服了。"吴旅长笑道:"那没有什么不可能。我们走罢。"于是他跛着一条腿,慢慢地顺着石板路走。李南泉当然是跟了军人走,也就离开了这里。约莫走了两里路,忽然一阵马蹄声,"得得"地迎面而来。蹄声响得非常猛烈,像是有骑兵队冲锋似地冲来。他心想,莫非是有敌人的伞兵落下,我们的骑兵,特意冲来解围,这算赶上一阵热闹了。路边上有一块大石头,且把身子向石头后面一闪,探看来人是何形势。还不到三分钟,先有两匹高头大马由山口上冲出来。马上骑着两个壮汉,头戴盔式夏帽,上穿灰绸衬衫,下套草绿色斜纹布短裤衩,并不是军人。这两人后面,又来了四匹马。骑马的人,是三男一女。那三个男子和头里两个男子装束一样,年岁也差不多。那个女子,可就特别,上穿一件蓝色长袖短衣,翻着领子,外飘一根大红领带。下面穿着白帆布裤子,套着两只长统黑马靴。披了满头长发,约束着一根花带子。一只盆大的软式草帽子,将绳子挂在颈脖子后面。手里拿了根皮马鞭,兜了个缰绳,兜着马昂起脖子直跑。

李南泉没想到是这么一队人物,那倒是多此一躲了。于是缓缓由石头后面走了出来。但凭他的经验,知道这个疏建区,除了鼎鼎大名的方二小姐,并无别个。这位小姐,比一个军阀还凶,以避开她为妙。于是回身向山脚下的深草小径上走着,脸也不对那石板人行路看。可是这位小姐倒偏要惹他,却坐在马背上将皮鞭子一指,叫道:"呔!那个穿灰布长衫的人,我问你话,不要走。"李南泉站定了脚,向她呆望着,没有作声。心里想着,这丫头好生无礼,怎么这样说话?可是看她前呼后拥地有五个壮汉陪伴着,料着不能和她对抗,也就没说什么。那女子将皮鞭子再向路前一指,因道:"那里一堆白烟,是不是被炸了?"李南泉道:"是炸了。"女子道:"炸的地方是街上是乡下?"李南泉道:"炸弹落的地方,和我躲警报的地方,隔了一排山,看不清楚。"那女子道:"这等于没有问一样,阿木林。"原来这女子虽说的普通话,却带了很浓重的上海音。到了最后一句,她索兴说出上海话来了。李南泉心想,她那般无礼问话,我一点不生气,她倒当面骂人,那就忍不住气了,便道:"你这位女士,怎么开口就骂人?我好意答话,还有什么不对吗?我不是公务员,我也不吃银行饭,大概你还管不着我呢。"那女子喝道:"你过来!"说着,将皮鞭子举着,在空中晃了两晃。李南泉道:"过来怎么着,倚恃你们人多,还敢打我不成?"这形势是很僵了,在女人后面的一个壮汉,将马赶了两步,和她的马并排地站着,偏过头去,轻轻说了两句话。

那方二小姐,听了那壮汉的报告,脸上骄傲的颜色,略微减少了几分,这就回转脸来,再对李南泉看了一看。将马鞭子指了他道:"你认得我?"李南泉摇摇头道:"我不认得你。不过我从你这行动上,我猜得出你是方家二小姐。我们读书的人,不侵犯哪个,也不愿人家对我们加以侮辱。"那二小姐昂起头来哈哈大笑,将马鞭子在手上摇晃着道:"侮辱,哈哈,侮辱又怎么样?演讲骂我,在报上写文章骂我?谅你们也不敢!走!不要和这种穷酸说话。"说着,她两腿一夹马腹,兜动缰绳首先一马冲走了。这其间有个壮汉单独留后,其余的四个男人都跟着走了。这个留后的男子,由马鞍上跳下来,跑到李南泉面前,点了头道:"李先生,你不要介意,我们二小姐就是这种小孩子脾气。"这个人就是刚才在马背上和二小姐说话的人,倒有点面熟。李南泉笑道:"不介意?介意又能够怎么样,人家有钱有势,身上还带了手枪吧?我若不识相一点,炸弹不炸死,手枪会把我打死。不过要打死了我,决不会像二小姐的汽车撞死一个小贩子那样简单。当然我犯不上去碰人家的手枪,可是我料着她也不能对我胡乱开枪。重庆总还是战时首都所在地,不能那样没有国法。"那人听了这话,脸色也不免紧张了一阵,先冷笑了一声。然后笑道:"李先生,我完全是好意。你对我大概还没有什么认识,不信,你问问刘副官,我是到处和人家了事的。二小姐真要办什么事,她是没有什么顾忌的。大概你也有所闻吧?"

在这说话的期间,由口音里,李南泉认出这个人来了,是那天在刘副官家里碰胡玉花钉子的黄副官,便笑道:"哦!黄副官,不必刘副官,我也有相当认识的。我知道二小姐不好惹,但我不怕她。我不是汉奸,我也不是反动分子,无法把什么罪名加到我头上。可是人家若以为我好惹,就在大路上拦着我加以辱骂,我没法子报复,至少我可以不接受。二小姐不是说不白演讲,不怕登报吗!对不起,我算唯一的武器就是这一点。这回我

"呔！那个穿灰布长衫的人，我问你话，不要走。"

吃了亏,受着突袭,来不及回击。若是再要给我难堪,我就用二小姐不怕的那武器抵抗一阵。我就是那样说了,你老兄是不是转告二小姐,那就听你的便了。"说着,他抱着拳头,拱了两拱手,再说声再见,径自走了。黄副官站在路边倒发了呆。李南泉是越想越生气,也不去顾虑会发生什么后果,走了一段路,遇到一棵大树,就在树阴下石头上乘凉,也不再找躲飞机的地方了。坐了约莫是半小时,有一个背着箩筐的壮汉,撑了把纸伞挨身而过。走了几步,他又回转身来望了李南泉道:"你不是李先生?"他答道:"是的,你认得我?"那人道:"我是宋工程师的管事。给他们送饭到洞子里去。李先生何以一个人坐在这里,到我们那洞子里去,和唐先生一块儿拉拉胡琴唱唱戏不好吗?"李南泉道:"听你说话,是北方人。贵处在哪里?"他昂着头叹了口气道:"唉,远了,我是黑龙江人。"李南泉道:"黑龙江人会到四川这山缝子里来?你大概是军人吧?"

那人笑道:"不是军人,怎么会到四川来?"李南泉道:"那末,老兄是抗战军人了。"他被人家这样称呼了一声,很觉得荣耀,这就放下了雨伞和箩筐,站在李南泉面前,笑道:"说起来惭愧,我还是上尉呢。汀泗桥那一仗,没有阵亡,就算捡了便宜,还有什么话说?"李南泉道:"你老兄是退役了,还是……"那人道:"我们这样老远地由关外走到扬子江流域来,还不是为了想抗战到底?可是我们的长官都闲下来了。我这么一个小小的军官,有什么办法?再说,衣服可以不穿,饭是要吃的。我放下了枪杆,哪里找饭吃呢?没法子,给人当一个听差罢。还算这位宋工程师给我们抗战军人一点面子,没有叫我听差,叫我当管事。要都像宋工程师这样,流亡就流亡罢,凑付着还可以活下去。若是像刚才过去的方二小姐,骑着高头大马冲了过来,几乎没有把我踏死。当时我在窄窄的石板路上,向地下一倒,所幸我还有点内行,赶快在地上一滚,滚到田沟里去。我知道二小姐的威风,还敢跟她计较什么。自己爬了起来,捡起地下的箩筐,也就打算走开了。你猜怎么着?跟着她的那几位副官,倒嫌我躲得不快,大家全停住了马,有的乱骂,有的向我吐唾沫,我什么也不敢回答,背起箩筐就走了。他们也不想想,要是没有我们这般丘八在前方抵住日本人的路,他们还想骑高头大马吗?可是谁敢和他们说这一套。敢说,也没有机会给他们说。"

李南泉笑道:"你也碰了二小姐的钉子了。老兄我们同病相怜,你是方家副官骂了,我是二小姐亲自骂了。将来我们死后发讣闻,可以带上一笔,曾于某年某月某日,被方二小姐马踏一次。老兄,这年头儿有什么办法,对有钱有势力的人,我们只好让他一着了。今天算了,明天若是再有警报,我一定到你们那洞子里去消磨一天。这年头儿,也只有看破一点,过一天是一天,躲防空洞的人,等着你的接济呢,你把粮食给宋工程师送去罢。改日我们约个机会再谈。我欢迎你到我茅庐里畅谈一次。"说着,伸出手来和他握了一握。那人受了这分礼貌,非常的高兴,笑道:"李先生,你还不知道我姓甚名谁吧?"这么一问,倒让李南泉透着有点难为情,这就很尴尬地笑道:"常在村子里遇着,倒是很熟。"那人道:"我叫赵兴国。原先是人家叫赵连长,赵副营长。不干军队了,人家叫赵兴国,近来,人家叫老赵了。李先生就叫老赵罢。千万别告诉人,我当过副营长,再见罢。"说着,他背起箩筐走了。李南泉一人坐着发了一阵呆,觉得半小时内,先后遇到方二小姐和赵兴国,这是一个绝好的对照。情绪上特别受到一种刺激,反是对于空袭减少精神上的威胁。静坐了两三小时,也不见有飞机从头上过,看看太阳,已经有些偏西,这就不管是否解除了警报,冒着危险,就向村子里走回家去。

那条像懒蛇一样的石板人行路,还是平静地躺在山脚下。人在路上走着,什么声音都没有听到。李南泉拿了手杖,戳着石板,一步一步地低头走着,这让他继续有些新奇发现,便是这石板上,不断地散铺着美丽的小纸片。他联想到敌机当年在半空里撒传单,摇动人心,这应该又是一种新花样,故意用红绿好看的花纸撒下来,引起地面上人的注意。他这样想着,就弯腰下去,把那小纸片捡起一张来看。见纸薄薄的,作阴绿色,只有一、二寸见方。正中横列了一行英文,乃是巧克力糖,香港皇家糖果公司制。将纸片送到鼻子尖上去嗅嗅,有一阵浓厚的香气。这原来是包巧克力糖的纸衣,不要说是这山缝里,就是重庆市区,大糖果店,也找不着这真正的西洋巧克力糖。谁这样大方,沿路撒着这东西。他想着走着,沿路又捡起了两张纸片看看。其中一片,还有个半月形的红印,这是女人口上的胭脂了。这就不用再费思索,可以想到是方二小姐在马背上吃着糖果过去的。他拿了纸片在手上,不免摇摇头。这条人行路是要经过自己家门口,直到门外隔溪的人行路上,那糖衣纸还继续发现,他又不免弯腰捡了一张。正当他拿起来的时候,却听到溪岸那边,格格地发了一阵笑声。回头看去,又是那奚太太,手叉了走廊的柱子,对了这里望着。还不曾开口呢,她笑道:"李先生,你这回可让我捉住了,你是个假道学呀?哈哈!"

李南泉笑道:"我怎么会是假道学呢?青天白日地在路上行走,并没有作什么坏事呀。"奚太太笑着向他招招手,点了头道:"你下坡来,我同你说。"他实在也要回家去弄点吃喝,这就将带着的钥匙,打开了屋门,在大瓦壶里,找了点冷开水,先倒着喝了两碗。正想打第二个主意找吃的,却听到走廊上一阵踢踏踢踏的拖鞋响声。明知道是奚太太来了,却故意不理会,随手在桌上拿起一张旧报纸,两手捧了,靠在椅子上看着,报纸张开,正挡了上半身。奚太太步进屋子来笑道:"今天受惊了吗?"李南泉只好放下报站将起来。见她左手端了个碟子,里面有四、五条咸萝卜,右手托了半个咸鸭蛋。在这上面还表示她的卫生习惯。在蛋的横截面上,盖了张小纸,便笑道:"这是送我假道学的吗?"奚太太笑道:"谈不上送,你拿开水淘饭吃,少不了要吃咸的,这可以开开你的口味。"李南泉点了个头道:"谢谢。"双手将东西接过放在桌上,他把萝卜条看得更真切,还不如小拇指粗细,共是三条半。那半片鸭蛋,并不是平分秋色,如一叶之扁舟,送的是小半边。奚太太道:"你要不要热开水?我家瓶子里有。"李南泉笑道:"这已深蒙厚惠。"奚太太道:"不管是不是厚惠,反正物轻人情重。这是我吃午饭的那一份,我转让给你了。"说着,当门而立,又抬起那只光手臂撑住了门框。李南泉心想,我最怕看她这个姿态,真是让人啼笑皆非。他心里如此想着,口里也不觉将最后一句话说出来。

奚太太见李先生要对自己望着,又不敢对自己望着,便笑道:"你我都是中年人了,怕什么的,有什么话都可以说。"李南泉笑着摇头道:"不,奚太太还是青春少妇。"她一阵欢喜涌上了眉梢,将那镰刀型的眼睛,向主人瞟了一眼,笑道:"假如我是个青春少妇的话,我就不能这样大马关刀地单独和男子们谈话了。男子们居心都是可怕的。我记得当年在南京举行防空演习的时候,家里正来了客,我在客厅里陪着他谈话。忽然电灯熄了,这位客人大胆包天,竟是抓着我的手,kiss了我几下。他是奚先生的好友,我不便翻脸。我只有大叫女佣人拿洋烛了。从那以后,吓得我几个月不敢见那人。若是现在,那我不客气,我得正式提出质问。"李南泉笑道:"你没告诉奚先生吗?"奚太太道:"我也不能那样傻瓜。告诉了他,除了他会和朋友翻脸而外,势必还要疑心到我身上来,那不是自找麻烦吗?"李南泉笑道:"你现在告诉了我,我就可以转告奚先生的。"奚太太举着两手,打个呵欠,伸了个懒腰,笑道:"这是过去多年的事了,他也许已知道了,告诉他也没有关系。不过我的秘密,你怎么会知道呢?这不是你自己找麻烦吗?"她说着话,由屋门口走到屋子里来。李南泉道:"我们不要很大意的,只管谈心,也当留心敌机是不是会猛可地来了。"说着,他走出了屋门,站在廊檐下,抬头向天空上张望一下。天上虽有几片白云,可是阳光很大,山川草木,在阳光下没有一点遮隐,因道:"天气这样好,今天下午还是很危险的。"

奚太太道:"李先生,你进来,我有话问你。"李南泉被她叫着,不能不走进来,因笑道:"还有什么比较严重的问题要质问我的吗?"他说着,坐在自己写字竹椅子上,面对了窗子外。逃警报的人,照例是须将门窗一齐关着的。他看了看,正待伸手去推开木板窗户。奚太太坐在旁边,笑道:"你还惦记着天空里的飞机呢。等你在窗户里看到,那就是逃跑也来不及了。我就只问你一句有趣的话,你要走,你只管走。"李南泉道:"你就问罢。我知无不言,言无不尽。"奚太太弯着镰刀眼睛角,先笑了一笑,然后问道:"你在路上捡那包糖果的纸,是不是犯了贾宝玉的毛病,要吃女人嘴上的胭脂?"李南泉不由得昂起头来哈哈大笑道:"妙哉问!你以为方二小姐吃了糖果纸,一定有胭脂印?我就无聊地去吃那胭脂印?那算什么意思?真难为你想得到。"说着又哈哈大笑。奚太太在旁边椅子上,两手环抱在胸前,架起腿来颤动着,只望了李南泉发呆。他笑道:"这问题的确有趣。不过我这种书呆子,还不会巧妙地这样去设想。我又得反问你一句了。你问我这个问题,是什么意思,要打算在我太太面前举发吗?"奚太太这倒有点难为情,将架了的腿颤动着道:"我不过是好奇心理罢了。我先在走廊上坐着,看到方二小姐在马鞍上吃着糖果过去,后来又看到你一路走来,一路在地上捡糖纸,我稀奇得很。我总不能说你是馋得捡糖纸吧?"李南泉低头想了一想,这也对。自己本也是好奇。在旁人看来,沿路捡糖纸,这是不可理解的事。

第十章 残月西沉

他这就笑起来道:"的确,这是一件有趣味的事。但这件有趣味的事,现在我不愿发表,将来可以作为一种文献的材料。"奚太太道:"这种人还要写上历史哪?"李南泉笑道:"你不要看轻了这种人,她几乎是和中华民国的国运有关的。明朝的天下,不就葬送在一个乳妈手上吗?方二小姐的身分,不比乳妈高明得多吗?"奚太太道:"哦!我晓得。那乳妈是张献忠的母亲。"李南泉笑道:"奚太太看过廿四史吗?"她笑道:"廿四史?我看过廿八史。"李南泉想不笑已不可能,只有张开口哈哈大笑。她走来之后,接连碰着李先生两次哈哈大笑,便是用那唾面自干的办法来接受着,也觉这话不好向下说。站起来伸了半个懒腰,瞟了他一眼道:"你今天有点装疯,我不和你向下谈了。你也应该进午餐了。"说着,她走向了房门口。身子已经出门了,手挽了门框,却又反着回转身来,向李先生一笑,说声"回头见",方才走了。李南泉心想,这位太太今天两次约着谈话,必有所为。尤其是这三条半萝卜干,小半片咸鸭蛋,是作邻居以来第一次的恩惠,绝不能无故。坐着想了一想,还是感到了肚子饿,在厨房里找了些冷饭,淘着冷开水吃了。为了避开奚太太的纠缠,正打算出门,山溪那岸的人行路上,却有人大声叫着李先生,正是心里还不能忘却的方府家将——刘副官,便走到廊檐下向对面点了个头。刘副官道:"今天大可不躲,敌机袭成都,都由重庆北方飞过去了。你一个人在家?"他很自在地站在路上说闲话。

李南泉道:"多谢多谢,不是你通知一声,我又要出去躲警报了。下坡来坐坐如何?"这本是他一句应酬话,并没有真心请他来坐,可是刘副官倒并不谦逊,随着话就下来了。走到屋子里,他笑着代开了窗户,摇摇头道:"没关系,今天敌机不会来袭重庆,我们的情报,并不会错。放心在家里摆龙门阵罢。"说着,他在身上掏出一盒烟卷,倒反而来敬着主人。

李南泉道:"真是抱歉之至。"他正想说客来了,反是要客敬烟。可是刘副官插嘴道:"没有什么关系。二小姐就是这个脾气,她自小娇养惯了,没有碰过什么钉子。她以为天下的人,都像我们一样是小公务员,随便地说人,人家都得受着。我想李先生也没有什么不知道的。"说着,就在旁边椅子上坐下。李南泉见他误会了道歉的意思,脸子先就沉下来了,一摇头道:"不,这事我不放在心上,不平的事情多了,何止我个人碰着一个大钉子,希望你不要提这件事了。老兄,我是说我没有好烟敬客,深为抱歉。不过我得多问一句,这件事你怎么知道的?"刘副官道:"老黄回去,他告诉了我,我倒觉得这事太不妥当。李先生住在这里,院长都知道的。院长是个为国爱才的人。"李南泉不等他说完,哈哈大笑。因道:"老兄,我今天哈哈大笑好几次。你这话让我受宠若惊。"刘副官坐着吸了两口烟,沉默了三、四分钟,然后喷出一口烟来,笑道:"这事可不要写信告诉新闻记者。重庆正在闹几天几夜的疲劳轰炸,闹这些闲事,也没什么意思。"

　　李南泉笑道:"刘兄,我知道你的来意,你不来这一趟,也许我会写一段材料,供给各报社。可是你来了,我就不敢写这材料了。因为你们已经疑心到我头上,不是我供给的材料,也是我供给的材料。我还在这里住家呢,我敢得罪二小姐吗?二小姐一生气,兴许骑着一匹怒马冲到我这茅屋里来。好汉不吃眼前亏,我会这样干吗?"刘副官笑道:"我心里要说的话,全都让你说了,我还说什么。"说着,伸出手来,和主人握了一握,笑道:"诸事均请原谅。"李南泉笑道:"可是我有一个声明,我只保险我遇到的事,报上不会披露。至于以后还有什么事情发生,报上再登出来,我可不负责任。"刘副官本已走出走廊了,听到了这个话尾巴,又走了回来,笑道:"诸事都请关照。自然方二小姐不怕报上攻击她,可是我们这些当副官的,一定要受院长指摘。换一句话说,还和我们的饭碗有关。"说着,他却装出滑稽的样子,举手行了个军礼。站着迟疑了一会子,微笑道:"我还有一句话想问。你说的那位孟秘书和杨艳华也认识吗?"李南泉道:"岂但是认识,她是孟秘书的得意门生。我原来也是不知道,是前两天老孟写了一封信来,让我关照关照她。我一个穷书生,有什么力量关照她呢。我正想给他回信,说是有一班副官捧她,请孟秘书放心。"刘副官"哦"了一声,立刻走了回来,两手乱摇着道:"来不得!来不得!我们和小杨是朋友罢了,说不上捧。"

李南泉笑道:"其实是不要紧,自己的徒弟,还不愿意人家把她捧得红起来吗?就以我而论,杨艳华也是叫我做老师的,我就愿意有人把她捧得红起来。假如你老兄……"刘副官站定,先举着手行了个军礼,继而又抱着拳头,连作了几个揖,笑道:"不敢当,不敢当,不提了。"李南泉觉着说的话,已很可唬住他,也就敷衍了几句,把他送走。李南泉静坐在家里,想了一想,今天下午,乱七八糟地接触了不少事情,倒好像是作梦。看看太阳已经偏西,白天空袭,应该是告一段落。因为现在已接近了下弦,月亮须到八九点钟才起山,轰炸当有个间隔时间。也就安心坐在家里看书,直到太阳落山,才解除警报。躲警报的人,纷纷回了家。首先是那甄子明先生一手提着手杖,一手夹了烟卷在口里吸着,慢慢下了坡,渡过木桥,含着笑道:"究竟在乡下躲警报,比城里轻松得多。"于是站定在桥头上,将纸烟伸出去,弹了两弹灰。李南泉看他情形很是悠闲,这就迎了出去笑道:"今天大概可以无事,甄先生吃过饭,我们可以谈谈。"甄先生站在桥头上,昂头四望,点了头道:"据我的经验,像日本对重庆这样的空袭,百分之五十,是精神战作用。我在城里,一挂了红球,我就连吸纸烟的工夫都没有,立刻要预备进洞。同时,还有一个奇异的特征,就是要解大便。我这就联想到一件事。那上刑场的囚犯,有把裤子都拉脏了的,心理作用,不是一样吗?"

他这个举例,虽是实情,却惹得在屋子里各家的男女,都随着笑了。吴春圃拿了芭蕉扇儿在屋檐下扇着,笑着摇摇头道:"这个比喻玩不得。那无疑说我们躲警报的人,谁也躲不了。"那甄太太正是慢腾腾地走到自己家门口,在口袋里掏出钥匙来开门,这就战兢兢地回转头来道:"勿说格种闲话,阿要气数?"甄先生因他太太的反对也就走回屋子去了。李太太早是带着孩子们回到屋子里了。她叫道:"南泉,你也进来帮着点儿,把屋子顺顺。"他走进屋子里来笑道:"顺什么?回头月亮起山了,我们又得跑。"李太太看了桌上那碟萝卜条问道:"你哪里弄来的这个?"李南泉笑道:"天大人情,奚太太送的。另外还有小半片咸鸭蛋呢。"李太太看那碟子后,果然还有半片咸鸭蛋,上面还盖着一张纸呢。她将那半片咸鸭蛋拿过来,掀开那张纸,正待向地上扔去。却看到那张纸上,很纤细的笔迹,写有四个黑字,看时,乃是"残月西沉"。同时,纸拿到手上,有点粘粘儿的,还可以嗅到一种香味,便笑道:"这是什么纸?"说着,将纸扬了起来。在这一扬之间,她就看到了那纸片上浅浅地有一道弯着的月形红印。她是个化装的老研究家,看了这红印,就知道是个胭脂印,因道:"这是包糖果的纸,谁吃的?"李南泉笑道:"说起来是话长的。不过我可以简单报告一声,这东西来头很大,是方二小姐吃的巧克力糖,从马上扔下来的包糖纸。"李太太将糖纸送到鼻子尖上嗅了一嗅,点点头。

李太太道:"是方二小姐吃的糖果纸,那怎么会弄到奚太太手上,贴在这片鸭蛋上的呢?"李南泉笑道:"这个我不明白。不过我倒是拾着两张,顺便塞在身上。"因在衣袋里掏出给太太看。其中一张,就印着更明显的胭脂半月印。李太太笑道:"这是什么意思?"李南泉就把今天遇到方二小姐的情形,详细说了一遍。李太太摇摇头笑道:"隔壁这位,她来这么一套,是什么意思?尤其是写着'残月西沉'这四个题字,我不大理解。这应该不是无意的。"说着她瞅了先生微微一笑。李南泉倒是会悟了太太的意思,不觉学了刘副官的样,先举手行个军礼,然后又抱着拳头,拱了两拱手。李太太也就很高兴地一笑,把话接过去,不再提到。黄昏未曾来到,先就解除了警报,这还是这几天所没有的事。躲警报回来的人,正加紧在作晚饭。奚太太却又来了。她这回却是直接找李太太谈话。在屋子门外就笑道:"李太太快预备作晚饭罢,月亮一起,敌机又该到了。"李太太迎出来问道:"你怎么知道呢?"她昂着头笑道:"这就是杜黑主义。"李南泉在门外的溪桥上乘凉,老远就插言道:"奚太太真是了不得,空军知识也有,今天的空袭,怎么会是杜黑主义呢?"奚太太道:"这有什么不知道的!当敌机飞出来的时候,那是没有月亮的时候,等它度过一段黑夜的小小时间,月亮出来了,敌人在天空正看得清楚,就可以乱丢炸弹了。这手段最辣,让我们半路拦不上它。"

李南泉笑道:"哦!杜黑主义就是这么回事。可是我略微知道这是一个名字的译音。虽是译音,却也成了个普通名词。杜是杜绝的杜,不是过度的度。"奚太太道:"不能够吧?木字旁的杜字,这杜黑两个字,怎么讲法呢?"李太太笑道:"奚太太,你别信他,他是个百分之百的书呆子,懂得什么军事学?"说着,端了把木椅子,放在走廊上,笑道:"奚太太,休息一会儿罢。"奚太太顺手一把将李太太手臂拉着,笑道:"老李,今晚上有夜袭的话,不要去躲洞子,我们坐着乘凉谈谈罢。"李太太道:"不行,我一听到半空里的飞机响声,腿就软了。再要是看到那雪亮的探照灯,在半空里射那虹似的大灯光,我的心都要跳出来,这个玩不得。"奚太太笑道:"那就算了罢。"说着,她扭身走了。李太太颇有点奇怪,就是这么一句话,值得她特地到这里来说吗?这个意念还不曾想完,奚太太又走回来了,笑道:"你看我也是那故事里面,会忘记了自己的人。我下午留了个瓷碟子在这里,我来拿回去。"她走到屋子门口,见屋子里的菜油灯,光小如豆,正是灯草烧尽了。她又一扭身道:"忙什么的,明天来拿罢。"这次走,算是她真正地走了。李太太料着她是有话说,而又不曾说出来。可是她既不说,也就不必追问她了。晚饭后月亮上升,倒是奚太太杜撰"度黑主义"说对了,夜空里警报器呜呜地响,夜袭又来了。李先生在晚间不躲警报,但照例地还是护送妇孺入洞。

家人进了防空洞,李先生是照常回家守门。这一夜的夜袭,又是连续不断。李南泉于飞机经过的时候,在屋后小山洞里躲过两次,此外是和甄子明先生长谈。到了夜深两点多钟,甄先生这久经洞中生活的人,坐在走廊上,不住地打哈欠。李南泉便劝甄先生回房睡觉,自己愿担负着监视敌机的责任。甄先生说了声劳驾,自进屋子去睡了。李南泉在走廊上坐坐,又到木桥上散散步。抬头看看天上,半轮儿月亮,已偏到屋脊的后面去。白天的暑气,这时算已退尽,半空里似乎飞着细微的露水,阵阵的凉气,浸润到身上和脸上,毫毛孔里都不免有冷气向肌肉里面侵袭。他昂着头看看半轮月外的天空,零落散布着星点。这就自言自语地道:"月明星稀,乌鹊南飞……"他还没有把这诗念到第三句呢,那邻居走廊上有人接嘴道:"这诗念得文不对题。我在唐诗上念过这诗的。"这又是奚太太的声音,便道:"还没有睡呢,月亮都偏西了。"奚太太道:"我是几个孩子的母亲。他们睡觉了,我不能不给他们巡更守夜。万一敌机临头了,我得把他们叫醒。"说着话,她走下了她家的走廊向这边屋子走来。李南泉虽是讨厌着她罗嗦,但无法拒绝她走过来,只是木然地在木桥上站着。她走到了桥上,笑道:"你为什么一个人在这里临流赋诗?"李南泉踏两下桥板响,因道:"这下面并没有水。"奚太太道:"虽然没有水,但这总是桥。你这个意境就是临流赋诗的意境。你倒是心里很空洞,不受空袭的威胁。"

李南泉对这位太太的行为,却是不大了解。这么夜深,她会有这个兴致找人来闲话。心里转了个念头,把话锋将她碰了回去罢。因点着头道:"奚太太,你的学问,确是渊博,不过线装书这一部分,你应该比我念得少。"奚太太笑道:"岂但是线装书,无论在哪一方面,我都拜你作老师的,你怎么会提出这个问题来的?"李南泉笑道:"月明星稀,乌鹊南飞,你猜这是谁作的诗?"奚太太低了头想了一想,笑道:"你不要骗我。诗是七个字一句,或五个字一句,哪里有四个字一句的诗?"李南泉笑道:"你没有念过《诗经》吗?《诗经》就是四个字一句。至少关关雎鸠,这一句诗,你一定……"奚太太笑道:"哦!对的对的。月明星稀,也是《诗经》上的吗?"李南泉笑道:"可是你说在唐诗上念过的。"奚太太又走近了一步,将手拍了他的肩膀道:"李先生,你怎么老是揭破我的短处?你难道对人一点同情心都没有?"李南泉将身子闪开了一闪,向她一点头笑道:"对不起,恕我太直率一点。不过朋友相处,讲个互相切磋。若是我有一得之长的话,我不告诉你,这是不对的。例如月明星稀,这是曹操的诗,比唐诗就远去了多了。不过在'唐诗合解'上,是选了这一首诗进去的,你说在唐诗上念过,也不算错,《古唐诗合解》,向来人家是简称'唐诗合解'的。但严格地说,却不能像你那样举例。"奚太太又逼近了一步,再拍着他的肩膀操着川语道:"对头!这个样子交朋友就要得,二天我跟你补习国文,要不要得?我猜,一定要得!"

李南泉被她接连地拍了几次肩膀,这却不免有点受宠若惊,只好当着不受感触,很坦然地站在桥上,昂头望着天道:"奚太太,你夜不成寐,我想,你不光是替孩子们巡更守夜,也许你念着城里的奚敬平兄吧?"奚太太摆着头道:"我用不着替他发愁。他机关里的防空洞是重庆的超等建筑。就是一吨重的炸弹,也炸不了他那个洞子。"李南泉道:"那末,这样整个星期的轰炸,敬平兄可也曾顾虑到家里这个国难房子,是担受不起瓦片大一块弹片的?"奚太太道:"这是敬平唯一的短处,只要离开了家庭,就没有一点后顾之忧。这一事也应当由我来负责任。因为我什么都能作主,什么我都能担担子,他就很放心地去进行他的事业去了。不但如此,就是他的事业,也得我在家里遥为领导,要不然,他就会走错路线的。"李南泉道:"的确,你是一个可佩服的人。你对敬平兄是太忠实了。他对你大概也很忠实。"奚太太道:"他呀!谈不到忠实,只谈得到服从。在我眼面前,可以不喝酒,不吸纸烟,不打牌,就是请朋友吃馆子,也必须先通过我。李先生,你可不要误会,以为我干涉得太严厉了。我正是怕交些酒肉朋友,不但无益,而且有害。他是这样服从我惯了,倒也没有什么反抗,只是一层,他若是离开了我远一点就要作怪。"李南泉笑道:"哎呀,你好凶呀。就是和你交朋友都不敢不加以考虑了。"说着,故意借着这话,作个表演话剧的姿势,闪开去好几尺路,直走到木桥的尽头。这匆忙的步子,踏着木板桥的响声,可惊动了邻居甄先生。

甄先生很匆忙地由屋子里跑出来,问道:"是敌机来了吗?"李南泉笑道:"没有什么事,你安静去睡觉罢。不过有意加入谈话会的话,想奚太太一定很欢迎。"他如此说了,甄先生才看到桥头上还站有一位女人,他笑着弯了两弯腰道:"我还是睡觉罢。身体实在是支持不住了。"说毕,转身就回去了。李南泉见甄先生并不加入谈话会,心里倒老大感着不安。立刻想到和奚太太在这里瞎扯,值此参横月落,空谷无人,这太不妥当。这就故意向天空四周看了看,自言自语地道:"三峡的雾,又该起来了。敌机还会继续来吗?我要到防空洞里看看孩子们去。"说着,很快地走上走廊,将房门锁住。再经过板桥上时,奚太太还在桥上站着,两手一伸,横

第十章 残月西沉 | 247

拦着去路,低声道:"喂!不要走。我一个人在这里守夜,有点害怕。"李南泉笑道:"奚大嫂,你是有魄力的女子,根本就没有躲过空袭,你还会怕鬼吗?"他说时,也推开她横拦着的手,闯过木板桥去了。走了十来步路,故意自言自语地道:"这样半夜三更地罗哩罗嗦,越说越远。"回头看那木桥上,偏西的一钩月亮,撒下淡黄的光,照见山溪两岸,树木人家的影子,都模糊着,黑沉沉的。那木板桥上正仿佛有着一个孤零零的人影子。心想,那自然还是那位家庭大学校长奚太太,猜不着她有什么苦闷,今天这十几小时都在半疯狂的状态中,只有远远地避开她罢。他有此意念,到了防空洞口,见大群人都在残月的微光里坐着,打听到自己家里人,全在洞子里席地里睡觉,这就安心地坐在洞口石头上,等解除警报。

这一晚的夜袭,竟是和残月相始终。残月落下去了,解除警报的长声,也发出来了。他引着家里人,走向家去。那靠近山头的大半轮月亮,由白变成了金黄色,像半面铜盘,斜挂在天角下。那月亮里放出来的金黄色淡光,正轻微地撒在这深谷里。山石树木人家,全模糊着不太清楚。在溪的东岸,有一片菜地,支着许多豇豆架子,这豆架和百十枝竹子相邻,在淡黄色的月光下,照着许多高高低低的青影。天已到将亮的时候,空气是既潮湿,又清凉。在人的皮肤触觉上,已是感到一阵轻微的压迫,再看到这些青隐隐的影子,心理上也有些清凉的滋味了。大家不成行伍地慢慢走着,李南泉依然是首先一个引导。他远远地看到那高低影子当中,更有个活动影子跑来跑去。虽然是大群人走着,这个深谷,月亮只照了半边山到底,一边是阴影面,一边是昏黄的光,凉空气之下,清幽幽的,这会给人一个幽暗荒凉的印象。这个活动的影子,在清暗的环境下,无声活动,很可以让人感到是妖异。李先生不免怔怔地站了一站。但他很快地就证明了,那是个人,那一定还是奚太太,因为在这几家邻居中,除了去躲防空洞的人,都睡觉了。她大概是有点半疯了,就不去睬她。直走到那丛竹子下,她出现了,身上已加了一件短大衣,手里攀住了一枝竹子,只是在空中摇撼着,就洒了李南泉一身水点。尤其是那竹叶子窸窣一阵响,不由得吓了一跳,耸着身子"哟"了一声。

奚太太随着这一声"哟",嘻嘻地笑了。她道:"李先生的胆子也太小了。竹叶子洒下来几个露水点子,何至于吓得这个样子。"李南泉站在路头上,不免瞪了她一眼。可是这曙色朦胧的时候,使一个眼色,奚太太怎能看到。她还笑道:"这是甘露呀!嘻嘻!"李太太是紧随在李先生后面的,却有点不能忍受,便笑道:"奚太太这样高兴,得着什么打胜仗的消息吗?"奚太太道:"我是乐天派,用这个手段对付敌人的疲劳轰炸,那是最好不过的事情。"李太太笑道:"还是你赏鉴残月西沉这段风景的作风吗?残月西沉,是带些鬼趣的。"她说到最后一句话,语调稍沉着一点。李先生颇觉太太这话带了很严重的讽刺,恐怕身受者难堪,便大声叫道:"钥匙落了,怎么办?"李太太道:"我这里还有一把。"这一问一答,把对付奚太太的目标就转移过去了。由防空洞回来的人,少不了有一套抹澡喝茶。整理由防空洞带回的包裹。把这些事作完,天色却已大亮了。趁着天气凉爽,妇孺都安眠去了,李南泉恐怕白天的空袭紧随着要来,就站在走廊茅檐下抬头看看四面天色。见白云展开棉絮团子,笼罩了四周的山头,颇有变天的希望。变天,这是躲空袭者的好消息。正想喊出:"要下雨了!"回头一看,奚太太手扶了一根竹枝,还站在那丛竹子下,便笑问道:"还没有回去么?"这一问,倒引出了意外的行动。她一笑,放了竹子,竹梢向空中一弹。她转身向大路走去。那和她的家是越走越远的,这可奇了。

## 第十一章　蟾宫折桂

李南泉见这位太太扬着颈脖子，顺了人行大路，径直地走去。倒猜不到她是向哪里去。回头看看奚太太的屋子还敞着大门呢。本待叫她一声，转念想着，管她这闲事更不好，随她去罢。站在走廊上出了一会神，听家里的人，隔着夹壁，是一片鼾声。这正可以证明大大小小，全疲倦到了极点。自己端把椅子，拦了屋门坐着。这样有几点作用：可看守屋子，可听候警报声，也可以打番瞌睡。人是靠了椅子背坐定，不知不觉就闭上了眼。仿佛中是知道邻居们有人行动，但随着跑警报，在那天然洞里唱戏，和奚太太站在木板桥上夜话的事情，像演电影似地，一幕一幕在眼前过去。觉得自己一阵颤动，像是沉在冷水塘里，吓得赶快身子向上一挣扎，睁眼看时，椅子背倒在窗户木台上，扶好了椅子，索兴伸长了腿，仰着睡了。不到一会儿，这身子又沉在水塘里了，不但是身上冰凉，连头发都是凉阴阴的。这不是水塘，是海滩，那大风浪正倒卷着人的身体，向礁石上猛扑了去。赶快睁开眼睛，见溪对岸那丛竹子，被大风刮着，几乎要扑倒在地面上。身上的衣襟，被风卷动着，肌肉都露出来了。风里夹着豆大的雨点，吹进了走廊，打在干地上，噗噗作响。就是自己的衣服上，也很沾染了些雨点。站起来出了出神，却听到隔壁吴春圃先生在屋子里叫道："好了，老天爷来解围了。"

在日晴夜月的情形下,让敌人进行轰炸了一天又一天之久,除了望天变,实在没有什么好法子,可减少这空袭威胁的。这时吴先生喊着一声天变,引起了很多人跑出屋子来看。李南泉也是如此,觉得在走廊上看到的,还是不够,又走到溪桥上,抬头四周观望一番。看到云阵每每结成很大的一块,就在天峰飞跑。尤其是由溪口望出去,在远隔两三里的大山头上,已让灰色的云笼罩得天地连在一处。溪岸上的那丛竹子,窸窣的一阵响,让谷风吹着卷了过去。同时,那云层里的雨点,就像撒豆子似地,稀疏地撒上一遍。雨点里的凉风,吹过这条长谷,让人身上毛发都感到凉飕飕的。这就一拍手,自言自语地道:"不管好歹,放头去睡罢。"吴春圃先生站在走廊上,张开胡子嘴,打了个哈欠,笑道:"睡罢。不化钱的享受,可别放弃了。俺今天不吃午饭,至少睡他十小时。"说着,他又是个呵欠。这呵欠是个急性传染病,在廊子这头站着擦脸的甄先生,弯着在盆里洗脸的甄太太,连接着打呵欠。大家互相看了一下,不由得哈哈大笑起来。李南泉摇摇头笑道:"甚矣,吾倦也。"他又打了两个呵欠。果然的,他进屋去,就倒在床上。正是老天凑趣,突然哗啦啦一阵急雨,倾盆似地倒将下来。经受过长期空袭的人,不知道这趣味。大雨声比什么催眠曲都有效力,人早是朦胧着失去了知觉。

他一觉醒来,首先让他还从容不迫的,就是窗户外的茅草屋檐,还在滴滴答答流着水柱。这尽可像冬天贪恋着被窝里的温暖一样,继续地在床上躺着。休息了几分钟,隔着玻璃窗向外看去,树丛子里,飞起一堆堆白絮似的云块,这更证明着是个阴雨连绵的气候。减少了疲劳,恢复了健康的太太们,在屋檐下,已是隔了两下的山溪对话。"好凉快天啦,来呀,十二圈呀。"李南泉起了床,也是首先到门外看看雨色。在屋子里,就可以看到对门的山头,让阴雨封锁了一半。半空里细雨如烟中,牵着一条条

第十一章 蟾宫折桂

的稀疏雨绳。屋外的山溪,已流着山洪,哗啦啦的,水溅着溪床里面的石头,翻出白色的浪花。这一切形象,也未尝不可供山居者的赏鉴。他站在走廊上,反背了两手,只管张望着。正在出神,肩上却披上了一件衣服。太太在不通知之下,将一件蓝布长衫送来加凉了。她站在身后笑道:"你实在该轻松轻松。过去是太紧张了。你先去洗洗脸,我给你泡好一壶茶,大概还有一盒好香烟。你可以躺在布睡椅上,随便拿本书看看。"李南泉穿上长衫,笑道:"谢谢。睡是睡够了,可是我还……"李太太笑道:"还有,我已经给你红烧了一碗牛肉,立刻下面给你吃。大家太辛苦了,乐一天是一天,你今天好好休息这半日。"李南泉笑道:"既是大家太辛苦了,你虽不必休息,也可以找点娱乐。什么时候了,我还没有看表。马上动手,十二圈还来得及吗?"李太太还没有答话,甄太太屋里,有个女客的笑声,那正是冒雨来邀角的下江太太。

下江太太随了这笑声,也就走出来了。她抓着李太太的手,连连拍了她几下肩膀,笑道:"老李,你真有一手,三言两语,加上点儿电影镜头的小动作,你就把李先生降服了。"甄太太虽是过了时代的人,看到她们逗趣,这也就在旁边插嘴道:"这话只好摆勒肚皮里面格。一说出来末,李先生晓得哉,下转末,格些作作,就勿灵哉!"她这么一说,又是一口的苏白,引得大家都笑了。李南泉笑道:"中国人真有弹性,疲劳轰炸一经停止,大家就嘻嘻哈哈地笑起来。"下江太太道:"李先生,你想,若是这样的阴雨天,我们还不找点乐趣,岂不是错过好机会吗?今天晚上,大概杨艳华又是全本《玉堂春》罢?"李南泉笑道:"你们打牌,这和玉堂春有什么关系?"下江太太笑道:"那就凭你想罢。"说着,她已把靠在墙壁上的一把雨伞撑起,笑道:"老李,打铁趁热,走罢。"说着,左手撑伞,右手就来扯人。李太太笑道:"你忙什么?我还得给煮牛肉面呢。"下江太太始终把她一只手拉着,笑道:"这就够瞧多半天了,用不着你恭维,你家女佣人干什么的?"下江太太那口蓝青官话,"瞧"字"什"字,全念成舌尖音,"半"字念成"本"字,全不够俏皮。李南泉哈哈大笑。李太太也就真趁他这分儿高兴,点着头笑道:"我走了。不用等我吃晚饭。"就和下江太太抱着肩膀,共同躲在伞下,冒着雨走了。李南泉望着两位太太,在雨丝里斜撑着伞走过了溪边大路,也笑道:"出得门来,好天气也。"邻居听着,都笑了。连那位正正经经的甄先生也笑了。

这场雨,真是添了人的兴致不少,老老少少,全是喜色。而四川的天气,恰又是不可测的,一晴可以两三个星期,一雨也可以两三个星期。原来是大家望雨不到,现在雨到了却是继续地下,偶然停止几小时,随后又下了。这样半个月,没有整个的晴天,虽是住家的人,睁开眼来,就看到云雨满天,景象阴惨惨的,可是个人的心理,却十分的轻松。李南泉除了上课之外,穿上一件蓝布大褂,赤脚踏着拖鞋,搬一张川式的叉脚布面睡椅,躺在走廊檐下看书。也是两月来心里最安适的一天。正捧着书看得出神,却有人叫道:"李先生,兴致很佳吧?这两个星期很轻松,作了多少诗?"他放下书,回头看时,那位石正山夫人,并没有撑伞,在如烟的细雨里面,斜头走上了木桥,便笑道:"石太太,你不怕受感冒吗?衣服打湿了。"石太太走上了屋廊,牵着她身上那件蓝中带白的布长衫,笑道:"你看,这胸襟上,绽了两个大补钉。这根本值不得爱惜的衣服。"李南泉道:"多日未见,石太太出门去打抱不平的事,告一段落了没有?"石太太脸上表示了十分得意的样子,两道眉毛尖向外一伸,然后右手捏着拳头,伸出了大拇指,接连着将手摇了几下,笑道:"那不是吹,我石太太出马料理的事,决不许他不成功。假使我没有替人家解决问题的把握,那我也就不必这样老远地跑了去了。一切大告成功。妇女界若是没有我们这些多事的人,男子们更是无恶不作了。"李南泉笑道:"好厉害的话。所谓男子们,区区也包括在内吗?"

石太太倒没想到人家反问得这样厉害,站着怔怔地望了他一下,强笑着道:"这话很难解释。回头我们详细地谈。我现在要去找奚太太说话。"说着,她抬手向隔壁屋子的走廊招了两下,笑道:"在家里作什么啦?我们今天要详细地谈谈。"李南泉看时,正是奚太太拿了一本英文杂志在手上,由她家走廊这头,走到那头。其实她的眼睛,并不在杂志上,只是四处瞭望。李先生看到她,不免带笑向她点了点头。但她一脸气忿的颜色,并不说话,人家这里打招呼,她只当是没有看到。李先生忽然醒悟了。必然是那天天将亮的时候,看见了她一人顺了大路走去,没有予以理会之故。自己微笑着,也装着不介意。那石太太远远看到她手上拿英文杂志,就知道她用意所在,大声笑道:"奚太太是越来越博学多闻了。在家里看英文。这个我一点不行,全都交回给老师去了。"她也大声笑道:"我哪有工夫看英文书。在家庭杂志里,找点材料罢了。那边白鹤新村里,有个妇女座谈会,邀我去参加,真是出于不得已,你去不去?"她说着,又把那杂志举了一下,笑道:"这里面东西不少。"说到这里时,正好甄先生也站在这边走廊上,她笑问道:"甄先生,你的英文是登峰造极的,你说美国新到的哪种杂志最好?"甄先生道:"自到后方,外国杂志,我是少见得很。"奚太太道:"那末,我借给你看罢。"说着,交给她一个男孩子送了过来。李南泉在一旁看到书的封面,暗叫一声"糟糕",原来是一家服装公司的样本。

甄先生是个长者,将那样本看了看,没作声,就带回屋子去了。李南泉觉得这是很够写入《儒林外史》的材料,手扶了走廊上的柱子,只管发着微笑。奚太太忽然在那边叫道:"李先生,什么事情,这样得意,你只管笑。"李南泉一时交代不出来为什么要发笑,只是对她还是笑。奚太太见他老笑着,以为他又发生好感了,便笑道:"李先生,你在家里闷坐了半个月,心里头很难受吧?我告诉你一个好消息,白鹤新村的桂花开了。你若没有什么事,可以到那里去赏赏桂花。"李南泉笑道:"大概奚太太兴致甚浓,就冒雨去赏过桂花。"奚太太笑道:"那也不光是你们先生有诗意,我们照样有灵感,照样也有诗意呀。"李南泉还是逗她说几句。石太太可向前拉着她的手道:"我特意找你商量事情,你又发了诗兴了。"奚太太一扬脖子道:"怎么样?我不能谈诗吗?若说旧诗,上下五千年,我全行。"石太太道:"你会作?"奚太太道:"我全能念。新诗我会作,五分钟作一首诗,没有问题。"石太太笑道:"别论诗了,我们谈正式问题罢。"说着,她用力将奚太太拉进去了。李南泉想到这位太太过去的事,自己颇有些后悔,就事论事,是给予她太难堪了。她今日虽崩着脸子,到了后来,她还是笑嘻嘻地相对,实在应当找个机会给她表示歉意。他怔怔地出了一会神,还站在走廊上望着。不知过了多少时候,奚太太又送着石太太走出来了。李南泉回味着刚才的事情,又向她笑了一笑。

石太太虽是走着,也发觉了李南泉只管微笑,因站住了问道:"有什么可笑的事情吗?"奚太太道:"他笑我们和女朋友打抱不平,在雨里跑来跑去。"石太太笑道:"李先生不了解新时代的女人。"她说着,依然冒雨走了。她这是一句无意的话,这倒让李先生生了一点感想。觉得这二位太太,是新式妇女中另一典型,确乎有人不能了解之处。她不是说白鹤村一个妇女座谈会吗?这个会,虽不是男子可以参加的,但是在那条路上走走,看看这些妇女是怎么个行为,也许不少戏剧材料。他生了这个意思,便含笑走回屋去,在桌上摊开笔墨来,写了三个大字"雨淋铃",就根据了这奚、石两位太太的影子,作为剧本的主角,在纸上拟了一个故事的草稿。

第十一章 蟾宫折桂

只写了四、五行。那奚太太又在窗外张望了一下,笑道:"写文章?"李南泉将手一按纸,问道:"有何见教?"她索兴扶了窗棂,向里面桌子上看着,笑道:"我已经看到了,'雨淋铃'。这题目很漂亮,好像在哪里见过。"李南泉又觉得无法和她谦逊了,又问了一句:"有何见教?"奚太太道:"那个装咸萝卜的碟子,我还没有收回去呢。我是怡红院里的丫头,到潇湘馆来收碟子的。"李南泉笑道:"那末,我是林黛玉?林姑娘九泉有知,又是一场痛哭。你又何必气她?"说着,立刻起身到厨房里去,将那碟子取来,双手捧着,送交给她,还一鞠躬道着"谢谢"。奚太太道:"你有点受宠若惊吗?你看,这一丛竹子,一湾流水,就是一个潇湘馆的环境。而且,你又……"

李南泉笑道:"不用而且,我承认我是,等我把这段草稿子打起来,我泡一壶好茶,再请你到潇湘馆畅谈。"他这样说着,隔壁邻居家里有了笑声。奚太太实在无话可说了,只好板着脸收了碟子回去。但是这么一来,更让李先生感到歉然。自这天起,她又不向李先生打招呼了。继续着又下了两天小雨。李南泉那篇《雨淋铃》故事已经写完,并且将剧本写了一幕。但到了第二幕,就有许多材料不充分,只好搁笔了。第三天是小晴,第四天是大晴,隔了窗户,就看到奚太太穿了盛装,撑着一把纸伞,从大路上过去了。这就想着,必是她说的那个妇女座谈会今天要开会,顺了这个路线,倒可以找点材料。但这个窃窥妇女行为的举动,究竟是怕太太所不能谅解。便说是去看桂花,顺便也可以摘些回来。李太太微笑着,并没有置可否。四川的天气,只要一出太阳,立刻热起来。李南泉只穿了短衣服,将那件防空蓝布长衫作一个卷儿夹在腋下。为了预备拿桂花回来,没有撑伞,只找了一顶旧草帽子戴着。那身短衣服又有七成旧,远看去,也就是个乡下小贩子。这也是习惯,自在地走着,并没有什么顾忌。由这里向白鹤新村走去,要穿过一道高峰夹峙的深谷。这深谷里面一道流水潺潺的深河,两岸的森林,阴森森的,由河边一直长到山峰顶上去。风景十分幽静。但这里有一件煞风景的事情,就是边山峰下,有一道石坡路。盘旋着直通到山顶上,那就是方院长公馆了,行人在这里走,是常常遇到干涉的。

　　李南泉明知如此,但方公馆门口,来过多次,也并没有加以介意。这时,久雨过后,山河里的水满满的,乱石河床上,划出了万道奔流。波浪滚滚,撞到大石块上哗哗作响。这山河又在两面青山下夹峙着,水声发出了似有如无的回音。同时,风由上面谷口吹来,穿过这个长峡,两山上的松树,全发出了松涛,和下面的河流相应。人走到这里,对这大自然的音乐,实在会在心灵上印下一个美妙的影子,李南泉忘其所以的,顺了山坡的石坡路走,但觉得山峡里几阵清风,吹到身上脸上,一阵凉气,沁人心脾。看到两棵大松树下,有一条光滑的石凳,就随便地坐在上面。这里正对着河里一段狂泻的奔流,像千百条银蛇翻滚,很是有趣。正看得出神,忽然有人大声喝道:"什么人?坐在这里,快滚!"他回头看时,是方公馆带枪的一位卫士,便也瞪了眼道:"大路上人人可走,我是什么人,你管得着吗?怎么开口就伤人。"那卫士听他说话不是本地音,而且态度自然,料想自己有点错误,但他喝出来了,不能收回去,依然手扶了枪,板着脸道:"这是方公馆,你不知道吗?这里不许你坐。"李南泉冷笑一声道:"不许我坐?连这洋楼在内,全是民脂民膏盖起来的,我是老百姓,我就出过钱。我不去逛逛公馆,已是客气,这里坐坐何妨?你不要以为老百姓全是唬得住的,也有人不含糊。"说着,他坐着动也不动。那卫士可被他的话弄僵了。同时,也就看到石板上还有一件卷的蓝布大褂。这地方有一个大学,又有好几个中学,蓝布大褂,就是教授、教员的标志,这种人院长是容忍他们一二分的。

这个人斯斯文文的,又有蓝布大褂,决不怕带枪的卫士,那决计是个穷教授之流。卫士虽自恃来头大,但对于这类人,却不能不有一点顾忌。不过既喊出了口要他走,而他又坐着丝毫不动,面子上太下不来。便扶了枪瞪着眼道:"要得,你坐着不动就是,我去找人来。"他身上带有哨子,放到嘴里"呼嘿嘿"一吹,这就看到山峰坡子上,有五六个人跑着步子下来。其中有穿制服的,也有穿便服的。李南泉一看,心想,好,把我当强盗看待,要逮捕我了。闲着无事,找他一件公案发生也有趣。于是抬起一条腿来,半蹲了,将两手抱了腿。那群人一会儿工夫,就跑下山了,这卫士迎上前去,抢着报告了一番。有人喝道:"什么人?好大的胆,在太岁头上动土!"说过了,那些人跑过来了。接着有个人哈哈大笑道:"李先生,和他们卫士开什么玩笑?你来我家径直上山去就是。何必在这里坐着?"这顶头第一个说话的,正是刘副官。李南泉笑道:"我并非来找你,我是到白鹤新村去,路过此地,看到路边有石凳,顺便坐着歇歇腿。不想,这就怒恼了贵公馆的卫士,他要轰我走。我这并不冒犯什么,因之他轰我走,我并不走。"那些跟着跑下山的人,看到来人和刘副官十分熟,也只有站着微笑。原来的那位卫士,看到这事情不妙,只有把枪夹在腋下,悄悄走了。刘副官陪了笑,点着头道:"对不住,对不住,他们是无知识的人,你不要见怪。可是你也不好。这年头只重衣衫不重人,谁让你吊儿郎当的,穿得这么寒酸样子?"李南泉道:"我倒想穿好的,可是你们院长,不配给我的布。"

刘副官怕他再发牢骚,因点点头笑道:"上山去喝口茶,我陪你一路走,你不是去摘桂花吗?我也去。"李南泉抬头看了看山顶上那幢立体式的洋楼,在那山顶松树林里,伸出小半截,正像撑着顶上的那片青天,便摇摇头笑道:"算了。我不练这分腿劲。"刘副官道:"那末,我立刻陪你去。我们已经有几位同事去了。这就走罢!"他挽了李南泉一只手臂就走。那意思,是避免那些卫士们继续僵下去。李南泉很了解他的意思,自也无须坚持着和那些卫士们计较,顺着松树林子里的山坡,说着闲话走去。翻过这个大峡,眼前豁然,四面山峰包围着一大片平原。这平原上橘柚成林,鸡犬相逢,就是桃花源那么个环境。四川盆地,这种环境,可以说随处皆是。由重庆躲避空袭下乡的人,总是利用这环境的。这平原上东部一条小石板路,在水田中间,屈曲的前进,那是赶市集的古路。西部一条宽坦的沙子路,颇有公路的雏型,却是一条直线地伸入对面小山口。那小山上树木葱郁,有那砖瓦老房子的墙头屋脊,在绿树丛里隐隐透露出来。刘李二人就是顺了这条宽路走。四川季节早,大路两旁的稻田,穗子全数长黄了。那稻秆被谷穗子压着,都是歪倒在一边的。有些稻田里放着打稻的拌桶,三、四个农人,站在水里面打稻。李南泉道:"今年的年成又不错。我们全靠的是四川这点粮食,若是赶上荒年,那就完了。所幸这几年来,年年收成都好。真是中国有必亡之理,却无必亡之数。"

刘副官道:"这话怎么讲?"李南泉笑道:"中国在我们这群人手上,早就该亡国。可是运气好,亡不了。这运气好里面而又运气最好的人,当然是院长、部长之流。"刘副官听了他这话,没有敢作声。两人默然顺了这条路走,已遇到好几批人,带了小枝的桂花,笑嘻嘻地走来。同时,也就觉得有一阵很浓的香味,在半空飘了过来。再走近一点,果然可以看到那青郁郁的绿树林中,闪出一点昏黄的影子。李南泉道:"你看,这里一堆小山峰,上面长了这许多桂树,这正是合了古文上那句话,小山丛桂。这里若是有一口清水池塘,这风景就更美了。"说到这里,正面来了两个青年,像是学生的样子。因笑道:"去折桂花吗?这两天让人折得太多了,学校里已出了布告,不许再折了。"李南泉道:"不许折,我们自然不折。"刘副官道:"不要信他,为什么不能折?这又不是什么私人的东西可以专利的。公家的东西,大家可以享受。"他不说也罢,说了倒是加紧了步子走。李南泉跟着他走,进了那小山口走着去,那里正是两重楼高的小石山,包围着这山,全是常绿树,除了桂花,就是橘柚。那桂树大小不一,有两棵老的,高出许多常绿树上去。尤其是这小山坡上下,长了些大小水成岩的石块,配着这些桂树,很有点诗意。李南泉顺了路向山坡子走着,早觉得周身上下,全为香气所笼罩。刘副官站在身后,就吓了一声。接着道:"果然,不许折桂花。这是对着我们方公馆来的。"说着将手一指。李南泉看时,在树林子里,树立了一块带柄的白木牌子,上面写着大字:禁止攀折花木,如违严重处罚。下面写明了大学办事处的官衔。

刘副官道:"在我们这里,哪个敢处罚我们?反了!"李南泉笑道:"老兄,你这叫多疑。人家立的这牌告,是指着到这里看花折花的而言,你不折他的花,他就说不着你。"刘副官道:"你不明白这事的内容,因为这两天,我们公馆里天天有人来折桂花,我们被骂的嫌疑很大,以前,这里是没有这块布告牌子的。"正说到这里,树林子里有人笑道:"老刘,你也看了生气,我就觉得这块牌子是对着我们发的。彼此邻居,每天来折几枝桂花,什么了不起,还要这样大惊小怪地端出官牌子来。"看时,正是那位比刘副官更蛮横的黄副官,穿着短裤衩,和短袖汗衫,正向一株大桂树昂头四望,打着上面桂花的主意。刘副官抢上前两步,笑道:"管他妈,我们折我们的。你上树去,折下来丢给我。"黄副官笑着,立刻就爬上树去,李南泉还站在那木牌之下,心里兀自想着,人家既是这样公然树立公告牌,偏又公然去折人家的花,若是让人家看到,那却是怪不方便的,因之远远地站着,离开那几棵桂花树。在这小山侧面,是一片平地,四周被绿树环绕着,那一片平地,被绿树罩得绿阴阴的。在平地里面一带泥鳅瓦脊,白粉墙的高大民房,敞着八字门楼,向这小山开着。那八字门楼旁边,正挂着一方直匾,上面写着某某大学研究院。那里就很端正地站有一个校警,直了脖子,正对了这里望着。李南泉想,知趣一点,还是走开罢。这桂花决不容人家乱折的。

他正是这样想着的时候,那个校警,已是大声喝起来了。他大声道:"什么人?不许折花!"黄、刘两位副官只像没有听到一样,还是一个在树上折,一个在地下接。那校警似乎有点不能忍耐,夹了一支枪,慢慢移着步子走过来,问道:"朗个的?叫不要折花,还是要折花。"刘副官大声喝道:"瞎了你的狗眼,你也不看老爷是谁?老爷要折花,就折花,你管得着吗?滚你的蛋罢。"那校警也就看出这二位的来头了,大概是方公馆的副官之流。夹了枪站着,只是发呆。心想不干涉,面子上下不来;硬去干涉,可能落一个更不好看。就在这时,有几位研究生,正走出校门来,在野地里散步。看到校警夹了步枪呆站着,昂了头只管看着前面那小山上的桂花树,这就都随着这方向看去。一个学生问道:"什么人在这里大折桂花?"校警道:"晓得是啥子人!叫他不要折花,他还撅人,叫我滚开。"几个学生听了,一齐怒火上升,同奔到小山脚下来,叫道:"什么人?不许折花!"刘副官见一阵跑来六、七个学生,自己是个弱势,倒不好过于强硬,便道:"什么人?我们是方院长公馆的副官。"一个学生道:"院长公馆的人更要守法了。这里不是竖着牌子,不许攀折花木吗?"黄副官正折了一枝最大的,由树上下来,便道:"我们二小姐叫我们来折几枝花去插瓶子,什么了不起的事,大惊小怪,慢说折几枝桂花,就是要你们这学校用用,叫你们搬家,你们也不能不搬。"其中一位高个儿学生,便挺身而出,瞪着眼道:"什么二小姐?三小姐?狗屁小姐。我们不作兴这一套。你把花放下,若不然,你休想走。看是你让学校搬家,还是学校让你搬家!"

说着话时,七八个学生,全拥上了前。李南泉看这样子,非打架了不可,就不能再袖手旁观了。于是走向前,在这群学生中间站着,笑着摇手道:"小事一件,不要为这个伤了和气。插瓶花,不过是一种欣赏品,不折就不折罢。"黄副官道:"李先生,你不必管,花折了,看他们把我怎么样?什么大风大浪我们全经过,不信在这白鹤新村的阳沟里会翻了船。"他说着话时,挺直了腰,横瞪了两只眼睛。那个高个儿学生,恰是不肯让步,他将肩膀一横,斜了身子挤向前来,喝道:"好,我们这里是阳沟,我看哪个能把这桂花拿着走!"他说着话时,两手也是叉住了腰身。学生当中,有这么一位敢作敢为的,其余的都随着壮起胆来,挤了向前,个个直眉瞪眼,像要动手夺花的样子。刘副官对这些学生看看,见他们后面,学生又在陆续地来,就以眼前所看到的而论,恐怕已在二十人以上。于是将黄副官手上一大枝桂花夺了过来,和在自己手上原来拿的花,合并在一处,然后举起来,向山地上一扔,板着脸道:"什么了不起?明天我们派人下乡去,挑他几担桂花来,老黄,我们走罢。"说着,拉了黄副官的手臂就走。黄副官看这情形,绝对是寡不敌众。若和这些学生僵峙下去,一定要吃眼前亏,借了刘副官这一拉,跟跄着步子,跟了他走去。那几个学生虽还站在一堆,怒目而视,可是李南泉还站在他们面前,不住向他们使眼色。同时,将右手垂直了在腿边,伸开了五指,连连对着他们摇了几下。

学生里面,有几个认得李南泉的,见他这样拦阻,也感到方公馆这些副官不是好惹的。一个精明一点的学生,向他点头道:"李先生,你看他们这些人。蛮横得还有丝毫公德心吗?"李南泉笑道:"折两枝桂花去插花瓶,这在他们,实在是很稀松的事。我劝各位以后还是少和他们正面冲突为妙。"那位高个儿学生笑道:"我们也知道犯不上和他们计较。无奈他们说话那气焰逼人,实在教人容纳不住。李先生,你怎么会和这种人认识的?"这句问话,倒问得他感到三分惭愧,便笑道:"我们这穷措大,有什么架子不成,谁和我交朋友都成。他和我住在一个村子里。"那学生把地面上桂花捡起一大枝来,交给他道:"李先生带回去插花瓶罢。"李南泉道:"那就不对了。纵然是人家折下来的,与我无干,但我拿了去,是人家犯禁,我实受其惠。这还罢了,是道德问题。我回家,一定要路过方公馆的。若让他们看到了,他们会来反问各位,何以让我折了花去?那是给各位一种麻烦。不过你先生的盛意,我是心领的。"那学生见李南泉说得很有情理,也很是感动,就给了他一张名片。他看到,上面印着大学研究生的头衔,名叫陈鲤门。同时想起,在报纸上看到有几次专栏文字,署的是这个姓名,这倒是个真读书种子,就站在桂花香里和他闲谈了一阵,然后告辞回去。为了这么一回小风波,也就无意再去打听妇女座谈会会员的行为了。由这平原走进了峡口,心里倒若有所失,不免步子走得慢些。迎面却见一大群人走来,其中还有两个穿制服背步枪的。

这群人首先一个,就是黄副官。不知他在哪里找到一柄玩把式的带鞘大刀。他背了在肩上。刀柄上挂着红绿布坠子呢,临风只是摆荡。只看这一点,就表示着这群人得意极了,李南泉明知他们起意不善,但料着说明了劝阻不得,倒是装了不知道为妙,只是向黄副官点了一点头,还是走自己的路。这群人约莫有十二、三位,刘副官仿佛是位压阵将军,却跟随在最后面。他抬起一只手来,在空中抬了两抬,笑道:"李先生,别回去,看我们这一台武戏去。"李南泉笑道:"我说算了罢。那都是些穷学生,和他们计较些什么?"刘副官道:"穷学生怎么样?我们不含糊这些,老实说,我们这次去,要把那些桂花都给他砍了。"李南泉笑道:"树又没得罪你,那何必,那何必!"他虽是这样劝着,那刘副官听说,并不怎样介意,径自走着。李南泉站在路边对着这群人的后影,呆望了一阵,也只有摇摇头自行走去。那黄副官肩上背了那柄大刀,后面紧跟着两位带步枪的卫士,他得意极了,挺着胸脯子朝前走。他心想,这一下子,总可以威风凛凛地把刚才那面子挣回来了。不久,到了那小山丛桂之处,远远地先让他吃一惊。早见那桂树阴下站着一大群人。随便估计着,总也有五、六十个。而且这些人全是全青制服的,可想都是学生,心想,怪呀!我们回去找了人就来,决不会有人走漏消息,怎么他们就事先有了准备了?在这么多人面前,要是去抢着折桂花的话,那必是一场大风潮。还未必能占便宜。可是浩浩荡荡地来了,悄悄地回去,面子又更是难看。

他虽是这样踌躇着,可是紧跟在后面的弟兄们,却都得意洋洋地走着,以为可以出回风头。哪里知道黄副官有了尴尬的情形?他情不自禁地拖慢了步子,走近了那群学生。但那群学生都是背朝着山外,面朝着山里的。虽然这里有人带着真刀真枪前来,他们并没有加以理会。黄副官这有点省悟,这里群集了大批的人,倒并不是准备打架的。于是昂了头看去,见学生面对着的所在,有一块高草坡。草坡上站着一个穿西服的瘦子。那人头上梳着花白的西式分发,尖削着两腮,虽不是营养不够的人,可是看出心计上的支出太多,依然免不了几分憔悴。因之他虽站着,他的脊梁是微微弯着的。黄副官对这个人的印象很深,老远就可以看出来他是很有名的申部长。申部长虽比方院长矮去一级,可是在政治上的势力,并不下于方院长。而且这学校很和他有关,他站在那里,分明是召集学生训话,不但是不许可在这时候去砍桂花,就是再走近两步,也有搅乱会场的嫌疑。立刻站住了脚,两手平伸开,拦住大家前进,低声道:"申部长在这里。"那在后面的刘副官,对申部长认得更熟,也低声道:"大家就站在这里罢,不能再向前了。"这些又是在权贵人家混饭吃的,"申部长"三字,也早是如雷贯耳。一听前后两位副官报告,就知道形势有了大大的转变,无论如何,上前不得。不约而同地,全站住了,他们不上前,恰是申部长把他们看得很清楚。

那申部长用着蓝青官话,正在对这群学生,作露天演讲,看到了方家家兵家将,排队向前,便将手一指,向站在旁边的学校职员问道:"这是干什么的?"职员看了看,却答复不出来。这些学生们,早就看到了,有一个人报告道:"这是方院长家里的人,大概是预备来折桂花的。"申部长微笑道:"来折桂花的?桂花长在学校门口,可以说是和你们读书种子能够配合。科举时代,举子们考试得中,叫着'蟾宫折桂',那只是用用毛锥子而已。科举废了,时代变了,于今折桂花不用那东西了,耍枪,嘿嘿。"他勉强发出了笑声,调门又很低,于是将"哈哈"变成了"嘿嘿"。他接着道:"不过就各位而言,还是七分用笔三分用枪的好。否则,我这考官固然考不了你们,你们就是蟾宫折桂了,恐怕和来人一样,干的不是你们本行。"有些学生,颇觉得他这话别有用意。哄然地发出了会心的笑声,每个人的声音虽是不大,但积着许多人的小笑声,也就变成了一种很大的声浪。黄副官听到这笑声,回头向刘副官看看;刘副官却比他更机灵,向他使了一个眼色,又将嘴向旁边一努。黄副官会意,立刻掉转身向旁边小路上走。跟着他走的人,也知道这前面山坡上,是一位不可惹的人,就无须再打招呼,都跟了他走去,一直走过半里多地,踏上了那石板面的人行古道,走回方公馆去。走进了峡口,黄副官看看这队家兵家将之外,并无他人,就顿了一顿脚道:"真是不凑巧,遇到了这个姓申的。老刘,我们算吃亏了。"

刘副官道:"吃亏就吃亏罢,反正姓申的不能永远在这里守着。我们只要逮着一个机会,就让那几个毛头小伙子认得我们。"黄副官笑道:"你有什么法子呢?"老刘摇了两摇头笑道:"天机不可泄露,早说了就不灵了。"那黄副官半信半疑,也就不提了。他们到了方公馆,正好方二小姐在屋子外面的走廊上散步,看到一群人由山峡里面走了回来,便一直迎下山来。黄、刘二人丢开了那班队伍,赶快顺着山坡跑上来。见着了二小姐,喘着气向路头上分开,在宽敞的石头坡上一边站着一个。二小姐今天是半男装打扮,下面白皮鞋,穿着长脚白哔叽西服裤子,拦腰来了根紫色皮带,裤腰套着的是件翠蓝色的短袖子翻领衬衫,手里拿了根紫藤手杖,在石板坡四面敲着东西走下来。见到刘、黄二人,站定了脚跟,望了一望道:"你们由哪里来?"刘副官垂了两手,笔挺地站着,眼光直视了二小姐,低声答道:"昨天不是在白鹤新村折桂花没有折到吗?今天我们特意多带些人去,非折来几枝桂花不可。不想事不凑巧,偏偏申部长就在那桂树林子里演说。整大群的学生将他围着,我们不敢过去。"二小姐:"这可怪了。申部长到他们学校里来训话,自然有讲堂、有礼堂演说,怎么会跑到山上去,在桂树林子下面去演说呢?"黄副官插嘴道:"那当然是那些学生用的诡计。准是他们料着我们今天会去折花,所以就请申部长到桂花下面去演说。"二小姐道:"申部长?天部长又怎么样?这是我们公馆附近的事,他管不着,是哪个学生弄的诡计?明天给我揪了来。"

她随便说过这句话,又对刘、黄二人各瞪了一眼,将手杖把石坡两旁的松树枝刷刷地敲打了几下。自转身回到屋子里去了。刘、黄二人也不知二小姐是怒是喜,呆站了一会,各自回屋子里去。他们的副官室,在大楼一进门的两旁,开了窗子,面对了隔岸的一排高山。那远近郁郁青青的松树林子,映在屋子里的光线,都是阴暗的,但空气自然是凉爽。刘副官在他面窗的一张木架床上倒下,将脚架在床栏干上,因道:"唉!这在家里躺着,多么舒服。平白无事地去折什么桂花,弄得里外碰壁。"黄副官也是无趣,跟着走进他屋子来。两手插在裤子袋里,来回地走着,顿了脚道:"我绝不能干休!"刘副官道:"算了罢。人家学生多,咱们不是对手。我们虽然吃蹩,外面并没有人知道。若是把事情传扬出去了,面子会弄得越来越不好看。我算跟着你摔了一个跟头就是。"黄副官道:"那几个小子我认得他,他们别遇着我。遇着我,我要给他一点好看。"刘副官也没说什么,哈哈大笑一阵。他这么一来,给予黄副官的刺激就大了。他走到临窗的桌子边,捏了拳头,将桌子一捶道:"此仇不报,非君子也。"刘副官以为他是发牢骚,并没有问其所以然,还是继续笑着。黄副官两手插在裤衩子袋里,来回走着。最后也就走出屋子去了。四川的天气晴了就一直晴下去,次日依然是个大晴天。上午九点多钟,就来了警报。黄副官这就有了办法了,穿上了一套灰色制服,背起一支步枪,带了几名弟兄,就出了方公馆,顺着山峡向白鹤新村走去。

他们走到山脚下路边上,卫士笑道:"喝!黄副官今天亲自去当防护团,防哨?"黄副官道:"中国人太不爱国,随处都有汉奸活动,我们得随处留心。前几天敌人疲劳轰炸的时候,这山头上就有人放信号枪;今天我们得留神一点。不逮着汉奸便罢,逮着了汉奸,我得活活咬下他两口肉来。"他说着话,横了眼睛走路,十分得意,好像他就捉到了放信号枪的汉奸,亲自在这里审问似的。跟随着他的几名兄弟,自不知道他是什么用意,也只是糊涂着跟了他走去。黄副官走在人行大路上,一点没有考虑,自向白鹤新村走着。到了这里,已是放紧急警报的时间,这里没有挂红球的警报台,也没有手摇警报器,只是学校里的军号,和保甲上的铜锣,到时放出紧急的信号。黄副官站在平原的大路上一看,四野空荡荡的,并无行人,只是那学校大门口,站了两名警士。他便向弟兄们挥了两挥手,径直向那桂树林子里走去。一位弟兄道:"黄副官还没有忘了折桂花啦?"他冷笑一声道:"折桂花?再送到我家里去我也不要,我们今天要捉汉奸。"

第十一章 蟾宫折桂 | 267

弟兄们听他这话,有些像开玩笑,又有些像事实,不过大家心里很纳闷,这个文化区域,哪里来的汉奸?也只有跟着他同到那桂树林子里去,隐蔽在浓密的树阴底下。由上午九点钟到正午十二点钟,天空上过了两班飞机,平原上偶然经过几个人,始终是静悄悄的。由十二点到两点半钟,很长的时间,并没有敌机经过,空气就松懈得多了。

黄副官扛着那支步枪,缓缓走出了桂树林子,站在山地草坡上,对四处看望着。就在这时,看见有三个学生,由那广场上走过来。他们好像没有介意到什么警报,各各摇撼着手膀子,只是慢慢走着。到了桂树林子下,黄副官认出来了,其中有位高个儿的,就是拦着不许折桂花的那人。心里高兴一阵,暗叫着"活该",居然碰着了这小子。且不动声色,只站在一丛树阴下横了眼睛看着他,他也把方家这几位总爷看了看。学生的制服衣袋里,各都揣着一本卷着的书。看那样子,分明是到树林子内躲警报看书的。黄副官心想,不忙,反正有的是机会。于是将身子靠了树干站着,把脸掉到另一边去,但他依然偷看他们作些什么。那三个学生,走上了山坡子,就在一丛乱石堆中,各各坐下,随便地在衣袋里掏出书本来看。约莫是十来分钟,天空里轰轰地有了飞机群声。那几个学生安然无事,还是看他的书,那轰响声越来越近,那个高个学生,却由石堆里站了起来,站在一矮矮松树下,伸了头四面张望着,还举了右手巴掌,齐平着眉毛挡了阳光,看得很真切,意思是看敌机向哪边飞来。就在这时,一批飞机约莫是二十多架,只有一架领头,其余是一字儿排开,在对面一带山峰上斜插了飞过去。黄副官远远地看到,便喝道:"什么人?敌机来了,还不掩蔽起来。"那高个儿学生回头看了看,随便答道:"我藏在树下向外探望着,这有什么关系?不叫多管闲事吗?"

黄副官站在稍远地方,虽听不到他说的是些什么,可是看他的姿态,显然是一种反抗。便大声喝道:"敌机已经到头上来了,还要故意露出目标来探望,你是汉奸吧?"那高个儿学生已听到了他的话了,也大声喝道:"什么东西?开口伤人!"黄副官抬头一看天空,飞机业已过去,不必在行动上顾忌,这就两手端了步枪,向上一举,高声叫道:"捉汉奸!捉汉奸!"在大后方叫"捉汉奸",这是很惊人的举动,尤其是敌机刚在头顶上飞过去的时候,四野无声,这样高声叫喊着,真让听到的人惊心动魄。那两个在石头丛里坐着的学生,听到大声叫"捉汉奸",也都惊慌地站了起来。看时,黄副官带着四、五名防护团狂奔蜂拥而上。黄副官手上的那支步枪,已是平端着,把枪口向前作个随时可以射击的样子。那枪口也就朝着高个儿学生,他倒怔住了,怕黄副官真放出一粒子弹来,人不敢动,口里连问着"怎么回事"。黄副官直奔到他面前两丈路远,举了枪对着他的胸口道:"你是汉奸!我们要捉你!"他瞪了眼道:"我是这里研究生陈鲤门,谁不认得我?"黄副官道:"陈鲤门?陈天门也不行!敌机来了,我亲眼看到你在山上拿了一面大镜子打信号。"说着,回头对那几个卫士道:"把他捆了。"于是四名卫士,抢了上前,将陈鲤门围住。他见黄副官的枪口已竖起来,便胆壮了,喝道:"捆起来,哪个敢捆?这里还不是没有国法的地方!"其余两个学生,也向前拦着道:"这是我们同学。"

黄副官瞪了眼道:"是你们同学怎么样?照样当汉奸。汪精卫作过行政院长,还当汉奸呢!"陈鲤门听到他说声"捆了",早已怒从心起,这时见他更一口咬定是汉奸,便瞪了眼对逼近身边的几个卫士道:"你们打算怎么样?还是要打我?还是要杀我?要捆?好,你就捆,只是怕你捆我之后,你放我不得。"这几个卫士根本没有带着绳索,虽然黄副官叫捆,却是无从下手。现在陈鲤门态度一强硬起来,这形势却僵化起来。其中有个人先红了脸,抢上前一步,抓了他的手道:"龟儿子,当汉奸,有啥子话说,跟我走!"黄副官势成骑虎,也顾不了许多,大声喝道:"把他带了走。"卫士们有副官撑腰,还怕什么,一拥而上,拉了陈鲤门就走。其余两位同学,要向前抢人,却被黄副官拿了枪把子一扫,先打倒了一个。其余一个,料着不是敌手,向学校大门口扯腿就跑,大喊"救人哪,救人哪!"这个时候,警报未曾解除,学生不是躲在山后洞子里,就疏散到野外去了,门口除了两个校警,并无帮手。他空叫了一阵,只眼望着那群人,拥了陈鲤门走去。到了校门口,校警迎着道:"不要怕他,这是方公馆的副官,他们又不是防空司令部、警备司令部的人,他凭什么权力捉人?"那个学生道:"我叫王敬之。那个捉去的叫陈鲤门。既是叫不到人,我不能让陈同学一个人走,我得跟着追上去看看。若是我也不能回来,你得给我们报告教务长。"说着,扯腿就跑。

他顺了向山峡的大路,一口气追了去。这里是一条沿着山麓的人行路,正是逐渐地向下。王敬之走到峡口,在居高临下的坡度上,远远地看去,只见黄副官那群人鱼贯而行,拉长着在这人行道上。他高声叫喊了两句,无奈这山河里的水,由上向下奔流,逐段撞击在河床石头上,淙淙乱响;加着夹河两岸的松涛,风吹得哄然。他的叫声,前面的人哪里听得见?他看着彼此相去,不过是大半里路,自己叫了一声追,便随了向下的山路,跑着跟了去。这虽是由上向下的路,但有时要越过山峰拖下来的坡子与弯子,因之有时被山脚挡着,看不到前面的人。直到追到方公馆的山脚下,才看清楚了。陈鲤门正被黄副官这群人前后夹持着,把他放在中间走,顺了方公馆上山的一丈宽、每级两尺长的石板坡子,向公馆里走去。相隔也只有四、五十步罢了。这山坡的尽头,就压着沿山河的人行路。石坡面的一块平台上,立着四根石柱,树着铁柱栏干。铁栏门口,为了空袭未曾解除的原故,加了双岗,站着两位荷枪的卫士。王敬之跑得气喘如

……现在陈鲤门态度一强硬起来,这形势却僵化起来。

牛,站在平台下,张了嘴"呼哧呼哧"作响。瞪了双眼,只管向走去的那群人望着。一个卫士便走过来喝道:"干什么的?"王敬之道:"干什么的?你们把我的同学捉去了,我来看看你们怎么摆弄他!"卫士把枪头伸了过来,遥遥作个拦阻的样子,喝道:"走开罢,如若不然,把你一齐捉了。"

王敬之道:"把我一齐都捉了?我犯了什么罪?有罪也轮不到你们捉。"那卫士道:"他是汉奸。你来和汉奸说话,你也就是汉奸,随便哪个都可以捉得。"另外一个卫士,站在那平台上没有走动,就远远地向他道:"我劝你不要多事罢!冤有头,债有主,人家不找你,你又何必跟着一起来?"王敬之虽然和这两个卫士说话,眼睛还是对着向方公馆走去的山坡上望着。见陈鲤门倒还是散了两只手,在人群中走着的。看他那样子,一时还不致受屈,这就叉了两手,在人行路上站着,虽不说话,却也不走去。那卫士没有得着副官们的命令,自也不敢胡乱捉人。王敬之不逼近平台,他们也就只扶枪站立着,仅仅取一个戒备的形势,这样约有半小时。山峡口上,又走来一群人。王敬之在阳光里看那群人的衣服,全是青色的,这就料着是大批同学来到,胆子越发壮起来,叉住腰部的两只手,也就格外觉着有劲。他横扫了那两个卫士一眼,冷笑着道:"哼!我们也不是好惹的,这回瞧他一场热闹罢。"那个轰过他的卫士,恰是听到了,便夹了步枪,走向前来问道:"叫你走你不走,你还在这里叽叽咕咕说个不歇,那也好,你和我一路到公馆里去说话。"王敬之依然两手叉了腰,淡笑道:"去就去,料想这山顶上的洋楼,也不会是人肉作坊。"那卫士瞪了眼道:"你说什么?"王敬之道:"我说这地方总不会有人肉作坊。你不要凶,我们的人来了,你快去求援兵罢。你只有两个人,也许我们会把你们捉了去。"

他说时,将手一指。卫士顺了他的手看去,果然来了一群穿青色制服的人。而且走来的步子,非常匆促,教人不能不对着注意。因之只挺直了身子,在王敬之面前站着,不敢动手。那群人跑到了面前,第一位就是张训导主任。他是北方人,挺健壮的身体,粗眉大眼的,就不像是个文弱可欺的人。他向卫士道:"你们有一位副官,把我们的研究生带了来,这是很大的错误。"卫士见来的人多,虽然手上拿了枪,可也不敢再行强硬,因答道:"这事情我们管不着,我们也不大知道。"张主任微笑道:"当然你不知道,当然你也管不着。我这里有张名片,你拿去回一声,我要见见你们公馆里负责任的人。"卫士接过名片去一看,见上面印着主任的头衔,觉着不能给他钉子碰,因道:"院长在城里,公馆里就是几位副官,一位队长。"张主任道:"那末,就请刚才捉人的那位副官下来谈话罢。"卫士道:"好罢,我上山去报告,请你们在这里等着。"他扛着枪,拿了名片,就往山上走。门口依然还留一名卫士守着。他只走到半山腰里,山上已由刘、黄两位副官和一名卫士队长带了二十几名卫士,各各带着火器,冲下山来。黄副官身上,已佩着一把左轮手枪,依然是当先第一名。他接着卫士手上的名片看了,冷笑道:"他们来这些人干什么?要造反吗?他们包围院长公馆,该当何罪?我去打发他们走,没关系。"说着,挺起个胸脯子,皮鞋跑得石板坡子得得作响,直跑到石板平台上站住,沉着脸子,大声问道:"哪一位是张主任?"

张主任高声答道:"我姓张,特意来拜见院长。"黄副官走到了平台口上,因道:"院长在重庆,这里是我们驻守,我知道各位的来意,不是为了我带去你们一名学生吗?老实告诉你,他有汉奸嫌疑,我们盘问盘问他,假如并没有什么嫌疑,我们自然会放他走。若是他多少有些嫌疑,嘿嘿!这问题就麻烦了。"说着,冷笑了一声。张主任道:"汉奸嫌疑,这四个字不能随便加到人民头上。而维持治安的事,自然有治安机关来管,你们是侍候院长的,你们管不着。请你把人放出来。"黄副官横了眼道:"不放怎么样？你们还敢闹院长公馆吗？"他态度强硬起来，嗓音提得特别高，颈脖子也向上扬着。同学们在张主任后面听了这话，又看了他这样子，实在忍不住气，有一个人喊道："打倒方家走狗！"随了这声喊人也向前一拥。黄副官后面，都是有枪的卫士，作个兵来将挡的姿势，十几人一字排开，各端了枪，向学生作了射击姿势。有两个人神气十足，作了战地演习，伏在石坡边的地沟里，把枪平放在台阶石面上，枪口就对了在最前面的张主任。这位张先生来的原意，本是想和平解决，眼下的情形，简直可以演成流血大惨剧。他立刻回转身来，向学生们乱摇着手道："同学们千万不能鲁莽从事。我们是有理可讲的。"学生们被他拦着，又看到卫士们端枪瞄准，谁也不愿冒险流血，就都站住了脚。

刘副官在这群卫士当中，究竟是比较明白事体的。这大学研究部的学生，和老百姓比起来，倒是有点分别。二小姐身上，终日带着手枪，可没有亲手毙过一个人，至多是开着空枪吓吓老百姓而已。眼前这么些个学生，真和他们冲突起来，不用枪抵制他们不住；开起枪来，难道打死人真不用偿命？这就立刻走到平台面前，向研究部的学生，摇着手道："各位，你听我说，还是回去罢！这事没有什么了不得，我们秉公办理，把人送到此地警察局去。警察局要怎么办就怎么办。"他虽然是这样说着，可是那些举枪瞄准的卫士们并不曾把枪口竖起来。张主任见同学已气馁了，也落得见风转舵。这就对刘副官道："既然和我们打官司，有地方讲理。好罢，我们就打官司罢，只要你们承认捉了我们一个学生来，这事就好办。好！我们回去再商量办法。"他说着，首先掉转身向学校里走去。学生们都是徒手的，看到当面十几支枪举着，谁也不敢冒险停留下来。只有那个和陈鲤门同在桂花树下受辱的王敬之，心里十分不服，没想这么多人来了，还是让人家逼了回去。他算是在最后走的一个，走在半路上，就大声叫起来道："同学救不回来,还让人家污辱一场,这有什么面子?我不回研究院了。"张主任在队伍里面,这就回转身问道："王同学,你不回去怎么办?他们既敢到我们研究院门口去捉人,就敢在他们公馆门口开枪。万一闹成流血惨剧,这责任我怎么担负得起,我不能不走。这些人都没法交涉,你一个人去有办法吗?"

王敬之道："我不到方家去,我到校本部去报告。请同学开大会援救。"张主任道："王同学,你这番正义感,我是钦佩的。不过,这事不经过我们研究部设法,立刻把问题提到校本部去,那我们有故意扩大事态的嫌疑,应当考虑。"王敬之道："依着张先生怎么办?"他道："我们回去,先开个紧急会议。好在已解除警报了,我们可以详细地商议一下。我料着陈同学留在方公馆,也不会受到虐待。好在他们的副官,已经承认把我们的人留在那里了。他们以公馆的资格捕人,总应当有一个交代,不能永远关下去。我们是读书种子,总应当讲理。"王敬之看看张主任的态度,相当的慎重,其余的同学,经过刚才方公馆门口一幕惊险的表演,大家也不肯冒昧去直接交涉。张主任这样说了,大家都说那样办很好。随着话,大家拥到研究部。在研究部没有出门的学生,已知道了陈鲤门被捕的消息,大家正在等候救援的下文。现在张主任一班人回来,大家全拥上前来探问,及至听到说陈鲤门并没有放回,一大部分人就鼓噪起来。尤其是陈鲤门几位要好的朋友,都喊着去见教务长。这时,学校里是一片喧哗声。教务长刘先生也早知道大概情形了,他首先走到礼堂上去,吩咐校工,四周去通知学生谈话。不到十分钟,教职员和学生就把礼堂挤得水泄不通。先由王敬之、张主任报告了一番经过情形之后,刘教务长便走上讲台,正中一站,从从容容地道："这事情不必着急,有一个电话就可解决了。"他说时,举手伸了个指头,表示着肯定。

大家听到刘教务长说得这样容易,都愣住了,望着他,听他的下文。他接着道:"我们何必和那些把门的金刚说理,求佛求一尊,可以找他庙堂里的菩萨。现放着我们的校董申伯老在这里养病。报告伯老一声,由伯老出面向方院长去个电话担保一下,难道还不会放出人来?我知道这事的根由,是为看那位副官要在这里折桂花,同学扫了他的面子。其实也是你们少年人不通世故之处。他一个人能折多少桂花?装着马虎,让他折去就是了。这点事算什么,他们要做的事,千万倍比这重大的事,要作也就作过去了。"说毕,长长地叹了一口气。在研究部读书的学生,不少是在社会上已经混过一阵子的,看到教务长这番礼让为先的态度,也就很明了这问题的措置不易,大家同忍着一口气没有什么人说话。刘先生站在讲台上,向礼堂上四周一看,人拥挤着没有丝毫空隙,大家呆望一副面孔,全半仰起来向讲台上望着。空气在静寂里充满了郁塞,在郁塞下又充满了紧张。他自己心里也就觉得有些不自在。这就笑道:"那天申部长在桂花树下训话的时候,我也在那里。他引了个典故,说是'蟾宫折桂'。他的意思,自然是把我们这学府,当了以前的试院。我现在倒有个新的见解,据我们中国人的说法,蟾是三只脚的蛙类,想象着它的行动,是不如青蛙那样便利的。换句话说,行为狼狈。我们既是蟾宫中人物,那也就无往而不狼狈了吧?唉!"这么一说,倒博了全堂哄然,打破了沉闷的空气。

## 第十二章　清平世界

这一阵哄堂大笑,算是结束了一场沉闷的会议。刘主任就向大家点头道:"我这就向申伯老去报告,也许三小时以内,就把陈鲤门同学放回来了。"他一面说着,一面就走出了大礼堂。这申伯老的休养别墅,和大学研究部相距只有大半里路。刘主任披着朦胧的暮色,走向别墅来。刚到了门口,遇申伯老的秘书吴先生,穿了身称身的浅灰派力司中山服,腋下夹着一只黑色皮包,走了出来。他虽是四十来岁的人,脸上修刮得精光,配合着他高鼻子上架着一副无边的平光眼镜,显着他精明外露。刘主任站着,和他点了个头。他笑道:"刘先生要来见伯老吗?他刚刚吃过药,睡着了。"刘先生皱了眉,叹着气道:"唉,真是不巧。"吴秘书道:"有什么要紧的事,立刻非见伯老不可吗?"刘主任将今天的事,详细地说了。吴秘书笑道:"这样一件小事,何必还要烦动申伯老打电话。我拿一张名片,请刘先生差两名职员到方公馆去一趟,也就把人要回来了。"刘先生望了他一下,踌躇着道:"事情是这样简单吗?"吴秘书笑道:"他们总也会知道我是怎样的身分,难道我保一个学生都保不下来?也许我一张平常的名片,不能发生效力,也罢,我在上面写几句话,再盖上一个私章,表示我绝对的负责任,总可以没有问题。"说着,将刘主任让到办公室里,掏出了带官衔的名片,在上面写了几行字,又拿出私章,在名字下盖了一颗鲜红的图章,笑道:"就是拿到院长面前去,也不会驳回吧?"

刘主任看到吴秘书这一份自信,也料着没有问题,就道着谢,将名片接过去。他回到研究部,找着训导主任张先生商议了一阵,就派了两名训导员,一名教务处的职员,拿了那名片到方公馆去。这三个人都是很会说话的,彼此也就想着,虽不见得把人放回来,也不会误了大事。张主任抱着一种乐观的态度,就坐在刘主任屋子里等消息。刘先生在这研究部,是有了相当地位的人,因之他拥有一间单独的屋子。这是旧式瓦房,现经合乎时代的改造,土墙上挖着绿漆架子的玻璃窗户。在窗户下面,横搁着一张三屉桌子,还蒙着一块带着灰色的白布呢。天色昏黑了,窗户外面,远远有几丛芭蕉,映着屋子里是更为昏黑。因之这三屉桌上,也就燃上了一盏瓦檠菜油灯,四五根灯草,点着寸来长的火焰。桌子角上,放了一把粗瓷茶壶,两个粗瓷茶杯,张、刘二人抱着桌子角,相对坐着,无聊地喝着茶。刘先生在三个抽屉里乱翻了一阵,翻出了扁扁的一个纸烟盒子,打开来,里面的烟支,也都跟着压得扁平了。刘主任翻着烟盒子口,将里面的烟支倒出来,共是三支半烟。那半支烟,不知是怎么撅断了的;其余的三支,却是裂着很多的皱纹。刘先生笑道:"就凭我们吸这样的蹩脚纸烟,我们也不能和那山头上的洋楼相抗衡吧?"说着,递给了张主任一支。他接着烟看了看纸烟支上的字。刘先生笑道:"不用看,这叫心死牌。我该戒烟了。"

张先生看那烟支上的英文字母,拼着"黄河"的音,笑道:"我明白了,人不到黄河心不死。"刘主任笑着,长长地叹了一口气道:"其实,我们倒不必不知足,多少人连这'心死牌'都吸不起,改抽水烟了。我们总还能吸上几支劣等烟,不比那吸水烟的强吗?"张主任摇摇头道:"我不想得这样遥远,只要我们平价米里,少来几粒稗子,或者一粒稗子都没有,那更是君子有三乐里的一大乐。我在家里吃饭,向来是把时间分作五份:二份挑碗里的稗子;二份是在嘴里试探着咀嚼;剩下一份,便是往下咽去了。"刘主任笑道:"怎么在时间上,还规定'家里'两个字呢?"张主任笑道:"若是在学校里吃饭,也这样地分作五份,那分配时间,不用说,我没有吃完,桌上几只粗菜碗里的盐水都没有了。"刘主任笑道:"你不说是菜汤而说是盐水,大概你很不满意那菜吧?"说毕,两人都笑了。两个人笑一阵,说一阵,不知不觉地混了两小时。去说情的三位特使,回来了一位,是教务处那位职员丁先生。他用着很沉重的脚步,走进了刘主任的屋子。虽是在菜油灯下,还可以看到他那圆圆的脸上,沉坠下来两块腮肉。他那两道眉峰,左右全向中间一挤,几乎变成了一个大"一"字。刘先生不必问他的话,只看这样子,就知道这事情不妙。问道:"还有两位呢?"丁先生沉坠的脸腮,不免抖颤了一下,连颈脖子也硬了,他颤着嘴皮子道:"真是岂有此理!"

刘主任道:"怎么样?他们还是不肯放人?"丁先生道:"岂但是不肯放人,把我们去说情的人也要扣起来。"刘主任道:"什么?把我们去说情的人也扣起来,这是怎么个说法?难道他们也可以说他们也是汉奸嫌疑?"说着这话,他不由得手扶了桌沿瞪了眼睛望着。丁先生道:"详细情形,我不知道。到了方公馆山脚下,我们三个人,向把守着石坡子的卫士,说明来意。他只让我们一个上山去。我们商量着,只好推何先生上去,我和王先生在山脚下等着。去了很久,并无回信。王先生就向卫士要求,想上去看。卫士答应着了,让他上去。大概是半小时,王先生在山上叫起来了,他说:'丁先生,你回去罢,我和何先生让他们留下来了。'虽然山上到山脚下很远,因为在深谷里,又是晚上,我听得很清楚。我想那里再留守不得,若是把我也扣留下来,连个报信的人都没有了。刘主任,这事非禀明学校当局不可了。若是再拖延下去,恐怕这三个人有点危险。"那张主任听了这个报告,首先是身子抖颤,接着是嘴唇皮也抖颤,他把桌子重重地拍了一下,叫起来道:"这太岂有此理了!清平世界,朗朗乾坤,一不是治安机关,二不是司法机关,私人公馆无缘无故地捉人,又无缘无故地扣留人!"在他那重重的一拍之下,桌上菜油灯里的几根灯草,早是向油里缩将下去,立刻屋子里漆黑。但他在气忿头上,不肯停留,大半截话,都是在黑暗中说下去的。

在黑暗中,刘主任把话接着道:"这、这、这实在岂有此理。两国交兵,也不斩来使,我们并没有到两国交锋的程度。虽然两个人去说情,放与不放在你,怎么把去的人,又扣起来?这是有心把事态扩大了。"他说着话,也忘了点灯,还是这位丁先生将身上带着吸烟的火柴摸出来,擦着了,将灯点上。张、刘二人全是手扶了桌子,呆呆站定。那陈鲤门几位要好的同学,也是对这事时刻挂心,这时,正在门外探听消息。听到这话,立刻有三个人抢了进来,那王敬之也在内。他先道:"刘先生,我们这软弱的外交,再不能延长下去了,就算陈同学和两位职员身体上不会吃亏,落一个汉奸嫌疑的名声,那怎么得了?何况我们有了折桂花那段交涉经验,和我们争吵过的人,态度是十分凶恶的。"刘主任摇摇头道:"没有这个道理,清平世界,私家捉人,私家又处罚人,难道就不顾一点国法?"王敬之听了这话,也顾不得什么师生之谊了,将脸色一沉道:"什么清平世界?人家可以捉人,就可以处罚人。我们就不谈什么道义,也要顾全学校一点面子,我们学生自己来解决罢。"说着,他回身向外,两个同学,也都跟了出来。这时,同学们正在课堂上自修。课堂上点了一盏大汽油灯,照得全堂雪亮,王敬之很气愤地向讲台一站,将手一举道:"对不起,各位同学,我有点事情报告,打搅各位一下。"于是接着把这几小时发生事故的经过,详细叙述了一番。立刻,同学纷纷发言,声浪很大。

随了这声浪,张、刘二主任陪着吴先生同走了进来。刘主任走上讲台,向大家先挥了两挥手,叫道:"各位同学,先请安静一下。现在请吴秘书来向各位报告办法。"吴秘书走上去,学生们认得他是申伯老手下的健将,他一出面,就不害申伯老出面了。立刻劈劈啪啪,鼓起一阵掌来。吴秘书站在讲台上,向全讲堂的人看了看,然后点了两点头,大声道:"各位,这事情弄到这种样子,实在不能简化了。我立刻把这事报告伯老,怎样应付,伯老当然有适当的办法。不过在各位同学方面,要作一个姿态,和伯老声援。原来刘主任不愿惊动校本部,那也是对的。到了现在,也就不必顾忌许多了。"说着,将手臂抬起来看了看手表,点着头道:"现在还只九点钟,校本部还没有熄灯,立刻打电话过去,请那边学生作一种表示。只要是在不妨碍秩序下,我负责说句话,你们放手做去罢。"说着,伸手拍了两拍胸。在讲堂上的同学,见他板着面孔,挺着胸脯,直着眼光,是很出力的样子。于是大家又劈劈啪啪鼓了一阵掌。吴秘书道:"事不宜迟,我们立刻分途去进行。"说着,大家一阵风地拥出了讲堂,学生们本来就跃跃欲试,经吴秘书这样一撑腰,立刻向校本部打了个电话,请那边学生自治会的人主持一切。同时,这里研究部的学生,在讲堂上召集紧急会议,议决几项对付办法。第一项就是全体学生签名,上书董事长。而董事长就是方先生的老上司。

第二个议决案,是给方先生去信,说明了要给董事长去信,报告这事件的经过。第三个议决案,就是把这新闻到报上去宣布。第四个议决案,即晚在校本部和研究部遍贴标语。议决以后,大家不肯耽误,就分头去办理,其实,在这个时候,吴秘书见着申伯老,已把详细的情形报告一遍了。申伯老在乡下养病,别墅里布置得是相当的齐备。在他的卧室外面,是一间小书房,写字台上,点着后方少有的煤油灯。而且在玻璃灯罩子上,更加了一只白瓷罩子。在菜油灯的世界里,这种光亮的灯,摆在书桌上,就可以代表主人的精神了。在书桌子角上,叠着一大堆文件。申伯老虽在暑天,兀自穿着灰色旧哔叽的中山服。他微弯着腰坐在小转椅上,手捧了一张电稿,沉吟地看着。他咳嗽了两声,在中山服的衣袋里掏出紫漆的小盒子来,扭开螺蛳盖,向盒里吐了两口痰,立刻把盒子盖重新扭闭住,再把盒子送到袋里去。再掏出一条白绸手绢,擦了两擦嘴唇。他尖长的脸上虽是把胡桩子刮得干净了,然而那一道道的皱纹,灯光照得显明。吴秘书站在写字台横头,静静地不言,在等着伯老的一个指示。就在这时,桌上电话机的铃子,叮叮地响起来了。吴秘书接着电话,说了两句,向申伯老道:"那边电话来了。申先生接电话吗?"他说话时,另一只手按住了听筒上的喇叭,脸上表示着很沉重的样子。

申伯老在电话里报告了名字,接着道:"托福,病好多了。可是今天这里发生一件事情,也许要使我的病情加剧。"于是就把今天所发生的事,报告了一遍。接着带了一点笑音道:"这当然是一件小事。可是这些青年们,却好一点虚面子,未免小题大做起来,他们打算上书给学校的董事,当然我已经拦住了。"申伯老最后轻描淡写的两句,可把对方吓倒了,电话里是很急躁地说了一遍。最后,申伯老说道:"一切拜托,总希望问题大事化小。"挂上了电话,他向吴秘书道:"你可以告诉同学,方院长立刻会打电话回公馆去。若是今天时间太晚,他保证明天一大早,必让三个人回校。叫他们稍安勿躁,不要把问题扩大起来,我们也不要把这些小问题,增加方先生的困难。"吴秘书道:"若是悄悄地把三个人放回来,就算了事,恐怕同学不服气。"申伯老呆着脸子沉吟了一会,但他在电话里话说多了,小小地震动了肺部,已是咳嗽了两三遍。把口袋里那个痰盒子,像端酒杯子似的,端在胸前,缓缓地轻轻咳嗽两三声,向里面吐一口痰;吐完了掏出手绢,擦着眼泪鼻涕。在屋外的听差,就送来了一把热手巾进来。他拿着热手巾在手上,兀自坐着凝神。吴秘书道:"伯老受累了,请休息罢,我这就去告诉同学们。"说着,向申伯老点了个头,转身出去。走到院子还兀自听到屋子里的咳嗽声呢。他去找刘主任时,学校里已吹过了熄灯号,学生都已睡觉了。刘主任是有家的,也已回家安歇;吴秘书这个好消息,却没法传出去。

他抬头看着,星斗满天,学校里熄了灯火,但见四围山林,黑影巍巍,而对照着这研究部的屋子,黑影子就沉沉往下坐了去。研究部周围,是些水田,无论是否割了稻禾,里面依然存着水,星光照在水田里,青蛙"叽哩咕噜"叫着,闹成一片。暗空里有时一两点绿光的萤火,一闪地变成一条绿线在头上过去。这样,就更觉得夜色幽静。吴秘书在平坦沙土路上走着,颇感到心里空洞无物。那些为学生发生的不平之气,自然是平息下去,也就不再去找刘主任了。星光下徘徊一阵,自回到别墅里去睡觉。到了次日早上起来,已是红日高升,他想着申伯老的话,应该早点通知学生们,匆匆洗漱完毕,就跑到学校里去。不料为这问题奔走的几位学生,天不亮就跑到校本部开会去了。吴秘书找着刘主任把申伯老的话说了,刘主任道:"到现在为止,那三个还没有回来,学生们的气,怎么平得下去?我看用电话通知校本部是不行的,我们两人找两乘滑竿,追到校本部去罢。"吴秘书也是怕风潮不能平息,就同意了刘主任的主张,各雇了一乘滑竿,奔向校本部。这时,消息已传到大学的每一个角落,人人都认为是一种莫大的侮辱。一千多学生,全聚到大操场上开会。吴、刘二人,在操场外的山坡上,向前一看,东来的阳光,照见操场上乌压压一片人影。远远的一阵呐喊声,在空中传布了过来,仿佛这空气都有点震撼。吴秘书脸色一动,向刘主任望着,接着将肩膀扛了两下。

刘主任笑道:"不要紧,这是理想中事。好在我们带来的消息不坏。慢说是自己人,就是对方的代表,也不致于挨揍。"吴秘书被他这样说着倒不好意思退缩,下了滑竿在前面向操场的司令台走去。司令台上,几个发言的学生,已看到他二人,立刻向台下报告,请二人上台说话。吴、刘二人自知道群众心理,这个时候,绝违拗不得大家心事。吴先生便说伯老交涉,对方已经答应放人,而且也很抱歉。刘先生说:"我们人微言轻,原来交涉没有结果,不是伯老亲自打电话,这事的演变是难说的。人是大概不久就可以放出来,站在我们这弱者的立场,人放了也就算了。"他赘上的这几句话,原是替自己解除交涉的责任的。那个参与其事的王敬之,始终是个有力的发言人。他等吴刘二人报告完了,在司令台口上一站,沉着脸色,高高举起了右膀,大声叫道:"各位同学,我是几乎被捕的一个人,我又是去要求放人被驱逐的一个,当时是一种怎样的侮辱情形,只有我最清楚。我觉得,那是读书种子所不能忍受的一件事。若是他们放了人,我们就悄悄了事,显着我们是一只家猫,随便给人家绑了去,家主一找,随便就放了绳子。我们至少要提出三个条件,才可洗除耻辱:第一,方公馆负责人书面道歉;第二,惩治肇事的人;第三,保证以后不再发生同样的事情。"最后这几句话最是动人,接着便是一阵鼓掌与欢呼。

这欢呼声,不但反映了在操场上的学生受到影响,就是那位惹祸的黄副官,也受到了影响。他于昨晚深夜,已经接到两次长途电话,质问为什么把学生和教职员拘捕了三位之多。吩咐着,赶快放了。黄副官原来想这么一件事,不会让主人知道的。纵然就让主人知道,报告一声二小姐叫办的,也就没事了。今天在电话里,是一片骂"混蛋"声。说是二小姐叫办的,骂混蛋骂得更厉害。黄先生把电话挂了,回到屋子里,找着刘副官把事情告诉一遍。他已睡觉了,在朦胧中突然坐了起来,把话听过之后,将枕头下的纸烟盒和火柴盒摸出来,摸出一支烟,慢慢点着吸了,喷出一口烟来,叹了口气道:"老兄就是这点冲锋式的脾气不好,这事情,实在事前欠考虑。"黄副官两手插在西服裤衩袋里,在屋子里兜着圈子走路。突然站住了向他瞪了一眼道:"你这不是废话。这件事,难道你没有参加?事前欠考虑,那个时候,你这样说过了吗?好了,现在电话找的是我,责任也要由我来负,你就推个干净了。"刘副官这已下了床,站在他面前,将手拍了他的肩膀,笑道:"老黄,你不要性急,天塌下来,还有屋子顶着呢。这件事情,不是请示过二小姐的吗?依然去请示二小姐好了。二小姐说放人,我们就放人;二小姐说关着,我们就依然关着,这有什么可为难之处?"黄副官道:"你还想把人关着呢,怎么样子送出去,我还没有想到!"刘副官道:"此话怎讲?"望了他作个戏台上的亮相,一歪膀子,又一使眼神。

黄副官沉了脸色道:"事到于今,你还有心开玩笑?"刘副官道:"我并不开玩笑,你说放人都有问题,这不是怪事吗?"黄副官道:"可不是真有问题。院长的电话,叫我立刻就放。现在快十一点钟了,这里两面是山,中间是河,我若是糊里糊涂放人,这样夜深,路上出了乱子,那自然是个麻烦。就算他们平安回校了,他们明天说是没有回去,来个根本否认。那怎么办?"刘副官吸着烟,沉思了一会,笑道:"说你欠考虑,这回你可考虑个周到,这是对的。那末,楼上灯还亮着,二小姐还没有睡呢,你上去请示一下罢。"黄副官在屋子里转了两个圈子,叹了口气,又摇摇头,点点头道:"这相当麻烦,相当麻烦。"刘副官道:"你若再考虑,那就更夜深了。"黄副官抬起手来,搔搔头发,皱着眉毛苦笑了一笑。然后抓住刘副官的手道:"我们一路去罢。死,我也要拉个垫背的。"说着,拉了刘副官就走。果然二小姐还没有睡,她上穿条子绸衬衫,下穿着裤衩儿,光着肥大腿,踏着拖鞋,在走廊上来回遛着。刘、黄二人走上楼梯口,老远就站住了脚,同时向二小姐一鞠躬。二小姐急起来了,操着上海话道:"猪猡!啥事体才弗会办!啥晨光哉,楼浪来啥体?"她说着话,把两手环抱在胸前,连连顿着脚。黄、刘二人都僵了,并排呆站着,不知道说什么是好。二小姐道:"刚才电话又来了,这样的事情,你们怎么都布置不好,把消息传到院长耳朵里去了。还有什么话说,放他滚蛋就是了。"

刘副官近前一步,低声道:"当然要向二小姐请示,才敢放,而且夜已深了。"二小姐身边的窗户台上,正有一个网球拍,她顺手捞了过来,就劈头向刘副官头上砸了来。这是深夜,残月已经上升,将走廊照得很清楚,他看到二小姐打出手,立刻将身子一偏,那网球拍砸着了第二个人,打在黄副官肩上。他虽挨了一网球拍,只将身子颤动一下,却没有敢走开。刘副官不敢说话,他也不敢说话。二小姐骂道:"混蛋!一百个混蛋!谁让你们办事,办得这样拖泥带水?"骂毕,扭转身就走了。黄、刘二人呆呆地站了一会,一点结果没问出来,二小姐又已进房睡去了,谁有那么大的胆子,还敢向二小姐请示?刘副官是陪着黄副官来请示的,首先让二小姐砸了一网球拍,实在不甘心,呆站在廊沿上,不知道进退。黄副官悄悄拉着刘副官的手,低声道:"走罢!到楼下再去商量。"刘副官摇了两摇头,随着黄副官走回屋子去。他将手一拍桌子道:"这关我什么事?把网球拍子砸我?"黄副官苦笑了一笑,向他鞠着躬道:"对不起,算是我连累你了。二小姐没有吩咐下来,这问题还得解决。我想,万一明天一大早,院长回来了,人还留在这里,显然是违抗命令,若是院长再要传他们问几句话,彼此一对口供,我这官司要输到底。干脆,今天晚上,就把他们放了罢。不过怎样放法,我可想不出来。"抬起手来乱搔着头发,在屋子里来去乱转。

刘副官一肚子气,没话可说,坐在床沿上,点了一支烟吸着,一语不发。

黄副官望了他道:"老刘,你真不过问这件事?你要知道我要受罚,你也脱身不了哇。还是那话,死我也要拉个垫背的。"刘副官笑道:"你真是一块废料。自己作事,自己敢当。好罢,我去和你看看形势罢。"说着,取了一支手电筒,向外走,由屋子里就向外射着白光。研究部两位职员,和那个研究生陈鲤门,全被扣留在楼下卫士室里。卫士们也没有逮捕过或扣留过人,并不知道怎样对待,只是让出屋子来,将门反锁了,屋子里随他三位自由行动。陈鲤门首先一人关在这屋子里,倒有点惶恐,不知道别人有什么诬陷的手段。万一硬栽上了一个汉奸的帽子,送到重庆去,那真不知道怎么应付。好在这里有现成的床铺,气急得说不出话来,就只在床上仰面躺着。后来又来了两位职员,第一是不寂寞了;第二是这问题显然扩大,学校里决不会置之不问,就敲着窗户,大声吆喝,要茶水,要食物,并且要卫士供给纸烟。其余几位副官,有觉得这事不大妥当的,也就叫卫士们送三人一些饮食,纸烟可就没有照办。刘副官走到卫士室门口,就听到陈鲤门大声叫道:"清平世界,无缘无故,把人捉来关了。这不是法院,也不是治安机关,有什么权可以关人?我告诉你们,除非把我弄死,若不把我弄死,我们这官司有得打。这是什么世界?这是什么世界?"他越说越声音大。同时,将手拍着窗台"咚咚"作响。

刘副官老远就听到这一片喊声,心里先就有点慌乱。但是这已夜深了,就是不和这三人有所接洽。这种大声叫喊,也不能让他继续下去。刘副官踌躇了一会子,先将手电筒对那卫士室照了一照。陈鲤门正是在窗户边,隔了玻璃向外面张望,被这强烈的电光射了一下眼睛,更是怒由心起,这就捏了个大拳头,在窗户台木板上,"咚咚"两下捶着,大声叫道:"你们照什么?以为我们要逃走吗?告诉你,我们不走,你就是拿轿子来抬我们，我们也不走。我们要看看这清平世界，是不是就可以这样随便抓人关着？擒虎容易放虎难，我们虽不是猛虎，可也不会是什么人的走狗。"说毕，又"咚咚"捶了窗户台两下。刘副官一听，心想，探问的话还没说出口呢，他那边就有了表示了，轿子还抬他们不走，还能随便地走去吗？于是遥远地道："喂！三更半夜，不要叫，有话好好商量。"口里说着，走近了窗户。见屋里是漆黑的，便道："呀！怎么也不给人家送一盏灯？让人家摸黑坐着吗？"说着，将手电筒向玻璃窗户里照着。见其中三个人，两个人架着腿睡在床上，一人站在窗户边，两手环抱在胸前，瞪了两只眼，向窗子外面望着。刘副官便和缓着眼色，向他微点了个头道："陈先生，你不要性急，这事也许有点误会；既是误会，那很好办，三言两语解释一下，这事就过去了。今天已夜深，请你安歇了罢。明天早上，我和二小姐说一声，送你三位回学校去就是了。"陈鲤门抬起脚，将面前一只方凳子踢得"扑通"向前一滚，喝道："送我们回去？三言两语就解决了？不行！"

  刘副官在屋子外，里面"咚咚"地捶着窗户台的时候，他是吓得身子向后一缩的。但是他凝神一会，看着那玻璃窗户，并没有丝毫的缺口，他也就料到关在屋子里的人，究竟无可奈何的，便带了笑音道："哪位是陈先生？"陈鲤门站在窗户边，用很粗暴的声音笑道："我姓陈，叫鲤门，研究部研究生，浙江绍兴人，今年廿五岁，一切都告诉了，要写报告，欠缺什么材料的话，只管问，我还是丝毫不含糊。"刘副官笑道："不要生气，不要生气。虽然我们都是在方公馆作事，可是各位的职务不同，各人的性格也不同，不能说前来说话的人，都是恶意的。"陈鲤门道："你们有善意吗？有善意的人，这地方就住不下去。连我们大学校里的研究生，研究部的训导员，就这样随便抓来关着，这是什么世界里能发生的事情？我看你们这地方，字典里就没有'善意'两个字。"刘副官一听这话音，是非常的强硬，自己只说一句,人家可就回驳几十句,要和他好好商量,绝不可能。于是在屋檐外静静站着,掏出纸烟和火柴来,点了一支烟吸着。笑道:"哦!我想起来了,三位原曾叫卫士们拿纸烟的,他们照办了吗?"陈鲤门冷笑道:"哪个监牢里,供给囚犯纸烟?我们无非是捣乱罢了。"刘副官笑道:"言重言重,我请三位吸烟。"说着,把纸烟与大火柴盒由窗户眼里塞了进去。陈鲤门在屋子里倒是立刻接着,但他将火柴盒子摇着响了几下,自言自语地道:"这纸烟里面,大概不会藏着毒药吧。"

刘副官笑道:"言重言重,何致于此?反正这是一种误会,总好解释,只要没有什么难解释之处,总好解决。还有两位先生没有睡觉吧?愿意和我谈谈吗?"那躺在床上的两位训导,就有一位跳下了床,答道:"说话的是什么人,以什么资格来找我们谈话?"刘副官顿了一顿,笑道:"我姓刘,是到这里来作客的。"那人道:"作客的?你是什么部长?"刘副官听了这话,早是一股怒气,由肺部里直冒出来,不免向那窗户里瞪上一眼。明知道窗户里人看不到,可是在他怒气不可遏止的情形下,不这样瞪上一眼,好像就不能答复那句问话,同时他第二个感想也来了,就想到了黄副官不能结束这个场面,甚至二小姐也说不出个办法来。若再僵持下去,要主人亲自回来才可解决,那末,在公馆里的这些个人,都是干什么的?其次,在桂树林子里捉人,自己也有份。幸是老黄出头,责任都在他身上。问题若是解决不了的话,未见得姓刘的就可置身事外。他顷刻转了几个念头,那一股怒气,就悄悄消沉下去。于是先勉强笑了一笑。虽是这笑容,未必是屋子里的人所能看到的,可是他觉得必须这样先作了,才好说话。接着便道:"到这里来作客的人,不必一定是院长的朋友,可能是卫士的朋友,也可能是厨子老妈子的朋友。我是这里厨子的朋友。你先生觉得我有资格说话吗?若是三位愿意吃个蛋炒饭的话,我还可以和三位想点办法,厨子不是我的朋友吗?"

里面的三位先生,听了外面这人,是以小丑姿态出现的,就也"嘻嘻"一笑。刘副官道:"真话,我愿和三位谈谈,我去找钥匙来开门。"陈鲤门道:"用不着,用不着。我们关在这屋子里咆哮了大半天,实在疲倦了,都要休息了,有话明天说罢。"刘副官见他们依然把大门关得很紧,便索兴靠了玻璃窗子站定,将鼻子抵着玻璃,对窗子里看着。见那位训导员,两手背在身后,在这屋子踱来踱去。便问道:"这位先生贵姓?"他站住了脚向窗子外道:"我姓丁,是大学研究部的训导员,除了读二十多年的书而外,在后方四年抗战。我想,汉奸这顶帽子,是不应当戴到我头上来的。果然我是汉奸的话,会在这最高学府当训导员?"刘副官见他扛出了大帽子来,这话可不好接着向下说,便笑道:"对陈先生,那就是误会。对于丁先生,那更是误会的误会。若是丁先生来的时候,不把话说僵了,他们也就不能把丁先生留下来。这山上,晚上倒是凉快,一点声音没有,也非常清静。三位在这里休息一晚,也无所谓。若是嫌着被子不够,三位愿意回校去安歇的话,兄弟也可以负点责任,找人来开门,送三位回校去。"在床上还躺着一位训导员呢,他首先跳下床来,两脚一顿,大声喝道:"送我们回去,哪有这样简单的事?负点责任,你负不起责任!"说着,屋里的桌子,又被捶得"咚咚"作响。

刘副官一看这趋势,简直说不拢。轻轻说了两个字:"也好",他也就扭身走了。那黄副官责任比他重,性子也比他急,这时正在楼下走廊上呆呆地站着。刘副官晃着手电筒的光向楼下走来,就迎着问道:"怎么样了?老远就听到他们在屋子里大声喊叫。"刘副官一声不言语,走到他身边,才摇摇头道:"他们全是醉人,越扶越醉。有办法,你自己去解决罢。"黄副官也没有话说,只好走回屋去睡觉。次日天亮就醒了,公馆里一连接着三个电话：一个电话，是城里来的，说院长要回来；一个电话，是大学本部来的，朋友告诉了一条消息，说是学生们在操场上开会；一个电话，是市集上朋友来的，说是已发现了标语了。这让他有些手脚失措，除了赶快派人向学校去探听消息，就和刘副官二人，分途去找这地方上的公务人员出面调停。在一小时之内，居然请到了四位地方绅士，四位公务人员，一齐在市集上一家下江茶馆里集会，而李南泉也是其中被请的一位。刘、黄二位副官招待着报告一阵。在座的来宾，没想到他们会惹下这么一件祸事。大家坐在茶桌子上喝茶的喝茶，吸纸烟的吸纸烟，却都默然相对，没有哪个说话。李南泉因为人家郑重其事地邀了来，无非想找几个得力调人和他们在院长未到以前解决问题，若是这样子沉默，未免有点和主人作难，这就向刘副官笑道："这事情是耽误不得。最简单的办法，就是请两位代表去邀他们到这里来谈谈。"

黄副官一拍手，大声叫道："此计太妙，他们来了难道还有自己回到我们公馆里去赖着的吗？哪位先生劳驾一趟？"刘副官道："最好就是李先生去。"李南泉心里想着，排难解纷，虽是好事，可是亲自到方公馆去说和，未免有巴结朱门之嫌。尤其是曾当面受过那位二小姐的奚落，不理也罢了，还去以德报怨不成？便笑道："主意是我出的，跑路也要我来，这却卖力太多了，最好是请两位地方上老先生去。就说有几位下江朋友在这里等着，有要紧的事商谈，他们或者不好不来。林老先生自己有轿子，林老先生去是最好的了。"说的这位林老先生，穿了一套川绸小褂裤，打着一双赤脚，穿了一双麻线精编的草鞋。但此外有一件半折着的蓝纺绸长衫，搭在椅子背上，一顶细梗草帽放在桌子角上，还有一支乌漆藤手杖，挂在桌子横档上。他一把八字胡须，配在瓜子脸上。戴着翡翠戒指的手，捏了一支长可二尺八寸的乌漆旱烟袋杆，塞在口里吧吸着。他坐着只听旁人说话,并不插言。这时指到他头上来,他却是不能缄默。站起来抱了旱烟袋拱手道:"我去一趟,是不生关系哩咯,怕是没得那个面子,把人请不出来。"正说到这里,两个穿短衣服的人,匆匆跑到茶馆来,见着黄、刘二位,把他拉到一边,悄悄将大学操场上开会的情形告诉了一遍。黄、刘二人回到茶座上,只管抱了拳头向大家作揖,连说:"请帮帮忙罢,院长快要回来了。"

这位林老先生和方公馆的下层人物,向来有些来往,颇也想见院长一面,以增光彩。现在听说院长快要到了,这倒是见面的一个机会。这就向刘副官道:"就是,我去一趟试试看嘛,若是没得成绩,你莫要见怪咯。哪个和我一路去?"黄副官始终觉得自己责任重大,不敢大意,就答应自己陪林老先生回公馆去。他临时在街头上雇了一乘滑竿,追随着林老先生回公馆。刘副官陪着那些人,依然在茶馆里坐着等候消息。黄副官一路行来,就不断地看到穿制服的学生,三三两两,在路上走着。他们手上,都拿着一卷纸。有人还提了瓦罐子装的浆糊和刷子,分明是带了标语到这里来张贴的。黄副官看到,只当不晓得,故意有一言无一言地,尽管和前面坐在滑竿上的林老先生谈话。到了公馆的山脚下,而三三两两的学生还没有断。心里实在捏着一把汗。心想马上院长就要回来,无论他们是不是向院长有所要求,就是这种现象,让院长看到,也是不妙。他让林老先生先走,自己跳下滑竿,拉着路口上守岗的卫士,低声道:"院长快要到了,你应当悄悄地让这些学生远一点。"卫士摇摇头道:"比不得平常日子,我们不敢多事。他们来来去去,又不碍我们什么,我们能说人家吗?"黄副官道:"比平常不同?今天有什么特别之处吗?"那卫士带了一点笑容,又不敢笑,只是向他望了一眼。

黄副官碰了这样一个软钉子,想说他们两句,又觉轻重都不好说,便道:"你们小心一点就是。"说毕,对卫士看了一眼,向站在旁边的滑竿夫招了两招手。他们将滑竿抬了过来,他一转身,正待坐上滑竿去,一眼看到山脚下来了一乘滑竿,前后拥挤着一群护从,向上山大路走来。这种排场,不是院长,还有何人?他哪里还敢坐滑竿,面对了山上,扯腿就跑。跑了十几层坡子,他想这殊属不妥,路旁放着一乘空滑竿,一定会引起院长的质问,这又返身跑回来,拉着滑竿杠子,对他们说:"快走快走,院长来了。"说着,拉了滑竿夫就向石坡外面的荒山上跑。这山地上的树木,长得丛丛密密,向里面钻进去几丈路,就可以把全身隐藏起来。他向树林子外面张望时,那群人已把一乘精致的藤制滑竿,簇拥上了山坡。方院长穿着一套笔挺的藏青西服,戴顶巴拿马草帽,把半截脑袋都盖着了。虽是半截脑袋,黄副官还可以看到院长先生,沉坠着脸腮上两块胖肉。就凭这点,便可以知道主子在发脾气了。他心里想着,这真是糟糕,这样抢着办,还没有半分钟的耽误,依然是逃不出难关。三个人还关在卫士室里,那不去谈了。而且又请了一位地方上的林老先生前来作调人。这位林老先生,多少有几分土气息,若让院长看到了,分明是闲杂人等闯进了公馆,其罪不在小处。这事怎么办呢?

他这样想着,口里也就随着喊叫出来了。那滑竿夫是中等个、年长些的,便向他道:"硬是滑稽,啥子事嘛,我们好好地抬着,又没出啥乱子。"黄副官乱摇着手,轻轻喝道:"你知道什么,刚才是院长过去了。让院长看到了,那可是了不得的一件事。你们悄悄下山去罢,我这里给你钱。"说着,在身上掏出了几张钞票给他,将手乱挥着。滑竿夫不免露出他的故态,弯了腰陪着笑脸道:"老太爷,道谢一下子嘛!"说着,拱了两拱手。黄副官将两眼横着,抬起一只腿来,向那滑竿夫踢了去,轻轻喝道:"我一肚子不是心事,你还在我面前唠叨,滚你的罢!"他这一脚踢来,老远就作了个势子,滑竿夫看得清楚,早是身子一偏躲了开去。他这一脚,就掏了虚处。同时,所站的地方,是个斜坡。右脚踢过去,左脚独立着,都吃不住。下半部身子,向前伸出去;上半部身子,未免向后仰着,于是跌了个反跤,人坐着倒下去。另一个滑竿夫知趣一点,肩上扛着空滑竿就跑,那一个也就走了。黄副官自己创伤了自己一下,坐在地上,但觉得臀部到脊梁骨,全震动得生了痛。两眼里的眼泪抢着要滚出来。他坐在地上有四、五分钟之久,意识方才平复,因为那两个滑竿夫已是去远,也就只好默然坐了一会,自行拍着身上的灰土和草屑。心里一面打算着,是公馆里去见院长呢,还是溜走呢?这就听着山上有人叫着黄副官,一路叫下山来。

黄副官听到这种叫喊,心房早是由体腔里要跳到嗓子眼里来。他不但不敢答应,反是顺了倾斜的山坡,连跑带滚向山下滚。那松树绿阴阴地遮了山坡,把草皮的绿色,盖成了黑色。他由松树缝里钻了出来,站在人行路上,睁眼向两边张望着,见连连不断的石头墩上,大树兜上,全已张贴五彩纸的标语。标语丝毫没有刺激的意味,只写了四个字,乃是"清平世界"。在这标语下,有的写着一个或两个很大的惊叹号,有的写着尺来长的问号。黄副官对于这种标语,并不了解有什么含意,可是全是这样的字,却在下面注着不同的标点,觉得这是一种可奇怪的事。正在惊愕地呆望着,山麓石坡子上,飞跑来十几个卫士,一口气冲到他面前,前后将他包围着。大家异口同声地叫道:"黄副官,黄副官,院长要你去。"老黄看这样子,跑是跑不了的,只得硬着头皮,同他们一路走上山。但那卫士们将他围着,不让他离开一寸路,由楼下卫士前呼后拥地逼上楼去。刚一上楼梯,就听到院长在他的休息室里,大声喝骂,他道:"这里前前后后,全贴了'清平世界'的标语。这意思是说我们这里出了强盗了,我在政治上混了这多年,没有受过人家这样的公然侮辱。"老黄在上楼梯的时候,就觉得两只脚弹琵琶似的抖颤。上楼以后,听到院长这样的喝骂声,抖颤得更凶,两腿已是移不开步,只好慢慢向前走去。只走到院长休息室门口,情不自禁地,他就跪下了。

那方院长伸长了两腿,正不住地将手拍了桌子,口里吆喝着。他看到黄副官跪在地下,早是一股怒火由两只眼睛直冒出来。他有一支长期相伴的手杖,随手捞了起来,跳将上前,对着黄副官头上,就是一手杖下去。黄副官见来势不善,太服从了,非送命不可。只好将头一偏,把手杖躲了过去。但这手杖落下来,是无法中止的,早是"啪"的一声,打在他肩上。这一下大概是不轻,打得他"哎哟"一声,身体侧着向旁边一倒。方院长实在是气极了,哪里管他受得了受不了,提起手杖来,接连在他背上,又是好几杖。口里还不住地喝骂着道:"你这些混蛋,清平世界,朗朗乾坤,凭你们像我家狗一样的东西,也敢随便抓人,随便关人?抓了人,又关在我公馆里,让我去替你们受罪?"他连骂带打了一阵,气得上气不接下气,喘得呼呼作声,然后一倒坐在沙发上。老黄背上、肩上,总共挨了有一、二十手杖,除了每挨一杖,哼着"哎哟"一声而外,主人打完了,他跪在地上,又痛,又羞,又怕,两行眼泪抛沙般落下来。方先生团团的面孔,气得发紫,嘴唇皮只管抖颤着。大概是晕了有四、五分钟之久,然后骂道:"你就果然是一只狗,你也有两只耳朵。你不打听这大学校长是谁,你也不打听董事长是谁?这些学生毕业以后,他们在国家是作什么的?我对他们,都要客气三分,你敢去惹他,我非打死你不可!"说着,拿起手杖来又要向老黄头上劈下去。但是他像受了伤,也站不住,复又突然坐下去了。

## 第十三章　各得其所

　　这个时候,围绕着这休息室的侍从们,全吓得心惊肉跳,面无人色,大家面面相觑,不能呼出一口气来。等到主子坐到沙发椅子上去了,背靠了椅子背,伸长着两腿,头枕在椅子靠上,面孔向了天花板,兀自喘着气。其中一个阶级比较高,而又相当亲信的田副官,先屏息了气,然后像生怕踩死蚂蚁的样子,轻轻地,慢慢地,跨着大步子,走到沙发面前,而且还鞠了个躬,低声道:"黄茂清,他罪有应得。应当重重责罚。可是他这种人,怎值得院长亲自动手责骂他?请院长息怒,交给卫士室里去办他就是了。"方先生还是仰在沙发椅子上生气,半闭着眼睛,不肯答话。这位田副官,看着主子的颜色,还不曾迁怒到他身上,这就静静站了一会儿,然后低声下气地道:"请示院长,怎样办理?"方先生将椅子边上的手杖捞过来,重重地在楼板上顿了几下。因瞪了眼望着他道:"怎么办理?我们家还关着三个人呢,这能够还耽误吗?清平世界,朗朗乾坤,把人老关在屋子里,这算怎么回事?"田副官低声下气地又道:"报告院长,他们似乎不肯随便就走出来。"方先生又把手杖在楼板上顿了两下,因道:"难道我都像你们这样糊涂?人家凭什么让你随便抓来,又随便放走?你把他们带来见我。"田副官问道:"请到小客厅里?"方先生道:"为什么小客厅里?我们这里处罚人的情形,还不能让他们看到吗?"田副官答应着"是"走开。方先生又叫道:"回来,要对人说请,不许说带来。"

田副官走到门口,复又转身回来,向主人鞠躬答道:"是的,院长还有什么吩咐的吗?"方院长将手向他挥了两下,并没有作声。田副官去了,方院长继续向着老黄喝骂。约莫是十来分钟,田副官大着步子,轻轻走进来,站定了轻声报告着道:"三位先生来了。"方院长向外看时,两个穿中山服的训导员,引着一个穿青色制服的学生走了进来。他们同时看到黄副官跪在门外的过道一边,也平服了一半的气,便都站在门口,向方先生鞠了个躬。方院长自知道是人家受了大屈,便半起着身,向他三人点了个头道:"三位受屈了,这事虽不怪我,我却不能不负责任,现在情亏礼补,我让黄茂清送你们回校去。同时,也让他向你们学校里先生们道歉。你三位还有什么意见吗?"这其中的两位训导员,只是点了头行礼,不敢说什么。陈鲤门是个学生,他不感到会受什么政治压力,便挺了一挺腰杆子,正着脸色道:"院长,我们不敢有什么要求,不过请公馆里向地方上的治安机关通知一声,我们这三人,决没有汉奸嫌疑。"方院长不由得笑了,摇摇头道:"大用不着,汉奸这个帽子,岂是可以随便给人戴上的?哦!想起来了,这里还来了一位地方绅士姓林的,也可以护送你们回去。"田副官听了这话,才向前一步,走到沙发旁边,低声问道:"可以让那位林老头子来见院长吗?"他手摸着胖下巴,沉吟了一会,便点点头。

那位林老先生上得山来,忽然和黄副官失去了联络,正不知道怎样是好,呆呆站在楼下走廊上,看到院长坐了滑竿,在一群护从中拥上了山来,自己既不能自我介绍,又没有个介绍人,对了这里的高贵主人翁,很是有点着慌。眼看到那滑竿一步一步抬近了面前,只觉手脚无措,情不自禁地倒退了十几步,退到房子的转角地方去。后来听到院长喝骂声,见事不妙,就夹了长衫、帽子,要赶快跑。刚是下了几层台阶,田副官由后面追了来,伸手抓了他的手臂道:"哪里去?"林老先生吓得周身一抖颤,衣服、帽子,全都落在地上。立刻捧了帽子,向他拱着手道:"我……我……我是黄副官叫我来作调人的,没得我啥子事。"田副官看他周身抖颤着,脸色发白,便笑道:"林老先生,你误会了。你不认得我,我认得你,你是这地方上的绅粮,我也知道你是黄副官请来的。"林先生望了他道:"那就没得我啥子事了。我可以走开吗?"说着,弯腰下去捡衣服。田副官笑道:"当然没有你的什么事。你既来了,就请你稍微等一下,调人还是要请你作的。"林先生道:"完长来了,还要我这种人作调人吗?硬是笑人!撒脱①一点。我还是走罢。"说着,向田副官连连作了几个揖。田副官嘻嘻笑道:"不要害怕,没你什么事,你不是老早想见见院长吗?这是一个机会呀。"

　　林先生皱了两皱眉毛,接着笑道:"怕我不愿意见完长?不过完长在气头上喀,我不会冒犯他?我硬是不行,你要照顾我喀。"田副官笑道:"老先生你既怯官,又要见官,叫人真没法子,你到卫士室里去坐着罢。我给你向院长报告一下。"说着,他也不再问人家是否愿意,把这老头儿引到第二卫士室去。这隔壁就是关着陈鲤门三人的屋子,门是倒锁着的,还有一个手扶了步枪的卫士,站在走廊上。老头儿被引到屋里,心里先是一阵跳。看看门外的卫士,全是全副武装,板着一副正经面孔,来往不断。他坐在人家的床上,连呼吸都不敢让他随便,只是瞪了两只老眼,向门外望着,就在这时黄副官已在楼上开始挨打。喝骂声和黄副官的叫喊呼痛声,让人听到心惊肉跳。林先生虽是穿着单衣服的,两只手心里,全是汗水淋漓的。若是出门去,却又怕让卫士们拦阻着。在这里坐着罢,又怕会

---

① 川语,意为干脆,简单。

出什么乱子,呆着脸子,那颗心只是扑扑乱跳。正自坐立不安,田副官就走进来了,向他点着头笑道:"林先生,院长请你去。"林老头儿站起来,瞪了眼望着道:"完长请,不,叫我去?我朗个做?我还是不要去罢。"说着,手扶了墙壁站起来,身子兀自抖颤着。田副官笑道:"我的怯翁,你怎么这个样子?要是这样,你真是不见的好。"林老头道:"要得要得,请你对完长说,我是亲自来请安喀。"田副官笑道:"不行,你还得去;你不去,我交不了卷。"

说着话时,田副官牵了牵林老先生的小褂袖子。他道:"我这个样子,朗个去见完长?你让我把长衫子穿起来嘛。"说着,先把戴在头上的草帽,端正了一下,然后将搭在手臂上的长衫穿着,垂着两只长袖子,跟了田副官走去。他是本地人,当然对于爬坡,丝毫不足介意。可是到了此时,对着这铺得又宽又平的石板坡子,竟是两腿如棉,走得战战兢兢的。到了楼下,那颗心就情不自禁地只管"咚咚"乱跳。田副官走几步就回头看他一下。直走到院长休息室门口,他看到黄副官兀自跪在夹道里,哭丧着脸,泪痕模糊了一片。吓得身子一颤,向后退了两步。田副官走在前面,只管向他点着头。林老先生硬着头皮,走到休息室那门口,看到一位穿西服的中年汉子,由里面走出来,他立刻捧着两只长袖子,弯下腰去,深深地作了一个揖,连连口称"完长"。田副官站在旁边笑道:"这是我们杨秘书,院长坐在里面呢。"那位杨秘书见他赤脚穿长衫,头上戴了草帽子,深深地作着长揖,也就抿嘴忍着笑走了开去。田副官怕他再露怯,索兴微微牵了他的长衣袖子,牵到房门口,轻轻对他道:"坐着的是我们院长。"林老头听说,站定了脚,接着就要行礼。田副官低声道:"脱下帽子,脱下帽子。"这算他明白了,两只手高举,同时把帽子摘了下来,两手捧了帽子沿,像是捧了一只饭钵似的,深深地鞠着一个大躬,随了这一个大躬,作上一个大揖,这一揖起来,帽子平了额顶。

方院长看到这样子,也忍不住笑,只得向他点了个头。林老先生第一个揖,觉得是有点手脚失措,第二个揖,便有点习惯了,比较从容与熟练,算是把帽子拿得松一点。但高举起来,还是齐平了额顶。直把三个揖作完,然后把帽子捧齐在胸口,微弯了腰,像教友作祷告似的,沉静、严肃,而又恐怖地站着。方院长看了他这样子,自也忍不住笑,点了两点头笑道:"我们的事,有劳你了,还希望你护送他们三人回学校去。这三个人就在楼下客厅里。"林老头道:"就是嘛!完长。你有啥子命令,吩咐下来就是了!完长。在这里社会上,我有点面子喀。啥子小事,我总可以代表哟。你有啥子命令,吩咐就是,我没得推辞喀!"他说是说了,却还是那样沉静严肃而又恐怖地站着。田副官看他那样子,实在不像话,便忍着笑道:"林先生,你下楼去罢。"林先生回头看了看跪着的黄副官,因道:"就是就是,我说,完长,我可以求个情吗?"说着,连连地咳嗽了两声。又道:"黄副官受了罚,放他起来罢,放他起来罢。"说着,回头看了三、四次,作了三、四个揖,鞠着躬道:"就是嘛,完长命令我,我就去嘛!"方先生一肚子怒火,看到这位老先生手足慌乱,言语颠倒的样子,就不由得脑子里不轻松一下,同时,脸上泛出了笑容。便点点头道:"好罢,看在地方上人大面上,把他饶恕了。"便指着黄副官道:"起来,给我谢谢这位林先生。"黄副官应声站起来,先向院长一鞠躬,再向林先生一鞠躬。

林老先生点着头笑道:"黄副官,就是嘛!我们下楼去!"说着,向方院长作了一个长揖,牵着黄副官的手,把他引下楼来。陈鲤门和两位训导员,深知方院长已大大发了脾气,黄副官也受着极大的侮辱与责罚,尤其是当面看到他跪在夹道里,算是扳回了面子,现在可不能再给人家难堪。林、黄二人一进门,他们也就都站起来了,林先生两手捧了帽子,先和三人作了一个总揖,然后伸出右手来,和大家分别握手,他笑道:"我叫林茂然,本来不配管这些事。因为完长很看得起我,叫我来和两方面斡旋一番。"他这个"斡"字,并没有念正音,念成了"赶"。陈鲤门三人只相视着微笑一笑,并没有说什么。林老头道:"大家都是面子上人嘛,完长忠心党国,好忙呵。了不起哟!这些小事,我们不能麻烦他咯!我不大会说话,撇脱说罢,完长是伟人嘛,他刚才见了我,含了笑容对我说,叫我调停调停。我是啥子人,受得住完长这样拜托吗?三位,你们就转去吧!我负了责任,我得完成这个事,没得话说。二天你到街上来,我请你们吃酒。"他说了一大串,也就前前后后作了四、五个揖。这三位受屈的先生,看了他草鞋长衫的打扮,说话又是那样罗罗嗦嗦,大家都忍住不笑,只是微笑。林老先生道:"完长真不愧是宰相肚里好撑船,他对我们老百姓真是客气喀。他看到我进门,硬是站起身来,和我点头,难得难得。"

黄副官本不想说什么话,可是到了林老先生都实行作调人的时候,这三位被拘留的嘉宾,依然没有离开的表示,这让他的责任,依然不能中止。反正跪也罚了,打也挨了,面子是丢尽了,还有什么体面可顾的?于是把一口气吞着,脸上放出笑容来,对那三位先生点了个头,微弯着腰道:"三位先生,什么话不用说,算我错了,我向三位道歉。"于是深深地向三位一鞠躬。这三人之中,算陈鲤门的委屈最深,而也算他的怨恨最大。本来看到黄副官,就要伸出手去,打他两个耳光。这时,因他这样客气,却无法随着再生气,这就也给他点了个头,因道:"不过,我们可以完结,我们学校是不是可以完结,这却难说,那得烦你劳步一趟,送我们回学校去。学校不说什么话了,算是你的责任已了。如其不然,我们自行回去,恐怕学校里对我们群起而攻,我们会走不进大门。"黄副官道:"这个不用三位费心,院长已吩咐了我送三位回学校。不过现在我是失败了,我若跟三位去到学校，就是一个人，还请三位莫记前仇，保护一二。"说着，他又是一个揖，他脸上的泪痕，本来就没有干，再加上一分为难的样子，那脸子就太难看了。那位比较老实的训导员，是个五十将近的人，鼻子下有些胡桩子，他微笑道："这就对了，什么话不用说，我们一块儿走罢，我们都是读书的人，不会给你太难堪的，你放心罢。"

林老先生道："要得要得，这位先生说的话要得，我们一路去就是。"说着，捧着长袖子，向大家连连拱揖。到了这时，研究部的师生三人，已是面子十足，就不必再和人家为难了。陈鲤门站起来笑道："那就走罢。"大家随了这句话，一齐走下山来。黄副官跟在人群后面，只是低了头走着，到了研究部，正值下课以后，学生们纷纷来往，看到他们回来了，一群蜂似地围拥了上来。黄副官涨紫了面孔，低着头一语不发。林老先生是向来没有经过这么大的斯文场面，他所接触的人物，是社会上另一个阶层，那一套言语，自不适用于这个部门，站在人丛里面，也是呆了。还是陈鲤门举起双手来，向大家连招了几下，然后脸上放了微笑道："过去的事，大家想已知道了。今天早上，方院长亲自回来，和我解释了许多误会，表示了歉意。并请这位林先生引了这位黄副官亲自到研究部来道歉。我本人无所谓，只要各位老同学和各位师长认为并没有问题了，这事就过去了。"这时，也不知人丛中哪个人叫了一声"打"，四面八方的人，就都叫着"打"。黄副官根本就是胆战心惊的，听到这多"打"声，脸色就变成苍白了，伸着头由人缝当里一钻，就钻了出来。看看人丛的外围，站的人比较稀落，也不问是否事情已经了结，向回方公馆的大路，飞跑了去。林老先生被丢在人丛中包围着，越是手足无所措。将两只长衫袖子抱着，只管向各方拱着，微笑着自言自语地道："朗个的，逃了？要不得！"

师生们并没有真正和黄副官为难的意思，倒是看到林老先生这种状态,都忍不住哈哈大笑。他这就更没有章法了,左手拿了帽子,右手搔搔头发,笑道:"真的,逃了不是办法嘛!我还有啥子办法嘛!我应当朗个做?"倒是两位训导员,看他十分为难,就请他回去。林老先生向大家拱拱手道:"那就恕我不恭哩喀,再见了。"他一面拱着手,一面走着挤出了人群。他坐的那乘滑竿,正歇在山谷路边等他。一个滑竿夫迎着他问道:"老太爷,没得事了?"林老先生头上顶着帽,身上飘荡着那件蓝绸长衫,站定了脚,手摸了胡子,一摆头道:"那不是吹。在社会上我们总有个面子,无论到啥子地方去,人家也得看我三分金面嘛。我先到方公馆,看到完长,完长硬是客气喀,走向前来和我握手。左一声老兄,右一声老先生,一定要我出来调停。我无论朗个忙,我也要和人家了这件事。到了学校里,晓得是啥子职位的先生啊,大概总是教务长、总务长这一路角色,听说我是完长请来的调人,硬是远接远送,没得话说,我说朗个办就朗个办。那黄副官一点亏没有吃,就转去了。人家有知识有地位的人,晓得我是啥子来头,还用我多说吗?"他说着话,脸上是得意之至,跨上了滑竿坐着。这两名滑竿夫觉得自己的主人,今天这风头出得不小,周身带劲,一口气就把滑竿抬到市集的茶馆门口。

这时,在茶馆里坐着的那群人,还没有走开,林老先生跳下滑竿来,一面脱身上的绸大褂,一面走进屋子来,大声笑道:"没得事了,没得事了。我到了完长公馆,就遇到了完长。他走向前来和我握着手,连说着'诸事拜托'。我和他告辞,他把我送到楼梯口。别个身为完长的人,有这样的身分,还是这样的客气,我还有啥子话说,我就奉劝留在方公馆的三个人,还是回学校去罢。他们看到我是完长请出来的调人,硬是一个不字都没有说,立刻就让我送回学校去了。"那刘副官为了逃避责罚,始终是在这茶馆里招待客人,并没有走开。这时见林老先生满面风光地走了来,虽不相信他的话，是这样容易解决的，可是那三位师生已经回了学校，那大概是事实，便上前两步，向他拱拱手道："诸事都有劳了，坐下来喝碗茶。"他正有一肚子话要说也来不及理会刘副官的招待，看到李南泉先生坐在角落上茶桌边，斜衔了一支烟卷，带着微笑，他便拱拱手笑道："李先生，你栽培我的好差事，几乎让我脱不到手。完长把全部责任都交把了我，幸是为了完长这分看得起，大家也都跟着看得起我，我一说啥子，都答应了。"说着，回过头来向刘副官道："完长的身体，现在越发是发福了。从前在路上遇到他，我闪在一边，不大看得清楚。今天他和我握了两次手，我把他的面容看清楚了。这在相书上说得有的，乃是天官之相，这样的好相全中国找得出几个？难怪他要作完长了。这回算我长了见识，宰相的相，就是这样的。"

李南泉看了这番做作，又好笑，又好气。便笑道："林先生真是官星高照。这一下子，在院长面前有功，找一分差事，那是不成问题的了。"林老头一摸胡子笑道："好说好说，就怕资格不够喀。说到完长，那硬是看得起我。"说着，坐到方桌边去，大叫一声，拿茶来，同时，把一只脚拿起来，踏在凳子上，将头摇了几下，将手不住地摸着胡子。那一分得意，就不用提了，其余几位地方上的绅士没有一个不羡慕林先生的幸遇的，全坐到他那茶座上围着他说话。李南泉一看到这情形，颇感到有些不顺眼，便起身向刘副官拱拱手道："大事现已告定，我可以告辞了。"刘副官把他约来，原以为他是孟秘书的好友，万一孟秘书也来了，还可以托他说说人情。现在孟秘书既没有来，留着李南泉在这里也是没用，便向前和他握着手道："实在是麻烦你了，不过这件事还不能算完全解决。将来还有点什么问题的话，恐怕还得请李先生帮我说几句话。"说着，苦笑了一笑，又摇了两摇头道："我头上还顶着一个雷呢。"他说着话时，握了他的手，送到茶

第十三章　各得其所　｜　303

馆子门外来,向前后看了两次,然后悄悄地对他道:"老兄念在我们平日的交情上,可不可以给我写一封信给秘书,托他在院长面前疏通疏通。"李南泉笑道:"那没有问题,我回去就写信付邮。"刘副官道:"用不着,用不着,你把信写好,我到府上去拿;拿了我就派专人送到城里去,以便立刻取得回信。"说着,深深地向他鞠了一躬。

刘副官素日旁若无人,这时突然行这个敬礼,却让李南泉有些愕然。便道:"大家都是朋友,只要是我办得到的事,我无不从命。你不必顾虑。我是个书生,无用虽然无用,却最同情弱者。"刘副官抱了拳头道:"一切都请关照。什么时候我到府上去拿信?"李南泉道:"我回家之后,立刻就和你写信,你随后就派人来罢。"说着,正待转身要走,就看到杨艳华携着胡玉花的手,由街那头慢慢地走了过来。她们都穿的是黑拷绸长衫,穿了白皮鞋,下面光着腿,上面又光着半臂,各人还在黑发之下,各插了一小排茉莉花。走到面前,笑嘻嘻地点着头叫人。李南泉笑道:"二位小姐,今天打扮得全身黑白分明,而且是同样的装束,有什么约会?"杨艳华道:"现在晚上没有月亮了,我们应该开始唱戏。不然,这整个月的开销不得了。同时,我们也打算迁地为良,到没有轰炸的内地去鬼混些时,等雾季过去,我们再回到重庆来。现在唱几个盘缠钱。"她说着话,向刘副官看去,见他今日的情形,大异往常。往日相见,他就是个见血的苍蝇,不问何时何地,立刻追到人身边来,有说有笑。今天却是板着个面孔,全找不出一条带笑意的痕迹。便笑道:"刘先生,今天这么一大早,就陪了大批的朋友下茶馆?"刘副官叹了口气道:"咳!我惹下一个很大的漏子了。"杨艳华道:"黄副官没有在这里?"李南泉以为她是有意问的,只管替她使着眼色。

杨艳华一看这情形就明白了。可是,胡玉花还记着黄副官那一点仇恨,便故意地问道:"怎么着,刘副官会惹下了漏子?这地方有那样不知高低的人?会惹你们黄副官?怎么样,他也惹下漏子吗?我想不会都有漏子吧?"刘副官冷笑道:"胡小姐,别说俏皮话罢。天有不测风云,人有旦夕祸福。今天吃饭睡觉,太太平平过去,知道明天是不是还能够吃饭睡觉呢?小姐,你们在社会上的经验还差着哩!"杨艳华扯着她的手道:"人家有事,别打搅了,走罢!"于是两人带了微笑走去。李南泉觉得胡玉花这几句话是多余的,因向刘副官道:"她们和你们开惯了玩笑,所以见面就说笑话。她还不知道你们怎么回事,也不必和她说了。我这就回去写信。"刘副官表示着好感,走向前两步,抢着和他握了手,紧紧地摇撼了两下,因道:"我也不知道说什么是好,只有说句余情后感罢。"李南泉又安慰了他两句,然后走回家去。到家以后,立刻展开文具,伏在案上写信。李太太见他一早出去,回来了又这样忙,颇觉有点奇怪。可是见他神情紧张,又不便过问,只是送烟送茶,偶然走到桌子边,向他写信纸上瞟上一眼,见那上款,写的是孟秘书的名字,就回想到杨艳华曾托他和孟秘书说项,料着还是那一套,闪到一边就未加过问。恰是李先生慎重其事,怕这封信给别人看到了,写好之后,就翻过来盖在桌上面。李太太坐在一边竹椅上作针线,低低头笑道:"什么秘密文件,这样地做作,我想你也没什么了不起的事吧?"

李南泉看太太低头在缝着针线,可是眼皮再三地瞟着,分明是注意着这封信成功之后的动作。便笑道:"我和朋友来往的信,你可以不过问吧?"李太太依然是低着头,随便地答道:"谁管你?"刚说到这句,遥远有人叫了一声"李太太"。她伸着头看时,正是杨、胡两位坤伶,在山坡上,便点头道:"二位小姐,请下来坐坐罢。"杨胡二人挽着手臂,就向坡子上走下来。杨艳华老远地笑嘻嘻道:"李先生。已经回来了吗?"李南泉道:

"我老早回来了。二位小姐,久违了。"胡玉花没有懂得他这是一句俏皮话,站在窗户外面,手扶了窗栏干,向里面张望了道:"前二十分钟,我们就在街上见面的,还算久吗?"李南泉正想解释着他由反面说话,她们已经走进来了。李太太对两位小姐周身上下看了一看,抿嘴笑道:"二位小姐真是淡妆浓抹总相宜。雪白的皮肤,穿着这乌亮的拷绸长衫……哟!这黑发下还压着这一排白茉莉花呢!艺术家是真会修饰自己。"说着,起身相迎,一只手挽住一位小姐。杨艳华笑道:"师母何必取笑我们。我们光腿子,并不是摩登。为了省掉那跳舞袜子。现在一双丝袜子,多少钱呀!"胡玉花道:"我一天的戏份子,也买不到一双。"李太太道:"还是别省那个钱吧!这山窝里出的那种小墨蚊,眼睛也看不见,可是叮人一口,又痒又痛,大片地起包。你们也当自己爱惜羽毛。南泉,你说我这种建议,对是不对?"说着,望了李先生微笑。李先生这可在主客之间不好答话,也只是一笑。

杨艳华已是有点明白李师母的意思了。很不愿意她真有所误会,因道:"刚才遇到老师,有刘副官当面,有话不好说,特意追来说明。"李太太笑道:"慢慢谈罢,我们都愿意帮忙。二位有什么要紧的事吗?怎么不坐着?"杨艳华道:"也没什么要紧,因为从今天晚上起,我们要恢复唱戏了。"李太太道:"那不成问题,我们一定去捧场。"杨艳华笑着一摇头道:"非也。我唱戏到今天,也没有卖过红票,我自己并没有什么事。"说着,伸手拍了两拍胡玉花的肩膀笑道:"还是她的事。那个姓黄的,现在还是老钉着她。他说,她有丈夫不要紧。他可以出笔款子,帮助小胡离婚。小胡有孩子,他也可以抚养。"李太太道:"胡小姐出阁了吗?"胡玉花笑道:"这都是瞎扯的,不是这样,抵制不了那个姓黄的。可是这样说也抵制不了他呢!"说到这里,她才是把脸色沉了下去,坐到旁边椅子上,叹了口气道："这是哪里说起，简直是我命里的劫星。我对姓黄的，慢说是爱情，就是普通的友谊也没有。他那意思，我没结婚，固然应当嫁他，结了婚也应当嫁他，我是一百二十个要嫁他。"杨艳华挨着她坐下，掏了她一下鬓发，笑道："这孩子疯了，满口是粗线条。"胡玉花偏过头向她瞟了一眼道："我才不疯呢。唱戏的女孩子，在戏台上，什么话不说，这就连嫁人两个字都怕提了？那个姓黄的，真是不讲理。我若是一位小姐，你就迫我嫁你，这只强迫我一个人。若根据他的话，我若有丈夫，不问我和丈夫是否有感情，都得丢了人家去嫁他。这为什么，就为了他有手枪吗？"

李太太道："胡小姐真结了婚了？"她笑道："我不告诉过你是瞎扯吗？这撒谎的原因，李先生知道。"李太太就坐在李先生写字的椅子上，而李先生呢，却是站在桌子角边。她就仰了脸子，向他望着微笑。那意思好像说，她们的事，你竟是完全知道。李先生很了解她的意思，便笑道："这就是在刘副官家里那天晚会的事，其实，胡小姐是太多心了。我告诉你一个好消息，老黄他完了，他要离开这里了，就是方公馆还容留他，他也不好意思在这码头上停留了。"因把黄副官这两天的公案说了一遍。杨艳华拍了手笑道："这才是天理昭彰呢。这一群人里面，就是黄、刘二人最为捣乱。把他两个人拘束住了，我们戏馆子里轻松多了。"李南泉道："不但黄、刘二人不能捣乱，恐怕这一群人，都不敢再捣乱了。"胡玉花望了他笑道："李先生不是拿话骗我们的？"李南泉道："我要撒谎，也不能撒得这样圆转自如，而且我还是最同情弱者。"李太太点了点头笑道："对的，他最是同情弱者。"李南泉看夫人脸上，有那种微妙的笑容，便想立刻加以解释。就在这个时候，胡玉花现出吃惊的样子，将嘴向窗外一努道："来了来了！"大家向外面看时，正是刘副官带着一种沉重的脚步，由那下山溪的石坡子上，一步一顿，很缓地走了来。杨、胡两人不约而同地站起，就有要走的样子。李先生道:"没有关系,他不是为两位来的。"那刘副官老远地已是叫了声"李先生"。李南泉迎着他道:"信我已经写好了,请下来罢。"

刘副官走进门,看到了两位坤伶,笑着点了个头道:"哦,二位小姐也在这里,久违久违!"李南泉笑道:"又一个久违。"杨艳华笑道:"这也许是因为李先生人缘太好,所以大家爱上你这儿来。"胡玉花斜望了刘副官道:"我们刚才在街上见面,怎么算是久违?你现在还有心思说俏皮话?"刘副官站着怔了一怔,不免脸色沉了一下,淡笑着道:"两位也知道这件事了?"杨艳华道:"谁不知道这件事?这事可闹大发了。我们倒是很惦记着的,现有没有事了吧?"刘副官点着头笑道:"谢谢! 大概没有事了。"说时,他向桌子上瞟了一眼。见有一封信覆盖在那里,便走近一步,正待轻轻地问上一声,李南泉可不愿二位小姐太知道这件事,免得她们又把话去损人,便点着头笑道:"我并没有封口,你拿去先看了再发罢。假如你觉得还不大满意,我可以给你重写。"刘副官正也是不愿二位小姐知道,接着信就向衣袋里揣了进去。李太太虽是坐在一旁椅子上,可是她对于这封信十分感兴趣。她的眼光,随了这封信转动,偏是授受方,都作得这样鬼鬼祟祟的,越发引起了兴趣,便向刘副官道:"刘先生,我们这里有什么重要文件,还得你自己来取?"刘副官沉思了一会,笑道:"在我个人,是相当重要的,可是把这文件扔在地上,那就没有人捡。"他说着,下意识地,又把那封信拿了出来看上一看,依然很快地收到怀里去。

他这样地做作,李太太更是注意,随了他这动作,只管向刘副官身上打量着。刘副官更误会了,以为自己狼狈的行为,很可以让人注意。勉强放出了笑容,向大家点个头就走了。李先生看到他今天到处求人,已把他往日自大的态度,完全忘却,还随在后面,直把他送过门口的溪桥。站在桥头,又交谈了几分钟。等到李先生回来,杨、胡二位小姐,已证明这些副官们正在难中,现在登台唱戏,不须像以往那样应酬他们,放宽了心,就不向李南泉请什么指示了,随心谈了几句话,也走了。李先生已看到太太的颜色,不大正常,对二位小姐,就不敢多客气,只送到门口,并不远行,而且两只脚都站在门槛里,但究因为人家是两位小姐,好像是不便过于冷淡,虽然站在门槛里,也来了个目送,直看到人家走上小溪对岸的山坡,这才转回身来。这时,李太太还坐在那面窗的竹椅子上,她正和目送飞鸿的李先生一样,也可以看到走去的两位小姐的。李先生掉过头来了,她也就掉过头来了。她在那不正常的脸色下,却微微地一笑。那笑容并不曾解开那脸腮上的肌肉下沉,分明这笑容,是高兴的反面。李先生只当不知道,因笑道:"我今天一大早就让刘副官找了去,实在非出于本愿。"李太太将桌上放的旧报纸,随手拿过一张来翻了一翻,望着报纸道:"谁管你,谁又问你?"李先生听了,心里十分不自在,觉得越怕事,事情是越逼着来,只是默默着微笑了一笑。

李太太望了他道:"你为什么不说话?肚子里在骂我?"李南泉禁不住笑起来,向他拱手作了两个揖,因道:"我的太太,你这样一说,我就无法办理了,我口里并不说话,你也知道我肚子里会骂人,那真是欲加之罪,何患无词了。"李太太突然站了起来,两手把桌上的报纸一推,沉着脸道:"你以为我是小孩子了,什么都不知道。你们当着我的面弄手法,我这两只眼是干什么的呢?"李南泉"哦"了一声道:"你说的是那封信,我是和你闹着玩的,其实并无什么秘密,不过是刘副官怕前两天蟾宫折桂的案子,会连累到他,托我预先写封信给孟秘书,以便在他主人面前美言几句。我若知道……"李太太立刻拦着道:"不用说了,事情就有那样的巧。你写好了信,两位小姐就来了。分明是两位小姐的事!其实这没有关系,我并不反对你提拔杨小姐。一个唱戏的女孩子,不总得许多人来捧吗?"她一面说着,一面走着,就走向里面屋子里去了。李先生对于这件事情,实在感到烦恼,也是自己无聊,和太太开什么玩笑。现在要解释,她也未必是相信的。坐在竹椅子上,呆定了四、五分钟,却听到太太在后面屋子里教训孩子。她道:"小孩子要天真一点,作事为什么鬼鬼祟祟的,你那鬼鬼祟祟的行为,可以欺骗别人,还欺骗得了我吗?我最恨那貌似忠厚,内藏奸诈的人。"李先生一听,心想,好哇,指桑骂槐,句句骂的是我。"内藏奸诈"这四个字,实在让人不能忍受。

他想到这里,脸色也就红了。脸望着里面的屋子,本来想问两句话,转念一想,太太正在气头上,若是这个时候加以质问,一定会冲突起来的。便在抽屉里拿了些零钱,戴着草帽,扶着手杖,悄悄地溜了出来。当自己还在木桥上走着的时候,远远地还听到太太在屋子里骂孩子。而骂孩子的话,还是声东击西的手法。自己苦笑了一笑,又摇了两摇头。但这也让他下了决心,不用踌躇,径直地就顺着大路,走向街上来了。到是到了街上,可是同时发生了困难:到朋友家里去闲谈吧,这是上午,到人家家里去,有赶午饭的嫌疑。现在的朋友,谁是承担得起一餐客饭的?坐小茶馆吧,没有带上书,枯坐着也是无聊。游山玩水吧,太阳慢慢当顶,越走越热。想到这里,步子也就越走越慢。这街的外围,有一道小河,被两面大山夹着流去,终年是储着丈来深的水。沿河的树木,入夏正长得绿叶油油,将石板面的人行道,都盖在浓阴下面。为了步行安适,还是取道于此的好。他临时想着这个路径,立刻就转身向河边走去。这石板面的人行路,比河水高不到二尺,非常平坦,在松柏阴森的高山脚下,蜿蜒着顺水而下,约莫有五华里长,直通到大学的校本部。李南泉走到人行路上,依然没有目的地,就顺了这河岸走。这河里正有两艘木船,各载了七、八位客人,由船夫摇着催艄橹,缓缓地前进。这山里的木船,全是平底鞋似的,平常是毫无遮拦,在这盛夏的时候,坐船的人,各各撑起一把纸伞,随便地坐在船舱的浮板上。

船走得非常之慢,坐在船上的人总是用谈话来消磨时间。这条山河,虽是有五、六华里长,可是他的宽度,却不到四丈。因之船在河面上,也就等于在马路上走一样,李南泉在路上走,那船在水面上划着,倒是彼此言语相通,船上人低声说话,在岸上走的人可以听得清清楚楚。而且船的速度,远不如人,所以李南泉缓缓走着,船并没有追过他前面去。约莫是水陆共同走了小半里路,忽听到船上,有了惊讶的声音,问道:"这话是真?"有个人答道:"怎么不真?我们交朋友一场,我还去看了一看,他的尸首,直挺挺地躺在床板上头,脸上盖一条手巾。听说是手枪对着脑门上打的。咳!这人真是想不开。受这么一点折磨,何至于自杀,活着总比死了强得多吧?"这两个说话的人,都扛了一把纸伞在肩上,遮住了全身。问道:"老徐,你说的是哪一个?"老徐将纸伞一歪,露出全部身子,脸上挂着丧气的样子,摇摇头道:"这话是哪里说起?黄副官自杀了!咳!"李南泉道:"他自杀了?何必何必!可是,那也太可能。"他说着话,摇摇头,接着又点点头道:"人生的喜剧,也就是人生的悲剧。老徐,你看到刘副官没有?"老徐道:"他不是由你那里回去的吗?我在路上遇到他,把消息告诉他,他都吓痴了。我这就是为着他的事忙。大学校本部的文化村里,住着黄副官的一位远亲,我得去报个信。"李南泉道:"他的身后自然有方公馆给他办理善后,可是也得有几位亲友出面,方公馆才会办理得风光些。"

李南泉又叹口气道:"人都死了,那臭皮囊有什么风光不风光?我们这也可以得一个教训,凡事可以罢手,就落得罢手。过分的行为,对人是不利,对自己也未必是利。这人和我没有交情可言,可是……"他只管站着和老徐说话,不想那艘木船,并不停住,人家也就走远了。李南泉抬头一看,自己也就微微一笑。他默然地站了一会,还是回转身来,向街上走着。但他想到太太早上那番误会,未必已经铲除,自己还是不回去为妙。正好城里的公共汽车,已经在公路上飞跑了来。他想到这里,有了解闷的良方,赶快奔上汽车站。果然,两个报贩子夹着当日的报,在路上吆唤着,"当日的报,看鄂西战事消息!"他迎上前买了两份报纸,顺脚踏进车站附近的茶馆,找了一副临街的座头,泡了一盖碗沱茶,就展开报纸来看。约莫是半小时,肩头上让人轻轻拍了一下。回头看时,正是早上作调人的那位林老先生。因笑道:"怎么着,直到现在,林老先生还没有回去吗?"他拖着凳子,抬腿跨着坐了下来,两手按了桌沿,把头伸了过来,瞪了眼睛低声道:"这事硬是幺不倒台,那位黄副官拿手枪自杀了。"李南泉道:"我听到说这件事的,想不到这位仁兄,受不住刺激,竟是为了这件事轻生。"林先生伸手一拍下巴颏,脸子一正,表示他那分得意的样子,因道:"方完长要我作调人,我总要把事情办得平平妥妥,才好交代。别个完长,那样大的人物和我握手,又把我送到客厅门口,总算看得起我嘛!"

李南泉听了他的这种话,首先就感到一阵头疼,可是彼此交情太浅,无法禁止人家说什么话,便将面前的报纸,分了一张送到他面前,因笑道:"看报,今天报上的消息不坏,我们在鄂西打了个小小的胜仗,报纸上还作了社论呢,说是积小胜为大胜,我们能常常打个小胜仗,那也不错得很。"林老先生点了头道:"说的是,打胜仗这个消息,我知道了,方完长见面的时候,为了他家里的人扯皮①,虽然很生气,但是一提到时局,他就满面春风喀。他对我说,你们老百姓,应该高兴了,现在我们国家军队打了

---

① 川语,此处指捣乱之意。

312 | 巴山夜雨

个胜仗。"林老先生说到这里,而且把身子端正起来,模仿了方院长那个姿势,同时,也用国语说那两句话。不过他说的是国语字,而完全还是土音,难听之极。李南泉想笑,又不好意思笑,只得高了声叫幺师泡茶来。就在这时林老先生也站了起来,他高抬了一只手,向街上连连招了几招,呼道:"大家都来,我有要紧的问题,要宣一个布。"随着他这一招手,街上有四位过路的乡先生,还带了几名随从,一齐走了过来,在屋檐下站住。林老先生笑道:"从今以后,你们硬是要看得起我林大爷了。今天,我奉方完长之命,到他公馆里采访。方完长坐了汽车到场,换了轿子上山,水都没有喝一口,立刻就和我见面,你说这是啥子面子嘛?"

李南泉见他特地把走路的人叫住,以为有什么了不起的大事要宣布,或者就替国家宣传打了胜仗,没想到他说的还是这得意之笔。为了凑趣起见,就从旁边插上一句话道:"的确是这样,方院长对林老先生是非常看得起的。将来这地方上有什么大小问题发生,只要叫林老先生向方院长去说一句,那就很容易解决了。"林老先生倒并没有看着说话的人是什么颜色,为了要摇晃胡子,以表示他的得意,随便也就摇晃着他的脑袋,将眼角下的鱼尾纹,完全地辐射了出来,笑道:"你们看嘛!李先生都说方完长看得起我,你想这事情还有啥子不真?我想,我们这地方上抽壮丁啦,派款啦,有啥子要紧的事,让我去跟方完长说一声,一定给我三分面子喀。我就是报告大家一个信,没得啥话说,请便。"说着,他拱手点了点头,算是演说完毕,自回到茶座上去,跨了板凳坐下。他刚才那样大声说话,满茶馆的人都已听到,幺师自不例外,觉得这林大爷是见过院长的,这与普通绅粮有别,挑了一只干净的盖碗,泡了一碗好沱茶送到他面前放着。还是前三天,有茶客遗落了一个纸烟盒子在茶座上,里面还有三支烟,他没有舍得吸,保留着放在茶碗柜上。这时也就拿来,放在茶碗边,又

第十三章　各得其所　｜　313

怕林老先生没有带火柴,把一根点着了的佛香,也放在桌沿上。

林老先生话说得高兴了,回转身来,就在凳子上坐下,两手随便也就向桌沿上扶了去。不想是不上不下,正扶在香火头子上,痛得他"哎哟"一声,猛可地站了起来,那支佛香,也就跌落在地。他立刻在衣袋里抽出手绢,在手心里乱擦。幺师看到他坐下来了,本来是老远地走来就要向他茶壶里去兑开水。同时,也好恭维他两句。现在看到他把手烫了,知道是自己惹的祸事,立刻提了开水壶回去,跑到帐房里去,拿了一盒万金油来,送到他面前,向他笑道:"大爷,没有烧着吧?我来给你擦上点万金油,要不要得?"他左手托着油盒子,右手伸个食指,挑了一些油在手指上,走近前来,大有向林老先生手心擦油的趋势。林老先生右手抚摸着左手,还在痛定思痛呢,这就两手同时向下一放,身子也向回一缩,望了他道:"你拿啥子家私我擦?我告诉你,我这只手,同完长都握过手的,你怕是种田作工的人,做粗活路的手,可以乱整一气?我歇稍一下,要到医完里去看看。"幺师想极力讨好,倒不想碰了一鼻子灰,脸上透着难为情的样子,只好向后缩了转去。李南泉笑道:"林先生坐下喝茶罢,茶都凉了。副官们惹了这个乱子,大家都弄得不大好,只有你老先生是子产之鱼,得其所哉。"林先生倒是坐下来了,他一摆手笑道:"我们一个作绅粮的,同完长交了朋友,那还有啥子话说?你看,就说重庆市上,百多万有几个人能够和完长握手,并坐说话?"

说着话,他端起茶碗来要喝。提到这句话,他又放下碗来,挺着腰杆子,在脸上表现出得意的样子来。李南泉笑道:"将来竞选什么参议员、民众代表之类,保险你没有问题。"他将一只没有受伤的手,摸了几下胡子,又一晃着脑袋道:"那还用说?不用说方完长是我的朋友,就说是方完长公馆里那些先生们和我有交情罢,我的面子,也很不小,无论投啥子票,也应该投我一张。"他说的这些话,都是声音十分高朗的,这就很引起了茶座上四周人的注意。这时,过来一位中年汉子,秃起光头,瘦削着脸,又长了许多短胡楂子,显着面容憔悴。身上穿的黑拷绸裈子,都大部分变得焦黄的颜色了。他两个被纸烟薰黄了的指头,夹着半支烟卷,慢条斯理,走了过来,就向林老先生点了个头。看那样子,原是想鞠躬的,但因为茶馆里人多,鞠躬不大方便,这就改为了深深一点头了。林老先生受了人家的礼,倒不能不站起来,向他望着道:"你贵姓?我们面生喀。"那人操着不大纯熟的川语道:"林大爷不认识,我倒是认识林大爷。"林老先生又表示着得意了,点了两点头道:"在地方上出面的人,不认识我的人,那硬是少喀。这块地方,我常来常往,怕不下二、三十年。要不然的话,完长朗个肯见我,还和我握手?你有啥子事要说?"那人道:"我是这里戏馆子后台管事,前几天闹空袭,我们好久没有唱戏,大家的生活不得了。今天晚上,我们要开锣了,想请林大爷多捧场。"

林老先生是不大进戏馆子的人,还不大懂他这话的意思,瞪了眼望着。那管事的向他笑道:"林老先生,我们并没有别的大事请求,今天晚上开锣,也不知道能卖多少张票。第一天晚上,我们总得风光些,以后我们就有勇气了,倘若第一天不上座,我们那几个名角儿大为扫兴,第二天恐怕就不肯登台。所以我今天睁开眼睛,就到处去张罗红票,现在,遇到林老先生,算是我们的运气,可不可以请你老先生替我们代销几张票?"林老先生踌躇了道:"就是嘛!看戏,我是没得空喀!三等票,好多钱?你拿一张票子来,我好拿去送人。"那管事在拷绸短裈子里,掏出几张绿色土纸印的戏票来,双手捧着,笑嘻嘻地,送到林老先生面前。林老头看那票子,只有二寸宽,两寸来长,薄得两张粘住分不开来。票子上印的字迹,一概不大清楚,价目日期,全只有点影子。林老先生料着按当时的价钱,总得两元一张。这票子粘住一叠,约莫有十张上下,这票价就可观了。茶馆里的桌子,总是水淋淋的,他当然不敢放下。就以手上而论,汗出得像水洗过,拿着戏票在手,就印上两个水渍印子。他心里非常明白,牺牲一张票头,就得损失两元。他赶紧将两个指头,捏住那整叠戏票,只管摇撼着,因道:"偌个多?要不得!我个人没得工夫看戏,把这样多票子去送哪一个?"管事依然半鞠着躬,陪了笑道:"请林老先生随意留下就是。"林老先生不待同意,将票子塞在管事的衣袋里。

这么一来,未免让管事的大为失望,他将头偏着,靠了肩膀,微笑道:"老先生一张都不肯销我们的?"李南泉看到这老朽的情形,颇有点不服,有意刺激他一下,在身上掏出那叠零钞票来。拿出了四张,立刻向桌子角上一扔,因笑道:"得!我们这穷书生帮你一个忙罢,刘老板给我两张票。"刘管事倒没有料到宝出冷门,便向他点了个头,连声道谢。这位林老先生看到之后,实在感觉到有点难为情,这就在他的衣袋内掏出几张角票,沉着脸色道:"你就给我一张三等票罢。"这位刘管事,虽然心里十分不高兴,可是这位林大爷是地面上的有名人物,也不愿得罪他,便向他点了头笑道:"老先生,对不住,我身上没有带得三等票,到了晚上,请你到戏院子票房里去买罢。"说完了,他自离开。林老先生见他不交出三等票来,倒反是红了脸,恼羞成怒,便道:"没得票还说啥子嘛?那不是空话?"说毕,气鼓鼓地,把几根短须撅起来。李南泉看他这情形,分明有些下不了台,这倒怪难为情的,付了茶钱,悄悄就走了。他决定了暂不回家,避免太太的刺激,就接连走访了几位朋友。午、晚两顿饭,全是叨扰了朋友,也就邀了请吃晚饭的主人,一同到戏院来看戏。当他走进戏座的时候,第一件事让他感到不同的,就是有两个警察站在戏馆子门口把守,只管在收票员身后,拿眼睛钉着人。他们老远掏出戏票来,伸手交给收票员,挨门而进。原来每天横着眼睛,歪着膀子向里走的人,已经没有了。

走到了戏座上,向前后四周一看,刘副官这类朋友,都不在座。听戏的人,全是些疏散下乡来的公务人员和眷属,平常本是"嗡隆嗡隆"说话声音不断,这时除了一部分小孩子,挤到台脚下去站着而外,一切都很合规矩,戏台上场门的门帘子,不时挑出一条缝,由门帘缝里露出半张粉脸。虽然是半张粉脸,也可以遥远地看出那脸上的笑容。李南泉认得出来,先两回向外张望的是胡玉花,后两回是杨艳华。同时,也能了解她们的用意,头两回是看到戏馆子里上了满座,后两回是侦察出来了,这批方公馆的优待客人全部都没到。他们没有来还可以卖满座,那就是挣钱的买卖。为了如此,戏台下的喊好声,这晚特别减少,全晚统计起来,不满十次。偏是戏台上的戏,却唱得特别卖力。今天又是杨艳华全本《玉堂春》。《女起解》一出,由胡玉花接力。当苏三唱着出台的时候,解差崇公道向她道:"苏三,你大喜哪。"苏三道:"喜从何来呀?"崇公道笑道:"你那块蘑菇今天死了,命里的魔星没有了,你出了头了,岂不是一喜吗?"他抓的这个哏虽然知道的人不大普遍,可是方公馆最近闹的这件事,公教人员也有一部分耳有所闻,因之,经他一说,反是证明了消息的确实性,前前后后,就很有些人哄然笑着,鼓了一阵掌。李南泉倒是为这个小丑担上了心:他还不够这资格打死老虎,恐怕他要种下仇恨了。可是在台上的苏三,却是真正地感到大喜,禁不住嫣然一笑。

这晚上的戏,台上下的人,都十分安适地过去。散戏之时,李南泉为了避免出口的拥挤,故意和那位朋友,在戏座上多坐了几分钟,然后取出纸烟两支,彼此分取了吸着。满戏座的人都散空了,他才悠闲地起身,在坐位中迁回了出去。这个戏馆子的后台,是没有后门的,伶人卸装后也是和看戏的人一样,由前台走出去。杨艳华今晚跪在台口上唱玉堂春大审的时候,就很清楚地看到李老师坐在第三排上。戏完了正洗脸,胡玉花悄悄地走了过来,向她低声笑道:"快点收拾罢,李先生还没有走呢,大概等着你有什么话说吧?"杨艳华两手托了那条湿手巾,很快跑到门帘子底下张望了一眼,果然李先生和一个人在第三排坐着抽纸烟。满戏座的人全已起身向外,尤其是前几排的人,都已退向后面,这里只有李先生和那朋友是坐着的。她笑着说:"一定有好消息告诉我们,我们快走罢。"她说时,将手巾连连地擦着脸,也不再照镜子,将披在身上的拷绸长衫,扣着纽绊,就向戏座上走了来。她们走来,李南泉是刚刚离开坐位,杨艳华就在他身后轻轻地叫了一声。李南泉回头看时,见她脸上的胭脂,还没有洗干净。尤其是嘴唇上的脂膏,化装的时候,涂得太浓,这时并没有洗去。她一笑,在红嘴唇里,露出两排雪白牙齿,妩媚极了,李南泉便笑道:"杨小姐今晚的戏,自自在在地唱过,得意之至呀。"

她笑道:"今晚上各位自自在在地把戏听完,也得意之至吧?"李南泉道:"不但是听戏,当我走进这戏院之后,我就立刻觉得这戏场上的空气,比寻常平定得多。天下事就是这么样,往往以一件芝麻小事,可以牵涉到轩然大波,往往也以一个毫无地位的人可以影响到成千成万的人。去了这么一个人,在社会上好像是少了一粒芝麻,与成片的社会,并不生关系,可是今晚上我们就像各得其所似的,说着话,慢慢儿地走出了戏馆子。"这是夏季,街上乘凉的人还沿街列着睡椅凉床。卖零食的担子,挂着油灯在扁担上,连串地歇在街边。饮食店,也依然敞着铺门,灯火辉煌的,照耀内外。杨艳华抬头看了看天色,笑道:"老师,你听了戏回去,晚上应该没有什么事吧?"他笑道:"有件大事,到床上去死过几小时,明天早上再活过来。"杨艳华道:"那就好办了。我们到小面馆子去,吃两碗面,好不好?也许还可以到家里去找点好小菜来。"李南泉今天在朋友家吃的两顿饭,除去全是稗子的黄色平价米而外,小菜全是些带涩味的菜油炒的,勉强向肚子里塞上一、两碗,并未吃饱。这时看了三小时以上的戏,根本就想进点饮食。人家一提吃面,眼前不远,就是一家江苏面馆,店堂里垂吊四、五盏三个灯焰的菜油灯,照着座头下人影摇摇。门口锅灶上,烧得水蒸气上腾,一阵肉汤味,在退了暑气的空间送过来。夜静了,食欲随着清明的神智向上升。便笑道:"那也好,我来请客罢?"

胡玉花笑道:"你师徒二人哪个请客,我也不反对。反正我是白吃定了。"说着话,笑嘻嘻地走进了面馆。与李南泉同来的那位朋友,回家里去乡场太远,没有参加,先行走了。李南泉很安适地吃完了这顿消夜,在街上买个纸灯笼,方才回家。他心里想着,太太必已安歇,今晚上可毋须去听她的俏皮话。无论如何,这十几小时内,总算向太太争得一个小胜利。提着灯笼,高高兴兴地向回家的路上走。经过街外的小公园,在树林下的人行路上,还有不少的人在乘凉。这公园外边,就是那道小山河。他忽然想到早间和老徐水陆共话的情形,就感到人生是太渺茫了。那位黄副官前两、三天还那样气焰逼人,再过两、三天,他的肌肉就腐烂了。在这样的热天,少不得是喂上一大片蛆虫。何苦何苦!心里这样地想,口里就不免叹上两口气。就在这时,身后有人叫了声"爸爸",回头看去,提起灯笼一照,正是太太牵着小玲儿一同随来,便笑道:"你们也下山听戏来了?"小玲儿道:"爸爸看戏,都不带我,吃面也不带我。"李南泉心下叫着"糟了",自己的行动,太太是完全知道,小孩子这样说了,很不好作答复,便牵着她的手道:"我给你买些花红吃罢。"李太太用很低缓的声音答道:"我已给她买了吃的了。"听她的话音,非常之不自然,正是极力抑压住胸中那分愤怒,故作从容说的。便笑道:"我实在无心听戏,是王先生请的。"李太太冷笑道:"管他谁请谁,反正听的得意就行了。"

李南泉道:"你跟我身后一路出戏园子的?"李太太道:"对的,你们说的话我全听到了。你们今晚上这一顿小馆子,就算表示庆祝之意吗?以后你师徒二人,可以像今天晚上这样,老走一条道路了。"李南泉提了灯笼默默地走着。李太太冷笑道:"你觉得我早上说你貌似忠厚,内藏奸诈,言语太重了点?"李南泉道:"你完全误会,我不愿多辩。"说完了这两句话,他依然是缄默地走着,并不作声。李太太道:"你别太自负。貌似忠厚,内藏奸诈,那是刘玄德这一类枭雄的姿态,你还差得远得很呢!"李南泉不由得哈哈笑了,因道:"解铃还是系铃人,你这样说就成了。"李太太道:"可是我得说你是糊涂虫,当家里穷得整个星期没钱割肉吃的时候,你既会请客,听戏,又吃消夜,有这种闲钱,我们家可以过三、五天平安日子,你今天一天,过得是得其所哉,舒服极了,你知道我们家里今天吃的是什么饭?中响吃顿苋菜煮面疙瘩。晚上吃的是稀饭。"李南泉回过头来,高举着灯笼,向她深深地点了个头道:"那我很抱歉,可是你不会是听白戏吧?"李太太道:"我也想破了,为什么让你一个人高兴呢?乐一天是一天,我也就带了孩子下山听戏来了,难道就许你一个人听戏?明天找人借钱去,买几斤肉打回牙祭,让孩子们解馋。"李先生以为出来十几小时,自己得着一个小小的胜利,太太见了面,还是继续攻击,本来今天晚上这个巧遇,也是无法解释的,只有提了灯笼默然地在前走着。

将近家门,夜深了,李太太不愿将言语惊动邻人,悄悄地随在灯笼后面走着。李先生自是知趣,什么话也不说,到了家以后,吹熄了灯笼,说声"屋子里还是这样热",他就开着门又走出去了。那意思自然是乘凉,但其实他身上很凉爽,在汗衫外面还加着一件短褂子。他端了把竹椅子,放在廊檐下,坐着打了一小时瞌睡。听听屋子里,并没有什么响声,然后进卧室去休息。次日早上,他却为对岸山路上,一阵阵的吆喝声所惊醒。四川乡间的习惯,抬棺材的人,总是"呀呀呵,呀呀呵",群起群落地叫着。李南泉看看大床上的太太,带了小孩子睡得还是很酣。听到抬棺材的吆喝声,未免心里一动。因为由这对门口的一条山路进去,有一带无形的公墓。场上人有死亡,总是由这里抬了过去埋葬,他想到黄副官死了以后,还没有抬出埋葬,可能就是他的吧?他这样想着,立刻开了屋门走出来。正好,那具白木棺材,十几人抬着,就在对面山路上一块较小的坦地上停住。棺材前面有一个穿制服的人,手里挽着一只竹篮子,带走带撒纸钱。此外跟几个穿西服和穿制服的,都随着丧气地走路。看那形状,就是方公馆里的人。心里便自想着,这算猜个正对。就在这时,只见刘副官,下穿着短裤衩,上穿夏威夷衫,光着头,手里提了个篮子,中盛纸钱香烛,放开大步向前跑着。李南泉并没有作声,他倒是叫了句"李先生"。

这样,他就不能装麻糊了,因问道:"抬的是黄副官吗?"刘副官站住了脚,因向这里点点头道:"是的。唉!有什么话说?"李南泉道:"你送他上山吗?"刘副官道:"上次在我家里吃饭,还是眼前的事。也就是自那晚起,还没有经过我的门口,不想第二次经过我的门口,就是他躺在棺材里了。交朋友一场,我也没有什么可以安慰他的,赶回家去,在院坝上给他来个路祭罢。"李南泉道:"那末,我倒有些歉然,我没有想到他的灵柩马上由这里经过,要不然,我也得买几张纸钱在门口焚化一下。"正说着,那抬棺材的人又吆喝着起来。刘副官将手举着,打了个招呼,立刻走开了。李南泉呆呆地站在屋檐下,只见那白木棺材,被十来个租工抬着,吆喝了几阵,抢着抬了过去。棺材看不见了,那吆喝的声音,还阵阵不断,由半空里传来。这声音给人一个极不好的感觉,因为谁都知道这声音是干什么的。他呆站了总有十来分钟之久,不免叹着气摇了几摇头。吴春圃教授左手提着一捆韭菜,右手提了几个纸包儿,拖不动步子的样子,由山路上缓缓地走了来,老远便道:"吴兄是不是看到刚才黄副官那具棺材过去了,很有感慨。不过人生最后的归宿,都是如此。人一躺到棺材里去,也就任何事情可以不问,譬如这时候拉了空袭警报,就是不打算躲避,谁也得心里动上一动。可是躺在棺材里的老黄,他是得其所哉的了。"说毕,哈哈大笑一阵。

吴先生看了他那样子,缓缓地走到木桥头上,垂下了他手上提着的那样东西,对他望着道:"老兄,你多感慨系之罢?"李南泉摇摇头笑道:"见了棺材,应当下泪,这就叫哭者人情,笑者不可测也。"吴春圃笑道:"老兄把这样的自况,那是自比奸雄和枭雄呀!你又何至于此?"李南泉笑道:"你说我不宜自比奸雄,可是把我当着奸雄的,大有人在呢!"他说着话,听到屋子里桌上,有东西重重放了一下响。回头看时,太太已经起来了。李先生回到屋子里,向太太陪着笑道:"你今日起得这样早,昨天晚上睡得那样晚,今天早上,应该多休息一下。"李太太拿着漱口盂,自向屋子外走。李先生道:"太太,我这是好话呀;太太!"李太太走出门去,这才低声回答道:"你少温存我一点罢,只要不向我加上精神上的压迫,我就很高兴了。"李先生觉得这话是越说越严重,只好不作声了。坐到桌子边,抬起头来,看看窗子对面的夏山,长着一片深深的青草。那零落的大树,不是松,不是柏,在淡绿色的深草上,撑出一团团的墨绿影子,东起的阳光,带了一些金黄的颜色,洒在树上,颜色非常的调和。正好那蔚蓝色的天空,飞着一片片白云,在山头上慢慢飘荡过去,不觉心里荡漾着一番诗意。于是拿出抽屉里的土纸摊在面前,将手按了一下,好像把那诗意由心里直按到纸上去。心里就情不自禁地叹了口气,吟出诗来道:"白云悠然飞,人生此飘忽。"

念完了,就抽出笔来,向白纸上写着。但这十个字,不能成为一首诗。

就是在他的情感上说,也是一个概念的刚刚开始。于是手提了笔在墨盒子里蘸墨,微昂头向窗子外望着,不断地沉吟下去。约莫十来分钟,他的意思来了,就提起笔来向下写着道:"亦有虎而冠,怒马轻卷蹄,扬鞭过长街,目中如无物。儿童看马来,趋避道路缺;妇女看马来,相顾无颜色;士人看马来,目视低声说。只是关门奴,乃此兴高烈。遥想主人翁,何等声威吓!早起辟柴门,青山探白日。忽有悲惨呼,阵阵作呕喝。巴人埋葬俗,此声送死客。怦然予心动,徘徊涧溪侧。群异一棺来,长长五尺白。三五垂首人,相随貌凄恻。询之但摇头,欲语先呜咽。道是马上豪,饮弹自戕贼。棺首有人家,粉墙列整洁。其中有华堂,开筵唱夜月。只是前夕事,此君坐上席。高呼把酒来,旁有歌姬列。今日过门前,路有残果核。当时席上人,于今棺中骨。"他一口气写到这里,一首五古风的最高潮,已经写完了,便不由得从头到尾,朗诵一番。窗子外忽有人笑道:"好兴致!作诗!"抬头看时,乃是奚太太。她穿了一件其薄如纸的旧长衣,颜色的印花,和原来绸子的杏黄色,已是混成一片了。这样薄薄的衣服,穿在她那又白而又瘦的身体上,在这清晨还不十分热的时候,颇觉得衣服和人脱了节,两不相连,而且也太单薄了。

奚太太露着长马牙,笑道:"我要罚你。"李南泉很惊愕地道:"不许作诗吗?作诗妨碍邻家吗?"奚太太说出下江话了,她道:"啥体假痴假呆?你一双眼睛,隔仔个窗户,只管看我,老了,有啥好看?"李南泉笑道:"老邻居,你当然相信我是个戴方头巾的人,尤其是邻居太太,我当予以尊重,我看你是一番好意,觉得清晨这样凉爽,你穿的是这样子单薄,我看你有招凉的可能,所以我就未免多多注意你一下。"奚太太那枣子型的脸上,泛出一阵红光,那向下弯着眼角的眼睛,也闪动着看了人笑。李南泉道:"请进来坐罢。"奚太太两手,扶了窗户上的直格子,将脸子伸到窗户里来,对了桌上那张白纸望着,笑道:"你倒关切我?我若进来,不会打断你的诗兴吗?"李南泉站起来笑道:"我作什么诗!不过是有点感慨,写出几个字来,自己消遣一下。"奚太太道:"既然如此,我就进来,看看大作罢。"她随话走了进来,将那张诗稿两手捧着,用南方的腔调向下念着。念完了,点着头道:"作得不坏。这像《木兰辞》一样,五个字一句。不过我想批评一下,站在朋友的立场,可以吗?"李南泉笑着,一点头,说了三个字:"谨受教。"奚太太捧了稿子,又看了一遍,因笑道:"你开头这四句,我有点批评,好像学那'孔雀东南飞,五里一徘徊'。这个比喻就够了,为什么下面又来个'亦有虎而冠'?老虎追着马吃,这是什么意思呢?"李南泉笑道:"'虎而冠'不是比喻。作诗自然最好不用典,可是要含蓄一点,有时又非用典不可。"

奚太太向来是个心服口不服的人,望了他道:"这是典?出在什么书上?"李南泉笑道:"很熟的书,《史记·酷吏传》。"奚太太道:"上下又怎么念法呢?"李南泉向她作了一个揖,笑道:"算我输了,我肚子里一点线装书,还是二十年前的东西,就只记得那么一点影子。你把我当《辞海》,每句话交代来去清白,那个可不行。再说作文用典的人,不一定就是把脑子里陈货掏出来。无非看到别人文章上常常引用,只要明白那意思,自己也就不觉地引用出来。"奚太太笑了,因点着头道:"我批评人,决不能信口开河的,总有一点原因。《史记》是四书五经,谁没念过?这村子里没有可以和我摆龙门阵的人,只有你老夫子,我觉得还算说得上。"她说到"说得上",仿佛这友谊立刻加深了一层,就坐在李先生椅子上,架起腿来,放下了那诗稿。把桌上的书,随便掏起一本来翻着。李南泉站在屋子中间,向她大腿瞟了一眼,见她光着双脚,拖着一双黑皮拖鞋,两条腿直光到衣岔上去,虽是其瘦如柴棍,倒是雪白的。因笑问道:"奚太太,你会不会游泳?"她望了书本子道:"你何以突然问我这句话?"李南泉笑道:"我想起了《水浒传》上一个绰号'浪里白条'。假如你去游泳,那是不愧这个名称的。"

奚太太笑道:"说起这话来,真是让我感慨万分,我原来是学体育的。十来、二十岁的时候,真是合乎时代的健美小姐,多少男子拜倒在石榴裙下。大凡练习体育的人,身体是长得结实了,皮肤未免晒得漆黑。只有我天生的白皮肤,白得真白种人一样。"说着,放下了书本,那垂角眼对了李先生一瞟,笑道:"诗人,你有这个感想,给我写一首诗,好不好?"李南泉道:"当然可以,不过,这事件似乎要先征得奚先生的同意吧?"奚太太嘴一撇道:"我是奚家的家庭大学校长,我叫人家拿诗来赞美我,他是一名学生,他也有光荣呀,他还能反对吗?"李南泉听说,不免心里一阵奇痒,实在忍不住要笑出来。因道:"难道奚先生到现在还没有毕业?"奚太太摇着头道:"没有!至少他还得我训练他三年。你看,他就没有我这孩子成绩好。不信,我们当面试验。"说着,她手向门口一指,她一个六岁的男孩子,正在走廊上玩,她招招手道:"小聪儿,来!我考考你。"小聪儿走进来,他上穿翻领白衬衫,下边蓝布短工人裤,倒还整洁。他听了"考考你"三个字,似乎很有训练,挺直站在屋子中间。奚太太问道:"我来问你,美国总统是谁?"小聪儿答:"罗斯福。"问:"英国首相呢?"答:"邱吉尔。"问:"德国元首呢?"答:"希特勒。"问:"意大利首相呢?"答:"墨索里尼。"奚太太笑着一拍手高声道:"如何如何?诗人,他是六岁的孩子呀!这种问题,恐怕许多中学生都答复不出来吧?能说我的家庭教育不好吗?"

## 第十四章　茅屋风光

李南泉笑着点了两点头道："的确,他很聪明,也是你这家庭大学校长训导有方。不过你是考他的大题目,没有考小问题。我想找两个小问题问他,你看如何?"奚太太道："那没有问题,国际大事他都知道,何况小事。不信你问他,重庆原来在中国是什么位置？现在是什么位置？"李南泉笑道："那问题还是太大了,我问的是茅草屋里的事情。"奚太太一昂头道："那他太知道了。问这些小事,有什么意思呢？"李南泉道："奚太太当然也参加过口试的,口试就是大小问题都问的。"奚太太在绝对有把握的自信心下,连连点着头道："你问罢。"李南泉向小聪儿走近了一步,携着他一只手,弯腰轻轻抚摸了几下。笑问道："你几点起床？"小聪儿答道："不晓得。""怎么不晓得！你不总六点半钟起来吗？"李南泉并不理会,继续问道："你起来是自己穿衣服吗？"小聪儿："妈妈和我穿。"问："是不是穿好了衣服就洗脸？"答："妈妈给我洗脸我就洗脸。"问："妈妈不给你洗脸呢？"答："我不喜欢洗脸。"奚太太插了一句话道："胡说！"李南泉道："你漱口是用冷开水,还是用冷水？刷牙齿用牙粉还是用盐？现在我们是买不起牙膏了。"他说着话,脸向了奚太太,表示不问牙膏之意。小聪儿却干脆答道："我不刷牙齿！"李南泉道："你为什么不刷牙齿？"答："我哥哥我姐姐都不刷牙齿的。"奚太太没想到李先生向家庭大学的学生问这样的问题,这一下可砸了,脸是全部涨红了。

李南泉觉得这一个讽刺,对于奚太太是个绝大的创伤,适可而止,是不能再给她以难堪的了,这就依然托住小聪儿的手,慢慢抚摩着,因笑道:"好的,你的前程未可限量。大丈夫要留心大事。"奚太太突然站起来道:"不要开玩笑了。"说毕,扭头就走。她走了,李太太回屋子也带了一种不可遏止的笑容,看了小聪儿道:"你为什么不刷牙齿呢?"小白儿道:"你姐姐十五岁就不是小孩子了,为什么也不刷牙齿呢?"小聪儿将一个食指送到嘴里吸着,摇摇头说:"我不知道。"交代了这句话,他也跑了。李太太笑道:"这就是家庭大学学生!你怎么不多逗她几句?把她放跑了。"李南泉笑道:"这是这位家庭大学校长罢了,若是别位女太太,穿着这样单薄的衣服,我还敢向屋子里引吗?"李太太向他微微一笑道:"瞧你说的!"说毕,自向后面屋子里去了。看那样子,已不再生气,李先生没想到昨天拴下的那个死疙疸,经这位家庭大学校长来一次会考,就轻轻松松地给解开了。内阁已经解严,精神上也就舒适得多。很自在地吃过十二点钟的这顿早饭。不想筷子碗还不曾收去,那晴天必有的午课却又开始,半空中呜呜地发出了警报声。在太太刚刚转怒为喜之际,李先生不敢作游山玩水的打算,帮助着检理家中的东西,将小孩子护送到村子口上这个私家洞子里去。因为太太和邻居们约好了,不进大洞子了。

凡是躲私家洞子的,都是和洞主有极好友谊的,也就是这村子里的左右邻居。虽然洞子里比较拥挤一点,但难友们相处着,相当和谐。李家一家,正挑选着空地,和左右邻人坐在一块儿,洞子横梁上悬着一盏菜油瓦壶灯,彼此都还看见一点人影。在紧急警报放过之后,有二十分钟上下,并无什么动静。在洞子门口守着的防护团和警士,却也很悠闲地站着,并没有什么动作。于是,邻居们由细小的声音谈话,渐渐没有了顾忌,也放大声些了。像上次那样七天八夜的长期疲劳轰炸都经过了,大家也就没有理会到其他事件发生。忽然几句轻声吆喝:"来了来了!"大家向洞子中心一拥。躲惯了空袭的人,知道这是敌机临头的表现,也没有十分戒备。不料洞子外面,立刻"哄哄"几声大响,一阵猛烈的热风,向洞子里直扑过来。洞子两头两盏菜油灯,立刻熄灭。随着这声音,是碎石和飞沙,狂潮似地向洞子直扑,全打在人身上,难友全有此经验,这是洞外最近的所在,已经中了弹。胆子大的人,不过将身子向下俯伏着,胆子小的人,就惊慌地叫起来了。更胆小的索兴放声大哭。李南泉喊道:"大家镇定镇定。这洞子在石山脚下,厚有几十丈,非常坚固,怕什么?大家一乱,人踩人,那就真说不定会出什么乱子了。站好坐好!"他这样说着时,坐在矮凳子上,身上已被两个人压着。他张开两只膀子,掩护面前两个小孩。

他这样叫喊着,左右同座的人,一般地被压,也一般地叫喊着。好在那阵热风过去了,也就过去了,并未来第二阵。大家慢慢地松动着,各复了原位。约莫是五分钟的时间,有人在洞子口上叫道:"不好,我们村子里起了火!"听到这句话,洞子里的人不断追问着:"哪里哪里?"有人答道:"南头十二号屋上在冒浓烟。"李南泉听了这报告,心里先落下一块石头。因为十二号和自己的茅草屋,还相距二十多号门牌。而且还隔了一道颇阔的山溪,还不至立刻受到祸害。可是十二号的主人翁余先生也藏在这洞子里的,叫了一声"不好",立刻排开众人向洞子外冲了去。这个村子,瓦屋只占十分之二三,草屋却占十分之六七。草屋对于火灾,是真没有抵抗能力的建筑。只要飞上去一颗火星子,马上就可燃烧起来。十二号前后的邻居,随在余先生后面,也向洞子外冲。李先生在暗中叫了一声"霜筠"。李太太答道:"我在你身旁边坐着呢,没有什么。"李南泉道:"你好好带着孩子罢,我得出去看看。"李太太早是在暗中伸来一只手,将他衣服扯住。连连道:"你不能去,飞机刚离开呢。"李先生道:"天气这样干燥,茅草屋太阳都晒出火,不知道有风没有?若刮上一阵东风,我们的屋子可危险之至。"李太太道:"危险什么?我们无非是几张破桌子板凳,和几件破旧衣服而已。烧了就烧了罢,别出去。"

李南泉道:"虽然如此说,究竟那几件破衣服,还是我们冬天遮着身体的东西,若是全烧光了,我们决没有钱再作新衣,今年冬季,怎样度过?再说,我们屋后就是个洞子,万一敌机再来,我可以在那洞子里,暂避一下。"李太太依然扯住他的衣服,因道:"你说什么我也不让你走。"李南泉笑道:"这会子,你是对我特别器重了。我也不能那样不识抬举,我就在洞子里留着罢。"他为了表示真的不走,这就索兴坐了下去。可是在这洞子里的难友,十之八九,是十二号的左右邻居,听说火势已经起来了,凡是男子都在洞子里坐不住,立刻向洞外走去。李南泉趁着太太不留神,突然起身向洞外走着,并叮嘱道:"放心罢,我就在洞子口上看看。"洞子里凉阴阴的,阴暗暗的,还悬着两只菜油灯,完全是黑夜;洞子外却是烈日当空,强烈的光,照着对面山上的深草,都晒着太阳,白汪汪的,那热气像灶口里吐出来的火,向人脸上身上喷着。看看那村庄上两行草屋,零乱地在空地上互相对峙着。各家草屋上也全冒着白光。就在其间草屋顶上两股烈焰,在半空里舞着乌龙。所幸这时候,半空里一点风没有。草屋上的浓烟,带着三、五团火星子,向空中直冲。冲得视线在白日下看不大清楚了,就自然地消失。

他既走到洞子外来了,又看到村子里这种情形,怎能作那隔河观火的态度?先抬头看看天上,只是蔚蓝色的天空,飘荡着几片白云,并无其他踪影。再偏头听听天空,也没有什么响声。料着无事,立刻就顺着山路,向家里跑了去。这十二号着火的屋子,就在人行路的崖下,那火焰由屋顶上喷射出来,山谷里,究竟有些空气冲荡,空气煽着火焰,向山路上卷着烟焰,已经把路拦住。这里向前去救火的人,都被这烟焰挡住。李南泉向前逼近了几步,早是那热气向人身上扑着,扑得皮肤不可忍受。隔了烟雾,看山溪对岸自己那幢茅草屋,仿佛也让烟焰笼罩着。这让自己先吓了一跳。这火势很快猛,已延烧到了第二户人家。他观看了一下形势,这火在山涧东岸。风势是由东向西,上涧在上风,又在崖下,还受不到火的威胁。他就退回来几十步路,由一条流山水的干沟,溜下了山涧。好在大晴了几天,山涧里已没有了泥水,扯开脚步,径直就向家里奔走了去。到了木桥下面,攀着山涧上的石头,走向屋檐下来,站定看时,这算先松了一口气,那火势隔了一片空场,还隔有一幢瓦房。虽在下风看到烟雾将自己的屋子笼罩着,及至走到自己屋檐下看时,那重重的烟雾,还是隔了山溪向那山脚下扑去的。仔细看了看风势,料着不至于延烧过来,这才向自己的家门口走去。刚到门口,让他吃了一惊,门窗洞开,门是整个儿倒在屋里,窗户开着,一扇半悬,一扇落在地上。

他伸头向屋子里一看,桌子椅子,全是草屑灰尘。假的天花板,落下来盆面大几块石灰。那石灰里竹片编的假板子,挨次地漏着长缝。这缝在屋顶下面,应该是没有光的,现在却一排一排地露出透明的白光,这是草屋顶上有了漏洞了。他大叫一声"糟了",赶快向后面屋子里跑了去。这更糟了,两间屋子的假天花板,整个儿全垮下来了,这不但是桌上,连床上、箱子上小至菜油灯盏里,全撒上了灰尘。那垮下来的假天花板,像盖芦席似的,遮盖了半边房间。屋顶上,开着桌面大的天窗,左右各一块。他在两间屋子里各呆站了片时,向哪里走也行动不得半步,只好拖着步子,缓缓走了出来。他看时,火场上已拥挤着一片人。泼水的泼水,拆屋的拆屋,大家忙碌着救火,却没有人理会当时的警报。他背了两只手在身后,在屋檐下呆站一会,踱着步子来回走了几遍。他见着跑来看火场的人,向这边山头上指指点点。于是跑到走廊角上,也向后排山上看去。果然,半山腰上,有四、五处中弹的所在,草皮和树木,炸得精光。每个被炸的所在,全是精光地露出焦黄色大小石块。在洞里拥进去的几阵热风,就是这炸弹发出来的。这不用说,敌人的目标,就是这几排瓦房与草房,那炸弹就飞过去了。想不到敌人在几千里路外运着炸弹来,却是和几间茅草屋为难。

那些看火场的人,也是根据这个意见,不断地咒骂日本。大家纷乱了一阵,所幸这些草屋,都离得很远,又没有风,只烧了两幢草房,火也就自熄了。烧的屋子是袁家楼房外的草房,和十二号的草房。袁家的人缘极坏,只烧了他们菜园里的一片草房,根本没有伤害,大家心里还只恨没有把他正屋烧掉。十二号的主人余先生,是位不大不小的公务员,和一家亲戚,共同住着三间草屋。今天因警报来得突然,两家人匆匆进了洞,并没有带得衣包。余先生由洞子里赶到家里来,屋顶全已烧着,只是由窗户里钻进去,抢出一条被子,二次要去抢,就不可能了。因为火是由上向下烧的,所以第一次还是由窗户里钻进去,第二次却连窗户的木框子也已燃烧,那位亲戚姚太太,先生并不在家,她带了两个孩子,根本没有出洞,干脆是全家原封不动地牺牲。余先生将那条抢出来的被子,扔在路旁的深草里。两手环抱在胸前,站在一株比伞略大的松树下,躲着太阳。他斜伸了一只脚,扬着脸子,只看被烧剩下的几堵黄土墙和一堆草灰。那草灰里面兀自向外冒着青烟。李南泉看着村子口上,大批的男女结队回来,似乎已解除了警报。看到余先生一人在此发呆,就绕道走过来,到了他面前,向他点着头道:"余兄,你真是不幸,何以慰你呢?"余先生身上,穿着草绿的粗布衬衫,下面是青布裤衩,他牵了一牵衣服,笑道:"要什么紧,还不至于茹毛饮血吧？"

李南泉道："诚然是这样赤条条地，也好。不过我们凭良心说，是不应该受炸的。"余先生苦笑道："不应该怎么着？没有芝麻大力气，不认识扁担大一个字，人家发几百万、上千万的财；我们谁不是大学毕业，却吃的谷子稗子掺杂的平价。"说到这里，防空洞里的人，却是成群走了向前。其中一位中年妇人，就是余太太。牵着两个孩子，"怎么是好？怎么是好？"口里连连说着。她问着余先生道："我们抢出什么来了吗？"余先生指着草窝里一条被子道："全部财产都在这里了。"余太太向那条被子看看，又向崖下一堆焦土看看，立刻眼泪双双滚了下来。她拍着两手道："死日本，怎么由汉口起飞，来炸我这幢草屋，我这所房子值得一个炸弹吗？"余先生道："我们自私自利的话，当然日本飞机这行为，是很让我们恼恨的。可是我们站在国家的立场上说，他们这样胡来，倒是我们欢迎的。你想，这一个燃烧弹，若是落在我们任何工厂里，对于后方生产，都是很大的损失。"余太太道："你真是饿着肚子爱国，马上秋风一起，我们光着眼子爱国吗？"她正是掀起一片蓝布衣襟，揉擦着眼睛，说到最后一句，她又笑了。余先生弯着腰，提起被子来抖了两抖，又向草窝子丢了下去，笑道："要这么一个被子干什么？倒不如一身之外无长物来得干脆。"这时，李太太带着孩子们，由洞子里跟上来，望了余先生道："不要难过，只要有人在，东西是可以恢复过来的。"余太太拍了手道："你看，烧得真惨。"说过这句，又流泪了。

李南泉道："已经解除警报了，到我们家里去休息休息，我们家也成一座破巢了。"李太太听到这话，着实一惊，立刻回头向家中看去。见那所茅草屋，固然形式未动，就是屋子外的几棵树，和那一丛竹子，也是依样完好。因道："你说这话，什么意思？"李先生道："反正前面屋子，扫扫灰还勉强可以坐人,究竟情形如何,你到家自然明白了。"李太太听到这个消息,看看李先生的面色,并不正常,她也就不向余太太客气了,带了孩子们赶快回家。在她的理想中,以为是大家全是躲警报去了。整个村庄无人,家里让小偷光顾了。可是赶到家里一看,满屋子全是烟尘。再赶到卧室里,看到草屋顶上那两个大窟窿。也就在屋子里惊呆了,什么话也说不出来。王嫂走了进来,叫起来道:"朗个办?朗个办?"李南泉淡淡笑道:"有什么不好办,我们全家总动员,把落下来的天花板,拆了抛出去,然后扫扫灰尘。钉钉窗户扇,反正还有这个地方落脚。像余先生的家,烧得精光,那又怎么办呢?"王嫂指了屋顶上的天窗道:"这个家私,朗个做?"李南泉笑道:"假如天晴的话,那很好,晚上睡觉,非常之风凉。"王嫂道:"若是落雨哩?那就难说了。"说着话,她就脱下了身上的大褂,把两只小褂子的袖子卷了起来。李太太伸手扯着她道:"算了罢,又是竹片,又是石灰黄土,你还打算亲自动手。我去找两个粗工来,化两个钱,请人打扫打扫就是了。"

李南泉站着想了一想,因道:"我也不反对这个办法。反正盖起草屋顶来,也得化钱,决不是一个人可了的事,不过要这样办,事不宜迟,马上就去找人。"说着,向窗子外张望一下,见木桥上和木桥那头,正有几个乡下人向这里看望着,手上还指指点点。其中有两个,是常常送小菜和木柴来出卖的,总算是熟人。李南泉迎向前点个头道:"王老板,刘老板,你们没有受惊?"那王老板似乎是个沾染嗜好的人,黄蜡似的长面孔,掀起嘴唇,露出满口的黄板牙。身上披一件破了很多大小孔的蓝布长褂,只到膝盖长。褂子是敞着胸襟没扣,露出黄皮肤里的胸脯骨。下面,光着两只腿子。他答道:"怕啥子,我们住在山旮旯里,炸不到。你遭了?"李南泉道:"还算大幸,没有大损失,只是屋子受着震动,望板垮下来了。二位老板,帮我一个忙,行不行?"王老板道:"我还要去打猪草,不得闲。"李南泉向他身后的刘老板道:"老兄可以帮忙吗?"刘老板不知在哪里找了件草绿色破衬衫,拖在蓝布短裤上,下面赤脚,还染着许多泥巴,似乎是行远路而来。这样热天,头上还保持了川东的习惯,将白布卷了个圈,包着头发的四周。他矮粗的个,身体倒是很健壮的。他在那黄柿子脸上,泛出了一层笑容,不作声。李先生道:"倒把一件最要紧的事,不曾对二位说明。我不是请二位白帮忙,你们给我作完了,送点钱二位吃酒。"

刘老板听到说是给钱,隔了短脚裤,将手搔搔大腿道:"给好多钱?"李南泉道:"这个我倒不好怎样来规定,不过我想照着现在泥瓦匠的工价,每位给半个工,似乎……"他的话不曾说完,那王老板扭着身躯道:"我们不得干。"他说毕,移着脚就有要走的样子。李南泉笑着点点头道:"王老板,何必这样决绝。大家都在难中。"王老板道:"啥子难中?我们没得啥子难,一样吃饭,一样作活路。"刘老板道:"就是他们下江人来多了,把我们川米吃贵了咯。"李南泉笑道:"这也许是事实,不过这问题太大,我们现在的事是很小的事。就请二位开口,要多少,我照数奉上就是了。"刘老板听到这样说,觉得事情占到优势,向王老板望着微笑道:"你说这事情朗个做?"王老板道:"晓得是啥子活路?我们到他家里去看看,到底是啥子活路。"两人说着话,刘老板就在前面走。王老板随后跟到屋子里去了。李南泉跟着到走廊上,等他们出来,就笑着问道:"没有什么了不得的工作吧?"王老板道:"屋子整得稀㞎烂,怕不有得打扫。"李南泉道:"好的,就算稀㞎烂,二位看看要我多少钱?"刘老板举着步子,像个要走的样子,淡淡地道:"我们要双工咯。"李太太坐在屋子里发呆,正是一肚子牢骚,便抢出来道:"二位老板,我们也常常买你的柴,买你的小菜,总算是很熟的人。你们小孩子来了,我们平价米的饭,虽不稀奇,可是我们来得不容易,哪回不是整碗菜饭盛着,奉送你们孩子吃?多少有点交情吧,就算不能给我们一点同情,我们又不是盖屋上梁,也不是作喜事,为什么要双工?"

王老板笑道:"朗个不帮忙?若是不帮忙,我们还不招闲哩。说双工,我们还是熟人咯;若不是熟人,我们就不招闲。"李南泉连连招着手道:"好罢,好罢,就是那样办罢。不是就要双工吗?照付。"刘老板道:"还要请李先生先给我们一半,我们好去吃饭。"李太太听了这话,脸色红着又不大好看。李南泉先也是一阵红晕,涨到了耳朵根下,接着却"噗嗤"一笑,因道:"也不过如此而已!好,我一律照办。"说着,在短衣袋里摸索一阵,摸出了三张一元钞票,交给王老板。他提着三张钞票抖了几抖,淡淡笑道:"买不到两升米。刘老么,走,我们吃饭去。"说着,两个人摇着肩膀子就走了。李太太道:"怎么着,你两个人都走了吗?"王老板将三张钞票举在空中,又摇撼了几下,大声答道:"钱在这里,要是不放心的话,你就拿回去。"李南泉笑道:"好了好了,不必计较了,二位快点去吃饭罢。我们家弄得这个样子,简直安不了身,我们也希望早点儿打扫干净了,好作晚饭吃,大家都是熟人,诸事请帮忙罢。"刘老板叽咕着道:"这还像话。"说着,毕竟是走了。李先生对于这两位同村的邻居,简直是哭笑不得,端了一把竹椅子放在走廊上,将破报纸擦擦灰,叹了口气坐下去,摇摇头道:"人与人之间,竟是这样难处。"李太太在屋子里道:"他们简直没有一点人类同情心,管他家乡是不是在火线边上,我们回老家罢。"李南泉笑道:"这点点儿气都不能忍受,还谈什么抗战?算了。"李太太也是气得说不出话来,照样端把椅子,在走廊上呆坐着。李南泉自己看看,向太太又看看,拍手哈哈大笑。

李太太是和他并排坐着的,望了他道:"你还笑得出来,我气都气死了。"李南泉笑道:"我和你两个这样正端端坐着,好像是一对土地公公婆婆似的,这就差着面前摆上一个香案子。"李太太道:"我实在是气不过。这话对谁说?对你说,你已经气得不得了。对别个说,人家管得着这闲事吗?我就只有这样坐着。"李南泉笑道:"唯其是这样可笑了。"李太太叹了口无声的气,抬起一只手来,撑了头坐着。并坐着约莫是五分钟,小孩子可不答应了,一齐围到走廊上绕着椅子争吵。这个说饿了,那个说上床睡觉。李先生正感到没奈何,隔壁吴先生家里,由学校调来几个工友,已是把屋子收拾得清楚。他们看到这一家人团聚在走廊上,只是唉声叹气。再看窗子里面,却是灰尘满屋,器具全七歪八倒。其中一位张工头,就向前问道:"李先生,你这屋子是该打扫了,孩子们躲警报回来,也得让他们有个休息的地方。"李南泉道:"工是请了,钱也付了一半了,人家拿着钱吃饭去了,能教人家饿着肚子帮忙吗?"张工头道:"这没有什么,大家全在国难期间,能帮忙就帮忙。来!我们来和你收拾收拾。"李南泉起身拦着,说是"不敢当"。张工头两手扬着,一摆头道:"客气什么?南京沦陷的时候,老老小小,我带着五口人,逃难到四川,一路之上,哪里就不请人帮个忙?都是中国人,这时候不互助一下,什么时候互助?来来来!"他连招几下手,就把同伴三个一齐带进屋去。

李先生坐在走廊上,也只有光看着。他们在隔壁吴家,是打扫过了的,一切工具现成,拿了来动用着,不到三十分钟,把屋子里的破破烂烂,都搬了出来。同时,也将屋子里的灰尘,扫除干净。他们走了出来,那张工头向李南泉笑道:"李先生进屋去休息罢。你那屋顶,可得赶快收拾,四川的天气,说晴就晴,说雨就雨。"李南泉听说,连声道谢,一方面伸手到衣袋里去摸索。张工头看到,立刻伸着两手,将他的衣袋按住,笑道:"李先生,你可别和我们来这一套,钱算什么,生不带来,死不带去,这年头有几张钞票买平价米吃就行。我若收下你的钱,那我们不是患难相共,乃是趁火打劫了。"他正说到这里,那王、刘二位,吃饱了饭,晃着两只光膀子,慢慢地走到走廊上来。李太太由屋子里走出来,向他两人笑道:"你们这时候才来,对不起,这里学校里几位工友,已经和我们打扫干净了。"刘老板听了这话,把眼睛向张工头翻着,问了三个字:"朗个的?"张工头已经把李南泉给钱的动作拦住了,这就把头一偏,歪了颈脖子,也操了四川的话道:"朗个的,你说朗个的嘛!我们是和李先生帮忙,没有要钱!你不要说我们抢你的生意。别个家里让炸弹片子整得稀炮烂,等到起收拾干净了好歇稍。你老是不来,把别个整得啥事不能做。"刘老板道:"是日本飞机整的嘛!关我屁事。"张工头道:"是不关你事,可是你收了人家的钱,我替别个作活路。"刘老板反而说:"你把我们的活路做了,我得不到钱了。你抢我们的饭碗,你还要吼?"

李南泉向两方摇着手道:"不要计较了,我总算走运,房子还在,假如像余先生那样不幸,山头上飞来一个燃烧弹炸弹片,我这时还无家可归哩。刘、王两位老板,房子我们是不用打扫了,你们打算还要我多少钱?我可以遵命办理。"说着还向此两公一抱拳头。那张工头一手撑着腰,一手晃了拳头,横着眼睛道:"你们这样不讲交情,不和人家作活路还要人家的钱。天上的炸弹,可没有眼睛呀。"王老板道:"你这是啥话?"李南泉是事主,倒为了难。若真给钱,未免让打抱不平的人泄气。呆站在走廊上,倒没有了主意。正在这时,大路上来了一批人,有的穿着灰色制服,有的穿着草绿色制服,有的还穿着西装。张工头笑道:"好了,管理局长带着重庆查灾的人来了,找人家来评评这个理罢。"刘王二位回头看着果然不错,他们就顺着走廊走,像是个查勘房子的样子,缓缓地绕到屋后。张工头大声叫道:"这里有两个不讲理的人,把他逮着。"只这两句,就听到

第十四章 茅屋风光 | 337

屋后一阵脚步响。张工头也不肯罢休，随着赶到屋后，早见此二公乱踏着山下小路，绕过了几户人家直跑到尽头一块山嘴的大石山站住。王老板向这里大声骂道："龟儿子！老子怕你！"张工头道："小子，你不怕我，你就回来，人家李先生还要给你工钱呢！"刘老板道："老子不得空咯，二天老子和你算帐。老子还怕和你扯皮吗？龟儿子！"张工头道："好，你等着！"一抬腿，像个要追的样子，这王、刘二公一声不响，转身就跑了。

张工头站着，哈哈大笑了一阵，也就走回前面走廊上来。李南泉看到，向他拱拱手道："张大哥真是侠义一流。"他最爱听这句话，不由得两道眉毛一扬，张了大嘴笑道："自小就爱听个七侠五义，施公案，彭公案。顶着一个人头总要充一个汉子。"李南泉道："今天多谢多谢，改天请你喝杯酒。"张工头道："李先生，你若是不嫌弃的话，挑个阴雨天，一来不用躲警报，二来混日子过，我们痛痛快快喝一场；还有一层，你得让我作东，我算给你压惊。"李南泉道："好罢，到那日子再说，谁身上有钱谁就作东。谁都有个腰不便的时候，到了有工夫了，恰好是没钱，那就很扫兴了。碰到阴雨天你想喝酒，你又没钱，难道还去借了钱来请我吗？碰着哪天我有钱，就归我请罢。"张工头点点头道："李先生痛快，就是那么说。"他带来的几位工友，都蹲在隔溪竹子阴下，地面上放一把大瓦壶，将就几只粗饭碗，彼此互送着饭碗喝茶。张工头将拳头一举，笑道："行了，我们回去罢。各位受累，二天我请你们喝酒。"那些工友，二话没说，笑嘻嘻的，站起身来就走。李南泉站在走廊上，望着他们走去，呆立良久，叹了口气道："礼失而求诸野，良然。"就在这时，那些勘灾的先生，整大群地走来，已挨家到了门口，他们伸头向屋子里略看了看，又向各户主说了几句安慰的话。吴春圃却代表着邻居，将他们送过桥去，他大声地道："没什么，纵然有点小损失，我们认了。不需要国家给我们什么赈济，这精神上的安慰，比什么都好。"

　　他一面说着话,一面走去。那查灾的人群,也都跟了他走。李太太虽然看到家里遭受这份纷乱,好在并不是意外的事,现在打扫干净了,正也在走廊上站着,轻松一下。那位送客的吴春圃先生,却手摇了芭蕉扇,一步一步地向木桥里走,老远地看到李南泉夫妻,便点点头道:"你二位也成了乐天派,对家里这番遭遇一点不耽心,而且还带了笑容。"李南泉笑道:"事到于今,哭也是不能挽救这一份厄运的呀。"吴春圃摇着扇子道:"这事可真不大好受呢。你们瞧瞧这天色吧,今晚上有暴风雨的可能。有道是早看东南,晚看西北,现在西北角的天色,可就完全沉下去了。"说着,他举起扇子来,向西北边天角,连连地招了几下。李南泉听说,赶快跑到廊檐下来张望一下,那西北角山头上,黑云像堆墨似的,很浓厚地向地面上压着。那乌云的上层,还不肯停止,逐渐伸出了云峰,只管向天空里铺张了去。李南泉"呀"了一声,接连着喊着"糟了糟了"。吴春圃道:"索兴乐天一点罢,老天怜恤我们,也许雨不会来。"

　　李太太也为他们的惊讶所震动,随着走到廊子外面来,点点头道:"可能马上就有大雨,可能那雨会闪开这里。"李南泉笑道:"你这话等于没说。"她笑道:"我就说肯定了有什么用?雨真要来,我们在这时候还能够找了盖匠①来盖屋子吗?"吴春圃笑道:"虽然如此,但有一件事情可做,应该把晚饭抢着做出来吃了,免得回头一手撑伞,一手拿筷子。可是还有饭碗呢,我们不能立刻生长出第三只手来拿饭碗。"李太太说句"说的是",立刻向厨房里走去。也就在这时,那西北天角的黑云,已是伸展着,遮盖了头上的青天,好像天沉下来无数丈。随了这乌云,面前那丛竹

---

① 川地专门盖草屋顶的工人,名叫盖匠。

第十四章　茅屋风光 ｜ 339

子呼呼作响,叶子乱转,竹竿儿每根弯得像把弓似的,将枝头直低垂到屋面那涧溪里去。尤其是对面这片山头上的乱草,像病人头上的乱发,全部纷披着,向东南倒着。那大叶树干,虽还是兀立不动,那树顶上的枝叶,像把扫帚似的,歪到了一边。那叶子像麻雀似的,成群地脱离了枝头,在半空里乱飞。那风势是越来越猛,这条山谷里,风像千军万马,冲了过来。村子里草屋顶上曾经掀动的乱草,大的成团,小的一丝一丝,也跟随了那树叶子在半空里飞着跑。吴春圃走到廊檐下,喝了一声道:"好嘛!说来就来。"只这句话没说完,屋顶上突然落下一团乱草,不偏不斜,正坠落在他头上,乱草屑子扑了他一身。

吴太太在屋子里看到,就迎着跑出来问道:"伲一拉呱,就没有完咧。伲看,站在屋檐下,吹了这一身草,又是一身土。来罢,我把伲身上的尘掸掸罢。"吴先生本来是一肚子不愿意,绷着一张脸子抬起两手,正在头上拍着草和灰,经太太这样一说,他不由得失声笑了,望着李先生道:"伲瞧,俺这两老口子,还是相亲相爱咧。"吴太太把一张老脸羞得通红,手扶了门框,把头一扭,就走回屋子去了。李南泉笑道:"我们这中年将过,老年未到,夫妻们就是这样的,一人别扭就是三、五天不说话。可是谁要有点失意,倒是彼此有个照顾。"就在这时,那山谷里的风,由口外狂涌进来,更掀得屋草树叶乱飞,这泥糊竹墙的国难屋子,简直有摇摇欲倒之势。李南泉看到,失声"呵哟"了一下,下意识地将手撑着屋子。李太太听到了这声音,早是由厨房里跑了过来,连问:"怎么了?怎么了?"吴春圃将手里的扇子,连连地挥了几下,扇子挥在另一只手掌上,"啪啪"有声。他笑道:"果然不错,老伙伴究竟是彼此关心的。"吴太太缩在屋子里,却大声叫道:"俺说,伲那一身土,进来抹一个澡罢。一拉呱就没有完。"吴先生笑着走进屋子去了。李太太怔怔地望着。李南泉因把刚才的事告诉过了。李太太道:"你们没事,就这样闲嗑牙。其实怎能说是没事,大轰炸过去不到几小时,暴风雨又快要到头上来了。就凭我们这样的茅草泥壁房子,怎能够抵了一阵,又抵抗一阵?我正在焦急呢,你们还是这样地谈笑自若。"李先生笑道:"你看我有谈笑挥敌之勇,暴风雨已过去了。"

大家正说着时,邻居甄家小弟弟,已是提起一口大澡盆,向屋子里送去,他还叫着道:"妈!这澡盆占的面积怕不够,还要拿两样装水的东西来。"甄太太战兢兢地由厨房里端了一瓦钵饭出来,摇着头道:"勿管伊,勿管伊,宴些落仔雨再讲。"李南泉笑道:"甄府上也是预防屋漏。"甄太太道:"勿要提起,隔仔个天花板,往屋顶张向看,大一个眼,小一个眼,才看得出。老底子格间短命屋子,就是外面小落,屋里大落。今朝末,炸弹格风,把天花板壁子上格石灰才震得像个五花癞痢,那浪勿会大漏?把脸澡盆接漏,有啥用?"李太太呆了一呆,因道:"甄太太自然是对的。可是一会儿下了雨,大家怎么办呢?"那吴先生最好聊天,听到大家说得热闹,又走出来了。笑道:"那没关系。我们住茅草屋子,就得有住茅草屋子的弹性。回头雨下来了,哪里不漏,我们先把箱子铺盖卷儿移过去。然后人像坐四等火车一样,大家都坐在行李铺盖卷上。我家里还有两块沱茶饼子,熬上他一瓦壶茶,摆摆龙门阵,怎么不舒服?比在防空洞里强多了!好在这是暴风雨,几十分钟就过去了。"李太太点点头笑道:"倒是吴先生这话对的,反正屋是漏定了的,又没有法子立刻把屋顶盖起来。只有等雨来了再说了,我还是去赶着作饭罢。"她走了,李、吴二先生和甄家小弟弟,老少三位壮丁,却不放心天变,大家全部到屋檐来,昂了头对天空四处望着。这天上的乌云,好像懂得这些人焦急的意思,已是慢慢地偏北移展。

十分钟后,吴先生大声笑道:"吉人自有天相,不要紧,云头子转到东北去了。"大家看时,果然,当头顶上,已发现了大半边青天。虽然这山谷还有些风吹了来,可是风势已十分平和。尤其是西方的太阳,已发出很强烈的光芒,向东边一排山峰上晒着。东边的山,本就在乌云下面压盖着,阴沉沉的。这太阳光斜照在阴云下,满山草木,倒反而发出金晃晃的光彩。李南泉笑道:"这总算没事了,我们去吃饭罢。"连隔壁的甄太太也由屋子里抢着出来,点了点头笑道:"我们处在这困难的环境里,上帝总会可怜我们的。"大家对于这话,虽觉得不怎么合逻辑,可是知道甄府上是笃信宗教的。吴、李二人默然地笑了一笑,各自散开。这阵暴风雨,除了送来那阵可怕的风而外,只有几阵隐隐的雷声。到了黄昏时候,星斗慢慢在天上露出,雨的恐怖是完全过去。这是上弦之初,晚上完全没有月亮,也就不会有夜袭,大家很放心,在露天下乘凉。往日乘凉,孩子们不免在大人旁边唱歌说笑话,今晚却是静悄悄的。李先生问道:"孩子们都哪里去了?"李太太由屋子里出来,答道:"孩子们全睡了。今晚上他们用不着乘凉,屋子里和外面是一样的。"李南泉笑道:"呵!我忘记了,我们家开天窗。不过屋子里纵然凉快,恐怕也赶不上外面这样凉快。"李太太道:"你不信,你到屋子里来看看,真用不着乘凉。今天下午太紧张了,你也可以早点休息休息。"李先生自也不放心家里那个天窗,就走进屋去。

李太太也跟着到屋子里来了,因笑道:"你看怎么样?这不是无须到外面去乘凉吗?"李先生连说"对对",就把外面走廊上的椅子搬了进来。太太也就同着要关门,伸手门框上一掏,不由得失声笑道:"你看,我们下午请人收拾屋子,忘了一件大事,掉下来的房门,送到外面去放着,没有理会它,现在要关门,可是来不及现钉了。"李南泉站着想了一想,笑道:"好在我们家也没有什么了不起的东西,梁上君子,未必光顾,我们就敞着大门睡罢。"李太太道:"那怎么行?就是小偷儿拿我们一件长褂子去,我们就没有法子补充。"李先生在屋子里四周看了一看,又走到门外去,向四面观望了一番,因道:"我想了一个办法,把这把布睡椅拦门放下,再放张木凳子,有人由门口冲进来,我立刻跳起来把他抓住。"李太太道:"这还是不对。小偷儿若是带了家伙,你抓得住他吗?"李先生笑道:"你说得小偷儿就那么厉害。果然是带了家伙的小偷,你就把门关住,也未必济于事。什么不开眼的强盗,要抢我们这草屋顶上开天窗的人家?"他一面说着,一面就在房门口搭起那简单的床铺。李太太站在房子中间,环抱了两只光膀子,看了他的行动发呆。李南泉向睡椅上躺去,两只脚伸出,向木凳子上放着,笑道:"行了,今天我们全家空气流通,睡在这里享受一口过堂风。"他把两手向头上伸着,打了个呵欠。李太太看他睡着,头在椅子横档架上,脚又把凳子架着,背躺在布椅子窝里,像只虾子似的,显然是不舒服。

　　李南泉看着太太在屋子里呆站着,便笑道:"你不用管我,你去睡罢,反正无论怎么样不舒服,也没有到卧薪尝胆的程度。我们不是常常喊着口号,叫人卧薪尝胆吗?"李太太虽然觉得先生这样睡觉,未免太辛苦了。可是自己也不放心门户,只好点头道:"那末,就委屈你一点,我早点起来给你换班罢。"说毕,她自向后面屋子里去了。李先生睡的这睡椅,川外虽也有,却是少见。它是六根木棍子交叉的,组织了一张椅子架。这架上两头,一头有一根横档。横档上扯开一方粗布,当了椅子身。这在唐朝就叫着交椅。大致有点像行军床。坐在上面,人是可以向后半躺的。不过真要睡觉,却不舒服,因为布面子不能像行军床绷得那样紧。坐着是凹下去的。尤其是两只脚,却得悬了起来。现在李先生虽是用方木凳子来架着脚,人睡得像个元宝,两头向上翘着。初睡一、两小时,也没有什么感觉,正好前后的过堂风向人身上吹着,吹得人意志醺醺然,不过睡足了两

第十四章　茅屋风光　| 343

小时之后,颈脖子和两只腿弯子都感到有些酸疼。梦中正在是肩扛了一个重包裹,上着重庆市几百级的高坡子,十分的吃力。忽然听到有人说声"不好了",同时,却有千军万马拥到了面前的样子,他吓得周身一个抖战,直挺挺地坐起来,才觉得是一个梦。但那千军万马奔腾的声音,却依然在面前响着。

他自惊得发呆,不知这是哪里来的祸事。李太太已是由后面屋子跑了出来,连叫"糟了糟了"。三、四分钟的犹豫,已让李先生醒悟过来,这正是黄昏时候不曾来的那阵暴雨,终于是来了。屋子外面,风助雨势,哗哗作响。屋子里面,却是叮咚劈啪,发出各种雨点打扑的声音。他立刻跳了起来,也来不及穿鞋子了,光着两只脚,就向后面屋子里跑。后面屋子里没有灯火,黑暗中,大小雨点,向身下乱扑。小山儿、小白儿由套间里跑出来,接连地与他爸爸撞上了几下。李先生撞跌着摸到床边,伸手向床上摸着,摸到了小玲儿,缩住一团睡着。立刻将孩子搂抱起来向前面屋子里走。小玲儿算是醒了,搂着爸爸的颈脖子,连连问道:"放了紧急没有?"李南泉道:"不是警报,不要害怕,是屋顶上漏雨了。"李太太,已在前面屋子里亮上了菜油灯,王嫂还是光着上身穿了一件小背心,下面是短裤衩。两个男孩子,全只有短裤衩。李先生把抱的孩子放下来,望了大家道:"不要惊慌,没有什么了不得,充其量,把屋子里东西打湿而已。不过这生雨淋在身上容易受感冒,大家还是把衣服穿起来要紧。"这句话提醒了王嫂,她低头一看,笑着一扭脖子跑进套间里去了,因为她还不过是二十多岁的少妇,这个样子,是太难为情了。李先生也没有工夫去管这轻松的插曲,捧了菜油灯,就向后面两个屋子去照看。这一下,真让他心里凉了半截。两个天窗口里的雨丝,正和屋外的情形一样,成阵地向屋子里洒。

李太太也醒悟过来了,自己虽还穿着长衣,可是纽扣一个没扣,全敞着胸襟呢,她一面扣着衣服,一面伸头向屋子里望着,皱了眉道:"这事怎么办?屋子里成了河了。"李先生道:"我想,地下成河,那不必去管他了。我们现在只好来个急则治标,先把两只破箱子移了出来罢。"他说着,就冒了天窗上洒下来的雨点,一样样地向外面屋子里搬。好在这个屋子还没有漏,东西胡乱丢在地面,却也没有损失。连衣箱带铺盖卷,共是十二件,李先生一口气将它陆续向外搬。虽然有半数经过王嫂接着,但他还是异常吃力。到了第十三次,他要去抢救东西的时候,李太太伸手将他的手臂挽住,因道:"你不要再搬了,你看看这一身,湿到什么程度?"李先生看时,身上这件小褂子,像是在水盆里初拿起来的一样,水点只管向下淋着。他笑道:"衣服这样湿,不能歇着,趁身上出的这身冷汗,同冷气,可以中和了。"李太太道:"你就把衣服脱下来罢。"他脱下了褂子,提着衣领子抖了两抖水点,光着上身,就在铺盖卷上坐下,喘着气道:"太太有烟吗?"李太太且不给他纸烟,在铺盖卷里,扯出一件咸菜团子似的蓝布大褂,抖开了衣襟向他身上披着。李先生将衣襟扯着向胸面前遮掩了两下,并没有扣纽绊,微微摇着头道:"不行得很,百无一用是书生。"李太太道:"其实不抢救这些东西,也无所谓。水打湿了,究竟比火烧了……"李太太还没有把话说完,李先生却扭着身躯,伏在铺盖卷上了。

　　李太太倒吓了一跳,就伸手摇撼着他道:"你这是怎么了?"李先生环抱着两手,伏在铺盖卷上,枕了自己的头,微微叹了口气道:"累了。这国难日子,真不大好过。"李太太坐在箱子上,呆望了他,倒无以慰之。默然之间,听到屋子外面的雨,正"哗啦啦"响着。在这声中,掺杂了呼喊和笑骂的人声。向窗子外看着,电光闪着,照见高高低低整大群的人影。李太太打开门来,见甄、吴两家邻居,几乎是全家站在走廊上。便问道:"怎么样?你们家全都漏得很厉害吗?"甄先生慢条斯理地答道:"白天里躲火警,晚上躲水警,这叫着水火既济。"吴春圃长长地唉了一声道:"老天爷也是有心捣乱。这场大雨,若是今日正午下来,我们这村子里既可免除火警,晚上这水警,自然也就没有了。李府上漏得情形如何?你们并没有搬出来,也许还好罢?"李太太道:"我不知道你们家情形如何,无从比较。不过我家后面两间屋子,已是水深数寸了。屋子里下着雨,大概比外面下的雨还要大些。"吴春圃对这个说法,并不大相信,他缓缓地踱进了屋子,伸头向后面屋子里看去。正好一道极大的电光,在空中一闪,两个天窗里漏进来的光芒,照见雨牵丝似地向屋子里落着。天窗旁边,三、四处大漏,有麻丝那样粗细,像檐溜似地奔注。雨注落在地上,并不是"啪啪"作响,而是"隆隆"作响。他正感到奇怪,而第二次电光又开始闪着。在电光中抢了向下一看,屋子里满地是水,雨注冲在水上还起着浪花呢。不用说,屋子里一切家具,都浸在水里了。

吴先生"呵哟"了一声道:"这问题相当严重。"说着话时,电光又在空中狂闪了一下,这就看到地下的水,由夹壁下翻着浪头子,由墙根下滚了出去。那竹子夹壁脚下,已是被水洗涮出了一个眼,水头顺了这条路,向墙外滚了出来。地下的水,虽是由墙下向外滚着,可是天上的雨,还继续向屋子里地上加注了来。他回到前面屋子里来,对行李铺盖卷儿看了一看,因道:"外面的雨还下着呢,你们就是这样堆了满屋子的东西过夜吗?外面的雨还大着呢。"李南泉拿着纸烟盒和火柴盒,都交给了吴先生,因道:"老兄,我实行你的办法,坐在行李卷抽烟喝茶罢。你们家里的雨,大概比我家里的雨,还要下得大,为什么都拥挤在走廊上呢?"吴春圃取着烟支出来,衔在嘴里,两手捧着烟盒向主人一拱手,将烟奉还。然后,擦了火柴,将烟支点着,抿了嘴唇,深深吸了一口,又两手捧着火柴盒一拱手,将火柴盒奉还。李先生笑道:"吴兄对此一柴一烟,何其客气?"吴先生笑道:"实不相瞒,我是整日吸水烟。遇到一支纸烟,就算打一次牙祭。而且……"说到这里,由嘴唇里取出纸烟来,翻着烟支上的字就看了一看,因道:"这是上等烟。"李南泉道:"那是什么上等烟?不过比所谓狗屁牌高一级,是人不到黄河心不死的黄河牌,我自己觉得黄河为界,不能再向下退了,那烟吸在嘴里,可以说是不臭,但也说不出来有什么好气味。"吴春圃道:"反正比水烟吸后那股子味儿好受一点吧?"

李太太笑道:"我们问吴先生的正题,吴先生还没有答复呢,这话可越问越远了。"吴春圃将两个指头夹住了那支纸烟,深深吸了一口,两个鼻孔里,缓缓地冒出那两股烟,好像是这烟很有味,口腔里对它很留恋,不愿放它出来。然后苦笑道:"人穷志短,马瘦毛长,这是千古不磨之论。我们在战前,虽然也是个穷措大,不至于把一支纸烟看得怎么重要。"李先生笑道:"还是没有把这文章归入正题。"吴春圃坐在铺盖卷上,突然站起来,拍了两拍手,他还怕那支烟失落了,将两个指头夹着,才向主人笑道:"我们家里的屋漏,和你府上的屋漏,是两个作风,你们这里的屋漏,干脆是开两个大天窗。漏了就漏了,开了就开了。我们那里,是茅屋顶上,大大小小,总裂开有几十条缝,那缝里的漏,当然不会像府上那么洋洋大观,可是这几十点小漏,全都落在天花板上,于是若干点小漏,合流成为一个大漏,由天花板上滴下来。这种竹片糊泥的天花板,由许多水会合在一处,泥是慢慢溶化,水是慢慢聚合,那竹片天花板,变成了个怀孕十月的妇人,肚了挺得顶大,在它胀垮了的时候,我们有全部压倒的可能。所以我们也来个千金之子,坐不垂堂,全家都搬到走廊上来坐着。"李南泉道:"那末,甄先生家里,也是如此?不过他们的情形,应该比吴府上严重一点。我得去看看。"说着,就走了出来。甄府只有三口人,摆了几件行李在走廊上。只看行李上有个人影子,有一星小火在亮着,那是甄先生在吸烟沉思了。

甄先生倒是看到了李先生的注意,因为他敞着房门,那菜油灯的灯光,向走廊上射来,因笑道:"来支烟罢,急也是无用。"说着,他走过去,送一盒烟到李先生手上,由他自取。李南泉取着一支烟,借了火吸了,依然站在走廊上,这却感到了一点奇怪,便是"嗒"一下,"叮"一下,有好几点雨漏,像打九音锣似的,打得非常有节奏。便问道:"这是漏滴在什么地方,响声非常之悦耳。"甄先生打了个"哈哈"道:"我家那孩子淘气。这屋漏遍屋皆是,茶叶瓶上,茶杯上,脸盆上,茶盘上,全有断续的声响。他坐在屋子一个角落里,点着灯,对全屋的漏点全注视了一番,一面把我那只破表,对准了时间,测漏点的速度。因为我那表虽旧,有秒计针,看得出若干秒来。经他半小时的考察,随时移动着瓷器和铜器,四处去接滴下的漏点,大概有二、三十样东西,就让漏打出这种声音来了,其实我也是很惊讶,怎么漏屋会奏出音乐来?"他说明了,是一半自然、一半人工凑合的。"我听了十分钟了,倒觉得很是有趣。他还坐在屋子里继续地工作呢。"甄太太在黑暗中接嘴道:"啥个有趣?屋里向格漏,在能打出格眼音乐来?侬想想,漏成啥光景哉!格短命格雨,还要落么,明朝格幢草房子,阿能住下去?小弟,勿要淘气哉,人家心里急煞。"甄家小弟笑了出来,因道:"急有什么用,谁也不能爬上屋去把漏给它补上,倒不如找点事消遣,免得坐在黑暗里发愁。"李南泉笑道:"达观之至,也唯有如此,才可以渡过这个难关。将来抗战结束了,我们这些生活片段,都可以写出来留告后人。一来让后人知道我们受日本的欺侮是太深了,二来也让后人明白,战争总不是什么好事。尤其是像日本这样的侵略国家,让现在为人作父兄的人,吃尽了苦,流尽了血汗,而为后代日本人去,栽植那荣华的果子,权利义务是太不相称了,这还说是日本站在胜利一方面而言。若是日本失败了,这辈发动战争的人,他牺牲是活该。后一辈子的人,还得跟着牺牲,来还这笔侵略的债,岂不是冤上加冤?"李太太在那边叫道:"喂,不要谈战争论了。这前面屋子,也发现了几点漏。你来看看,是不是有扩大的可能。"李先生走回屋去,见牵连着后面屋子的所在,地面上已湿了一大片。一、两分钟,就有很大的漏点,两三滴,同时下来。因道:"这或者不至于变成大漏,好在外面的大雨,已经过去了。"李太太听时,屋檐外的响声,比刚才的响声,还要来得猛烈。不过这响声是由下向上,而不是由上向下。立刻伸头向外面看去,正好接连着两道闪电,由远处闪到当顶。在电光里,看到山谷的夜空里雨点牵扯着很稀落的长绳子,山上的草木被水淋得黑沉沉的。屋檐外那道涧溪,这时变成了洋洋大观的洪流,那山水拥挤向前狂奔,已升涨到和木桥齐平了。响声像连声雷似的,就是在这里发生出来的。

在这电光一闪中,李南泉也看到了山沟里的洪水,好像成千上万的山妖海怪,拥挤着在沟里向前奔跑。但见怪头滚滚,每个浪花碰在石头上,都发出了"哗啦哗啦"的怒吼。他"哎呀"了一声道:"怪不得屋里要变成河了,山水来得这样汹涌。"于是走出屋来,站在屋檐下向沟里注视着,等待了天空里的电光。约莫是两、三分钟,电光来了,发现那山溪里的洪流,像机器带的皮带,千万条转动着,把人的眼光看得发花。尤其是这沟前头不多远,就是悬崖,那水自上而下向下奔注,冲到崖下的石头上去,那响声"哄通哄通",真是惊天动地。在第二次电光再闪去一下的时候,他情不自禁地就向后退了两步。李太太由屋子里抢出来,问道:"你怎么了?"他笑道:"好厉害的山洪,我疑心我们的屋基有被这山洪冲倒的可能。"吴先生回得家去,已是捧了水烟袋站在屋檐下,来回地蹓跶着。他带了笑音道:"怎么样?雨景不错吧?李先生来他两首诗。"李南泉笑道:"假如有诗,这样地动山摇,有声有色的场合,也把诗吓回去了。"吴先生道:"没关系,雨已经过去了,你不见屋檐外已经闪出了几颗星星?"李南泉伸头向廊檐外看时,果然在深黑的天空,有几颗灿亮的大纽扣,发出银光,已可看出这屋檐外面并没有了雨丝。因道:"这暴风雨来得快也去得快。雨是止了,屋子里水可不能立刻退去,我们得开始想善后的法子。"甄先生在那边插言了,因道:"善后,今晚上办不到了。"

吴先生也笑道:"今天晚上,还谈什么善后,我们就只当提早过大年三十夜,在这走廊上熬上一宿罢。"李南泉道:"当然是等明日出了太阳,由屋子里到屋子外,彻底让太阳一晒。不过天一晴了,敌人就要捣乱。若是再闹一回空袭,那就糟糕。我们只有敞着大门等跑了。"甄先生道:"我们不必想得那么远,现在大家都是不知命在何时。说不定明天大家就完了,管他是不是敞着大门呢。"三位先生对着暴风雨的过去,虽提议到了"善后",可是这样深夜,又是遍地泥浆,能想着什么善后的法子?大家静默地坐着吸烟谈天,并不能有什么动作。因为面前山沟里这洪流,还是"呛呛"地响着,天上落下的雨点和雨阵声,却不大听得清楚。不过屋檐外那深黑天空上的星点,却陆续地增加,抬头看去,一片繁密的银点,缓缓闪着光芒,那屋角四周的小虫子,躲过这场大灾难,也开始奏着它们的天然夜曲,在宏大的山洪声浪中,偶然也可以听到"咛咛唧唧"的小音乐。和这音乐配合的,是猛烈的拍板声。这拍板声,不是敲着任何东西,乃是整个的巴掌,拍着大腿、手膀子或脊梁。因为所有的小虫子都活动了,自然,蚊子也活动起来。那蚊子像钉子似地在谁的皮肤上扎一下,谁就大巴掌拍了去。走廊上男女大小共坐了二十来个人,这二十多个手掌,就是此起彼落,陆续拍着蚊子。李南泉道:"这不是办法,这样拍蚊子拍到天亮,蚊子不叮死,人也会让自己拍死了。点把蚊香来薰薰罢。"

吴春圃笑道:"在走廊上,哪有许多蚊烟来薰?"李南泉笑道:"这我在农村学得了个办法,就是用打潮了的草烧着了,整捆地放在上风头,这烟顺着风吹过来,蚊子就都薰跑了。"他这样说过了,没有人附议,也没有人反对。他坐在走廊上,反正是无事可做,这就到厨房里去,找了两大卷湿草,送到走廊外空地上去。这湿草,原是早两天前由茅屋上飘落下来的,都堆在屋檐下面的,经过晚上这场大雨,已是水淋淋的。李先生将草捆抖松了,擦着火柴去点。那湿草却是无论如何不肯接受。甄先生老远看了,笑道:"李先生,不必费那事了。农村里人点草薰蚊子,那究竟是农村人的事,我们穿长衫的朋友,办不了这个。"李南泉蹲在地上继续擦火柴点草,答道:"无论如何,我们的知识水准,应该比庄稼人高一筹。既是他们点得着,我们也就点得着。"说着,"啪咤啪咤",继续擦着火柴响。李太太在那边看了不过意,在家里找了几张破报纸,揉成两个大纸团子扔给他道:"把这个点吧。"李先生要表演他这个新发明,决不罢休,接了纸团子,塞在两捆湿草下,又接连擦了几根火柴,将纸团点上,这回算是借了纸团子的火力,将湿草燃着了。这正和乡下人玩的手艺一样,草虽是点着了,并没有火苗,由湿草丛里,冒出一阵浓厚的黑烟,像平地卷起两条乌龙似地,向走廊上扑来。这烟首先扑到吴先生屋门口。他叫起来笑道:"好厉害的蚊烟。蚊子是跑了,可是人也得跑。"

李南泉也省悟了,哈哈笑道:"这叫根本解决。不过人背风坐着,我想不至于坐不住。"他说着话走到走廊上,见两家邻居全闪着靠了墙壁坐着。手里拿扇子的人,不扇脚底下的蚊子了,只是在半空中两面扇动着。暗中可以看到大家的脸,都偏到一边去。他笑着迎风站住,对了来烟试验一下。这时,那空地上两堆湿草,被大火烘烤着,已有半干。平地起的火苗,也有三、四寸高。但湿草下面虽然着了,上面还是带着很重的水渍,将下面火焰盖住。火不得出来,变成了更浓重的黑烟,顺风奔滚。尤其是那湿草里面的霉气,经火焰烤着,冲到了鼻子里,难闻得很。李先生不小心,对烟呼吸了两下,一阵辣味,激刺在嗓子眼里,由不得低了头,乱咳嗽一阵,背着身弯下腰来,笑道:"我们果然没有这福气,可以享受这驱虫妙药。"吴先生在屋子里拿了一个湿手巾把来递给他道:"先擦眼泪水罢,俺倒想到一辈古人来了。"李南泉擦着脸道:"哪辈古人,受我们这同样的罪呢?"吴先生将手上的芭蕉扇,四面扇着风,笑道:"昔日周郎火烧赤壁,曹操在战船上,就受的这档子罪。"他这么一说,连走廊那头的甄先生也感兴趣,笑着问道:"那怎么会和我们一样受罪呢?"吴先生道:"你想:他在船上,四面是水,我们虽不四面是水,这山沟里的山洪,就在脚下,这走廊恍如一条船在海浪里。当年火烧战船,当然用的是草船送火,顺风而来。江面上的草,你怕没有湿的吗?曹孟德当年还可驾一小舟突围而出,咱还走不了呢。"

这个譬喻,倒引得在座的男女,都笑了一阵。李太太道:"我看还是劳你的驾,把那堆烟草扑熄了罢。在这烟头上,实在是坐不住。"李先生笑道:"点起火来是很不容易的,要扑熄它,毫不费力,随便浇上一盆水就得了。"吴先生笑道:"我来帮你一个忙,交给我了,你去休息罢。"李先生为了这堆蚊烟,弄得周身是汗,已不能和邻居客气,回到屋子里,找了湿手巾,擦上一把汗。见全家大小都坐在箱子上,伏在铺盖卷上打瞌睡。在屋角漏水没有浸湿的所在,燃了两支蚊香。屋子里雾气腾腾的。菜油灯放在临窗的三屉桌上,碟子里的菜油,已浅下去两、三分,两根灯草搭在灯碟子沿上,烧起一个苍蝇头似的火焰,屋子里只有些淡黄的光。为了不让风将菜油灯吹熄,窗子只好是关闭了,好在那被震坏的屋子门,始终是敞着的,倒也空气流通。而且也为了此发生的流弊,许多不知名的小虫子,并不怕蚊烟,赶了那点弱微的灯光,不断向菜油灯上扑着。那油灯碟子里,和灯檠的托子上,沾满了小虫子的尸体。尤其是那油碟子里,浮着一层油面,全是虫子。灯草焰上被虫子扑着,烧得"噗嗤噗嗤"响。李南泉看着,摇了两摇头道:"此福难受。"他左手取了把扇子,右手提了张方凳子,复行到走廊上来乘凉。那堆草火,大概是经吴先生扑熄了,走廊上已经没有了烟。先是听到水烟袋被吸着,一阵"呼噜呼噜"的声音,和拖鞋在地面上踢踏声相应和。随后有了吟诗声:"君问归期未有期,巴山夜雨涨秋池。"

李南泉笑道:"吴兄你又来了诗兴?"吴先生拖着步子,在走廊上来去,因道:"这个巴山夜雨的景况,却是不大好受。"李南泉道:"那末,你只念上两句,而不念下两句,那是大有意思的了。何当共剪西窗烛,再话巴山夜雨时。实在是再不得。"吴春圃道:"不过将来话是要话的。俺希望将来抗战结束,你到俺济南府玩几天,咱到大明湖边上,泡上一壶好香片,杨柳阴下一坐,把今天巴山夜雨的情况,拉呱拉呱,那也是个乐子。"吴太太在身后冷不防插上一句话道:"这话说远着去了,俺说,李先生,咱有这么一天吗?"李南泉笑道:"有的。我们也必得有这个信念,若没有这个信念,我们还谈什么抗战呢?"吴太太道:"真有那样一天,俺得好好招待你两口子。"吴先生说高兴了,"叽哩呼噜",长吸着一口水烟袋响,然后笑道:"俺打听打听,人家两口子,到了济南府,咱用什么招待?"吴太太笑道:"李太太喜欢吃山东大馒头,又不知道山东糁是什么东西。咱蒸上两屉大馒头,煮上一锅糁。"吴先生笑道:"一锅糁?你知道要几只鸡?"吴太太笑道:"你这还是一句话,你就舍不得了,就算宰十只鸡,你要能回济南府,还不乐意吗?"吴先生笑道:"慢说宰十只鸡,就是宰一头猪我都乐意。

第十四章 茅屋风光 | 353

李先生,你最好是春末夏初到济南去,我请你吃黄河鲤,大明湖的奶汤蒲菜。"李先生哈哈一笑,在走廊那头插嘴道:"这有点趣味了。向下说罢。这样说下去,我们也就忘了疲劳了。说完,我谈些南京盐水鸭子,镇江肴肉,这一晚上就大吃大喝过去了。"于是三人哈哈大笑。

## 第十五章　房牵萝补

在这种强为欢笑的空气中,大家谈些解闷的事情,也就很快混过了几小时。远远地听到"喔——喔——喔——"一阵鸡叫声,由夜空里传了来,仿佛还在听到与听不到之间。随了这以后,那鸡鸣声就慢慢移近,一直到了前面邻家有了一声鸡鸣,立刻这屋子角上,吴先生家里的雄鸡,也就突然"喔"地一声叫着。甄先生笑道:"今天晚上,我们算是熬过来了。可是白天再要下雨,那可是个麻烦。"李南泉道:"皇天不负苦心人,也许我们受难到了这程度,不再给我们什么难堪了。"吴春圃道:"皇天不负苦心人,这话可难说。我们苦心,怎么个苦法?为谁苦心?要说受苦,那是为了我们自己的生命财产。"李南泉笑道:"这倒是不错的。不过我们若不为自己生命财产吃苦,我们也就没得可以吃苦的了。人家是鸡鸣而起,孳孳为利。我们鸡鸣不睡,究竟为的是什么呢?"这个问题提出来了。大家倒是很默然一阵。甄先生很从容地在旁边插了一句话笑道:"我你是为什么鸡鸣不睡呢?眼前的事实告诉我们,我们是为了屋漏。不过怎么屋漏到这种惨状,这原因就是太复杂了。"李南泉坐在方凳上,背靠了窗户台,微闭着眼睛养神。甄先生的话,他也是闭着眼睛听的,因为有很久的时间,不听到甄、吴二公说话,睁开眼睛来看时,见甄先生屋门口,一星火点,微微闪动着,可想到甄先生正在极力吸着烟,而默想着心事。屋角下的鸡,已经不啼了,"喔喔"的声音,又回到了远处,随着这声音,仍是清凉的晚风,吹拂在人身上。

李南泉道:"甄先生在想什么?烟吸得很用劲呀。"他答道:"我想到我那机关,和我那些同事。一次大轰炸之下,大家做鸟兽散,不知道现在的情形怎么样了?我想天亮了,进城去看看,可是同时又顾虑到,若是在半路上遇到了警报,我应当到哪里去躲避。第一是重庆的路,我还是不大熟,哪里有洞子,哪个洞子坚厚,我还是茫然。第二是那洞子没有入洞证的人,可以进去吗?"李南泉道:"甄先生真是肯负责任又重道义的人。我也很有几个好朋友在城里,非常之惦念,也想去看看。我们估计一下时间和路程,一路去罢。"李太太隔了窗户,立刻接言道:"你去看看遭难的朋友,我们这个家连躲风雨的地方都没有了,谁来看我呀!"这句话,倒问得大家默然,这时,天色已是慢慢亮了,屋檐外一片暗空,已变成鱼肚色,只有几个大星点,零落着散布了。那鸡声又由远而近,唱到了村子里。同时,隔溪那条石板人行路上,有了脚步"扑扑"和箩担摇曳的"咿呀"声。随着,也有那低微的人语声,断续着传了过来。李南泉走向廊沿下,对着隔溪的地方看去,沿山岸一带,已在昏昏沉沉的曙色中。高大的山影,半截让云横锁着,那山上的树木和长草,被雨洗得湿淋淋的。山洪不曾流得干净,在山脉低洼的地方,坠下一条流水,那水像一条白龙,在绿色的草皮上弯曲着伸了身子,只管向下爬动着。那白龙的头,直到这山溪的高岸上,被一块大石头挡住了,水分了几十条白索,由人行路上的小桥下,又会合拢,像块白布悬了下来。

李南泉点点头,不觉赞叹道:"山中一夜雨,树杪百重泉。"李太太扣着胸襟上的纽扣,也由屋子里走出来,沉着脸道:"大清早的,我也不知道说你什么好,家里弄成这个样子,你还有心情念诗呢。"李南泉道:"我们现在,差不多是丧家之犬了,只有清风明月不用一分钱买。我们也就是享受这一点清风明月,调剂调剂精神。若是这一点权利,我们都放弃了,我们还能享受什么呢?"李太太说了声"废话",自向厨房里去了。李先生口里虽然这样很旷达地说了,回头一看,屋子门是昨天被震倒了,还不曾修复,屋子里满地堆着衣箱和行李卷。再看里面的屋子,屋顶上开着几片大天窗,透出了整片的青天,下面满地是泥浆,他摇了两摇头,叹着无声的气,向走廊屋檐下走了两步。这时看到那山溪里面,山洪已经完全退去,又露出了石头和黄泥的河床。满溪长的长短草,都被山洪冲刷过了,歪着向一面倒。河床中间,还流着一线清水,在长草和乱石中间,屈曲地向前流去,它发着潺潺的响声。李南泉对了那一线流泉行走,心里想着,可惜这一条山涧,非暴雨后不能有泉,不然的话,凭着这一弯流水,两丛翠竹,把这草屋修理得干干净净,也未尝不可以隐居在这里吃点粗茶淡饭,了此一生。想到这里,正有点悠然神往。后面王嫂叫起来道:"屋子里整得稀炮乱,朗个做,朗个做?"回头看时,见她手里拿了一把短扫帚,靠门框呆呆站住,没有了办法。同时,小孩子还在行李卷上打滚呢。

这种眼前的事实,比催租吏打断诗兴,还要难受。李南泉也只有呆望了屋子那些乱堆着的东西出神。王嫂向小孩子们笑道:"我的天爷,不闹了,要不要得?大人还不晓得今天在哪里落脚,小娃儿还要扯皮。"李南泉摇着头叹口气。就在这时,对面隔山溪的人行路上,一阵咬着舌尖的国语,由远而近地道:"那不是吹,我早就料到有这一天,老早,我就买好了麦草,买好了石灰,就是泥瓦匠的定钱,我也付过了。这就叫未雨绸缪了。"看时,便是那石教授的太太。她穿了件旧拷绸的长衫,光着两只手臂,手里提了一只旧竹篮子,里面盛着泥瓦匠的工具,脸上笑嘻嘻的,带了三分得意之色。奚太太对于这位好友,真是如响斯应,立刻跑到她的走廊檐下,伸起一个大拇指,笑道:"好的好的,老石是好的!你把他们吃饭的家伙拿来了,他就不敢不跟着你来了。"石太太笑道:"对于这些人,你就客气不得。"说着,将身子晃荡晃荡地过去了,约莫是相隔了五、六十步路,一个赤着黄色上身的人,肩上搭了件灰色的白布褂子,慢慢拖着步子走上来,他穿了个蓝布短脚裤,腰带上挂了一支尺把长的旱烟袋杆。自然,照这里的习惯,是光了两只泥巴脚,但他的头上,裹着一条白布,作了个圈圈,将头顶心绕着。他走着路,两手互相拍着手臂道:"这位下江太太,硬是要不得,也不管人家得空不得空,提起篮子就走。别个包了十天的工,朗个好丢了不去?真是罗连,真是罗连!"

这是住在这村子南头的李瓦匠。村子里的零碎工作,差不多都是他承做,因此相熟的很多。李南泉立刻跑了两步,迎到路头上,将他拦住,笑道:"李老板,你也帮我一个忙罢,我的屋顶,整个儿开了天窗。"他不等李南泉说完,将头一摆道:"我不招闲,那是盖匠的事嘛!"李南泉笑道:"我知道是盖匠的事,难道这夹壁通了,房门倒了……"李瓦匠又一摆头道:"整门是木匠的事。"李南泉笑道:"李老板,我们总也是邻居,说话你怎么这样说。我知道那是盖匠和木匠的事,但是我包给你修理,请你和我代邀木匠、盖匠那总也可以。而且,我不惜费,你要多少钱,我给多少钱。我只有一个条件,请你快点和我办理。"李瓦匠听说要多少钱给多少钱,倒是一句听得入耳的话,两只胳膊互相抱着,他将手掌拍着光膀子,站住脚,隔了山溪,对李先生这屋子遥遥地看望着,因道:"你打算给好多钱?"李南泉道:"我根本不懂什么工料价钱,我也不知道修理这屋子要用多少工料,我怎么去估价呢?"李瓦匠又对着这破烂国难草屋子凝看了一看,因昂着他的头,有十来分钟说不出话来。李南泉在一旁偷眼看他,知道他是估计那个需索的数目,且不打断他的思索,只管望了他。他沉吟了一阵子,因道:"要二千个草,二百斤灰,十来个工,大概要一百五、六十元钱。"李南泉笑道:"哈!一百五、六十元钱?我半个月的薪水。"李瓦匠道:"我还没有到你屋子里去看,一百五、六十元恐怕还不够咯。"说着,他提起赤脚就走,表示无商量之余地。

李南泉笑道:"李老板,不要走得这样快,有话我们慢慢商量。"他已经走得很远了,回转头来,答应了一声道:"啥子商量嘛?我还不得空咯。"李南泉站在行人路头上,不免呆了一阵。吴春圃先生打着呵欠,也慢慢儿走了过来。他先抬着头,对四周天空,看了一看,见蔚蓝的空间,只拖着几片蒙头纱似的白云。东方的太阳,已经出山,金黄色的日光,照在山头的湿草上,觉得山色格外的绿,山上长的松树和柏树,却格外的苍翠。那浅绿色的草丛上,簇拥着墨绿色的老树叶子,配衬得非常的好看,因唱了句韵白道:"出得门来,好天气也。"李南泉笑道:"吴先生还是这样的高兴。"吴春圃道:"今天假如是不下雨的话,这样好的天气,屋子里漏的水,就一切都吹干了。凭了这一天的工夫,总可以把盖匠找到,今天晚上,可以不必在走廊熬上一宿了。"李南泉道:"我们说办就办,现在那位彭盖匠,还没有出去作工,我们就同路去,找他一趟,你看如何?"吴春圃道:"好的,熬了一宿,睡意昏昏,在山径上呼吸呼吸新鲜空气也好。"说着,他又打了个呵欠。李南泉道:"难道一晚上,你都没有闭上眼睛吗?"吴春圃道:"坐着睡了一宿。我睡眠绝对不能将就,非得躺着舒舒服服地睡下不可!把早饭吃过,我就睡他十小时。"正说着,他忽然一转话锋道:"说曹操,曹操就到了。"说着,他将手一指道:"彭盖匠来了。"这位彭老板身上穿了件齐平膝盖的蓝布褂子。左破一片,右破一片,像是挂穗子似的,随风飘飘,他光着两只黄脚杆,好像缚了两块石头似地那样开步。

他不像其他本地朋友是头上包着一块白布的,而换了一条格子布的头圈。在黄蜡型的面孔上,蓄了一丛山羊胡子,让他穿起印度装束来,一定像是一位友邦驻中国代表。李先生为了拉拢交情,老远地向他点着头叫了一声"彭老板",他点着头道:"李先生早!昨天这山旮旯里遭了。"李南泉道:"可不是。这屋子没有了顶,我正想找你帮忙哩!"彭老板走到面前站住,像那位李瓦匠一样站定了,遥遥向那幢破茅屋张望了一下,点点头道:"恼火得很!"吴春圃道:"昨晚上让大雨冲洗着屋子,我们一宿全没有睡。你来和我们补补罢。"彭盖匠摇摇头道:"拿啥子盖嘛?没得草。"吴春圃指着山上道:"这满山都是草,没有盖屋顶的?"彭盖匠道:"我怕不晓得?昨日落了那场大雨,草梢上都是湿的,朗个去割?就是去割,割下来的草,总要晒个十天半个月,割了草立刻就可以盖房子,没得朗个撒脱!"李南泉听说,心里一想,这家伙一棍子打个不粘,不能和他作什么理论,便笑道:"这些困难,我们都知道,不过彭老板作此项手艺多年,没有办法之中,你也会想到办法的。我这里先送你二十元作为买山草的定钱,以后,该给多少工料,我们就给多少工料,请你算一会儿,我回家拿钱去。"彭老板道:"大家都是邻居嘛,钱倒是不忙。"他说是这样说了,可是并不走开,依然站在路头上等着。李先生一口气跑了回来,就塞了二十元钞票到他手上去。他懒洋洋地伸手将钞票接了过去,并不作声,只是略看了一眼。

吴春圃道:"彭老板,可以答应我们的要求吗?"他伸手一摸山羊胡子,冷冷笑道:"啥子要求嘛?我作活路,还不是应当。"李南泉觉得他接了钱,已是另一个说法,便问道:"那末,彭老板哪天上工呢?"彭老板又一摸胡子道:"这几天不得空咯!"吴春圃将脸色正了道:"你这就不对了,我们若不是急了,怎么会在大路上把你拦着,又先付你钱?你还说这几天不得空,若是雨下来了……"彭盖匠不等他说完,就把手上捏的二十元钞票塞到李南泉面前,也沉着脸道:"钱还在这里,你拿回去。"李南泉将手推着,笑道:"何必何必!彭老板,我们前前后后,也作了三、四年邻居,就算我不付定钱,约你帮一个忙,你也不好意思拒绝我。就是彭老板有什么事要我帮忙的话,只要我姓李的可以帮到忙,我无不尽力,我们住在这一条山沟里,总有互助的时候。彭老板,你说是不是?"他将那钞票又收回去了,手一摸山羊胡子,笑道:"这句话,我倒是听得进咯。我晓得你们屋顶垮了怕漏,你没有打听有几百幢草屋子都垮了吗?别个不是一样心焦?"李南泉又在身上摸出了一张五元钞票,交到他手上,笑道:"这个不算工,也不算料,我送你吃酒,无论如何,务必请你在今天找点草来,给我把那两个大天窗盖上。其他的小漏,你没有工夫,就是再等一、两天,也没有关系。"他又接了五元钱,在那山羊胡子的乱毛丛中,倒是张着嘴笑了一笑,因道:"我并不是说钱的话,工夫硬是不好抽咯。"说着,他就做了个沉吟的样子。

那吴先生还是不失北方人那种直率的脾气。看到李先生一味将就,彭盖匠还是一味推诿,沉着了脸色,又待发作几句。可是,李先生深怕说好了的局面,又给吴先生推翻了。这就抱着拳头,向彭盖匠拱拱手道:"好了好了,我们一言为定,等你的好消息罢,下午请你来。"彭盖匠要理不理的样子,淡淡答道:"就是嘛!不要害怕,今天不会落雨咯。我们家不也是住草房子,怕啥子?"说着,他缓缓移了两条光腿子,慢慢向上街的山路走了去。吴春圃摇摇头道:"这年头儿,求人这样难,化钱都得不着人家一个好字。我要不是大小七、八上十口子,谁受这肮脏气。咱回山东老家打游击去。"李南泉笑道:"这没有什么,为了盖房子找他,一年也不过两三回,凭着我们十年读书,十年养气的工夫,这倒不足介意。"吴先生叹了口气,各自回家。这时,李家外面屋子里那些杂乱东西,有的送到屋

第十五章 房牵萝补 | 361

外面太阳里去晒,有的堆到一只屋子角上,屋子中间,总算空出了地方。李先生也正有几篇文稿,须在这两天赶写成功,把临窗三屉小桌上那些零碎物件,归并到一处,将两三张旧报纸糊里糊涂包着,塞到竹子书架的下层去,桌面上腾出了放笔砚纸张的所在,坐到桌子边去,提起笔来就写稿。李太太将木梳子梳着蓬乱的头发,由外面走了进来,叽咕着道:"越来越不像话。连一个盖头的地方都没有。叫化子白天讨饭,到了晚上,还有个牛栏样的草棚子落脚呢,我们这过的是像露天公园的生活了。"

李南泉放下笔来,望了太太道:"你觉得这茅屋漏雨,也是我应当负的责任吗?"说到这里他又连点了两下头道:"诚然,我也应当负些责任,为什么我不能找一所高楼大厦,让你住公馆,而要住这茅草屋子呢?"李太太走到小桌子边,把先生作文章的纸烟,取了一支衔在嘴里,捡起火柴盒子,擦了一支火柴将烟点着,"啪"的一声,将火柴盒扔在桌上,因道:"我老早就说了,许多朋友,都到香港去了,你为什么不去呢?若是在香港,纵然日子过得苦一点,总不用躲警报,也不用住这没有屋顶的草房。"李南泉道:"全中国人都去香港,且不问谁来抗战,香港这弹丸之地,怎么住得下?"李太太将手指夹出嘴唇里的烟卷,一摆手道:"废话,我嘴说的是住家过日子,谁谈抗战这个大问题!你不到香港去,你又作了多少抗战工作?哟!说得那样好听!"她说毕,一扭头走出去了。李先生这篇文稿,将夹江白纸,写了大半页,全文约莫是写出了三分之一。他有几个很好的意思,要用几个"然而"的句法。把文章写得跌宕生姿,被太太最后两句话一点破,心想,果然,不到香港去,在重庆住了多少年了,有什么表现,可以自夸是个抗战文人呢?三年没有作一件衣服,吃着平价米,其中有百分之十几的稗子和谷子,住了这没有屋顶的茅草屋,这就算是尽了抗战的文人责任吗?唉!百无一用是书生,他想到最后这个念头,口里那句话,也就随着喊叫了出来,对了未写完的半张白纸,也就是呆望着,笔放在纸上提不起来了。

他呆坐了约莫一小时之久,那半张白纸,可没有法子填上黑字去。叹了一口气,将笔套起来,就走到走廊上去来回地踱着步子。吴春圃在屋子里叫起来道:"李兄,那个彭盖匠,已经来了,你拦着他,和他约定个日子罢,他若能来和你补屋顶,我就有希望了。"李南泉向山路上看时,果然是彭盖匠走回来了。他肩上扛着一只麻布袋,袋下面气鼓鼓、沉甸甸的,分明是里面盛着米回来了。他左手在胸前,揪着米袋的梢子,右手垂下来提着一串半肥半瘦的肉,约莫是二斤多,同在这只手上,还有一把瓦酒壶,也是绳子拴了壶头子,他合并提着的。他不像上街那样脚步提不起劲来,肩上虽然扛着那只米袋,还是挺起胸脯子来走路的。这不用说,他得下二十五元,已先在街上喝了一阵早酒,然后酒和肉全办下了,回来吃顿很好的午饭。远远地,李南泉先叫了声"彭老板"。他倒是闻弦歌而知雅意,站住了脚,向这里答道:"不要吼,我晓得,我一个人,总动不到手嘛!我在街上,给你找过人,别个都不得空,吃过上午,我侄儿子来了,我两个人先来和你搞。"李南泉道:"那末,下午可以来了?"彭盖匠道:"回头再说嘛!今天不会落雨咯。不要心焦,迟早总要给你弄好。"他说着话,手里提着那串肉和那瓶酒,晃荡着走了过去。吴春圃跑出屋子来,向彭盖匠后身瞪着眼道:"这老小子说的不是人话。他把人家的钱拿去了,大吃大喝。人家住露天屋顶。他说迟早和你弄好。那大可以明年这时再办。"

李南泉笑道:"别骂,随他去。反正我们也不能在这里作长治久安之计。"说着,两手挽在身后,在走廊上踱来踱去。甄先生搬了一把竹椅子,靠了廊柱放着,头靠在竹椅子背上,他身穿背心,下穿短裤衩,将两只光脚,架在竹椅子沿上,却微微闭了眼睛,手里拿了一柄撕成鹅毛扇似的小芭蕉叶,有一下、没一下地挥着。听了李先生的来往脚步声,睁开眼看了一看,微笑道:"李先生,你不用急,天下也没有多少事会难住了人。若是再下了雨的话,我们共同作和尚去,就搬到庙里去住。"李南泉摇了几摇头,笑道:"你这办法行不通,附近没有庙。唯一的那座仙女洞,前殿拆了,后殿是公共防空洞。我们就索兴去住防空洞。"正说着,上午过去的那位刘瓦匠,刚是由对面山路上走了过来。他也是左手提一壶酒,右手提一刀肉,只是不像彭盖匠,肩头上扛着米袋,他大开着步子向家里走,听到这话,却含了笑容,老远搭腔道:"硬是要得!防空洞不怕漏,也不怕垮,作瓦匠作盖匠的就整不到你们了。"吴春圃先生站在走廊下,兀自气鼓鼓的,他用了他那拍蚊子的习惯,虽没有蚊子,也拿了蒲扇不住地扇着裤脚,他瞪了眼望着,小声喝着道:"这小子说话好气人,我们这里摆龙门阵,又碍着他什么事吗?"甄先生笑道:"吴先生,为了抗战,我们忍了罢。"吴春圃右手举起扇子在左手掌上一拍,因道:"咱不受这王八气,咱回到山东老家打游击去!咱就为不受气才抗战,抗战又受气,咱不干。"

屋子里却有人低声答道:"废话!你去打游击,小孩子在四川吃土过日子?"这是吴太太在屋子里起了反响,把握着事实,对吴先生加以驳斥。吴先生站在走廊上,发了一会呆,跟着他也就笑了起来,将蒲扇在胸前摇撼了两下,微微笑道:"俺实在也是走不了。"李南泉看到,心里也就想着,我们实在也是议论多而成功少,随着叹了一口气,自回家了。他这个感想,倒是对的,他们找瓦匠找盖匠,而且还付了钱,所得结果,不是人家来给补上屋顶,而是买了酒、肉、米回家打牙祭去了。这天直熬到黄昏,盖匠没来,次日也没有来,好在这两天全是晴天,没有大风,更没有下雨。有两天大晴,屋子里干了,杂乱的东西,也堆叠着比较就绪。正午的时候,李先生躺在床上,仰面睡午觉,这让他有个新发现,就是那天窗口上绿叶飘摇,有野藤的叶子,在那里随风招展。这座草屋,本来是铲了一道山脚,削平地基的。山的悬崖与屋后檐相齐,因之,那悬崖上长的野藤,很多搭上了屋檐。藤梢搭上了屋檐之后,逐渐向上升,而有了一根粗藤伸长之后,其余的小藤小蔓,也就都跟着向上爬。在这屋子里住家的人,轻易不到屋后面来。所以也不去理会,这野蔓长得有多少长大。这时李先生躺在床上,看到这绿叶子,他立刻想到了那句诗,"牵萝补茅屋"。记得有一次在野外躲警报,半路上遇到了暴风雨,当时两块裂石的长缝里,上面有一丛野藤盖着,确是躲过了一阵雨去。

他有了这个感想,由床上跳了起来,立刻跑向屋子后面去。看那悬崖上的野藤,成片地向屋顶上爬了去。这屋檐和悬崖夹成的那条巷子,被野藤叶子盖着,正是成了小绿巷,里面绿得阴惨惨的,他钻到野藤下面去,昂起头来向上看着,一点阳光都看不见。自言自语地笑道:"假如多多益善的话,也许可以补起屋顶来的。"他钻出藤丛来,由悬崖边爬上草屋顶,四周一看,正是恰到好处。两个大天窗的口子边,全是野藤叶蔓簇拥着。他生平就没有上过房,更没有上过茅草房。这时,第一次上草房,但觉得人踩在钢丝床上,走得一起一落,周身随着颠动。尤其是那草屋,经过了一年多的风吹雨打日晒,已没有初盖上屋去的那种韧性,人踩在草上,略微使一点劲,脚尖就伸进草缝子里去。草下面虽是有些竹片给垫住,脚尖所踏的地方,不恰好就是竹片上,因之初次移动,那脚尖都已伸进屋子里面去。有三、五步的移动,他就不敢再进行,俯伏在屋顶上,只是昂了头四处望着。他心里想着,无论如何,我们文人,总比粗工心细些,盖匠可以在草屋顶上爬着,还要作工呢。我就不能在屋顶上爬着吗?既然自告奋勇爬上了屋顶,就当把事情办完了,他沉默着想了一会,又继续向屋脊上爬了去。这次是鼓着勇气爬上去的,脚下也有了经验,脚踏着屋顶的时候,用的是虚劲,那脚却是斜滑着向下的,总算没有插进屋子里面去。向上移了三、五步,胆子就大得多了。

约莫前后费了十分钟的工夫,他终于是爬到了天窗口上。看看那些野藤叶子,爬上去,又倒垂下来,始终达不到天窗那边去。伸手将野藤牵着,想把它甩到天窗那边,却无奈那东西是软的,掷了几下,只把两根粗一点的野藤掷到天窗旁边,伏在屋顶上,出了一会神,就在手边,抽起一根压草的长竹片,挑着长细的藤,向那边送了去,这个办法,倒还可用,他陆续地将散漫在草屋上的藤,都归并在一条直线上,全送到那露天窗口去牵盖着。盖完了最大的那个天窗,看到还有许多藤铺在屋草上,就决定了作完这个工作,再去牵补第二个窗口。因为在草屋上蔓延着的野藤不太多,牵盖着第三个窗口,那枝叶就不十分完密,而现出稀稀落落的样子,他怕这样野蔓没有粗梗,在窗口上遮盖不住,而垂了下去。这就把手上挑藤的那根竹片,塞入野藤下面,把它当做一根横梁,在窗口上将野藤架住。可是,竹片插了下去,因为它是软的,却反绷不起来。他自己想得了的这个好法子,没有成功,却不肯罢休。跟着再向前几尺,打算接近了窗口,将竹片伸出去的距离缩短一些。他在草屋顶上,已经有了半小时以上的工夫了,也未曾想到这里有什么意外。身子只管向前移,两只手还是将竹片一节一节地送着。不想移到了天窗口,那屋顶的盖草,已没有什么东西抗住,这时,加了一位一百多磅的人体,草和下面断了线的竹片,全部向下陷去。李南泉觉得身子压虚了,心里大叫一声"不好"。

李先生随了这一声惊呼,已经由天窗口里摔将下来,他下意识地伸手去扯着那野藤,以为它可以扯住自己的身体,不想丝毫不能发生作用,人已是直坠了下来。那承住假天花板所在,本有跨过屋子的四根横梁,但因为这横梁的距离过宽,他正是由这距离的间隔中坠了下来的。那个时候是很快,他第二次惊觉,可以伸手把住横梁时,人已坠过了横梁,横梁没有把住,拦着横梁上两根挂帐子的粗绳子,这算帮助了他一点,绳子拖住了他上半截身体,晃荡着两下,"啪"的一声,绳子断了,他落在王嫂睡的床上。全家正因为东西没有地方堆积,把几床棉絮都堆在床上,这成了那句俗话,半天云里掉下来,掉在天鹅绒上了。他落下来的时候,心里十分的惊慌,也不知身上哪里有什么痛苦。伏在棉絮上面,静静想着,哪里有什么伤痕没有,约莫是想了三、四分钟,还不知道伤痕在什么地方。正是伸了手,在身上抚摸着,可是这行李卷儿,是互相堆叠的,人向上一扑,根本那些行李卷儿就有些动摇,基础不稳,上面的卷子,挤开了下面的卷子,只管向缝隙中陷了下去。下层外面的几个卷子,由床沿上滚到床下,于是整个的行李卷儿全部活动,人在上面,随了行李滚动,由床上再滚到床下,床下所有的瓶子、罐子,一齐冲倒,叮叮咚咚,打得一片乱响。李太太听了这声音,由外面奔了进来,连连问着:"怎么了,怎么了?"

　　李先生那一个跌势,正如高山滚坡,自从行李卷上跌滚下来以后,支持不住自己的身体,只是滑滚了过去。李太太由外面奔进屋来的时候,还有一个乱滚着的行李卷,直奔到她脚下,她本来就吃了一惊,这行李卷向她面前滚来时,她向后一退。屋子里,地面还是泥滑着的,滑得她向后倒坐在湿地上。李先生已是由地上挣扎起来了,便扑了身上的草屑与灰尘,笑道:"你也进屋来赶上这分热闹。"李太太这已看清楚了,望了屋顶上的天窗道:"你这不是妙想天开,盖屋的事你若也是在行,我们还吃什么平价米?这是天不安有变,人不安有祸。"李南泉听了夫人这教训,也只苦笑了一笑,并没有说其他的话,他抬头看看屋顶,两个天窗情形各别,那个大的天窗,已是由野藤遮着,绿油油的一片,虽是看到藤叶子在闪动,却是不见天日。小的天窗,野藤叶子,遮盖了半边。还有半边乱草垂了下来,正是自己刚才由那里滚下来的缺口。大概是自己曾拉扯野藤的原故,已有四、五枝长短藤,带了大小的绿叶子,由天窗口里垂进来,挂穗子似地挂着。天窗里也刮进来一些风,风吹着野藤飘飘荡荡。他不由得拍了手笑道:"妙极妙极!这倒很有点诗意。"李太太也由地面上站了起来了,板着脸道:"瞧你这股子穷酸味!摔得七死八活,还要谈什么诗意,你这股穷酸气不除,天下没有太平的日子。"李先生"哈哈"笑道:"我这股穷酸气,几乎是和李自成、张献忠那样厉害了?那倒也可以自傲得很!"

李太太道:"你不用笑,反正我说得不错,为人不应当作坏事,可也不必作那不必要的事。野藤都能盖屋顶,我们也不去受瓦木匠那份穷气了。你虽在屋顶上摔下来了,也不容易得人家的同情。说破了,也许人家会说你穷疯了呢。"李南泉原不曾想到得太太的同情,太太这样地老说着,他也有点生气,站着呆了一呆,因道:"我诚然是多作了那不必要的事,不过像石太太那样,能够天不亮就到瓦匠家里去,亲自把他押解了来,这倒有此必要。你可能也学她的样,把那彭盖匠押解了来呢?你不要看那事情容易,你去找回彭盖匠试试看,包你办不到。"李太太沉着脸道:"真的?"李先生心里立刻转了个念头,要她去学石太太,那是强人所难。真是学成了石太太,那也非作丈夫者之福。对了这个反问,并没有加以答复,自行走开了。李太太在两分钟后,就走出大门去了。李先生在外面屋子里看到,本可以拦她,把这事转圜下来,可是她走得非常之快,只好由她去了。李先生拿着脸盆,自舀了一盆冷水,来洗擦身上的灰尘,伸出手臂到盆里去,首先发现,已是青肿了两块。再低头看看腿上,也是两大片。这就推想到身上必定也是这样,不由得自言自语地笑道:"这叫何苦?"可是窗外有人答话了:"我明天就搬家,不住在这人情冷酷的地方,不见得重庆四郊都是这样冷酷的人类住着的。"看时,太太回来了,一脸扫兴的样子,眼光都直了,她脚下有个破洋铁罐子,"哨"的一声,被她踢到沟里去。

李南泉看这情形,料是太太碰了彭盖匠的钉子,虽不难说两句俏皮话,幽默她一下,可是想到她正是盛气虎虎的时候,再用话去撩她,可能她会恼羞成怒,只好是装着不知道。唯一可以避免太太锋芒的办法,只有端坐着读书或写字。由窗子里向外张望着,见她沉下了脸色,高抬一手撑住了廊柱,正对屋子里望着。心下又暗叫了一声不好,立刻坐到书桌边去,摊开纸笔,预备写点文稿。事情是刚刚凑趣,就在这时,邮差送来一封挂号信。拆开信来,先看到一张邮局的汇票。在这困难的生活中,每月除了固定的薪水,是毫无其他希望的,忽然有汇票寄到,这是意料以外的事。他先抽出那汇票来看,填写的是个不少的数目,共是三百二十元。这时的三百多元,可以买到川斗五斗米,川斗约是市斗的两倍。就是一市担了。一市担米的收入,可以使生活的负担轻松一下,脸上先放出三分笑意,然后抽出信来看,乃是昆明的报馆汇来的,说明希望在一星期之内,为该报写几篇小品文,要一万字上下的。昆明的物价指数高于重庆三倍,所以寄了这多稿费。在重庆,还不过是二十元一千字的价目。这笔文字交易,是不能拒绝的,他正在看信,太太进门来了,她首先看到那张汇条,夹在先生的手指缝里,因道:"谁寄来的钱,让我看看。"说着,就伸手把这汇条抽了过去,她立刻身子耸了一耸,笑道:"天无绝人之路,正愁着修理房子没钱呢,肥猪拱门,把这困难就解决了。"

李南泉笑道:"从前是千金一笑,现在女人的笑也减价了。法币这样的贬值,三百二十元,也可以看到夫人一笑了。"李太太道:"你这叫什么话?简直是公然侮辱。"说着,眼睛瞪起来,将那汇票向地上一丢。李南泉倒是不在意,弯腰将汇票捡了起来,向纸面上吹吹灰,笑道:"我不像你那样傻,决不向钱生气。"说着,将汇票放在桌上,向她一抱拳头。李太太

第十五章 房牵萝补 | 369

笑骂道:"瞧你这块骨头!"李南泉道:"这是纯粹的北平话呀,你离开北平多年,土话几乎是完全忘记。只有感情奔放的时候,这土话才会冲口而出。这样的骂人,出之太太之口……"李太太笑道:"你还是个老书生啦,简直穷疯了,见了三百二十元,乐得这样子,把屋顶摔下来的痛苦都忘记了。"李南泉道:"可是我们真差着这三百元用款。"李太太道:"废话什么,拿过来罢。"说着,伸手把那张汇票收了过去。李先生将那张信笺塞到信封里去,两手捧着信封向太太作个揖,笑道:"全权付托。你去领罢。还有图章,我交给你。"李太太接过信封去,笑道:"图章在我这里,卖什么空头人情。"她说着,抽出信笺来看看,点点头道:"稿费倒是不薄,够你几天忙的了。我不打搅你,你开始写稿子罢。"李先生对那三百二十元,算是在汇票上看了一眼,虽没有收入私囊,但也够兴奋一下的。他见太太拿着汇票走了,用着桌上摆开的现成的纸笔,就写起文章来,好在刚过去的生活,不少小品材料,不假思索,就可动笔。

他的烟士坡里纯①,虽不完全出在那张三百二十元的汇票上,可是这三百二十元,至少解决了他半个月内,脑筋所需要去思想的事。自这时起,有半个月他不需要想文艺以外的事了。那末,烟士坡里纯来了,他立刻可予以抓住,而不必为了柴米油盐放进了脑子去,而把它挤掉。因之,他一提了笔后,不到半小时,文不加点地就写了大半张白纸,他正写得起劲,肩上有一种温暖的东西压着。回头看时,正是太太站在身后,将手按在肩上。李先生放下笔来,问道:"图章在你那里,还有什么事呢?"他问这话,是有理由的,太太已换了一件花布长衫而手提小雨伞,将皮包夹在腋下,是个上街的样子。上街,自然是到邮局去取那三百二十元。太太笑

---

① "烟士坡里纯"是英文"灵感"一词的音译。

道:"你从来没有把我的举动当为善意的。"李南泉道:"可是我说你和我要图章等类,也未尝以恶意视之。"李太太放下雨伞,将手上的小手绢抖开,在鼻子尖上拂了两拂,笑道:"好酸。我也不和你说。你要我和你带些什么?"李南泉道:"不需要什么,我只需要清静,得了人家三百二十元稿费,得把稿子赶快寄给人家呀。信用是要紧的,一次交稿很快,二次不是肥猪拱门,是肥牛拱门了。"李太太道:"文从烟里出,得给你买两盒好纸烟。"李南泉道:"坏烟吸惯了,偶然吸两盒好的,把口味提高了,再回过头去,又难受了。"李太太道:"要不要给你买点饼干?"李南泉道:"我倒是不饿。"李太太沉着脸道:"怎么回事,接连地给我几个钉子碰?"

　　李南泉站起来,笑着拱拱手道:"实在对不起。我实在情形是这样,不过我在这里面缺乏一点外交辞令而已,随你的便罢,你买什么东西我也要。"李太太笑道:"你真是个骆驼,好好地和你说,你不接受。人家一和你瞪眼睛,你又屈服了。"李南泉笑道:"好啦,你就请罢。我刚刚有点烟士坡里纯,你又从中打搅,这烟士坡里纯若是跑掉了,再要找它回来,那是很不容易的。"李太太站着对他看了一看,想着他这话倒是真的,只笑了一笑,也就走了。李先生坐下来,吸了大半支烟,又重新提笔写起来。半上午的工夫,倒是写了三、四张稿纸,写到最高兴的时候,仿佛是太太回来了,也没有去理会。伸手去拿纸烟,纸烟盒子换了,乃是通红的"小大英"。这时大后方的纸烟,"小大英"是最高贵的消耗品。李先生初到后方的时候,也吸的是"小大英",由三角钱一包,涨了五角钱,就变成搭着坏烟吃。自涨到了一元一包,他就干脆改换了牌子了。这时"小大英"的烟价,已是两元钱一包,李先生除了在应酬场中,偶然吸到两三支而外,那总是和它久违的。现在看到桌子角上,放着一个粉红的纸烟盒,上面又印着金字,这是毫无疑问的事,乃是"小大英"。但他还疑心是谁恶作剧,放了这么一盒好烟在桌上有意捉弄人。于是,拿起来看看,这盒子封得完整无缺,是好好儿的一盒烟,这就随了这意外的收获,重重地"咦"了一声。这时,"啪"的一响,一盒保险火柴,由身后扔到桌子上来。

李先生回头看去,正是夫人笑嘻嘻地站在身后。因向她点个头道:"多谢多谢!"李太太笑道:"你何必这样假惺惺。你就安心去写稿子罢。"李先生虽然是被太太嘱咐了,但他依然向夫人道了一声"谢谢",方才回转身去写稿。他这桌子角上,还有一把和他共过三年患难的瓷茶壶,这是他避难入川,过汉口的时候,在汉口买的,这茅草屋是国难房子,而屋子里一切的用具,也就是国难用具,这把盆桶式瓷茶壶,是江西细瓷,上面画着精致的山水。这样的东西,是应当送进精美的屋子,放到彩漆的桌子上的。现在放在这桌面裂着一条大口的三屉桌上,虽然是很不相称,但是李先生到了后方,喝不到顶上的茶叶,而这把茶壶却还有些情致,所以他放下笔来的时候,手里抚摸着茶壶,颇也能够帮助情思。他这时很随便地提起茶壶,向一只粗的陶器杯子里斟上一杯茶,端起来就喝了。因为脑筋里的意志,全部都放在白纸的文字上,所以斟出茶来,也没有看看那茶是什么颜色。及至喝到嘴里,他的舌头的味觉告诉他,这茶味先是有点儿苦,随后就转着甜津津的。他恍然大悟,这是两、三个月来没有喝过的好茶呀!再看这陶器杯子里的茶的颜色,绿阴阴的,还可以看到杯子里的白釉上的花纹,同时,有一种轻微的清香,送到鼻子里去。这不由得自己赞叹了一声道:"好茶!色香味俱佳。太太,多谢!这一定是你办的。我这就该文思大发了。"

李太太在一旁坐着,笑问道:"这茶味如何?"李先生端着杯子又喝了一口,笑道:"好得很!在这乡场上,怎么买得到这样的好茶叶?"李太太道:"这是我在同乡那里匀来的,你进了一笔稿费,也得让你享受一下。

还有一层,今天晚上,杨艳华演《大英节烈》,这戏……"李南泉笑道:"你又和我买了一张票?"李太太道:"买了两张票,你带孩子去罢。"李先生道:"那末,你有个十二圈的约会?"李太太笑着,取个王顾左右而言他的姿态,昂着头向外面叫道:"王嫂,那肉洗干净了没有?切好了,我来做。"李先生心领神会,也就不必再问了。他将面前的文稿,审查了一遍。下文颇想一转之后发生一点新意。就抬起头来,向窗子外看对面山顶上的白云,虽那一转的文意,并未见得就在白云里面,可是他抬头之后,这白云会替他找到那文思。不过他眼光射出窗子去,看到的不是白云,而是一位摩登少妇,太太的唯一良好牌友下江太太。她站在对面的山脚路上,向这茅草屋连连招了几下手。遥远地看到她脸上笑嘻嘻的,似乎她正在牌桌上,已摸到了清一条龙的好牌,且已经定张要和一四七条。李先生心里暗自赞叹了一声,她们的消息好灵通呀,就知道我进了一笔稿费,这不是向茅屋招手,这是向太太的手提包招手呀。太太果然是中了电,马上出去了。太太并未答话,隔了壁子,也看不到太太的姿势。不过下江太太将一个食指竖了起来,比齐了鼻子尖,好像是约定一点钟了。

  李先生对这个手势是作什么的,心里自然是十分了然,他也没有说话,自去低头写他的文字。还不到十分钟,女佣工就送着菜饭碗进屋子了。李太太随着进屋来了。站在椅子背后,用了很柔和的声音道:"不要太忙了,吃过了饭再写罢。"李南泉道:"我倒是不忙,有一个星期的限期哩,忙的恐怕是你。"李太太道:"我忙什么?吃完饭,不过是找个阴凉地方,和邻居谈谈天。若不是这样,这个乡下的环境,实在也寂寞得厉害,我们没有那雅人深致,天天去游山玩水。再说,游山玩水,也不是一个妇女单独所能做的事。"李先生走过来靠近了方桌子要坐下来吃饭,太太也就过来了,她站在桌子边,首先扶起筷子来,夹了菜碗里的青椒炒豆腐干,尝了两下。李南泉笑道:"不忙,去你那一点钟的约会,还有半小时。这样的长天日子,十二圈牌没有问题,散场以后,太阳准还没有落山,若有余勇,尽可能再续八圈。"李太太将手上的筷子,"啪"地向桌上一击,沉着脸道:"你不嫌贫得很?人生在世,总有一样嗜好,难道你就没有一点嗜好吗?我怕你罗嗦,没有对你说,你装麻糊就算了。老是说,什么意思?"说毕,她也不吃饭,扭转身到后面屋子里去了。李南泉微笑着道:"好,猪八戒倒打一耙。我算罗嗦了。"那女佣王嫂站在旁边微笑,终于是她打圆场,两次请太太吃饭。太太在屋子里答应四个字:"你们先吃。"人并没有出来。李先生只好系铃解铃,隔了屋子道:"吃饭罢,菜凉了。"

李太太随着先生这屈服的机会,也就走来吃饭了。李先生想着自己的工作要紧,也就不再和太太计较,只是低头吃饭。他忘不了那壶好茶,饭后,赶快就沏上开水,坐在椅子上,手把一盏,闲看窗外的山景。今天不是那么闷热,满天都是鱼鳞斑的白云。山谷里穿着过路风,静坐在椅子上,居然可以不动扇子。风并不进屋子来,而流动的空气,让人的肌肤上有阵阵的凉气浸润。重庆的夏季,常是热到一百多度。虽然乡下风凉些,终日九十多度,乃是常事。人坐在屋子里不动,桌椅板凳,全会自己发热,摸着什么用具,都觉得烫手。坐在椅子上写字,那汗由手臂上向下滴着,可以把桌子打湿一大片。今天写稿子,没有那现象,仅仅是手臂靠住桌面的所在,有两块小湿印,脊梁上也并不流汗。李先生把茶杯端在手上,看到山头上鱼鳞片的云朵,层层推进,缓缓移动,对面那丛小凤尾竹子,每片竹叶子,飘动不止,将全个竹枝,牵连着一颠一颠。竹丛根下有几棵不知名的野花,大概是菊科植物,开着铜钱大的紫色小花,让绿油油的叶子衬托,非常的娇媚。一只大白色的公鸡,昂起头来,歪着脖子,甩了大红冠子,用一只眼睛,注视那颠动的竹枝。竹枝上,正有一只蝉,在那里拉着"吱吱"的长声。李先生放下茶杯,将三个指头,一拍桌沿道:"妙!不用多求,这就是一篇很好的小品材料了。"李太太正走到他身边,身子向后一缩,因笑道:"你这是什么神经病发了,吓我一跳。"李先生笑道:"对不起,我的烟士坡里纯来了。"

李太太微笑道:"我看你简直是这三百二十元烧的,什么烟士坡里纯,茶士坡里纯?"李先生满脑子都装着这窗前的小景,关于李太太的话,他根本就没有听到。他低着头提起笔来就写,约莫是五、六分钟,李先生觉得手臂让人碰了一下,回头看时,李太太却笑嘻嘻地将身子颤动着。李先生笑道:"到了钟点了,你就请罢。我决不提什么抗议。"李太太笑道:"这是什么话?这侵犯了你什么?用得着你提抗议?"李先生微笑着,抱了拳头连拱了几下,说是"抱歉抱歉",也就不再说什么,还是低头写字。李先生再抬起头来,已没有了太太的踪影,倒是桌子角上,又放下了一盒"小大英"。李先生对于太太这种暗下的爱护,也就感到满足,自去埋头写作,也许是太太格外的体恤,把三个孩子都带走了。在耳根清净之下,李先生在半个下午,就写完了四篇小品文,将笔放下从头至尾,审查了一遍,改正了几个笔误字,又修正了几处文法,对于自己的作品,相当满意,把稿纸折叠好了,放到抽屉去,人坐在竹椅子上,作了个五分钟的休息。可是休息之后,反而觉得手膀子有些疼痛。同时,也感到头脑昏沉沉的。心里想着,太太说的也对,为了这三百二十元,大有卖命的趋势,利令智昏,何至于此。于是将笔砚都收拾了,找着了一支手杖,便随地扶着,就在门外山麓小路上散步。这时已到黄昏时候,天晴也是太阳落到山后去,现在天阴,更是凉风习习,走得很是爽快。

这山谷里的晚风,一阵比一阵来得尖锐。山头上的长草,被风卷着,将背面翻了过来,在深绿色丛中,更掀起层层浅绿色的浪纹。这草浪也就发生出"瑟瑟梭梭"之声。李南泉抬头看看,那鱼鳞般的云片,像北方平原上被赶的羊群一样,拥挤着向前奔走,这个样子,又是雨有将来的趋势。李先生站着,回头向家里那三椽草屋看了一看,叹上两口气。又摇了几下头,自言自语地道:"管他呢,日子长着呢,反正也不曾过不去。"这个解答,是非常的适用,他自己笑了,扶着手杖继续散步,直到看不见眼前的石板路,方才慢慢走回来。这时,天上的星点,被云彩遮着,天上不予人间一丝光亮,深谷里漆黑一片。黑夜的景致,没有比重庆更久更黑的,尤其是乡下。因为那里到了雾天,星月的亮也全无。在城市里,电光射入低压的云层,云被染着变成为红色,它有些光反射到没有电灯的地方来。乡下没有电灯,那就是四大皆空的黑暗。李南泉幸是带有手杖,学着瞎子走路。将手杖向前点着探索两下,然后跟着向前移动一步。遥望前面,高高低低,闪出十来点星星的火光,那是家之所在了。因为这个村子的房屋,全是夹沟建筑的,到了这黑夜,看不见山谷房屋,只看到黑空中光点上下。这种夜景,倒是生平奔走四方未曾看见过的。除非是雨夜在扬子江边,看邻近的渔村有点仿佛。这样,他不由地想到下江的老家了,站着只管出神。

就在这时,听到星点之间,小孩子们叫着"爸爸吃饭"。他又想着,这还是一点文料。可说"吾闻其语矣,未见其人"。但他也应着孩子:"我回来了。"到了家里,王嫂迎着他笑道:"先生这时候才回来,落雨好半天了。"李南泉道:"下雨了?我怎么不知道?"王嫂道:"落细雨烟子,先生的衣服都打湿了。你自己看看。"李南泉放下手杖,走近灯下,将手牵衣襟,果然,衣服潮湿、冰凉。他笑道:"怪不得我在黑暗中走着,只觉得脸上越久越凉了。"他看到桌上还有"小大英"烟,这就拿起一支来,就着烟火吸了,因吟着诗道:"细雨湿衣看不见,闲花落地听无声。"王嫂抿了嘴微笑道:"先生还唱歌,半夜里落起大雨来,又要逃难。"这句话却是把李先生提醒,不免把眉头子皱起。但是他看到饭菜摆在桌上,只有三个小孩子围了菜油灯吃饭,就摇了两摇头道:"我也犯不上独自着急,这家也不是我一个人的。"他说着,也就安心吃饭。饭后,便独自呆坐走廊上。这是有原因的,入夏以来,菜油灯下,是难于写文章的。第一是桌子下面,蚊虫和一种小得看不见的黑蚊,非常咬人。第二是屋外的各种小飞虫都对着窗子里的灯光扑了来,尤其是苍蝇大小、白蜻蜓似的虫,雨点般地扑人,十分讨厌。关着窗子,人又受不了,所以开窗子的时候,只有灯放得远远的,人坐在避光的所在,人和飞虫两下隔离起来。这时,甄、吴二公也在走廊上坐着,于是又开始夜谈了。

甄先生道:"李兄不是去看戏的吗?"李南泉道:"甄先生怎么知道?"他笑道:"你太太下午买票的时候,小孩子也在那里买票。"李南泉道:"事诚有之,不过我想到白天上屋顶牵萝补屋,晚上去看戏,这是什么算盘?想过之后,兴味索然,我就不想去了,而况恐怕有雨。"吴春圃于黑暗中插言道:"怎么着?你的徒弟,你都不去捧了。"李南泉道:"唯其是这样,太太就很安心地去打她的牌了。这样,也可不让太太二次打牌,省掉一笔开支,我们是各有各的战略。"甄先生哈哈笑道:"何至于此,何至于此?"李南泉经邻居这样代解释着,倒也不好说什么。大家寂寞地坐着,却听到茅屋檐下,"滴扑滴扑",继续的有点响声。吴先生在暗中道:"糟了糟了,雨真来了。彭盖匠这家伙实在没有一点邻居的义气,俺真想揍他娘的。我们肯化钱,都不给咱们盖盖房顶?"李南泉走到屋檐下,伸着手到屋檐外去试探着,果然有很浓密的雨丝向手掌心盖着。因道:"靠人不如靠自己,我们未雨而绸缪罢。"因之找了王嫂帮助,将家里大小两张竹床,和一张旧藤绷子都放到外面屋子的地上,展开了地铺。自己睡的两方铺板,屋子里已放不下,干脆搬到走廊上。那屋檐下的点滴声,似乎又加紧了些。甄吴两家,也是搬得家具"扑咚"作响。大家忙乱了半小时,静止下来,那檐滴却又不响了,那边走廊的地铺上,发出竹板"咯咯"声,吴春圃在暗中打个呵欠,笑道:"哦呀!管他有雨没雨,俺睡他娘的。"

这个动作,很可以传染到别人,李先生自己,立刻就感觉到非打呵欠不可,昏昏沉沉地也就睡着了。睡在朦胧中,听到太太叫喊着,他只在地铺上打了一个翻身,却不曾起来,仿佛是身上被盖着一样东西,但也继续睡,却不管了。直到脸上头上,被东西爬得痒斯斯的,屡次用手挥赶不掉,睁眼看来,天色已经大亮,这是蚊子收兵以后,苍蝇在人身上活动。就无法再睡了。他坐起来,睁眼向屋檐外看看,那对过的一排近山,已完全被灰白色的云雾所封锁。在云脚下露出山的下半截,草木全被雨洗得湿粘粘的,树头枝叶下垂,草叶子全歪到一边去。那天上虽没有下雨,而乌云凝结成一片,似乎已压到屋顶头上来了。自然天气是很凉的,只穿了一件短袖汗衫,便觉得身上已有点不好忍受。于是赶快跳起来,见屋子里面,全家人像沙丁鱼似的,分别挤着睡在地铺上。叹了口气道:"这又是一幅流民图。"屋子里让地铺占满,再容不下人去,也就不进屋子了,找了脸盆漱口盂出来,用冷水洗过脸,就呆坐在地铺上,静等家里人起来。在屋子里睡觉的人,一样让苍蝇的腿子给爬醒了。大家收拾地铺,整理屋子,这就足耗费了一小时。李南泉赶快将竹椅子在小桌前摆端正,展开了文具就来写稿。李太太道:"你为什么忙,水也没喝一口吧?"李南泉摇着手上的毛笔道:"难得天气凉快,还不抢一抢吗?"

他这个表示,太太倒是谅解的。因为一万字上下的稿子,不用说是作,就是抄写,也需要相当的时间。这就听他的便,不去打搅了。李先生写得正有劲,忽然桌子角儿上,"扑滴"一声,看时,有个很大的水点。他以为是哪里溅来的水点,只抬头看了一看,并没有理会,可是只写了三、四行字,第二个"扑滴"声又来了,离着那水点五寸路的地方,又落了一点水,抬头看看天花板,已是在白石灰上,潮湿了很大一片印子。那湿印子中间,有乳头似的水点。三、四处之多,看看就要滴了下来。他"哎呀"了一声道:"这完了,这屋漏侵占到我的生命线上来了。"太太过来看看,因道:"这事怎么办呢?你还是非赶着写起这一批稿子来不可的。那末,把你这书桌,挪开一个地方罢。"李先生站起来向屋子四周看看,若是移到吃饭的桌子上去写,太靠里,简直像黑夜似的。左边是个竹子破旧书架子,上下四层,堆满了断简残编。右边是两把木椅和一张旧藤几,倒是可以移开,可是那里正当着房门,也怪不方便。若是将桌子移到屋子中间,四方不粘,倒是个好办法,可是把全家所有的一块好地盘,又完全独占了。他看着出了一会神,摇了两下头,微笑道:"我得固守岗位,哪里也移动不得。"李太太道:"难道你就在漏点下写字吗?"李先生还没有答复这个疑问,一点雨漏,不偏不斜,正好打在他鼻子尖上。这个地方的触觉相当敏锐,吓得身子向上一耸,李太太说声"真巧",也笑起来了。

李南泉将手抹着鼻子尖,点了头笑道:"你笑得好,不然,这始终是演着悲剧,那就无味了。马戏班里的小丑,跤摔得越厉害,别人也就看得越是好笑,你说是不是?"李太太对于他这个说法,倒是啼笑皆非,站着呆了一呆,走到里面屋子里去,拿出一盒"小大英"笑道:"我还给你保留了一盒,吸支烟罢。"李南泉这回算是战胜了太太,颇也反悔。接过纸烟,依然坐到竹椅上去写稿,可是这桌子上面,前前后后已经打湿了七、八点水了。这个样子,颇不好坐下来写。正好小山儿打了一把纸伞,由街上买烧饼回来。李南泉向他招招手道:"不必收起来,交给我罢。"小山儿也没有理会到什么意思,撑了伞在走廊上站着。他笑道:"我们屋子里也可以打伞,你难道不知道吗?打着伞进来罢。"小山儿侧着伞沿送了进来。李先生接过,在桌子角上竖了伞柄。正好这天花板上的漏点全在左手,伞一竖起,"扑"的一声,一个大漏点,落在伞面上,李先生笑道:"妙极,这声音清脆入耳,现在我来学学作诗钟的办法,伞面上一下响,我得写完两行字。"他说着,果然左手挟着伞柄,右手拿着毛笔在纸上很快地写。等到那屋顶的漏点落下来的时候,已经写了三行字,他哈哈大笑道:"这成绩不错,第一个漏点我就写了三行字了。"他这么一声大笑,疏了神,伞就向桌子侧面倒了去。幸是自己感觉得快,立刻拖住了伞柄,将伞紧紧握住了。李太太坐在旁边看到,只是摇头。

　　吴先生正由窗子外经过,看到了这情形,便笑道:"李先生,你这办法不妥,就算你一手打伞,一手拿笔,可以对付过去,可是文从烟里出,你这拿纸烟的手没有了。俺替你出个主意,在桌子腿上,绑截长竹筒儿,把伞柄插在竹筒里,岂不甚妙?下江摆地摊的就是这个主意。"李南泉拍手笑道:"此计甚妙。不仅是摆地摊的,在野外摆测字摊的算命先生就是这样办的。"他两人这样说着,这边甄先生凑趣,立刻送了一截长可四尺的粗竹筒来。笑道:"这是我坏了的竹床上,剩下来的旧竹挡子,光滑油润,烧之可惜,一直想不到如何利用它。现在送给李先生插伞摆拆字摊,可说宝剑送与烈士了。"李南泉接过来一看,其筒粗如碗大,正好有一头其中通掉了两个节。竖立起来,将伞柄插进里面,毫无凿枘不入之嫌。口里连声道谢,立刻找了两根粗索子,将竹筒直立着捆在桌腿上。将通了节的那头朝上,然后撑开伞来,将伞柄插了进去,这伞面正好遮盖着半截小桌面,将屋漏挡住。李先生坐下来,取了一支烟吸着,笑道:"好,这新鲜玩艺儿,

……这伞面正好遮盖着半截小桌面,将屋漏挡住。

本地风光,是一篇绝妙的战时文人小品。"这么一来,屋子里外,全哈哈大笑。三个小孩感到这很新鲜,每人都挤到桌子角上,在伞下站一站。这笑声却把隔壁的家庭大学校长惊动了。拖拉着拖鞋,踢踏有声,走了过来,在窗子外就看到了,笑道:"好极!好极!我求得着李先生了。"

## 第十六章　家教之辱

李南泉听了奚太太这种话，倒有些愕然，撑着雨伞在屋子里写字，这和她有什么相干呢？因笑道："惨极了，在家里摆测字摊，奚太太有何见教？"她笑道："我就是为了你摆测字摊来的。我现在报一个字你测测，好不好？"李南泉哈哈大笑道："你以为我真要在家里操这个副业？"她由窗子栏干里，伸进一只手来，将他的纸笔拿去，就在纸上写了一个"胜"字，立刻放到桌上，然后隔了窗子，抱了拳头，连拱几拱，笑道："难为！难为！请你替我测一测，阿好？"她一急，把家乡音急出来了。李南泉看到，心中好气，心想，这位太太有神经病吗？怎么把我说笑话当真事？李太太笑道："你就给奚太太测一测罢，也许她真有什么要紧的事，需要朋友们给她解决。"奚太太将头一昂，笑道："对了，老李知道我的意思。"李南泉回头看看太太，见她眉宇之间，含有一种藐视的微笑，便了解她是什么意思了，因道："好罢，我就给你测一测罢。不过字不够，你还得写一个字。"奚太太笑道："反正不要钱，再写就再写一个。"于是又把纸笔拿了过去，在窗外写了个"利"字送了进来。李南泉看了这两个字笑道："奚太太问什么事？"说着昂起头来，向窗子外望着。奚太太道："我和一个人办交涉，问我能不能得着胜利。"李南泉取了一支纸烟在嘴里衔着，回过来找火柴。他和太太打了个照面，太太却向他将眼睛眨了一眨。李南泉想着，这事有点尴尬,多少涉及她的家务吧。

他心里有了这种见解,拿着奚太太写的那张字条看了一看,因道:"哦!这是和一个人斗争的事。对方是男性,还是女性呢?"奚太太笑道:"你怎么问得这样的清楚?"李南泉笑道:"你这就有点不讲理了。测字和算命的人也和医生一样,他要问病发药。你若是不告诉我的病源,我这方子怎么开法?你要是告诉了我你对手方是何人,我才能够望文生义去推测这个字。"奚太太手扶了窗栏干,低头沉吟了一下,因道:"告诉你就告诉你罢。对方是男性,但也有女性。不过这女性是个未知数,也许没有。"李南泉点点头笑道:"我这就十分明白了。"说着,把"胜利"两个字,分而写四。乃是"月、禾"和一个类似的"券"字和一个立刀。因笑道:"今天是八月二十三,午前十时。"奚太太点点头笑道:"不错,有点像测字了。"李南泉正了面孔不带一点笑容,望了她道:"月字加廿三加八,是个期字。"说着,就在纸上写了个"期"字。奚太太笑道:"有点像了。不过这个期字和我所问的有什么关系?"李南泉笑道:"你别忙呀!"说着,把"胜"字下的力字改为女字,因笑道:"假如其中是个女子的话,是个'媵'字了,'媵'字是伴嫁娘之谓,古来伴嫁娘,都是姊妹们。"说着,在纸上写了个"科"字。因笑道:"这是禾字加十二点。犯了奚太太的尊讳,你不是叫朱科秀吗?显然,这八月二十三的日期,和你关系很深。利字旁边那个立刀,立在你科秀的头边。只照字面上说,是不大吉利的。"奚太太听了这话,脸色立刻一变,红中还带些苍白之色。

但是,她依然强自镇定地微笑道:"这虽然有点意思,还是牵强得很。那个力字,和个立刀,你还没有拼出字来呢!"李南泉笑道:"这已很明白了。你还要详加解释,也未尝不可。不过,我再需要找点机会,请问那女方姓什么?你知道吗?"奚太太道:"我也不太十分清楚,姓秦吧?"李南泉道:"叫什么名字呢?"奚太太正待张口要说,忽然一摆头道:"不妥,你还没有把字测完,我的秘密,倒全盘告诉你了。"李南泉正要把"利"字的左半边,变为一个"秦"字,听了这话,就把笔放下来,望了她道:"奚太太,可是你来找我的,这样说了,像是我要刺探你的秘密,不提了,不提了。"说着,拿起桌上的铜笔帽,就要把笔套起来。奚太太摇着两只手笑道:"我和你开玩笑的,她叫秦致馨。致敬的'致',馨香的'馨'。有时候人家写信给她,省掉那个致字的反文。哦!拼上那个立刀,那是'到'字了。这测出什么来吗?"李先生笑道:"到字没有什么,不过合上先测的那个期字,那是'到期'了;馨字中间是个'禾'字。你科秀小姐是有利一半而在头上,或在旁边。这位致馨小姐,可是将利益抱在怀里了。"李太太在旁边觉得他说得太露骨,便笑着扯开来道:"奚太太,你不要信他,他是信口开河,毫无标准的。"奚太太脸上,带了一分沉重的气色,走进屋子来,摇摇头道:"虽然有些话是很牵强的,那八月二十三到期这句话灌进我的耳朵来,有些让我不好受。还有那胜字里的'力'字你索兴测测看。"

李南泉笑道:"当然这是瞎扯。可是测字这玩艺,也是要得自烟士坡里纯。机触得恰当,往往也是言必有中的。"奚太太走到桌子边,两手按了桌沿,向那张字条望着,因道:"还有那个力字,你何妨再测一测。"李南泉笑道:"我已有江郎才尽之叹了,你若再要我测下去,得再给我一点材料。你可不可以告诉我,男方姓甚名谁?"奚太太摇摇头道:"男方我不能告诉你。不过我可以告诉你,这女方是个寡妇,她婆家姓吕。我把这吕字加上去罢。"李南泉笑道:"好了,好了,我有了个烟士坡里纯了,把这两口子加上去,那就加两口子而和好了。力字禾字,都有了交代了。"奚太太红着脸道:"你这字测得不灵,和不了。"说着,也坐在旁边的椅子上,将手托了头,长长地叹了口气。李南泉笑道:"高邻,我看你是病急乱投医了。

你是位妇女界的领袖,怎么会相信迷信的事?测起字来,而且这测字先生,找的是我这向来没有开过张的人。"奚太太道:"我并不是迷信,我若迷信,不会真上卦摊上测字吗?我是满腹疑团,无从决断,糊里糊涂,就找这么一个问津的机会。"李南泉笑道:"不是我作邻居的多话,天下不平的事多了,要管也管不了许多。在这个过渡时代,妇女界不平的事是常有的,我知道你和石太太,就常常喜欢出来打抱不平。上次在疲劳轰炸期中,石太太居然为了人家的婚姻问题来往百十公里跑到磁器口去。"奚太太摇着头道:"你全然说的不是那么回事。我自己家里有问题,难道我也不管吗?"

李南泉把话听到这里,已经十分明白了。便站起笑道:"高邻,你今天所说的话,我有些不相信,难道你管束下的奚先生,还有造反的可能吗?"奚太太叫着她丈夫的号道:"敬平这个人,有三分贱相,一直是需要我管束着。他在我身边,我可以管理得他不喝酒,不吸纸烟,不打牌,规规矩矩,从事他的工作。不过他要离开了我的话,只能一、两个月。日子久了,他就要作怪。每遇到这种事,我就得打起精神,从头教训他一番。这次,恐怕又是犯了老毛病。"李南泉笑道:"什么老毛病?"奚太太瞅了他一眼,脸上不免带了三分笑容,向他一噘嘴笑道:"你们男人都有这个毛病,离开太太就要作怪。"说着,摇摇头。正在这时,有个尖锐的声音,在隔溪的山路上叫着奚太太。那正是她的好友,石正山夫人。她穿了件浅蓝色竹布长衫,光着两只手臂,分别拿了秤和竹篮子。奚太太迎出来问道:"老石,你又忙着什么家政。亲自出马?"她站着向这里遥望着,将小秤夹在腋下,抬着手向她抬了两抬,因道:"听说你找我,有什么事吗?"奚太太道:"唉!还不是那件事,你到我家里去谈谈罢。"说着,隔了山溪向石太太招手,踢踏着那双拖鞋,向家里走了去。李南泉伸着头向门外看看,然后低声笑道:"这位仁兄家里,出了什么新的罗曼斯吗?"李太太笑道:"什么罗曼斯,不就是她说的那一套吗?我们太太群里,早已知道了这件事了。她先生现时和一个女职员在重庆同居。她吹什么,还管理先生不许吸纸烟呢!"

李南泉看看太太的脸色,觉得还不会见怪,因笑道:"站在女人的立场,你该同情她才对,怎么你也说她?"李太太道:"谁让她老在人前夸下海口?我们总没有自称家庭大学校长。"李南泉向窗子外一努嘴道:"来了,瞧热闹的罢。"李太太看时,正是奚太太的"对方"奚敬平回来了。他穿着一套灰色哔叽西服,巴拿马草帽,宽宽的边,将大半截脑袋盖着,手提了一支硃漆手杖。一步一拺,慢慢在山麓路上走着。看他每个步子踏下去,好像是落得都很沉重。他的家,和这边的屋子是并排的,由山路上下来,都要经过涧溪上一道木桥。奚先生走到溪岸的坡子上,将手撑着手杖,另一只手,托了一下他高鼻子上的眼镜,似乎是有点凝神的样子。他们家庭大学的学生,已经看到了,喊着一声"爸爸回来了",大家一拥而上,那木桥是梯子形架着木板的,老远就听到劈劈啪啪一阵响。李先生在那边草房子窗下,以为是打起架来了,也追向走廊上来看。这时,天上的细雨烟子轻淡得多了。山峰上的湿云却不肯轻淡,依然很浓厚,向草木上压迫来。只要在屋檐以外,空气里面,就全是水分。那位奚先生并不觉得这是阴天,依然静静地站在木桥头上,那些孩子直拥挤到他面前,他却是很从容地道:"仔细一点走,滑得很,不要摔下去了。"一个最小的男孩子抱了他的腿,问道:"爸爸,你带了吃的回来了没有?我们老早就等着你呢。"

奚太太应着这声音,由屋子里走出来,她大声道:"你还有心管着孩子摔倒吗?孩子们摔死了,你就更是高兴,你没有了累赘,那就更好去找女人玩了。现在国家危急到这种样子,你们当公务员的人,正应当卧薪尝胆,刻苦自励,怎么刚是疲劳轰炸过去两天,你就丢了妻室儿女,在外面玩女人,无论是在私在公,你……"奚先生看看旁边走廊上,站了好几位邻居,这就把手杖举起来,指点了她道:"我还没有进门,你就说上这样一大套。你要知道,我不是一里、两里路回来的,我是经过二十公里的长途汽车才回来的。"奚太太道:"你走了二十公里? 你走了二百公里也应该。这是你的家,你不当回来吗? 若依着我的兴致,我当追到重庆质问你。我在家门口说你这就十分谦让了。"奚敬平虽然向来受着太太的管束,但在朋友面前,他这个面子是要绷着的。他想继续吵下去,恐怕太太会说出更不好听的话来。站着呆了一呆,将身子扭过去,将手杖点着石头坡子,又向原来的路上走回去。奚太太叫道:"奚敬平,你走,你飞也飞不了!"说着,自己就追了上来,她原是穿着拖鞋的,为了走路便利,脱下了拖鞋,光着两只白脚,径直向前追着。奚先生看到许多邻居都各在自己家里向外望着,他还不肯失落了这官体,依然是缓步而行。奚太太只是一段五十米的竞赛,就超过了奚先生,双手一横,拦着去路。

　　奚敬平对于这个作风,似乎不可忍受。他取下了头上那顶战前的宝藏巴拿马草帽,拿在胸前,当扇子摇着。但他还不肯高声,皱了眉道:"你这不是笑话吗?"奚夫人两手叉了腰,挡住了去路,偏了头道:"不许走,我要和你开谈判。要走也可以,我们一路到重庆去。"奚先生不说话了,只将帽子在胸前摇着,石太太在走廊下高抬着手,连招了几下,笑道:"奚先生回来罢,我还在这里等着呢。你回来了,太太少不得和你作顿很好的午饭,你怎么不回来? 回来,回来!"她说着,手只管乱招。奚敬平道:"石太太我不是不回来嘛! 我不回来,冒着阴雨天坐长途汽车干什么呢? 我去找正山兄谈谈罢。"石太太乱摇着手道:"你可别找他。你找他,那是问道于盲了。有什么事,你和我商量罢。"说着,就径直走出来,直奔到一处。奚敬平笑道:"石太太知道我今天会回来?"她笑道:"我是前朝军师诸葛亮,后朝军师刘伯温,掐指一算,我就知道你会回来的。"说着,一把就把他手上的草帽夺了过去。那还不算,又扯着他的西服笑道:"穿这样漂亮的衣服,站在烂泥里面,你看,也不相称吧?回去罢,有什么话,家里说。"奚敬平看看自己太太光着两只白脚,站在水泥糊刷着的石坡上,身上一件薄绸的旧长衣,腋下倒有两个纽绊没扣,披了一把头发在肩上,实在不成样子。便道:"好罢,我们回去说罢。反正……"说着,他摇了几摇头,向家里去。

这时,奚太太算是醒悟过来了,自己还赤着两只白脚呢。这就向石太太笑道:"这是个笑话,我一忙就把两只拖鞋忙掉了。"说着,抬起一只白脚给人家看。她是站在一块油滑的石板上的,只剩下一只脚站在石板上,已是站不住。她抬着那只脚的时候,来个金鸡独立势,那双脚像踢足球似地踢了出去。于是身子向后弯着,胸部仰起来,取个重点平均的度数,那只单脚支持不住,屁股向下一坐,就坐在石板上了。她穿的是件薄绸衫子,白底子上的红蓝花点子,已经是只有一点模糊的影子,其形如纸,她向后一坐,压着那后底襟,早是嗤啦一声响,除掉了半截。她这一下颠顿,顿得全身骨头作痛。两只眼睛里的眼泪都要流出来,坐在石板上,有五分钟不能站起来。石太太走过来,弯着腰将她搀着,笑道:"这是何苦,气是生了,苦也是自己吃。"奚太太右手被扯着,左手揉着眼泪,只管嘻嘻地笑。石太太笑道:"站起来罢,可别把我拉下去了,两人全在烂泥里打滚。"奚太太借着她的力量站起来,那身后压断的半截长衫,没有和衣服完全脱离关系,像挂穗子似的,掩盖了两腿的后面。石太太站着向她使了个眼色,又把嘴向她身后努了一下。她回头看了一眼,把一张气紫了的脸色,又加上了一层红晕,乱摇着头道:"真是把我气疯了,真是把我气疯了!"她下意识地将一只手掩着后身,就赶快向家里走了去。

奚敬平先生,似乎已知道今天的形势严重,尤其是夫人摔了一跤,必定要在任何人头上出气,其锋是不可犯的。他王顾左右而言他,走到廊檐下,向李南泉这屋子,连连点了两下头道:"没有进城去?"李南泉道:"颇想进城,但是正赶写点东西,没有走得了。这两天报纸很热闹吧?苏联和德国的冲突,越来越热闹了吧?"奚先生表示对国际形势,比任何人要熟习得多,摇摇头道:"那没有关系,东西两面作战,这是希特勒胡闹的事情。苏联只要再支持两个月,冬季一来,德国军队就没有办法。当我在莫斯科的时候,十月初就下雪。希特勒若不知进退,可能会遭受拿破仑在帝俄境内的惨败。"他正说得洋洋得意,啪咤一声,在身后响着,碎片纷溅。正是一只粗瓷杯子,在走廊地上砸了个粉碎。他回头看时,奚夫人沉下了一张凶恶的面孔,将手指着道:"你还谈什么天下大事!你的家事管不了,你自己这条身子也管不了,你懂得什么?你是中华民国抗战时期里一个大混蛋。"奚先生看看左右邻居,全在走廊下度着阴天,每只眼睛,都向这里望着。明知道太太是个夸大狂,已说得她是个善理家政、善管丈夫的第一流人物;根本自己在家庭里的名誉就不大好。这时,在众目灼灼之下,人家是怎样揣想着,那是不言而喻的。若不起点反抗,那一切是被人家证实了,于是昂起头来,先淡笑了一声。

他于是向后退了两步,离开了夫人的逼近,摇摇头道:"你简直有神经病。"奚太太道:"我有神经病?我看你简直疯了。在这个时候,抗战到了最艰苦的地步,你还有心玩臭女人。哪里臭毛厕里出来的臭婊子,让你捡到了当宝贝。你是抗战公务员里面,最没有心肝的东西。"奚先生把脸色由红而紫,由紫而更变得苍白。两只手只管气得发抖颤。石太太立刻走向他两人中间一站,笑道:"这是何必?天天望先生回来,先生也是天天想回来,回来之后,两个人不好好说一阵子、笑一阵子,却是见了面就开辩论会,那岂不是有背原意?"奚太太道:"什么有背原意?我根本就是要他回来开谈判的。"奚敬平淡淡笑着,鼻子里哼了一声,因道:"开谈判就开谈判罢。大不了……"他说到这里,看看夫人那颜色,还是紫中带黑。而且两只眼的垂角,是更格外地弯曲,那气就大了。这个时候,若说出"离婚"两个字,可能会引起武剧,他说到这里,把话音拖长,没有把话接着说下去,背了两手在身后,在走廊上来回踱着步子。所幸他家的女仆,还能趁机解围,已经端了一把竹围椅来,请主人坐下,同时泡了一杯茶,放在窗户台上。他两手提了西服裤子脚,向椅子上坐着,同时将脚架了起来,笑道:"管他呢,舒服一下子,就是一下子。"奚太太两手叉了腰,在屋子门口站着,因道:"你要舒服一下子,休想!我们当了朋友的面,现在把话说开。"

经过这一度的冲突,奚敬平夫妇,都缄默下来。奚先生是捧了那一玻璃杯茶,就着嘴唇,慢慢呷着。奚太太却叉了两手,始终沉了脸子,垂了眼角,向先生望着。石太太对于闹家务,那是相当内行,她知道这是暴风雨前之片刻宁静。要平息事端,这个时候,来个釜底抽薪,那还是来得及的。于是向前一步,挽着奚太太的手道:"有什么话,我们到屋子里去说罢。你把门将军似的,站在这屋子门口作什么?"奚太太将身子一扭道:"这是我的家,我爱在哪里站着,就在哪里站着。"奚先生对于"我的家"三个字,似乎认为这很可考虑,端着玻璃杯子微微一笑。但他并没有作声,也不向太太这方面看了来。石太太觉得他这个微笑,很有轻蔑的意味,若是让奚太太看到,那就是导火线,这就将身子闪到两人的中间站定。她先向奚太太使了一个眼色,然后又将她的手腕微微牵了一下。奚太太始终认着石太太是志同道合的好友,在她这种指示之下,心里便想到石太太有个有利于己的策划,这就悄悄转身走进屋子去。奚敬平依然端坐着拿了茶杯慢慢喝着。他的脸上,也不断发出笑容。约莫是十来分钟的时候,石太太先出来了,她向奚先生笑着点了个头,因低声道:"奚先生,不是我站在妇女的立场上说话,你……"说着顿了一顿,然后又笑道:"你是亏着一点理的。你必须这样设想我们作调人的,方才可以向下说话。"

奚先生端着茶杯,喝了一口茶,笑道:"我又怎么欠着一点理呢?"石太太笑道:"不问你太太所说你的事情,是真是假,你得好好解释,你不能扭转身就向原来的路上走。"奚敬平笑道:"你确是站在妇女立场上说话的。你看,我还没有走过屋门口这道桥,她就迎了向前,两手把我抓住,不由分说,乱骂一顿。什么事那样急,连鞋子都来不及穿就赤脚跑了去呢?这首先是给我一个难堪。我还有什么话说?我就躲开她罢。"奚太太也出来了,还是站在屋子门口将手叉着腰。因道:"老兄,你不要和他说话,他枝枝节节说些不相干的事,倒躲开了正题。奚敬平,你干脆说出来,为什么作那不要脸的事,躲在城里玩女人?吃馆子以后,去看话剧;看完了话剧,就去住旅馆。你以为我不知道?我打听出来了。让邻居们听听,这是不是你抗战公务员所应当作的事?"她越说越生气,就伸直了一条光膀子,向奚先生指着,而且是直指到他鼻尖上来。奚敬平颇有"高鼻子"之外号,奚太太的手指又长,伸了右手膀和食指,丈八矛似地指到他鼻子尖上。这简直告诉了邻居,这是奚先生特别的标志。站着看热闹的邻居们,谁都不免要由心窝里突发出那个笑声来。当然,这是很不礼貌,所以大家背转身,借了原故,各自走回家去。邻居都不堪,自然身当其冲的奚先生也是不堪,他一句话也不多说,站起身来就走。他不能向家里走,也不便再向泥地里走,李南泉这边的草屋,却是和奚家的瓦屋走廊可以联接起来的,因之,他就顺着廊子走将过来。

李南泉还没有走进屋子去呢,看到奚先生走来,自不能避开,让到屋子里坐谈了一、二十分钟。奚先生对于刚才的家务,丝毫不在意中,他还继续着刚才没有谈完的苏德战争预测。可是他家的小孩子,已是前后两个,在门前来往打探过去。李南泉便笑道:"奚兄,你还是回府去,和太太谈谈罢。既是回家来了,太太有什么误会,以赶快解释清楚为妙,现在若不理会,回家去还是要继续商谈的。阴雨天,到了晚上,蚊子都钻到屋子里来了,亮了菜油灯谈话招引着许多虫子,真是讨厌。"他这样一提,他家两个孩子,索兴由走廊上进来,各扶着爸爸的一只手扭了身子,连连说着:"回去回去。"奚先生向主人点了个头笑道:"回去是对的,迟早是过关,不如趁早罢。"李南泉只送到屋门口,以避免偷看人家家务的嫌疑。可是不到五分钟工夫,就听到奚太太在那边放声大哭。哭了二十来分钟,又听到她带了哭音在数骂着。那奚敬平先生对于这些声音,仿佛丝毫没有听见,慢慢踱着步子,踱到了走廊的这一头来。这里直柱与窗户台之间,曾拴着一根晾衣服的粗绳子。他手攀着绳子,抬了头向天空的阴云望着,口里哼着皮簧道:"杨延辉坐宫院自思自叹,后宫院有一个吕后娘娘,保镳路过马蓝关。"他在一口气之下,就唱了好几出戏。有时一整句十个字,还没有唱完,他又想到别出戏上去了。可想到他心不在焉。口里所唱的,并没有受着神经的指挥。

李南泉一看,奚先生采取个谈笑麾敌的态度。倒要看奚太太次一行动是怎样。不然是难于收拾的。正是这样想着,奚太太却带着哭音骂了出来。她一面走着路,一面抬了手向奚敬平指着。指一下,人向前走一步。奚敬平始而是装着不知道,直等她挤到了面前,身子一转,缓踱着步子闪过去。在他家的窗户边,还摆着一把竹椅子呢。他又是那个动作,两手牵了西服裤脚管,身子向下一坐。坐时,自然是两只脚向上一挑,同时,他就借了这两个机会把腿架了起来。奚太太看到他这样自然,再看看左右邻居,兀自分散在走廊上向这里望着。她是以一个家庭大学校长的姿态,在这村子里出现的,若是太泼辣了,恐怕也有失身分。因之,她先忍住了三分气,然后将两只手臂在胸前环抱着,半侧了身子,向奚先生看望着,冷笑道:"你不要装聋作哑,你到底打算怎么办,你得给我一个了断。"奚先生将放在窗户台上的玻璃杯子拿起来,端着就喝上了两口。手里还兀自端着杯子呢,口里可唱上了《打渔杀家》。"将身儿来至在,草堂内坐,桂英儿捧茶来为父解渴。"他唱的声音虽然是不大,可是他在坐唱着,显然对太太所说的话,他一句也没有加以理会。奚太太将身子逼近了两步,已是和奚先生身体相接了。先"嘿"了一声然后问道:"你到底是不是答复我?不答复我也不要紧,我自有我的办法。"

吴春圃先生,这时由他屋子里出来了,向李南泉作了个鬼脸,又伸手向奚家的屋子指了一指。李先生也就只点点头微笑着。那边屋子里,正闹着滑稽交响曲。奚太太在骂着女人口臭,腋下有狐骚气,身上有花柳病。奚先生却在唱着京戏老生。由谭鑫培的《卖马》,唱到海派麒麟童的《月下追韩信》。他们家的孩子们,在走廊上吃胡豆过阴天,为了分配不匀,操着纯粹的四川话在办交涉。他们家的佣人周妈大声从中劝架道:"这些个娃儿,硬是不懂事咯。大人有些事,就不要割孽①嘛。两粒胡豆,算啥子事?"这时,奚先生开口了,他笑道:"要闹就由他们去闹罢。闹得一团糟,这才教邻居们有戏看呢。"这些声音,把在屋子里的李太太也惊动着出来了,问道:"打起来了?"李先生笑道:"不相干,学校里起学潮。"

---

① 川语,意为不和睦,打架、争抢等。

李太太道:"哪个学校有学潮?闹到这里来了?"李先生说了句"家庭大学"。在走廊上的邻居们恍然大悟,大家一阵笑。有几个人笑出声来时,立刻觉得不妥。各各将手掩着嘴,就弯着腰钻回屋子去了。李先生撑着伞在屋子里写稿,本来就十分勉强,窗子里的光线就像是黄昏时候似的。现在天窗里的细雨烟子加浓,深谷里两边山峰上的湿云,连接到一处,尽量向下沉,已压到了草屋顶上。窗子里的光线,已成了黑夜。看书写字,全不可能。他索兴搬出了那木架布面睡椅,仰坐在走廊下睡觉。不知是何原故,奚家的交响曲突然停止。烦闷的人,在阴沉的空气里,也就睡着了。

李先生在朦胧中作了一个梦,梦见在北平的北海看雪,眼前一片冰湖,没有遮挡的东西,只觉那西北风拂面吹来,吹得人周身毫毛孔只管向肌肤里紧缩着,站在这里有些忍受不住。可是睁眼一看,依然人还在四川,人是睡在草屋的走廊下面。天色已经全昏黑了,半空中风透过了细雨烟子,扑到人的身上,只觉冷飕飕的,立刻把人惊骇得站立起来。这时,所有前后邻居家里,都已亮上了灯火,尤其厨房里,烧得灶火熊熊,已是到烧煮晚饭的时候了。再看奚家,三个小孩睡的卧室里,有稀微的灯光,由窗户里放出来。奚太太的卧室,却已门窗都闭,鸦雀无声。而且也没有了灯火。回到房子里,方桌子上,已经亮起了菜油灯,筷子、饭碗都摆在灯下,四只菜碗,放在正中。一碗是红辣椒炒五香豆腐干,一碗是红烧大块牛肉,一碗小白菜豆腐汤,一碗是红辣椒炒泡菜。不由得拍了手笑道:"好菜好菜,而且还是特别的丰富。"李太太由外面走进来,笑道:"这是我慰劳你的。你撑着伞在屋漏底下写稿子,那是太辛苦了。反正有那笔稿费,我们可以慢慢享受。"李南泉走到桌子边,提起筷子来,先夹了一块红烧牛肉送到嘴里咀嚼着,点了几下头道:"不错,味儿很好,哪位烧的?"说着这话,望了太太微笑。李太太道:"不怎么好,你凑合着吃。"

李南泉笑道:"我们可不是家庭大学,就连家庭幼稚园这个招牌,也不敢挂。倘若我们那位大学校长,也能施用你这个法子,这要省多少事非。"李太太道:"人家是以贤妻良母的姿态出现的,我是以平常的妇女姿态出现的。今天晚上很凉,雨又不下了,正好工作,快吃饭罢。别管人家的闲事。"李先生说了句"原来如此"。下面虽还有一篇话可说,但想到这有点是昧心之论,而又埋没了这红烧牛肉,和红辣椒炒五香豆腐干的好意,只好是不说了。晚饭以后,燃起一支土制的蚊烟香,在菜油灯下开始工作。太太是慰勉有加,又悄悄在桌上放下了一包"小大英",而且泡了一杯好茶。李先生有点兴致,作了两篇考据的小品,偶然在破书堆里,找了几本残书翻阅翻阅,消磨的时间,就比较多。将两篇小品文写完,抬起头来,见加菜油的料器瓶子,放在窗户台上,看瓶子里的油量,已减少到沉在瓶底。山谷草屋之中,并没有看到时刻的东西,就凭这加油量的多少,也很可以知道是工作了若干时刻了。他揉揉眼睛,站了起来,但见屋子里朦胧着黄色的菜油灯光,让人加上一层睡意,门窗全关闭了,倒是隔壁屋子里的鼾声,微微送了来。开着门,走到廊下,先觉得精神一爽,正是那廊檐外的空中凉气,和人皮肤接触,和屋子带着蚊烟臭味的闷热空气,完全是个南北极。他背了两手在身后,由廊子这头踱到廊子那头,舒展着筋骨。

这时,茅檐外一片星光,把对面的山峰,露出模糊的轮廓。而那道银河却是横斜在天空上,那银河的微光,笼罩在茅檐外面,可以看到茅檐下的乱草,一丝丝的,垂吊了下来。那雨后山溪里的夏草,长得非常茂盛。虫子藏在草丛里,喷喷乱叫。越是这虫声拉长,越觉眼光所看到的,是一片空荡。他在走廊上慢慢踱着步子,觉得心里非常空虚。他默想着,这抗战时期的文人生活,在这深山穷谷里度着茅檐下的夏夜,是战前所不能想象的。这样凉的天气,谁不抢着机会,作一场好梦?正这样想着,却见奚太太卧室的窗户,突然灯光一亮,随着也就有了说话声。首先听到奚太太那带了八分南腔的国语。她道:"直到现在,你还不肯说实话,那你简直是没有诚意待我。我并没有什么要求,我只希望你把认识这女人的经过告诉我。你肯把这事告诉我,那就是你表示和她断绝关系的证明。若不是这样,那就是你还要和她纠缠。"这一串话,奚先生并没有答复。于是奚太太又改了低微的声音向下说,李南泉虽不愿意打听人家夫妇的秘密,可是在这深夜的荒谷里,灯光和人语声,都是可以引诱人的。他缓缓向奚家屋角边走来,那细微的声音,虽是听得更明白些,但是有时说得极低,只能片断地听到:"你说罢,我可以饶恕你……不行不行……这是谎话,我不需要你这假惺惺了……"最后听到奚太太一片嬉笑声。

李南泉听到这笑声,自然不便向下听,这就背着手缓缓向走廊这头走来。那天上的星斗,钻出了雨云的阵幕,向夜空里露着银白色的钉子,在草屋顶上、山峰的草木影上,轻轻地抹上一层清辉,那山谷中的人行路,像一条带子,拦在浓黑的山脚下。那里像有两个人静静地站着。李先生定睛细看,那两个人始终不动,于是故意将脚步走得重些,以便惊动他们。但他们依然不动,而且那身子好像是慢慢向下蹲着。于是走到屋檐下,重重地对那边山径咳嗽了两声,那两个影子依然是不动。这就让他打了个冷战,每个毛孔,全收缩了起来。但奚太太倒是和他壮胆子,突然"哇"一声哭了起来。在这哭的声音中,还带着凄惨的叫骂声,这一开始,足足有半小时,那声音非常尖锐。李南泉听了这声音,以为路上那两个人影子,一定会被惊动着走开的,可是那两个黑影,依然镇定不动,甚至还有些像站得疲倦了,打算向下蹲着。李南泉想起来了,那正是山麓小沟沿上两株小柏树。当夕阳西下的时候,站在山径上说话,为了避免太阳晒着,不是还闪在柏树阴下吗?这并没有鬼,更不会有什么妖物,心里定了一定。半小时后,那奚太太的哭骂声,算是停止了。南方国语的谈话,却又在开始。她道:"你告诉我,到底那个女人和你订了什么条约,你打算怎么样对待她?你不说话不行哪,总得告诉我是怎么回事!"但她说话之后,一点回音没有。

照着白天奚先生那个谈笑麾敌的办法,这时候,他应当唱起"孤王酒醉桃花宫"的。可是奚先生始终是默然,任何回答都没有。奚太太的哭声,叫骂声,在三十分钟之后,也就再而衰,三而竭。她似乎明白了奚先生的疲劳轰炸战术,在说过几句话之后,就停顿了几分钟。几分钟之后,她又骂上几句。在奚先生这边,他始终是不回答。李南泉在走廊上来回踱了几次,感觉到相当单调,也就回屋子安歇了。一觉醒来,天色已是有些朦朦亮,窗户纸上,变成了鱼肚色。他醒来之后,首先听到的,便是隔壁奚太太一阵哭声。那哭声越来越凄惨,被惊醒的人,实在无法安歇,只得披衣起床。打开屋门来,向外面探视。虽然是夏季,因为大雨初霁,太阳还没有出山的时候,山溪两岸,像冒出一阵轻烟似的,笼罩了一层薄雾。薄雾里,有个人影子,走着来回的缓步。他走着几步路,就站着一两分钟。站着的时候,随手就扯着路边的树枝,或者弯了腰下去,拔起地上的草茎,将两个指头抢着,送到高鼻子尖上嗅嗅,然后扔到地上去。李先生将那没有门枢纽的门板,两手掇了开来。一下哄咚的响声,把他惊动了。回头来看到时,苦笑着点了个头。

李南泉这就不能不有表示了,因笑道:"奚兄起来得这样早?"他笑道:"谈什么早不早。根本我就没睡。大概你府上,也很受点影响吧?"李南泉听听隔壁奚太太的哭声,已经停止了,这可以含混过去。因道:"没什么影响呀,你说的是哪一点?"奚敬平还想说什么时,他家里女工,却站在屋檐下向隔溪叫着:"先生,回来吃茶,茶泡好了。"奚敬平掉转身来向家里走,步子非常迟缓,似乎还带着考虑的态度。奚太太却由屋子里出来了。她两手捧着搪瓷茶盘,里面放着几个鸡蛋,和一只陶器罐子。李先生远远看去,虽然她两只眼睛,还略现着有点浮肿,可是她头发已梳得溜光,脑后扎两个老鼠尾巴的小辫子。而且她脸上有一层浮白,似乎是抹过雪花膏了。她站在走廊上,向走来的奚先生望着,虽然脸上一点笑容没有,但也没有一点怒容,很从容地问他道:"给你煮三个鸡蛋作点心。你是吃甜的呢,还是吃咸的呢?"他这一问,连在一旁的李先生,听了都有些愕然。并不曾经过什么人劝解,怎么她自己屈服下来了?再看看奚先生时,态度却十分平常,他微点了两点头,声音很低,答复了两个字:"随便。"这分明是奚先生还不肯赏脸,换句话说,乃是挑战行为,这反响不会好的。李南泉为奚先生捏了一把汗。

可是事情有出于意外的,奚太太对于这分冷落,却丝毫不感到什么难堪。她还笑嘻嘻地向丈夫道:"那末,我就作甜的罢,家里还有一点好糖呢。"奚先生只点点头。李南泉看到,心想,这是怎么回事?并没有看到奚先生施行什么对策,怎么奚太太的态度就好转了呢?这时,对过的山峰,在尖顶上涂了橘红色的光彩,正是出山的太阳,它已向高处先放开了眼,今日要大天晴了。李先生过了三天的漏屋生活,心里烦得了不得,这一线曙光,颇给予安慰不少,于是在水缸里舀了一盆冷水,匆匆洗脸漱口,身上披起旧蓝布大褂,拿着手杖,走出门去,在山径上作了一度早起的缓步运动。约莫是半小时,缓缓走回。只见家门口对面的山路上,围绕着一群男女,两位主角,便是奚敬平夫妇。奚先生已把穿回来的那套西服,毕挺地加在身上。将手杖的钩子,挂在左手臂弯里,斜了身子在人群中间站着。奚太太却是叉了手在腰上,挡着丈夫的去路,脸色气得红中带紫,将两只斜角眼,向奚先生望着,一言不发。两人旁边,站着石正山夫妇,各陪着奚氏夫妇一位,颇有作伴郎、伴娘之势。四个大人外,便围绕着奚家一群小孩子和石太太那位义女小青姑娘。他们各有各的表情:奚先生是冷冷地站着;小孩子哭丧着脸;石家夫妇好像遇到困难问题,双眉紧皱;小青姑娘,站得远一点,她手攀了树枝,弄着树叶子,静静地旁听。好像奚家这桃色纠纷,很是参考资料。

李先生慢慢向前走,自然也就走到了他们面前。看到这群人站在路头上说话,未便不理,也就站到一边,向石正山点了个头笑道:"起得早?"他笑道:"李兄来得正好。你加入我们这个调解团体罢。"奚太太首先接嘴了,摇摇头:"对不起,请朋友原谅我,我今天对任何调停,都不能接受。"奚敬平高鼻子耸着哼了一声,冷笑道:"不接受调停更好,难道还会把我姓奚的吃下去不成?"李南泉笑道:"二位都请息怒,让我从中插嘴问句话。刚才我还看到二位好好的,很有相敬如宾的局面。怎么这一会工夫,事情又有了变化了?"奚敬平淡淡地冷笑了一声道:"人要发神经病,就是找医生也医治不了的,我有什么法子呢?"奚太太瞪了眼道:"胡说,你才有神经病呢。请问重庆这地方,我怎么不能去?"奚敬平道:"谁管你,你爱什么时候去就什么时候去,但你和我一路去,显然是有意捣乱,我不奉陪。"奚太太道:"怎么是捣乱?我们不是夫妻吗?同桌吃饭,同床睡觉,怎么就不能同到重庆去?"奚敬平道:"那是我的自由。"他就只说了这句,不多交代,把身子扭过去,就向回家的路上走。奚太太看到,以为他真是回家,也就随他去了,因道:"大家看看,这也算是我不好吗?为什么不许我和他到重庆去?"朋友们听这口音,自知奚太太是要赶到城里去,查奚先生寓所的秘密,大家指东说西地劝了一阵,约莫是五分钟,他家的大

第十六章 家教之辱 | 399

孩子,匆匆地跑了来道:"爸爸由山沟里走了。"

听了这个报告,奚太太脸色勃然大变,将两脚一顿道:"这家伙太可恶了!"说完,像发了疯似地,提起两只脚就顺着山径小路,向乡场上拚命跑。石太太看了她这样子,顺手一把将她拉着,口里连说"不可不可"。但她这一下捞空了,只能觉得奚太太手臂的皮肤。她头也不回,径自走了。李南泉不免怔了一怔,因向着石氏夫妇问道:"这是怎么回事?"石正山笑道:"这个你有什么不明白的。敬平这次回家,还没有料到事情有很大的决裂。打算回来和太太敷衍敷衍就过去了。不想奚太太是要盘问个水落石出,一切敷衍不受。而且也把她所侦察得来的消息,完全证明了。但这样,究竟是没有证据把握在手里的。所以她就改用了软化政策,愿意和敬平到重庆去玩几天,把这事情忘了过去。其实所谓去玩几天,那是一种烟幕。她想出其不意地跑到奚先生办公室里去,找些书面上的证件。这个意思,奚先生是明白了,大概这一类的书面证件,他不曾藏收起来的也很多。所以……"石太太站在旁边,只冷眼看着丈夫说话,而且也微微瞪了他两眼。不料石先生说得高兴,根本就不曾理会。她实在忍无可忍了,这就沉下脸来,将头一偏道:"你很懂,以后你也照着人家样子学。"说着,一摔手扭身回家去了。小青还是站在一棵小树下,将嘴一撇。她偷眼看着太太走远了,因低声道:"这是大谈家庭教育的一种羞耻呀!"

石正山先生听了这话,只是微笑了一下。李南泉倒觉得这有点意外。无论小青姑娘是不是取得了石小姐的资格,她对于奚太太,应该是晚辈,当着主子的面,这样批评长辈,透着有点放肆。可是,石先生为什么并不见怪? 就故意向她笑道:"大姑娘,你是跟着石先生、石太太,很受点教育了。你觉得今天的事,哪个不对?"石正山笑着摇摇头道:"你不要睬她,一个女孩子,人家闹这样的家务,她懂什么?"小青道:"我怎么会不懂呢?

现在也不是帝国主义的时候,大家都可以自由,好就大家好,不好就拉倒嘛!天天都向人家夸口,说是家庭教育好,会管先生,先生在她面前,也像很听教训,可是造了反,把家庭教育当了狗屁,让暗下看到造反的人,真是笑掉了牙齿。"石正山笑着"唉"了一声道:"一个女孩子家,学得这样罗哩罗嗦干什么?回去回去。"小青站在路头上,拉着树枝,使劲向怀里一带,小树枝断了,大树枝回弹过去,呼咤一声,弹了好些树叶落下来。她将头一偏,嘴一噘道:"我偏不回去,睁开眼睛就作事,一点休息的时间都没有。我还不如一条狗呢,狗守了夜,白天还可以在屋檐下睡一会子午觉。"李南泉看她这个说法,已经向主人直接加以讥讽了,而且还是当了主人朋友的面,这未免太给主人难堪。便故意从中挑剔一句,因向石正山笑道:"你家粗粗细细,全凭大姑娘一个人做,实在也是太累了。"石正山点点头笑道:"她倒是很能干。不过我太太,把她太惯坏了。唉!这也是家庭教育的耻辱呀。"说着,他望了小青姑娘,小青"噗嗤"一笑。

## 第十七章　我的上帝

李南泉有个平常人所没有的嗜好,他喜欢看那人与人之间的交涉和动作。这些动作,储存在脑子里,是写剧本写小品的很好资料。刚才奚氏夫妇过去的一幕,他看来,就不少是蓝本。心里正在默念着呢,不料石家义父义女,又表演这一幕。这且含笑在旁,且看他们继续说些什么。石正山对于李南泉之默察,似乎有点感觉,因向他笑道:"为了敬平兄的事,脸也不曾洗,我就跑出来了。他们这一幕戏,恐怕要闹到汽车站上,我可不帮同演出,引着大家来看热闹。小青,回去弄水洗脸罢。"他说着话,首先向家里走去。这位姑娘,好像有什么心事似的,她站在那株小树下,依然不肯走去。抬起左手,情不自禁地,又将伸出来的小树枝攀住,右手扯着树叶子。但是她的眼睛却不望着树叶子,抬起头来,只管是向山顶上出神。李南泉和她的距离,约莫是一丈远,若是不和人家打个招呼,就这样走开,显着是太冷淡一点,便笑道:"大姑娘,你每日都是起得这样早。"她这才回过头来,因道:"可不是,这村子里起得最早的人,我也算一个。有什么法子,不起早,这一天的事情就做不完。不做完,也没有别人替你做,留到明天还是你来做。"李南泉道:"大长天日子,可以睡睡午觉。"小青将手扯的树枝放出去叹了口气,接着又摇了几摇头。李南泉笑道:"你是能者多劳。"小青道:"什么能者多劳,牛马罢了。"

李南泉不能想象到她对义父义母,突然会起着这样明显的反抗。对于年轻的女孩子,说话不能太露骨,所以还用话去安慰她。又不料她对"能者多劳"四个字,一听就能理解。因向她笑道:"大姑娘念了几年书?"她笑道:"我念什么书,不过在家里跟着认识几个字。"李南泉道:"跟谁认识的字?是你父亲呢,还是你母亲呢?"小青红着脸道:"是这样叫着罢了,他们也生我不出来。"这话说得是更明显了。她简直不承认她义女的身分了。正想跟着向下还问两句,石太太却已在她茅屋檐下出现,高声叫着小青。她突然一抽身,大声答应了"来了"两个字。她一面向家里走,一面却轻轻地叽咕着:"一下也不让我得闲。什么女权运动,自己把人当牛马,那就糊涂了。"李南泉站在路上,发呆了一会,心想,接着这又是一幕悲喜剧了。李太太手提着一个竹制菜篮子,里面放着两个玻璃瓶子,就向这里走。她赤着脚,穿了鞋子,头发归理清顺了,脸上却是黄黄的,身上穿的那件浅蓝布长衫,下摆还有两个纽绊未扣。她走过来,李先生笑道:"刚起来你又打算自己去买菜?算了,来回好几里路,纵然买得适口些,也得不偿失。"李太太道:"反正早上也没什么事,只当是散步。你不是也在这里散步吗?"说着,把声音低了一低,因道:"这里不是有一台戏正上演着吗!我也可以借了这个原故到车站上去看看这台戏。"

　　李南泉道:"我想不会吧?她自命为家庭大学校长,难道还能够把这桃色新闻弄到众目昭彰的长途汽车站去?"李太太笑道:"唯其这样那才算是新闻了,回头听我的报告罢。"说着,她就向上街的路上走去。今日天气好,几天的阴雨,屋子里什么东西,都很潮湿,趁了这个好天气,拿出来晒上一晒。于是李先生立刻回家,集合了佣人和小孩子,将细软东西,用竹椅木板架着,放到屋檐外来铺设,费了大半小时的工夫,算是布置停当。李先生口衔一支烟卷,站在走廊下休息,带着守着这业已破旧,而又无力再制的东西。就在这时,奚家两个男小孩,在对面山路提快了步子,向家里奔走。李南泉问道:"怎么着,又挂了球了?"那个大些的孩子,抬起手来,在空中摇了两下。李先生知道不是警报,就料着是奚氏夫妇间的问题,增加了严重性。随着向奚家屋子看去,见大孩子将脸盆脚盆,陆续盛了几盆水放在屋檐下;小男孩却端了两把竹椅子放在到他们家的小木桥上,把行路堵塞。这是什么意思?李先生看到这情形,倒有些莫名其妙。他们家的女佣工周嫂,就由屋子叫了出来道:"该歪?硬是笑人。你伯伯和你妈妈是割孽嘛,说的话吓吓人出出气嘛?你留下一盆洗脚水救火,算啥子哟!"这位女佣工五十上下年纪,蓬了一头半白头发,鸭踩水似地颠跛着,两只解放脚将破蓝布褂的大襟掀起,只是去擦洗衣盆里取出来的一双湿手。

李南泉道:"什么意思?救火?"周嫂道:"说的是!先生同太太在街上割孽,先生气不过,说是要放一把火,把这草屋子烧了,说是大家活不成。先生是一句话,那倒罢了。太太比先生的气还要大,硬是到香烛铺里去买了香烛、钱纸,预备回家来放火。"李南泉打个"哈哈"道:"买香烛钱纸,回来放火,有这样的事?擦一根火柴,向草屋檐下一点,就把房子烧着了,何必还要买香烛纸钱?"周嫂将手向山径的来路一指,因道:"你看,不是带着回来了?"李南泉看时,自己太太在后,奚太太在前,她手上正是提着一束纸钱,中间夹着一束佛香和一对大红烛。走起路来,摇摇晃晃的,步子很不正常。李南泉这就很觉得奇怪,夫妇吵架之后,为什么带了这敬鬼的东西回来?正注视着她的行动,他家两个孩子,跳着脚,连连摇着手道:"妈妈,不要放火,不要放火。"奚太太道:"胡闹,我放什么火?你不知道法律吗?放火是像杀人一样犯罪,要拿去枪毙的。"她说话时,已改了以前那种泼辣的态度,从容举着步子,到了小桥上。看到拦路的小竹椅子,就把纸钱香烛放在那上面,向孩子道:"你不要害怕,我和你们孩子求求神,也许你们可以得着神佛保佑,家里也就风平浪静了。"李南泉这才明白,家庭大学校长已经在开倒车。这当然是一件怪事,等到太太进了屋子,就跟了进屋,笑问道:"隔壁大学校长,要敬什么神?"李太太道:"她不是敬神。但我也不知道敬的是什么东西。反正不是观世音菩萨。因为菩萨是不需要纸钱的。你爱打听戏剧性的新闻,你就往后瞧罢。"

李南泉笑道:"这里还会含有什么神秘吗?这倒是我想不出来的。"李太太笑道:"说破了就没有味了。"李先生已是感着奇怪了,太太这样说着,他更感到兴趣,不时注意着奚家的行为。到了黄昏的时候,他们家屋檐以外,向东北摆着一张茶几,将一个大倭瓜放在茶几中心,当了香炉、烛台,将一对红蜡烛和几根佛香,都插在瓜上。瓜后放着三个大瓷盘,分放着一块熟肉,一只熟子鸡,一条小咸鱼,这是三牲的意思了。奚太太站在茶几旁边,口中念念有词,陆续将纸钱放在烛火上点着,放在前面焚化。口里叫道:"你们都来,向东北地方,望空鞠躬。"她的两个男孩子,有点莫名其妙,只是遥遥站在茶几后方,不肯移动。她有一位十六岁的大小姐,名叫赛维。这也是奚太太向人注解过的,意思是赛过英国女王维多利亚。她倒是站在母亲的一条战线上的,料着母亲这样敬神敬鬼,一定有个大原因存在。母亲叫鞠躬,她就鞠躬,而且姿势是非常之恭敬而严肃。她事先就预备好了,上身穿着学校里的草绿色制服,下面系着青布短裙子。这时垂直了两手站得笔直,然后弯下腰去,行着四十五度的鞠躬礼,而且先后三次。她行完了礼,奚太太又向两个男孩子道:"姐姐都行礼了,你们为什么不来?行完了礼,我煮着这鸡和肉给你们作晚饭菜,让你们吃了,家庭和睦长命百岁。"那两个家庭大学学生听说有鸡有肉吃,这才走过来,对着大倭瓜胡乱鞠躬一阵。

李南泉越看越稀奇,自己也忘了有什么不便,就走向前两步,直走到走廊草檐下,手扶了柱子站着。奚太太蹲在地上,将一根木棍子,拨着焚火的纸钱,倒是很诚敬的样子,偶然一抬头,看见李先生那样注意,便笑道:"李先生觉得我今天烧纸是太早了一点吧?到七月半还有几天呢。我不是为了这个事。"李南泉点点头道:"我知道,你作事是不会偶然的。"他这样交代过一句话,也就完了。天色已是渐渐昏黑,李先生全家人,都在草檐下的一小片平坦地上乘凉。椅子、凳子、布面睡椅,纵横交叉。李先生自己,躺在睡椅上,手拿一支烟卷仰望着夜幕上的天河。心里想着,这道天河,家乡也是照样看得见,不知道家乡人,在这天河影下作些什么感想?他正是这样出神,一阵拖鞋踢踏声,远远地告诉人们,是奚太太来了。李先生对于焚烧纸钱野祭的事情,感到莫大的兴趣。这就笑着叫道:"奚太太,现在清闲过来了,在这里坐着摆一摆龙门阵罢。"奚太太先叹了口气道:"谈话的材料多了,三天三夜都说不完。只是说了之后,又要添上我一肚皮闷气,那让我怎么办呢?我们谈一点别的,不要谈我家的故事罢。"她说着话,在椅凳子空档里挤了过来,就在李先生身旁一张小矮凳子上坐着。她先问道:"李先生,你看鬼这东西,宇宙里到底是有没有?据我看来,一定是有的,你说我做事不偶然,那是对的,我考虑得多了。"

李南泉道:"鬼这个东西,究竟有无,我的知识,还不够来答复。不过奚太太每作一件事,都是给家庭和社会作模范的,其中一定有很大的意义,你可以告诉我吗?"奚太太说:"你就猜猜吧。"李南泉道:"反正无事,我们就猜猜罢。我想你是不大信仰宗教的人,若说不是祭鬼,这当然不是供上帝。"奚太太笑道:"那说得太远了,哪里有用香烛纸钱去敬奉上帝的?"李南泉道:"用纸钱敬奉上帝的事,虽然没有,可是用香烛三牲敬奉上帝的事,却是有之。当年太平天国,每逢礼拜日讲道理之先,就有这一套敬奉上帝的事。"奚太太道："李先生，你真是多见多闻。这样的事，你都可以找出前例来。不过我实不是敬上帝。"李太太在一旁坐着，便插嘴道："那末，你是敬什么佛菩萨？"奚太太道："不，佛菩萨他也不要钱，而且也不吃荤。"李南泉道："这就奇了，难道你相信什么《玉匣记》？那书上面倒是告诉人某日某时，朝着什么方向送鬼的。"奚太太在星光中嘻嘻笑了一阵，却没有把话向下说。李南泉道："在西洋科学发达的国家也不能肯定地作无鬼论，至少这东西是个未知数。在没有损害精神的情形下，就承认有鬼，也没有多大关系。"奚太太听了这个说法，在星光中连连拍了几下手笑道："李先生的见解，往往和我不谋而合，我就是你说的这个看法。宇宙是太神秘了，我们能知道多少？鬼这东西，没有科学方法证明他有，但也没有科学方法证明他没有。我就是在这种心理下烧香、化纸的。"李太太道："那末，有个对象了，这鬼是谁？"

李南泉笑道："这两个大前提，经解释，很清楚了。现在我们所要知道的就是，这是什么鬼？"奚太太还是嘻嘻地笑着，没有说出来。李太太笑道："我想起了一个典故。那《双摇会》戏里两个花旦，摇骰子的时候，她们曾静默合掌祷告，据说是祷告马王菩萨。马王爷有三只眼，中间那只眼，他就是观察妇女问题的。"李南泉哈哈大笑，连说"岂有此理？"奚太太对于京戏，是绝对的外行，什么叫《双摇会》她也不懂；马王爷的话，她更不明白了，便道："李先生，你为什么这样大笑，我倒有些不明白。"他道："她说的那个菩萨，并没有什么稀奇，不过她引的典故，倒十分恰当。"奚太太道："那不见得会恰当吧？我敬的这个鬼，并非外人。"李南泉道："哦！你是供祖先。"奚太太道："至多我们是平等的，她也不能作我的祖先吧？"李南泉道："平等的，是男人是女人？"奚太太道："是女人，仅仅是年岁比我大一点。其余，她是不能受我一祭的。至于孩子们祭祭她，那倒无所谓。"李南泉听了这话,就猜中了十之六七,突然坐了起来,将手拍着腿道:"假如我们作有鬼论的话,这是不可胡闹的。鬼的嫉妒心要比人大得多。不说别的,只凭奚太太这样年轻漂亮,你祭她,她不来便罢,她若来了,看到你这样子就要作祟。我们住在这深山大谷里,这是闹着玩的吗?你看那纸钱灰还在烧着,也许那女鬼,现时正在那山沟里深草丛中坐着呢。"

奚太太听到这话,不觉身上毫毛孔立刻收缩了一下,接二连三回头向身后望着。他们这乘凉的地方,前前后后都栽着大丛小丛的草木花。这时,有些微风过来,摇撼着那花叶乱动,在星光下,就像一群魔鬼,支手舞脚,在地面上蹲着。她心里"哟"了一声,但没有喊出来。她知道喊了出来,是与家庭大学校长的声誉有关的。立刻把这"哟"字咽了下去了。只是将坐凳向前拖了一拖,更接近李氏夫妇,因道:"这也许是我的心理作用,我想是不会发生什么事故的吧?"说着,她身子向前挤了挤。李南泉道:"上次我和你测字,现在要我和你占卦了。你让我来掐指算上一算。"奚太太道:"不开玩笑。我真有点含糊。"李南泉道:"含糊?此话怎讲?"奚太太的身子,又向前挤了一挤,把头伸到人缝里来,因低声道:"我们奚先生家里,原来有个疯子,后来,她死了。"李南泉道:"那是敬平兄什么人?"奚太太道:"你猜是他什么人?他是自幼订婚的。和这个疯子还生了两个孩子呢。"李南泉道:"哦!是他原配的太太?大概是死了?"奚太太道:"当然是死了,老早就死了,我来的第三年,她就死了。"李太太道:"那是怎么个算法呢?"她说着这话时,似乎感到了极大的兴趣,这就坐着挺了身子,伸手握住奚太太的一双手臂。奚太太道:"男人就是这样可恶,奚敬平对于这个人,完全是瞒着我的。等我知道了,我已非和他结婚不可。"

李南泉道:"我算明白了。大概奚太太结婚以后,那位家乡太太,曾出来找麻烦吧?"奚太太道:"虽然找麻烦,我倒是和她没有见面。因为我那时住在南京,也总算是相当好的房子,她一个乡下来的女人,看到这种排场,她就不敢上门。而且敬平对她,除了不理而外,还要把她送到法院里去。"李太太道:"作太太的来找丈夫,还有什么犯法之处吗?为什么要到法院?"奚太太道:"当然,敬平不过是吓吓她,不能就作了出来。当时,我很年轻,我不管这事,我也没有去拦阻她。那女人在南京,人生面不熟,虽然还有敬平的同乡,可是他们很不同情那个乡下女人,并没有谁和她说话。她住在小客店里,得了几个钱就回家了。"李南泉道:"你不是说她还有两个孩子吗?"奚太太道:"这是敬平的不对,他有了新太太,儿子都不要了。"李太太对于奚太太所说"新太太"三个字,听来觉得非常入耳。奚太太平常对所有新太太、抗战夫人、伪组织,无论是好是坏的名词,一概加以否定。干脆,她就以"姨太太"三字目之。甚至姨太太这名词她也还觉得太轻了,总是说臭女人。这时,李太太心里忽然来了一个反映,打算问她一句,你不也是"臭女人",至少那个乡下女人,在她的身分上,可以说你是臭女人。这就坐起来问道:"新太太?奚先生那时在你以外,还有一个太太吗?"奚太太冲口而出地说了句"新太太",她并没有加以考虑,被人家一问,她倒是默然了。

李南泉知道这事很为不妙,便把话扯了开来,因道:"不要打岔,你让奚太太把这故事说下去。以后怎么样呢?"奚太太叹了口气道:"咳!这就是我今天烧香纸的原因了。在那乡下女人还没有来以前,她的大男孩子就死了。她也许是为了这事受到刺激,不能不来南京找奚敬平。可是拿了钱去回家之后,那个小的男孩子又死了。怎么死的,我不知道,现在我想起来,也许和那乡下女人没有得着结果,有些原因。这两个男孩子一死之后,她就疯了。疯了以后,敬平就更有法律根据了,他正式和那女人提出离婚。这个消息传到那女人耳朵里,不用上法院,她就死了。"李南泉拖长了声音,叫了一句"我的上帝"。奚太太被这声惊叹之词震动了,不由得低声也叹了口气道:"这也是作孽。"李南泉道:"那位太太和她两个孩子,完全消灭了,这事是很悲惨的了。不知道敬平兄对这事作何看法?"奚太太道:"他有什么看法呢?事过了,一切也就忘记了。我虽站在胜利的一方面,可是我若站在女人的立场说话,我对她倒是很同情的。你看,敬平他又在糟踏女人了。我希望和那死去的可怜女人来个联合战线。"李南泉笑道:"那末,你们要阴阳并肩作战,对那个和敬平谈恋爱的女人进攻?"奚太太道:"不是进攻,只是防守。"李太太道:"我的嘴直,这事你应当考虑。你焉知不是那个死去的女人和这个女人,联合向你进攻呢?她在阴间里也可以报复呀!"

奚太太听了这话,未免身上哆嗦了一下,反问着道:"那不会吧?"李太太道:"你知道怎么不会呢?反正你们在恋爱的立场上,都是敌人,凡是三角形的敌人,从古至今,都是两个打一个,等到三个之中取消了一个,其余两个再来对垒。而且那个死鬼直接的敌人是你,现在重庆城里这个女人,直接的敌人也是你。同病相怜,目的又是一个,正好攻守同盟……"奚太太道:"她们怎么会联合得起来呢?要说那个死鬼,她倒是和我可以同病相怜的。"李南泉笑道:"这就奇怪了。你二人共一个奚先生,弄得一生一死,固然不会是同病,而且也不能相怜。要怜爱你,当年她不至于到南京去找你了,把丈夫让给你罢。你若对她相怜,你也会劝说奚先生,不会让她落到那悲惨的结局。何况'同病'两字,很难解释,至少你活着,她死了多年了。"奚太太道:"怎么不会是同病呢?我是被奚敬平欺侮的,她也是被奚敬平欺侮的。都是被丈夫欺侮的人。我到了现在这个阶段,丈夫有了二心,我知道她那时是太痛苦了。"李太太听了她这话,不觉学着李先生的口吻,叫道:"我的上帝。"奚太太道:"奇怪,李太太也叫了上帝。"李南泉笑道:"怎么不叫上帝呢? 宇宙中一切事物的命运,都是属于上帝支配的,事情的出现,伟大、渺小、快乐、悲苦、离奇变幻,也都是上帝搞的,我们在惊叹每一件事情之下,不能不叫他一声。"奚太太听他所说的话,显然不是正当的解释,倒是默然了有四五分钟,接着低声叹了一口气道:"死马当作活马医。"

正说到这里,奚家的老妈子,忽然在他们家屋檐下,"哇呀呀"地发出一声怪叫。接着喊了声:"朗个做呀朗个做?"奚太太两个孩子也随声附和着,大喊"不得了,不得了!"奚太太本来被李氏夫妻的话说得心虚,这时突然发生这种怪声,她突然向李太太身边一扑,两手抓住她的手。可是她忙中有错,抓的不是李太太,而是李先生。李先生在太太当面,而被邻居太太抓住了,这样也很难堪,立刻将手向后缩着,连问"这是怎么了?"奚太太兀自握住他的手未放,连说:"我害怕! 我害怕!"李先生道:"什么事! 你害怕?"奚太太哆嗦着叫道:"活鬼出现,活鬼出现!"李先生这就没有法子不提醒她了,因道:"奚太太,你害怕,你去打鬼,你抓着我干什么?"奚太太这才明白了,突然"哎哟"了一声,将手缩了回去。奚家的老妈子,这时开言了,"砍脑壳的死狗,好大一块肉,拖起走了! 肉放那样高,它有那样厉害,硬是爬上桌子去了。"李南泉先明白她刚才叫喊的意思,因道:"你是不是说,狗把那作三牲的肉给衔走了?"老妈子道:"就是嘛!"李太太笑道:"我的上帝,这一下子可把我吓着了。这么多人在这里,还有活鬼出现,那还得了?"说着,伸手拍了奚太太的肩膀道:"我的上帝,你回去把那份三牲祭礼收拾起来罢。再要来两条野狗,不定更会出什么乱子。"奚太太透着有点不好意思,慢慢站起身来向家里走,勉强发出笑声道："我只管说话,把那份三牲,都忘记收拾了。"她说着话,没有离开三步,正好走廊上一条黑影子向前一窜,她又怪叫了一声,手扶了墙壁,向李先生面前跑转来。

她这一声怪叫,引得屋子外面乘凉的人,全站了起来了。奚太太也就是那两分钟的惊骇,两分钟以后,她就醒悟过来了,因叫道:"哪里来的许多野狗?李太太,我要求你一点小事,你可不可以陪我回家一次?"李太太笑道:"那我可办不到,我的胆子还不如你呢。让南泉送你回去罢。"李先生因李太太这样说明了,倒不好推辞,就起身送着她走。这虽是黑夜,满天全是星点。星光照见人家的屋檐,在暗空里画出一个立体轮廓。由这边走廊,到那边走廊,中间有一方斜坡的空地。空地上斜插着几根竹竿,上面各爬了一大堆扁豆的藤蔓,立在星光下,远看就很像细长的人,穿着破烂的衣服。晚风不带声音,轻轻吹过来,将那扁豆藤摇撼着,更像是个人在那里颤动。李先生在前引路,奚太太是随后跟着的,她突然抢前两步,抓住李先生的衣服,口里连说"慢走"。李先生道:"奚太太你镇定一点罢。若是你这样草木皆兵,奚先生不在家,你晚上会作恶梦的。"奚太太抓住他的衣服不肯放,紧紧随在他后面。走到她屋檐下,李先生道:"我可以回去了吗?"她道:"你人情作到底罢,你在这里站十分钟,让我把这份祭礼收了。"李先生料着这事,不会是太太所同意的,但又不好意思不答应,因大声答道:"好罢,我在走廊上站十分钟。可是我并没有夜光表,我怎么会知道是十分钟呢?"奚太太道:"那不过是这样说,我把祭礼收齐送进屋子去,我就关门不出来了。"她说着,倒是不敢怠慢,人走去收拾东西,口里又叫她的孩子,又叫老妈子,又请李先生等一会儿,嘴里唠叨个不息。

李南泉虽明知道送奚太太回家,是奉内阁命令的。可是想到奚太太屡次抓着自己的衣服和手,让太太知道了,是很大的一份嫌疑。这样黑的地方,只管陪了她,倒有些未便,因大声叫道:"两位奚公子,你们也快点拿个灯亮来罢。"她家大孩子在屋子里答道:"我们不出去,怕外面有鬼。刚才就有两个女鬼来抢三牲吃。"奚太太端着一只木托盆,正放快了步子向屋子里走,听到说有鬼抢三牲,她以为是跟着身后追了来的,就跑得更快。可是她忘了登走廊的台阶了,两脚碰了石坡子,人向前一栽,正好李南泉就站在走廊檐下,她是连手上的木托盆和整个身子都扑到李先生身上来。李先生猛不提防,向后倒去。奚太太整个身子压在他的大腿上。两个人和一只木托盆,同时落在地面,这声音不会太小,连左右邻居都惊动了,不约而同地问着"怎么样了?"李南泉在地面上推开了奚太太,慢慢爬了起来,笑着道:"不要惊慌,我摔了一跤了。我慢慢地爬起来就是。"说着,他扶了廊柱站了起来。当他爬起来的时候,奚家的老妈子,和两家邻居们,已经举着大小灯火,都到了走廊上来。灯火之下,照见李先生在弯腰拍着身上的灰,而奚太太却坐在地面上,两手抚摸着大腿膝盖。李太太在那边的黑暗地方,看这边的光亮所在,十分清楚,见李先生和奚太太的形状,都是这样狼狈,就大声问道:"这是怎么搞的?真有活鬼出现吗?这真是大大的一个笑话。"李先生听了这话,知道太太有怒意,什么话也不敢答复,立刻就走了回去。

李太太看到李先生回来,不免板住了脸子。但在星光之下,李先生并不看见,也就悄悄在睡椅上坐下。不多大一会儿工夫,奚家老妈子,手提了一盏带铁柄的瓦壶灯,后面跟着对面山沟一个卖水果的小伙子,一路嘀咕着来。那个小伙子是老妈子的儿子,在沟边上种了几块菜地,带卖点水果。但虽如此,却是本村子里的甲长。一来,这村子里全是外省籍的公教人员,不愿当保甲长。二来,本村子虽有一小部分本地人,都认不得字,人缘也欠缺。而这位水果贩,倒是认过三百千①三部大书的。因此在本村子的下江人,公举他为甲长。他叫戴国民。本村里三岁小孩子都叫得出他的名字。原因不是他的道德文章,而是他贩了水果回来,在未上市之先,就可以卖给本村的小国民,而且还可以赊账。他一说着话,小孩子全操着四川话问他:"戴国民,有李子没得?有白花桃子没得?"他道:"今天没有桃子李子。地瓜咯,好大一个。"他母亲戴妈道:"不要扯,先借新酒药嘛!"这句话说出来,乘凉的人,先吃一惊。因为"新酒药"三个字音虽听出来,还没有知道指的是什么。于是都不说话,把话听下去。他母子举着灯,见甄先生一家在走廊旁边丁字儿坐着,她便说:"甄先生,我太太说,和你借药用一用。"甄先生一家人,都是笃厚君子,而且也非常俭朴。甄先生听了这话,不由得突然站起来,大声问了两个字:"什么?"戴妈道:"太太说,你家有新酒药,借来看看嘛。"

甄太太在旁边听了,也道:"舍格闲话?舍格闲话?勿懂!"戴国民道:"甄先生家里若是没有的话,奚太太说到李先生家里借一斤。"李南泉本来怕太太不高兴,不愿说话,人家指明了说,就不能不搭腔,便道:"戴国民,你疯了。借什么借一斤?"戴国民道:"奚太太硬是这样说咯。到甄先生家借十斤,到李先生家借一斤。她要看看,说是避邪的。"李南泉道:"这越说越奇了,什么避邪的东西是论斤的?"戴国民道:"是一部书吧?"李太太笑道:"不要闹,我明白,奚太太是向甄先生借《新旧约全书》,向我们借《易经》。她那蓝青官话,又教这两位教育水准太高的人来说,没有不错的。"甄先生想了一想,也笑了,因道:"对的。准是奚太太说了,借《新旧约全书》。她口里说的'旧'字,和酒字差不多。'新旧约'变成了

---

① "三百千",旧时私塾蒙学必读的《三字经》、《百家姓》、《千字文》三部著作的简称。

'新酒药'。好罢,我这里有现成的,你拿去罢。"他说着,亮着灯火进屋子,取了一本布面精装的书给她。戴妈走过来还问道:"李先生,你借一斤书嘛!不借一斤,借四两。半斤都要得。我们太太坐立不安,借斤把书给她,冲冲邪气,说不定她就好些。"李南泉笑道:"你们家里人,真是闹得可以。好罢,我借半斤给你。"他说着走进屋子去,在旧书架子上翻了一翻,翻到《西游记》,将旧报纸包了,用笔在上面批了几下道:"此书系《西游记》演成白话,传神之至,向秘之,未容他人寓目,今已奉赠,请不必让小儿女们见之也。《易经》家无此书,谅之。然此书胜《易经》十倍也。"

戴妈将那包书接着,用手颠了两颠,因问道:"这是好多,不止半斤咯。"李南泉笑道:"半斤?四两也够她消受的了。你回去交给她看,她就明白了。"李太太在那边问道:"怎么回事,你真给她四两药酒吗?家里那小瓶酒,是碘酒,我是预备给小孩擦疮疖用的。你可别胡闹。"李先生缓缓走了过来,很舒适地在睡椅上躺下,两脚向前伸得挺直,笑道:"我在旁边听着的人,都有些疲劳了,还闹呢。我给她的不是碘酒,是专门给她擦疮疖用的东西,到了明天,你就晓得了。"李太太料着李先生公开给奚太太的东西,那也不会是什么不可告人之隐,这也就不再说什么了。这村子里乘凉,谈谈说说,照例是谈得很晚。李太太心里搁着奚太太借《新旧约》和《易经》的事情,老是不能完全丢开,不住地要看看他们家有什么变化。奚太太家原来是一个窗户里露着灯光。自从借了书去以后,就有两三个窗户露着灯光。越到后来,那灯光就越大。他们乘凉,总是看到天上的银河歪斜到一边去,就知道夜已深了。这时,整条的银河,都落到山背后去,只在山峰成列的缺口里,还露着一段白光。照往日的习惯视察,这正是一点钟以后了。住在深山大谷里,到这时候,没有不安歇的,这总是很晚了。李太太起身,要向家里走去,这就看到奚太太的玻璃窗户里,人影子只是摇晃着,想是奚太太还未曾睡觉呢。

李南泉"咦"了一声道:"怎么回事?我那新药酒,立刻发生了效力吗?"李太太道:"真的,你给她什么药酒喝了?她这个人,已经是半神经,你再给她一副兴奋剂,她简直要疯了。"李南泉倒不给她什么答复,只是哈哈大笑了一下。李太太道:"果然的,你玩了什么花样?奚太太这个人无所谓,是她自己来借的,我们借给她就是了。下次奚先生回来了,若是知道我们借给她东西吃,让她一晚上没有睡觉,那不大好吧?"李南泉笑道:"我给她虽是食粮,可是这食粮并非用口吃的。详情你不用问,你明天就知道了。也必须到明天,这事情才有趣味。"李太太听先生说得这样有趣味,便也不再问。次日早上起来,站在走廊屋檐下漱口,这就看到奚太太手里拿了一本书,斜靠了走廊的立柱,看了个不抬头。心里想着,这很奇怪,昨天她大闹特闹,由人间闹到阴间,怎么今天安得下这心去,一大早就起来看书?便笑道:"老奚,你真是修养到家呀。昨天的事,你已是雨过天晴,今天你就能耐下这心情,站在走廊上看书。"奚太太这才放下了书,抬头向她看看,因道:"不相干,是小说。"李太太道:"是什么小说?"奚太太举着书看了一看,不大介意地道:"这是武侠小说。不,也可以说是侦探小说。"李太太道:"你看武侠小说,看得这样入神,也可以说是一种奇迹了。是黄天霸,还是白玉堂?"奚太太道:"这书上,对这两个人都提到,他们是正在比武呢。"李太太小时,把《施公案》《七侠五义》这类小说,看得滚瓜烂熟。她想:隔了几百年的人,怎么会比起武来呢?

奚太太虽是这样交代过了,但她自己对于这个说法,也认为是有破绽的。她不看书了,将书卷了个筒子,在手上捏着。李太太对她这个态度,更是感到可疑,觉着问她也问不出所以然的。远远站着,向她看了一看,也就不问了。奚太太所借去的那"四两书",似乎有极大的魔力。她们家整日没有什么声音发出来,她有时搬了一把椅子放在走廊上坐着,手上总是拿了一本书。有时她回到屋子里去了,随身就把房门关闭住。关了房门之后,小孩子偶然由门口经过,就听到屋子里面喝骂着:"你们叫些什么? 讨厌!"李太太偶然进出,都在自己走廊上向那边瞟上一眼。走回屋子来,都随时向李先生报告。李先生还在那小桌子上伏案疾书,要把最后的两篇小品文将它赶写出来。太太一报告,他就抬头看了一眼,随着微微地一笑。最后他将笔一丢,把面前的稿子折叠着,将手按了,向她笑道:"我虽不是医生,可是对于妇女神经病,我是专科圣手。不管她有多么重,我还是手到病除。我并没有那样热心,要替奚敬平去解决桃色纠纷。可是这位芳邻,把我太看得起,芝麻大的事,都来请教于我,我真让她搅惑得可以了。给她一点安眠药吃,她安静了,我也就安静了。不然,我这两篇稿子,也许现在还写不出来呢。"

李太太道:"她那样手不释卷地看小说,我疑心那决不是什么好书。昨晚上你到底交给她什么书了?"李南泉笑道:"我当然不会把这事瞒着。可是你能过两三小时再揭破这个秘密,那就更有趣味。"李太太坐在旁边椅子上对先生脸上望着,微微笑着,因伸着手道:"你给我一支烟。"李先生听说,果然就给她一支烟。而且擦着火柴,给她点上烟。李太太斜坐着,缓缓地喷着烟,斜了眼向他看着,因笑道:"我相信你有意和她开玩笑。不过她……"说到这里,她把声音低了一低,因道:"不过她有意在这时候,报复奚先生一下,你可别在这时候,受着她的利用,作了牺牲品。"李南泉昂起头来哈哈大笑,笑声极长,总有两三分钟。李太太对他望着,倒也呆了。等他笑完了,因道:"你这是什么意思?"李南泉笑道:"这种牺牲品,男子是愿意作的。不过要看享受牺牲品的是什么人。你瞧她那德行……"正说到这里,李太太向他乱摇着手,只管偏了头向窗子外努嘴,这就听到奚太太操着一口蓝青官话,向这里走了来。她道:"李太太,上街去吗?我们一路走,我要请你作个参谋,行不行?"说着,她已走进门来了。见面之下,就让李太太大吃一惊。她今天已完全变了个样子。上穿黄府绸翻领短褂,下面系着一条蓝绸裙子,裙腰上束着一条紫色皮带,下面光了两只白腿,穿着白帆布皮鞋。

她这打扮,完全是十几岁少女的装束。奚太太是三十多岁的人,还弄成这一副情形,实在有些不相称。可是她的意思,却以为装束改回去二十岁,人也转回去二十岁。因之她平常梳的那两个老鼠辫子,各在上面扎了一朵绿绸花。两颊上的胭脂粉,那更不用说,是抹得十分浓厚的。她的眉毛和眼角,天生是向下深深弯着的,弯着成了个半月形。平常她并没有感到这有什么缺点,甚至这样向下弯着,她认为是好看的。今天不然,她把向下的眉毛弯,给它剃掉了。用了铅笔,把眉毛稍向上拉平了些。问题就在这里了。平常眉毛尾巴和眼睛角,保持了相当的角度。现在把眉毛向上提高些,就和眼角,失去平衡的距离。这一点,料着她也有个相当的考虑,她也在眼角上,用铅笔涂画了许多线条,而把眼角描得斜斜的向上,在远处猛然看着,她的五官,果然是有些改观了。可是就近看来,她用的笔,不是画眉笔,而是后方所出的小学生写字的笔。这种铅笔用来涂在脂粉浓抹的脸上实在不怎么调和。就近看时,笔画显然,却是不高明之至。李太太看了她那番新装束,实在是个意外的事情,因之立刻跑上前去握着她两只手,本来带着笑容,要说句"好美丽"。可是四手相握之后,一切看得毕真,简直是戏台上的小花脸子,这就大声叫了一句:"我的上帝!"奚太太笑道:"下面一句话,我替你说了罢,你今天真漂亮呀!"李太太嘻嘻笑道:"真的,你今天太漂亮了。至少年轻十五岁。"

李先生听了这话,也是哈哈大笑。奚太太向他瞟了一眼,笑道:"我知道,你又要用俏皮话来奚落我了。可是我也常听到你说过,女孩儿家爱好是天然。你说良心话,你不愿意你太太化装化得漂漂亮亮吗?我们敬平就是嫌我不化装。我原来的意思,认为在这抗战时期,一切从简,能够节省些时间与金钱,那就节省些时间与金钱罢。倒不想这点善意,他完全不了解。那末,我就依了他,也化装起来,化装之后我们和那臭女人比比,看是哪个漂亮。化装也像画画写字一样,必须肚子里有墨水的人,才能够化装不俗。我们念了多少年的书,穿什么衣服,也不会有俗气。"李太太本已和她撒着手了,听了这话,复又抓住了她的手,连摇了几下头,笑道:"太太,你少用我们两个字,好不好?"奚太太故意学着电影明星的姿态,将头略微一低,又把眼皮一撩,作个略微沉思的样子,笑道:"对的,我这话说得很有语病。这不去管他了。我要求你一件事,你陪我上街走一趟。"李太太摇了两摇头,笑道:"那不行。你打扮得像个十几岁的小姑娘,我这个黄脸婆子,怎好意思和你一路在街上走呢?"奚太太捏了个拳头,轻轻在她手胳膊上碰了一下,笑道:"你说这种话,我要揍你,走罢走罢。"说完,不容她分辩,拉了就走。她向来是有点力气的,李太太非她的对手,只有让她扯着走了。李先生走出来看时,见奚太太的手臂挽在李太太的肩上,很亲热的样子,并肩在石头路面上走着。看那背影,她那两个小辫子走着一闪一闪的,带着绸花飞动,那简直是位小姑娘了。

李先生站在廊沿上,很发了一会子呆。身旁有人笑道:"咱这村庄里,今天出了个美女,你也看着出神了。也难怪你出神,真是新闻嘛!"他回头看见吴春圃先生,嘻嘻笑着,笑得他两腮上的胡桩子,全都有些颤动。李南泉微笑着道:"时代是变了,妇女也变了,什么花样也有,一哭二闹三上吊,那是落伍的手法,现在另有了新高招儿了。"吴春圃咬着牙齿,笑得摇了两摇头。因道:"这样的高招,我看简直要谁的命,摔句文罢,非徒无益,而又害之。三四十岁的人,打扮成个小学生,这是什么玩艺?"李南泉道:"胭脂粉和高跟皮鞋,那是征服男人的机械化部队。她在另一个女子的对手方,吃了个大败仗,她为什么不使用机械化部队?"吴春圃笑道:"机械化部队也不是人人可以使用的呀。而况奚先生并不在家,她这机械化部队摆出来什么意思?难道要征服另一个人吗?反正我们这糟老头子不会是她侵略的对象。"他说得正有趣,吴太太在他屋子里老远插言道:"俺说,伲拉呱也避个忌讳。人家家里还有人哩,把这话传出去了,什么意思?俺这作街坊的好不正经。"吴先生道:"她能作,咱就能说。反正是人心大变。"说着哈哈大笑走回家去。李南泉虽然觉得吴先生的玩笑开得大一点,可是邻居们对于奚太太这番作风,都不免认为是个顶好的笑料,世界上真有这样忘了年纪的妙人。他独自寻思,脸上不免时时发出微笑。

他这微笑,却让对过的邻居袁先生看见了。那袁先生手上拿了根长绳子,正和他的男孩子牵着,在人行路下一块菜地上比来比去。看那样子,好像是在丈量地皮。那袁先生见这边有人在发笑,他以为是笑他的动作。便放下手上的绳子,点个头道:"李先生起得早!"李南泉道:"起早也是无聊。不像袁先生,起来就工作。"他对于这个批评,似乎正感到射中心病,丢下了绳子,先正了颜色,然后摇了几摇头,因道:"我这是什么工作,我这完全是为朋友服务,敌人轰炸,越来越厉害了。许多朋友,原来住在郊区的,都觉得不稳妥,又要再疏散,他们认为我这里很好,就交给我一种烦难的工作,要二十天之内,在这里盖起一幢房子。他们本是三、四股出钱,可是想到没有我在内,觉得我不肯卖力,硬把我也拉进组织。我们这长衫朋友,不会搞盖房子的事。可是患难不相共,人要朋友干什么?我只好勉为其难,找瓦木匠,看材料,设计画图,不分昼夜地跑。"李南泉道:

"四维兄,你这股份公司都办好了吗？还增资不增？"这句话让他听得非常入耳。立刻走了过来,笑道:"我们这是无限公司,可以尽量地增资。五间房子不够,盖十间。十间屋子不够,我们再盖一幢。怎么样？李先生有意加入我们这建筑公司？"李南泉笑道:"我有意加入,也没有那么些个钱。不过我有两个朋友,看中了这个地方,倒想在这里找几间住房。"

袁四维对这个报告,似乎十分感到兴趣,又凑近了两步,直挺到李南泉的面前来,抱着拳头,两手一拱,把他满脸的皱纹,都笑得闪动了一下,然后用客气而又诚恳的态度,问他道:"南泉先生是我们患难知己知交,你的文章道德,不但在村子里应当居第一位,就是在我平生的朋友当中,也是不可多得的一个。你介绍的朋友,一定没有错误。你说要盖多少房子吧？完全交给我代办就是。我对于盖房子,那不是自吹,的确有很丰富的经验,准保化钱不多,而房子盖得又好。你那位朋友在哪里？我们可以直接谈谈。"李南泉道:"也许他今天就会到这里来。"袁四维笑道:"那就太好了,这样子罢,今天你那朋友来了,就到我家里吃顿便饭。我也不会有什么菜。无非是炒两块豆腐干,煮几个咸鸭蛋,我立刻去买肉,也许买得到。"李南泉道:"那倒不必了。"袁四维道:"这难道还算请客？老实说,我对盖房子,的确有着满腹经纶,我必须找个比较长些的时间,才能把话说得清楚。吃过了饭,泡壶好茶,在院子里星光下,一面乘凉一面从容地谈着,这样,可以在极和谐的情形下将这件事顺利进行。"李南泉听了这话,心里好笑。顺利进行不顺利进行,那有什么关系？而且这也不是什么竞争场面,谈起来有什么和谐不和谐？因道:"那倒不必这样急迫吧？"袁四维将面孔一正道:"不！我现在计划着动工时间,关系很大。若是你那朋友今天不决定。那就错过机会了。那是很可惜的事。"

这里的吴春圃先生,他最不喜欢袁家人,唯一的原因,就是袁家极少和邻居们合作,而且也没有来往。这时他见袁先生对李南泉过分的客气和拉拢,站在走廊的那端咬了牙齿笑着。他每次微笑,两腮胡桩子会竖立起来。吴先生每逢这样笑法,就是心里极端不可忍耐的表示。差不多的邻居,也都知道他这个脾气。李南泉很怕这件事引起袁四维的误会,这就向他笑道:"我过去看看你丈量地面罢。"说着,他就移开步来,过着木桥,隔溪走去。一过溪就是袁家的后门,袁先生在后面跟着,笑道:"李兄,先到我家里坐谈片刻罢。"他说着,还怕人家不去,又牵了两牵他的衣服。李南泉倒不好拂了他的意思,只好走进他家。这附近十几处人家,只有袁家是瓦房,而且是幢假的洋楼。原来他这房子是分给人家住着,他反是住在旁边三间草屋子里。因为他要把这房子卖掉,和房客交涉了半年,以各个击破的方法,把房子腾出。可是房子腾出来以后,房价大涨,原来议的价钱,少得多了,他不肯卖出,倒反是让他全家享受着,于是书房、客厅应有尽有。不过房子有了,家具可没有力量补齐。他的客厅里,只有一张白木桌子,和两把竹围椅。有只椅子腿,还是用草绳绑着的。屋子显得空洞洞的。他又预备这屋子随时得价便卖,屋子四壁,粉得雪白无痕,三合土的地皮,铺得十分平整。这样,成了一间并没有安家的屋子。

袁先生对于李先生的光降,似乎十分感兴趣。他立刻把放在靠里墙的两把竹围椅,轻轻端了过来。他这举动,似乎是怕椅子下去会触坏了地皮,所以他轻轻放下椅子之后,还低头看了看地面。椅子放好,他就向上面吹了几口风,吹掉椅子上的灰尘,说"请坐请坐",李南泉坐下来,他就歪过头去叫道:"家里有香烟没有?拿烟来。"在这句问话的口气里,李南泉料到就是没有烟敬客的预兆。因在衣袋里自掏出纸烟来先敬了主人一支,也连说"有烟"。主人接过纸烟,先来了半个鞠躬,说声谢谢。然后走到房门口向家里人打着招呼,大声叫道:"拿火来。把我用的茶叶,泡一壶好茶来。"他这样交代了,还嫌着不够殷勤。直等着他家的小孩子,把火柴盒子取来之后,方才转过身来,将火柴擦着,先弯着腰,给李南泉先点上烟。然后坐在椅子上点着烟自吸,可是他这个时间是太长了,擦着的那支火柴,已是烧得快完了,已是烧到指头上,只得把火柴扔了。他将火柴盒子摇了两下,里面是扑扑地响着,仿佛这里面只有两三支火柴。他这就不再擦火柴了,把盒子塞到衣袋里去,先向李南泉道:"我们接个火罢。"李南泉看他那分节省精神,当然予以同情。袁四维接过了火,却听屋子外面,有人叫了声"爸爸",袁先生听到,立刻跑了出去。却听到在隔壁屋子里喁喁地和人说着话。

李南泉倒为了这事,吃上一惊。袁先生约来闲谈,这完全是他的意思,还有什么疑难不成?为什么要说私话?不免静下心来,仔细听去。这就听到袁四维大一点声音说:"你们一会把茶叶米全放在桌上,像捡米蛀虫一样捡着,自然就会把米和茶叶分开来。有个几十片还不够了吗?再不够,抓点茶叶末子在里面掺着就是。"李南泉这才明白,主人说了拿他的好茶叶,家里发生了问题。那何必让人发生困难呢?于是站起来在屋子里踱着步子,预备走了出去。袁四维走进屋子来,拱着手道:"请坐请坐,我还有点好茶叶,是湖南来的朋友送的,我没有舍得喝,把瓷器瓶子装着封好了口,免得走了香气。用点好水,泡上两杯茶,我们把茗清谈一番,倒也不失山居乐趣,我兄以为如何?"李南泉道:"谈谈可以,不必泡茶了,我们一路在山路上走着,先看看盖房子的地势,好不好?"袁四维笑道:"不,我已经叫家里人预备了,还有一点下茶的好东西呢。"说着话,他又在门口抵住了,李先生真也没有法子可以走出去,只好又在竹椅子上坐下。过了十来分钟,袁家的小孩子,果然送来了两杯茶,一只是玻璃杯子,上面盖一只小酱油碟子。一只是盖碗,可是名存实亡,恰是敞着碗口,他们家里是特别恭敬客人,把那酱油碟子盖着的玻璃杯子,递到客人面前来。李南泉因为听到先前的那番隔壁话,不免隔了玻璃向里面看着,果然,茶叶里面掺合了许多的米粒。

袁四维似乎感觉到客人的观察意思,这就笑道:"茶叶绝对是好茶叶。因为我的内人,太看重了这点湖南茶叶了,她竟是把茶叶瓶子放在米缸里,这不免洒落几粒米在里面,其实这对茶叶本身,那是毫无妨碍的。"说着捧起盖碗来啜了一口茶,并且"唉"了一声道:"茶味真是不错。"李南泉笑着,也就揭开那玻璃杯子上的小酱油碟子来,然后将嘴唇就着玻璃杯子沿呷了一口。点点头道:"这茶味真是不错。"其实,他觉得嗓子眼里有股霉烂气味。袁四维笑道:"慢慢喝,还有下茶的东西,立刻就可以送来。"说着,走到房门口,伸头向外张望了一下,笑道:"来了来了!正好助我们的清谈。"说着,他端了一只粗瓷碟子进来。李南泉看时,那碟子底上,像嵌上面粉团子似的,平平地铺了一层南瓜子。在每个南瓜子的联结当中,却还露着碟子底的花纹。那碟子放上白木桌时,也许重了一点,把碟子里的南瓜子震动得堆叠了起来。而碟子底也就露出整片的花纹。袁四维立刻伸手,在碟子底上按了两下,按着堆叠的南瓜子,他们每个又平铺着遮盖了碟子。口里连说着"请、请"。李南泉本来也想伸手抓两粒瓜子嗑嗑。可是他转念想,无论抓着碟子里哪方面的瓜子,也会损坏了南瓜子的版面整齐。只好笑着点了两点头,并没有伸手。袁四维道:"南瓜子是我自己家里的出产,肥而且大,真不错。我们有一个计划,多多地收获,留到过年的时候,炒了当年货。"

他不提这个原故,倒还罢了,提了这个原故,李南泉更不能动手。人家是留着过年吃的年货,中秋还没有到哩,怎好吃人家的。便拱拱手笑道:"我有一个愿心……"袁四维不等他说出来,便接了嘴道:"这个我知道,有些人许下愿心,非等抗战胜利,不作新衣服,难道我兄有这个心愿,非等抗战胜利,不吃瓜子?"李南泉道:"那倒不是。我的牙齿缺了不少,不在抗战胜利以后,我没有钱补牙。在没有补好以前,我是不能嗑瓜子的。"袁四维听了这话,倒不好说什么,因笑道:"这一层倒是出于我的意料。不过南瓜子并没有西瓜子坚硬,就是嗑个几十粒,也不会有伤尊齿,不信你就试试。"说着,他就伸了三个指头,夹了四五粒南瓜子,放到李南泉面前,还抱着拳头,连连拱了两下手。李南泉被他拘束着,倒不好过于拒绝,只得钳了瓜子,送到门牙缝里嗑着。袁先生在这殷勤招待之后,这才向客人道:"你那贵友来了,务必请他来和我当面谈谈。我真有一个当建筑工程师的瘾,想借台唱戏。而且对于老兄的朋友,我料着可以合作,我是乐于服务的。"李先生越见他逼得凶,越是有点生疑,简直也不敢再谈了。勉强喝完了那杯茶,又嗑了几粒南瓜子,便告辞出来,顶头就见奚太太花枝招展地走回来,而且比出去的时候更要摩登,脖子上披了一条花纱,手上还拿一把鲜花呢。见着人,将那花纱头子捂住嘴微微一笑。他不由得暗下叫了句"我的上帝"。

奚太太倒没有觉得这一顾倾城的姿态会引出别人什么注意。这就将手上那束鲜花,遮住了自己半边脸,然后对李南泉笑道:"李先生,你看我这种打扮能谈得上摩登吗?"李南泉笑道:"岂但是摩登?简直是摩登老祖。"奚太太已走得靠近了他了,将鲜花在他肩上,轻轻拍了一下,笑道:"你这话不好。"她也就是这样说了一句,并没有多话,身子像风摆柳似地一转,就走了。李先生含着笑容,慢慢走回家去。见太太也是带了一副笑容进来,彼此见面,也就接着一笑。李先生道:"你笑什么?"她道:"我们笑的还不是一个人?"李南泉道:"不然,我笑的是两个人,不是一个人。"因把袁四维刚才请喝茶、嗑瓜子的事儿告诉了一遍。李太太翻了眼道:

"这么一家人家,你也值得和他们来往?你的短处,就在这里。什么人都是你的朋友,什么人都是你的学生……"李南泉笑道:"又来了,我可多少天没有看见杨艳华。"李太太道:"你是作贼心虚,我并没有提到女伶人,你怎么就猜到上面去了呢?"李南泉笑道:"我就是你肚子里一条蛔虫。虽无师旷之聪,倒也闻弦歌而知雅意。"李太太说了四个字:"这叫废话。"她就转着身子到里边屋子里去了。李先生倒没有想到她为什么又生气。也只好呆呆地坐着思索。他隔了窗户,向对面的山色看着,这样他感到了新困难,就是他说的要到这里来盖房子的那位客人到了。这位客人叫张玉峰,是位银行家。

李南泉含着笑容,迎出了屋子,老远地抬着手笑道:"张兄,你言而有信,说是来,果然来了。"张玉峰穿着一套灰色的中山服,手里拿着一顶软胎草帽,放在胸前,当了扇子摇,跨着步子顺了下溪桥的坡子,向这草屋檐下走了来。他额角上的汗珠子,总是豌豆那么大一粒。他在小衣袋里,掏出一条带灰色的布手绢,只管在额头上乱擦着汗。口里不住地道:"专诚拜访,专诚拜访。"然后两只手抱了帽子乱拱着,走到了廊檐下。李南泉站在走廊上同他握着手,因笑道:"在大轰炸的时候,我以为你会到这里来躲避一下。现在大轰炸已经过去了,你又来了。"张玉峰笑道:"我那时也不在城里,在歌乐山乡下。轰炸以后,我才进城的。我看到了城里被炸以后的那般惨状,我深深感到城里住家,危险性太大,就是在附近住家也十分不安全。我到过这里两次,觉得这里危险很少,就以你这带房屋而论,两旁夹着大山,在中间一条深溪,炸弹投下来,无论是什么角度,也很难投中这些屋子。"他说着话时,举起手上的草帽子,向屋子周围的大山招展着。而他说话的声音,也未免大些。对过袁家,有一条屋旁的小走廊,是沿溪岸建筑的,那就正和这边屋子相对,这里大声寒暄,就惊动了对过的袁先生。他像演戏一样,先在屋角上伸出头来,对这里探望了几次,然后大声说着,这些小孩子真是害人,怎么把廊沿外这些竹子都砍了呢?他一面说着,一面走向廊子上来,且不看这边,两手反在身后,低了头视察悬崖上那些毛竹子。

李南泉看到这情形,早就明了了,因挽着客人的手道:"这大热天,远道而来,请到屋子里去坐罢。"张玉峰还不曾移步,那边的袁四维已是不能耐,就向这边笑嘻嘻地点了一个头道:"南泉兄,这位先生,就是你说的那位要盖房子的朋友吗?"李南泉不曾把内容告诉张玉峰,他又正是要找房子的人,如何可以当面否认?因点点头道:"是的!但是我还不曾知道这位张先生的真意如何?"袁四维丢开李南泉就向来客深深地点了一下头道:"这位贵姓是张?"张玉峰自是点头承认了。袁四维笑道:"好面熟,我们好像在哪里会见过。"张玉峰因人家那样客气,倒是不好不理,便也站住了脚,回问人家贵姓台甫。这么一寒暄,袁四维来个一见如故,立刻口里说着话,人向这面走来。李南泉心里虽说了十几声"讨厌",但人家已是走到了面前,又当着张玉峰的面,不好怎样冷淡了他,这就笑道:"我们回到屋子里坐罢。"袁四维伸着手,连说"请、请"。跟了主客到屋子里,先拱了手笑道:"我和李先生作了多年的邻居,十分要好,简直和自己弟兄一样。李先生的道德文章,真是数一数二的,于今让他隐居在山谷之间,真是埋没了长才。兄弟在敬佩之中,又增加了一分同情心。不是极好的朋友,谁肯到这里来探望他?俗语道的好,贫居闹市无人问,富在深山有远亲。贫居闹市,尚且不免冷落,况居深山乎?张先生这样热天到深谷中来看穷朋友,这番古道热肠,就不是等闲之辈。"说着打了个大哈哈。

林南泉听到他这番恭维,真觉周身的毛孔都在收缩着。可是在张玉峰不能明白袁四维的用意以前,只把随便的言语去暗示他那是不能让他了解的。若说得详细了,又抹了袁四维的面子,只是含着笑,连说"不敢当"。恰是张玉峰并不考虑,就说是要到这里来找房子。那袁先生坐在一边,两只眼睛睁得多大,就是向李南泉望着。李南泉没法子不理,这就把袁先生要盖房子,以及自己曾初步向袁先生接洽的话说了一遍。张玉峰道:"那好极了,我绝对加入。内人胆子太小,自经过这次大轰炸后,她在城里住着是惶惶不可终日。我已经把她送到南岸朋友家里去住了。不过这究竟不是个办法。不知道这房子要多少时候才能盖好?"袁四维突然站起来两手一拍,笑道:"这问题太好解决了。房子最迟一个月可以盖起。在房子没有盖起以前,张太太可以搬到舍下来住,我家里有的是空房子,炉灶也现成。若是张先生搬家人手不够,舍下有几个出力的人,也可以协助一切。随便张先生定个日子就可以。"说着,昂起头来,身子摇晃了两下,接着道:"我生平就是喜欢交朋友。"张玉峰向窗子外看去,见隔壁一幢土墙瓦顶的洋楼,四周都有玻璃窗,外面配着长廊,在长廊外,一面是山溪,一面是半亩大的平地,栽了些草木花和树秧子,在这个村子里是最整齐的房子。因向外面一指道:"那就是袁先生府上吗?"他连连地点着头道:"是的,是的。楼上楼下,全有空房,任凭张先生挑选。肥马轻裘,与朋友共,虽不能至,心向往之。"说着,又是摇摆了全身,去泄那股文气。

  这位张玉峰先生,也是老于世故的人。他见袁四维一见之后,就这样客气,却是有点反常。不过他和李南泉是近邻而又自说交情甚厚,可能是为李先生的原故。因之也就向他客气答道:"遇到袁先生这样肯帮忙的朋友,那是太好了。不过我们是初交。"袁四维不等他说完,就向李南泉抱手拱了几下,笑道:"你看,阁下和兄弟虽是初交,李先生和我知己,张先生又和李先生很知己,这就是二加二等于四,我们就成了好朋友。李先生,你以为如何?"他说着话,翻了眼睛,仰起下巴颏来,只等李先生的回话。李南泉有什么办法呢?只好点着头连说"诚然诚然"。这样连环地成了知己,袁四维就谈得更是有劲。半小时后,他告辞回家了一趟。李南泉也就考虑着,是不是要把向来和袁家无深交,以及他今日有意拉拢盖房子的话交代明白。可是话还没说出来,袁四维又来了。他先拱拱手道:"我们和张先生一见如故,今日我一定要作个小东。是到街上小馆子里去吃呢,还是在舍下便饭呢?"张玉峰连连说"不必客气"。袁四维站在屋子中间,昂着头看屋子上的天花板,像是个沉吟的样子,因笑道:"张先生到这里来,不见得自带了炊具,不是吃小馆,就是在朋友家里便饭。不过当此夏季,小馆子里苍蝇乱飞,实在是不卫生,还是在舍下便饭罢。就先请到舍下去坐坐如何?"说着,他只是抱了拳头向张、李二人乱拱着手,又连说"请请"。

  李南泉看到这种情形,虽然不能说什么话,可是他不免为了心境的压迫,皱起了两道眉毛,只是向着张玉峰苦笑。张先生自然感到一个陌生人突然客气过分,请吃饭,这是不应当答应的。可是李南泉并不说话,也不能了解袁先生是何用意,只是笑道:"那不必客气了。我还有许多话没有和李先生说呢。"袁四维连连拱手道:"请请。不要受拘束。有什么话,到舍下去说就是了。请请!"就凭他这分作揖的劲儿,李南泉也不好意思再说什么,只得跟着袁四维走了。张玉峰虽不知道这位袁先生弄的是什么玄虚,但是人家这样殷勤招待着,而介绍的李先生又不肯说句话,自己也不能断定自己的举动。脸上带了三分忧郁的样子,随在袁、李二人后面,跟到袁家来。袁四维的客厅里,还是一张白木桌子和两把竹椅子,这立刻发生了问题,主客三人,那怎么坐法呢?袁四维走进屋子,张眼四望,打了两个转身,口里连说"请坐请坐",人可就跑了出去。张玉峰对李南泉看了一看,微微笑着。李南泉笑道:"既来之,则安之罢。"主人穿着一套淡黄色的川绸裤褂,脊梁上都湿透了,弯着腰搬了一条窄凳子进来。那条窄凳子的凳面,像裂开的地板纹,有两条腿像袁先生摔文时候一样,有些摇曳着它的大腿。当袁先生向下一放的时候,那两条腿捷足先登,已是坠落下来了。袁四维红着脸笑道:"抗战四年,一切因陋就简,已是简陋得不成样子了。"他弯着腰把那两条腿拾起来看时,却没有了穿眼的木栓了。他打着哈哈,说了声笑话。

李南泉看到,就站起来,向他摇着手道:"我们一切随便,你不要这样殷勤张罗,好不好?"袁四维料着这断腿的板凳,也是无法拚拢的,就将它靠了墙放着,然后人蹲在门里,顺手在门外搬了一只小凳子进来。就靠了门边坐着。他的屁股,是刚刚挨了小板凳,人又站了起来,偏着头向门外叫道:"倒茶来!喂,拿烟来。我那屋子窗户台上有盒新买的烟,那是好烟。"李南泉想着,越和他客气,他是越来劲,那就由他去罢。袁先生就是这样,坐在小板凳上说两句话,他就站起身来,向外面叫着吩咐几声。要茶,要纸烟,要瓜子,要火柴,预备晚饭。这样足忙了半小时,算是把客人初到的这部回旋曲,演奏完毕。张玉峰这也明白了主人袁四维的那番用意。因之主人谈到凑股盖房子的这件事,他决定加入。只是详细的办法,请保留作两日的考虑。同时,李南泉在坐,并不怎样热烈的赞助。袁四维也醒悟过来,必是自己进行得太积极了,这就谈些风景。他说到这地面夏天不热,冬天不冷,水是泉水,比城里的自来水好。屋后山上,有的是树木,烧柴大可不化钱。小菜出在附近农家,比城里便宜得多,而且新鲜,比肉还好吃。晚上乘凉,更不用说,月亮在山上照下来,满山谷都是清凉的影子。虫子由远叫到近,又由近叫到远。这种天然音乐,城里是没有的。这位袁先生说了不算,还将两只手向窗子外、门外上下四方乱指,李南泉不住地掏出纸烟来吸着,两道眉头子,不由自主地,只管向鼻子上面连接着,到了最后,他忍不住了,笑道:"真是那话,我们这里的月亮,都要比别的地方圆些。"

袁四维并不以为这话是挖苦的,笑道:"的确如此,我们这里的月亮,是比别的地方,更要圆些的。那倒不是月亮本身,有什么变样,因为我们这里的山水风景,非常幽静美丽,那就把这里天空上的月亮,也就点缀得格外好看了。假如这个地方,有法子维持生活的话,就是抗战结束了我也不离开,我要在这里买山终老了。这里我住了两年,我是越住越觉得可爱呀!"他说着这话,把头昂起来,把胸脯子挺直。当他赞叹着的时候,把那话音拉得很长,周身的重点,都在胸肩以上向后仰着。坐在小板凳上的屁股,就随了这个姿势向前伸出去,那小凳子没有多大的基础,给他的屁股向前一逼,弹了出去两尺远。他就身子仰着落下去,笃的一声,坐在地上,幸是后面有土墙,将他撑住,不然,他也就翻跌在地上了。张玉峰是客,自然不便笑,牙齿咬着舌头尖,极力把笑意忍住。李南泉笑着走过来,伸了两手将袁四维挽着,笑道:"我兄赞美这地方,真是赞美太过分了。大有贾岛骑在马背上敲诗之概。"他笑着站起来,拍了身上的灰迹,笑着摇摇头道:"真好,对于这个地方,我真像是喝酒的人喝醉了酒似的。哦!说到酒,我就想起了待客的问题了。张先生喝什么酒的?"张玉峰笑着点点头道:"袁先生,你不要客气,我绝不会在府上打搅的。"袁四维说句"哪里话",自己转身向外走。他到厨房里去,找着他的太太,低声笑道:"这个姓张的,我们必须将他抓住,家里有什么可吃的吗?"

袁太太是个胖子,而她那个肚子,特别大,大得顶出了胸脯四、五寸。唯其是她的肚子大,因之她穿的衣服,特别肥大,像道袍似的,在身上晃里晃荡地披着。她平常把厨房里的事,交给了一位穷的女亲戚。今天因为有客来到,她不能不亲自到厨房来切实监督。这时,抬起一只老白藕似的肥手臂,撑住了门框,另拿了一柄芭蕉扇子,在胸中扇炉子口一样,一分钟连扇一二十下,扇得芭蕉扇头的撕烂处,呼噜呼噜作响。袁四维一问,她就道:"有什么菜?早又不说,这时候,菜市上已经买不到肉了。家里只剩一条咸鱼。"说着,她进去在夹壁的竹钉子上取下一条干鱼,手提着悬在半空中连连地摇晃了几下。袁先生看时,那鱼干得已像是一条石灰涂的薄木板子。约莫是尺半长,半边鱼,已经没有了,只剩下半边。不过那个干鱼头,倒还是整个的。那干鱼张了一张大口,穿了一条灰墨色的绳子,就是袁太太手里提着的。袁先生把这干鱼接了过来,将手高高提着,偏了头向干鱼望着,见那鱼肉干得像打了霜的板子似的,上面还有虫灰尘的小络子。这虫丝络子,明显地表示着干鱼的年岁。他提着鱼颠了两颠,怕有六七两重。因道:"这够作一碗的吗?"袁太太道:"那怎么会不够,反正我们也不能把海碗盛了端出去。"袁四维笑道:"我倒有个法子,用盘子装着那就好看多了。鱼头可不要取消,垫碟子底,那是很壮观瞻的。要不,用八寸碟子装,有一半也就够了。"

袁太太道:"拿碟子装好,把咸鱼头撑在里面,碟子可以装得饱满些。"袁四维道:"鱼头吗?放在锅边上烤烤就行了,不要放到油里去煎,因为鱼头是最费油的。而且吃饭的人,他也不肯吃鱼头。你用许多油去煎鱼头,那是一种浪费。"说时,他将头偏到左边,对咸鱼看看,先说了句"不错",然后再把头偏到右边,对咸鱼头检查检查,再说了句"要得"。袁太太道:"既是说要得,你就交给我罢,老看做什么。"袁四维把咸鱼交给太太,因问道:"光吃一条咸鱼不行,我们总还得作点别的荤菜。"袁太太道:"家里还有三个鸡蛋,找点香葱炒炒罢。"袁四维立刻驳正道:"三个鸡蛋炒起来,在碟子里有多大堆头呢?我看还是煎一个圆饼放在碟子里也好看些。"袁太太听了这话,点了头笑道:"你这个计划要得,就那么办。"袁四维交代完毕,转身就向客室里走,他只走了几步,却又转回身去,向厨房门口探着头道:"既是煎鸡蛋,不必三个,就是两个也够了。"袁太太道:"好!两个鸡蛋,勉强也可以煎一碟子,落得省些。"袁先生交代完毕,再转身走去。但只走了几步,他又回去了。因道:"不必两个鸡蛋,就是一个鸡蛋也够了。"袁太太道:"一个鸡蛋,怎么能煎出个饼来呢?"袁四维道:"多搁些葱,不也就行了吗?"袁太太道:"那末,拿出来是葱饼,不是蛋饼了。"袁四维站着沉思了一会,因道:"也好罢。"说着,慢慢走来,突然又站着道:"不必煎鸡蛋,就是打鸡蛋汤罢。一个鸡蛋,准可以打一碗汤,岂不甚好看?"

这时,李南泉正由客室里出来方便,他一听之后,大为惊讶。在屋子后面,转了个大圈子,再回到客室里来。袁四维正站着和张玉峰客气。他笑道:"寒夜客来茶当酒。我也不能有什么好菜敬远客,不过是小园里几项新鲜菜,聊表敬意而已。"张玉峰觉得他口里这样说着,未必事实上就是家里小菜园子里的小菜,抱着拳头只是拱手道谢。李南泉笑道:"袁兄,我看你这事不必客气了。第一,我还有点私事和张先生谈谈。第二,我想带他在这附近看看。张先生今天也不走,关于盖房子的事,我们晚上在乘凉的时候,仔细地谈罢。"他说着,不住地向张玉峰递眼色。当然,张先生就很明了了。因向袁四维道:"袁先生一定要招待,明天叨扰罢,我远道来此,还没有和李先生谈过什么呢。"由于袁四维之过分客气,他已感到烦腻。这就不再征求袁四维的同意,马上就侧着身子,出了门去。李南泉当然也就跟着走了出来。袁四维没有法子,站在屋子门口,满脸现出踌躇不安的样子,将手抹抹两腮的胡桩子,又搔搔头发,带了三分不自然的笑,口里连连说着"这个这个"。李南泉含着一肚子的笑,极力忍耐着。

他赶快引了张玉峰向家里走。走到木桥上,连连摇着头,叫着"我的上帝"。李太太由屋子里迎出来,问道:"你这是怎么了?我随便的一句笑话,你怎么捡起来说?"李南泉正想答复这句话,看到花枝招展的奚太太,又手扶了廊柱站着呢。

她不是先前的学生装束了,穿了一件粉红色带白花点子的长衫。这显然是战前的衣服,在两只手膀子外,搭了两三寸长的袖口。衣服的下摆也很长,几乎要拖到脚背。但是她有配合这件衣服的功架,下面穿着一双高跟鞋子,把身子高高抬起来,远望着,倒是像一只红蜡烛插在廊柱子下面。她本来看到李先生走来,弯着那垂眼角的双眼,有些笑嘻嘻的,及至他老远地又叫了句"我的上帝",她有点疑心了,怎么李先生见面之后,老说这句话,那不是有意讽刺吗?她不免立刻把脸色沉下来。等到李先生到了面前,她觉得他老是把眼光注意她的周身上下。她最喜欢的就是人家这样看她,刚才那一分不愉快,立刻消失了,又对了李先生一笑。奚太太的形状,最好是随便,一切不适于美人式的作风。就以她的牙齿而论,全是马牙,像半截打牌的牛骨筹码排立在嘴里。美人的笑,讲究个瓠犀微露。必是瓠瓜子那么白小,而且不要全露。奚太太正相反,牙比葵花子还大,又整个全露出来,那实在不怎么好看。何况她的嘴唇,涂染得过红,笑起来简直带上三分惨状。李南泉看到,口里已不敢再叫上帝了,可是他心里不住叫着"我的上帝"。奚太太见他满脸是一种调皮的笑容,便回转头轻轻地对李太太道:"男人的心术最不妥。总是文章自己的好,太太人家的好。老李,你说对吗?"李太太实在忍不住心里那分痒,也"噗嗤"一声笑了。

## 第十八章　鸡鸣而起

张玉峰这位生来的客人,看到这些举措,很是感到诧异。因之他走得非常慢,落后一大截路。当奚太太和李南泉说着笑的时候,他索兴站住了脚,就不走过来了。李太太看到他站在袁家屋角上,就笑道:"张先生,怎么老远地到我们这里来,并不坐一下就走了?快请进罢,我正烧好了开水,……"李南泉接嘴笑道:"泡我的好茶。来罢,我这里还有一把破睡椅,你可以在我这斗室里躺着谈谈。"张玉峰还是慢慢地走过来,见所有的男女,全始终带着笑容,不免对自己身上看看。但自己相信并没有什么令人可笑之处,也就坦然无事地向李家屋子走去。奚太太也对张玉峰周身看看,瞧着他像个粗人,倒没有什么可以观察和研究的,就站在走廊上不曾进来。但她低头看到自己这身鲜艳的衣服,站在走廊上不动,那也就太埋没了自己。因之,站着出了一会神,牵牵自己的衣服,就向对面山麓的人行道上走去。张先生原先老远地看到这位红衣女郎,他就开始注意了。乃至逼近看她,胭脂粉里面浅浅的都有些皱纹,他就有些骇然,这样大年纪的人,为什么还打扮成一位少女的模样?而且看她那情形,和李氏夫妇还真熟,不知他们相视而笑,有什么用意。自己忍住了那分笑意,端正了面孔,向他们家里走着。这时,他坐下,隔了窗户,向走去的红衣女人只是望着。李南泉笑道:"你看什么?让人见识见识,这是我们这里三绝之一！你今天看到了她，也就不虚此行了。"

张玉峰笑道："这是三绝之一，还有两绝，不知是怎样的人？是男是女？"李南泉道："当然都是女人。若是男人，我们不能给他上这样的徽号，我们要叫他……"说到这里，将声音低了一低，走近两步，对他笑道："我们这里，女有三绝，男是四凶。"张玉峰道："三绝我已经是领教了，大概都是这个样子，但不知四凶是怎么一种情形？"李南泉笑道："四凶嘛，你也看见过了。"张玉峰将手摸摸腮道："我也见过了？这是冤枉。我到你贵处来，除了和你贤伉俪相见之外，并没有见什么人。你怎么说是，我见到了四凶？"李南泉指了鼻子尖笑道："你问这话干什么？反正四凶里面没有我。"李太太道："这都是不相干的事，值不得辩论。"于是走到李先生面前，轻轻说了几句。李南泉操着川语，连说"要得！"于是很快地到里面屋子，取了些钞票在手，出来，挽着张玉峰的手道："张兄，你听我的话，和我一路下山去罢。你有什么事和我商量的话，到了山下，我可以详细而且从容地告诉你。"张玉峰点了头笑道："我虽无师旷之聪，闻弦歌而知雅意。"李南泉哈哈大笑，拖了他的手就走。两人刚到走廊上，那位贤邻袁四维先生，又迎着走向前来，笑道："闻弦歌而知雅意，猜什么哑谜，可得闻乎？"李南泉道："那是我们谈到戏剧上的事情。"说着故意向他作个鬼脸，不住点头，挨身而过。那位袁先生，好像也知道这里面有什么文章似的，也嘻嘻地向李先生笑着。张玉峰看到，想起仿佛在这问题里，又含着什么妙处，心里疑问着倒是不肯放下。

李南泉见他脸上老含着笑意，因道："你必定有许多事情不解，又怕不便问，我就老实告诉你罢。这里为了集合着大批疏散来的下江人，所有迎合下江人口胃的消耗品，也就跟了来。下江店，下江小馆子，京戏班子，这里都有。这京戏班子里有几位坤角，是跑长江小码头的。放在大都市里,也许不见奇,放在这个地方出演,那就全是余叔岩、梅兰芳了。有位坤伶叫杨艳华的,很能识几个字,恭维她一点,就说是力争上游罢。我自己也不知道从何日何时起,她叫我老师,而且常到我家里去拜访师母。跑码头的女孩子,这实在是平常得很的举动。可是我太太对于这件事,不大放心。然而,她的心里又相当的矛盾。每当杨小姐来拜访她的时候,她抹不下来情面,对杨小姐还是很客气,甚至亲热得像姊妹一样。这让我和杨小姐接近是不妥,和杨小姐疏远也不妥。"张玉峰点了头笑道:"这个我有同感。每逢我夫人来了女友,我就感到莫大的困难。我是主人,不能不殷勤招待。是太太们,那还罢了。若是小姐们,你若殷勤招待,夫人就可以等客去了问你是何居心?"李南泉摇摇头道:"你和我谈的,不是一件事。偶然来一次女客,招待不招待有什么关系?我说的是平常来往。这位杨小姐,几乎每天要从我窗户外面经过一次,而且经过之时,必老远地叫声李先生或者老师。人家光明磊落的行动,丝毫无可非议。可是……"说着,他又摇了两摇头。把话停住。因为太太的好友下江太太迎面走来了。

他那番话,下江太太,当然是都听见了的。她走到了身边,就站住了脚,向李南泉呆望着微笑。李先生向她点了个头道:"今天天气还不算十分热。"下江太太笑道:"就是这话。打牌的可以打牌,听戏的可以听戏。今天晚上是什么戏?"李南泉笑道:"我还没有打听。但是听戏若是成为例行公事的话,那就在人不在戏了。"那下江太太抿了嘴微笑,向他点点头,就没有说什么话。李南泉说声"回头见",引了张玉峰走。他随着走了一截路,低声问道:"老兄,你这问题,相当严重,怎么左右邻居,全知道你有捧角的行为呢?"李南泉道:"唯其是大家全拿这事开玩笑,就表现着我丝毫没有秘密。"张玉峰道:"不管怎么样,这位杨小姐,一定长得很漂亮,要不然,也不至令老兄这样甘冒大不韪。"李南泉笑道:"我可以引你和她见见的。反正我太太也会想到这上面来。"这么说着,自更引起了张先生的兴致。两人走到街上,进了一家下江小饭馆。李南泉刚坐下,茶房走过来,就笑着问道:"李先生还请客吗?"张玉峰道:"哦!全是熟人。他还是要请一位客的。你若能猜到他还要请哪一位,那就算你真是把他当熟主顾了。"茶房手扶了桌沿,向李南泉望着微笑。李南泉道:"你到杨小姐家去一趟,你说城里来了一位张先生,是我的好朋友,他要和杨小姐见见。请她就来。"那茶房并不怎么考虑,笑着去了。张玉峰摇摇头笑道:"在这种情形上,蛛丝马迹,那是人可寻味的了。"

张玉峰对于这个约会,颇是感到兴趣,就含了笑静等着。他们挑的这个座头,是馆子里的后进。外面一道栏干,顺着山河的河岸排列。河岸上,也零落地种了些花木。山谷里的风,顺着河面向这里吹来,倒也让人感到周身凉爽。茶房送上茶来,他斟满了一杯茶,将手端着,先侧了身子,望着对面街市上的一排青山,颇也觉得胸襟开朗,正自有点出神呢。忽然,听到身后有人用很粗暴的声音问道:"怎么靠外面的桌子,还要卖座?"回头看时,一个少年,穿着花条子绸衬衫,下套白毕叽短裤衩。头上的分发,梳得油光淋淋的。长圆的脸子,虽然在皮肤上还透着很年轻,可是在神气上和眼光上,又是带着几分杀气的。他后面跟着两个中年人,也都是短衫裤衩的西装,可是腰带上各挂了一只手枪皮套。在后的那人,手上还牵了一条狼狗。张玉峰干银行的人,对于金融界的大小权威,没有不认识的。这就立刻站起来,深深点着头笑道:"大爷今天下乡来休息休息?请这边坐,我们让开。"那少年两手叉了腰向他脸上很注意地看着,问道:"你是谁?我不认得你。"张玉峰立刻在身上掏出一张名片,恭恭敬敬地双手递了过去,那少年接过名片向上面略看了一看,然后将名片向身旁的桌面上一丢。淡笑着道:"张经理,你不跑头寸,有工夫到乡下来?"

张玉峰道:"有点事情来接洽。大爷就这边坐,我们让开。"说着,他就自行将桌子上的茶壶、茶杯,向堂里的桌子上搬了去。

李南泉看了他这种作风,心里十分不满意。他对于张玉峰所称呼的"大爷",也相当面熟。经过这一番考察,也就明了了。这是方院长的大少爷,方能凯。他和方二小姐一样,骄傲,狂妄奢侈又悭吝,聪明又愚蠢。照说,奢侈的人不会悭吝。聪明就不愚蠢。但奢侈是自己的享受,悭吝是对待他人。聪明是在他们的财富上,虽然小小年纪,也能够钱上滚钱。愚蠢是他凭了有钱有势,和他父亲种下许多仇恨。但整个地说,还是无知。他在顷刻之间,脸上变了好几回颜色。在张玉峰把茶杯、茶壶都移到靠里那张桌子上去的时候,李南泉还坐在那座头上未曾走开。方能凯兀自两手叉着腰呢,这就横了眼睛,向李南泉注视着。他向来的动作是一样的,只要他脸上表示一点喜怒,他跟随着的人,立刻就会代做出来。这就是颐指气使的那个典。他们主仆,作得能够合拍。可这回有点异常,当方大少爷那样出神的当儿,他身后两个健壮随从,并没有什么动作。他回头来,对他们看看,见他们在眼风和脸色上,有些闪动,那意思好像表示着,不能把李南泉哄走。张玉峰站在旁边,看到这个僵局,这就立刻向前握着李南泉的手道:"我们不还有客来吗?到这里来坐,比较好一点。"这句话是把李南泉提醒了。像杨艳华这种小姐,摆在方大少爷面前,那是将一只小羔羊,放到老虎口边,那是十分危险的事。岂但要移开桌子,连这饭馆里吃饭,都很是不妥,于是就站起身走了。

李南泉被他拉着,坐到靠里的桌子上来,索兴将背朝外,对那方能凯也不望着。张玉峰倒是有些坐立不安的样子,站在桌子角边,将腿伸着跨了板凳,并不曾坐下。李南泉笑道:"张兄,我的计划,有点变更了。我打算请你到另一个地方去吃饭。"张玉峰先向外面那几张桌子看去。见自己原来的座位,是方大少爷两个随从占着,方少爷独自占了一张桌子。倒是跟来的那头狼狗,并没有什么惧怯之处,它径自走到这桌边,两条前腿,搭在椅子上,将狗头伸到桌子面上来,将鼻子尖在桌面上乱闻。方大少爷笑嘻嘻地叫着狗的外国名字,用手抚摸了它的头。张先生料着他要到了临河的座位,完全占着上风,这就不会再麻烦,也就对李南泉笑道:"何必又掉换什么地方呢?在哪家馆子吃,也少不得是你李先生化钱。何况你还另邀了客,我们走开了,人家岂不是来扑一个空?"李南泉手按着桌沿,已是站了起来,摇着头道:"那没有关系,在这个乡场上,我的面孔倒是一块熟招牌。那只要向前面柜台上打个招呼,来客就会找到我们的,走罢。"说着,他首先在面前走着。张玉峰本来也不愿和方大少爷坐在一处,也就起身向后跟着。偏是那位方大少爷看到了,他要多这番事,抢向前,一把将张玉峰的手拉住,问道:"姓张的,你向哪里走,难道因为我在这里坐着,你就要躲吗?那不行,那是给我莫大的侮辱。"张玉峰回转头来,见他脸上带三分笑,又带三分怒色,倒摸不清楚他是什么意思,连说"岂敢岂敢!"

这一下,可让张玉峰为了难。承认是让开他,没有这个道理。不承认让开他,那还得坐下,而且这个动作,又用意何在呢?于是笑道:"大爷,未免太言重了。我今天由城里到这里来,是叨扰朋友,朋友请我到哪里,我就到哪里。"方能凯点头道:"那我明白,是你的朋友要避开我。老实说我并不需要在这里吃喝什么。我是到乡下来,就尝试一点民间风味。没有关系,你的朋友不请你,我请你,你扰我一顿,怎么样?"张玉峰笑道:"多谢多谢,不敢当。"方能凯瞪了两只眼,白眼珠多于黑眼珠,脖子也微昂着向上,冷笑着道:"难道我姓方的,还够不上作你的朋友?"他说这句话时,脸色就十分难看了。张玉峰笑道:"言重,言重!"方能凯道:"你要证明你把我当方大先生,我请你吃饭,你就当接受。老实说,我请人吃饭,还没有哪个敢推诿的。"张玉峰听他这话,心里像被人钉了一锤,这也就恨不得回敬他一耳光。可是他脸上还春风满面地笑着。两手抱了拳头,连连拱了几下,笑道:"那我就拜领,但最好是不要破费太多。"他们在这里拉扯着,李南泉走到前面客堂里,闪在柜台后面,远远向后面看着。见张玉峰被留下了,料着他也不敢不留下,自己落得省一顿请客的钱,也就悄悄走出来了,正走了不几步,却看到杨艳华穿了件淡绿色的绸长衫,摇着一把圆面纨扇,从容地走来,老远她就笑了。

她走路的姿势,仿佛都带些戏剧性。她本是将那圆面纨扇,在胸前缓缓招摇着的。及至看到李先生以后,将扇子举到身边,对人微微点了三下。李南泉怕她径直走过来,就迎着跑到她面前站定,因笑道:"真是对不起,我有位朋友要和你见见,所以我请你来。不想我们刚是落座,方家那个宝贝带着两个随从也来了。那么些个座位,他都不坐,要我们把座位让给他。虽然这是小事,但他有什么权力,可以教我们把座位让给他呢?偏偏我那位朋友,是银行界人物,不肯得罪他,教他让座,他就让座。这实在是欺人太甚,我坐不住了,走了出来。我们换一个小馆子罢。"杨艳华向他笑道:"李先生这个举动,非常的聪明。若是这凶神在那里,我去了是坐下不敢,走开不便。我一个人在吃东西,那是不怕他的,他也不会像费得功①一样,白昼抢人。可是我和男人在那里吃东西,万一他借题发挥,什么事都做得出来的。那可让我为难。你那位贵友,现时在什么地方?"说着,她回转头四处张望了一阵。李南泉虽没有了解她什么意思,也跟随了她这个动作,四处张望。便是这时,路旁一油盐店里走出一位太

---

① 费得功为小说《施公案》中的恶霸。

太来,那是李太太的竹城好友,白太太,她随了这边男女二人的四周相顾向两人笑着点点头,因道:"杨小姐这一身淡雅,潇洒得很。"杨艳华常在村子里来去,对她有点面熟,却不认识是谁,便笑着点了几点头,并没有答复一句话。李先生笑笑,也没说话。

李南泉很敏锐地感到,觉得这事有些不妙。因为接连遇着太太两位女友,脸上全都带了笑容,这笑容并不正常。尤其是眼前,单独地和杨艳华在这里说话,和在家里所约,请张玉峰吃小馆子的事大有出入。心里立刻给自己出了一个主意,便向白太太道:"你回家去,请给我太太带个讯去。我请的那位朋友,事情有点儿变动,我暂时在四时春小馆子里等他。我太太若愿意下山,请你告诉她,马上就来。"白太太道:"没关系。我回去就和你带个信。"这"没关系"三个字,透着有点双关,说时,带些笑容。她说毕也走了。杨艳华道:"这位太太,我不大认识。姓什么?"李南泉笑道:"这个人,你不应该不认识。她是这村子里太太群里的大姐,普通太太在称呼上用丈夫的姓老张、老李。因为老白和老伯子音相同,大家只叫她白大姐。她能干极了,能跑通任何一个合作社,公路上买汽车票毫无困难。因为如此,所以她能作点小小的囤积生意,而且日子过得非常俭朴。她有个口号叫'三一主义'。这'三一主义',就是一灶,一菜,一灯。"杨艳华笑道:"这个'三一主义',我不大明白。"李南泉笑道:"我们到四时春去慢慢谈罢。你们妙龄女郎,应该向这老大姐学习学习,这于人生是不无补益的。"于是他们走到那小馆子里,挑了一副座位坐下。李先生是为了和太太及张玉峰留着座位,隔了桌面,和杨小姐相对地坐着。她很急于要知道这"三一主义",便笑道:"不要作文章了,快告诉我罢。我将来有了家庭,也可以照人家的法子办。"李南泉望了她道:"你快有家庭了?可喜可贺!"

杨艳华见他脸上带着调皮的笑容,因道:"这也没有什么稀奇,谁都有个家庭的。你先把这'三一主义'告诉我罢。"李南泉道:"我告诉你,你只可以参考参考。持家过日子,若是真照这个办法去作,那也是有伤天地之和的。我先说这'一灶主义'罢。这就是说每日只烧一灶火。早饭吃晚一点,晚饭吃早一点,就把三餐改为两餐。早饭这一餐饭,当然是吃热的。晚饭这一顿,就把热水淘着冷饭吃。"杨艳华道:"这也不是'一灶主义'呀。烧开水不是一灶火吗?"李南泉道:"当然开水是上午烧的。他们家大大小小有些瓦壶瓦罐子,上午就装满了开水放到一边,到了吃饭的时候,大家在饭碗里泡着水,唏哩呼噜地喝着。"杨艳华道:"这在夏天当然可以。到了冬天,那怎么办呢?"李南泉道:"那当然还是一灶火。不过多耗费一点炭火而已。她的作法是这样的,在烧火的时候,放两节木炭在灶里面。在屋角上堆着一些炭灰,把灶里的柴棍夹上几块再将木炭添在上面,用热火培壅着,这火就可以维持一个整天。不但早上烧好了的开水放到火上不会冷掉,而且还可以把瓦罐子装着冷水搁在热灰里煨着,这水虽不能喝,洗手脸是好的。"杨艳华点头笑道:"原来如此,我早就听到说,贵村子里有位善过日子的太太,烧一大缸开水,喝上两个礼拜。我以为那是神话,果然有这件事。"李南泉道:"有这件事,但那是另外一个人,你要打听打听这位太太的故事,我也有。"说着,他手拍了两下肚子。

杨艳华道:"我问题暂且不管了。还有'一菜一灯主义',那是怎么个解释?"李南泉道:"'一菜主义',那用不着解释,就是每餐只吃一项菜,而且还限于一碗。'一灯主义',这却是难能可贵的。就是到了晚上,全家只点一盏菜油灯。"杨艳华道:"这是不可能的事,随便怎么简单,一户人家,连厨房在内,总有两三间屋子,这一盏灯怎样照得过来?"李南泉道:"妙处就在这里了。他们家虽有两三盏菜油灯,平常都不用。用的是一

第十八章 鸡鸣而起 | 443

盏特制的节约灯。这灯座子是个纸烟筒子,用钉子钉在门框上。瓦油灯盏里加上了八成油,放着半根灯草。"杨艳华摇摇头笑道:"这有点形容过甚。灯草不论长短,一尺是一根,两寸也是一根,这半根灯草,倒是怎样的计算呢?"李南泉道:"当然有个法子计算。凡是灯草的长度,足够灯盏的直径,那是一根。只够灯盏的半径,那就是半根了。"杨艳华笑道:"就算对的罢。以后怎么样呢?"李南泉道:"以后吗就放在纸烟筒子上了。必须是往烟筒子上放稳了,他们家才会把灯点着的。灯在门框上,自然可以照见内外两间屋子,就是灯盏漏油,也就漏在纸烟筒子里。你说,这能不能算节约灯呢。至于厨房里,那不成问题,他们家根本晚上不作饭,用不着灯。你看这位太太。是不是会过日子?不过有一点,我们旁观者是解不透的。她喜欢打麻将。而且赢的日子很少。我怎么会知道她赢的日子很少呢?她照例赢了钱之后,必作一次回锅肉吃,全家打牙祭,两三个月来,不见她吃回锅肉了。所以知道她没赢过。"

杨艳华笑道:"你这未免挖苦人太甚了。两三个月不吃一回肉,这倒是现在人家常有的事,不过每次吃肉,一定是回锅肉,这倒不见得。"李南泉道:"小姐,你是和社会相隔着一段小距离,不知道民间真正的情形。吃回锅肉和吃别的肉不同,回锅肉是整块肉放在水里煮熟。肉拿出锅来切了,只要放些生姜、葱头、豆瓣酱,并没什么配件。那煮肉的水,可以作汤,煮萝卜、白菜,都很合适,这是最省钱的办法。管家太太,为什么不吃回锅肉呢?"杨艳华笑着点头道:"吃回锅肉打牙祭,还有这些个文章。领教领教。"她说着话,两手按了桌沿,身子颠了几颠。这分明是个调皮的样子,李先生望了她,也就只好微微笑着。就在这时,那位下江太太左手拿了个纸条,右手拿了只酒壶,直奔到柜台上去。李南泉看到,不能不加理会,这就起身相迎着笑道:"怎么样?坐下罢。我作一个小东。"下江太太太将手上的纸条,迎风晃了两晃,笑道:"我家里也请客呢。正来叫菜,我欢迎你同杨小姐,也到我那里去吃顿饭。好不好?"杨艳华和她并不认识,所以她和李南泉说话,只是呆着脸子听了,现在她正式提出来请客,倒不好不理,只得起身向她笑着道:"不敢当,改日到府上去奉访罢。"下江太太笑道:"我们这是顺水人情,但杨小姐真肯去的话,倒是蓬荜生辉。李先生,你不觉得我这话是过分的夸张吗?"说着,她向李南泉嘻嘻地笑。他有什么话可说呢,也只有向她点着头微微地笑而已。

她交代过了请客,就把那张字条和柜上的店老板交涉菜肴。听她口里商量着,就掉换了三个菜。那末,她要的菜就多了。李南泉心里也正在计算着,下江太太家里有什么喜庆事宜,要这样大办酒菜。就在这时,张玉峰在店门口就拱着拳头向里面走,口里连连说:"对不住,对不住!"李南泉走向前去,和他握着手,把他拉扯到座位上来,向杨艳华介绍着笑道:"这就是我说的杨小姐,不用看她在台上表演,你看这样子,不也就是一表人材出众吗?"杨艳华笑道:"张先生,请你多指教罢。李老师,当然要在他的朋友面前,说他的学生不错。学生不行,那不也就说老师不行吗?"张玉峰见她伸着两道眉峰,在鹅蛋脸上,掀起两个小酒窝儿来,这样子非常的娇媚。她脸上只是薄薄地施了点脂粉,配上那浅淡的衣服,在乌黑的发鬓下,斜插了几朵新鲜茉莉花编的小蝴蝶儿,实在是艳丽之中带了几分书卷气。尤其是她手上拿的那柄小圆扇,上面画着水墨竹子,她每一笑,就把扇子举着,半遮着她的脸,非常有意思。张先生在她对面坐下连连地点着头道:"我一见之下,就知道是受着李兄很深的熏陶的。不怕言语冒犯了杨小姐的话,我所看到过唱老戏的小姐们,北方有北方典型,南方有南方典型,像你这种样子,分明是世代书香家中出来的一位小姐,我还是初次见着呢。"李南泉拿着伙计刚送来的筷子,在桌沿上重重地敲了一下,笑道:"批评得二十四分恰当。"

这些谈话,当然让杨艳华听着非常痛快。她也就很高兴地陪着张李二人在一处,吃过这顿饭。言谈之间,提到了刚才和方能凯相遇的一幕。张玉峰倒不是李南泉和杨艳华那种观感。他说:"这位方君完全是个大少爷脾气,人是聪明的,学问也很好的,不过就是缺乏一点社会经验。若是他有两个老成练达的人和他同在一处合作,那他的前途,是不可限量的。"李南泉笑道:"你的意思,以为他将来作的官,比他老子的地位还要高些?"杨艳华捧着筷子碗低头吃饭,只是抬起眼皮向二人看着,然后微微地一笑。张玉峰虽然知道他们不以为然,可是他并不更改他的论调。因笑道:"并不是因为他请我吃了一顿饭,我就说他的好话。你只看他二十岁边上的人,除了中、英文都很精通而外,对于经济学可以说对答如流。若是他……"张先生说到这里,对着杨、李二人看了看,却突然地把话停止了。随着这话,也是微微的一笑。李南泉知道他和方大少爷有什么初步的了解,老是追问着,倒有些不方便了,于是笑道:"今天晚上,杨小姐的戏很好,你有工夫去看看吗?我可以奉陪。"张玉峰望她笑道:"今天晚上什么戏?"她笑道:"我今天晚上是《大英杰烈》。若是张先生觉得这戏不对劲,请你改一个,我无不从命。"张玉峰笑道:"我对此道,百分之百的外行,只要热闹就行。我不懂戏,老生唱大嗓,我都听不清;青衣唱的小嗓,我更听不懂了。"李南泉鼓了掌笑道:"她今晚上唱的戏,那就完全对你的胃口。"

杨艳华笑道:"我们在下江,就是赶码头的戏班子,还有什么了不起的本事。到了四川,名角全没有来,我们就山中无老虎,猴子充大王了。张先生今晚上去赏光,我是欢迎的,可是不要笑掉了牙。"张玉峰笑道:"你们老师,都当面赞不绝口,我一个百分之百的外行,还有什么可说的?

今晚上无论怎么样忙,我也要去看戏的。李兄,就托你给我买戏票了。"说着,他站起来一抱拳,还伸手到口袋里去掏钱。李南泉道:"你若有事,就只管请便,其余不必管。我在戏馆子里第三排座位上等着你。我那草屋,还有一间空房子,给你铺下一张凉床。此地找旅馆,那是让你去喂臭虫,可以不必了。"张玉峰连说多谢,拱了几下拳头,起身就走了。杨艳华看着他匆匆走去,笑道:"这位张先生,好像是很忙。一句多谢,包括了三件事。请他吃饭、听戏,以及让房间他下榻,可能他这声'多谢',对另外两件事就谢绝了。"李南泉道:"他虽是一位银行家,他的作风,和其他银行家不同。他是贫寒出身,一切是自己跑腿。抓着一个挣钱的机会,他立刻就上。他到乡下来,是预备盖两间躲空袭的房子,本来不紧张,现在让他遇到了方大少爷,那也是个找钱的机会,他怎能放过?所以又忙起来了。"杨艳华向店外面张望了一下,又向左右座位看了看,这才低声笑道:"在方大少爷手里想办法找钱,那不是到老虎口里去夺肉吃吗?"李南泉笑道:"也许他要的不是肉,是老虎吐出来的肉骨头。世界上有怕老虎的人,也就有利用老虎的人。小姐,你是在戏台上演着人生戏剧的人,你不会不知道哇。"

　　李先生说得很高兴,杨艳华却微笑不言。站起来点点头道:"老师我多谢了,回头若是来听戏的话,务必请你给我带个信给师母,请她也来。"李南泉道:"大概她不会来吧。"杨艳华说话时,始终是把眼光向店堂外面射着的,这就先把嘴向外一努,然后低声笑道:"刚才这位白太太在这门口张望了两三回,恐怕有什么事找你罢,我先走了。"李南泉笑了一笑,让她自去。会过了酒饭帐,走出馆子来,果然看到白太太手上提了两个纸包,站在一家店铺屋檐下和人说话。心里就想着,这位太太说了回家去的,怎么又在街上晃荡,而且老盯着我的行动,这是受太太之托吗?于是

第十八章　鸡鸣而起　　| 447

缓缓地走到她面前,笑道:"你这时候有工夫到街上来。我知道,下江太太家里,今晚上有个约会,你在不在内呢?"白太太笑道:"不但我在内,我还给她帮忙呢。你不瞧这个。"说着,将手提的纸包举了一举。李南泉道:"她家今日有人过生日?"白太太道:"这个我不晓得。反正是有什么庆祝的事吧?不过她不请男客。她说,吃饭的时候,她会宣布,反正用不着送礼。你太太也在被邀请之列。不过我问她,她说不参加。原因是不知道下江太太今晚上这个宴会用意何在。有人猜她是邀会,那不对。人家手边,比我们方便得多。也有人猜她是举行什么纪念。"李南泉道:"什么纪念,除非是他们的结婚纪念。"白太太道:"你太太说,为了避免这个应酬,希望你接她到街上来听戏。你太太,她也很喜欢杨小姐的。"说着,"嗤"一声笑着,就提着纸包走了。

李先生想着这些情形,站在街头上,很是踌躇了一会。最后,他觉着今天的请客大概是不免引起太太的疑虑。为了免除太太的疑虑,还是向她解释一番为妙。于是暂行不买戏票,扶着手杖,缓缓走回家去。这时,天已昏黑了。草屋的窗户里,已露着昏黄的灯光。由山溪这边,看山溪那边,已是昏茫茫的不辨房屋轮廓。而天上恰是有些阴云,把星光埋没了。这现出了四川的黑夜真黑,在眼前三尺外的熟路,简直不能看到。他将手杖探索着地面,一步步地跟了手杖走。这样人走得慢,脚步也响得轻。倒是房里人说话的声,在外面听得清楚。最能入耳的是奚太太的声音。她正在批评着男人说:"无论什么样子的男人,太太离开久了,这总是靠不住的。老奚若是在我身边,他若多看别个女人一眼,我可以拿棍子打断他的狗腿。也就因为我一点没有通融,他非常的规矩。可是他离开了我,我就没有法子控制他。李先生的态度,倒是公开。不过他要离开了你,那就难说呀。最好你现在就管制得紧一点。"李南泉听说,不由站住了脚,暗张先生到戏园子里去,你若是还没有到,岂不要人家买票?"李南泉由里面屋子里走出来,手急急地乱抚摸着头发,因道:"我本是回来,邀你同去的。因为看到两位女杰在这里,我就懒得说话。这种人物……"说着,探头向屋子外看看,有个油纸捻儿,在夜空里照耀着。见石太太抬了一只手,正在溪岸那边走着。这就低声道:"你何必和她们一样。她们满口男女平权,事实上是要太太独霸。尤其是石太太,她说妇女解放,她家里现养着一个丫头,她真要平权,先把那丫头和她平起来。"李太太道:"我有我的主张,我为什么听人家的?你有正当的应酬,那我当然不干涉。无须假惺惺,你去听你的戏。"李南泉望了她笑道:"下江太太家里,今天晚上有个盛大的宴会。"太太不等他说完,乱摇着头道:"我不去,邀我我也不去。"李南泉道:"你们是好牌友呀,为什么不去?"李太太将手连挥了两下,皱着眉道:"你去罢。不要管我的事。"李先生颇觉得太太脸上有些不悦之色,料着下江太太的宴会,还有什么小小的问题,这就不敢多说话,摸索着了手杖,悄悄地就溜出了大门。

  李先生是这样地走了。当他走回家来的时候,那已是夜中。他打着一个折纸灯笼,照着山路上前后丈来宽的光芒。张玉峰先生跟着在后面光圈内走。他从容着低声道:"李兄,这位杨小姐的确不错。她在台下,看着她娇小玲珑而已。美中不足的,脸上还有几个雀斑。可是她一上了台,化过装,更穿上那美丽衣服,那真是画中美人。"李南泉笑道:"老兄,你外行。看戏不是专看角儿的长相的。你在我太太面前,可别说杨艳华长得好看。"张玉峰对这话还没有答复,身后面却有人嘻嘻地笑了一声。他回头看时,那人也是提着一只灯笼,彼此灯光照耀,只是个人影,倒看不清是谁。那人笑道:"南泉兄,你我同病相怜呀。"这听出他的声音来了,那正是石正山教授。因笑道:"虽然我们患同病,可是起病的原因不一样。我是外感风邪,吃点发散药病也就好了。老兄只是身体弱,并不招外感。"石正山快走了两步,到了身边,低声笑道:"唯其是我并没有外感,我就觉得内阁方面对于我压迫得过于严重一点。在物理学上,是压力越重,反抗力也越大的。"李南泉道:"难道你老兄打算造反?"石正山跟在身后,只是一笑。李先生这就想起前两三小时前石太太在家里的那番谈话了。因问道:"石兄,你是赞成女人化装的,还是反对的?"他笑道:"这话问得奇怪。哪个男子不喜欢女人漂亮?你不是刚才看戏来吗?你愿意戏台上的人,都丑陋不堪?"李南泉道:"那末,你是愿意太太用胭脂粉的了,也不反对太太烫发的了?"

石正山倒还没了解他的用意,因道:"太太长得不漂亮,是不能驾驭先生的。讨老婆,谁都愿意老婆漂亮吧?那末,为什么不愿意太太擦胭脂粉呢?老实说,太太不化装,那是一种失策,这很可能让先生失望,而……"他那句话没有说完,已走近他的家门。他的家就是在人行路边上,窗户里放出来的灯光,老远就可以看见。而且夜深了,那里面说话,外面也听得很清楚,这就听到石太太叫道:"小青,熄灯睡觉吧,不用等了。知道你爸爸这夜游神游到哪里去了?不管他,再晚些回来,门也不用开了。"石正山老远地大声答应着道:"我回来了,我回来了!"说着,直奔了家门口去,对于李、张二人,并没有加以理会。张玉峰直走了百步以外,方才回过头来看了看,见石公馆已鸦雀无声了,这就向李南泉低声道:"我看这位石先生,是最守家教的一位吧?"李南泉笑道:"那是我们作丈夫的模范分子。不过他在朋友面前,不肯承认这种事实。刚才他还不是说压力越重,抵抗力越强吗?"说到这里,突然把话停住,改口说着两个字"到了"。跟着"到了"这两个字,下面就寂然无语。手上提着那个纸灯笼,高高举起。到了自己家门口,首先报告着"张先生来了"。张玉峰看到石正山刚才的一幕,也就知道这冒夜叫门,在家规第几条上,可能是有处分明文的,这就叫道:"李太太,我又来吵闹你来了。"但出来开门的是王嫂,屋子里并没有什么反应。主人引着客人到空屋子里去安歇,他自己也是默然地走回卧室去。

李先生料着太太心里,总还有点疙瘩,干脆不去惊动,自向小竹床睡下。这已是夏夜的十二点半钟了,其实也可以安睡。但睡了一小觉之后,却听到后墙的窗户,有人轻轻敲着。那敲窗人似乎也知道这是孟浪的,就先行说话了,她道:"王嫂,你叫一声你太太起来,我姓白呀。"李南泉听出这是白太太的声音,自也感到奇怪,只是装睡着不作声。李太太惊醒了,因道:"白大姐,为什么起得这样早哇?到哪里去赶场?"白太太在外面笑道:"根本没有天亮,不过是两点多钟。你起来,到下江太太家里去一趟。"李太太道:"有什么要紧的事?"白太太笑道:"我们还有什么要紧的事,无非是三差一。"李太太说着话,就在黑暗中摇着火柴盒响。接着擦了火柴将桌上的菜油灯点亮。她睡觉的时候,当然是穿着小汗衫和短裤衩,这就在床栏干上把长衫抓起来穿着,因道:"这是怎么回事?你们天不黑就搭上了桌子,到这个时候,怎么又变成三差一了呢?"白太太在外面轻轻地敲着窗户板,笑道:"你别废话了,不怕先生,你就开了门让我进来,把原因告诉你。你若是怕先生,你就熄灯睡觉罢,明天见面,可不许嘴硬。"李先生听到了这个激将法,心里想着,这半夜邀赌角的人,倒也有半夜邀角的办法。且不作声,看她们怎么样。李太太就道:"笑话!什么时候打牌,我也不受拘束。开门就开门,你是一位太太,我怕什么!"于是举了菜油灯到前面屋子里去,果然开门了。

白太太走进前面屋子首先低声问道:"李先生是醒的吧?"李太太道:"你不管他了,有话就说罢。"白太太道:"下江太太,也是太多事一点,打了一桌不够,又打第二桌,第二桌有一位人家不大舒服,打完了十二圈,就下场了。主人家非凑足两桌不可。她也不用费神作第二步想法,就派我来找你。她说,若不如此,人家垫的伙食费都找补不出来了。"李太太道:"那位是赢了呢,是输了呢?可别让我去作替死鬼呀。"白太太道:"我不在那一桌,我不知道那桌的情形。反正各凭各人的本事,各凭各人的手气,你管他前手怎么样?走罢走罢。"李太太道:"我也得洗把脸漱一漱口吧,我起来了就不再睡了。"白太太道:"你带着钱就得了。洗脸漱口,我会给你找地方。走走。"李先生听那声音,好像是白太太已把他太太拖着向外走。随后李太太走进屋子来,在枕头下面摸索了一阵。然后她走到小竹床面前来,两手撑了床沿,低声问道:"你是真睡着了,还是假睡着了?"李先生侧了身子睡的,并没有作声。李太太道:"你再不作声,我就拿蚊香烧你了。"说着,两手将他连推了几下。李先生一个翻身坐了起来,笑道:"你要走你就走罢,你又何必把我叫了起来呢?"李太太道:"这还是半夜里呢。我走了你不要起来关门哪?"李先生也不分辩,随着她到前面屋子里来,见白太太站在屋子中间,手里兀自提着一只纸灯笼。她眯了眼睛笑道:"对不起,扰了你的清梦了。"李南泉笑道:"可不是,我正梦着和清一条龙。"

白太太笑道:"你不是在梦着看玉堂春?"李南泉笑道:"看了《玉堂春》,回来还梦着看玉堂春吗?我并没有对你来邀角稍有违抗呀,你还要加紧我的压力吗?"李太太接过白太太手上的白纸灯笼,挽了她的手道:"不要和他多说话。走罢。"但她并不就走,站在屋子里停了一停。等李太太走出门去了,她向后退了两步,回到李南泉身边,向他作了一个鬼脸,然后微笑着低声道:"我虽然在街上遇到了你三次,可是对你太太,并没有说半句话。"她说着话,竟是男人和男人开玩笑的态度一样,伸着手拍了两拍李南泉的肩膀。李南泉还打算说什么话时,她就走了。他对于白太太这种作风,心里十分不痛快,跟着走出门来,在走廊上站着。他看着那两位太太共着一只白纸灯笼,晃荡着在人行道上远去。这已夜深了,很远的说话声,也可以听到,有一句最明白。白太太说:"你说,那副牌,为什么不和五八条呢?"她们低声笑语地在那灯笼光下,走进了前面那座灯光四射的村屋。李先生背了两手在身后徘徊着,自言自语地道:"殊属不成事体。"他一叹气,将头抬起来,这就看见对面邻居袁先生家里,突然在窗户里一冒灯光,窗子打开了。接着是袁先生一片咳嗽声。随后是袁太太的问话声:"现在是什么时候了?"袁先生说:"可以起来了,天快亮了。不起来也不行,我睡不着。我们把问题来谈谈罢。"这边走廊,和那个打开的窗户只相隔了一道山溪,那边的话,这里是听得很清楚的。他心里很是奇怪,有什么重要问题,要他夫妻双双半夜里起来商量呢?

李南泉并没有打听人家秘密的意思。可是这一溪之隔,又是夜深,那边人说话,无论怎样不经意,也是听得很清楚的。却听到袁太太道:"我也是睡不着,倒愿意起来和你谈谈。那个姓张的,人倒是个老实样子。不过人家是干银行的,什么事没有个盘算?他能够毫无条件,就拿出一笔款子来入股吗?"袁四维道:"我也这样想。可是我们所要的这数目,在银行家眼里看来,那是渺乎小矣的事,他不会有什么考虑的。"李南泉一想,"好哇,你们夫妇,半夜里起来,倒商量这样一件不相干的事。"索兴在走廊上来回地走,听他们的下文。袁四维轻轻地说了几声,接着大声道:"老实说,出几个钱,自己就舒舒服服地住现成房子,我也愿意办。"袁太太道:"他就是愿意办,还有那介绍人从中作梗,这事就不好办了。"接着,袁四维又嘀咕了一阵子,然后大声道:"我有一个办法。他那个人,究竟是个书呆子,把面子拘了他,他也就没有办法。我们明天单独请他吃一顿

第十八章 鸡鸣而起 | 455

饭。"袁太太道:"一点消息没有,我们又得化钱,可不要偷鸡不着蚀把米。"袁四维道:"我有办法,昨天那碟子干鱼,不是还保留着吗?今天表弟家里送来的那五个咸鸭蛋我们切它三个,每个蛋切八块,就是两个碟子。回头我起个早到菜市里去买十二两肥肉,大概有个半把斤,配上一点辣椒豆腐干,可以炒一碟;四两肥肉炼出油来,作一碗汤,这碗汤我也有办法了,那陈屠户老早说了,送我们一块猪心,作一碗汤还有富余呢。"

李南泉听到,不由得要笑起来。心想,倒没有料着半夜里起来,发现有人算计我。而算计我又不是恶意的,乃是请我吃干鱼头,和三个咸鸭蛋一碗猪心汤。再向下听,袁太太的答复,却是默然。袁先生又说道:"那个猪心,我们不作汤也可以。拿回来用点盐腌起来,然后再拿出来炒辣椒,我们可以少买四两肉。好在陈屠户和我很好,和他讨点猪血,在山上拔点野葱,也可以作一碗汤。"袁太太这就开言了,还是带了笑音的,她道:"买几根葱也要不了多少钱,何必到山上去拔野葱呢?"袁四维道:"这里面我是有理由的,山上的野葱,比家葱香。猪血不免有点血腥气,加上野葱,那汤里不会有气味了。"袁太太道:"不用计算了,就照着你那个计划行事罢。可是不要像昨日一样,办好了饭菜,人家不赏光。"袁四维道:"已经拒绝我一次了,我菜里又没有毒药,他好意思再拒绝我们吗?我们现在非有一笔款子,放在手边不可。乡下人马上要割谷子了,收成到家,他怎能不变成现钱卖了。那个时候,米总要便宜些,我们有一担的钱囤一担,有一斗的钱囤一斗,乡下人现在来借钱,就可借给他。说明要他还谷子。"袁太太道:"这个道理哪个不知道。但是你的算盘打得太精了,就会失败。你起初以为我们把房客轰走了,就可以把房子卖掉。现在空了两个月的房子,还没有卖掉,这吃了多大的亏。"袁四维道:"还等三天罢。三天没有人给定钱,我就把房子再分租出去。我已经预备好了一张招租帖子,我可以念给你听。"

李南泉听到这种地方,虽然觉得新奇,也不愿意向下听了。他转身向屋子里走,却待掩上屋门,这就听到袁四维开着他们的屋子后门响。心里想着,莫非他知道有人偷听?于是,也不掩房门了,就在门里边一张帆布椅子上睡下。好在屋子里的菜油灯焰,已经是熄下去了,他也看不到这边。这就看到袁四维举着一个纸灯笼,高过了头顶,在后门外四面张望着。随着,袁太太也就出来了,她道:"我听到有鸡叫,一定是黄鼠狼拖着的。"随着这话,袁家的少爷小姐,全体动员,都蜂拥到后门口来了。火把,纸油灯捻,菜油灯,灯笼,他们家后门口,那块斜坡上,几点大小的灯火,照着许多摇摇的身影。大的笑着,小的叫着,闹成了一片。李先生为了避免窃听他夫妻私语的嫌疑,兀自不敢露面。只是用两耳听着,随后听到他们家孩子叫道:"找着了,找着了,鸡在窗户眼里夹着,没有拖着走。"于是那群灯火,都拥到他们家后门口厨房的窗户下去。听到有人叫道:"只是把鸡头拖走了,鸡身子还在这里。"又有人道:"这一地的鸡毛和一地的鸡血。"又有人道:"我们明天有鸡吃了。"这才听到袁太太喝骂着道:"你们嘴馋怎么不变黄鼠狼呢?变了黄鼠狼,就可以天天有的吃了。"最后有一个女孩子的声音,结束了这些话,她道:"你们不用吵,我已经听到了。爸爸明天要请客,商量了半夜,还没有把菜决定。现在有了鸡,又多一样菜了。不止多一样菜,煮一碗汤,红烧一碗,这就两样了。"袁太太笑骂着道:"小姐们,好厉害的嘴。"

李南泉心里想着,这很有趣味,他们袁府上,打算在那无人过问的干鱼头之外,又要把这黄鼠狼没拖走的鸡待我。这就禁不住笑了起来。门外有人问道:"李兄,还没有睡吗?你倒是能摸黑地坐着。"这是张玉峰的声音,李南泉站起来,把桌上的菜油灯挑亮了,见他已是把那套灰色中山

第十八章 鸡鸣而起 | 457

服穿得齐整。便笑问道:"难道你让机械化部队把你吵醒了。我是知道的,那张竹床,绝对没有臭虫,铺盖也是干净的。除非蚊香不够防御,蚊子有些咬人。在乡下住家,什么都好。我觉得这大自然给我的安慰不少。唯一的困难,就是这蚊子无法对付。"张玉峰道:"不是不是,我是一条劳碌命,吃得饱,睡得着。我今日得早起会个人。"李南泉道:"现在是两点多钟,就算夏季天亮得早,也是四点多钟五点钟天亮。你这样半夜,到哪里去会人?"张玉峰道:"夏天的夜里,有什么早晚?这位朋友,天亮就要进城,我需要在他动身以前和他谈几句话,还是去那里等着罢。"李南泉听他这话,就知道他是去会方大少爷的。也不便多问。笑道:"现在夏季时间,起得特别早。也不但是你。我们邻居,有这时候邀角去打牌的,也有起来谈家常话的,你到我们这里来,可以说入乡随俗了。反正还早,我烧壶开水,泡碗好茶你喝。我保证我的好茶,里面没有米粒。"张玉峰想起袁四维待客的事,他也笑了。他也感到这时去会人太早,就依了主人的话,夜坐喝茶。遥远的,在半夜空中有尖锐的声音送了过来。

夜深闻远语的情况下,只能听那低声慢语,若是尖锐的声音,那是加倍的刺激人的。因之张李二人,对着桌上一盏孤灯,各人托着粗茶杯子,偏头细听,都有些愕然。那尖锐的声音,也就听出来了,有人道:"你不要管我的事。天亮的时候,叫小青到菜市上去接我。女孩子家,还是不要她半夜里出来,我有几个人在一处走,怕什么的?"李南泉笑道:"没有什么,这是那位石正山的太太,赶什么利市去了。"张玉峰笑道:"你说这俏皮话,石先生听到了,可不依你。"李南泉道:"我绝不是开玩笑。这位石太太,是赶上了时代的妇女。她手上有一张钞票,都变成物资,由人吃人用的,到鸡吃猪吃的,她随时都要。她并不要像男子那样,跑码头,跑比期,她就是住在这村子里,跑附近两三个乡场,她每月所得的利润,超过她丈夫薪水的两倍。例如我们现在吃的菜油,已是四、五元一斤,而她家所用的菜油,还不曾超出一元钱。这一点,令人实在佩服。"张玉峰道:"这也算是妇女运动里的一课吗?"李南泉道:"那无可非议。不过她也有得不偿失之处。就是倚恃着自己会挣钱,压迫丈夫过甚。而压迫丈夫过甚,又有大意的地方,毛病就出来了。这样鸡鸣而起,孳孳为利,那是个漏洞。"李南泉说得很高兴,只管往下说。忘记了对这位来宾,也是鸡鸣而起,孳孳为利的。及至说完了,总觉得不妥。便停止了话,向窗外侧耳听着。正好是村鸡凑趣,就在夜空里拉长了"喔喔"声浪,送进窗户里。随着鸡声,隔溪那丛竹子,抖擞叶子,有些瑟瑟之声相和。

张玉峰笑道:"还是乡间住得有意思。我们整年住在城里的人,简直听不到鸡叫。重庆是上海化了,很难有什么人家,有空地养养鸡鸭。"李南泉道:"有钟表,要听鸡声干什么?"张玉峰笑道:"但是大自然的趣味没有了,世界进到了机械化,诗情画意就一概消失。到了战后,无须为生活而奔走了,我一定回到农村去。"正说着呢,夜空里又送来了一片凄惨而又尖锐的哀号声,乃是猪叫。呜呀呀的,十分刺耳。李南泉笑道:"这也是大自然的声音了,你觉得怎么样?"张玉峰伸了个懒腰,站起来笑道:"你休息着罢,趁着太阳还没有出山,你还可以好好睡上一觉。我走了。屠户已在宰猪,分明是去天亮不远。"说着,人向门外走。李南泉道:"接二连三的,都是鸡鸣而起的人,我也不能再睡了。我送你几步。"他走出屋子来,随手将门带上。抬头看看天空,夏季的薄雾,罩不了光明的星点。七、八点疏星,在头顶上亮着。尤其是半夜而起的那钩残月,像银镰刀似地横挂在对面的山峰上,由薄雾里穿出来,带着金黄的颜色,因之面前的物,已不是那样黑暗,石板铺的人行小道,像一条灰线在地面上画着。山和草木人家,都有个黑色的轮廓,在清淡的夜光里摆布着。半空里并没有风,但人在空气里穿过去,自然有那凉飕飕的意味,拂到人身上和脸上。杀猪声已是停止了,这空气感到平和与安定。倒是鸡声来得紧急,由远而近,彼起此落,互相呼应。两个人的脚,踏在石板路上,每一下清楚入耳。

张玉峰笑道:"你家里还没有关大门,你就不必再送了。"李南泉道:"不要紧,我们左右邻居,都起来了。虽然住在乡下,大家的生活,还是那样紧张。"张玉峰道:"不见得,你听,还有人唱歌呢。"于是二人停住了脚,静听下去。这时,山谷的人行道上,没有一点人影活动,只是偶然来阵晨风,拂动了山麓上的长草,其声瑟瑟,而且也是很细微的。所以张先生说的歌声,却也是听得见。细察那声音的所在,是路旁人家一个窗户里。路在山坡上,屋在山坡下,所以他们对于这歌声,却是俯听。这个窗户,就是石正山先生之家。他们家并没有灯火,整幢房子,在半钩残月昏黄的光线里,向下蹲着。这半钩残月和月亮边的几点疏星,可能由这山峰上射到那窗子里面去。这就听到那歌声,轻轻儿地由窗户里透出来。两人静静听着,那歌词也听出来了。乃是《天涯歌女》的一段:"人生谁不惜青春,小妹妹似线郎似针,郎呀,咱们穿起来久不离分。"那歌声是越唱越细微,最后是一阵嘻嘻的笑声,把歌子结束了。张玉峰有事,没再听下去,继续向前走。看看离那屋子远了,他赞叹着道:"哎呀!此时此地,这种艳福,令人难于消受。你说,这个屋里的主人翁,他的生活还会紧张吗?"李南泉笑道:"我这位芳邻,生活虽不紧张,却也不见得轻松。上半夜我们走到这里,那位打着灯笼追上来说话的先生,就是这屋子里听夜半歌声的主人。"张玉峰道:"就是他?他不是说他向太太反抗吗?太太半夜里还唱这艳歌给他听呢!"李先生故意道:"怎么见得,一定是他太太唱歌给他听呢?"

张玉峰道:"你说的这话,我有点不懂。这样半夜里,除了自己太太,谁会唱歌给先生听呢?"李南泉笑道:"你这话才让人不懂呢。谁家太太,半夜里起来唱歌给先生听呢?我的太太,当然办不到,你的太太,可以办到吗?"张玉峰笑道:"你说这话,那犯了大不敬之罪。"两个人都笑了。他们这笑声,惊动了对面的来人,远远地听到有本地人说话:"硬是不早咯,他们下江人都起来了,杂货儿的。"又有人说:"下江人,朗个的?还不是为了生活起早歇晚。这两年,下江人来得太多,把我们的米都吃贵了。"第三人又说了:"打国仗①打到哪年为止?我们四川人,又出钱,又出人。说是川军在外打国仗的,有上百万。你说嘛,上百万人,摆起来有好大的地方!他们下江人都说,没有四川,硬是不能打日本。"说着话,一串过来三个人。一个背着背篓,两个挑着担子。在残月光辉下,看到他们的颠动步子,彼起此落,口里喘吁吁地出着气,相当紧张。正反映着他们肩上的负担不轻。这分明是乡下人起早去赶场的。他们过去了。张玉峰道:"你听听这言语,很可以代表民间舆论。"李南泉道:"那就是说,我们把人家的米都吃贵了,若是不为国家民族出点力气,真对不住给我们落脚的四川朋友。人家这样起早挑了担子去赶场,也许这里就有百分之十的血汗要献给国家。"张玉峰似乎感到一种惭愧,默然地走了一截路,却又长叹了一声。

李南泉道:"你叹什么气?你觉得他们批评得不对?"张玉峰道:"他们的批评,是太对了,我其实不应该走向银钱业这条路的。现在已经走上这条路子,那也没有办法,欠头寸,就得跑头寸,多了头寸,就得想办法加以运用,不然,银行门开不开来,面子丢不起,而这些同事的饭碗,也没有了着落。"李南泉颇不愿听他这些话,默然送了一截路,已经是走到村子

---

① 川人称对日抗战为"打国仗"。

口上,便笑道:"张兄,你走夜路,害怕不害怕,我可不再送了。"张玉峰正是怕他继续送下去,连说"劳步劳步"。李南泉悄然站在路口,看到这位朋友的影子,在月光里慢慢消失。他自觉得身体的自由,和意志的自由,那决不是任何人自己所能操纵的。自己的身体与意志,自己还没有把握去操纵。若以为自己有办法,可以操纵别人,这实在是可考虑的事。奚太太自吹能管束得先生不吸纸烟,这反抗就让她受不了。石太太也自许能管丈夫,当她半夜赶场去了,就在她的卧室里,黄昏的月光下,放出了情歌。天下事真是自负的人所不能料到的。他想着呆呆出了一会神,觉得是露下沾襟,身上凉浸浸的,于是才回转身来,慢慢向家里走。当他走到石正山家墙外的时候,他的好奇心,驱使他不得不停下步来,在那月光下的窗户旁听了听。但是一切声音寂然,更不用说是歌声了。倒是二三十丈之远,是下江太太之家,隔了一片空地,有灯光由窗户里射到人行路上。随着光,劈劈啪啪,那零碎的打牌声,也传到了路上。

这时,村子口外的鸡声,又在"喔喔喔"地,将响声传了过来。邻居家里,不少是有雄鸡的,受着这村外鸡声的逗引,也都陆续叫着。夜色在残月光辉下,始终是那样糊涂涂的,并不见得有什么特别动作,但每当这鸡叫过一声之后,夜空里就格外来得寂寞。尤其是他家门口斜对过一户邻居,乃是用高粱秋秸编捆的小屋子,一切砖瓦建设全没有。高不到一丈,远看只是一堆草。这时那天上的半弯月亮,像是天公看人的一双眼睛,正斜射着在这间小屋子上,那屋子有点羞涩,蹲在一片青菜地中间,像个老太太摔倒着。而他们家可有雄鸡。那雄鸡并不知道他们是那样穷苦可怜的,在草屋角上,扯开了嗓子,对于外来的鸡啼,高声相应,看那个小草棚,在这高声里,简直有点摇摇欲倒。这屋子里是母子二人,他们被这鸡叫醒了。可以听到那母亲道:"朗个这样好瞌睡,鸡都叫了好几遍了,起来起来。我把饮食都作好了。"有个男子含糊的声音问道:"吃啥子?"他母亲道:"吃啥子,高粱糊羹羹。米好贵,你想我煮饭给你吃。"接着是一阵动作声,这壮丁起来了,他继续道:"吃的是水一样,出的力气,是铁一样。鬼鸡,乱吼。让人瞌睡都睡不够。明天我打死你,一来吃了,二来多瞌睡一下。"接着这话是老太太的一阵罗嗦,猪哼,开门声,整理箩担绳索声。和百十丈外那麻将牌是互相应和的。那天上的月亮,看了这草棚,当然也就看了在里面打牌的那西式房子。

## 第十九章　内科外科

在夜半声光的特殊情形下,李南泉究竟是很无聊地走回了他的家。后面那两间屋子里,小孩和女佣人的鼾呼声,隔了泥壁,不断向耳里传过来。桌子上那盏菜油灯,又缩得只剩了一点豆火之光。和人的鼻呼声相应的,是书桌子边那窗户下面,有两只蟋蟀,彼起此落,"叽玲玲"地弹着翅膀。待客的那一大壶茶,还没有喝完,他剔亮了灯,斟着一杯茶,静坐着慢慢地想着。真觉得这个世界,处处是矛盾的。当轰炸期间,大家渴望有个安定的时间,可以休息休息。现在是安定了,大家全不要休息,半夜里起来,有人去找钱,有人去会朋友,有人去找娱乐,就是不出门的,也起来点着灯火,商量着在别人头上打主意。不睡觉,也不会坐着享享清福吗?他这样想着,算是会享清福的一个。就在旧书架子上抽出一本书,坐在窗户前的小桌上,慢慢地看下去。耳根清静了,窗子外却不断地一阵一阵送来瑟瑟之声。为了躲避蚊子,这窗户外的两扇板窗,是紧紧地闭着的。看了看窗户,只是菜油灯淡黄的光映着茶壶笔筒的影子,落在窗户台上,这不能有所感动,还是看书。看了半页书,那外面瑟瑟之声,却是响得更厉害。他把书本放在桌上,手按了书本,偏着头想,我不信有什么鬼物,这是什么声音?同时,对溪那小草棚子里的说话声,还隐约可以听到。这声音不会是鬼,也就不会是贼。明明知道屋子里有人亮着光看书,这是谁,弄出这些声音来呢？

他终于忍不住了，突然将房门向里一带，打了开来，人向外一跳。同时口里叫着："我倒要看看，到底是什么东西？"他并没有吃惊，门外面有人吃惊了，大大的"哟"了一声。看时，在窗子边，一个女人的影子向后一缩。便问道："是哪一位，起来得这样的早？"那人答道："是我呀，天热得很，根本睡不着，邻居左一批右一批起来，就把我吵醒了。"说这话的，是奚太太的声音。这把李先生听得有点诧异，吵醒了，在这夜深，不能再睡，也就只有在家里坐着，为什么跑到邻居家的门窗外这样轻轻悄悄走着？便笑道："天还有一小时才能亮呢。奚太太就这样在外面乘早凉吗？"她道："那又何必那样拘束呢，你都打开门了，我还不能进去坐坐吗？"说着话，她也就侧身而进。李先生并没有那勇气把她推了出去。人家进屋去了，自己也不便在走廊上站着。只好到了屋子里将灯火剔得大大的，而且隔了墙壁，大声叫了两句"王嫂"。奚太太笑道："没关系，用不着避什么嫌疑，这房门不是开着的吗？"她随了这话，就在门里的竹椅子上坐着。看到正中桌子上放有茶壶、茶杯，笑道："你还有热茶，送杯茶我们喝喝，可以吗？"李南泉看了看她的颜色，只见她是嘻嘻地笑着，自己抹不下面子来不睬她，只得斟了大半杯热茶，送到她手上。她手里接过茶，眼神可向李南泉瞟了一下，因笑道："我很明白，你对于上半夜和你太太谈话的姿态，你是不愿意的，但那是为我自己的事，与你无干，你不要误会。"

李南泉远远地在她对面椅子上坐下，笑道："我根本没有介意，难道奚太太鸡鸣而起，倒来和我道歉的？"她端着刚斟上的一杯温茶，慢慢儿地喝着，这就向他瞟了一眼笑道："这样才显出来是有诚意的呀。李太太半夜起来，打牌去了？"李南泉道："你怎么知道的？"她把那杯温茶一饮而尽，将空杯子放在茶几上，将手按住杯的口，不断地摇撼杯子，作个沉吟的样子。她这个动作,总继续了五六分钟,然后叹了口气道:"实不相瞒,这一个星期,我就没有睡过好觉,整夜都是睁了眼望着菜油灯。白太太到你们家敲门的时候,我就听到了。我原来也是疑心,这位白太太有什么要紧的事,半夜三更打人的门。后来听到她和李太太笑嘻嘻地走了。我就知道她们是赌钱去了。李先生,你看这事怎么样,我觉得不大好。哪有作邻居的半夜叫人起来打牌的?"李南泉道:"我当然是不大愿意。不过现在女权伸张的时候,我也不便作什么干涉。"奚太太笑道:"李先生倒是个标准丈夫,对太太的行为是这样的放任。"李南泉笑道:"难道奚先生还不够标准?连吸纸烟的小事,也都遵命办理。这叫我就不行。"奚太太将手在茶几上拍了一下道:"唯其他这番做作,表示了他是个伪君子。这样的小事,都听从太太的话,好像是正人君子,可是他背了太太造反,玩弄那些无耻的女人,那比吸纸烟的罪大到哪里去了!李先生,你这人很直爽,在太太当面和背后,都是一样。"

李南泉对于这位奚太太冒夜来访,已是感到老大的不愉快。现她又提及彼此的家务,大有扯上是非的嫌疑,这就让人不好往下说。于是站起来伸着头向门外看看,笑道:"糊里糊涂,天色也就大亮了。把小孩子叫起来看大门。我可以到外面去作早起运动了。"奚太太对这个提议,似乎感到很兴奋,这就扶了茶几,突然站起来道:"好极了。我们在南京的时候,常常挑一个早晨起来,到清凉山一带去散步,不用提精神多么好了!回来吃烧饼喝豆浆,就得增加许多食量。自到了重庆以来,我们根本就没有住在山林里面,就没有作早起运动的打算。其实那是……"李南泉料着她这下面是一篇很长的大道理,他是站在房门口向外张望着的,索兴举步跨出大门,走到屋檐外,昂了头对天空看着,笑道:"疏雨滴梧桐,疏星耀河汉。"说着,两手背在身后,在走廊上来往地走。口里还是细语沉吟着。奚太太跟着也就走了出来。她靠着门框站了,将一只脚尖提起,在地面上颤动着。她不免学习了李先生的态度,口里也就吟吟地哼着诗句。李南泉对于她的声音,原来是不怎么介意的,可是她老是那么哼着,这就不能不注意了。走近了她身边,仔细地向下听了两分钟,却听出了两句,乃是"云淡风轻近午天,傍花随柳过前川",他还打算听她第三句时,但是第三句没有,还是那话,"云淡风轻近午天,傍花随柳过前川。"便忍不住笑道:"好诗好诗,吟得恰到好处。这不就是云淡风轻近午天吗?"

奚太太笑道:"老李,你拿话奚落我。你知道我在你面前充不过好汉去的。不过我处处和你表示着共鸣,这一点是可取的。例如你天不亮起来看书,我也是天不亮就起来了,你说天亮了出去散步,我也赞成。你站在这里吟诗,我也陪着你吟诗。只是这点共同的行动,那就是很可取的。至于我吟的诗文不对题,那有什么关系?这时候也不是考试国文的时候。"李南泉笑道:"好,谢谢你的盛意。奚太太,我有点要求……"奚太太听到要求两个字,先"嘶嘶"地一笑。虽然是在星光下,还可以看到她的身体,是猛可地颤动了一下。但她好像连续发生了几个感想。而后生的感想,就要更正先发生的感想。她跑了两步,跑到李南泉面前来,伸手拍了他的肩膀道:"天亮了,邻居都醒了,你可别随便开玩笑。我对于朋友开玩笑,倒是不介意的,不过让第三者听去了,那可是怪不方便的。你说罢,你要求什么?"李南泉本来站着离她四、五尺远,她突然扑向前来,实在未曾提防,尤其是她伸手拍肩,这事出于意料。当她连篇说着的时候,自己赶快将身子向后缩了两步,笑道:"你不要过分的神经紧张。玩笑终究是玩笑而已。正是你说的那话,邻居听到怪不方便的。这样夜半无人的时候,我们嘀嘀咕咕在这里说些什么呢?我要求你回去安歇,有话明日上午谈。"他口里说着,人是缓缓向后退,由相距四、五尺路,退到相距七、八尺路。这是走廊出去的台阶所在,他猛可一转身,索兴走出走廊了。

奚太太对于他这样走去,似乎感到一种怅惘。可是她也并不肯太受人家的冷淡。她缓缓在后面跟着来,故意装出很宽厚的笑声,吓吓地道:"李先生,你怎么不带上房门就走了? 仔细人家偷了你的东西去。"李南泉道:"奚太太出来,又带上了房门吗?"她道:"你不忙走,我告诉你一句要紧的话,你可以拿去作文章题目,甚至可以编剧本。"说着,她又开快步子走了过来。这屋檐外的台阶,就是直通山溪上的木板桥。她一口气跑了来,就奔上了木板桥。脚步踏在木桥上,只是咚咚地响。而且桥板失修,多半是彼起此落,钉在桥柱上的。发起响来,全体活动。"咯吱"之声和"咚咚"相和。李先生平常没有这样感觉,也许是因为夜静的关系,这声音非常之刺耳。他将身子偏了一下,躲让奚太太去。恰是她走到身边,踏上了一块活桥板。板子向桥下陷着,她失了脚,人向后一栽。这木桥下面,虽没有水,可是高有四、五尺,干河床上不少的乱石头,栽了下去,必是好几处重伤。李南泉情不自禁地伸手将她抓住,口里还说着"当心"。奚太太赶快缓了步在桥板上站着,人还是向前栽,极力按住他的手臂,方才站定,将手拍着胸道:"这一惊非小。"可是她握住李南泉的手臂,却没有释放。李南泉缩着手道:"什么要紧的事,你这样忙着追了来说?"她笑道:"我告诉你,我也焦土抗战,为了对付丈夫,我这房子不要了。"李南泉道:"呵! 你要放火? 这玩不得,那是要带累邻居的。"

奚太太道:"你急什么,我的话还没有说完呢! 我什么不懂? 难道这村子里都是草屋,一把火全着,我都不知道吗! 我说的焦土抗战,那是借用一下这个名词,我不能真放火。我说的是打开门来,让贼去偷,让土匪去抢。把这个家弄空了,我就是穷光杆了,然后我到哪里走都是自由的,我就有办法对付奚敬平了。刚才多谢你扶助我,把我拉着。在这点上,我觉得朋友是比丈夫还好。将来我还有许多事情希望你帮助我。"李南泉等她站定了,自己就慢慢地闪了开去。相间是约莫隔了六、七尺路了,这就放郑重了声音道:"奚太太,你站定了,我给你抖两句文罢。《孟子》上有这两句话,'男女授受不亲,礼也;嫂溺则援之以手,权也。'我看你要摔倒,我不能不拉着你,这完全是从权。你说朋友比夫妻还好,这话是可考虑的。尤其是你这单独地对我说,我有点惶悚。你请回罢,我也要去接我的太太。"他交代了这句话,立刻就向大路上走去。他只知道身后默然无声,他真走了二百步路,方才回头看看,见那昏黄的月光下,一道低卧的板桥上,孤单单地站着一个人影。他心里想着,这是你自讨苦吃,活该。正是这样向前走着,忽然迎面有一阵很急促的声音跑了来。深夜之间,无论什么急迫的声音,都是刺激人的。他突然受到这番意外的刺激,精神上就不免有点震动。这就站着等那声音前来。当那声音到了身边的时候,这让他有点怅然若失,原来是一个小孩子由村子外跑了来。

这颇有点稀奇,谁家的小孩子,这样早就起来了?他注视着,却不走近。可是那小孩子也站定了,遥遥地看他东张西望,似乎在等人。随后那边又来了个人,虽然不是跑,那急促的步伐,显然也是有什么急事。李南泉疑心是小偷,就有意抓贼。身边正有一块山脚下露出来的大石头,立刻蹲了下去,隐蔽在石头后面,且伸了半截头向那边张望着。见后面来的那个人,扶了先来的那个小孩子,叽叽咕咕地说话。虽然这是小声音,但夜里还是可以听得清楚。她是女人,而且声音还是很尖锐。照着耳朵里面的经验,那可以证明乃是石太太,叽咕了几分钟,她就先走,把小孩子扔到后面。虽然她的脚步放开得很大,可是落下地很轻,简直没有响声。由身边过去不远,便是石太太之家,石太太没有考虑,径直向家里走。李南泉想到刚才他家的窗户里放出《天涯歌女》的歌声,这倒是和石先生暗捏了一把汗。站起身来,缓缓向石家屋基走去。自己还不曾走到那窗户边,就听到"啪啪啪",几下很重的巴掌声。这巴掌无论落在人的身上,或者落在人的脸上,都是很重的。接着就听了石太太骂道:"好一对不要脸的东西。你石正山是读书人,连五伦都不要了吗?你忘了石小青是你什么人?她不是叫你爸爸吗?你这个臭丫头,太不识抬举。我没有把你当外人,你作出这种丑事来。当丫头的东西,生定就是当丫头,把你抬举着当小姐,你没有这福气享受。你给我滚,马上就滚!"

李南泉听到这里,对于这屋子里整个的情形,已十分明了,这就悄悄地走近了那屋子犄角上的路边,慢慢蹲下去。这屋子是比大路矮的,他蹲在路上,正和屋角平衡,对屋子里的人语声,有青草池塘独听蛙之势。自然听得很清楚,他正想着,随了石太太两个"滚"字,下面一定是小青小姐一片哭声。然而不然,她用了很坚强的语调答复了。她说,"你打人作什么?我为了过去对你那番尊敬,让你一次。你应当管你的丈夫,不该管我。"石太太说:"好大胆的丫头,你还敢和我顶嘴,我打死你!"听了这话,屋子里是一阵脚步动乱之声。小青又说了:"好!你口口声声叫我丫头,我到法院去告你,你们贩卖人口!"那声音可就越说越大了。石正山原是没有作声,这就说了:"大家不要吵,安心讨论这个问题,好不好?半夜三更,邻居听去了,什么样子?"小青道:"邻居听去了,什么样子?你们,反正我没有罪。我是你们家丫头,你们作主人的要怎样对待我,就怎样对待我,我有什么法子抵抗?你丈夫对我势迫利诱,我一个作丫头的人,有什么法子拒绝他?"这一通话,居然弄得那位女杰石太太没有话答复。约莫是默然了两三分钟,石太太才说了,"你为什么不告诉我?"小青道:"我凭什么告诉你?你自己常常自负会管丈夫,是模范太太,别人听了不稀奇,我听了暗下好笑。你还和奚太太出主意呢,你自己家里丈夫就造了反。

我落得让你活现眼。你要喊破来很好,天亮了,我们找人来评评这个理!"

李南泉在屋角上听着,暗暗喝了几声彩,觉得这位小青姑娘真能表演一手。她不但能抵抗,能反击,而且说的话并不粗俗。这就要看石太太怎样接着往下说了。她道:"你好,你说这些话,都把良心丧尽了。我不愿再见你,天亮你就给我走!"小青道:"走就走,你是什么富贵人家,我留恋着舍不得走吗?但是我要声明一句,从此以后,谁都不找谁!你要知道,刚才你打我一个耳刮子,我没有回手,我已是十分对得起你,你生气有什么用?你丈夫不爱你,爱我!"小青这通话,没有听到石太太的答复。相隔约莫是两三分钟,忽然一声重响,像倒了好几样的东西。接着听了石太太气呼呼地道:"好了,我不要命了,我要和你石正山拼了。我们一起跳河去!"这才听到石正山答话:"你这干什么,你打我就会屈服吗?"石太太还是气呼呼地说:"我打你,我要杀你!"说毕又是一声重响。接着是石先生由屋子里骂了出来。口里连说:"你疯了!"这时,脚步乱响,石正山跑到屋外竹篱笆时,口里还是说着"你疯了","你疯了"。他径直跑上了大路,方才停住。这时,月亮已经向西偏斜,清光斜射到人行路上,看到石正山的人影,在地面上拖得很长。这倒教李南泉有点为难,挺出身子来,那会给石正山一种难堪,分明是窃听来了。闪开去罢,彼此相距不远,月亮下人影移动,正是看得清楚。不闪开去,蹲在石头后面又蹲到几时为止?多管人家的闲事,势必给自己带来这个麻烦。

他正在这里为难呢,却听到石太太操着很尖锐的声音,跑了出来,她道:"石正山,你往哪里跑?你就是跑到天上去了,我也要把烟熏你下来!你这样无耻的东西,为天地所不容。你到哪里去,也不为社会所齿。你想想,你干的都是些什么好事?"她说着话,像饿鹰抓食似地,直扑到石正山面前去。石正山见她来势甚凶,将身子闪了一闪。轻轻喝道:"你打算怎么样?要打人吗?"石太太道:"哼!我不但要打你,我要咬你,我要杀你!"她说着话时,真的扑到他身边来了。石正山扭转身躯,扯腿就跑,口里还骂着:"好泼辣的东西,我到法院里去告你!"他究竟是个男子,比女人跑得快,一转眼的工夫,他就跑出村子口了。石太太也是口里责骂不停,从后面赶了去。他们到底是君子之争,那声音并不怎么大。李南泉看到他们走远,这才站起身来。他的本意,倒是想到下江太太家里去看看,看看她们这赌局是怎样的伟大。有了这幕喜剧摆在眼前,他就不必去看赌局了。于是站起身来,顺了大路,缓缓向前走。将近村口,天色已经有些浑浑的亮,见石太太孤单单的,独自站在路口上一棵大黄桷树下。那树在太阳里面,阴影特别浓厚,就是没有太阳的时候,根据人的心理作用,也觉得这树阴下特别阴凉。这样的天亮时间,隔夜的露气很重。只见那树叶子绿得发亮,似乎那露水整夜淋在上面,就像下了一场小雨。石太太默然无声地站在树阴下面,第一个印象,是他感到她身上很凉,因为她穿了短袖子衣服,一只光膀子都环抱在怀里呢。

李南泉要装成不知道他们家新闻的样子,这就站住了脚,老远地向她点着头道:"石太太,这样早就起来了,打算进城吗?"她笑道:"我向来是起早的。起得太早了,在家里反而无事,所以到外面来溜溜。"她虽然是笑着说话的,可是她笑得极不自然。李南泉走向前两步,见她将两只手,互相抚摸着光手臂,也就可以知道她很是在皮肤上感到凉意,因道:"石太太衣服穿得太单薄,留神感冒,其实,你是用不着这样起早的。你们家的那位大小姐,真是粗粗细细,无所不能,和你负了不少的责任。你的家务全交给了她,你就可以无为而治了。"石太太偏在这个时候听到人家夸赞小青,满脸是露着不高兴。将她的脸腮向下沉着,鼻子里先哼了一声,然后冷笑道:"你以为她是好孩子?"李南泉笑道:"不错呀,年轻轻的,身上穿得干干净净的,又是那样能做事。除非说她的书念得少一点。不过在正山兄和石太太领导之下,家庭教育,也可以把她陶冶出一个很好的姑娘来。正是《红楼梦》上宝玉说莺儿的话:'将来不知道哪个有福气的人娶了她去作太太。'"石太太听了这话,脸上又不免板了起来,哼了一声道:"李先生,你不知道我们家的事。将来你看罢。"她说完了,又冷笑了一声,但她立刻觉得这个态度是不对的,便回转头来向他笑道:"你这样看重她,请你给她作个媒罢。她也没有什么知识,找个作小生意买卖的,能够糊口就可以了,我早就不愿意留她,倒是她图吃现成饭,不愿走。"

李南泉在言语上这样引逗了人家生气,心里可就在转着念头,保存些诗人敦厚之旨,还是少向下逼吧,这就点了头笑道:"我乐于给她介绍一位朋友。不过你是谈妇女运动的。你当然不反对小青小姐婚姻自由。"石太太微微笑着,鼻子里哼了一声,但那哼声只有她自己听到。他也觉得这样谈下去,只有自己受窘的,扭转身,缓缓向家里走去。李南泉看她走过几十步路,却改了个姿态,突然发了跑步,向家里奔了去。不到五分钟,她家的号哭声就随之而起。有几位起早的邻居,被这声音所惊动,纷纷向石家走去。李南泉回到她家屋角时,奚太太也由路那边跑了来。她看李南泉倒是不念旧恶,笑嘻嘻地道:"你刚散步回来?石家有什么事?她娘俩都在哭着。"李南泉笑道:"清官难断家务事。谁知道?你不妨到她家去打听打听。石太太常作你的参谋,不妨你也去给她们参谋一下。"奚太太笑道:"她家没事,用不着我参谋。石先生可不是奚敬平这类人物。"李南泉只是微笑着,并不说什么。奚太太虽是这样说着,可是听到石太太和小青的哭声,却是相当惨厉。这情形当然不同平常,而况又是天刚亮的时候。她赶快走到石家,见石太太在小青屋里竹椅上坐着,手里拿了条洗脸冷手巾,不断在呜咽。小青坐在她的小竹架床上,低了头,两手抓住垂下来的旧蚊帐,眼泪像抛沙似地向下滚,把蚊帐湿了一大片。而且娘儿两个谁不瞧谁,像是冲突过的样子。

奚太太走到屋子门外,先就感到稀奇了。这时走进屋子来,对这母女两人看看,因道:"这事奇怪,你娘儿两个,向来没有争吵过。怎么一大早起来,就这样一把眼泪、二把鼻涕的。"石太太垂着眼泪,看了奚太太,就叹了两口气,又摇了两摇头。奚太太走到小青面前,手抚了她的肩膀,因道:"姑娘,什么事?挨了骂吗?"小青就把旧蚊帐子擦着眼睛,把眼泪抹干了。然后板着脸子道:"挨骂?那人家怎么消恨,我是挨了打了。奚太太,你也是讲妇女运动的人。对于贩卖人口,把良家妇女当牛使的事,你能赞成吗?我在他石家当牛马当够了,我不干了。"奚太太听她的口气,显然是不对,这就望了她道:"嘿!姑娘,在气头上不要不顾一切,这样乱说话。你母亲并没有把你当外人,几乎是全家的钥匙全交给你了。你和她的亲生儿女,同样是吃饭,同样地穿衣服,有什么不好?"小青鼻子里哼了一声,然后在满面泪痕之下,发出一种惨重的冷笑道:"奚太太,你哪里晓得,这是人家一种手段。你当然明白,现在雇个老妈子,一个月要多少工钱?而且人家高兴就干,不高兴就不干,当主人的,免不了常常受气。若是用个丫头呢,工钱不用化,而且可以随便指挥,像我这种人,六亲无靠,东西也不会走私。我十几岁的人,洗衣作饭跑路,缝鞋补袜,什么事不干?主人家没起来,我先起来;主人家睡了,我不敢睡,用这么个丫头,多合算。不叫我丫头,那并不是对我客气,那是怕社会上不容,说是教授家里还买丫头呢。"

她劈哩啪啦这么一大串说法,把奚太太吓得都震倒了,望了她说不出话来。这里还有其他的几位邻居太太,都也是站在屋子里外呆望着的。

事先她们也都劝过,全感觉到小青的态度,过于蛮横。现在奚太太劝说,也碰了个钉子,大家都知道这位姑娘已居心和石太太决裂。大清早的,都不愿意老在这里劝说,各自悄悄散去。奚太太和石家是交情深厚的,现在见邻居散了便拉着石太太的手,向外边屋子走来。一面劝说着道:"小青是你一手带成人的,还不是和自己亲生的一样。她年纪轻,说话不知轻重,你也不必介意。"石太太虽说是被她拉着走了,但她并不服这口气,擦着泪道:"这是我的家,我爱在哪里坐,就在哪里坐。难道我还怕这丫头?"小青站起来指着她道:"奚太太!你听听,这是她自己承认贩卖人口,叫我作丫头。丫头怎么着,你还不如我丫头吃香呢。你丈夫都不要你了。夸什么口?"石太太气得全身发抖,因走到房门边,顺手摸一根脱眼的门栓,就丢了过去。虽是她的手法不准,已丢到帐子顶上去了,但究竟由小青头上飞过去。她竟是脸不变色,端端正正望着。石太太骂道:"你这丫头不要脸,什么都说得出来。我不信我就莫奈你何。我拼了这条命不要,我也不能让你痛快过下去!"小青冷笑道:"我等着你的,你不就是抛东西打人吗?我也会,吓不倒我!"奚太太已把石太太拖到外面屋子里去了。却又回转身来,"呀"了一声道:"小青,你今天变了,姑娘家,怎么口齿这样厉害?她究竟是你一个长辈,你不能这样把话顶撞她的。"

小青道:"中国四万万同胞,一律平等。我和她非亲非故,她怎么会是我的长辈?"奚太太正了脸色道:"小青,这就是你的不对了。纵然你受了两句委屈,你也不能把人家多年来待你的好处,一笔勾销吧?你想想,我劝劝你母亲去。"说着,陪了石太太到她卧室里去。这里和小青的卧室,中间还隔了一间堂屋,说话是方便些。奚太太回头看看,并没有人,低声问道:"你娘儿两个,今天为什么吵起来了?石先生哪里去了?他在家里,也许对小青压服一下。"石太太坐在她木架床上,胸脯上下起伏,深深地叹了一口气,摇摇头道:"我有难言之隐。"奚太太对她的脸色看看,见她泪痕之下,还遮盖了一层忧郁,因低声道:"女大不中留,我想她也到了要对象的岁数了。准是为了这一点和你为难。"石太太道:"唉!你正猜在反处。她若是愿意走,那就没有问题了。你也不是外人,这事我可以告诉你的。你想想,若是为了普通的事,我能够天亮和她争吵吗?"奚太太脸色红着,带了笑问道:"难道这孩子有这大胆,敢引什么人到这里来?"石太太道:"那我倒不生气,她不过是我买的一个丫头,叫她滚蛋就是了,至多人家说我一声管教不严。但是事有出人意料的,这个贱货,她要篡我的位。"说到这里,她再也忍不住,两行眼泪,一齐流出来。奚太太倒没有料到她会报告这样一个消息,因道:"那不会的吧?石先生也不至于糊涂到这种程度。你是多疑了。"石太太擦着泪道:"不但你不相信,我不是亲眼看见,我也不相信。这就是让我伤心之处了。"说着,"呜"的一声哭出来。

奚太太看这情形,那的确是真的,便踌躇皱了眉道:"自然人心是很难捉摸的。不过像石先生这种人,除了读过几十年书而外,而且还是喝过太平洋的墨水的,难道他也那样看不透澈?你是怎样看出来的?"石太太道:"嗐!我是太把君子之心待人了。这几个月以来,我就看到情形有些不对。他们言语之间,非常的随便,我那不要脸的东西,以前见了那贱货,总是板着面孔,端了那主人和长辈的牌子,我就觉得他有些过分;他态度变得和缓了,我以为他是看到女孩子长大了,不能不客气些。可是他们越来越不对。就以躲警报而论,他们都不躲洞子。我还是好意,说是不躲洞子也可以,千万不要在家里守着,飞机来了一定要疏散出去。这一来就中了他们的计了。借着这个缘故,这一对不要脸的东西整日游山玩水,直到解除了警报两小时以后,他们才慢慢回来。我每次不在家,他两人就打着、笑着、闹着,慢慢地,连在小孩子当面,也是这个样子没有什么顾忌了。小孩子给我说了多次,我也就更加疑心了。今天我故意起个早,说是到菜市买猪肉。其实我在家里已经布好了线索,我只在山下等着消息。果然,小孩子报告我,我一离开家,这老不要脸的,就跑到这小不要脸的屋子里去了。我回来的时候悄悄走着,不让他们知道。我到他屋子门口听,还听到里面叽叽喁喁在笑着说话。我实在气得发抖,推开门就向里面一冲,嘻!我这话就不愿往下说了。"

奚太太一听这情形,简直是人赃俱获的事实。石太太是好朋友,比自己还好面子。这时可不能去问着她让她难堪,这就向她低声道:"为了顾全石先生的面子,你且不必多说了。这事也并没有什么难解决的。找了一个适当的人,把她嫁出去,什么问题都解决了。小青绝不能说她不嫁,石先生也不至于说不让她嫁。权在你手上,你这样苦恼作什么?"石太太听了她这些话,倒也言之有理,点了点头道:"我当然这样办。不过谁遇到这种事,也是气不过的吧。"奚太太道:"那末,你到我家去坐坐。我原是打算约你进城去玩两天的。现在当然作为罢论。看你这个问题发生,更让我心里冷了半截,男人都是这样靠不住的。"石太太垂着头,叹了两口无声的气。这奚太太把问题牵涉到自己身上了,她就无心再管别人的事,说了声"回头再谈罢",就悄悄离开这屋子了。当她走过小青窗户外的时候,向里面张望了一下,见小青横躺在床上,紧紧闭了眼睛,一丛头发,乱披了脸上和头上,将头偎在被子里。她索兴站定了,手扶着窗户台,向里面看着。见她身穿了一件半新的印玫瑰花夏布晨衫,下摆里露出两条肥白的腿子,赤着雪白的双脚,放在床沿上,而床下却放的是石先生常用的一双拖鞋。奚太太凭着她的经验,再看看那小方竹板床,放枕头的所在。抗战期间,疏散区的人士,枕头都是将就着。而她那床头,是用一条旧棉被子,卷了个很长的卷儿,上面蒙着白布。

奚太太看了这个情形,心里颇为不快,一个姑娘家,要这样的长枕头睡觉干什么?正自这样注意着呢,在那枕头旁边,发现了一支烟斗。小姑娘不会抽烟,更不会抽烟斗,这东西放在枕头边,不是石正山的,是谁的?不知是何原故,她看到了心里一阵难过,而两只脚也有些发软,她好像心里头有些发酸。自己警告了自己一声;这有什么意思呢? 这样想着,她也就扭转身走了。她本来想着,自己和石太太这样好的交情,一定要顾全她的名声,她家里这件事,一定给她严守秘密。可是她将走到家的时候,看到了李南泉在小路上散步,她首先就笑道:"李先生,你觉得石太太家里这场风波,发生得太为奇怪吧?"李南泉笑着点了两点头道:"有那么一点。"奚太太走近一步,想向他把这事说明,可是忽然有点感想,又退后了半步,抬起两只手,将肩上的乱发,抄着向后脑勺子上理去。然后又将手摸自己的脸。她觉出早晨大概没洗脸,更没有抹雪花膏,于是将手摸了脸,又将中指头细细的画着眉毛。把眉毛尖让它长长的。她不知是何原故,在脸上摸过之后,又把手在鼻子尖上嗅了几下。她还觉这嗅觉不够敏锐,这时鼻子耸上几耸,吸了三四下气。这倒是把鼻孔搞灵通了,手上还是有点香气。大概昨天她脸上擦的胭脂粉还没有完全洗掉。所以手摸着脸,那些胭脂粉都在手上粘着。李南泉对于她这些做作,倒有些莫明其妙。未说话之先,这些姿势是干什么的呢?

这时,天色已经大亮了。乡下人赶场的,背着盛菜的背篓,正不断地在路上经过。李南泉这就向后退了两步,笑道:"奚太太,你为别人家的事,也是这样的兴奋。"奚太太道:"对于男子的性情,我现在有了个新认识。你李先生也许不同。不过对于阁下,是不是例外,我还得考虑。"说着,她又抬起手来去摸她的乱发。两只眼睛,可射在李先生身上。正好有个背柴草的妇人,由这路上经过。她所背的背篓,根本就是大号的,这柴草在篓子里面装不下去,由篓子口上四面簇拥着,把那个妇人压在背篓下面,好像是一个大刺猬,慢慢在石板路上爬动。她当然看不到奚太太站在路上出神,而奚太太又正在向李南泉试行男子心理测验,也没有看到背柴的人。那背篓上面的草茎,就在奚太太脸上和肩上,重重碰了一下。奚太太站不住脚,向后倒退了好几步。她反转身来骂道:"什么东西,你瞎了眼吗,这么大个人站在路上,你看不见吗?"那妇人却不示弱,她将背篓向山坡上靠着,人由背篓下面伸直腰来,在她那蜡制的皱纹脸上,瞪着两只大眼睛道:"朗个的,你下江人不讲理唆?我背起这样大一个背篓,好大一堆哟!你也有眼睛,你不瞎,你朗个也看不见?我人在背篓下面,你说嘛,我又朗个看得到人?"奚太太抚摸着自己的手臂,跑到她面前去,脸上沉板下来,非常的难看。李南泉怕奚太太伸手打人,立刻抢上前去,扯住她的手臂,笑道:"她是无知识的穷苦人,不和她一般见识。"

奚太太虽是满腔怒气,可是经李南泉这样一拉她的手,她就感到周身一种轻松。随了他这一拉,身子向后退了两步。回转头向他笑道:"你又干涉我的事。"李南泉道:"并非我干涉你的事,我们读书的人,犯得上和她这样的人一般见识吗?而且你也有事,你应当定定神,去解决自己的事,何必又为了这些事,扰乱了自己的心情。你昨晚上半夜里就醒了,这时候也该去休息休息。我送你回家去罢。"她对于李南泉先前劝的那些话,并不怎样的入耳。及至听到这后一句,这就在脸上放出了笑容。望了他道:"你送我回家去,还有什么话和我说吗?"李南泉道:"有点小问题。"她听这话时,态度是很从容的。脸上虽没有笑容,但也没有什么不愉快之色,问道:"有点小问题,有什么小问题?"李南泉道:"到了府上再说。"她听到很是高兴,开步就走,而且向他点了两点头,连说"来来"。李南泉心

第十九章 内科外科 | 479

里虽在笑她是百分之百的神经病,可是说了送她回家的,还是跟着她后面走去。奚太太还怕他的话是不负责任的,每走两步,就回头看看。她先到家,就在屋檐下站住,等着他。他到了面前,她问道:"你到哪间屋子里坐?"李南泉道:"那倒毋须那样郑重,当了什么事开谈判。两分钟这问题就解决了。我是说,我们这两幢草屋子。中间隔的那块空地,野草是长得太深了。我的意思,把那些草割了。一来是免得里面藏着蚊子,二来是下雨天彼此来往方便些,免得在草里走,沾一身水,你同意这个建议吗?"

奚太太听到他是交代这样一句不要紧的话,把脸板着,一甩手道:"开什么玩笑?"只交代这五个字,也就转身进屋子去了。而且是转身得很快。李南泉在晚上两点多钟起,就被这几位太太搅惑得未能睡觉。她现在生气了,倒是摆脱开了她,这就带着几分干笑,自回家去安歇。熬了大半夜的人,眼皮早已粘涩得不能睁开。回家摸到床沿,倒下去就睡着。他醒过来时,在屋后壁窗子上,已射进四五寸阳光,照在桌子上,那就是说太阳已经偏西了。在床上打了两个翻身,有点响声,太太便进来了,脸上放下那好几日不曾有的笑容,用着极和缓的声音道:"我让小孩子都到间壁去玩了,没有让他们吵你。你是就起来呢,还是再睡一会儿?"李南泉坐起来道:"这是哪里说起,半夜里不得安眠,青天白日,倒是睡了个不知足。虽然没有什么了不得的工作,无论作什么事,也比睡觉强吧?"李太太道:"那也是偶然的,一回事罢了。只当是休息了半天罢。你要不要换小衣?"她口里这样说着,放下手上的活计,就去木箱子里,拿了一套小衣放在床沿上。那活计是李先生的旧线袜子,正缝着底。李南泉是宁可打赤脚,而不愿意穿补底袜子的。李太太也是一月难遇三天作活计,而尤其是不愿补袜底。这表现有点反常,李先生也不作声,自换小衣。李太太拿活计到外面屋子去了,却又笑嘻嘻地走了进来道:"我告诉你一段很有趣味的新闻。石家的小青出了问题。"李先生系着上身的汗衫衣襟,却没有作个答复。

李太太算是连碰了两个钉子,但是她并不因为这个气馁,笑向李南泉道:"石先生这个人,我们觉得是很严肃的。不想他在家庭里面,弄出了这个罗曼斯。真是男人的心,海样深,看得清,摸不真。"李南泉笑道:"你究竟是站在女人的立场,你就不说女人的心,看得清,摸不真。那小青姑娘,她在石先生家里,是负着什么名义,她就可以弄出许多罗曼斯来吗?譬如说,打牌,这就在好的一方面说,乃是家庭娱乐。和打球、游泳、唱戏应该没有什么区别。倘若一个人半夜两三点钟起来,到朋友家里打球、唱戏去,无论是谁,人家会说是神经病。可是这个时候被人约去打牌,就无所谓了。尤其是女太太们,半夜里……"李太太笑着而且勾了两勾头笑道:"不用向下说了,我知道你对于昨晚上这个约会,心里不大了然。"她说到最后那句,故意操着川语,让"不了然"这三个字的意义,格外正确些。李南泉淡淡一笑道:"好在你有自知之明。不过我已和你解释好了,就是人生都有一个嗜好,就可原谅了。不过像日本军阀、德国纳粹,他们嗜好杀人,不知道是不是在原谅之列?这村子里的一群太太,简直都是戏台上的人物,每人都可以演出一个重要角色来。真是岂有此理,半夜里不睡觉,呼朋唤友,叫起床来去赌钱。"他说着这话时,向外面屋子里走,脚步走得非常重。李太太是当门站立的。他挤着走过去,而且是走得很快,几乎把李太太撞倒了。他故意提高了嗓子,昂起头来叫道:"王嫂,给我打水来,这不是半夜赶来,不要例外呀。"

李太太看他那个姿势,分明是预备吵嘴。吵嘴是无所恐惧的。只是半夜里出门去打牌,这个不大合适,这个吵嘴的根源说了出来,究竟是站在理短的一方面。想了一想,还是隐忍为上,这就向他笑道:"王嫂出去洗衣服去了。你的茶水,我都给你预备好了。"说着,她放下手上的活计,在里面屋子里拿着脸盆和漱口盂子转去了。李南泉虽是心里极感到别扭,可是在太太如此软攻之下,他没有法子再表示强硬,只好呆坐在椅子上,并不作声。不到五分钟,太太就把水端进门来了。她又是一番柔和的微笑,点了头道:"请洗脸罢,我这就去给你泡茶。"李南泉站起来,且不答复她这个话,问道:"你们那一桌牌,什么时候散场的?"李太太笑道:"我自己没有打,我是替别人打了四圈。"李南泉道:"那是说,你在天不亮的时候,就回家来了?"李太太笑道:"你还忘记不了这件事呢,我大概是早上九点钟回来的。不到八点多钟就回来了。"李南泉道:"输了多少钱呢?"李太太道:"牌很小,没有输多少钱。你怎么老是问我输钱,就不许赢一回吗?"李南泉道:"既是小牌,输赢自然都有限,无守秘密之必要,我问一声,也不要紧。"李太太道:"不过是二三十块钱。"李南泉哈哈笑道:"这我就大惑不解了。你说自己没有打,只是替别人打了四圈,替别人打牌,还要垫钱,劳民伤财,你真有这个瘾。"李太太沉着脸道:"从今以后,我不打牌了。我不过是消遣,为了这个事常常闹别扭,实在不值得。这村子里已经有好几档子家庭官司了。难道你还要凑一回热闹?"

李南泉笑道:"那还不至于有这严重吧?至少我反对半夜打牌,不失是个忠厚的建议。"说着,他懒洋洋地走到里面屋子里去洗脸。重手重脚,碰得东西一阵乱响。李太太不便在屋子里了,就走到廊檐下站着。吴春圃先生打着一把纸伞,由太阳里面走过来,站在屋外木桥头上就笑道:"天热得很,李太太没有出门?"这个问题的答复,他已经先说了,李太太也没有法子再说,便笑道:"我们不像吴先生有工作的人。除了跑警报,落得在家里不动。不过有十三张看,也许出门。"她也先说出自己的毛病来,然后一笑。吴春圃收了伞,将伞头向石正山那个草屋一指,笑道:"他们家出了新闻了,你没有听到说?"她笑着摇了两摇头。吴春圃道:"我刚才遇到石先生,他的面色,非常之难看。听说他家那个大丫头跑了,本来嘛,女大不中留。这样大的姑娘,留着家里当老妈子使唤,又不给她一个零钱用。她凭什么要这样卖苦力呢?我觉得……"他的感想还没说出来呢,吴太太却在屋子里插嘴道:"吓!人家的事,你这样关心干什么,出一身汗,还没有回家,又说上了。"吴先生耸着短胡子笑了一笑道:"我说这话是有原故的。石先生在街上看到我,和我商量,要和我一路进城去。因为他要找一个有好防空洞的地方下榻。他也知道我在高工教课,那里有教授寄宿舍。而且有头等名洞。我就说不必和我一路,写一张名片介绍他去,他就可以住我那间屋子。不过我不赞成他去找那位姑娘,跑了就跑了罢,解放了人家也好。"

李太太笑道:"吴先生,你完全错误了。他当然要去找。不过不问这件事倒好。"吴春圃已走到他的房门口了,听了这话,却走回来。问道:"这里面一定有文章,可以告诉我吗?"李太太笑道:"我自己的事还没有了,我也不愿管人家的事。"吴春圃笑道:"我知道,昨天晚上,三、四点钟的时候,白太太叮叮咚咚来打门,听说是请你去打牌。你去了没有?"李太太道:"人都是个面子,人家找上门来,我不好意思不去,不过为了这种事,常常家庭闹别扭,实在不值得,我现在下了决心不打牌了。看看还有什么别扭没有?"李南泉听到太太这番话,倒忍不住由里面屋子里走出来。可是当他走到窗户边时,就听到山溪对岸,有人叫了一声"老李"。在窗户眼里张望时,却见白太太站在那边人行路上,她笑嘻嘻地张着大嘴,像是说话的样子。她两只手横了出来,平空来回旋转,像是洗牌的样子。摸完了,她先伸了一个食指,再伸出中指、食指两个指头,最后,将大拇指和食指,比了一个圈。这很容易明白,一定说是十二圈牌。李太太背了窗户站定,她可没有知道窗户里面有人。她向白太太点了两点头,又将手向她挥着。这本来是哑剧,可是她终于忍不住声音,轻轻说了六个字:"你先去,我就来。"李南泉看到,情不自禁,长长地叹了一口气。李太太回头看他站在窗户边,这就笑道:"我不过是这样说罢了,我哪里能真去?"李南泉笑道:"你说下决心不打牌,那也是这样说罢了。"在旁边听到的吴春圃,也哈哈大笑。

李南泉走出来,向他笑道:"吴兄,你看这情形,让我说什么是好?"吴春圃笑道:"你这问题,非常好解决,就是任什么也不说。家家有本难念的经,诚然是事实。可是这本经你不去念,也就没有什么问题了。"李南泉还没有答复他这句话,却有人在屋角上答复了一句话,她道:"这话确乎如此。这本经,我不念了。我打算连这个家也不要了,这多少省事。"说着话的,是奚太太走了过来。她脸上带了很高兴的笑容,两手环抱在怀里,踏了拖鞋挨着墙,慢慢儿走。她的脸子,并不朝着李南泉,却是望着吴春圃。那脚步踢踢踏踏的,打着走廊上的地板响。吴春圃虽是看到自己太太站在房门口板着脸子不太好看,可是他不愿放弃那说话的机会,依然扭转身来,迎着她笑道:"奚太太的家事,大概了结清楚了吧?"她摇摇头道:"没有了结,我们这些邻居,好像传染了一种闹家务的病。你看,石太太家里,今天一大早就吵得四邻不安。"李南泉觉得早上违拂了人家的意思,心里有些过不去。这就向她笑了一笑。奚太太倒是真能不念旧恶,这就站定了向他望着道:"老夫子,我正式请教你,你可不可以对我作个明确的指示?"李南泉当了太太和吴春圃的面,倒不好怎么和她开玩笑。便沉重地道:"奚太太,大嫂子,并不是我不和你出主意。可是这主意不大好出。比如说你和石太太同有家务,这病症就不一样。石太太的病呢,是内科;而你的病呢,是外科。这内科外科的症候,就不能用一个手法去医治的。"

奚太太在电影上，很看了几个明星的小动作。她将一个食指含在嘴唇里，然后低垂了眼皮子，站着作个沉思的样子。但她那张枣核脸，又是两只垂角眼睛，在瘦削的脸上，不带一些肉，很少透出美的意味。不过她在那抿着嘴唇之下，把那口马牙齿给遮掩上了，这倒是藏拙之一道。她自己觉得这个动作是极好的，约莫是想了两三分钟，作个小孩子很天真的样子，将身子连连地跳了几下。不过她下面拖的是两只拖鞋，很不便于跳。所以身子跳得并不怎样的高。她伸了那个食指，向李南泉点着头道："我明白了，你说的内科外科，那是很有意思的。原来石家的事，你也很清楚了。人家内科的病，我不去管它。你说这外科的病应当怎样去医治？"李南泉见她跳了几下，逼近了两尺，已经走到面前，便向后退着，点了头笑道："你找医生，也不要逼得太凶呀。外科的治法，那是很简单的，哪里有毒，就把哪里割了。"奚太太道："割了它？怎么割法呢？"李南泉笑道："我究竟不是医生啦，我只知道当割，我却不知道要怎样割。我想，你明白了这个原故，你也就会的。"奚太太觉得刚才那个小动作，表演得很好，她又将两手十指互相交叉起来，放着在胸脯下面，头微低了，紧抿了嘴唇。尤其是她那双眼睛，她有意多作几个表情，不住地将眼睛皮撩上垂下，转了眼珠子。很像是耍傀儡戏里的王大娘，急溜着她那双抓住观众的宝贝。

李南泉看到，心里是连叫着受不了，可是奚太太并不管这个，却向他笑道："你看我可以和奚敬平离婚吗？"李南泉"呵呀"了一声道："那太严重。"奚太太道："那末，我就去捉奸。"李南泉皱了眉道："这也不好。"奚太太道："你以为捉奸这事也严重？"李南泉道："严重倒不严重，不过这两个字，不大雅。而且你一位太太到重庆去作这件事，也不大好。"奚太太道："离婚不好，捉奸……"李南泉立刻拦住道："又是这么一个不雅的名词。"

奚太太笑道："那要什么紧？今天早上，石太太就表演了这样一幕。虽然当时是要费点气力的，可是你所说的她那内外科的时候，也就去掉了。那个人不是悄悄离开了她的家吗？我的目的，也就是要做到这样。"李太太斜靠了门框做针线活，低着头只是听。听到了这里，她却忍不住一笑。奚太太道："你笑些什么？一定有文章。"李太太道："你这个聪明人，怎么一时想不开来？石太太要小青离开她的家，那范围太小了。你要那个女人离开重庆，那问题不是太大了吗？她若不离开重庆，你就和她抓破脸，她也不过是当时受你一点窘……"奚太太道："不，我要把那贱女人抓到警察局里去。只要警察局里有案，她的住址就瞒不了，我立刻到法院里去告她妨碍家庭罪。她除非真不要脸，否则她好意思在重庆住下去吗？"李南泉笑道："不错，你连法律名词也顺口都说出来了。"奚太太将手一指道："我的顾问多着呢。我是请教过这位袁先生的。"说着，她向隔溪袁家一指。

奚太太笑道："你看，我的法律顾问来了，你看我说的话对是不对。"袁四维将一支竹笔套子，套了半截纸烟，咬在嘴角上，将两只手反背在身后，缓缓地走过那木桥，他一身淡黄色的川绸裤褂，像是佛盘上的幔帐，受过若干年的香烟，带着很深的灰色，而且料子落得像汽球的皮。在他那张雷公脸上，已是充分表示了他的瘦弱，现在再加上这身不贴体的衣裤，真觉他这人是个木棍架子。他缓步过了桥，将嘴里那个装纸烟的竹笔套子取下来，捧鲜花似地举着，笑道："奚太太，我还没有执行律师业务，你可不要宣传我当法律顾问。大家全是好邻居，对奚先生、奚太太我一样地愿意保障你们的法益。我们还是谈谈交情罢。奚太太愿意和解的话，我和李先生都可尽力。说句老实话，太太和先生打官司，没有到法庭，首先就是一个失败，这话怎么说呢？夫妻的感情破裂了。夫妻感情破裂，你以为这是男子一方的损失吗？其次，夫妻官司，最大的限度是离婚。在中国这社会，男人丢开一个，再娶一个那实在没有什么稀奇。女人能像男子一样吗？无论怎么样，丈夫总是丈夫，太太把丈夫告倒了。精神、物质，同时受着损失。这还是就夫妻本身而论，像有了儿女的人，父母打官司离开了，这小孩子们或者是无父，或者是无母，你想那是什么遭遇？"他这篇话，在走廊上的人听了都感到奇怪。在这个人的嘴里，怎么会有这样忠恕的话？尤其吴春圃这个人，他心里搁不住事，就拍掌连叫了几声"对"。

袁四维看到大家这样和他捧场，他太高兴了。他将那竹笔筒子搬到手上，连连地弹了几下灰。像是很轻松的样子，在走廊下来去走着，笑道："我相信，我若是作律师的话，十场官司，有八场官司打不了。那为什么原故？就为的是我都是这样劝解着，让人家官司打不成。"奚太太笑道："官司打不成可不行，我现在这情形，不打官司，还有什么办法去对付？"李南泉一看到了此公，先行头痛，借故到屋子里去拿纸烟，就闪开他了。隔了窗户，听他和吴春圃罗罗嗦嗦地说着，索兴坐下来，取了一本书举了看着。他总以为没有事了，袁先生却又在窗户眼里伸着头向里张望了一下，笑道："李先生很是用功。在这样环境里，你还是手不释卷。"这么一说，李南泉就不便含糊了，只好放下书站起来。他口里虽然有句话，说是请进来坐坐。可是话到了舌尖上，还是把话忍回去了，向他点个头道："你倒是很安定。"说着话，向屋子外面迎出来。站在屋子门口，意思是堵着他不能进去。袁四维在衣袋里掏出烟盒子来，翻转口将烟卷倒出。这让他发现一个奇迹，就是倒出来，只有两个整支，其余全是半截的。这半截烟并非吸残了的，两头崭新，并无焦痕。他这样注意着，袁四维已经明白了，有意将肩膀扛了两扛笑道："我现在新学会了吸烟，不吸有点儿想，要吸又吸不了一支，所以将每支烟用剪刀一剪两半段。这也可以算是节约运动吧？老兄来支整的罢。"说着,将一支烟递了过来。

李南泉笑道:"袁先生,你真有一套经济学,我刚吸过,谢谢。"说时,他伸出手来挡住,向袁四维连连摇摆了两下。但他那支烟,并不肯收回去,依然将三个指头夹住了烟,向上举着。他笑道:"这抗战期间,节约虽是要紧,但结交朋友还是要紧。人只有在患难贫贱中,才会知道对于朋友的需要。我就最欢喜二、三知交在一处盘桓。朋友相处得好,比兄弟手足还好。"他口里说着,手里还是老举着那支烟。他忘了敬客,也忘了收回去。接着,他将纸烟向山溪对岸,遥遥地画了个圈子,笑道:"你看,那边山脚下一块地,是我画好了,预备建筑房子的。假如这房子依了我的计划施工,一个月以内,准保完成。等着这房子盖好了,我可以腾出一间朝着南面的房子,让李先生作书房,你看那山坡上现成的两根松树,亭亭如盖,颇有画意。再挖它几十根竹子,在那里栽下去。那就终年都是绿的,大有助于你的文思。我先声明,这间房子,不要你的房租,而且也不必你在盖房子的时候,加入股本。你的境遇,我是知道,现在实是没有那富余的钱。在外面作事,无非是鱼帮水,水帮鱼。只要是我可以卖力的地方,我可以和你老兄尽一点力。"他说着话,连头带身子转了半个圈,表示坚决。李南泉笑道:"鱼帮水,水帮鱼？不用说,我是一条小鱼。这鱼对于汪洋大海,也有可以效劳的地方吗？"袁四维道:"当然可以。"说着把肩膀扛了两下。又道:"一汪清水,有两条金丝鲤鱼在里面,那就生动得多了。来一支烟。"他终于觉悟了,手里捏着没有剪断的烟,还没有敬到客手上去呢。他真客气,简直就把这支烟向李南泉嘴里一塞。

这分客气,虽让李南泉难于接受,但他也只好伸手将烟接住了,笑道:"像袁先生这样热心交朋友,那真没有话说。自己吸半截烟,将整支的烟敬客。我当然在可以帮忙的地方,要相当的帮忙。"这句话说到袁四维心坎里去了,他明白这支烟,发生了很大的效力。于是牵扯着李南泉的衣袖,让他向前走了两步,他低声笑道:"我们到那边竹林子下去谈谈。"李南泉因他一味客气,不便推辞,只好跟着他走过木桥去。袁四维由眉毛上就发出了高兴的笑容,一直到嘴角上,下巴上,那笑容都由他雷公脸的每条皱纹里突发出来。在他那嘴角一动一动当中,似乎就有一大篇话要说,李南泉也就只有见机再谋对答了。就在这时,大路上来了一位摩登少妇。她梳着乌亮的头发,后脑将小辫子挽了半环发圈。在发圈的两端,还有两堆点缀物。一头是几朵茉莉花,一头是红绸制的海棠花。满脸通红的,擦着胭脂粉,尤其是那嘴唇,用大红色的唇膏涂着,格外鲜明。在两只耳朵上,还垂了绿玉片的秋叶环子。她身穿浅紫色带白点的长衫。雪白的赤脚,踏着橘色的皮鞋。她越来越近,袁李二人都看着有些惊奇,不知村子里哪一家,有贵客来临。但看她这样子,是向李家走去的,李先生就不能不更为注意。她倒是不生疏,高跟皮鞋走着石板的"咯嘀咯"响着,到了面前,先笑了。她道:"李先生,我无事不登三宝殿,有点儿事情和你商量商量。"直等听到她发言,这才恍然,原来这就是石正山太太,一经化装,她就变成了两个人了。

李南泉不由得"呀"了一声。但对石太太不十分熟,还不肯说"你好漂亮"的话,只是笑嘻嘻地点了个头。袁四维倒不知道石家今天有事,这就向她道:"石太太今天由城里来?"石太太笑道:"不是由城里来,我是要到城里去。"说着,掉过脸来向李南泉道:"李先生,请到你府上,我们去谈谈。"袁四维对于她这个请求,不大赞成,很不容易把李南泉邀到竹林子下面,正是要谈生意经,怎肯让她拉了去!因扛了两扛肩膀笑道:"我正和李先生讨论一个问题,若是石太太和李先生商量的问题很简单,我告便一步,就请你在这里和他说罢。"石太太笑道:"我说的,都是大公无私的

第十九章　内科外科　　489

事,也欢迎袁先生给我一点指示。就是我家那个丫头,今天逃跑了。我不希望她再回来,我要到城里去登报。这文字的措词,不知道要怎样才适当。我这里有个底子,两位看看怎么样?"说着,她由衣袋里拿出一张稿子交给了李南泉。他看时,上写着:

### 石正山声明与义女石小青脱离关系启事

鄙人在数年前,收容晚亲某姓之女为义女,善为款待,且授予相当之教育。正山对之,视如亲生,向严守父女之义。该女近忽受人愚弄,窃去本人衣物钱币合值五千余元黑夜逃走。似此忘恩负义,实令人难忍。自即日起,与小青脱离一切关系。但义父之身分,依然存在。如有诬辱谣言,概之不理。此启。

李南泉看了两遍,问道:"既然脱离一切关系,怎又说义父之身分依然存在呢? 这是个漏洞,请你考虑考虑。"

石太太笑道:"这就是我一点用意。老实说这全段广告的紧要观点就在这里。"李南泉当然很明白她这是什么意思,但当着她的面,也不能说破,这就把那张字条,交给了袁四维,笑道:"你是位法律家,你看看这文字的情形怎么样?"他接过去,将字条从头到尾仔细看了两遍,摇摇头道:"这个在法律上说不过去。养女走了就走了,她也不能对你作义父、义母的有什么法律上的义务可言。你就登上这段启事,她也可置之不理。有道是养儿子还能算饭帐吗? 养了她多少年,也不能……"石太太摇头道:"不是这意思。我的目的,就是要她不理。哪怕从此以后见了石正山当作仇人,我也欢迎之至!"袁四维拿了那张稿子仔细沉思了一下笑道:"我这就明白了。这就是李先生所谓的外科。"石太太不明白他这意思,望了他沉吟了一会,问道:"她还有毛病,那简直该打。"奚太太老远地站在走廊檐下,立刻向她乱摇着手道:"你不明白,回头我和你说。人家怎么会知道她有毛病呢?"石太太道:"那个贱丫头,她是有毛病。第一,她喜欢出汗,到了夏天,三天不洗头发,作臭腌菜气味。第二,她有狐臊臭。第三,她又不刷牙齿,口里脏死了。第四,她汗手汗脚,摸着什么东西,也是很大的汗印子。第五……"她一连串地说出小青许多毛病,她是信口说出来的。到了第五项,她却是说不出名目。但她报了第五,决不肯没有交代。她见袁李二人全把眼睛盯在她脸上,她就摇摇头道:"我不必说了,这是内科,反正她周身都是毛病罢。"

李南泉笑道:"石太太,不是我挑眼,这个问题,很让我疑问。既然小青是个周身有毛病的人,你们为什么收养她?收养之后,为什么家里大小事都由她负责?例如她不刷牙,手脚有汗印,头发臭,又是狐臊臭,这都是给人一个很不清洁的印象的,为什么你让她洗衣做饭?"石太太虽是擦了满脸的胭脂,但还是看得出,她脸上的红晕,却依然由皮肤里烘了出来,勉强带了笑容道:"你这话问得是对的。可是这些事情,我是天天监督着,罚她洗头,罚她擦药,罚她刷牙齿,所以也就不见得她脏。"袁四维倒不谈话,拿了那张字条,只是出神地看着。石太太扭了脸向他问道:"袁先生,你看这启事可以随便登出来吗?"袁四维两只眼睛,还是向字条上看着,沉吟着道:"你若是不作为法律根据的话,拿着去登报,倒无所谓。其实呢,"他说着,又使出了那手法,将肩膀扛了两扛,继续地笑道:"你真是要找法律根据的话,那也有办法,不过我也不愿多这件事,我现在也不做律师。"石太太看看李先生终始不肯负责说话,而袁先生倒有点肯出主意的样子,便笑道:"袁太太在家吗?我到你府上谈谈。"袁四维道:"好,请你先去,我就来。"石太太去了,袁先生心里已另有了一番打算。但同时对李南泉这个说话的机会,也不愿丢了。时间迫促,他也不能再考虑了,先吓吓地淡笑了一声,然后道:"你昨天介绍的那位张先生,实在是一位好朋友。忠厚,慷慨,而且又精细,想来,学问也必是很好的。"李南泉笑道:"可惜走上钱鬼子那条路了。"

袁四维笑道:"现在是功利主义的社会,非谈钱不可。《天演论》上说过的,适者生存。现在不谈钱,就不是适者。读书的人,讲究穷则变,变则通,这个日子谈经济,那是百分之百的对。张先生为人,我十分佩服,我想请他吃顿便饭,又没有这个机会。今天晚上,我们到街上去吃个小馆,你看怎么样?"他说着这话时,把他那张雷公脸仰起,对了李南泉很诚恳地望着。在他的那脸皱纹上,像安上了电线似的,不住有些颤动,似乎是笑,又似是不安。李南泉虽然不愿意给姓张的找麻烦,也不愿意给姓袁的难堪,沉吟着道:"张先生今天一大早就出去了,到这时候他还没回来,我也没有法子去约会他。他回来了,我一定把你这好意转达给他。"袁四维掏出了身上那个纸烟盒子来,伸着两个指头,在里面乱挖,挖出两个半截烟卷来,将半截敬了客,又将半截安在竹笔筒子头上,半鞠了躬笑道:"你是老邻居了,对于我这种节约行为,自然十分谅解。不过对于新朋友,就不能这样。当年我在南京、汉口的时候,我家里天天有客,我预备了两个厨子,一个厨子作四川菜,一个厨子作扬州菜,只要朋友肯来,我无不竭诚招待。我不请那张先生,我心里过不去。这样罢,回头我送点土产来,让张先生带进城去。这就是石太太说的话,算是我一个毛病。我就是好客。"李南泉道:"好客也算毛病,这毛病可太好了。你这毛病算是内科还算是外科呢?"袁四维笑道:"在我太太看来,一定算是……不,她也很好客的。"说着,他觉得不大妥,伸了手乱摸着头。那和尚头的短头发,摸得窸窣作响。

李南泉看他这样子既是讨厌,又是可怜,便笑道:"袁先生这番好意,我一定转达。不过张先生为人,他很是拘谨。他若说是无功不受禄,那我可没有办法。"袁四维把竹笔筒子咬在嘴角里,将头微偏着,抱了拳头,连连拱了几下,抿着嘴,口里呼噜呼噜说不清楚,听那声音,好像说是"请多帮忙,多请帮忙"。李南泉笑道:"好罢,若是能把张先生留下的话,我就留他一天,大家详细地谈谈。"袁四维终于忍不住肚里的话,先打了个哈哈,然后笑道:"多谢多……"他却没法说第四个字。因为他一张口,那支竹笔筒代替的烟嘴子,落了地上。这正是斜坡的上层,竹笔筒子不肯在地面上停留,却顺了竹阴下的斜坡,滚了去。这斜坡下面,有两大堆猪粪,这支竹笔不偏不斜,滚到猪粪堆里去了。他看到之后,连连将两只脚顿了两顿,口里连说是糟糕。在李南泉心里想着,他对于这支竹笔筒和那半截烟卷,一定牺牲的。可是他并不这样做。弯着腰,径直奔到那堆猪屎边上。他本来伸着食指和拇指,硬把那个竹笔筒捡了起来。可是他弯腰的程度很深,似乎嗅到一股猪粪的气味,立刻将身子向后一闪,直立了起来。李南泉想着,这该牺牲了吧?然而不然,他左手捏着鼻子,右手在地面拾了一片大树叶拿在手上,利用了这片树叶,盖在猪粪的竹笔筒上,就隔了那片树叶把竹笔筒捏了起来。那半截卷烟,塞进到竹笔筒里去很紧,居然还嵌在竹笔筒上,没有落下来。

李南泉对他这个行为,发生了莫大的惊讶。这位先生竟是这样的屈尊,只有皱了眉毛,远远站着。那位袁先生,将手指夹住了带猪粪的笔筒,弯了腰走着,他似乎知道李南泉看了这事有点不愉快,便放了苦笑道:"我并不是不肯放弃这个烟嘴子,因为它和我有一段共患难的关系,我就以后不用也要保存它。我就有这么一个纪念品。"他一面说着,一面兀自弯了腰不直起来。李南泉见他这行动,微笑着,并轻轻地道:"这是内科还是外科?"袁四维道:"外科外科。"他说时点着头,那自然是聊以解嘲的意味。可是他只管笑,却把手上忘了,那个竹笔筒子又掉在地上,他手上仅仅捏住那张枯树叶子。他忙将背对了李南泉去捡笔筒子。他以为身体把自己的行为给挡住了,这就扔了那张败叶,赶快将两个指头夹住了竹笔筒子,向家里跑。李南泉看到只是摇摇头,背了两手,缓缓地向家里走。但两只手在背后,是把手掌心托了向上的,突然觉得手掌心里有样东西放着。他的触觉,知道这是一块石头,赶快回头看时,奚太太却是笑嘻嘻的,站在身后边,她已经重新化了装,这样她脸红红的,倒成了将熟的冬瓜枣。两只辫子,老鼠尾巴似地垂下。

李南泉对于这位奚太太,十分的敬崇,可是又相当的害怕,现在她这副形象,站在自己面前,教人却是相当的窘,尤其是自己的太太,还站在走廊上,含了笑容,向这里望着。若是和她说几句不客气的话,彼此是很熟的邻居,尽日给人家钉子碰也不好,今天是给她好几个钉子碰了,那就非弄得彼此交情决裂不可。他犹疑了一会子,便带了笑容向她道:"我是刚刚睡午觉起来,是不是奚太太早上有什么话告诉我,我没有去办?"奚太太摇摇头道:"那倒不是,我……"说到这里,把声音低了一低,她还是把扇子边沿掩了嘴唇,笑道:"那位袁先生将两个指头捏了竹笔筒子走去,那事情是不可笑人家的。你为什么当了人家的面讥笑人家?"李南泉笑道:"我并没有讥笑他。我不过敬佩他为人,夸赞他几句。你看看我这事作得不大好吗?"奚太太道:"这件事我不管,我有件事想和你商量商量。"说着,她收起了折扇,将扇子头放在嘴唇边,低着头想了一想,然后把扇子头连连在脸腮上敲着,沉吟着道:"我有句什么话要说呢?你看我脑筋混乱得很,我忘记是什么事了。"说着,将扇子头轻轻地敲了额角,这样的做作,总有四、五分钟,她始终没有把这件事记了起来。然后身子扭了两扭,笑道:"我想起来了,我打算马上就进城去,你可不可以给我写几封介绍信?"李南泉道:"你这话说得太空洞,你要我给你介绍些什么人呢?"奚太太道:"你所接近的是些什么人,你就给我介绍什么人!"

她说着这话,将扇子在空中抛着,打了两个翻身,然后将扇子接着了。李南泉道:"我所认识的朋友,文艺界,新闻界都是现在天字第一号的穷人,你要认识这些人作什么?他们可不能给你治那外科的病。"奚太太道:"我又不去募捐,我要认识有钱的人干什么?老实对你说,我想到重庆去招待一次文艺和新闻界,我要当场把我的家事宣布出来。对文艺界的人,我希望他们给我写一个剧本,或者写一篇小说,最好是能写剧本,等到这戏能上演的时候,我亲自登台,现身说法,演说一番。新闻界的人呢?我要他们给我宣布新闻。"李南泉笑道:"就是这个意思?不过,你这故事,并不十分稀奇,你这样大张旗鼓地招待新闻界和文艺界,你供给人家的材料,让人感到并不足作小说、编剧本的时候,人家失望,你也失望。"李太太在那边廊檐下就插嘴笑道:"天下事不都是事在人为吗?有许多很小的事,经妙手点缀一番,就可化为大事。也有很大的事,因为主角儿太不会用手段了,让很大的事平平淡淡地过去。"奚太太对女人说话,她的姿态就变了。把小扇子展开,连连在胸前扇着,扇得"扑扑"作响,笑道:"你说的很有道理。你看我这事怎样才能引起人家的注意?而且把问题扩大起来?"她说着话,向李太太面前走去。李太太笑道:"可有两个办法,一个是比较冒险的手段,就是你到城里去挑一所大楼住着,这楼必须面对了大街,当那大街上正热闹,行人来往不断的时候,你突然由楼上一跳,而且大叫一声。"

奚太太道:"那样做,我不是疯了吗?本来,现在我也有几分疯了。你说是不是?"这么一说,连在走廊上的人,都放声大笑了。李太太笑道:"大家笑什么,这是真话。有道是胆大拿得高官做。若要怕事,怎么作得出事来?"奚太太倒不以为她这是玩笑话,拿着那把小扇子在胸面前慢慢扇着,点了两点头道:"这事情倒并不是开玩笑。我要打算干的话,一定要拼着出一身血汗。李太太说的这话,让我考虑考虑。"李南泉道:"那末,你就不必让我写介绍信了。"她道:"我跳楼是一件事,你写介绍信那又是一回事。多下两着棋总是好事。"说着,展开她手上的小扇子,向他连连招了两下笑道,"来,来,你就写信罢。"李南泉对于她所点的这个戏,颇感到有些头疼,含着笑,还没有答复呢。忽然那边山坡的人行路上,有人笑道说:"我又回来了。车子太挤。"看时,是张玉峰缓缓地走回来了。看他拖着沉重的步子,好像是很疲乏。望着点了个头,还没有迎上前去,只见那位袁四维先生,由他家里奔了出来,直迎向人行路上。走到张玉峰面前,伸了手和他握着道:"我今天候大驾一天了。很是要和老兄畅谈一番。现在有了机会,请到舍下去坐,请到舍下去坐。"他握着张玉峰的手,表示很亲切,只是上下地摇撼着,摇撼得他的身体都有些抖颤。李南泉想到那只手,正是在猪粪里掏过的,张玉峰那只抓黄金、美钞的手,现在却是间接地抓着猪粪,这倒很替他那只手抱屈。张玉峰哪里会知道这事,他被袁四维的诚意所感动,笑道:"有点急事,早上是天不亮就走了。简直要和袁先生谈几句话都没有工夫。"

袁四维道:"我无所谓,在乡下闲云野鹤一个,有的是时间招待朋友,请到舍下去坐坐罢。"他说着这话,站在分岔路口,将张玉峰向前的路挡着,使他不能不向去袁公馆的路上走。张玉峰看着也是没有再婉拒这约会的可能,只有向他家里走去。袁四维觉得这回钓鱼,百分之百地上了钩,不能再让这条大鱼跑了。便跟在后面护送着,一路高声叫道:"拿烟来,泡好茶来,有客来了!"说着,很快抢到自己家门口,将身子侧着,伸了右手作比,口里连说"请里面坐"。张玉峰被他的客气压迫着进去了。袁四维跟着进来,两手拱着拳头,笑着说:"请坐,请坐,我家里是不恭敬得很。"张玉峰在李南泉口风里,已经知道这位袁先生是一种什么作风,他又想着,袁先生所以这样拉拢,无非是想彼此约会盖房子。本来自己就要房子住,订约出钱之后,他必得交出一幢房子来,这也没有什么吃亏。他的这番作风,也无非像生意人拉拢买卖一样,并没有什么出奇。自己痛快,也让人家痛快,干脆答应他就是了。便笑道:"关于盖房子的事情,李先生已经和我提过,说是袁先生对于盖房子的工程,非常有经验,那我也正要把这事相托。"袁四维听到他已答应,口里连说道"好说好说",而两只手又情不自禁地抱上了拳头。张玉峰道:"我事情忙,不能在这里多耽搁。袁先生若有什么合约的话,只管拿出来让我签字。以后一切事情,请和南泉兄接洽,我请他全权代表,至于款子多少,我照摊。也都先交给南泉兄,由他转交。"这句话说了不要紧,袁四维"呵唷"了一笑,竟是弯了腰深深地作个大揖。

张玉峰对于这个举动,当然有些惊讶。便是答应合伙盖房,何至行此大礼相谢?更是吓得向后退了两步,抱拳回礼道:"老兄何必这样客气?"袁四维笑道:"倒不是客气,只是我的脾气是这样,看到朋友对我客气,我就在人敬一尺,我敬一丈之下,要大大回敬。"他说是这样说了,可是他的脸色,不免泛起一层红晕,似乎有点难为情,不过这难为情,也是片刻的。立刻昂起脖子来,向窗子外叫道:"快快送茶来。看看瓜子还有没有?若是有的话,把碟子装一碟子来。"他叫一句,太太在屋子里答应一声。他听那答应的声音,非常之利落,料着留着过中秋的那些南瓜子并不会失落,便又高声道:"把大碟子装了来。开水烧得开开的,给我泡一壶好茶。"他那样高声叫着,不但屋子里听到,就是屋子外很远也听到,李南泉站在竹子外,就是所听到的一个。不必作过深的揣测,就是在袁先生这样叫泡茶、拿瓜子的当儿,就可以知道张玉峰已是身入重围。现在马上要援救他出来,拘了面子,恐怕他不肯走。而且这样急促地把张玉峰叫了出来,也很给袁四维面子难堪。这就不作声,背了两手在屋子后面来回踱着步子。他所听到的,都是袁四维带着哈哈的笑声,张玉峰在这哈哈笑声中,很久才说了个"是"字,或者"对"字。这样总有二十分钟,始终没有听到袁四维间断他的话锋。他想着自己钻到袁家去和他们插言,那是不知趣的事。站着出了一会神,他倒是想得了一个主意,立刻走回家去,在抽屉里取出了一张纸条,写上几个字。

这张纸条,他是这样写着:"电话局顷派来人报告,贵行有长途电话来到,详情已由电话局记录,请速来阅。"写完了,交给王嫂,让她送到袁家去。果然,不到五分钟,张玉峰就来了。他脸上带了一分沉重的颜色,正待问话,李南泉笑着相迎,摆了手低声道:"没事没事。我若不写那个字条,你怎么脱得身?"张玉峰也笑了,摸着头道:"我看那袁先生,用心良苦。他也不会白要我的,我给了他钱,他得给我房子住。不必让他老悬着那分心事,我就答应他罢。他说每一股,约须出款五百元。这五百元也不是什么了不起的数目,我已经答应他照付。那钱我交给你,由你分批地付给他。他倒也相当的漂亮,和我约好了,筑好了墙发给一批款,盖起了屋顶给一批钱,最后他交房子我清帐。现在只要付一笔定钱。这件事我是全权交给你了。你看钱当付就付,不当付,就停止了。"说时,脸上带了三分苦笑,连连摆了几下头。李南泉笑道:"这事我害了你,不该宣布你是银行家。现在这社会上,谁要看到了银行家,那还肯放过吗?只有我这姓李的是大傻瓜,银行家和我交朋友,我是让他自由来往。"张玉峰脱下了他身上那件八成旧的灰哔叽中山服,提着衣服领子,连连抖了几下,笑道:"你看,我这一身穿着,我也叫银行家,那真把银行家骂苦了。不过你真和银行家来往,你以为那是揩油的事,那就大错特错,办银行的人,都让人家揩了油去,那银行怎样办下去?开银行是大鱼吃小鱼的玩艺儿,你还想吃他吗?"李南泉笑道:"怪不得你肯住我这草房子,你是吃小鱼来了。"

这一说,宾主哈哈大笑。张玉峰道:"这的确不对。我就这样两肩扛一口地到府上来。没有给嫂夫人送东西,也没有给小孩子带东西。"说着,昂了头向里面屋子叫道:"大嫂,我太不客气了吧?"李南泉笑道:"她的公事,比你还忙。她老早坐上牌桌子去了。我现时在家里作留守,你有话我代你转达就是。"张玉峰笑道:"我非常赞成这个行动。在这个山谷里面,生活着什么娱乐都没有,打几圈卫生麻将,那是最合适不过的事。若是我住在这里,我不也是每日一场卫生麻将吗?"他们这样说笑着,自然是声音大一点。说过了,也只是十来分钟的时候,袁家一位十三、四岁的小姐,笑嘻嘻地走了来,向张李两位各深鞠一躬,笑道:"李伯伯,我爸爸说,张先生若是有意打牌的话,我爸爸可以奉陪。若是角色不够,我爸爸说,可以代邀两位。"李南泉听了这话,简直说不出话来,只有向张玉峰看了一眼。张玉峰禁不住他每逢踌躇时候的作风,伸着手摸了几下头,笑道:"好的,假如我腾得出来工夫,我再通知你爸爸。"那位袁小姐去了,张玉峰低声问道:"这位袁先生,从前作过官没有?"李南泉道:"你突然问这话是什么意思?"他道:"据我看来,他完全是做官的作风。"李南泉想了一想,也笑了。只是这样一来,张玉峰可就不敢在李府上多坐了。邀着李南泉上街去坐小茶馆,并在小馆子里吃晚饭,饭后,又去听了三个小时的戏,直到深夜方才回家。第二日一大早,太阳没有出山,他就告别了主人。一小时后,李南泉就听到隔着山溪,有了袁四维的咳嗽声。在窗子里张望时,他正在路上徘徊呢。

袁先生在人行路上来回走着,也是不断向这里张望,最后他就叫了声李先生。李南泉知道是被他看到了,不能含糊,这就隔了窗子答应着。袁四维笑嘻嘻地走了进来,拱了手道:"张先生,我昨天和老兄谈了几分钟之后,痛快之至!今天天气很好,我们去坐个小茶馆。"他说着,也不问屋子是否有人,已经是抱了拳头,连连地向屋子里作揖。李南泉笑道:"张先生已经走了。"袁四维听了这话,他脸上那笑意,却是来得快去得也快。立刻翻了两眼向人望着。李南泉笑道:"他虽然走了。可是袁先生所托他的事,他完全照办了。所有盖房子的事,他叫我代为办理。所需要的五百元款子,他可以分次交来,由我转交给袁先生。签订合同这件事,也归我代办。他今天回到城里,明后天就有款子寄来。他这个人倒是很守信约的。那可以完全放心。"袁四维的笑容,本来已抛到天空里去。经他这样一说,那笑意又由天空里跑回来冲上了他的面孔。他将头摇成个小圈,接着道:"我就知道张先生这个人是位慷慨的君子,简直是一语千金。这人是太可佩服了!这人是太可佩服了!"他说着话,把头竭力仰着向后,仰得人倒退了几步,向夹壁墙碰了一下。李南泉倒不忍笑他,有些可怜他了,也就没有说什么。不过袁四维自己,透着有些难为情,因道:"既是张先生这样说了,大家一言为定,我去把合同稿子弄好,至迟明天上午,我送来给李先生签字。"李先生想说几句"不忙",可是这话是人家不愿意听的,也就不作声了。袁四维说句"不罗嗦了",拱了两拱拳头,自行走去。

他说不罗嗦了,倒有自知之明,李南泉回答声"再谈罢",也就没有远送。对于袁四维这个作风,实在是感到有些头痛,太太既不在家,也就只有拿了一本书坐到桌旁看着。心里料想着,在这最短期间,他是不会来麻烦的。可是这个猜想,又不怎么符合。窗子外面,忽然有人叫了一声"李伯伯"。看时,是袁先生那位大小姐。她小手提了点东西,摇摇晃晃地向这里走来。她径直走到屋子里,将手上提着的东西举了起来。乃是半条干咸鱼,和一个小报纸包儿。那鱼约莫有七寸长,三寸宽。鱼头倒是完整无缺。在鱼腮以后,这鱼就削去了半边。尤其是那鱼尾巴已不存在,这鱼的半边干身子,盐霜像加了一层白粉,还有些虫丝,圆秃秃的,极不好看。那个报纸包,约莫有四寸见方,不知道里面包的是什么东西。那纸包并不大,而外面绑扎的绳子,却是小拇指粗细的草绳。这显然是极不相称。可是送礼人对于这些物品,似乎还是十分重视。那包扎着纸包的草绳,束得很紧,而且还长出了有一尺多的绳子头。李南泉虽是十分明白这点意思,可是还不能直率地先说破,只是笑着向她点头。袁小姐道:"李伯伯,我父亲说,送你一包茶叶泡茶喝。这是我们家乡带来的。"李南泉望了那半条七寸长的干鱼,笑道:"这也是送我的?"这小姑娘有十三、四岁了,她也觉得这不大像样子,脸上先红着,然后笑道:"人家送我们的时候,就是这样半条。我爸爸说……"她已经完成了家中教给她的那些话了,将两样东西,扔在桌上,扭转身就向屋子外面跑走了。

　　李南泉看了看桌上的礼物,又对走去的袁小姐后影看了看,叹口气道:"羞恶之心,人皆有之。"说着话,把那草绳子解了开来,打开旧报纸包看时,里面长长短短的茶叶,还带着茶叶棍儿。茶叶品质怎样,那不必去研究它。只是那茶叶里面,还有不少的米粒。这和上次在他家喝的茶叶,那是一样的情形。抓着那茶叶,在鼻子尖上嗅嗅,还有很重的霉味。他淡笑着叹了口气,将那报纸包依然包好,把草绳子也束紧了,然后提了那绳子头,走到屋角山坡上,当甩流星似地,远远地向山沟丢了去,口里还大声叫道:"去你的罢。"他回到屋子里,见小桌上还有许多碎茶叶屑子,这就用点碎纸把这茶叶末子扫了下去。正当扫抹桌子的时候,却看到桌面上爬了黑壳虫子,茶叶里面生虫,这倒是第一次看到的。再仔细向桌面上看时,乃是那干鱼腮里爬出来的。拿起了那鱼,在桌上扑扑地连敲了几下,就从那腮里面陆续漏出几只虫子,而且爬的速度,比原来在桌子上的黑虫还要爬得快。他不加考虑,提了那鱼头上的草绳子,又向屋子外跑去,他照着茶叶包那个办法,把鱼头也丢到山沟里去。回家之后,向书桌面上嗅了两嗅,还有些盐臭味。他坐在竹椅上,抄了两手在胸前,向椅子背上靠着,眼望了桌面,连连地摇了几下头,叹了一口气。他呆定着,不免翻了眼睛,向窗子外看去,却见袁四维先生带着两个短裤赤膊的人,在对面山坡上,横量直量的,在地面四周比划着,而且他口里笑一阵子,大声叫一阵子,闹了个不休。最后他大声叫道:"我们都是为了抗战嘛!"

李南泉听到这话,心里有些奇怪。他这样建筑房子,与抗战有什么关系?这就不免站立起来,缓缓走出门去。那边袁先生说话,声音非常大。他打了哈哈道:"我们由下江来到四川,什么东西都给丢了,政府不是说了吗?有钱出钱,有力出力。我们虽没有钱帮助国家,可是我们出力的时候,一天也没有断。保甲上开会,哪一次我没有去演说?每逢一次前方胜利,我都要在茶馆子里坐两三个小时,买好几份报摆在茶馆里让人传观。第一区专员兼巴县县长,是我的好朋友,他看到我为国家这样的出力,希望我住在这村子里,作领导民众的工作。上次我到专员公署里去,专员亲自把我送到大门口来,和我握着手说:'只要袁先生看的地方中意,无论是哪片地方,由袁先生随便划出来盖房子。'你们的父母官,都是这样的帮忙。你们作老百姓的,岂可对我们的事麻麻糊糊?下次你们是摊款抽壮丁的时候,要不要我到县政府去说话?"他越说越带劲,索兴丢下了手上那根当软尺的草绳子,站在一方土堆上,当上了人行路上的演说家。原来这条路上,陆续有些下市回家的农人。听到他一再提专员和县长,都觉得这是惊人之举。乡下人对于县长的印象最深,他口口声声提到县长,想必也是一位了不起的人,所以大家都站住了脚听下去。袁先生说话的对象,原是站在面前的两位瓦木匠。木匠姓李,还是地方上一个甲长。他包工作国难房子有一百多所,很赚了几个钱,这时,上身赤膊,手臂上搭了一件蓝布衬衫,下身穿条青布短裤子,赤脚穿了双麻绳沿边的草鞋,腰上还束着一根紫色皮带呢。

他脸上带了七、八分的酒意,面皮红红的,手上拿了一支长烟袋,呆呆地听袁四维先生说话。那瓦匠姓汪,是个五十以上的老头子,黄脸上,留着几根老鼠胡子。他穿了一件似背心非背心的灰白短褂子,两只手膀子,像摩登女子似的,全露在外面。那褂子的下摆,遮着肚脐,还破了几个大眼。虽是这样的热天,他腰上还裹着白布条子,上面挂着短旱烟袋,烟荷包,还有一条毛巾。他对于这条毛巾,特别感到光荣,这是犒劳抗属的礼品。因为他三个儿子,倒有两个出去当兵,大门口还有一块市政府送的木牌子,上写着"为国尽忠"四个字。他觉得这实在是可以站在人前说话的一个凭证。不过那木牌子是不能背在身上到处走的。所以他想起了一个变通的办法,就是把这块毛巾塞在腰带上,当了荣誉勋章。这时袁四维对着他教训了一顿,汪瓦匠有点不服气。他想,你出力,我出的力比你还多呢。不过袁先生再三提到县长,又说县长亲自送他出大门,还和他握手,这是和县长最亲密的表示。而且他又明说了,以后抽壮丁摊款的事,他可以和县长去说话。县长的滋味,那是领教良多的,将来真有许多找县长的事,那还是以不得罪他为宜。于是在腰带上把那支短短的旱烟袋取了下来,放在嘴角里,叭吸了几下,仰起他的黄蜡面孔,向袁先生瞪了两只圆眼睛。李木匠知道汪瓦匠是个抗属,真到官场上去,那是有三分面子的,就扭转身子作个要走的样子,将长旱烟袋,敲了他一下腿。淡淡地道:"老板,你去和他说嘛,让他先付几成款子嘛。没得钱,说啥子空话?盖七层楼我也会搞个计划出来。"

汪瓦匠很相信李木匠,因为他是个甲长,许多事情,他都能和乡下人出主意。虽然有这句话:"保甲长到门,不是要钱就是要人。"可是乡下人找保甲长要办法,而保甲长拿出来的主意,有些是很灵验的。现在经李木匠这样一指示,他就有了胆子了,因道:"完长,你是作官的人嘛,啥事你不晓得?我们不吃满肚子,朗个作活路?"袁四维当过贫民救济院的院长,当时,他家里人就称"院长"。于今虽是辞官多年了,他家里人对外,还是称他"院长"。乡下人并不知道贫民救济院和行政院、监察院有什么分别,也就叫他"院长"。既是院长,当然是官,所以汪瓦匠的说法是这样。袁四维听到他说要钱,把脸沉下来道:"你们这些人,虽然不能打听打听我过去的历史,可是我平常的行为,你总也有眼睛看到,袁院长住在你们贵地方,是买东西和你讲过一回官价呢,还是雇你们一次人工,没有给钱呢?现在不是刚刚谈计划吗?你以为这是到医院里去诊病,先要化钱挂号?我当然不会让你们饿了肚子上工。也不一定我就找你和李老板盖这房子,为什么今天就和我要钱?"汪瓦匠道:"朗个要不得钱?这就是定钱嘛!你叫我们应你的活路,我要去找人。我不给人钱,到了时候,别个不来,我和李老板四只手就盖起房子来?"说着,他把旱烟袋塞到嘴里,又叭吸着那不冒火的冷烟袋,把他那张黄绿脸向下沉着,半扭着身子,缓缓地移了脚步,自言自语道:"没得钱,这样大太阳把我们叫来摆龙门阵,扮啥子灯!"

袁四维听了他那些话,又看到他那不驯服的样子,把颈脖子都涨红了。横伸出一只手臂,将五个手指乱弹着,乱弹得像打莲花落一样。他张开口,抖颤了嘴皮道:"你混帐!你说什么话?你看,你一个当瓦匠的人,就这样目中无人,那还了得?那还了得!"汪瓦匠已是远走了几丈路了,他胆子更显着大,这就站住了脚,回转头来道:"作瓦匠朗个的?不是人嗦？"说着，他抽出口里的旱烟袋嘴子，叭吸一声，向地面上吐了一口水。袁四维看了这情形，实在感到很大的侮辱，可是自己叫了一阵，左右邻居，都出来看热闹来了，又不便在此叫，只有瞪了两眼向他望着。这时袁太太由他家后门口走了出来，手上拿了一叠钞票，高高举着，埋怨道："你也是太不怕费神，和他们吵些什么？有钱还怕找不到瓦木匠吗！这是人家交的一笔股款，你来点点数目罢。现在邮政局还没有关门，你存了进去罢。"袁四维听说有人交股款了，而且整大叠的票子，在太太手上举着，这决不会错，把瓦木匠得罪他的事，完全丢到脑子后面去了。那一阵高兴，由他雷公脸上的每一条皱纹里挤出了笑容来。他人还没有走到前面已是老早伸出手来了，笑道："你点了没有，是多少钱？"袁太太道："一股半，站在大路上，点什么数目。"说着，把钞票交到丈夫手上。那个李木匠，他虽是先走的，却没有走远，他听到袁太太的话，也是站住了脚的，这时见袁四维接过了钞票，他就口衔了旱烟袋，慢慢走到面前，笑着一点头道："我说，袁完长，你是打算哪一天兴工嘛？你有了日子，就是迟个天把天交定钱，也不生关系！大家都是邻居，有话好说嘛！"

袁四维有了钱在手上，更是胆壮气粗，他僵着脖子，横了眼睛道："你问这话什么意思？反正你不和我合作。我说哪天动工也没有用。"李木匠左手拿了旱烟袋的上半截，让烟袋头子在地面上拖着，右手在光和尚头上乱摸了一阵，表示着踌躇的样子，笑道："不要说这话，完长，我们邻居总是邻居嘛，有啥子话总好商量哟。"袁四维道："邻居总是邻居，你怕我不晓得这话，我拿这份交情和你说话时，你要谈生意经。谈生意经就谈生意经罢。我没有钱，就不说出这些闲话。现在我不谈了，你又来谈交情，这到底是什么意思？"他说着话，将大叠的钞票，向口袋里装着，手里只拿了一叠小的，一张一张地数着，口里还是四、五、六、七、八地念着。李木匠将旱烟袋放到嘴里吸了两下,作个沉思的样子,然后笑道:"我和袁完长作事,哪一回又谈过生意经?总是讲交情咯。上次,我就送了好几斤木头片给你们家引火,还不是交情?"他口里说着,眼睛可望了袁四维手上的钞票。袁先生虽然在数钞票,可是听了他这句卖交情的话,不能不答复,淡笑一声道:"几斤木头片子好大的交情!你看,这一打岔,又把我数的数目忘记了。三十五,四十,四十五,五十。"他口里数着,手上将那五元一张的钞票,又继续翻动。李木匠虽然碰了他这样一个钉子,可是他并不走开,依然含了旱烟袋嘴子,默默地吸着,直等袁四维把左边口袋里的钞票数完,全部都送到右边口袋里去了以后,他将两只手同时按着两只口袋,表示着这手续完了。李木匠这就含着笑容,又叫了一声袁完长。

李木匠笑道:"确是。不过我们说在先嘛,五十块定钱,少一点,完长,加成个整数,要不要得?"袁四维望了他道:"把定钱加成整数,这是你和街上王木匠说话,还是和你自己说话?"李木匠笑道:"当然是和我自己说话。"袁四维打了个哈哈,又摇了两摇头。他什么话也不说,径自回家去了。他走的时候,左右两个装钞票的口袋,上下颤动,和他举着的步子相应和。李木匠等他走远了,瞪了眼望着袁家的后门道:"龟儿!有了钱就变了一个样子了。格老子,二天火烧他的房子,我在远处吹风。"汪瓦匠望了他道:"他好好地邀我们来说活路,你要和他扯皮,他有钱,格老子怕盖不到房子?我这两天,正短钱用,应下他的活路,啥子不好?"李木匠对于这件事的失败,有点懊丧,装上了一袋旱烟,汪瓦匠又追了过来,蹲在地上,捡了几个小石头子在地面列着算盘子式,将手下移动小石子,口里念着二退八进一,三下五去二。算完了,他向李木匠道:"格老子,这趟活路应下来,我们两个人,好挣他三、四百元,你为啥子不干?"李木匠道:"下江人要盖房子的多得很,没有姓袁的,我们就不过日子嗦?"汪瓦匠

506 ｜ 巴山夜雨

道:"那是当然,不过有活路到手,也犯不上丢掉它。"李木匠突然站起来,歪着脸道:"我硬是不受这龟儿的气。"这时,竹林后面,有个女人出现。她虽是乡下打扮,头发梳得光光的,身穿阴丹士林长衫,没有点皱纹,不到三十年岁,脸上洗得白净净的。她叫着李木匠的名字道:"李汉才,我昨日和你说的话,朗个做?"李木匠满脸是笑,向她点着头笑嘻嘻地道:"就是嘛,我照办嘛。再过两天,要不要得?"

那女人脸上红红的,像生气不生气的样子,淡淡地笑道:"过两天要得。你也不必费事了。"李木匠笑道:"你听我说,这两天我用空了。过两天我来了钱,我就照办。"那女人笑道:"你说啥子空话?别个请你作活路,你不作,好像你家里放了几百万,就要作绅粮。现在跟你要钱你又说没有钱。扮啥子灯影儿①,神经病。"她说着"神经病"三个字的时候,猛可地一顿,语气是很重的。李木匠笑道:"要得要得,我到袁完长那里去,把活路应下来就是。"那女人一扭身道:"你应不应,关我啥事,往后在别个面前,少说空话。"说毕,她扭身就走了。李木匠站着怔了一怔,向汪瓦匠道:"格老子,要钱用,有啥法子。"汪瓦匠叭吸了两下不点火的旱烟袋,向地面吐了两口清水。笑道:"这个女人,不是杨老公的堂客吗?为啥子跟你要钱?"李木匠将旱烟袋放在嘴里吸了几下,微笑道:"也是我不好,上半年和杨老公邀一个会,会散了,我短他家几个钱。我们又是邻居,她天天跟我罗连②,我也没得办法。"他说着这话,自己显着不能交代,左手捏了旱烟袋,右手搔着头发,慢慢走开。汪瓦匠站在竹林子下面,将冷旱烟袋吸了两口,又抽出来,昂着蜡黄的脸,对竹子梢上注视着想了一想,想过之后,再抽冷烟袋。最后,他向地面吐了一口清水,就奔向袁家去。这

---

① 川语,"扮灯影儿"意为"作假"。
② 川语,"罗连"意为"麻烦"。

时,袁四维穿上了袜子,换了一套绸子小裤褂,口角上衔了那竹笔筒子,安上半截纸烟,手上提了大皮包,神气十足,走出门来。看那样子,是要到邮汇局存款了。

汪瓦匠笑道:"完长,上街去嗦?我们商量商量,我还是应下你的活路,要不要得?"袁四维站住了脚,向他翻了大眼望着,问道:"你还是应下我的活路?借钱没有问题?"汪瓦匠笑着吸了两口旱烟,又把肩膀扛了两下,将烟袋嘴子,对着空中划了两个圈子,笑道:"我倒并不是硬要接你这活路。不过都是熟人嘛。我若不答应,二天不好意思见面咯。你说是不是?完长,你先付我五十元定钱,要不要得?二天动了工以后,我不随意乱支钱。龟儿子说谎话。"他口里发了这个誓不算,不捏烟袋的那只手,还伸着手指头,作了乌龟爬路的样子。袁四维先望着他脸上,然后又偏头看他身上,笑道:"只要五十元定钱?说话算话?"说着向他把眼珠瞪了。汪瓦匠不敢作声,把冷旱烟袋嘴子,送到口里叭吸着。袁四维不走了,将皮包向屋子里提着,又向汪瓦匠招了两招手。汪瓦匠以为是妥了,很高兴地跟着他走进屋去。袁四维将皮包放在桌上,缓缓地打了开来,然后在皮包里掏出钞票来,左叠右叠地放在桌子上。笑道:"你不要以为这都是我的钱。人家加入股子盖房子,我也不过是代人经管这件事。我不得不慎重一点。事情办好了,那是朋友的交情。事情办不好,我就受朋友褒贬。"汪瓦匠道:"确是。完长是作官的人,啥子事不晓得?自从你展①到这村子里来了,我看你是个好人。将来你还要发财发福。说不定你就作我们巴县的县长。"说着,他两手捧了旱烟袋,连连拱了几下手,就算是预为恭喜的样子。袁四维笑道:"县长?你叫我官作回去了。"

---

① 川语,"展"意为"搬"。

这时,李木匠来了。他口里咬着那支长旱烟袋的嘴子,将手扶了旱烟袋的中间。他鼻孔里和嘴里的酒气,兀自呼呼地向外喷着。他脸上红红的,有三分酒气,也有三分难为情,在门外和窗户外面来回地逡巡着,伸了头向门里看了一看,见着汪瓦匠笑嘻嘻地向袁四维鞠着躬,而袁四维将桌上堆的钞票,左边放到右边,右边又移到左边,眼睛望着那些钞票,不看汪瓦匠也不看李木匠,只是在嘴里算着数,二二得四,三五一十五,算着他心里所估计的帐目。李木匠故意咳嗽两声,又轻轻叫了一声"完长"。袁四维抬着眼皮看了看,将头点了两点,淡笑着哼了一哼,然后要响不响地说了三个字:"进来罢。"李木匠笑道:"我说完长,你啥子事看不过去吗?我……"袁四维瞪了眼道:"多话不用说。我要去赶邮汇局营业的时间。你们若是愿意接受我的合同,现在每人拿去五十元作定,马上签字。若是不愿意,谁也不勉强谁,我们就此拉倒。"说着,他把桌上摆的那些钞票,又陆陆续续向皮包里塞了进去。而且把皮包外的两根皮带,先后地扣好。很带劲地将皮包提了起来,向腋下一夹,大有马上就走的样子。汪瓦匠站在桌子角边,只是吸他的冷烟袋,一声不响,瞪着袁四维一叠叠地收钞票,直到他扣起皮带为止,那眼光都没有离开他的皮包。李木匠看这样子是百分之百的僵局。这就两手一伸,把袁四维的去路拦住,抱了旱烟袋,连连拱手道:"不忙不忙,还是好说好商量嘛!"

袁四维手里还是提着皮包,翻了眼睛向他两人望着,把脸色沉下来,问道:"你们对于五十元定钱,没有什么问题了?"李木匠对汪瓦匠看着,微笑道:"你说,朗个做?"汪瓦匠淡淡笑道:"我能说朗个做?格老子,杨老公的太婆儿跟你要钱,你拿不出钱来,你脱不到手咯。"李木匠瞪了眼道:"说啥子空话?我们谈的正经事嘛。"袁四维笑道:"谈正经事。你们还要正经地作呀。先开好收条,我就给你钱。"说着,打开抽屉,取出两张纸条来。汪瓦匠道："我不认识字,叫我写啥子?"袁四维道："那好办。我给你写,你们自己画上押好了。"于是就用上了桌上的笔砚,文不加点,写了两张收条。写好了之后,拿了纸条向两人道："我不能骗你,把收条念给你听了,你再画押。"于是他念道："立收据人瓦匠汪正才,今收到袁四维定工洋五十元。当面言定,收定洋之后,三日内兴工,五日内,筑起土围墙见方五尺高,如到期不动工,动工如不照约期办理,所有定洋加二成奉还。如有反悔,依法解决。×年×月×日立。"汪瓦匠叫起来道："要不得,朗个还要奉还?"袁四维笑道："你这是不识字之故。我说的奉还,那是你到期不动工,动工又不照日子交工的说法。你到日子交工了,我不但不能要你还钱,还要付你工钱。我又不是恶霸,难道你们给我盖了房子,我不给你钱吗?你怕到日子还钱那就是你拿了钱去不肯动工了。"汪瓦匠道："拿了你的钱去不动工,没得那个说法。"袁四维也不多说了。这就在皮包里取出两叠钞票,放桌子角上,笑道："五十元钱,现在买两斗米,八九十斤,要不要随你便,要钱就先画押。"

汪瓦匠对这位院长看看,又对李木匠看看,笑道："就是嘛,我就画押嘛。画了押,也不会要我的脑壳。我两个儿子都打国仗去了,我还怕啥子?"说到这里,他更没有一秒钟的考虑,在袁四维手上拿过毛笔来,弯腰就在桌上对纸条末尾画了个十字。李木匠站在旁边望着,淡淡笑道："你硬是穷疯了。看到了大卷的票子,格老子,祖宗三代都分不出来了,你朗个在我的收据上画押?"汪瓦匠笑道："朗个的?错了?那也不生关系嘛,都是五十元。哪个也不占那个的相因①。"袁四维摇摇头道："那究竟不对。你还是填你的收据。李老板你愿意收钱,补签一个就是。"李木匠伸

---

① 川语,"相因"意为"便宜"。

手搔了头发,又看看桌上的钞票,将脚在地面上一顿道:"是汪老板那话,又不输脑壳,哪个叫我短钱用,完长,我投降了。"袁四维满脸是笑,让他们办完了手续,也就给了他们的钱。打发瓦木匠走了,他把皮包里的钞票掏了出来,悄悄送到卧室里去,教太太收着。他低声道:"我们得把现钱放在手上,随时收买便宜砖瓦木料。存到邮汇局去,并没有几个利钱,拿进拿出,耽误时间。可是钱放在家里让人知道了,晚上得留心小偷。存款的样子,还是要作出来的。"说着,他在家里收罗了些破旧报纸,塞到皮包里去,依然让皮包鼓起来,然后提了皮包出门,大声叫道:"我到邮政局去了,有人找我,说我就回来。"一面说着,一面摇晃了手提包向大路上走。邻居李南泉先生,他是到处收罗戏剧性人物与戏剧动作的,这一下午,他看到袁先生的行为,非常有趣,像看电影一样,只管看了和听了下去。他在走廊上坐着乘凉,眼里看到,心里想着,统共也不过三五百元的事情,就把这几个人这样戏剧化了。钱是好东西!

他这样慨叹着,对于袁院长的行为,自也感到莫大的兴趣,以后是格外地留意着。过了两三天,果然在那对面的山坡。挖开了一片平地,十几个工人忙碌着,筑起了一个四方形的土墙,那墙高约四、五尺。袁先生也是和筑墙的工人同样忙碌,终日都站在平坡上监工。一日上午,袁先生手上拿了一叠纸张,带了他家的男佣工和大小孩子,很高兴地结队向山下去。他看那男佣工手上,带了浆糊钵子和刷子,颇有向街上撒传单贴标语的样子。心里想着,这又是什么作风?不属于生财之道的事,袁先生是不办的。他又不卖花柳药,也不看相算命,满街去贴什么传单?如此想着,心里又增加了一层纳闷,约莫是过了三小时,有一个很大的反响,就是三三两两,不断有人到村子里来看房子。来看房子的人,都是一套作风,先到袁四维家里去打听,其次由袁先生引导着,到那兴工的地方来看房。又

第十九章　内科外科　|　511

其次,看房子的人发出了惊讶的态度,都说:"怎么半截土墙,你们就出招租帖子招租?"最后,就是袁先生解释了。他笑说:"我们只四十八小时,就在平地上筑起这些土墙来了。根据这个速度,半个月内,我们可以盖起一幢很好的楼房。因为砖瓦木料都是预备好了的,而且所有瓦木匠,都是连夜赶工,我算的日子,一点不会错。现在出招租帖子,不能马上就会谈好租约。等租约谈好,房客也把搬家的手续预备好了,那我的房子也就完工了,这都是算准了时间来办的,一点不会错。"接着,他又把未来房子的美丽夸耀一番。

袁先生这一套说法,虽然限于面前的事实,人家不太相信。可是照他的计划推算起来,却也相去不远,大家带了笑容,悄悄走去,连租金多少,也没有人问过。李南泉这才明白,袁四维急于要盖房子,是这样的打算。他是想划了地基,就预定把房子出租的。邻居吴春圃先生,看到李先生老是站在走廊上望了那盖屋的所在发笑,也就很明白他的意思,同时,走到廊檐下,低声笑道:"此公发财的主意,可说想入非非。若是这个样子就能作房东,我姓吴的一百个房东也作过了。天下真有这样的傻瓜,看到一块土墙围的地基,他就肯定约付租钱。"李南泉笑道:"这一个试验,袁院长当然是失败了。可是他能半夜里点着灯起来,和太太商量盖房子弄钱的事,他一定有很多计划。他一计不成,必有二计。"吴春圃摇摇头道:"无论有多少计,没有房子,总收不到租钱。"李南泉道:"这件事很容易证明,今天来了许多班人看房子,都失望而去。明天若再没有人来看房子成交的话,他一定得想办法。"吴春圃定神想了一想,他还是摇摇头。当然他猜不出袁四维计将安出。这日下午,他由街上回家来,老远看到李南泉在窗子下看书,他就把手上捏着一张纸高高举起,笑道:"李兄快来,我们奇文共欣赏。"李南泉以为他由街上带着什么传单号外之类回来,就立刻迎了出来。远远看到他所拿的纸头,有四个大字,格外鲜明,乃是"新房预约"。他这就知道是袁家那回事,便笑道:"这也没有稀奇之处呀。根据事实来说,这四个大字,不是对吗?"吴春圃走到面前,低声笑道:"奇文不在这四字。"

李南泉道:"招租帖子,还有什么很妙的奇文吗?"吴春圃含着笑,把那张招租帖子送到手上。他展开来看时,上面这样写:"兹有正在动工之洋房屋一所,座落桃树湾东山之麓,前有溪流,后有青山,屋前辟有坝子(平地也)一片,拟栽花木。盖房系上下两层,配合光线、风景,于适之处,开辟窗户。除装制玻璃外,并拟安置纱网,以挡虫蚁。楼上楼板,地面三合土,光滑平齐。楼上下均有走廊,作为游憩之所。房内白粉糊壁,虽在雾天,亦可使屋中光线充足。至阴雨之时,除四周有走廊在外掩护外,而室中屋屋相连,使居此地者,足不履湿地。冬季则屋子朝阳,满室生春,夏季则四面通风,清凉如秋。凡此建筑,均适合在川住家之久住。屋后山上,通有山洞,空袭时可以自出闪避。而且村口有足容千人之大山洞,三分钟可到,亦极便利。至于柴、水,不烦细述。水是清泉一也。乡下人背柴下,必由门前经过,随时可以压价之二也。小菜则附近全是菜园,还是可食鲜品三也。总之,此处住家无一不宜。兹愿为疏散来此之义民,解决目前问题,敬将此屋三分之一出租。即日起,仿照预约书籍的办法,只收租金半年。以半年为期。但在此招租帖三日内订约者,再打八折。且预约房客,付款以后,如来乡下游览,毋须在乡镇上觅旅馆,可下榻舍下,鄙人房东自当竭诚招待一切。绝好机会,幸勿错过,千万千万!"

李南泉笑着点了几点头道:"的确是妙文。妙句就在最后两句,付了预约费的,可以在他家里下榻。"吴春圃低声道:"也许有人会贪点便宜。不过他家里竭诚招待客人的东西,最上等是生了蛀虫的咸干鱼头,和带有霉味的米拌茶叶,那也不大受用。"李南泉笑道:"你怎么知道这件事?"吴春圃道:"你两次由我窗户口上经过,把上等礼品丢到沟里去了,我都看到的。你是个极有涵养的人,都答复了他这么一个杀手锏。那些陌生的人要受到他这样的招待,那不会有恶劣的反响吗?"李南泉笑道:"戏法人人会变,各有巧妙不同。以后我们再看他的巧妙罢。"吴春圃微笑着,摇了几摇头。这就是说李先生相信袁四维有办法,而吴先生则不然。但是李先生看法是对了的。自这招租帖子发出去以后,到这里来看房子的人,还是陆续不断地来。袁先生接见来宾,可换了一个方式。每到有人问房子的时候,他左手拿了一张白厚纸图样,右手拿了两三株树秧子。在他小褂子口袋上,还插了一支铅笔。对着客人将树秧子插在地上,然后捧了那张图样给客人看。口里说着,手里将铅笔指着,将图上的房子,就地一一地给他对证起来,对证某间房子在某处。这当然让看房子的人有些信念,可以想到这个土墙围着的地基,将来是些什么东西。他把图样解释完了,然后就把树秧子提起来给人家看,他说这是在苗圃里拿来的样品,已经定下了一丈高的梅花,两丈高的法国梧桐,还有碧桃、梨花等等,都是栽下去就可以开花的。

天下有那几种鱼,专吃那种食。袁四维所下的这种钓饵,凡是聪明些的鱼,是不肯吃的。可是也就有一部分鱼,对于袁四维下的钓饵,感到很肥很香,一批一批地,都来看房子。并听着袁先生的解释。袁先生在解释的时候,看到看房的人,已经受到引诱的时候,他就把人家请到家里,把太太请出来,竭诚招待,所谓竭诚招待着,还是那带有米粒的茶叶,以及留着过中秋的瓜子。中秋已经是快到眼前了,炒熟了留起来,并没有问题。就是客人吃了,只当预先过了中秋,也还说得过去。这个作风,居然发生了效果。在他贴租帖的第三天,有一家银行的行员,三个人同游结伴下乡。

他们一部分眷属在重庆对岸江边上住,每遇空袭,还是受到很大的威胁,打算再疏散下乡十来里路。可是银行的眷属,都是享受惯了的,对于夹壁草顶的国难房子,实在不感到兴趣。就是四川乡下,那种两三进堂屋的平房,也不愿意。因为屋顶下没有楼板,窗户光线不够,而地下又无地板。至于电灯电话,自来水,以及卫生设备,他们体谅时艰,已经是放弃了的,乡下没有,也就算了。但是他们疏散的条件,也不能太将就,必须是洋式楼房。符合这个条件的屋子,乡下不是绝对没有,但是有了这样的好房子,超等疏散的公民,他就抢着租了过去。这三位行员到了这乡下,首先就看到了袁四维出的这个招租帖子,这是正合孤意的事,三个人看见,立刻跑来看房子。因为又过了三天了,那土墙已建筑到了一丈高,而且窗户和门的白木框子,也都嵌进到土墙里去了。

## 第二十章 生财有道

袁四维并没有知道这三位来宾是银行家,也是像招待其他来宾一样地说话。他们三人对筑好的土墙看看,又对其他预备下的砖木材料看了看,环境也还相当的可取。其中一位年纪大些的,穿了一套哔叽西服,像是个高级职员,便含了笑道:"大概这总算是一种洋式的土制房子。不过根据招租帖子上介绍的环境来说,那就不是那样优美了。后面这排高山是真的,满山乱草乱石,稀松地长了几株松柏,这并没有什么稀奇。至于面临清流的话,那却过于夸张。这里不过是一条干山沟。不但不是清流,连浊流也没有。"袁四维正在旁边伺候着,以便随时答辩。这就立刻纠正着,连连摇了头道:"不然!孟子说:七八月之间旱。现在正是干旱之际。慢说山溪里的水,就是洞庭湖的水也要落漕。春夏之季,这条山溪,是终日流着水。醉翁亭里形容的水声潺潺,此处有焉。"他接连抖了两句文,表示他不是一个吃房钱的普遍房东,脸上带了笑容,摇着他的脑袋,连续地在空中画了几个圈。接着他又道:"当水平之时,养几只小鸭子在清流里面游泳,真是有趣。若是大雨几天,山洪陡发,这山溪里的水,顺着山脉涌将下来,浪头打在石头上,真是万马奔腾,响声非常的宏壮。到了晚上,睡在枕上听着,大有诗意。"一个年轻人摇摇头道:"那不好,会吵着人睡不着觉。我太太晚上睡觉,就怕人吵。连蚊子叫她都睡不稳。"袁四维道:"不,不,这清流的响声,好处就在这里。爱听的人,越听越有趣。不爱听的人,一听就睡着了。"

那人听说,不由得笑了起来,因道:"这溪流简直神了。爱听的,它可以助你的诗兴,你不爱听,它就变成了催眠曲。"袁四维对于他这几句话,倒没有法子再为解释,口里只是连连说了两句"这个这个"。那个年纪大些的人,正了颜色道:"这位袁先生倒说的是真话。这件事,我有点经验。我们这终日看数目字算盘子的人,脑筋都成了机械,一点自然的意味都没有。我们一天接近了大自然,那就什么东西都是新鲜的。水浪声,的确不吵人。你没坐过海船,你在船上听到浪声,会吵得失眠吗?反过来,有些人,特意还跑到瀑布下面去听那响声呢。我若是在这里有间屋子,一个星期我就得下乡来睡一晚上。"袁四维不由得连连拍几下手道:"对了,对了!这河流的响声,就是这么样神妙。听了水声,大家可以感到兴趣,无论你在什么环境里,你都不会讨厌的。刚才这位先生说是每日看数目,大概……"他说到这里沉吟了一会,心里原想猜人家是银行家,可是立刻想到,若是那样就显着太势利眼了,于是转了一个口风道:"三位先生是在公司里工作的?"那年纪大的就在衣袋里掏出一张名片,交给他看。他接过来看时,上写着"百顺银行襄理全大成"。那片子下端,还有几个注明籍贯的字。他也来不及看了,立刻"呵哟"一声,向姓全的深深点着头道:"久仰久仰。你贵行曾经理,我们是熟识的,在汉口的时候,我和他同过席,这位曾先生,真是一位经济大家,议论宏伟,真是让人佩服之至,真是让人佩服之至也!"

全大成听见他说认识经理,这已拉上交情了,就笑道:"袁先生认识我们总经理,那就更好说话了。我们有一部分眷属,很想迁居到这里来……"他的话还不曾说完,袁四维就向他深深地一鞠躬,满脸堆下笑来道:"欢迎,欢迎之至!有什么事要兄弟代办的,无不全力以赴。我们虽然是初次见面,可是既然和贵经理是熟人,那就大家都是熟人了。只要是兄弟可以帮忙,无不竭诚服务。外面太阳甚大,秋高日晶,在江南是很好的天气,可是在四川,还是很热的,也许赛过江南的三伏。三位都穿的是西服,请到舍下坐坐。先凉快凉快。"说着,两手抱了拳头,只管拱之不已。这三个人看他这样客气,这是和普通房东气味不同的。也许他真的和总经理交情不坏。大家带着笑容,就跟了袁先生一路到他家里去。袁先生又用起待客的老套了,老远就叫着:"泡茶来,把那个人家送我的洞庭春泡着。水要开开的。那个好茶叶,要极开的开水,才可以泡出汁来。家里有纸烟吗?一路拿来。"他这么连说带笑,将客人引到他楼下的客厅里去。这时,袁先生为了时时要招待看房子的人,决不能还是那样空洞着,引起人家小视,所以他在街上七拼八凑,向一片倒闭了的茶馆,借了六张支架子的布面躺椅。又在杂货店里借了两张竹片茶几,一张四方桌、三条板凳。屋子里倒是布置得相当满。可是这不像客厅,倒像座野茶馆。因为重庆的茶馆,摆这种布面椅子的最多。任何人家,是不会这样安排的。

这三位银行家,究竟和平常的银行家不同,他们在重庆经过了一番抗战生活,四川乡下是一种什么情形,大概是知道的。他们到这个村子里来,已经观察过了许多人家,觉得他们的家庭,都是很简陋的,远不如袁先生家里这个茶馆式的布置。所以大家也没有怎样注意,各人很随便的,拖开那围着方桌子的板凳,跨过腿去坐下。同时,各人把草帽,都放在桌子角上。袁先生一看这情形,倒很像是上茶馆落座,自己先有点内惭于心。这就站在桌子边先把腰弯成个虾米式,抱了一抱拳头,笑道:"真是招待不周之至。连各位落坐的地方都没有。实不相瞒,兄弟大批的家具,在重庆都是难物色的,里面有硬木桌子,海绒沙发,安螺钿的香妃榻,绿漆鱼皮的睡椅,都用三辆大卡车运到成都去了。原来兄弟有个计划,是要到成都去住家的。不想事务系身,离不开重庆,这里又盖几所房子,越发的走不动。现在要把那些家具由成都再运回来,这笔运费,又高得吓人。所以兄弟也就只作个苟安苟全的打算。因为两三个月后,我还是要到成都去,如今不能再搬家具了,屋子里所有的木器,我都得送人,所以我也就不再添了。"三位客人因主人站着说话,大家也就只好都站了起来。那位年轻的行员心里有些纳闷:我们是来租房子的,又不顶你这些家具,谁问你这些?因之,大家脸上只表示了一点笑容,并没有向他说什么。袁先生又省悟了,弯着腰向板凳上连连地吹了几口灰,而且把小褂的袖子垂出来,在板凳面上连连轻掸了几下,口里说着:"请坐请坐。不恭之至!"

这三位客人点了个头坐下,袁四维又昂着头向外面叫着泡茶,然后拿了条凳子放到屋子旁边,侧了身子坐着,笑道:"三位先生请坐罢。兄弟生平,别无所好,就是喜欢交朋友。三位虽是来租房子的,但兄弟并不以房客看待。房子租妥了,我们是朋友。请坐请坐,哈哈,四海之内,皆兄弟也!"这三位银行员虽是老于世故的人,可是对于这位房东的客气,只觉不同平凡,却又看不出他有什么作用,也许这个人个性就是如此吧?全大成是这一行的领袖,他感到客气太过分了,房价就不好谈,还是先开口罢。这就向他问道:"袁先生这房子打算要租多少钱?"袁四维道:"这村子里房子,大概都有一个定规,草屋子是五十元一月,瓦房加半,洋楼加倍。"全大成道:"那就是一百元一间了。在重庆的房子,现在还没有这价钱。"袁四维本是坐在板凳上的,一听人家的口气不对,立刻站了起来,又把腰弯成个虾米式,雷公脸上的纵横条皱纹,全都像触了电似的,一齐在颤动。这颤动不是生气,而是故意发出笑容来。他抱了拳头连作了几个揖道:

"看来如此,然而不然,这时候乡下的房子,一定要比重庆的房子贵。那原因很简单。住在城市的人,全拥下了乡。乡下自然在求过于供的情形下而涨价。若不是生活压迫,哪个不怕空袭?城里的房子,根本就有空,自然贵不起来。不过兄弟这房子,完全是对社会服务,只要把盖房子的本钱收回来就行了。我为什么要办理房租预约呢?就是想收到一笔预约费之后,再拿去盖房子,以便扩大对社会服务。而且……"那位年轻的行员,听到这里,未免把眉毛深深地皱了起来。

袁四维看到这位年轻的先生,颇有不愿就范的意思,这就把刚才给的那三张名片拿了出来,对片子看了一看,笑道:"你先生是赵首民先生?"他点了两点头道:"是的,袁先生有何见教?"袁四维笑道:"你先生这姓名,实在雅致得很,'赵'是百家姓的首姓。而大号又是'首民'。将来国家实行选举,阁下有当大总统的希望。你这贵姓大名,兆头是非常好的。"他这么一说,在座的人全体哈哈大笑。那位赵先生虽然不会作当大总统这个梦,可是人家恭维着将来可以当大总统,这也总是善意,便笑道:"呵呵!这个我怎么可以敢当?"袁四维道:"不然!凡是国家的公民,都可竞选大总统。你老哥正在盛年,等到抗战完毕,国事大定。然后再筹办选举,又是几年。前后恐怕有十年的工夫。以十年之久,人事变化是难说的。焉知那个时候,你老哥子不已由银行行员升为经理、总经理,成了金融界的大亨?出而竞选大总统,那还是什么稀奇的事吗?有道是将相本无种,男儿当自强。你老兄满脸红光焕发,将来的前途,一定未可限量。老兄还是努力罢。"说着,连连拱了几下手。那位赵先生听了他这番解释,觉得也很是有理。世界上的共和国大总统,也不是由天上播下的种子,自己至少是个大公民,为什么就不能竞选大总统?心里这么一转念头,脸上也就带了笑容。抱着拳头,连连将手拱了两下笑道:"假如有那

"……哈哈,四海之内,皆兄弟也!"

么一天。不必说当选大总统了,就是能够竞选大总统我也不能忘了袁先生这番测字的大功。"袁四维哈哈大笑道:"那当然是请吃鱼翅燕窝了吧?"

说到这里,袁家大小姐,将一只旧搪瓷茶盘子,托着四只杯子进来。这四个杯子,表示着袁家作事的手腕不呆板,大小高低,各极其妙。有八角棱的橘色玻璃杯子一只,蓝釉粗瓷茶杯一只,彩花瓜型瓷杯一只,无盖的黄釉盖碗一只。这位小姐,把茶盘子先送到桌上,她看到全大成衣冠最为整齐,派头也足,她就先把那只橘色杯子送到他面前。其次把蓝瓷茶杯送到赵首民面前,瓜型茶杯,捧送给另外一位客。最后,才把那没盖的盖碗,交到她父亲手上。全大成看这位小姐干干净净的,倒像是有点聪明的样子,便问道:"袁先生,这是你的小姐吗?"袁四维道:"是的,我的大女孩子。向三位老伯老叔鞠躬。"那位小姐很知道她父亲的意思,立刻退后两步,垂了两手,分别对着三位客人,各行一鞠躬礼。全大成虽然心里疑问着,此礼为何?可是人家行礼,就不能不理,客人纷纷站起来。尤其是全大成对于这事,不能不敷衍几句话,因道:"这位小姐很聪明,现在多大了?"袁四维道:"十四岁了。小学已经毕业,马上就要送进中学。全先生有几位千金?"他摇了头笑道:"我看见人家的孩子,就羡慕不置。我不但没有女孩子,连男孩子也没有。"袁四维笑道:"得子有迟早,那没有关系。而且得子晚的,那孩子一定是出类拔萃的人物,有道是大器晚成。"他说到这里,自己心里暗叫了一声不好:女孩子们怎么会大器晚成?说到最后一句,他已是想把话收回去而来不及收回,口里的齿舌,只是哩哩罗罗,不知说些什么是好,只是瞪了眼望着人。

全大成对此话倒没有怎样介意。又对这大小姐看了一看,笑道:"袁先生,我今天遇到一个奇迹。你这位小姐,和我一位侄女非常相像。我这

第二十章 生财有道 | 521

个侄女,在故乡,没有带来,我非常想念她。看到你这位小姐,我就犹如见到她了。"袁四维笑道:"也是和我这女孩子一样大吗?"全大成道:"我和她离别的时候,是这样大,现在应该半大人了。"袁四维笑道:"既然如此,那索兴让她成个奇迹罢。全先生若是不嫌弃的话。我让这孩子拜在你跟前为义女。我还是有言在先,免除一切俗套,不要见面礼这些东西。以后全先生想令侄女公子的话,我就送她进城去,陪伴着你和你的太太。"全大成真没有想到萍水相逢,袁先生就肯认干亲。一来是人家的盛意,二来这女孩子长得怪聪明的,当了人家的面,怎好意思拒绝?这就站起来,摇着手笑道:"那可不敢当,那可不敢当。"袁四维笑道:"我不知道全先生是客气呢,还是嫌弃?若是嫌弃,那我就不便说什么了。若是客气,那就大可不必。"全大成笑道:"若是嫌弃,我怎么敢说你小姐和我舍侄女长得相像呢?"袁四维笑道:"既是客气,那我就老实一点了。孩子,过来,给你干爹磕头。"这位袁小姐虽只十三四岁,她很知道银行家是社会上的头等阔人。有这种人作干爹,那是很有面子的事情。当大家议论着,她就站在桌子边,瞪了小眼睛看这位新干爹,将手拧着衣裳角只是出神。现在父亲叫磕头,她还有什么考虑?掉过身子来,蹲下一条腿,就要磕头。全大成立刻弯了腰两手挽着,连说"不行大礼,不行大礼"。

袁小姐长到这样大,还没有磕头的训练,虽然那一条腿已经跪下去了,那条身子并没有俯伏下去。现在全大成两手将她扯住了,她也就不必勉强,顺着这个势子站将起来,就对着她干爹,胡乱鞠躬。全大成笑道:"好了,好了,说了就是了。"说着,他伸手到衣袋去取出一个皮夹子来。袁四维这就走向前两步,对他连连拱了两下手道:"亲家!这就不对了。我已经有言在先,免除那些俗套,不要见面礼。现在你又打算破费,你是不信任我的话了。"口里说着,两只手隔了三、四尺路,只管作个拦阻的样子。全大成怕他来拦阻,将身子扭到一边,躲过袁先生的手势。然后取出一叠钞票来,向袁小姐手上乱塞着。袁小姐手里捏着钞票,口里连连说着"我不要,我不要"。身子随了这"我不要"三个字扭着,扭股糖儿似的。她的两只眼睛,可远远地向他父亲望着,探求他父亲的表示。全大成笑笑道:"我什么东西没有带,这点钱不值什么,你拿去买两本故事书看看罢。"袁小姐没有听她父亲的指示,还是陆续地说"我不要,我不要"。袁四维笑道:"既是你干爹给你买故事书看的,这含有教育性质的事,你就接着罢。向干爹谢谢。"袁小姐看看那钞票,这个日子二三十元钱,除了作两套衣服,还可以买一双皮鞋,这是很难得的幸运,就依了父亲的话,鞠躬道谢。袁四维道:"那不好,得口里说谢谢干爹。行过礼还没有叫过干爹,那怎么行呢?"袁小姐倒是极遵父命,于是又连鞠三个躬,每一鞠躬说一句"谢谢干爹"。

全大成对袁家虽然是初次见面,在袁先生叫着亲家、袁小姐热烈地叫着干爹之后,总也觉得是人家的盛意,也就不能太冷淡了。于是握着袁小姐的手道:"过两天下雨,城里不会有空袭的时候,可以到南岸去看你干妈,然后让她带你过江去看电影。将来她要搬到这里来住了,那亲近的日子更多了。你看我多大意,我们认了亲了,我还没有问你叫什么名字!"袁小姐说:"我叫袁湘秀。"全大成笑道:"那很好,又香又秀。"她笑道:"不,是湖南省那个'湘'字。因为我在湖南出世的。"全大成笑着望了两位同事道:"这孩子很聪明。她都了解湘是湖南。"袁四维见全大成称赞他的女儿,雷公脸上的皱纹,又都笑着颤动起来。便拱了两拱手道:"亲家,我应当介绍我内人和你见见吧?"全大成道:"那是当然。我应当拜见拜见亲家母。"袁四维十分高兴,立刻走到里面屋子去,把太太引了出来,对在座的人,分别介绍着。袁太太在屋子里面,早已把外面的消息听了个够。这时换了白夏布印花红点子长衫,下面赤脚,登着漏花宝蓝色皮鞋,倒也是副摩登装束,不过她那个身材,却不大相称,她终年顶着一个大肚囊子,就像是怀足了胎一样。穿着短袖子衣服,露出两只手臂,说什么像两只肥藕,简直像两条白木杠子。不过面部有轮廓,还不失为三十以上和四十以下的样子。她倒是没有烫发,天气热,不宜披着头发在肩上,脑后梳了两条辫子,各有尺把长,细细的,光光的,成双线垂在背上。

全大成倒没有想到这位女判官,能生下这么一位好姑娘,相见之下,脸上当然有点诧异。袁四维对于这位新亲家是用全副精神注意着的。这就介绍着道:"内人和亲家还是同乡呢。她进过三个大学,不是和我结婚,她就出洋了。她最近两年,对于经济学非常有研究,认识金融界的人,她是最愿意讨教的。"在袁先生这样介绍之下,全先生也就不敢对袁太太以貌取人,很是敷衍了一阵。袁四维等太太进到屋子里去的时候,也就跟着到屋子里去,先扛了两下肩膀,然后低声笑道:"人要走运,门板都抵不住。你看,半天云里,会掉下一位银行家来和我们认干亲。你看今日这顿招待,我们要怎样布置?"袁太太道:"我家乡有一句话,舍不得牛皮,熬不出膏药。我们拿出牛皮来熬膏药罢。"袁四维道:"你说的是我们那笔盖房子的资本,动用它一部份?"袁太太不等他再说什么,已经把床底下一只网篮拖了出来。在网篮里搬出了大小几只破烂的皮鞋。又是几样破瓶破罐之类。然后在一堆破烂报纸里,翻出了个蓝布袋子。由蓝布袋子里,掏出一只破线袜子。伸手到破线袜子里去,再掏出一个长布卷儿来。那长布卷是用旧麻绳捆着的。直把那麻线层层解开,掀开了好几层布,这才露出里面两叠钞票。她数了几张钞票,交到袁先生手上,正了颜色道:"你就只当害了一场大病,化了钱请医生来救命。你拿出钱会东的时候,千万千万大方一点,不要有一点舍不得的样子。"袁四维道:"好好,我只当看了一只梅花鹿,拿钞票我就是在猎枪上装子弹。"

袁太太也是太高兴了,笑嘻嘻地将手拍了丈夫肩膀一下,笑道:"你不要胡说八道,让人听见了,那把大事完全推翻了。"袁四维把票子揣到衣袋去,又把手按了一按,笑道:"好,我这就去钓鳌鱼了。"他已走出了房门,袁太太扯住他的衣服,又把他扯了回去,低声道:"你还没把事情完全办好。既是请人家,就当风光一点儿,不能陪客都没有一位。我们邻居的吴先生、石先生都是教授,你应该把他们拉了去。这样,就可以表示你也是教授身分了。"袁四维道:"我以后要请的是李南泉。他也和我们介绍着房客。以财神而论,他至少也是财神爷手上那条鞭子。"袁太太低头想了想,点头道:"那也好。不过这个人对于什么事都看得透彻。我们这认亲家的事让他知道了,恐怕他会见笑我们的。"袁四维伸了颈脖子,头向后一昂,然后笑着叹了口气道:"太太,要说生财有道这个'道'字,你还是大大不如我。我们要想发财,就老老实实,以发财为目的,不要讲什么面子。我们认干亲,叫女儿和人磕头,都为的是那个。"说着,在衣袋里掏出那卷钞票举了举。袁太太笑道:"说到女儿和人磕头,等于我和人磕了头,我得另外分一注钱。"袁四维笑着摇摇头道:"你这话不大合逻辑。将来女儿出了阁嫁了女婿,也算了你嫁了女婿吗?"袁太太握着肉拳头,在他肩上重重地捶了一下道:"你有了挣钱的机会,钱烧得你胡说八道。"袁四维笑道:"我们好久没有这样开心了,也应当开开心呀。"说着,向太太作了个鬼脸,然后带了笑容,乱扛了肩膀向外走。

## 第二十一章　有了钱了

袁四维先生这番高兴,倒不是白费的。他在十分的诚意之下,把那三位银行家邀到街上一爿小馆子里去招待。而且,听了太太的话,约着李、石、吴三位邻居作陪。李南泉本来是不愿赴约的。无奈袁太太是亲自出马,三顾茅庐,带说带笑,又带鞠躬。弄得李南泉实在抹不下这面子,只得随着去了。在席上,对于袁家之殷勤招待财神爷,诚如吴春圃所料,为了钱,做出这些手脚,大家并不以为奇怪。倒是石正山今天也坦然赴约,李南泉觉得稀奇。他谈笑自若,好像家里就没有弄过那桃色纠纷似的。袁先生这顿饭,在这乡镇上而论,总算是头等的酒席,除了有肉有鸡,而且有鱼,重庆这地方,虽然有两条江,水太急,藏不住鱼,乡下又很少塘堰,也不产鱼。倒是在冬季以后,各田里关着水,留到春季栽秧。水田里有些二、三寸长的小鲫鱼产生。到了夏天,各田里全长着庄稼,虽然水大,反是鱼荒,在这个时候,能办出一碗鱼来待客,那是十分恭敬的事。李南泉吃着豆瓣鲫鱼,就回想到前几天他们家送礼的干鱼头来。觉着袁四维这个鱼钩撒下去,一定要开始钓大鱼。可是他作主人翁的在席上,始终只谈些风土人情及天下大事,任何房子问题,他都没有谈到。吃饭以后,袁四维又招待三位银行家到一家上等旅馆去下榻。李、石、吴三位陪客,自然不必再奉陪,三人同路走回山村。在路上走着,石正山却是忍俊不禁,先打了一个哈哈,然后问道:"李兄,我那位夫人曾到你府上去麻烦过吧?实在是无聊得很。"

李南泉根本就不愿问人家这种事,既是他说出来了,却不能阻止人家自己说,而况他还是反问过来的。这就轻描淡写地向他笑了一笑道:"你夫人和奚太太十分友好,每日有往返。她经过我家门口的时候,总是很客气地和我们打招呼。她也许和内人谈了谈。不过我们对于府上的事,并没有怎样的介意。"石正山笑道:"不用说,我也知道她会作那恶意的宣传。不过女人永远是女人,嫉妒,猜疑,狭小,那是大多数的个性。"李南泉向他一抱拳头笑道:"老兄,你声音说得小一点罢。你对女性这样侮辱在轻的一方面说,你是反动;在重的一方面说,你简直要造反。"石正山道:"实在是压迫得太厉害了,不造反怎么办呢?"吴春圃道:"我也不同意石先生的看法。女性端正大方,以及聪明伶俐而又能忍辱负重的,那也多得很。不必远说我们眼面前就有。"李南泉很怕他直率地说出石小青来,只管向他以目示意,同时,就把话锋扯开来,对他道:"我们眼前放着一个问题,并没有解决。就是我们今天,无缘无故,扰了袁先生一顿,将来我们怎样还他的礼呢?"石正山很自然地笑道:"那不用你费心,你就是不打算还礼,人家也不会放过你。大概远则一星期,近则三两日,我们还礼的机会就要来了。"他们是这样地闲谈着,并没有瞻前顾后,后面有人插言道:"假如我请各位吃一顿,各位是不是在两三天之内就会还礼?"大家回头看时,正是那位奚太太。她今天穿着一身印着大彩色蝴蝶的杏黄绸长衫,新烫的头发因为头发不多,薄薄地堆在头顶上,右边鬓角下,插了一朵茉莉球。

石正山究因她和自己太太很友好,在家庭的外交手腕上,也不能不敷衍她,这就笑道:"如果奚太太有什么事要我去办的话,你吩咐下来就是了,倒不必费那请客的手续。"说着话,她已经追到了三个人排行当中。大家在远处看她那分装束,也无非是浓艳而已,可是等她走到了面前,已看到她脸上擦的胭脂粉,不能掩饰任何一条皱纹。尤其是她那半月式的眼睛,在眼角上辐射出几条复杂的皱纹,非常之明显。她每次向人一笑时,脸上那些浅的皱纹,反为了有浓厚胭脂的衬托,全部都被渲染出来。她嘴唇唇膏也是涂得过分浓一点,已经由口角上浸出来,比别人涂的唇膏,多出两条粗线。大家都诧异着,这位太太如何是这样化装。不过看到眼里,虽不怎样的高明,可她人来之后,身上一种浓厚的香味,却不断地向人鼻子里送着。她左手倒提着一把收折起来了的花纸伞,右手提着一只有带子的新式皮包,两手都不空着。因为石正山和她说话,她就将纸伞交给他,然后打开皮包,从里面取出一条花绸手绢,在脸上擦摩了两下。当她取出这手绢时,各人所闻到的香味,那也就觉得更浓厚。石正山和她也比较的熟,就笑道:"奚太太,你全身上下都是香味,你是不是到城里和人家作化装比赛来了?"她瞅了他一眼,笑道:"你还拿我开玩笑呢!你太太和我在城里一路走,我都自惭形秽,她比我美得多,也比我摩登得多。"石正山笑着没作声。李南泉偏着头对她周身上下看了一遍,摇摇头道:"若说奚太太这个样子还不摩登,那是有眼无珠的人。"

奚太太对于李先生,始终犯着一分生剋。虽然明知他的话,不完全是善意的夸赞,但也乐于接受。这就拿手上的花绸手绢,在脸面前招拂了几下,瞅了他笑道:"你俏皮我作什么?每一个女人她都爱美,你的太太也不会例外。你看着我这样装饰有点不对吗?"李南泉抱着拳头道:"岂敢岂敢!再说我们这村子里多有几个美人点缀于山水之间,也不错嘛!"她道:"你以为是美人?我若是美人,家庭也就不会发生惨变了。不过我这次进城,倒是有意和那臭女人比一比。可是那臭女人知道我的意思,她就躲起来了,不敢和我比赛。老实说一句话,在抗战以前,我走到什么大宴会上去,也是引人注目的一个。于今老了。"石正山忽然正色道:"奚太太这是你不对。"他说这话时,还是站住了脚对她注视着,好像是很有严重的抗议。她也现着奇怪,问道:"我什么不对?你以为我不该去和那臭女人比赛吗?"石正山道:"不是那意思。你分明说比别人强,怎么突然气馁起来,说是老了呢?你今年还不到三十岁吧?说老的日子还远着呢,你不但不老,而且连中年都不能说,你简直年轻。"奚太太瞅了他一眼道:"老石,你还和我开玩笑呢。我这次帮你的忙,不算在小呀。你说我年轻,我和你太太同年的呀。你对于你太太怎么就有点嫌她年纪大,而要爱那更年轻的呢?"石正山红了脸道:"你们是站在一条战线上的人,我不说,我不说。"他将手上那纸伞交还了她,转身离开了。奚太太等他走远了,对他身后叹口气,而且将手轻轻按了胸脯。

　　李南泉虽也觉得石先生是自讨没趣,可是不愿奚太太在这大路上揭破人家的秘密,便笑道:"大热天由城里跑回来,也该回去休息了。晚上无事,谈点城里得来的消息罢。"奚太太道:"好的。我还有个旅行袋放在街上由下学的孩子带回来。里面有点好茶叶,回头我泡茶请客。"她因为有了这个约会,方才把赶上前要说的话止住,回家去了。吴春圃悄悄地道:"你看她这样子,得着胜利回来吗?"李南泉笑道:"若是太太每次和先生起交涉,就能得着胜利,社会上哪有这样多桃色新闻呢?反过来说,这些桃色新闻,正是那些聪明过分的太太造成的。宇宙里的事物,有一定的道理,压迫愈甚,反抗力愈大。"他说着话,已走近了家门口。李太太提着个白手绢包正向外走。这手绢包角缝里,正露着几张小钞票的纸角在外。吴春圃问道:"上街买东西去?现在这一元一张的钞票,简直臭了。随便买一样东西,要拿出一大叠子来。拿多了,连卖小菜的都不愿要。角票是更不必提。铺子里进三、五角钱,连小伙计、小徒弟都有那股勇气,干脆让了。"李太太还是走着路,笑道:"小票子我们有地方化,这全是。"说着,将手绢包举起晃了两晃,笑道:"麻将桌上,什么票子都能化。"李南泉站在一边让着路,望了她笑道:"又是哪里八圈之约?你不用这样忙,等我回到家你再走好不好?新旧官上任下任,也有个交代时间。"李太太道:"你不是说了吗?宇宙间压力越甚,抵抗力也就越大。你老干涉我,我偏要赌,我明天就死在麻将牌桌上,你解恨,我也免了受干涉。"她虽是带了笑说着的,将头点了两下,表示她说得有力,径自走了。

　　吴、李四目相看,微微一笑。李南泉微微叹了口气,自走回家去。刚落座不到一会子,袁家大小姐就来了,她笑道:"李先生,你今天晚上不出去吗?"李南泉听她这一问,就知道有事,便道:"我打算进城一次。不是那位张先生和你父亲定下的房约,还没有付款吗?我也顺便到城里去催催,你父亲有事找我吗?"袁小姐道:"我那干爹,今天晚上回请我们吃饭。也请李先生。"李南泉道:"好,我假如不进城去,一定到。"那女孩子多少受了父母一点熏陶,听说李先生是为了催房钱要进城,这是对家庭有利的事,满意而去,又向隔壁吴家请客去了。当天,吓得李南泉晚饭也不敢在家里吃,溜到朋友家里谈天去。次日大早起来,还是躲开。事有凑巧。当他半上午回家的时候,张玉峰就专人送了三百元钞票来,请转交袁先生作为房租定款。李南泉也不愿把这现款久留在手上,立刻就送到袁家去。因为彼此是望街对宇的邻居,常常是因为偶然相遇,就随便到哪家坐下谈天,就没有怎样予以顾忌,径直就走向袁家楼下那间待客的房子。这时,袁先生坐在方桌面前一把椅子上。桌子上摆了许多叠钞票。袁先生再把那钞票分出类来,红色的归到红色,绿色的归到绿色,同时,大小也让它各自分类。袁太太伏在桌子沿上,脸上笑嘻嘻的,望了先生做这种工作。李南泉猛撞进来，这倒是很是尴尬，只好是站住了脚笑道："袁先生和我一样，有这爱整齐的毛病。就是乱钞票，也要把它划一了去化。我也是送钱来的，要给你增加一分困难了。"

在这个时候，朋友冲来了，袁先生实在是不高兴，但客人既然进来了，也就不好拒绝人家，只是红着脸，苦笑了一笑。他还不曾开口说话呢，而李南泉已经说了是送钱来的。这个"钱"字，是很动人的，这就立刻把苦笑收起，将欢笑送出来。这苦笑与欢笑，在袁先生脸上，是很容易分别的。凡是苦笑，他那雷公脸上的皱纹，一定是会闪动着成半弧形。若是欢笑，他那眼角上的鱼尾纹，一定像画的太阳光芒似的，很活跃地在眼边闪动。现在袁先生的脸，就是把雷公脸上的皱纹收起，而把眼角的鱼尾纹射出。李先生知道这已不会触犯他的忌讳了，也就没有走开，立时在衣袋里掏出一大叠钞票，两手捧着，向袁四维笑道："我太穷，不愿把钱久留在手上，所以张先生把钱送来了我立刻就转送到府上来。"说时，把那钞票双手送到桌沿上放着。他放得是很匆忙，那叠钞票，不但是齐了桌沿，而且有一部份钞票角，已经伸出桌沿外面来。袁先生这时看了这钞票，好像是个水晶球，这东西落到地上，岂不会砸了个粉碎。于是作了个饿虎攫羊的姿势，立刻把这叠钞票抓着，移到桌子中间去，然后才腾出两只手来，向李南泉连连地打了几个拱，笑道："多谢多谢！"李南泉笑道："这是你应得的钱。谢我做什么？"袁四维道："这钱虽是张先生的，可是烦劳了李先生送来的。钱的事情在其次，老兄这番合作的精神，那是让人刻骨难忘的呀。"说着，右手伸出二指，在半空中连连地画着圈子。

袁太太看到李南泉进来，也是慌了手脚，眼望着桌上这些钞票全让人看到，真是怪不方便的。现在看到他也是送了一叠钞票子放到桌上来的，真是锦上添花。便端了一张凳子过来，伸了雪白的肉巴掌在凳面子上抹着灰,口里连连地道:"请坐请坐。"李南泉道:"不坐了,钱交过了手,我就减轻责任了。不过请袁先生点点数目。"袁四维道:"那用不着,李先生我相信得过,张先生我也相信得过。不要看到桌上摆下了这多钱,我也像李先生一样,只是过手而已。今天下午,我就得交给瓦木匠去。"李南泉见他不肯当面点清钱数,对了这满桌子钞票,人家是窘得很,点个头就告辞。他对这事,未免很发生感慨,人就是为这类东西,什么笑话都可以作出来。深谷穷居,倒是少了笑话,可是生活的压迫,天天过着发愁的日子。发愁是自己难受,出笑话是让别人好笑,这两者之间的取舍,聪明人不会不知道,那末,袁先生是对的了。他在这感慨中,未免呆坐在山窗下发呆。过了一会,觉得两只腿,同时痛痒交集,抬起腿来看,膝盖以下,两腿各突起了几十个小包。四川乡间,有一种小飞虫,比蚂蚁还要小过一半,叫着墨蚊,平常不留心,肉眼看不到,咬起人来,比蚊子厉害十倍。这个时候,女人为了摩登,夏天是决不穿袜子的。男子也一样,在家里尽可能不穿袜子。倒不是摩登,拿薪水过日子的人,实在是买不起袜子。四川天气热,中秋还像三伏天,落得舒服而又省了这笔袜子钱。唯一的缺点,就是怕这类虫子来袭。公教人员是坐的时候多,因之它们又专门嗜好公教人员的腿。

这虫子叮咬以后,还是无药可治,只得找点热水洗擦,可以稍微止痒而已。李先生被咬以后,也是这样办理的。他这就不敢在屋子里呆坐了,在走廊上背了两手,来回地走着。他家佣人王嫂悄悄地走到他身边,脸上带了几分笑容,轻轻地道:"先生,我们家的米没有了。"李南泉道:"够今天晚上吃的吗?"王嫂道:"今天消夜够吃的。明天上午就不行了。"李南泉皱了眉道:"米需用得这样的急,太太在事先倒不告诉我一声。"王嫂道:"太太根本没有看米缸,朗个晓得?"李南泉道:"你也不告诉她。"王嫂笑道:"不告诉她,是要先生拿钱买米,告诉她,还是要先生拿钱买米。"李南泉道:"话虽说如此,她知道了家中无米,也许今天不去打牌了。"王嫂笑道:"打牌的人嘛,也输不到一斗米。"李南泉道:"你们是站在一条战线上的,我也无法给你说清这些理由。好罢,我去想法子,明天一大早,我去赶场,买一斗米回来。"王嫂道:"到界石场买米,那是米市嘛,合算得多咯。那里斗大。一斗米多四、五斤。又要相因好几块钱。不过买一斗米,来回走三十里路,还是不值得,最好多买两斗,叫个人担回来。"李南泉昂头望着天出了一会神。王嫂不知道他什么意思,也就不多说了。他还是在继续地望了青天上的片片白云,只管出神。那白云成堆地叠在西边天角,去山顶不远,正好像江南农人用的米囤子,堆着无数竹囤子的米,那云层层向上涌着,也正像农家囤子里的米层层向上堆叠。不过看着看着,就不像半囤子了,光像个大狮子,后来又像几个魔鬼打架。

这时,听到有人叫道:"李兄,你好兴致。行到水穷处,坐看云起时。你对于天上的云片,发生着什么感想?"看时,正是那位生财有道的袁四维先生。他背了两手,口里衔了一支烟卷,在山溪对岸那竹林子下面徘徊着,那烟支已不是半截,也不是用竹筒子笔套当的烟嘴,就把烟支抿在嘴唇里。看他脸上喜气洋洋,正是十分高兴。便点头道:"正是在看云。看这东西最是合算,不用化钱。"袁四维笑道:"不要紧,这种抗战的艰苦日子,不会太久。我们一样的有五官四肢,不见得有那项不如商家的。只要我们会打算盘,肯下功夫,一样可以跟商人较量较量本领。我的家庭负担,比你老哥重得多,我也并没有什么渡不过的难关。你看我家里这么大一群,这都是消耗的。"说着,他伸手远远地向人行路上一指,李南泉看时,袁太太挺着个大肚囊子,肩上扛了一柄比芭蕉扇略大的花纸伞,手上提了八寸长的小皮包。她那像千年老树兜的身材,配着这么两项娇小玲珑的东西,真说不出来是怎样的不调和。她后面男男女女统共跟着五个孩子。有的提着篮子,有的提一串纸包,有的在手上拿着大水果吃。而最后一个男孩,手里就提着一刀五花肉,约莫三、四斤。他看到村子里孩子迎面而来,就举起那刀肉给人看,下巴一伸,舌头在嘴里嗒的一声巨响,然后笑道:"我们家里今天吃回锅肉,你家里有吗?"说毕了,又点着头,再将舌头嗒的响了一下。袁太太回转头来向男孩子瞪了一眼道:"你这孩子,真是讨厌。"说着,回过头来向袁先生道:"我正碰到街上杀猪,我就买了一刀肉来。"

袁四维因李先生正在当面,这样大刀地买肉,好像表示了有了钱,生活就有点立刻改样。可是太太是很精明的,向来就是她的指挥,也不能当了人的面,批评太太什么。这就先说了两个"好"字,然后低了头咳嗽了几阵,在这个犹豫的时间,他终于想出了话由,这就笑道:"这个日子招待朋友,真也不是一件简单的事。不事先预备,这乡下,临时买不到肉。事先预备了,天气热,又不能久放。"他这样说着,袁太太在路头上站定,未免向他呆看着,不知道他说的有人来,是真是假,因为袁先生现在为了房子出租,正是广结善交的时候。袁先生抬起一只手来,老远连连地招了几下,笑道:"不要紧,不要紧。反正快要到中秋了。没有客来,我们就提早过中秋罢。"袁太太看他那情形,就知道他是对付邻居的话,免得邻居怀疑他们拿了人家盖房子的股本狂化。于是不再接嘴,带了孩子回家。这些孩子回家,立刻把那带回的纸包放在桌上透开,乃是杂样饼干、瓜子、花生米、糖果。小孩子们嘴里咀嚼着饼干,手里大把地抓着瓜子、花生米向袋里塞。两个小的孩子衣服上,就没有口袋,急忙中没有储藏的办法,就顺手掏了桌上的粗瓷茶杯,陆续地将东西向里装。这当然比衣袋塞下去的多,大孩子在小孩子头上一巴掌,于是屋子里好几个孩子哭了。袁太太抢了过来,忙着分配了一阵,才止住了争吵与哭声。小孩子有了吃的,也就没有继续哭,而继续的是留声机响。

原来袁先生家里,有个一九一八年的留声机,乃是带喇叭的。这个留声机共附带有三张唱片,一张是汪笑浓的《马前泼水》,一张是昆曲《游园惊梦》,一张是《洋人大笑》。那张昆曲片子,放到机器上去,已经没有唱腔,只是呜呜的笛子作鬼叫;那张《马前泼水》呢,前面还是有几句唱腔,后段的唱词,盘子上的线纹全乱了,转针在第一条线转着的时候,可以突然跳跃好几条线,转两个圈,可能又转回来,于是这唱词前后颠倒重复,不知道唱的些什么;只有《洋人大笑》这张片子,无论怎样的跳法,总是哈哈大笑。所以开起机器来,倒还是听得入耳的。袁家的孩子一遇高兴的时候,就拿出这三张唱片子来唱。现在,吃了饼干糖果,晚上还有吃回锅肉的希望,自然大家都是很高兴的,于是又开起话匣子来了。袁太太打开她带上街、又带回来的手提包,正拿出所有的钞票,清理着今天化了多少钱,可是这洋大人大笑,老是在耳边哈哈大笑起哄,吵得她数到八十四,接下去是四十九。但她手上拿着钞票,觉得所数的数目是不对的,于是又重新数了起来。数着,还是洋人在耳朵边哈哈大笑。她这才急了,走向前抢着将留声机关住。她很知道小孩子的意思,这就瞪了眼道:"你们再要胡闹,今天晚上的回锅肉,就不给你们吃。连汤都不许你们喝一口。"这句话说着,小孩子就立刻停止了活动。但她数票子的行为,已经不能在这里举行,只有提了皮包走回卧室里去。小孩子也怕真的连肉汤也不给喝,大家就都到门外院坝里去玩了。

袁四维口里衔着烟卷,手里折了一枝小竹条,将几个指头搓抢着,在竹林子下散步。两只眼睛,可是对那边地上盖房子的瓦木匠,未免多多看了两眼。当那房子里放出留声机的洋人大笑时,他不免皱起了两道眉毛,

第二十一章 有了钱了 | 535

不住在脸上发出苦笑来。这时,李先生也在走廊上来回走着,他就摇着头笑道:"乡下也实在没有什么可娱乐的事,家里逃难的时候,也不知道怎么样把这破话匣子带来了,其实是不值一顾的东西。小孩子们偏偏对这个感到兴趣,你说怪不怪?"李南泉笑道:"人世难逢开口笑。莫名其妙地大笑一阵,那最好不过。我是天天想笑,可是一感到这日子难过的时候,我就笑不出来。"正说到这里,三个乡下女人,各在肩上背着一个大背箩,成了一串,向袁家走去。遥远地可以看到这背箩子里面,两背箩子是柴草,一背箩子是小菜。她们看到袁四维站在当面,就问道:"完长你们家要菜要柴吗?"袁四维摇了两摇头。那妇人道:"朗个不要?你们家两个小娃儿到我家去说的,叫我们送来的。他说,我们家有大把的钞票,你送好多去,我们都有钱买。我们好远路跑了来,不能够和我们说着好耍的。"袁四维道:"你把东西送到我家里去就是了,何必在这里问我。"那妇人还问道:"送到你家里去,还是要不要呢?"袁四维还没有作声,袁家两个孩子,手里各举了一张钞票,在平空里招展着,叫着道:"把东西送了来吗?我们有钱,你要多少?"那妇人道:"有钱就要得!"说着,把三个背箩,成串背到他家去了。弄得袁四维倒很尴尬地在竹林下站着。

李南泉一旁冷眼看着,他倒长了点人生的经验。觉得这悭吝的习惯,也不是丝毫不可动摇的。这日下午,袁家发生像买肉、买柴的事就很多。这也不免给了李先生一点刺激,在生活鞭子严重的打击之下,的确是赶快弄钱。人有了钱,不但不受生活鞭子的打击,反过来,还可以拿生活鞭子去打击别人。薪水阶级的人,已经是无法过日子,卖文为活的人,根本没有固定的收入,更不如薪水阶级。这要发财,又谈何容易。不过少用一点,多挣一点,总也是可以办得到的事情。家里无米,明天要买米,若是自己到界石米市上去买米,就可以少化一点了。袁家今天的浪费,激起了李先生这点奋斗精神。当天搜集家中所有的存款,约莫是够买一大斗半米的,又去找了几位好友,凑借了几十元钱,也不必通知太太,自己起了个绝早,带着一把纸伞和一只小布袋,就向十五华里的界石场走去。他出门的时候,天上还有几点酒杯大的星点。只是东边天角有些光亮,其余的天色,都是混混沌沌的。他在曙色下,沿着山麓的石板小路,放大了步子走。因为这样早,没有伴侣走路,非常的寂寞,脚步也自然而然会大了起来。当他经过山谷的松林时,晓风在不亮的空中经过,拂着松针,发出那像浅河流水的声浪,是很让人精神清爽。穿过了山林,四川的地势,照例有个小平原间隔着,山里已割完了谷子,四处是新投的水。土产小鹭鸶像一朵朵的白花,站在水面和田埂上。川东水田里,也有栽荷花的。荷叶老了,这时还开着晚花,空气静静的,莲花的清香,带着露水的滋润,扑上了水田中间的人行道。

这样的环境,让孤单走路的人,多少感到一点安慰。李南泉继续打起精神走,路上也就渐渐遇到了赶场的人。在一个小山脚下,远远地听到一阵哄哄的人声,由树林子里出来。同时,那树林子里,也就露出了许多屋角。渐渐走近,在树林子里露出了墙垣。穿过树林,便是个市集的街口,所见情形立刻两样。挑担负筐的乡下人,纷纷来往。川东的乡镇,大概是一个型的:在山坡或高地上,建筑一条随时有石级的街道。那街道石板铺地,四、五尺宽,两边屋檐相接。在街的中段,就有个大瓦棚子罩着。大晴天,这棚下也是阴暗暗的,阴雨天那就更不必提了。凡是这种市集,都是为农村预备的。满街列着的摊贩,输入的,都是农村的必需品,输出的第一就是米。第二是木炭。那米箩和米筐子,连接地在街上陈列着。同时,让李先生有个新发现,就是不少穿中山服的男子,和穿着摩登衣服烫了头发的妇女,也在这里买米。而他们说话,都是外地口音,那不用提,正是抱着同一志趣来买便宜粮食的。李南泉心里想着,利之所在,人争趋之,这倒不是自己一个人的事了。问了几处大米的价目,自己所带的钱,买两斗还有富余。过了秤,每斗也的确是比平常多出四、五斤米。他想着,这远地来了,这个便宜,决不可失去,并没有考虑,就买了两斗米。自己原带了两只布袋来,将米盛上了,将手提提口袋,这才让他感到了困难。两大斗米,有九十市斤,十五华里的路程,这决不是自己的力气可以运回去的。在市集上连问着几位乡下人,可不可以代送?人家正是卖掉了出产,要去喝冷酒,话也不回,只是摇摇头。

他对了面前两布袋米,倒是呆住了。这就向米贩子道:"米是我买了。可是你看看我是个斯文人,怎能挑得动百十斤重的担子?现在找不到挑米的人,我只有退还给你了。"那米贩子瞪了眼道:"啥子话?没得那个说法。你担不动,哪个叫你买?"李南泉道:"这不过我和你商量商量,你不认可,我也不能勉强你,何必动气?"这几句话,惊动一旁买米的人,有人叫着"李先生",看时,正是袁太太。她带着三个强壮的小伙子,各有两个竹箩,里面盛满了米。而且米上面都放着整刀肉,和整堆的猪油。她手上拿了一柄大秤,指挥那三个小伙整理箩担。李南泉道:"袁太太也来买米?你是在哪里找的挑子?我没有预备这一着棋,米买来了,现在倒是大大的为难。"袁太太道:"我是叫了挑来的。不过你只两斗米,那好办,我让人去给你找个乡下人来送送罢。"说着,她就盼咐一个挑夫到市外寻找乡下人。约莫是十来分钟,果然找了个背着空背篓的人来了。他身上的衣服,虽然是拖一片挂一片的,可是他脸上红红的,老远就有一股酒气熏了过来。他先开口道:"我是来赶场的,不作活路。这位大哥鼓到起要我来送米。米在哪里?"李南泉看他也不过二十多岁的年纪,便点点头道:"这位大哥,请你帮帮忙罢。"他瞪了瞪充血的红眼,噘了嘴道:"我又不认得你,帮啥子忙?来回三十里路,大半个工。现在生活好高,帮忙,说不到。"说着扭转就要走。袁太太一把将他拖住,笑道:"你也太老实了,人家请你帮忙,是客气话。当然要给你力钱。你说半个工,我们就照半个工给你钱,还不行吗?"

那人听说有钱,脸上的颜色,稍微好看一点,这就两手扶了扁担,向李南泉望着,问道:"你说,给我好多钱嘛?"李南泉道:"这位太太,已经说了,给你半个工。"他手扶了扁担,又掉转头去,答复了三个字:"不得干。"李南泉苦笑了一笑道:"谁让我没有气力呢?就是一个工罢。"那人听说一个工,这又回转身站住了脚,向李南泉道:"是吗?你把钱拿来嘛。"李南泉笑道:"这还要先给吗?"他道:"我又不认得你。你要是逃了,我找哪个要钱?"李南泉笑道:"这位大哥,你也太老实了。你以为我为了要赖你那几个力钱把整担米都牺牲吗?你没有想到我那两斗米挑在你肩上,那是个抵押品。"那人也想转来了,便笑着点了两点头道:"我先和你担回家,到了你家里,怕你不给钱。"李南泉笑着,叹了口气,也没有多说。看着他挑起了两只布袋,也就跟着他后面走了去。倒是这位力夫把话提醒了他,假如他逃了,那又怎么办?在放开大步之时,也来不及和袁太太多为道谢,只是连连点了几点头。这个力夫,倒是和他先前的态度相反。他不但愿意挑这两袋米,而且走得非常快,只看扁担上挂着的两个袋子,先后闪动起来,就可以知道他落脚的速度。李南泉跟在他后面,也不作声,只是跟了他的脚步下着自己的脚步,一口气跑了两三里路,是个大小路交叉的地点。那力夫奔到了这里,回头看了一看。他是向右边掉转头来的,李南泉闪在路的左边,他并没有看到,便哈哈了一声道:"这个老头,我把他逃脱了。杂伙儿的,格老子倒拐朝小路走了。"

李南泉就突然在后面叫起来道:"老兄,这个玩不得,你原来怕我逃

第二十一章 有了钱了 | 539

跑,现在是你真要逃跑了。我们是逃难到四川来的人,手糊口吃,两斗米可吃亏不起。"那挑夫倒没有想到李南泉就紧紧跟在身后,因道:"好稀奇哟!两斗米哪个没有看见过?我怕你走脱了,回头来喊你,走嘛!"他这样说着,也就不罗嗦,挑了担子再走。不过这样一来,他的兴趣大减,比原来开放的步子,也慢下来一半。走不到二里路,路旁有棵大树,老树根子由地面伸了出来,像是条长凳子,他就歇下了担子,从从容容地坐在树根上。他伸着两条腿,人向树兜子上倚靠着,李南泉只好站定了脚,向他望着。他也不说话,反是闭了眼,李南泉想着,这是人家有点难为情,也就随他去了。可是他休息之后,简直没有睁开眼来。不多的工夫,就见袁太太押着三副担子,成串地走了来。挑夫们倒是肯顾全主人的,走了几十步路,就把担子歇下,等袁太太到了面前,他们才开始挑上肩头。李先生眼望着他们这样挑了来,直等他们都在面前停下,这才笑道:"袁太太,你跟着担子走,很是有点吃力吧?"她手里拿着一根粗木手杖,走一步,将手杖在地面上,点一下,到了面前,她把手杖撑着地,那个大肚囊子,仿佛是挺得更高。她另一只手拿了手绢,只管揩抹头上的汗珠子,喘了气道:"三挑子米,还有二十来斤肉和猪油,又是五十个鸡蛋,现在的行市,要值多少钱呢?我负了这个责任来买东西,我就不能不压运到家。"她说一句喘一句气,又在头上揩抹一次汗。

李南泉笑道:"袁太太的确是对家庭负责任。这个日子,留钱在手上,就万万不如把东西搁在手上,下乡买东西,已经是便宜了许多。东西放在家,又可以逐日涨钱。会过日子的,真是一举两得。"这么一说,袁太太就在脸上表现了一种得意之色,那喘气和揩汗的动作,都跟着停止了。这就向他笑道:"我是没有什么用的人。不过袁先生是个书呆子,对于柴米油盐这些问题,一切不管。我们家里孩子又多,耗费又厉害,我若不管问家事,那家事就变得一塌糊涂了。我这也是逼上梁山。"说着话时,她故意将眼光射在那雪白的米和鲜红的猪肉上。她那臃肿的脸腮上,皱纹拥簇着闪动几下,表示了笑意。李南泉已知道她是什么意思,这就笑道:"袁太太这米买得好,猪肉也买得好。"挑夫们听着这样夸赞,也都跟着把眼光向肉望着。其中有个光嘴的瘦子,这就弯下腰去,把鼻子尖凑着向鲜肉上连连嗅了几下,而且把舌头伸出来,拖着有两寸长,方才收了回去。他笑道:"硬是要得。"袁太太笑道:"你们快点把米担子给我挑回家去。若是米在家里过秤,分量都有富余,我就请你们消夜。我作回锅肉你们吃。"那挑夫道:"吃回锅肉?要得!每人赏二两大曲,要不要得?"袁太太将手绢擦着额头上的汗珠子,脸上带了微笑,并没有说什么。那几个挑夫,听到晚上有回锅肉吃,而且还有二两酒喝,说声"走",又挑起担子飞跑。但跑是跑,绝不能离开主人的监视。在二三百步之外,这里还可以看得见的时候,又把担子歇下了。

袁太太向他点了个头,说声"再见",也就匆匆地开着步子走了。李南泉看这挑夫时,他还是懒懒地坐在树根上,便道:"老兄,你也该移移步子呀。"他把微闭着的眼睛略略地睁开来看了一下,后又闭上,慢条斯理地道:"别个是包工咯。你没有听到说,别个有回锅肉吃,还有酒喝。有这样的好事,别个为啥子不跑?"李南泉见他眼睛闭得特紧,看那样子,睡意很浓,连嘴角都是向下垂着的,这就笑道:"你不就是这点要求吗?刚才这位太太,是我们对门的邻居,他们家怎样对待工人,我们也怎么办。"那小伙子睁开了眼睛道:"你说的话算话?"李南泉道:"她家酒肉招待,我家也是酒肉招待。她家若是开水招待,我也是开水招待。这个样子办,那就两下公平。你看我这个人说话,像是不算话的样子吗?"挑夫道:"你看别个挑子上,放了那样多的肉,你怕他们没有肉吃。"李南泉笑道:"那样就好,我决计照办。买不到肉,我到他家借也借半斤肉你吃。"那小伙子说了句"要得",跳了起来,就把担子挑起。李南泉有了以往的经验,怕在三叉路口他又要逃走,也只好是紧紧地跟着。这回锅肉的力量却是不小,从此后,他就始终是跟着袁太太那三副挑子走。到了家里,也不过是半上午。李先生将米袋子收拾了,当然是开发挑夫的工资。向他笑道:"他们三副担子也到了家了,你不妨去看看,他们是不是有酒有肉。这是我的家,你看我这样子是不会逃走的吧?"那挑夫倒相信李南泉的话,就奔袁家打听吃肉的消息。

果然那三个挑米的人,全都站在袁家屋檐下,似乎等着打发的样子,不过看他们的脸色,全鼓起了腮帮子,没有一点笑容。他就走近前,悄悄问道:"你们主人煮的回锅肉……"他这句话还没有问完,一个年轻的小伙子很干脆地答道:"回锅肉?屁!"这挑夫道:"我听得清清楚楚,作回锅肉你们吃,还有二两大曲。朗个的?不作数?"小伙子道:"作数是作数,她说下江人打牙祭有日子,每逢二、五、八,不在二、五、八打牙祭,那人家要倒霉。今天是十三,打牙祭还有两天,她说肉是把我们吃,过两天再来。迟请早请,都是一样,不许我们多说,你想嘛,哪个为了那顿肉吃,再跑一趟?我们要她把钱干折,每个人半斤肉,不算多咯。"给李南泉挑米的小伙子,这才知道事情有点靠不住,他道:"不给,你们不要走,看她朗个把话收转去。"这时,袁四维先生手上端了一只陶器盘子出来,里面盛有半盘干猪油渣子。那油渣子干得像石头块似的,想必那里面的油水,是熬榨得点滴无余。他向那三个挑夫道:"不错,我太太说了,担子挑到家请你们吃回锅肉,不过请客这句话,是没有定规的,千斤不为多,四两不算少,我这里有盘回锅肉,你们拿去分了吃罢。"一个挑夫道:"这是油渣嘛!朗个是个回锅肉?"袁四维道:"这是猪身上的肉不是?先在锅里熬出油来,再倒下锅去,用盐炒一炒,是回了锅不是?这不叫回锅肉,叫什么?我们家乡就把这个叫回锅肉。"一个年长些的挑夫,红了脸道:"留着你们自己过中秋节罢。"他一扭身走了,其余两个也嘀咕着骂了走去。给李家挑米的小伙子倒望着呆了。

袁先生对于这个打击,好像并非出于意外。他站在屋檐下,望了他们笑着,自言自语道:"你们还有满足的时候吗?给我挑三挑子米。这三挑米白送给你们,恐怕你们都嫌少吧?你们不吃这油渣子,那算你走运,这是我过年时候留起来,把盐腌着的。你们吃下去,怕不要喝三壶水才洗掉舌头上的咸味,哈哈!"他打着个哈哈,端了盘子进屋子去了,那个和李南泉挑米的小伙子,这才知道吃回锅肉的那句话,果然是空的。但他还不肯放过李南泉,复又走到他家来。李先生已在路头上迎着,拱手笑道:"这位大哥,你看到他们吃回锅肉了吗?"他道:"他们吃肉不吃肉,我不招闲。你对我说的啥子话,你总应当做到嘛!"李南泉笑道:"老哥,实不相瞒,我自己家里一个月也不吃三回肉。哪里那么现成,你把担子歇下来,我就有回锅肉给你吃?不过我既说了,我也不能冤你,照现在的肉价,我干折了半斤肉钱给你,还有二两酒的钱,我都也干折给你。"说着,就在身上掏出钞票,折合着市价给他了。给完了钱,向他问道:"大哥,你还有什么话说吗?"他右手接着钱,左手搔搔大腿的痒,禁不住笑了,点着头道:"你这些话,我听得进,二天你到界石去买米,你还可以找我。我叫李老幺,在街口一吼,我不听见,也有人会叫我咯。吃肉不吃肉,不生关系,只要话听得进,我就愿意。你这个下江人,要得。"说着,笑了扭转身去走开。李南泉站在路头上,倒是望了这小伙子发笑。袁四维又出来监工了,且不打招呼,先摇着头抖了文道:"唯女子与小人为难养也!"方向李南泉点个头。

李南泉笑道:"你说的是那个挑夫?"他说:"可不就是。我们给的工资,根本就比别人多,他要我们酒肉款待。这话从何说起?我们现在念书的人,受过谁的酒肉款待呢?不过这话又说回来了,一部分资本家,他们良心发现,也觉得我们念书人生活实在苦,也就伸出同情之手。有些事情,他们还是少不了要我们念书人帮忙的。于是在我们万分不得已的时候,也就来个雪中送炭。此文人不可为而又可为也。"说着,在身上掏出了一盒纸烟来。他举着烟盒子道:"这个烟南方人叫'小大英',北方人叫'粉包',全然文不对题。战前,这是三级纸烟了。现在好烟买不到,这已跃为超等烟。不知什么原故,这'小大英',也就越吸越有味。现在我不吸纸烟则已,要吸纸烟,就是'小大英'。李兄,来一支!"说着,他将纸烟盒口翻转过来,倒出两支烟,先递给李先生一支,然后自放一支在嘴里。李南泉看得清楚,他这纸烟全是整支的,不像上次将剪刀一剪两截了。而且他是把纸烟放在嘴里的,并没有将竹笔套当了烟嘴子。随后,他又在身上掏出一盒整齐的火柴来。他掏火柴时,举动有点儿粗疏,把小褂子衣袋里的钞票也带出来了,散落在地面上有好几张。而且那钞票都是十元一张的。他弯腰将钞票捡起,将钞票举了一举笑道:"这是我的心血钱。我现在又兼了几点功课,而且又给几个人作了两篇寿序,富余了这些钱。"李南泉自知道这是人家盖房子的股本,含笑着点了两点头,并没有说什么。他笑道:"我也只有笑而纳之了。"说着,把这叠钞票向口袋里一塞,而且将手按了两下口袋。

李南泉想着,这家伙实在有点沉不住气。怎么会把口袋里票子都拖着掉下来了?心里这样想着,脸上也就忍不住笑了出来。袁四维拱了两拱手笑道:"我们作文人的,人家都说是穷措大。这穷措大是不能免除穷相的啊!"说着,他又伸手在口袋上按了两按。似乎很怕这几张钞票,会由口袋里飞了去。李南泉道:"袁先生,你真是个全才。既能够盖房子监工,又能够为人作寿序。这寿序是散文的呢,还是骈体的呢?"袁四维听到这里,似乎涌起了他的文思,于是又将头摇成了两个大圈,将手指夹了嘴角上的烟支,笑道:"韩退之文章起八代之衰。若要作动人的文章,吾其为韩退之乎。"说着,昂起头来,打了个哈哈。这时,有人在屋角下接嘴道:"要不得,五七位,就要退之,那不好,我们有六位咯。算是五位呢?算是七位呢?"这话有点突然而来,而且是不接头。李南泉就向那屋角边去看着。那里出来一个黄面汉子,头上将白布手巾,在脑袋上围了个圈子,圈子中间的黑头发,还是竖了起来。身穿件深蓝的阴丹士林大褂。足有九成新。脚下面赤了脚,穿着一双黄色草鞋。而他手上又拿了一支黑漆的长烟袋杆。倒很像是当地一位绅粮。袁四维看到了他立刻掉转身来,拱手笑道:"吴大爷,好说好说,大驾来临,欢迎都欢迎不到的。怎么说告退的话?"他口里说着话,人就迎上前去。那吴大爷把口角里旱烟袋拖了出来,向他遥遥地画着圈子道:"完长,我们来邀你下山去喝酒。没得事,摆摆龙门阵,要不要得?听到说,这几天,你发了财咯!"

袁四维对于这种人,似乎感到了极大的兴趣。连忙答道:"要得要得,大长天日子,不喝两盅,硬是睡不着觉的。"他应付着这类地主人物,就把李南泉抛开了。他给的一支"小大英"好烟,还没有给火柴来擦着呢。这是人家的自由,不过在这里看出了一点,就是袁先生的身分,完全和前三天不同,他是有了钱了。由次日起,袁先生也换了装束,脚上已不表示摩登,已穿了袜子。身上也换了一套绸子衫裤,虽然仅仅是到这山下街上去买点东西,他也穿起一件新的夏布长衫。手上拿了一柄长可尺二的白纸折扇按着他的步子招展,每走一步,扇子招展一下。后来就每日下午,不见踪影,监工的工作,都改在上午做。那新盖的十间屋子,本就在李南泉的书窗对面。他每看到那屋子的工程完成一部分,就看到袁先生的气焰高了两尺。等房子完全盖成功了,袁先生的行踪也就格外少见。李南泉想到这房子曾代表张玉峰投资一大股的。现在房子已盖好了,当写信去通知人家。这就到袁家去探问消息。他在门外边遇到了袁家的孩子,就问道:"你父亲在家吗?"他说:"天天下午不在家的。"又问:"你母亲在家吗?"他说:"家里请着医生看病呢。"李南泉道:"请医生看病?你妈妈害的是什么病呢?"他说:"没有病,请医生看看。"李南泉对于他这话不怎么了然,站在窗户外边,伸头向里看时,果然有个长胡人戴上老花镜在桌上开药方。袁太太坐在旁边,不但精神抖擞而且满脸是笑容,这决不会是生病的人。

这个样子,是不便惊动人家的。他就在窗子外面站着。这就听到袁太太问道:"这药要吃多少剂,才有效应呢?"那老医生回答道:"在中国的医道上,还没有医治肥胖的专方。不过医道通神,神而明之,存乎其人。我这个方子是下的一些清除肠胃的药,让人肚子里清血清食。也许吃下去之后,要泄肚几回。但这个没有关系,你不愿意泄,不吃药就止住了。"袁太太道:"这样吃下去,人是不是就会瘦呢?"老医生道:"看袁太太的身体这样好,也许瘦不下来。最好的办法,倒是不如慢慢的减食。譬如你一天原来可以吃四碗饭,从马上起,先减少半碗饭,等到习惯了,再少半碗,直等你把饭量减到一半的时候,我相信你慢慢会瘦下来的。"袁太太道:"这个我当然知道。不过活活把人饿瘦,那恐怕我受不了。"医生道:"那倒不。中国古人修仙养道,就讲个不食人间烟火。只是喝点清泉、采点山果吃。人真要能够不吃熟食,倒是好事。袁太太若是觉得猛然减食,身子支持不了,可以先别吃鱼、肉、鸡蛋之类。"袁太太道:"这个我倒是同意的,他们西医,也是这样说,让我先别吃油重的东西。我看,索兴把菜里免了油,先生你看好不好?"那医生是位老先生,读的是张仲景这辈汉医的著作,医治的是温湿虚热中国相传的这路病症。他就不肯承认胖是一种病,也就没有开过治胖病的这路药方。不过人家出了钱请来,而且听说袁先生是作过院长的人,也许将来有可以帮忙之处,人家这样问道,就不能不答复。于是放下笔,将手摸着长须,沉吟了一会,然后点点头道:"修仙且避烟火食,治胖不吃油,于理正通。哦!于理正通。"

李南泉隔了窗户向屋子里面看着,见那位老医生是那样出神,而袁太太对他望着又表示着十分的殷切,也就透着些奇怪。心想,搬到这里来和袁家做邻居,已经有三年了。开始看到袁太太是那样的大肚囊子,现在还是那样的大肚囊子,怎么突然之间她要治起肥胖来了?若说是有了钱就不愿胖,这话就不通,有道是心广体胖,有钱人,不正是应该发胖吗?在这样出神的时候,袁太太已经把那新开的药方拿过去看看,因问道:"先生,你这方子里面下了一味大黄。平常的人说,吃了巴豆大黄,屙得断肚断肠。这不要紧吗?"老医生摸了胡子梢道:"不要紧,我只开了八分,像袁太太这样停食太多的人,也许都行不动呢。你先吃了这剂再说,若是不行,我还得加重分量。"袁太太道:"这大黄吃下去,是不是可以把这大肚子消下去呢?"他道:"此理至明。何待细说。例如府上有口米袋,米盛得太多了,几乎要把米袋撑破,现在你把米袋子下面钻上一个眼,米慢慢向下漏去,这米袋子不就缩小了吗?"他说着话时,正着颜色,手还是不停地摸胡子梢。袁太太看他这样郑重出之,料着他是真话,也就点了几点头。老医生先把桌上一个红纸包儿摸着,揣到衣袋里去,然后取下鼻梁上的老花眼镜,再取过桌子角上放的手杖,然后缓缓站了起来,对她道:"凡人长得肥胖,都是吃饱了少动作的原故,自今以后,可以多多动作些。"袁太太道:"是的,我应该多运动运动。"老医生摇摇头道:"然而不然,'运动'两字是外国贩来的,不妥。像打球、游水时,摩登人叫为'运动',这是好玩,这岂是我们所应当做的？我今年六十六了，就没有运动过一次。"

李南泉听他这种说法，觉得有些不成体统，这无自己加入之必要，只好扭转回家去。过了一小时，他再回到这里来，隔了窗户，就听到屋子里脚步声咚咚乱响。他诧异着袁先生家里有什么特殊事情发生。就隔了窗户的缝隙，向里面张望着。只见袁太太身穿了花夏布长衫，脑后两条辫子拖到肩膀上。她那个身体，好像一只圆木桶，大肚囊子挺了起来，像是军乐队里的人，胸前挂了一面大鼓。她弯举着两只碗粗的手臂，比齐了胸脯那样高，开着跑步，在屋子里跑着。她所跑的路线，是绕了屋子中间那张四方桌子。所有桌子旁边的椅子都移到屋子角上去了。腾出了桌子四围的那条路线，当了她赛跑的圈子。她每跑一步，周围的肥肉，就随着这个步伐，齐齐地抖颤一下。不但身上如此，就是脸上也如此，这好像是一堆豆腐在那里颤动。她张口，气喘吁吁的，发着狗喘的声音。两只额角上的汗珠子，豌豆那么大，向外冒着，她跑了一个圈，又是一个圈，不肯停止。李南泉看到，心里想着，这是什么意思？难道她对医生说要运动运动，这就开始了吗？这虽不是秘密行动，可是这儿戏样的举动，究竟也是不大合适，只好又在窗子外面站着，这就听到一个小孩子问道："妈妈，你为什么在屋子里跑？"她答道："过去过去，不要打搅，你一打搅，把我数的数目又忘记了。西医告诉我，要跑一百二十个圈子，我这才跑了八十个圈子呢。"说着话脚步在屋子里踩踏出咚咚的响声，继续向下跑去。

李南泉站在窗外，足足呆立了五分钟，那屋子里的脚步声，依然是"的笃的笃"，继续响下去。他看这样子，又不便进去和袁太太说话了，正待转了身子要走，却听到袁家大小姐大声叫道："妈，你这是怎么了？这么大人，像小孩子似的，你再要跑，我就去喊人来看了。"这才听到那"的笃"之声停止，而袁太太气吁吁地道："你叫人来看也不要紧，我又不是疯了,我是作室内运动。"大小姐道:"从前你并没有作过这种室内运动,现在怎么突然地运动起来了呢?"袁太太道:"你看我胖成这个样子,这大肚子终年都像要生小弟弟,这实在不方便。现在,我要治一治这种胖病了。运动是可以的。你明白不明白?"袁小姐道:"这个我倒明白。那猪吃了就睡,不肯运动,不是就长肥了吗?"袁太太道:"你这孩子也太不会说话,怎么把人和猪打比呢?"袁小姐发了一阵格格的笑声道:"这是我比错了。不过从前你不医胖病,现在怎么要医胖病呢?"袁太太道:"从前你爸爸有钱给我医胖病吗?我就是打摆子,也只是买两粒奎宁丸吃。大烧大热几天,也就是躺在床上睡几天觉,哪里找过医生?"袁小姐道:"现在我们有了钱了。干爹那里,一笔就给了一大包钞票。有了钱,你就治胖子了。是我干爹给的钱,我也应当治治病。"袁太太道:"你蹦蹦跳跳像小狗一样,有什么病?"袁小姐道:"我比你是猪,你就比我是狗。比我是狗也不要紧,你得想法子给我治这脸上的雀斑。你这样大年纪都要好看,我们小姑娘就不要好看吗?有了钱了,都是我的力量。我不给人家磕头认干爹,你们哪来的钱呢?"她母女这话,让隔了窗户的人听到,发生无穷感慨,就长长地叹了一声。

## 第二十二章　西窗烛影

李先生这声长叹,是出于情不自禁。他对于感情的抒发,并没有加以限制。这就把屋子里袁家母女二人惊动了。袁小姐首先一个跑了出来,向他望着。李南泉不便走开,便问道:"大小姐,你父亲在家吗?"她道:"他每日下午,都不在家的。要到很夜深才回来。"李南泉道:"我知道他在学校里兼课,可是怎么教书到夜深呢?"她嘴一噘道:"爸爸总是说有事,我们也不知道。"李南泉看这情形,似乎大小姐对父亲的行动也有些不满。那末,袁太太的态度,是可想而知的。便道:"那就等他回来,请你转告他罢。昨天张玉峰有信来,问这房子完工了没有,他们打算搬来住了。我要写封信去答复他。"在李南泉这话,那很是情理之当然。可是在屋子里的袁太太,似乎是吃了一惊的样子。在屋里先答道:"屋子完工,那还早着呢。"先交代了这句话,人才走出来。仿佛是戏台上的人先在门帘子里唱句倒板,然后才走出来。她面孔红红的,口里还有点喘气,分明是那室内运动疲劳,还没有恢复过来。她手扶了墙角,先定了一定神,然后笑道:"李先生请到家里坐罢。"李南泉道:"我就是交代这句话,不坐了。"袁太太道:"请李先生转告张先生,暂时不要搬来。第一是这屋子里面还是潮湿的,总得晾干两三个礼拜。第二这是股东盖的房子,总要大家一致行动。"李南泉听这话,显然是推诿之词。问道:"所谓一致行动,是要搬来就都搬来,有一家不搬来,就全不搬来吗?"她笑道:"大家出钱盖房子,就为了没有地方去,盖好了房子,谁不搬来呢?"

李南泉道:"袁太太说的这话,当然是对的。不过照社会上普通情形,说是搬家要找一个共同的日子进屋,似乎还无此前例,而且这事情也不可能。我知道这所房子的新股东,都是银行家。他们在乡下盖所别墅,三、五年不来住一天,那是常事,我们能够也按这个例子向下办吗?"袁太太还是手扶了墙角,向这边呆望着的。这就向他带了三分苦笑道:"这件事我也作不得主,等四维回来了再说罢。"李南泉越听这话音,越觉得这里面大有文章,可是她在表面上不管这房子的建筑章程那也是事实,便点了头道:"那也好。不过有好几天了,并没有看到袁先生。请太太通知他一声,明天上午我们谈谈罢。"她对于这个要求,当然是答应了,李南泉也不愿和她多说。次日早上,却是个阴雨天。四川的阴雨天,除了大雨而外,平常总是烟雨弥漫,天空的阴云结成了一片,向屋顶上压了下来。因为下雨的日子太多,川人并不因为下雨停止任何工作。在外面活动的人,照样还是在外面活动。李南泉虽然看准了情形,可是这天的阴雨,格外绵密,完全变成了烟雾,把村子口上的人家、树木,全埋藏在湿云堆里。而且还有风,雨烟被风刮着,变成了轻纱似的云头子,就地滚着向下风头飞跑。打了伞的走路的人,都得把伞斜了拿着,像画上的武士,把伞当了盾牌挡着。就是这样,每个人的衣服下半截还是让雨丝洗得湿淋淋的。他这就想到袁先生,没有那特殊的情形,今天应当是不出门的。这也就不必忙着去找他了。

阴雨天,在乡下是比城里舒畅一点,因为打开门窗,总可以看到一些大自然的景致。李南泉对于这样的天气,也是闷坐在屋子里感到寂寞的。他背了两手,由屋子里踱到走廊上来,来回地走着,看着雨中的山景。就在这时,听到袁公馆屋子里,一阵强烈的咳嗽声,那正是袁四维的动作,这更可以证明了他是不曾出门的人了,这样踱到走廊尽头时,看到那边山路上,有人打着伞很从容地走。后面有袁家的小孩子,提了竹篮和酒瓶子,看那样子很像袁先生家里要打酒煮肉过阴天。连带地,也就可以想到前面打伞的那位是袁四维先生了。这只好提高了嗓音,大声叫道:"四维兄,不忙走,我们还有几句话要谈谈呢。"那个打伞的人,居然被这声叫着,掉转身来向他望着,正是袁四维。他道:"好的,晚上我们剪烛西窗,来个夜话巴山雨罢,我现在有两堂国际公法,必须去上课。这是我的看家法宝,非常之叫座,我若不到,学生会大失所望的。而且,今天校长有到学校来的可能。就是校长不来,校务委员一堂要来三、四位。这里面有两位院长、三位部长,他们若是开完了,一定会旁听的。其中陈部长对我是特别注意,上次到校来就和我谈了十五分钟的话,大家都觉得余兴未尽。今天,我可以和陈部长畅谈了。哈哈!"他说到"陈部长"三个字,声音特别大,几乎是作大狮子吼,叫得全村子里都可以听到。李南泉也自命嗓门不小,可是要比现在袁先生的嗓门,还要低一个调,他实在不能答复了。

李南泉对于这种人的观感,是啼笑皆非,若是再跟着他说下去,他可能说是他自己马上就要做部长。只有远远地望了他走去。他心想,不能够提房子的事,袁太太没有向他提到,他简直不提一个字,难道这件事还能白赖过去吗?这也无须去和他商量,径直去通知张玉峰让他自己来罢。这样想着,立刻写了信。为了求速起见,写好之后,就自己撑了把雨伞,将信送到街上去付邮。这里的街市,在山河两岸都有。有一道老石桥,横跨着两岸。平常时候,桥洞下面,也可以过着小船。桥上两旁有石栏干,也可以凭栏俯瞰。不过在阴雨天,桥上是没有人看风景的。李先生今天走到桥上,有个特殊情形,有两个女子各撑了雨伞,在石栏干边站着,俯看着桥下的洪水,像千万枝箭,飞奔而来,哗哗有声,天上又正是下着雨烟子,桥上的石板,全是水淋淋的。这时在这里看水景,上下是水,可说是烟水中人,那是对风景特别感兴趣的了。他正向那般人注意,雨伞底下,有人叫道:"李先生,好几天不见了,不在乡下吗?"那声音便是杨艳华了。他笑道:"杨小姐高雅之至,打伞看雨景?"她撑平了伞,向他笑道:"我还高雅呢,就为了俗事,难为要死,阴雨的天,家里更坐不住,我就出来站站罢。"李南泉道:"这几天,米价实在是涨得吓人。不过你全家人都是生产者,你不应当为了米发愁吧?纵然是,这是大势所趋,我们又有什么法子呢?"她对这问题没答复,只是笑着。

另外一个打雨伞的女孩子,可就把伞竖起来了,她向李南泉笑道:"她哪里是烦恼,她是高兴得过分,李先生,你该向她要喜酒喝了。"说话的是杨艳华的女伴胡玉花。这话当然是可信的。便笑道:"只有几天工夫不见,这好消息就来了,这也是个闪击战了。杨小姐,你能告诉我对象是谁吗?应该不是孟秘书这路酸秀才人物。"她笑着还没有答复,胡玉花笑道:"不是酸的,是苦的。"李南泉道:"那是一位开药房的经理了。现在西药、五金,正是发大财的买卖,那是可喜可贺之至。"杨艳华听说,将一只手在胡玉花肩头上轻轻拍了一下,瞪了眼道:"你真是个快嘴丫头。"胡玉花道:"这就不对了。你在家里还对我说过的。说这件事,你几乎不能自己作主,还要请教你的老师。现在老师的当面,你怎么又否认起来了呢?"李南泉道:"这是胡小姐的误会。他说的老师,是教她本领的老师。我根本不敢当这个称呼。"杨艳华正了脸色道:"李先生,你说这话,那就埋没了我钦佩你的那番诚心了。我向来是把你当我老师看待。不但是知识方面,希望你多多指教,就是作人方面,我也要多多向你请教。我实在是有心请教你。不过……"说到这两个字,下文一转,有点不好意思,又

第二十二章 西窗烛影 | 553

微微笑了起来。

胡玉花牵着她的手笑道:"你既然愿意和李先生谈这件事,就不必在这里谈了。家里泡一壶好茶,买一包瓜子,和李先生详细商量一下。的确,你也得请人给你拿几分主意。你这样大雨天跑到桥头上站着,好像是发了疯似的,那是什么意思呢?"杨艳华望了李南泉道:"李先生可以到我家里去坐坐吗?"李南泉站着望了她笑道:"你若是一定要我去谈话,我可以奉陪。不过……"胡玉花向他使了个眼色,又摇了两摇手,笑道:"李先生愿意去,你就去罢。这不会有什么人讹你的。我们先到家里去等着罢。"说着,拉了杨艳华的手就走。李南泉自到邮政局去寄出了那封信。不过,他心里想着,杨小姐的家庭虽然人口不多,可是她本身的问题,相当复杂。卖艺是可以自糊其口,可是年岁一年比一年大了,这时间不会太久,到了那时间再谈婚姻问题,那就迟了。现在的情形,她是很想嫁一个知识分子,可是知识分子是没有钱的。她纵然可以跟一位知识分子吃苦,可是她嫁出去,家庭不能一个钱不要,就是家庭不要钱,她还有一个六十岁的母亲,必得养活她。哪个知识分子在现时的日子,可以担负一个吃闲饭人的生活呢?这样,就只有去嫁一个作生意买卖的国难商人了。可是国难商人,又多半是有了家眷的。

在这种矛盾的情形下,杨艳华的结婚问题,是非常之困难的。站在正义感上,不能教她去嫁一个大腹贾。可是真劝她嫁一个知识分子,让她去吃苦不要紧,可是让她的母亲也跟着去吃苦,这就不近人情。那末还是去劝她嫁大腹贾了。试问,站在被人家称为"老师"的立场,应当这样说教吗?他心里这样踌躇着,这脚步就不免迟缓着,一面考虑,一面计划着去与不去。就在这时,耳边有人叫道:"李先生,艳华在等着你呢。你怎么向回家的路上走?"李南泉看时,乃是杨小姐的母亲杨老太。她穿了件黑布长衫,手上拿了一只斗笠,站在人家屋檐下。李南泉笑道:"是的,承杨小姐的好意,她有很大的问题,要拿出来和我谈谈,不过这问题,过于重大,我不便拿什么主意。我想,还是老太自己作主罢。"杨老太道:"唉!我要作得了主,我就不费神了。"说着,她走近了两步,走到了李南泉面前,皱了眉毛,低声道:"李先生,你在桥头上遇到她,不是和胡玉花站在一处的吗?我就是叫玉花看着她的。你猜她打什么糊涂主意?她要趁着山洪大发的时候,向水里面一跳,好让家里人捞不着尸首。我们有什么深仇大恨,会逼得她这样寻短见呢?李先生能够去劝劝她,她也许会想开些。"

李南泉笑道:"那是你过分注意了。她是一位很聪明的小姐,难道这一点事,她都不知道?婚姻大事,现在过了二十岁的青年,在法律上谁都可以自主。愿意不愿意,那全是自己的事,要寻什么短见!"杨老太对他所说,二十岁的青年婚姻可以自主一点,最是听不入耳。可是她向来对李先生也很恭敬的,自己又是请人家去作说客的,怎好对人家说什么?但脸色变动了一下,透出了三分极不自然的微笑,同时,在嗓子眼里,还喘了一口气,然后微摇着头道:"李先生,你是不大知道我的家事。我们全家都是吃戏馆的。干什么的,就由什么路走罢。艳华在七、八岁的时候,我们老两口子就下了全功夫教她唱戏,自己的本领还怕不够,左请一个师傅,右请一个师傅,这钱就化多了。她父亲去世了,就靠了她和她两个哥哥养活这一家。当然她是有点叫座的能力,不谈这条身子,就说这身本领,不是我化钱请人教出来的吗?若不是打仗,跑跑下江码头,也许让她唱个三年五载,我有了棺材本了。偏是逃难到了四川,除了几件行头,全盘家产,丢个精光。在重庆可以唱几个钱吧,又怕轰炸,疏散到乡下来。这乡下能唱几个钱呢?我也不能说那话,耽误她的青春,给我再唱多少年戏。可是说走就走,就扔下几件行头给我,我下半辈子怎么过活?"李南泉听她这一大堆话,就知道她是什么意思了,点头道:"那是自然。不过你也不必太悲观,艳华还有两个哥哥可以养活你的晚年啦。"

杨老太道:"是的,她还有两个哥哥。偏是这两个哥哥不能争气,本事既不如他们妹妹,而各人都有了家室。就凭现在的收支,他们自己恐怕都维持不过去,还能养活老娘吗?我现在无路可走了,只有讲讲三分蛮理,艳华愿养活我要养活我,不愿养活我,也得养活我,我是要她养活定了。"李南泉看这位老太,尖削的脸子,虽然并没有深皱纹,可是两腮帮子向里微凹着,很少肌肉,不知是阴雨天的关系还是她有点受凉,脸上带几分苍白色。在这种典型的面貌上,那是很难看到她有情感的。这还有什么情理可以和她说的呢?于是他就笑道:"这事情的确不十分简单,到你府上去谈,那你娘儿两个对面,我这话可不好说。"杨老太道:"那有什么不好说的?我这些话,当面是这样,背后也是这样。"说着,伸了手就拉着他的衣袖,笑道:"这样的老太婆,当街拉人,人家要说马二娘出现了。"李南泉道:"吓!这是什么话?"杨老太道:"没关系。我们唱戏的人,对于这些事情绝不介意的。"李南泉对左右前后看了一看,觉得这老太已经把话说到这里,不去也得和她去。要不然,在街上拉扯着,她什么话都可以说得出来,让一个唱戏的在大街上拉扯着,那成什么样子呢?于是,不得不跟了杨老太走到她家里去。

她们住在这镇市后面,一幢楼房里。对着一排山峰,展开了一带有栏干的小廊子,就乡间的建筑来说,这总还要算是中上等的。为了杨艳华是他们家挣钱的台柱子,所以她住了最好的屋子——带着栏干的楼房。这时,她正手指缝里夹了一支烟卷,斜靠在楼栏干上,面朝里,好像是在和别人说话。杨老太道:"艳华,你看,我硬在大街上把你老师等着了。"杨小姐回头看到李南泉,笑着摇摇头道:"这宝我没有押中,李先生居然来了。"李南泉心里想着,这孩子够厉害,自己心里的计划,一个字也没有提,她就完全猜到了,便笑道:"你下来坐罢,我是尽人事。"杨老太将他引进屋里,笑道:"李先生,你还避什么嫌疑?你是她老师。倒是她屋子里干净些,你请上楼罢。"李先生还没有答应,杨小姐可在楼上再再地喊着,他觉得她母子都很希望有这个调人,尽管话是不好说的,总得把这手续做完。就勉强登上楼去。这里两间打通的楼房,糊刷得雪白,虽然只简单地摆了几项木器家具,都揩抹得没有一点灰尘。尤其是右边杨小姐自睡的一张床,全床被褥枕头,一律白色,连一根杂色的痕迹都没有。在这上面,也很可以知此人的个性。李先生笑道:"我终于是来了,可是我不能说什么,还是你自己说罢。"

胡玉花看到主客之间,都很尴尬,像是有话说不出来,便低声笑道:"艳华,李先生是一定会帮助你的。你可别和他谈什么理论,你把心坎子里的话说出来,让李先生心里有个准稿子,他就好和你说话。"杨艳华还是靠了栏干,坐在一张小方凳上的。她伸头对楼底下看了一看,然后回转脸来带了三分笑容,向李南泉道:"玉花叫我说心坎里的话,我就说心坎里的话罢。不过我说出来,你未必相信。实不相瞒,我在戏台上露了这多年的色相,追求我的人,那不能算少,可是我自己并没有把谁放在眼里,因之直到现在我并没有一个真正的对象。所以结婚这句话,我简直可以不理会,唱戏的女孩子,没有什么说不出来的,你倒以为这是我遮羞的话。"李南泉一拍腿道:"那就没有问题了。你母亲正是想你不结婚,给她还唱几年戏。你不需要结婚,她也不主张你结婚,这不很好吗?一切事不用提,你安心唱戏罢。"杨艳华道:"然而事实不是这样的。她以为我现在有对象。"说着,她淡淡一笑道:"那简直是想入非非的事。不过她有这些想法,她就愿意我这时嫁个有钱的人,把她的生活问题解决。这在她也许是先发制人。"李南泉道:"她所给你提的这个人,你对她的印象如何?"她道:"倒不是我母亲提的,也是我自己认识的。但我的本意,只想和他交个朋友。"李南泉道:"你对他的印象怎么样呢?"她道:"在生意买卖人里面,那总算是老实的吧,但是这个世界,有点异乎寻常,专门老实,那是不能应付一切的,我理想的丈夫是个有作为的人。"

这时,杨老太送了两个碟子上来,乃是瓜子与花生。在表面上,她当然是殷勤款客,事实上她也很愿意知道这里谈的结果。不过她一上楼来了,大家都默然。她只好将碟子放在桌上,向李南泉笑道:"李先生请用一点。阴雨天,回去你也没有什么事。多坐一会儿。"李南泉倒是趁她这上楼来的这个机会,站立起来了。他笑道:"你们的事,我约略摸到了一点轮廓,就是你愿意小姐在家多过活几年,而小姐呢,也是这样,她不愿意这时候离开母亲。我觉得你们现在突然提起这婚姻问题,乃是多余的。"杨老太倒没有想到请出调人来,都是这样一个结果。先是怔怔地站了一会,然后叹了一口气道:"我们这位小姐,成了角儿以后,这些事就没有和我提过了。我有什么法子。照着李先生这样的说法,倒好像是我这个作娘的不容许她在家里。"杨艳华一听这话,脸皮可就红了起来。她似乎紧接了下面,有一篇大道理要驳复她的母亲。忽然有了解围的——楼下有人叫道:"快点给我接着东西罢,我有点提不动了。"杨老太听到这话,脸上就有了笑容。她向胡玉花道:"小陈来了,暂时不要提罢。"说着,她飞步下楼而去。李南泉望着两位小姐,还没有问出话来。胡玉花道:"这就是艳华说的那个老实人来了。"李南泉沉默了两三分钟,问道:"杨小姐,是我下楼去看他呢?还是请他上楼来呢?"她随便地说了句"没关系。"

这三个字很让李南泉不解。什么叫"没关系"?站了起来走是不好,不走也是不好,正是踌躇着、不知道怎样是好的时候,就是一阵楼梯响。听那脚步响声很重,当然是穿皮鞋的人走来。这倒叫他不好在楼梯口上去阻人。只得在椅子边上站着。随了脚步声音,走上来一个三十多岁的人,身穿西装,外面罩着雨衣,手里提着一只雨打湿了的呢帽子。李南泉虽不认得他,可是他反是认得李南泉,向前一鞠躬,笑道:"李先生,我向来就认识的,只是没有人介绍过。今天幸会得很。"说着,立刻在西装小袋里掏出一张名片,双手捧着递送过来。李南泉看那上面的字时,乃是陈惜时。旁边还有一行头衔,乃是茶叶公司副经理。这他倒明白了,原来是卖茶叶的,怪不得胡玉花说他是作苦味买卖的了,便笑道:"我也屡次听到艳华说过陈先生的。这大雨天由城里来吗?"胡玉花在旁边就插嘴道:"不但是大雨天,就是天上落刀,他也会来的。"他搓着两手,表示了踌躇的样子,向她点了头笑道:"胡小姐又跟我开玩笑。"胡玉花笑道:"本来就是这样嘛。"李南泉笑道:"陈先生老远的来,先休息一下,我有点事情,要和杨老太商量商量,请坐罢。"他交代完毕,也不问大家是否同意,立刻就走下楼去了,杨老太就迎着他低声笑道:"李先生不要和小陈谈谈吗?他虽然年纪很轻,为人倒是很老实的。而且他也很佩服李先生。"

李南泉笑道:"是很好的,这话很长,改天再谈罢。"说着,点了头就要向外走。杨老太真没有想到李南泉会这样淡然处之,只好站着门口向他笑道:"这阴雨天,你回去也没有什么事,就在楼下多坐一会子也好。"李南泉走出了她家的门,却又回转身来向她笑道:"我还是和你谈谈罢。现代的婚姻问题,那并不是父母可以作主的。老太的意思,不是要认那位陈先生作女婿吗?这件事,最好你不要过问,就交给陈先生自己去办。我看陈先生给予杨小姐的印象,并不算坏。你一切放任,不要过问,甚至……"说到这里,笑了一笑,又沉默了几分钟。因道:"反正什么事你都不要过问罢。"杨老太见他那脸上笑嘻嘻的样子,自知道他这话里是含着什么意思,这就笑道:"这个我自然明白。不过女孩子的终身大事,我总得管。现在的年月,究竟是不同了。"李南泉笑着点了两点头道:"的确是如此。你知道现在的年月不同,那就什么话都好说了。你根据了这句话做去。我保证不用我出面,你这问题就解决了。"说着打了个哈哈,抱着拳头,一面作揖,一面就走,那外面的路,正是泥浆遍地。他向杨老太说话,却忘记了脚下的路了,身子一滑,人向前栽着,所幸面前就是一根电线杆,他两手同时撑住了那根木柱子,总算没有倒下去。而楼上楼下,却和台底下看客喝彩一样,不约而同,共同地"哎呀"了一声,而且那声音还是非常大。

李南泉站定了脚,向楼下看着,发现了楼上两位小姐,楼下那位老太太,全对了自己注视着,还没有把那惊慌之色镇定过来。这就笑道:"没有关系,假如摔倒了,不过是滚我一身泥。楼上有现成的两位小姐正闲着,怕不会给我洗衣服吗?"那位陈先生也就走到栏干边,连连地点了头道:"对不住,对不住。"李南泉也不知道他为什么要道歉,立刻又没有想到这件事,口里只是说"没关系,没关系。"口里说着,他也就走开了。走到了半路上,才想起他这声道歉,不成为理由。或者他会这样想着,以为我是来和他作媒的。想到这里,他觉得好笑,脸上也就笑了出来,路边有人笑道:"李先生什么事高兴?一个人走着笑了起来。"他看时,正是那位喜欢聊天的邻居吴春圃。便道:"有人误会我给他作媒,只管向我表示好感,我觉得受之有愧。大雨天,吴兄也出门来了?"这时,吴先生左手撑了一把伞,扛在肩上。右手提了一串筋肉牵连的牛肉。另外还有一串牛油。他把这东西提起来对客指示,笑道:"我是捡便宜来了。小孩子很久没有开过荤,我买不起任何的肉类,只有这样的牛筋,是没人吃的,我要了它三斤,不吃肉,回家熬萝卜喝喝,也可以让小孩子解馋。"

李南泉道:"当今之时,不是肉食者鄙,而是肉食者贵。老兄这样的吃肉法,可以说良口心苦。不过这牛油又是怎样吃法呢?"吴春圃笑道:"这是便宜中之便宜。因为这东西,除了蜡烛作坊拿去做蜡油外,恐怕很少人用它。但无论如何,总是脂肪品。我拿回去,煎菜、炸面,也总可以利用它。实不相瞒,我因为合作社有两个星期没有把配售菜油发出来,我每个星期,减到只吃半斤油,每日平均不到一两二钱,菜里面哪里算有油?这东西拿回去,来个饥者易为食,决没有人嫌它带膻味的。"他虽然是带着笑容说的,可是李南泉听他这话,觉得针针见血,让自己心灵上大大受着刺激。真不忍和他开玩笑,不觉得昂起头来,长长叹了一口气。吴春圃道:"这也没有什么难过的。老兄不是来回跑了三十几里路,挑了两大斗米回来吗?"李南泉道:"这是传闻异词。我是个手无缚鸡之力的儒夫,哪里挑得起两大斗米?米虽买了,乃是人家挑的。自然,这种生活,也就够斯文扫地的了,不过我有一件事值得自傲,比老兄要高一筹。就是我的太太,还和村子里太太群能整齐步伐,每天还有余力摸个八圈。你那太太只有在家中给小孩子纳鞋底,给你烙饼吃的能耐。那不是我的收入,要比你强的明证吗?"

这时,路旁有个人插嘴笑道:"李先生对于太太打牌这件事,始终是忘记不了的。其实,我们是混时间,谈不上什么输赢。"李南泉看那人时,正是下江太太。她上次半夜里派白太太来抓角,心里实在是不高兴。而那晚上究竟为什么赌兴那样勃发,打了两桌通宵的牌,至今也是一个谜。现在看到了她,倒不免要探问一下。于是点着头笑道:"我觉得混时间这个题目,也不十分恰当的。例如那天晚上,你府上两桌人通宵鏖战,那不能算是混时间吧?这个时候的时间是好容易消磨的。高叠着枕头,软盖

第二十二章 西窗烛影 | 561

着被子,八小时可以消磨过去。高兴的话,消磨十小时,也没有问题。"下江太太右手打着雨伞,左手提着个四方的白布包袱,看那样子沉甸甸的,里面露出一只红木盒子的犄角,这无须作什么思索,就可以知道那里是麻将牌。说着话时,也就不免向那白布包袱上望去。下江太太倒是不隐讳。她将那包袱举了一举,笑道:"不用看,这里是牌,阴雨天,不摸八圈,怎样混得过去?哦!你问那天晚上的事,我可以告诉你。那是我们一个秘密。我们太太群,这个名词,是你刚才取的,我老实不客气接受下来。我们曾开过一个座谈会,比赛哪个不怕先生。于是就邀集了这么一场狂赌。狂赌之后,谁回家引起了先生的质问的,谁就算是怕先生。怕先生的人,我们罚她请一次客。结果,谁回家都太平无事,我们证明了全体大捷。我们猜着,李太太是要请客的,所以故意半夜里去邀她。没想到李先生也是不行。"

吴春圃哈哈大笑道:"了不得,了不得,大家还有这么一个决议。这叫遣将不如激将。太太都受着这么一激,不打牌的,也不能不去摸四圈了。"李南泉笑道:"不过那也看人而施。若是像吴太太这种人,专门给吴先生烙饼,给孩子纳鞋底,你说她怕先生,她就怕先生,她并不会因此失掉她的……"他说到这里,觉得把下文说出来了,也许下江太太有些受不了。这就把话拖长了,偏着脸望了吴春圃笑道:"我到底客观一点,说的话未必全对,还是请吴先生自己批评一下。"吴春圃笑着摇了几摇头道:"我倒是不好批评。我自私一点,我觉得她这个作风是对的。"下江太太向吴李二人很快地看了一下,接着是微微一笑。李南泉道:"此笑大有意思。因为我认为缄默是最大的讽刺。"下江太太笑道:"岂敢岂敢!我的意思,作先生的,也可以打打算盘。像我们村里……"说到这里,她向前后看了一看,接着笑道:"像我们那女中三杰,当然是帮助家庭大了。她们是不打牌的。可是先生的经济权,都操在她身上,先生那分罪也不好受。其次,我们烙饼纳鞋底,不是不会,不过是没有去苦干,这一点,我们当承认和先生的挣钱,有点苦乐不均。不过这是少数。像白太太这种人,她经营着好几项生意,比先生挣钱还多呢。至于我呢,当然没有表现……"李南泉接着笑道:"这底下是文章里的转笔,应当用'不过'两个字。这是文章三叠法,每一转更进一层。结论也有的,就是太太们摸八圈卫生麻将,那实在是应该的。"

下江太太对于他这个解释,倒并没有否认。举着那白色包袱向他笑道:"我提了这一部分武装,到处辟战场,全找不到对手。李先生若是民主的话,你把后面那间屋子解放一天,让我们在那里摸十二圈嘛。"李南泉笑道:"这个办法,就叫民主?这个办法,就叫解放?"下江太太笑道:"多少由我们打牌的太太看起来,应该没有错误。我最后问你一句,你敢不敢民主?"李南泉笑道:"民主是好事,怎么说是敢不敢的话?所有世界上的人民,都希望民主,而我也是其中之一。"下江太太向吴春圃点了个头,笑道:"李先生说的话,有你作证,他要民主。回头我们要到他家里去试验民主了。若是李先生反对,你可要出来仗义执言。"李南泉道:"不过……"她不等他说完,立刻乱摇着手道:"这里不是我的文章,不能下转笔了。回头见罢。"说着,扭了身子就走。李南泉招着手道:"回来,回来,我还有话商量。"她一面走着,一面摇头,并不回头向他打个招呼。吴春圃笑道:"老兄,你这可惹了一点祸事。这位太太,一定是趁机而入。带着牌和牌角同到府上去民主,你打算怎么应付这个局面?"李南泉摇了两摇头,又叹了一口气,然后笑道:"我也不能那样不讲面子,把她们轰了出去。不过,我有个消极抵抗的办法,她们来了,我就出门找朋友去。反正阴雨天没有什么事。"吴先生看了这情形,料着他也只有这个办法,沉默起来,不断地微笑。李先生到了家里,太太正是很无聊地靠了门框站定,呆望着天上飞的细雨烟子。李先生到了面前,她还是不像看到。

李先生笑问道:"看了这满天雨雾出神,有什么感想吗?"李太太以为他是正式发问,也就正式答道:"在江南,我们就觉得阴雨太多,有些讨厌。现在到了四川,这阴雨天竟是不分四季。除了夏天的阴雨天,解除了那一百度以上的温度,是我们欢迎的而外,其余的阴雨天,实在是腻人。尤其冬天,别地方总是整冬的晴着,这里是整冬的下雨。穿着棉衣服走泥浆地,打湿了没有地方晒,弄脏了没有地方洗,实在是别扭。"李南泉笑道:"这时算是杞人忧天吧?现在又不是冬天,你何必为了冬天的阴雨天发愁。我告诉你一个好消息,下江太太,要到我们家里来试验民主。"李太太对于这话不大理解,望了他道:"你这话什么意思?"他就把下江太太刚才说的话,重新述说了一遍。李太太笑道:"你听她胡说,她用的是激将法。想激动你答应在我家打牌。你自己上了她的圈套。"李南泉道:"那很好。回头下江太太来了,你可以给我解这个围。就说家里有事。"李太太道:"你作好人,答应民主,让我作法西斯拒绝人家到我们家打牌。"李先生道:"民主和法西斯,就是这样分别的?领教领教。"说着拱了两下手。吴春圃在走廊上看到,也是哈哈大笑。他们这里说笑着还没有完,山溪那边的人行路上有人说笑而来,而且提名叫着"老李"。看时,第一个就是下江太太。后面另跟着两位太太。下江太太手上还提着那个白布包袱。那自然是麻将牌了。这三位太太,全没有打伞,分明不是向远处走的样子。

李南泉真没有想到她们来得这样快。心里计划着和太太斗一斗法宝的措施,根本还没有预备好呢。这就只有含了笑容,呆呆地站在一边。下江太太一马当先,到了走廊下,见李氏夫妇都含了笑容站在这里,料着这形势并不会僵。这就向李先生笑道:"你回来对太太报告过了没有?我其实没有发动这闪击战。我提了布包袱,本就是个幌子。我一提到要在李公馆测验民主的话,她二位立刻起劲。白太太还说,李先生也许是勉强答应的,要去马上就去。去迟了会发生变化的。"李南泉点了头笑道:"你们要突破我这戒赌的防线,可说无所不用其极。"他说这话时,对来的三位太太看看,觉得有点失礼。因为最后那位太太还相当面生,不可以随便开玩笑的。而且,那位太太,也有点踌躇,正站在溪桥的那端,还不曾走过来呢。便低声问白太太道:"那位太太,我还面生呢。"白太太笑道:"你又不是近视眼。"那桥头上的太太,也就笑了,点着头道:"久违久违,有一个礼拜没有见面吗?"她一开口,李南泉认识了,原来是三杰之一的石正山太太。她已经烫了头发。这头发烫得和普通飞机式不同,乃是向上堆着波浪,而后脑还是挽了双尾辫子的环髻。她是很懂得化装的,因为她是个圆脸,她不让头发增加头上的宽度。如此,脸上的胭脂,擦得特别的红。而这红晕,并未向两鬓伸去,只在鼻子左右作两块椭圆纹。唇膏涂的是大红色的,将牙齿衬托得更白。身上穿了件蓝白相间直条子的花布长衫,四周滚着细细的红镶边。光了两条雪白的膀子,十个手指甲,也染得通红,她是越发摩登了。

李南泉没想到石太太会变成这个样子,而且还肯加入太太群打牌,便点头笑道:"这是个奇迹。我没有想到石太太也要到我家里来试验民主的。"她缓缓地走过了那木板桥,笑道:"男子们的心理,我现在相当的了解,他们愿意的是这一套。那我们就做这一套罢。"说到这里,那边人行道上,又来了两位太太。老远地抬起手来,招了几招,就问民主测验得怎么样。李先生一看,今天太太群来了个左右联合阵线,这事情不好拦阻。充其量太太大输一场,也不过量半斗米罢。于是不置可否,缓步走到吴先生家去。吴春圃正坐在窗户里桌子上,架上老花眼镜,看一张旧地图。李南泉问道:"吴兄看报之后,关怀战局?"他双手取下老花眼镜,招招手,笑着让他进来。他低声笑道:"你就给你太太一个十全的面子,让她们在你家里摸十二圈。"李南泉坐在他对面木凳上,笑道:"我正是如此,不过这事实在有点欠着公允。我你这样吃苦,她们还要取乐。"吴春圃笑道:"天下不公的事多了,何必计较自己家里的事。我们谈谈天下事来消遣罢。我看看全国地图,心里实在有点难过,我们这自由天地,越来越小了。过几个月,我们这地图大小,就得变回样子。我们哪年哪月有恢复版图的希望?我快六十的人了,我眼睛能看到这地图恢复原状吗?人家想升官发财,我这思想全没有。我只希望有一天,牵着孩子的手,逛逛大明湖,让在外面生长的孩子,到济南老家去看看自己家里的风景。那时,在茶棚子里泡壶茶和孩子谈谈战前的事,我就乐死了。可是我想一想,这也许比升官发财还难。"说着,长叹了一口气。

两人说到此,都觉得心上有块沉重的石头,相对默然。李南泉笑道:"我们这样悲观,实在也是傻事。我总觉得中国有必亡之理,却无必亡之数,我们何必杞人忧天?你不看这些太太们的行为?她们会感到有亡国灭种的日子吗?"吴春圃咬着牙把短胡桩子笑得耸了起来,将手连连摇撼着。李南泉笑道:"我由她们在我家里造反,我眼不见为净,我走开了。吴兄的伞,借一把给我。"吴先生倒是赞成他这种举动,立刻取出一把伞交给他。他接过伞转身就向外走。吴春圃跟着出来,见他将收好的伞,当了手杖拿着,像是散步的样子走去。听得李家屋里,那几位太太像打翻鸭子笼似的,笑声、说话声、倒麻将牌声,闹成了一片。当然,这声音,李先生也是听到的,心里尽管有说不出来的一种苦恼。可是他头也不回,就这样从容地走过桥去,在人行路上徘徊回顾地走。他这时候,心里有点茫然,走向哪里去呢？早知道回家是这样的苦闷，倒不如在杨艳华家里多坐些时候。再看看村子里那些人家，屋顶的烟囱里，正向上冒着黑烟。阴雨的天，湿云在山谷里重重地向下压着，半山腰里就有像薄纱似的云片飞腾。所以，在人家屋顶上，相距不高，空气里就有很重的水分，把烟囱里的烟压得伸不直腰来。卷着圈圈儿向上冲。他猜想着，这是下面的饭灶，正大捆向灶里加着木柴。木柴上面那口饭锅，必是煮得水干饭熟，锅盖缝里冒着香味。他想到这里，便觉得肚子里有些饥荒，自己逗一时的气，牺牲了午饭走出来，这是十分失算的事了。

他慢慢走着，也就想着，这餐中饭在哪里吃？他心里踌躇着，脚下也跟了踌躇着，不知不觉就顺了一条石板路向前走。这个方向，不是到街上去的，正好背了去街头的方向，走往另一个村子口上。他始而是没有注意走错了，也就跟了向下错。阴雨的天，全山的青草都打湿了。长草缝里的小山沟，流着雪白的水，像一条银龙蜿蜒而下。在人行路的石板缝里，野草让雨洗得碧绿。铺在地上的绿耳朵草叶，开着紫色的花，非常的鲜艳，上面还绽着几个小白水珠子。这些小点缀，眼里看着，也很有意致。他那点剩余的诗意，就油然而生。他站在石板路上有点出神，忽然有人叫道："李先生雅致得很，冒着雨游山玩水。"回头看时，便是那久不见的刘副官。因点头道："久违久违！我以为刘先生不在这里住了。"他道："请到家里喝杯茶罢。我正有事奉商。我到昆明去了一趟，也是前天才回来。"这个时候跑昆明，就是间接地跑国际路线。那是可欣慕的好生意。于是夹了伞，抱着拳头拱了两拱，笑道："恭喜发财了。老兄！"刘副官笑道："我是为公事去的，不是为作生意去的。不过也带有点土产。大头菜，火腿，普洱茶全有，到我家里喝杯普洱茶去，好不好？"李南泉仰了脸，不由得哈哈大笑。刘副官愕然地站着，问道："李先生以为我是骗你的吗？"李南泉笑道:"你有所不明。我直到这时,还是一粒米不曾沾牙。今日所消化的,就是昨日的食粮。你这时候,还让我喝普洱茶,那不是打算把我肚子里这点存货,都要洗刷干净,那不是让我更难受吗?"刘副官笑道:"那末,请到我家吃火腿和大头菜。"说着拉了他的手就向家里引。

李南泉笑道:"老兄请客,可谓诚意之至。假如我有事的话……"刘副官道:"你根本无事。若是有事,你也不会在这阴雨天到人行路上赏玩风景。"他口里说着,手里还是拖了李先生向家里走。客人进了门,他首先就喊道:"快预备饭,切一块火腿蒸着。"说着,就在书桌子抽屉里取出一听烟来,笑道:"这也是由昆明带回来的成绩。"他说着这话,似乎是很高兴。将他脚上的皮鞋,抬起来放在凳子头上。他抬起了右手,中指按着大拇指,使劲一弹,就是"啪"的一声响。随了这个动作,他周身都是带劲的,身子闪动着,转了半个圈。李南泉笑道:"看刘副官这样子喜形于色,必是很赚了几个钱吧?"刘副官笑道:"我实在没有作生意,是为了公事去的。不过既然走上了这条路,有现成的便宜东西,我当然就买它一些回来。来一支好烟!"说着,打开烟听的盖子,取出一支烟,送到他面前来。他接住烟,在嘴里抿着。刘副官就在口袋里掏出打火机,擦了火和他点烟,笑道:"我说句最公道的话,像李先生这样有才学的人,一切享受都应该比我们高。而现在的情形,你们先生们是太清苦了。"他突然这样一阵恭维,教李南泉听着倒不明白他是什么用意,也只有微笑着。刘副官自己,也就取了一支烟吸着,两手抱了大腿,抿着烟微笑道:"的确的,我对李先生的学问道德,钦佩之至,若有工夫的话,我一定得在你面前多多讨教讨教。苦于我是没有时间。今天正好都闲着,好好地谈谈罢。"

李南泉对于这种人,多少存一点戒心。见他今天这样特别客气,料着有什么要求会提出来的,心里也就估计着,无论什么事,自己总向无能的一方面推诿,料着他也不能让人所难。可是刘副官尽谈闲话。不多一会,他家里开出饭来,除了云南的火腿和大头菜,还有几样很好的菜。饭后,他泡了一壶普洱茶请客,还是谈些闲话。直到李南泉告辞,他才笑问道:"李先生晚上在家吗?我要找李先生请教请教。"李南泉笑道:"住在这样的山缝里,晚上有哪里可以去?而况又是阴雨天。不过我家里今天让太太们开辟了战场,我得暂避一下。现在虽然是国难严重,可是大部分的中国人还是醉生梦死地过活着。"说完长叹了一口气。刘副官觉得他说的"醉生梦死过活着",似乎有点扎耳。他将两手插在西服裤袋里,连连地扛了两个肩膀,笑道:"像我们这种人,实在也是不可救药。你说替国家出力吧,连当名大兵,也许都不够资格。不能替国家出力;而自己和家庭的生活,又要顾到。我们的生活,就是这样鬼混。"说着,他将手在裤子袋里掏出来,却带出了一张扑克牌,笑道:"你看,我们随身就带有武器。这不怪我,怪我们这环境不好。所有识得的朋友,都这样醉生梦死。也因为如此,所以我想到府上去长谈一番,我想我还年轻,可以改换环境的。"他这样说着,可以知道他要来请教,原是真话,这是人家的正当行为,就不能推辞了。便笑道:"谈谈是可以的。你要说我为人之道,我家里就在打牌过阴雨天,我这种家长,还值得学习吗?"

李先生别了刘副官,向回家的路上走。远隔了一条山溪,就听到家里麻将牌的擦弄声音。他站在路头上静听一下,其实不是。乃是山溪里的山洪,在石头上撞击之响。他想着,还不曾回家,神经就紧张起来,在家里也是坐不住,就撑着雨伞,在细雨烟子里,分别去拜访村里村外的朋友。到了天色将黑了,这餐晚饭,却不便去打搅朋友。因为所访的朋友,都是公教人员,留不起朋友吃便饭。于是绕道街上买了几个冷烧饼带回来。到家之后,在走廊上站着,这回听清楚了,家里的确是有麻将牌声。而且,还听到李太太带了叹息的声音说:"掀过来就是五筒,清一条龙,中心五,不求人,门前清,自摸双。十几个翻都有。唉!你这种小牌,和得好损。"听这话,自然屋子里还在鏖战,他也不用进去了。在厨房隔壁,有一间小草房,原来是堆柴草的,现在里面没有了柴草,放了一张竹板床,一张竹桌子,乃是邻居共有,预备谁家有客来,就临时在那里下榻。李先生很自知地向那里一溜。让孩子们取过茶壶凳子和书架上的几本书,就在这屋子里休息。女主人打牌,王嫂要管理孩子,灶下还没有烧火。不用提晚饭何时可吃,连开水都发生问题。好在邻居家都已作晚饭了,他暂且把烧饼放下,借了邻居家的开水,泡了一壶茶喝。孩子们原不知道他要看什么书,随便拿来的是一本《庄子》,一本《资治通鉴》,两本《杨椒山集》。他将手拍了书页道:"这环境教人真积极不起来,看看《齐物论》吧。"他拿起书来看时,这屋子只有尺来见方一个窗户眼,光线不够,搬了凳子靠着门拿了书来。看了两页,身上冰凉,原来是茅檐下的细雨烟子飞了满身。

他撩起蓝布长衫的小襟,在脸上擦抹了一下。把凳子移到竹桌子里,两手按了桌子沿,只管向那一尺见方的小窗户孔里出神。这时有人叫道:"李先生在家吗?"伸头一看,正是那刘副官,他是脱离了战时生活的人,身上披着雨衣,手里提着布伞就向廊子里走来。李南泉迎出来,引他到小屋子里坐下,笑道:"老兄真是信人,说到就到。"刘副官向屋子里周围看了一下,他也不脱雨衣,伸手到怀里去掏摸了一阵,先掏出一张支票,然后掏出一张寿事征文启,笑道:"我本来要和李先生谈谈的。不过我看到李先生自己都成了偏安之局,明天你有不明白的时候再问我吧。这里是一张征文的启事,里面写得相当的清楚。启事里面夹有一张字条,那就是送礼的人写着他的身分和关系。我很冒昧,代人家要求李先生代作一篇寿序。这里有一张一百五十元的支票,那就是文章的润笔,无论如何,请李先生赏个面子,大笔一挥。"李南泉这才明白他上午的那番殷勤,为的是这件事。这就笑道:"那没有问题,我是一个卖文为活的人,有这先付稿费的生意我还有什么不接受。"刘副官拱拱手道:"那很感谢。不过有一点不情之请。这文章明天上午就要。"李南泉道:"那可无法交卷。你都说了,我今天是偏安之局。这屋子里白天没有光线,晚上窗户没有纸,风吹进来,灯不好点。今天晚上,无论如何,我不能动笔。假如今晚睡得早的话,明天我可以起早来办,但是看这趋势,今天晚上是无法早睡的。"

刘副官站起来想了一想,笑道:"作文章是要好地方的。若是李先生不嫌弃的话,可以到我家里去写,我一定用好茶好烟招待。"李南泉笑道:"假如一定要有那些做派,那是太平文人,现在岂可以这样?好罢,我委屈一点,就在这小屋子里写。"说着也站了起来。刘副官看他有送客之意,主人是别扭在这屋子里,这时还要在这里多谈天,也许增加了主人的不便。于是向他伸着手,握了一握:"我家云南火腿还多,明天我亲自上街买点牛肉来烧,请李先生吃午饭,犒劳犒劳。明天见。"说着,抬起手来扬了一扬,就走去了。李南泉在廊子下站着很是出了一会神。李太太突然走出来了,向他笑道:"你肚子饿了吧?"李南泉道:"中饭在刘副官家里吃得很好。晚饭呢,我买了几个冷烧饼带回来了。"李太太近前一步,没说话,先又笑了一笑。李南泉挥着手道:"你去办公罢。倒不用关心我。"李太太笑道:"太太们起哄,难得的,下不为例。我马上就叫王嫂做饭了。刚才姓刘的来,找你什么事?"李南泉道:"他定货来了。约了明天交货。"李太太道:"定货?你有什么货交给他?"李先生将手拍了肚子笑道:"这里面的之乎者也。"李太太道:"这种人,你是向来不大愿意交往的,你为什么给他写文章?"李南泉道:"我当然不愿意。不过我想到,为了买二斗米,可以便宜上十块钱,我还来去走三十里路。现在有人送一百五十元上

第二十二章 西窗烛影 | 571

门来,我既不是强取豪夺,又不是贪污,不过就那征文启事敷衍几句人情话,有何不可? 有这一百五十元,岂不够你输几场的吗?"

李太太一扭身子道:"我不和你说。只敷衍你,你还老是说,你简直不知好歹。"这时,屋子里也有太太们叫了:"老李呀,怎么回事?一去不来,我们正等着你呢,牌都理好了。"李太太听了这话,赶快向屋子里走。但是去不到五分钟,她又回转身来了,脸上已不是生气的样子,直奔那小屋里去。她取得了那张一百五十元的支票,在手上举着,向李先生笑道:"这个归我了。"李南泉道:"你还是和我说话。"李太太笑道:"得了,今天这场牌打完了,我准休息一个礼拜。今天这场牌,并不是我邀来的。明天早上,无论下雨天晴,我亲自上街和你买几样可口的菜。"李南泉点着头道:"我先谢谢。不过这一百五十元是人家定货的。我是不是愿意交卷,还在考虑中。而且你也反对我写这路文字。现在我一个字还没有写,你就把钱全数拿去了,那也太损一点。文从烟里出,至少你也得给我留下一包纸烟的钱吧?"李太太听了这话,走近一步,抓着他的手笑道:"我告诉你,我今天没有输钱,而且还多少赢了一点,纸烟不成问题,我马上教人和你去买,对不起,对不起,我还有四圈。"说着,她就把那张支票揣到衣袋里去了。李南泉只是笑笑,并没有说什么话。李太太笑着点了两点头,然后走回去了。不过这张支票,的确是发生了很大的效力。立刻王嫂就在牌桌上拿了一盒"小大英"纸烟,送到小屋子里去,接着是又送来一盏擦抹干净了的菜油灯和大半支洋蜡烛,这东西还是两个月前的存货,因为大后方的洋烛,已是珍贵物品了。

李南泉知道这是太太鼓励写文章的意思,而这写文章的地方,也就规定了是在这间小屋子里写,这无须多考虑了。他回到那小屋子里,发现纸笔墨砚都已陈设停当。他这就找了一张旧报纸,把窗户先糊上,然后掩上了房门,把灯烛全点了起来。先将这征文看了一看,却是一个极普通的老人,现在活到七十岁,四个儿子,两个务农,两个经商,不过家里相当富有而已。只有他的第二个女婿现在是一位抗战军人,已经达到少将阶级。其余就是这位老人,他为人忠厚勤俭,由一个中农之家,达到现在很富有的阶段。而且两个孙子,都因他这番血汗,考进大学了。这一切是平庸,丝毫无独特之处,这有什么法子用文字去夸张呢?他看了一遍,又把这寿启看上一遍。接连地看过几回之后,还是看不出也想不出独特之处。桌子那盒"小大英"纸烟,取了一支,吸着;又取一支吸着,不知不觉地去了小半盒。他凝着神在想如何找出这枯燥文字里面的灵感来。这时,他听到了茅檐外的雨,正"哗啦哗啦"地下着,而檐溜也跟了这响声,在窗子外面狂注。他提起笔来,就在纸上写了起来:"李子方剪烛西窗,烹茶把卷,有声如山崩海啸直压吾斗室者,则正巴山夜雨也。于时而不能悠然遐想,觅吾诗魂之所在,而乃搜索枯肠,为一小地主谋颂扬之词。此非吾自苦,乃一百五十元之支票一张为之,又米缸中之米为之,嗟夫,此岂人情乎哉?此七旬之老翁,何为而苦我,我固素昧平生也。"

他写到最后这句话,将笔放了下来,长叹了一声道:"一百五十元之支票为之。"窗子外这就有人问道:"怎么着,今晚上搬家了?"李南泉听到是吴春圃的声音,便打开门来笑道:"请进来谈谈罢。"吴先生进来,看到桌上放着一本征文启,李先生自己写的一张稿子,这就把身子向后一缩道:"你在工作,我不打断你的文思了。"李南泉笑道:"不忙,你看看我这是什么玩艺。"说着,把这张稿子递到吴先生手上。吴先生接着看过,这就笑道:"这与寿序无关呀!"李南泉自己坐到竹床上,将那张小凳子让给吴先生坐了,把桌子上的烟,向客人去敬着。笑道:"我这脑筋太枯塞。我们剪烛西窗,谈一两小时罢。"吴春圃将烟支对着烛焰点着吸了。两手指夹了烟支,在嘴里抿着,深深地吸了一口。然后在口里冒烟的时候笑道:"这'小大英'的烟,竟是越吸越有味。在战前,这太不成问题了吧?"李南泉摇摇头笑道:"提起这支烟,这倒让我很着急。这篇寿序,一字未写,洋烛、油灯、茶叶、纸烟,所消耗的资本已经是很可观的了。从前写文章,决没有人估计资本的,现在可不能不估计。若写出来的文章,稿费不够本钱双倍,大可以不费这脑筋了。"吴春圃道:"我知道,你决不是写不出文章,你是满腹牢骚把你的文思扰乱了。别那么想,这年头能活着就是便宜。"李南泉听了这话,两手一拍,突然站了起来道:"吾得之矣!老兄这句话,就是我这篇寿序的骨干,文章写得成了。"吴先生倒不解所谓,只是吸了烟望着他。

李南泉笑道:"这当然要我给你解释一下。你不是说,现在能活着就是便宜吗?我就可以根据这点,加以发挥。我说,现在前方家庭破碎,骨肉流离的,固然不知多少;就是大后方,受生活压迫,过不去日子的人,也不知多少。而这位老先生就在这时代,还可以活到七十岁,这是幸运。而且七十岁的人,看了这几十年多少不同的事情,除了幸运,还饱享眼福。"吴春圃笑道:"你这样写,那简直是骂这个寿星翁了。"李南泉道:"当然我下笔不能那样笨,虽有这个意思,也得婉转地说了出来。"他说着话时,看到烛芯焦糊得很长,就取了两支笔,当筷子使用,把烛芯夹掉一小截。吴春圃笑道:"你别耗费烛油呀,等你写文章的时候再点罢。"李南泉笑道:"这必须谈话的时候剪蜡烛,才有意思,你不听到屋外面正是巴山夜雨?"吴春圃笑道:"原来是根据诗意来的。"这就顺着想到"君问归期未有期"了。李南泉笑道:"确是如此,我已打成了一首油,你看下面这三句罢。"于是拿起桌上的笔,就着这张稿纸,文不加点地写了几行字道:"巴山夜雨阻文思,何堪共剪西窗烛,正是夫人雀战时。"吴春圃哈哈笑道:"我兄始终不能对这事处之泰然吗?"李南泉笑道:"南宫歌舞北宫愁,我能处之泰然吗?而且我那张支票已经不翼而飞了。"这时,王嫂给李先生送了一碗面来。平常吃汤面,总是猪油、酱油作汤,搁点儿鲜菜,成为上品。这碗面特别,居然有两个溏心鸡蛋。

吴春圃笑道:"李先生还没有吃晚饭吗?我们吃过去一小时了。"他笑着点了两点头道:"所以我对于这事,就感到有些头疼。你再让我饿着肚子写文章,当然有点头疼了。"吴春圃笑道:"努力加餐罢。吃饱了也好写文章,我不打搅了。"说着,起身就向外走,李南泉对了鸡蛋面,略觉解除了胸中一些苦闷。既是吴先生走了,也就先来享受罢。他把面吃完了,不愿再耽误,也就开始写那篇寿序。直等到桌上菜油灯的灯光变得昏暗了,他抬起头来剔灯芯,才知道那半支洋蜡烛,又烧了一半。于是将茶杯子覆过来,把洋烛放在茶杯底上,重新将烛芯剪去一小截。再回头,看到竹床上放了一盆洗脸水。这才想起,吃了饭还没有洗脸,立刻伸手到脸盆里去捞毛巾,那水已是冰凉的了。他掏着手巾胡乱地洗了一把脸,就恢复到桌子上去写稿。因为是冷水洗脸的关系,脑筋比先前清醒些了,听到屋檐外面,大雨滂沱声已经停止,只有那"扑笃扑笃"的檐溜声未断。这时,山谷里的夜色已相当深沉了。他放下了笔,将那张征文启,又仔细地看了两遍。还是觉得这里面供给作文章的材料很少,他找了两根火柴棍,将灯草剔得长一点,又把烛芯的焦糊之处,用两只笔夹去一点,坐着看看灯光,看看人影儿,非常无聊。这就听到那边打牌的房间里,送来一阵嬉笑声。尤其是下江太太的笑声,听得非常明白,她笑着说:"够了够了,已经十一翻了,我有两个月没有和过这样大的牌了。哈哈,这回可让大家看看我的颜色了。"

李先生听了这声音,当然是心里不大舒服。这就把房门掩上了,把头低下去,提着笔,在稿纸上一句一字慢慢地向下填着写,约莫是五分钟,这房门却是"扑通"的几声响,他正写到一句转笔,觉得很是得意,要跟了这意思发挥着向下写。这几声"扑通",未免把这点发挥的灵感,冲刷得干净。正想狠狠地说一声:"这是谁",可是抬头一看,却是自己的太太,她笑嘻嘻地向李先生点了个头。李先生虽然是有一腔火气,可是不便发泄,因为太太的同伴,都还没有走开,这是不能不给太太这分面子的。便忍住了怒容,皱着眉头道:"我作文章向来没有这样提笔写不出字的事情。江郎才尽,恐怕这碗饭有点吃不成了。"李太太走进屋子来,看到他面前摆的那张稿子,还有大半块空白,便笑道:"那很是对不起,我们打牌扰乱你的文思了。今晚上你先休息,明天早上起来,你再写罢。"李南泉道:"不过明天上午人家就要来取稿,这决不是写白话书信那样容易,可以对客挥毫的。"说着,把头仰起来,长叹了一口气。他这样叹气,并没有对太太说什么,可是她总觉得心里有点歉然。站在桌子边,两手撑了桌沿,向他的稿纸看看,又取了一根火柴棍子,拨弄着烛芯,这样有两三分钟,笑道:"我还对她们说了,声音小一点,不要让过路的警察听到了。其实我是怕她们那种狂态会打断了你的文思。"李南泉笑道:"不过,我已听到了,下江太太刚才和了一牌是十翻以上的。"

李太太笑道:"这位太太,本来嗓音就不小,再一高兴,的确是声震四邻。我也就是为了这事,要来和你商量一下。"李南泉道:"还有什么可商量的。我已经被挤到柴草房里来了。"李太太笑道:"不是下江太太和了个十多翻吗?她是大赢之下,其余的输家,不肯放手,还要继续四圈。你既然委屈了,你就委屈到底罢。你还在这里坐一两小时,你要吃什么东西不要?"李南泉道:"什么条件我都可以接受,请罢。"说着,抱了拳头拱了两拱揖。李太太看他那脸色,虽然没有怒容,可是也没有一点笑意。手扶了桌沿,呆站着一会,点了两点头笑道:"委屈你今天一回,下次决不为例,这实在是赶巧了。"李南泉淡淡一笑,并不再说什么。李太太走了,他提起笔来,继续写稿。他像填词似地写这篇散文,写一句,凑一句,写完一段,就从头到尾看上一遍。接连作过这样三次,总算把这篇寿序作完。他将笔向桌上一丢,叹口气自言自语道:"这不是写文章,这是榨油。"这时,屋檐外的雨阵又来,沙沙地发出雨点密集的声音。不用听这响声,就是那窗户眼里透进来的凉风,也让人全身的毫毛孔都有些收缩,抬头看窗子外边,眼前的光亮减少,那茶杯底上的大半枝洋烛,已是消耗干净了,许多白烛油堆集在茶杯底上。仅是在这件事上,也可以知道夜色已深了。

李南泉将那张写起的寿序,就着菜油灯光,仔细地看了一遍,虽然是自己写的字,却是越来越模糊,再看看灯里的菜油,已燃烧得只剩了些油渣,伸出油碟外的灯草,向碟子中心去燃烧着,那火焰在碟子中心,变成一条龙了。他想叫王嫂加油,无奈屋外面的雨,下得很大,而那边正屋子里的牌,又正在鏖战,料着喊叫也是白费气力,只好放下稿子,让这油灯去熄灭。不到两分钟,油碟子里的灯草,已完全燃烧,哄哄地烧出一大把火焰。在这火焰之后,突然就是眼前一黑。灯熄了倒无所谓,只是烧干了油的灯碟子,有一股焦糊气味,却是十分触鼻。他坐不住了,摸索着开了门,走到廊子下来。虽然是阴雨天,山谷里其黑如墨,可是自己家里那打牌的灯火,由窗户里透出光来,这廊子上还得着一点稀微的光影。他背了两手,在廊子正中来回地踱着,眼面前黑洞洞的,这身子以外,那响声像海潮似地闹成一片。头上是雨打着屋檐响,山洪由山坡上冲刷着响,面前是雨点打着地面草木响,脚下是山涧的急水,冲击着石头响,这些大大小小的声音,连成一片,那声音已让人分不出高低段落。在这如潮的声海中,隐隐约约地看到远处有几个模糊的光圈,那是人家的灯光。他那灯光只有一片而不分点,仍是为雨雾所遮掩的关系。在这情景中,除了那几位太太们,应该是没有什么人的动作了,但大声浪中却有人喃喃地连喊念着"阿弥陀佛"。这事情颇也有点奇怪了。

在这个村子里,很少有迷信分子。敬佛拈香的事,可说从来没有见过。在这样大雨的情形下,是谁深夜念佛呢?他心里想着,就静立在走廊上,更向下听着。当头上的阵雨,稍微停止以后,这就把声音听出来了,乃是袁先生家里发出来的声音。这袁氏夫妇,完全是在钱眼里过生活的人,他们根本就不知道什么叫神佛。他们正在向发财的路上走,也没有什么事要求神求佛,何以这个时候要冒夜念佛呢?他知道了这声音的来源,便向这发声的地方走近两步。这声音从袁家窗户里送了出来,虽然还有山溪里的水流声搅乱着,但这声音自山溪上面传了来,还是可以隐约入耳。由于五分钟的细察,可以猜出来佛声是念的心经。这虽是念佛人的初步工作,但对佛学不感兴趣的人,是不会这样沉迷着念下去的,同时,也听出来了,这是袁太太的声音。白天她在家里练习体操,以便减轻体重。到了晚上,她又这样诚心诚意念佛经,分明是个两极端的行为。什么事情逼得她这样颠三倒四呢?这样想着,对于家里的打牌事件,倒已置之度外,却是更向走廊尽头走去,要听出更详细的声音。他这个想法,倒是对的。当袁太太把心经念着告一段落之后,忽然"啪"的一声,窗户打开,接着听到在窗户边,她声音沉重地祷告着:"观世音菩萨,你保佑我呀!"

## 第二十三章　未能免俗

李南泉听了这声祷告，倒也吓了一跳。难道袁家出了什么乱子不成？怎么女主人半夜告天？这也许是一种秘密，不要看破人家的，于是将身子慢慢地向后退着，退到自己房子门口来。这算是大灾大难，已经熬过去了，屋子里的牌已经散场，屋子里亮起三、四盏纸灯笼，太太们分别提着。因为除了打牌的人，还有看牌的，接人的，屋子里挤满了。下江太太首先提了灯笼出门，看到李南泉"哟"了一声道："吓我一跳，门口站着一个大黑影子，原来是李先生给我们守卫。你真有那忍性，对着这样热闹的场面，你都不来看一盘。"李南泉笑道："你们有你们的工作，我也有我的工作吧？招待简慢得很，对不起。"下江太太把手上的灯笼，提着高过了自己的头，向李先生脸上照着，笑道："我要看看李先生这话，是不是由衷而言，若是俏皮着挖苦我们两句，我们受了。若是真话，我觉得今天是二十四分给面子，只要这样招待，我们可以常来。"白太太由后面出来，笑道："别开玩笑了，你要把李先生气死。"李南泉道："那也不至于。因为是各位太太都把我当一个疲劳轰炸的目标，那就是十分看得起我。石太太，你以为如何？"那位石正山夫人走在最后，却是默然，因之故意提名问她一声，免得把她冷落了。她道："不能再打搅你了。明天到我家去开辟战场，我要翻本。李先生，不能不让你太太加入。没有她，这场面不精彩。"

李南泉笑道:"那倒是很好。我们这村子里各家草顶公馆,来个车轮大战。足可以热闹他十天半个月的了。"石太太一路走着,一路笑道:"我是新加入战团的单位,恐怕是不堪一击。不过我已经下了最大的决心,及时行乐,要快活大家快活,我不能让别人单独的快活。打麻将是家庭娱乐,这是正当的行为,那比讨小老婆的人犯着刑法,那就大为不同了。"她说到"讨小老婆"这句话,声音是特别的提高。当然,李先生知道她用意所在,不便在这时说什么话。可是隔壁邻居,却有人在黑暗中插言了:"好,要得嘛,就是这样办,明天我也加入战团。"这声高大而尖锐,是奚太太走出来说话。石太太听了有人帮腔,这就高兴了,站在高坡的行人路上,将白纸灯笼高高举起。笑道:"老奚,你还没有睡觉吗?不要这样。我们应该吃得饱,睡得着,满不在乎。要糟糕大家糟糕。要好好地干呢,我们自然也可以好好地搞。必须这样,我们才可以得到胜利。"说着,将举起来的纸灯笼,在暗空中晃动着。奚太太笑道:"路上是滑的,不要熄了灯摔上一跤呀,我们这条命,还得图着给人拼一拼呢!"李南泉听到,觉得这就不成话了。别人家里闹家务,是别人家里的事,尽管你有家务,也不可和人家的事混为一谈。正是这样想着呢,可是又出来一位搭腔的,袁太太在她后门口发出声音了。她说:"这叫长期抗战!"

奚太太笑道:"袁太太,你也加入我们的抗战集团吗?欢迎欢迎。"李南泉听了这话,心里想着,这是什么话?太太对付了丈夫,这叫抗战?他觉得这很不像话。就向屋子里退了去。李太太看见后面屋子里,还是灯火辉煌,留着打牌的痕迹。这就赶快跑到后面屋子里,把所有的灯烛都吹熄了。然后拿了一盒纸烟出来,高高地举着,向他笑道:"还有几支'小大英'。"李南泉笑道:"这是作战剩余物资。应该减价出卖,要多少钱呢?"说着,就伸手到衣袋里去,把几张零票掏了出来,问道:"够不够呢?我就只有这一点钱。"李太太笑道:"你还是这样怨愤不平呢,我今天晚上也没有输钱。"李南泉道:"我也不是为了你输赢的问题。"李太太抽出一支纸烟来,递到李先生手上,又取出火柴来,站到他面前,给他点着烟。李南泉笑道:"这好像是我完全胜利了。不过前两小时,我那滋味也不大好受。"李太太笑道:"得了,不要再说了。再说就贫了。"李南泉笑道:"那我也无所谓,至多你加入石太太、奚太太那抗战团体。"李太太站着迟疑了一会子,脸色似乎有点不大好看。就扭转身去,向外叫着王嫂。王嫂来了,她笑道:"今天晚上夜太深了,房子不要收拾了,明天早上再……"李太太沉着脸子道:"你也和我别扭吗?我要戒赌了,打这鬼牌还不够受气的呢,至少我戒一个礼拜,戒三天也是好的。反正明天石家打牌我不去。"

　　李先生一看这情形,太太预备马上就开始抗战。这到底夜深了。夫妻一开火,就叫邻居们首先受到影响。他一声不言语,就缩到后面屋子睡觉去了。李太太第一次的精神战,就叫李先生宣告失败,她也是很得意。精神一松懈,让她感觉到了疲劳和饥饿,这就叫王嫂找了一壶水,泡了一碗冷饭吃。王嫂问她还吃不吃时,她笑道:"就剩了一点咸菜,这开水泡冷饭,还有什么滋味不成?我赢了钱就存不住,明天早上,我们上菜市去买点好菜打牙祭罢。"李先生在床上听了这话,心里想着,这是太太抗战胜利,明天吃凯旋酒。想到这里,觉得有趣,也就哈哈一笑。李太太在隔壁屋子里问道:"你睡在床上笑什么?"李南泉道:"我恭喜你胜利。但不知道你明天劳军,我这俘虏也有份没有?"李太太道:"你都睡觉了,还没有把这事丢开来哪?"李南泉道:"你赢了钱,你买肉吃,那是你的权利。我问一声,是不是有我一份,这也不见得就是失言吧?"李太太叹了口气道:"你别闹了。我再声明一句,不打这造孽的牌了。"李南泉笑道:"那好极了。从前有人戒赌,把指头砍了,作为纪念。可是指头还有布包扎着,

第二十三章　未能免俗　｜　581

又上赌场了。你当然不会砍掉半截指,不过你有任何纪念的表示,我都劝你不必。据我揣想,从这时起,你至多戒赌十二小时。"李太太道:"我争一口气至少也要戒赌十三小时。"李南泉道:"十三是个不祥的数词。再延长一小时,行不行呢?"

李太太道:"你不要讥笑我,戒不戒赌,那是我的自由。你这样说了……"她没说下这个结论,就听到王嫂在隔壁屋子里接嘴笑道:"撒脱一点,就是一个钟点也不戒。这是好耍的事嘛!有钱有工夫就赌,没得钱没得工夫就不赌。戒个啥子?"李氏夫妇都笑了。李先生知道这场争论,自己是完全的失败,也就不必再说什么了。一觉醒来,见窗户外面,阳光灿烂,天是大晴了。起床之后,见四围的青山,经过大雨二三十小时的洗濯,太阳照得绿油油的。门前山溪里,山洪还留下一股清水,像一幅白布,在涧底下弯曲地流着,撞着石头或长草,发出泠泠澌澌之声。隔溪的那丛竹子,格外的挺直,那纷披的竹叶,上面不带一些灰尘,阳光照得发亮。有几只小鸟,在竹叶丛里,吱吱乱叫。重庆的秋季,本来还是像夏天样热。甚至在秋日下走路,还比夏日晒人。这日上午,虽是天空晴朗,可是那东南风,由对面竹林子里吹了来,拂到人身上和人脸上,但觉凉飕飕的,非常舒服。他突然精神焕发,在走廊上来去缓步踱着,不免想到昨晚那篇榨油榨出来的寿序。心里默着将文字念了一遍,自摇了几下头,立刻走到那小屋子去,将摆在桌上的文稿取了过来,三把两把,扯了个粉碎,一把捏着向字纸篓里丢了去。李太太在旁边看到,不免呆了,问道:"你还生气啦。你这撕的是那一百五十元支票呀。你和钱有仇吗?"

李南泉笑道:"这是一张一百五十元的支票,我当然知道。不过我撕了并不要紧,那张真支票,在你手上,还能飞掉吗?"李太太道:"我也不能那样不讲理。你不交人家那篇寿序,我倒要用那一百五十元。你是有心拼我。过这穷日子,也不会是我一个人的事,你挣钱的人穷得过去,我们坐享其成的人,还有什么穷不过去。支票在这里,你拿回去退给人家罢。"说着,在身上摸出那张支票来。李南泉笑着摇了两摇手道:"你不要多疑,我决不能故意和你捣乱以致让我自己受到困难。你拿着钱买吃买喝,我不也是可以沾点光吗?稿子虽然撕掉了,可是我这里的存货有的是。"说着,连连拍了两下肚子。李太太道:"你还打算再写一篇吗?"李先生笑了一下,回到写字桌子边,摊开了纸笔墨砚,立刻就写起文章来了,他低下头去,并不停笔,就一行行地写了下去。约莫是二十分钟的时候,他就把一张稿纸,写了大半篇。李太太站在桌子边,两手按了桌沿,只管把两只眼睛,对了稿子纸注视着,于是燃了一支烟,连吸了两口,就把烟支送到他面前,笑着说了个"罗"字。李先生把烟支接着吸起来,李太太又斟了一杯热茶,放到他手边,低声笑道:"休息两分钟,先喝一杯茶。"李南泉对她看了一看,带着笑容点了两点头,还是提起笔来,一个劲儿地向下写,前后四十分钟,就把这篇寿序写完了。

　　李南泉这时正是文思潮涌,就没有顾到太太这些动作,将寿序写完之后,又从头至尾看了一遍,然后将桌子一拍道:"一百五十元挣到手了,准可以说得过去。"李太太向后退了一步,笑道:"你吓我一跳。"李南泉挥着手道:"把这张支票到街上兑钱去,没有问题了。"李太太道:"你这人不识好歹,我看你写文章写得太忙,站在桌子边和你着急,你以为我是怕你这文章写不出来吗?这支票在这里,不放心你就拿了回去。"说着,又在衣袋里把那张支票掏了出来。李南泉笑道:"我们心照不宣。先不必生气,今天午饭以后,石太太家里那桌牌,我决不干涉。理由是石太太乃新加入战团的人。昨天既然在我们家里凑了一脚,今天她家里打牌,你若是不去的话,道义上说不过去。这是打牌的规矩,我很知道。你用先发制人的办法,打算把我的气焰压下去,你就可以不必征求我的同意去参战了。你说是不是?"李太太手上拿着支票,递给他不是,向袋里揣着也不是,禁不住笑了,摇着头道:"你这全是……"她把这个结论忍住了,改着口道:"反正我要打牌,谁也拦不住我。我也犯不上费这些手段。"说完,她又笑了。王嫂由外面走了进来,笑道:"不早了,太太不是说去买菜?吃了晌午,你还有事。"李太太道:"有什么事?先生正在和我抬杠呢。"王嫂道:"不生关系嘛!过了十二点钟,就过了十三小时的限期。"李太太笑道:"你这也是废话。"

这时,窗子外面,有人叫着李太太。伸头看时,是斜对门的袁太太。李先生为了那房子股本的事,昨日没见着袁四维,今日应该得着结果,这就迎出来问道:"袁先生在家吗?"她还没有答应,她一群孩子四、五个人站在后门口,同声答道:"我爸爸不在家。"李南泉心想,这事情有点不妙。袁四维好像诚心躲开。正想追着问,可是看到袁太太和她那群孩子,脸色都不正常,而且每人手上都拿了根棍子。李太太对于袁家,向来没有好感。不过人家既是指了名叫着,自也不能不睬,这就站到走廊上问道:"袁太太上街吗?我们可以一路。"说着话向她看去,见她今天的装束改换了,脑后的两条长辫子,在头上挽了个横如意髻。她本来是个大肚囊子,穿起长衣服来,老远就可以看到她那个大肚子的。她的苦心孤诣的确把这个缺点,遮掩了不少。她身上穿着肥大一点的衣服,先撑起了上身。经过她一个星期的苦熬,每日只大半碗饭,并绝对禁用脂肪。肉固然是不吃,她自己的菜,连素油都不放下一点;那个大肚囊子在猛烈压迫下,缩小了一半。看时,自然有些改观了。她穿着一件短平膝盖的花布长衫,光了两条腿,登着白皮鞋,手里拿了根很粗的乌木手杖。围绕着她的孩子们也每人手上各拿了一根棍。最小的孩子,只有五岁,也拿了一柄坏的锅铲在手上。这是什么意思,就很让人猜疑了。

袁太太见这边人对她注意着,也感到孩子们一律武装,确是不好。这就回转头来向他们道:"无论我干什么事,都是成群的跟着,这是什么意思? 都给我滚回去。"她对孩子表示过了,这才答复李太太道:"我不上街,我带孩子们到朋友那里去,大概来回有上十里路。我家里没人,只好把门锁着,想把钥匙存放在你这里,可以吗?"李太太道:"可以的,难道你家佣人都跟了去吗?"袁太太道:"要他挑一点东西,让他也跟了去。"说着,她就让一个八岁的小男孩将钥匙送了过来。小山儿也站在走廊上问道:"你们大家拿棍子作什么?"那孩子手里拿了一根长可三尺的竹棍,摇着作个鞭打的样子,操川语道:"杂伙儿的,打人。"小山儿道:"打哪个?"他道:"打一个臭女人。"袁太太在她后面叫道:"你又胡说。我把你丢在家里,不要你去。"那孩子真怕不带他去。将钥匙抛在李太太手上,转身就走。袁太太向这边点了个头,说声"多请照顾",就喊着大家都出来。果然,他们家全走出后门来了。除了袁太太和她大小六个孩子,还有个男佣人,另外他们来借住的一双夫妻,各各手上拿了东西。袁太太将后门锁着,手上拿了手杖,当了领队,带着这群人,顺了大路走去。她的两个男孩子,手上拿了棍子在空中乱舞,口里乱喊:"投降不投降?不投降就打死你!"李南泉夫妻都看了出神,猜不出这是怎么回事。

袁太太那一队人马,似乎没有介意到别人的注意,浩浩荡荡,顺了大路走。这却看到这村子里的刘保长太太,很快地追了上去跑到袁太太面前,站着说了几句话,然后满脸笑容,向回路上走。这村子里乡下人,照例叫她保长太太。可是避难到这村子里来的下江人,却瞧不起她。但她又很有些权势。地方上的事,非找保长不可,而保长又绝对服从她的话。因之太太们在玩笑中,又给她起了个外号,叫她做"正保长",把她丈夫贬成副的。她对于这个称呼,倒也满意。李太太就叫道:"正保长,请过来谈谈,我有话问你。"她很高兴地道:"你打听袁太太的事唆?你们下江人,发财容易,扯拐也容易。他们家扯拐,你不晓得?袁完长要是不发财的话,也不会跟太太扯拐。"她说着话向这里走。走到半路,对山顶上忽然大叫道:"是哪个?快滚下来。你再动一下,我把你送到局子里去。"山上也有人答话:"慢说这是巴县的公地,就是你家的私山,山上的野草,个个人都割得!"保长太太发出尖锐的声音骂道:"龟儿,你还嘴硬。老子做保长,门前的山草,都管不到吗?"说着,她在地面上拾起一块石头,向山上抛去。大家向对面山上看,原来有两个小伙子,弯腰拿着镰刀,在割山上的乱草。这些乱草,长有三尺多,乡下盖的草屋,都是把这草作材料。挑了去卖,一百捆扫帚大的草,可以卖到两升米的钱,所以,这不失为一种生产。

刘保长太太那一石头,当然是砸不着那山上割草的人。可是她驯练得有两条狗,当她发出尖锐的声音去骂人的时候,那两只狗一定奔到她身边来,听候调遣。她对着山上骂,又向山上抛着石头,这两条狗就知道她目的何在,汪汪地叫着,就向山顶上直奔。那两个割草的,第一是怕刘保长和他为难,第二怕这两条狗。只好扛了扁担,拿着镰刀,悄悄地走了。刘保长太太脸上,发出了笑容。她昂了头向山上骂道:"龟儿,怕你不走,我门口的小草,就不许人割。"她一面骂着,一面带了胜利的微笑,走到李太太面前来。李太太笑道:"正保长真有一点威风。刚才你找袁太太说话,又是什么公事?你说袁先生扯拐,他扯什么拐呢?"刘保长太太四围看了一下,笑道:"袁完长,弄了一个女人,租了房子住。这个女人的老板,是在学校里守门的。袁完长天天都在她家吃上午,一天有大半天在那里。不是猪肉,就是牛肉,天天同那个女人吃油大①。袁太太打听得确实

---

① 川语,即多量荤菜之意。

了,带着全家人去捉奸。"李南泉由屋子里跑出来问道:"这是真事?不至于吧?袁先生吸一支纸烟,都要剪成两半截,分两次过瘾,他也舍得这样浪费?"刘保长太太道:"他和我没得仇没得恨,我为啥子乱说他?袁太托我打听这件事,我天天亲眼看到袁完长到那女人那里去。有得吃,有得穿,这女人好安逸。龟儿,上年和我扯皮,于今叫她晓得我老子的厉害!"

李南泉笑道:"原来你是对那女人取报复态度,可是你就没有想到这件事要连累着袁先生,你应当知道袁先生作过院长,将来他还会作院长,这次你得罪了他,下次你有事,找他帮忙的时候,你就要碰他的钉子了。"刘保长太太头一扭道:"难道袁完长不听太婆儿的话?袁太太叫我这样做,我就应当这样做。女人总要帮着女人嘛。"李南泉点点头笑道:"要得,这话我听得进。"于是向李太太道:"她也可以加入你们的集团了。当然,你们这里面,也少不了一名保长。"保长太太挺了胸脯子道:"那是当然。太太们有啥子事……"她这句话还没有说完,掉转身来,赶快就跑,口里大声吆喝道:"是哪个?在我这里打猪草,龟儿,你走不走?你不走,老子把你背筐都要撕烂来。"原来四川人养猪,除了喂它杂粮而外,大批的食料,还是山野里长的植物。大概没有毒性,而叶子长得粗大一点的植物,都在可用之列。农家的老弱,不问男女,每日背了一只竹片编扎的大背筐,手里拿了镰刀,四处去寻觅这种植物。这些野生的东西,不会有主人的,所以打猪草的人,他并不用征求人的同意。这时,有三个男孩子和两个女孩子,沿着人行路打猪草,穿过这村子,虽然保长太太在此,他们也未曾介意。刘保长之家,在村子中心,不免就割草割到他家门口了。

这位刘保长太太,认为这种情形,是犯了禁的,她一阵风地跑了过去,脚板和人行路上的石板,合着拍子,她口里骂道:"朗个的,没有了王法唆?你们打猪草,打到老子门前来,你不认得我是刘保长?"那打猪草的孩子里面,有一个癞痢,他是个初生的犊儿,僵了颈脖子道:"哪里有女保长?你是保长,我也不怕。猪草也不是你蓄的,朗个是你的?打猪草也不是派款子,你管不到。"保长太太抢上前,先把他放在地上的背筐一脚踢着向山坡下滚去,直滚到山沟里去,骂道:"龟儿子,瞎了你的狗眼,你不认得老子?打了你,你就认得老子了。"说着,横出手掌去,就要扇他的大耳光。几个打猪草的孩子,首先跑了,这个癞痢头,势子孤了,也只好像那背筐似的,连跑带滚地到沟里躲去。刘保长太太两手叉了腰道:"龟儿子,你不认得老子,现在认得老子了吧?我认得你是抬滑竿老姜的儿子。二天修公路,老子就派你家两名夫子,你死癞痢也逃不脱老子的手。你和老子扯皮,你会有相因占,那才是怪事!"村子里的人家,听到这番叫骂,都跑出来观望,见她获全胜,都有点不服。吴春圃先生将蒲扇拍了大腿,在走廊上缓缓踱着步子,笑道:"当保长有这样大的威风,将来胜利复员了,我也回山东老家当保长去,教书哪有保长这分权威呢?谁家门前的野草能够不许人动?"

李南泉笑道:"事情也不是那样简单。例如你看到刘保长到方院长公馆里去伺候差事的那分辛苦,你看了一回,也就不想作保长了。"吴春圃道:"当然义务与权利相对等。不受那分罪,他太太哪里来的这分威风。"李南泉道:"不过这话又说回来了。这位保长太太今天所享受的这分权利,并没有付出什么代价。我就是最好一个比例,点起菜油灯,搜索枯肠,在那里作谀墓式的文字。可是这边屋子里灯火辉煌……"李太太正提了一只菜篮子,由厨房那边出来,要上街去买菜。这就将提的空篮子使劲一摔,篮子在地面上打了几个滚。她沉着脸色道:"你又来了。"站着望了李先生。把眼睛瞪着。李南泉笑着鞠了躬道:"这算是我的错误,下不为例,好在我冒犯的话,还没有说出来,你总可以原谅。"说着,他就弯了腰把地面上那个菜篮子拾起，交到李太太手上。李太太当然不好意思再发脾气，脸色缓下来，低了声音道："你这不叫成心吗?"这句话没有得到答复，隔壁邻居家里，有很尖锐的声音，叫着好："要得!"同时"啪啪"地鼓了几下掌。原来是奚太太笑嘻嘻地站在她家屋檐下，向这里望着。她今天又穿了一套新装。上身穿的是蓝漏纱长衫。由白衬裙托着，这并没有什么稀奇。只是她胸襟前，挂了一个很大的鲜花球，直径够八、九寸。那球是白色的茉莉花编扎的，在花中心，又用几朵红花作了红心。她手上拿了一把小花纸扇，上面带有蓝毛边，一开一展地在手上舞弄。

奚太太在发生家庭问题以后，就是三天一次新装，大家对于她这举动，也认为平常，并没有什么惊异。不过胸前面悬挂这样一个花球，却是奇迹。因为这山下虽然有个市集，不过是两条小街，究竟都是乡下气氛。卖花球排子的，一星期难得有一两次，而且也不过是茉莉花的小蝴蝶儿，和白兰花两三朵的小花排子。像盘子大的花球，除了人家举行结婚仪式，新娘子定制，临时是买不到的。因之李太太向她招招手道："过来让我看看，好大的花球。"奚太太笑道："这是本店自造的，你看好不好。"说着，她摇了那柄花折扇，款步而来。到了面前，更看到她两耳朵上挂了两只蓝色的假宝石耳坠。脚下踏着蓝皮鞋。就是手摇的那柄花扇子，扇子边上，也围着蓝羽毛。这就笑道："老奚太摩登了。记得战前的一、二年，京沪作兴这么一个装束，由头到脚，全是这样一个颜色。不想这样的行头，你还保存着。"奚太太脸上表示了得意的样子，她微微地摇着头道："别人逃难，连儿子女儿都不要，我是有用的东西，一点不失散，全数都带齐了的。"说着话她也走到了面前。这让李太太看清楚了。她胸前挂的那个花球，并不是用茉莉花编的。乃是这村子里人家的院坝里长的洗澡花。北方人叫着草茉莉。有些地方，叫着小喇叭花。这花最贱，每天就是黄昏时间,开这么两三个小时,是根本没人佩戴的东西。

李太太笑道:"你倒是会推陈出新的,居然把这洗澡花利用起来了。"奚太太笑道:"并不是我推陈出新。我见得这花颜色既好看,又有香气,只是开谢的时间短一点,就为大家所鄙视,这是太冤屈它了。无论什么东西,总要有人提倡才可以让人注意。例如陶渊明爱菊花,菊花就出名了。我当然算不了什么。若是自这时候开始,大家就一倡百和地玩起草茉莉来,不也是一桩雅事吗?我在南京穿这一身衣服的时候,我总在胸前面挂上一个大茉莉球。若是不挂一个白花球,这蓝色的衣服,就烘托不出来。这街上哪有这样巧就可以碰到卖花的贩子呢?我就把我墙脚下的草茉莉摘了百十朵,用细竹篾子代了钢丝做成圈圈,把这些新开的花一个一个连串地编起来,就成了个花球了。"李太太道:"这小竹丝倒是不容易找到的东西,你在哪里找来的这种珍品?莫不是锅刷子上撕下来的?"奚太太脸上一红,笑道:"那何至于?"李南泉哈哈笑道:"你别瞧我这口子,平常不说幽默话。说起幽默话来,还真是有点趣味。"李太太经他这样补叙一句,更是觉得不好意思,这就挽了奚太太一只手道:"走,我们一路上街去,你穿得这样漂亮,若不上街去露露,那也太委屈了这一身衣服。"奚太太笑道:"你还要幽默我吗?"李太太道:"不是我幽默你。我真有这个感想。我觉得我们下江装束,也该让抗战的后方人士见识见识,人家外国不还有时装展览会吗?"她说着,挽了奚太太就走。

吴春圃只是微笑,等奚太太走远了,他就叹口气道:"国家将亡,必有妖孽。"李南泉笑道:"我兄也是对人家不谅。在她现时的立场上,现在只要挽回丈夫的欢心,打倒对方的女人,什么手段都可以利用,而不必加以选择的。你看我们这位袁太太的表现,那不是更单刀直入吗?"另一位邻居甄子明先生,这时架上老花眼镜,正捧了一张英文报,坐在走廊檐下看,这就抬起头来笑道："时局是这样紧张,生活是这样逼迫,弄点桃色新闻点缀点缀,也可以让人的呼吸轻松一下吧?"吴春圃道："甄先生哪里找到了英文报?"甄子明道："这是洋鬼子带来的香港报。虽然隔了一个星期了,这里面究竟有许多我们看不到的新闻。尤其是这样雪白的报纸,眼睛看了舒服之至,这些时重庆的报纸,更不像话,印报的纸,颜色像敬神的黄表,那还不去管它,印出来的字,反面的广告,透过正面的新闻。将报纸拿到手上还不许折叠,一折叠就没有法子展开来。看报,也就是看那几个大字标题吧?所以这份洋报纸,我是越看越有味,连广告我都全看过了。"李南泉道："有什么新闻没有?"他道："新闻不新鲜,这上面有一篇评论,他说,中国对日本的抗战,至少还要熬过五年。等到美国非打日本不可了,这才有希望。"吴春圃一摇头道："还要等五年?谁受得了?若以我个人而论,再抗五个月我都受不了,今天的平价米,就只够一餐的了。"

这三位邻居,老是如此,逢到一处,必须谈天。谈天无论是由什么问题谈起,必会谈到战争,谈到了战争,也就是谈到生活,谈到了战争,已是百感交集,可是总还要存个最后胜利必属于我的希望。及至谈生活问题,可就谁也没有了主意,只是发愁。结果,就谈得不欢而散。这时吴先生提到了平价米将完,大家对于米价之逐月涨价,都是极大的苦恼,也就跟着讨论下去。这时,隔溪人行路上,有几个挑箩担的人过去。有人叹气说："下江人成千成万的进川,硬是把米吃贵了。"另一个道："那还用说?四川人百万壮丁去脚底下,打了几年国仗。我们硬是合了啥子标语上的话,'有钱出钱,有力出力',那倒公道咯。格老子,没有钱的人,出了力还要出钱。有钱的人,不出钱,也不出力。"原先那个人道："硬是这样。当绅粮的人,一年收几百担谷子,家里再没有人做官,硬是没得人敢惹他。谷子卖了钱,男的把皮鞋穿起来,洋装穿起,女的穿上旗袍,头发烫起,摩登儿红擦起,比上海来的下江人还要摩登,打国仗,关他们屁事。"这三个人说着话,慢慢走远,却让这三位教授听入了神。吴春圃点点头道:"这话非常公道,也十分现实,无可非议。"三个人继续地向这三人看去。这却有了新鲜事,把他们的目标移开,那袁太太带着一家人回来。小孩依然舞了棍子,口里唱着《义勇军进行曲》:"冒着敌人的炮火,前进,前进!"

甄先生笑道:"这是怎么回事?他们好像是打架得胜回朝?"李南泉道:"确乎如此。据刚才刘保长女人的报告,这也是桃色事件。袁夫人直捣香巢而归。"甄子明道:"什么?袁先生那种俭朴万分的人,也有桃色事件发生?"李南泉道:"那就关乎经济问题了。"大家议论着,袁太太已到了门口,李南泉便把她寄存的钥匙送了过去。看她的面色,却很是自然。而且她还表示了很从容的样子,向李南泉点了个头道:"天气还是这样热。李先生准备罢。刚才从街上经过,得了重庆的电话,又有消息了。"当年所谓的消息,与一切事情无关,就是敌人的飞机,有了向川地飞行的报告,凡是在交通便利的城市,先是看到市民忙着交头接耳,接着全街人一阵跑步,那就是有了消息的表现。后来有了挂警报球的制度,不必由机关透露出敌机的消息,索兴先挂红球告警。但挂红球以前,也是有敌机进窥的情形的,只是更难于证明敌机有袭重庆的企图而已。市民有了长久时间的经验,没有看到红球,倒是不跑,不过"有消息了"这一句话,见着熟人,必得转告诉给人家。否则有了消息都不告诉人家,那是最不友好的态度。李南泉笑道:"才晴了半天,敌机就来捣乱。这倒是和米价一样的逼人。"袁太太接了钥匙,已是走向她家的后门去开锁,听了这话,她就回过头来笑道:"李先生,你说的话,也不尽然吧?这社会上是什么样子情形的人都有。有人就在米价大涨的时候反是荒唐起来。米价和空袭都逼不到他的。"

李南泉听她的话音,就知道她是攻击她丈夫的。在这村子里,她和袁先生是一对功利主义的信徒。非常能合作。作邻居两三年并没有看到夫妻俩冲突过。不想她随在奚太太、石太太之后,也突然地变了。这牵涉到人家的家事,当然也就不好跟着说什么。只是微笑着点了点头。约莫是两小时,李先生把作的那篇寿序誊清了一张。正在校阅着笔误,却听到袁太太在窗子外叫了一声。抬头看去,不由得吓了一跳,原来她在很快的时间,已经变了一个人了。首先是她身上穿了一件花绸长衫。乃是红底小白花点子,虽然那衣服不是完全新式样,可是那两只袖子完全去掉了,长衫等于一件长背心。她本来是梳两条辫子以外,并没有在头上另翻花样。现在却是把头顶心里那片黑发,微微地烫了许多层波浪。而在额顶前面,还来了一弯刘海发。本来中年以上的妇人,头上还梳辫子,这是有点过分的装束。但是可这样解释,热天长发披在脑后,很是不舒服,打了辫子把头发规束起来,可以凉快些。至于前额梳刘海发,这可不能那样解释了。而且那件红衫,在这村子里,平常也很少人这样穿起来。警报期间,只有灰绿色是可以随便穿的。白的和红的,绝对为人家所禁止。刚才她说"有了消息",虽然警报球没有挂起,可能随时都会挂起来,她穿了这样一件颜色鲜明的衣服,那不是有心捣乱？同时,她那向不带颜色的胖脸,这时也抹上了两大片胭脂晕,眉毛画得长长的,像两只爱情之箭,插入了刘海发里面。

李南泉对于袁太太,还不十分熟识。虽然看到她这分奇异的装束,却不敢和她开玩笑,便起身相迎道:"有什么事见教吗？请屋里坐罢。"袁太太在她那木桶似的衣襟胁下,抽出一方紫色的手绢来,在脸腮上轻轻拂拭了两下,将手绢掩了嘴笑道:"没有别的事,还不是那房子。我们干亲家来信,他们不打算搬到这里来住了,让我们把房子转租别人。那末,我们也不能要李先生介绍的那位张玉峰先生久等。他若愿意搬来,就随便哪天搬来罢。房子就是这样算完工了。张先生若是不愿意搬来,我们也不能掐住人家的资本,张先生所付的那笔资本,我们愿原物奉还。"李南泉听到,心想,这是什么意思?人家房子不但没有住而且连什么样子也都没有看见过。现在毫无原故的,要人家退股,这情理未免欠通。他心里这样想,口里可就是没有把原故说出来,只是微笑着。所幸李太太和奚太太已一路走了回来。李太太手上提着菜篮子,另一只手拿了手绢擦着额头上的汗。到了走廊上,袁太太道:"李太太自己买菜回来?自己买的菜好,做出来是合口胃的。"她先放下了手上的篮子,然后向袁太太注视着,笑道:"我以为是我家又来了贵客了。"奚太太将手上带毛的扇子,远远地指点了袁太太笑道:"好漂亮的衣服,老远就看到这草屋檐下红了半边天。"袁太太提了手绢头,将手绢在空中使劲一摔,表示着不然的意思,笑道:"什么呀!这不过是战前的旧衣服翻出来试试罢了。不穿,放在箱子里也就变坏了。"

奚太太对于这个说法,非常之赞同。她拍了手道:"我就是这个见解。陈丝如烂草。我们这些衣服,老放在箱子里,不但是样子不入时,而且过久了,衣服也会烂了,再说,我们一年比一年老,等到抗战结束了,这些衣服,也许我们不能穿了。"李太太站在走廊中间,向两人看看,一位是红得像个红皮萝卜。一个周身蓝色,像只涂蓝油漆的自来水管子。便笑道:"你们还怕一年比一年老吗?我看起来如花似玉,还正在争奇斗艳的日子呢。你就看我们这位芳邻胸面前挂的花球罢。"说着,她向奚太太身上一指。原来草茉莉这种花,寿命非常之短。就是长在原枝上,它也只能维持一晚和一个早晨,现在把它摘下来,又用锅刷子上的竹丝给它穿编起更是不经事。奚太太要在街上表现这一身衣服,和李太太上了一趟菜市,在大太阳里一晒,花是萎了,颜色是退了,挂在胸前,像只旧了的胭脂扑儿,又像带红色的棉絮团子。这一指,把奚太太提醒了,低头看时,这花球实在不成样子,立刻把它扯着,丢到山沟里去。李太太笑道:"你这就不对了。凡是美人,都应该爱花。贾宝玉把花瓣送到清水沟里去。林黛玉都嫌他不仔细,得亲自把花埋了。你自己亲自佩戴的花球,又是亲手做的,你为什么扔了它?若是选举我们这村子里的皇后,就得在选票上扣你五分。美人的作风……"奚太太捏了个拳头,举将起来,笑道:"老李,你再把话幽默我,我就要揍你了。"袁太太从中叹了口气道:"其实,我们都不爱美。"

李太太笑道:"我这话并不冤枉的。哪个女人都愿意自己作个美人。袁太太为什么发感慨?"她笑道:"说句现成的话,我们这是未能免俗。假如环境可以让我们不俗,我们也落得高雅些。"李太太因为要送菜篮子到厨房里去,却没有追问她环境为什么要她未能免俗。奚太太却引她为新同志,笑道:"袁太太,到我们家坐一会儿吗?我上次曾请教袁先生,供给我许多法律知识。我也希望你指示我一些法律上的问题。"袁太太一扭头道:"你不要听我们袁先生的话。他自然有一肚子法律知识。可是他这套法律,只能编成讲义,到学校里去教学生。你要他实际引用,那是一团糟。他自己就常常落到法律条文的圈子里去。"李南泉望了她道:"这话怎样解释?"袁太太顿了一顿,笑道:"我也没有法子解释。"她似乎觉得自己失言,拉了奚太太一只手道:"你到我们家去坐坐罢。我有话和你说。"奚太太很欢迎她这个约会。于是一胖一瘦,一红一蓝,两个典型式的太太携手而去。这时,袁家的孩子们,又在开留声机,而且还是那张唯一可听得出来的片子,《洋人大笑》。隔着山溪,发出那带沙沙的笑声,哈哈呵呵,闹成一片。这象征着孩子们必在高兴头上。于是走到廊子的尽

第二十三章  未能免俗 | 595

头,向那边张望了去。见孩子们手上,有的拿着糯米糖,有的拿了把花生米,口里不停地咀嚼着。那个五岁的孩子向一个大孩子道:"我们明天还去打那个女人吗?打了回来,妈妈还给吃的。"

李南泉看了那孩子,将手招招,意思是想他们走了过来,好问他们是什么事高兴。那个吃米糖的孩子,将糖举了起来,向他噘了嘴道:"你想吃我的糖吗?我可不来。"李南泉笑道:"你不来就不来吧。你们到哪里去了?买了这些吃的回来。"那孩子道:"妈妈带我们去打那个骚女人。打赢了回来,我妈妈劳军。"李南泉道:"你们怎样打的?"小孩子笑道:"硬是打得热闹。我们把那屋子里的家私都打烂了,那个骚女人和爸爸都逃了。我拿了棍子,打烂桌上两只碗。我看到那桌上有几只碗,拿了棍子一扫。"说着,他将拿米糖的手,在栏干上作个扫的姿势。这一下不小心,把手上的米糖,落到山沟里去了。他见这东西丢掉了,"哇"的一声哭了起来。袁太太在屋子里叫道:"你这是怎么回事?"说着,跑了出来。这时,她已不穿红绸衣服了,上身穿了件白布背心,下身穿了绿短裤衩。这在最热的天气,闲居家里的太太,这样的装束,也是常事,倒并没有什么奇怪。令人触目惊心的,却是她将两张纸,贴在胸前背后,上面写着"重庆",并有三个阿拉伯数码——264。这分明是个运动员上运动场的姿势,为什么这样,这也是未能免俗吗?他正注意着,袁太太一抬头看到了隔溪有人,红了脸笑道:"奚太太高兴起来,要我跟她练运动,索兴连运动衣都穿起来了。她说学什么就要像什么。"

李南泉笑道:"我知道,袁太太是减肥运动。我当年为了长得胖的时候,也曾打过太极拳。为了精神贯注,穿起运动衣来,那是非常之对的。"他虽然是这样说了,袁太太究竟不好意思。红着脸进屋子去了。李南泉站在走廊上,为这事出了一会神。这时那丛竹子上,有只秋蝉,正"吱喳吱喳"不断地叫。竹子下有只大雄鸡,雪白的毛,不带一点杂色。头上戴个红冠子,正好相配。偏了头,把一只眼睛向竹子上望着。它那意思,好像是说,你是什么小东西,敢在我头上叫着?于是有几只母鸡,围绕在身边来。那白公鸡斜着身子,弹了两只腿,向母鸡身边靠着。它口里"叽咕叽咕"叫着。那样子,正是它对秋蝉的反面,要对母鸡,卖弄它一身白毛,和那个鲜红的冠子。他又想到,人家说秋蝉的声音是凄惨的,殊不知它也是正在得意。它正是弹了它的翅膀,向雌虫去求爱。世界上只有人和一切动物相反。是女人要美丽去求男人的爱。女人若不美丽,就没有法子控制男人。男人算是和一切动物报复了,他是要女人向他表现美丽的。不像那只大雄鸡去和母鸡表示美丽。假如男人也像大雄鸡一样,必然是人人都得装成戏台上的梅兰芳,那倒是太有趣味了。他想到这有趣的地方,禁不住"嗤嗤"笑了起来。李太太在屋子里看到,叫道:"你怎么了?一个人对了竹子发笑。"

李南泉笑道:"我为什么笑?我笑这宇宙之间,说什么就有什么。俗语说的返老还童,那倒是真有其事。"李太太道:"你又看见什么了?发这妙论。"李南泉走到家里,悄悄地把所看到的事说了一遍。李太太笑道:"真是事情出乎意料。要说老奚这个人,有点半神经,可以弄成现在这副形象。石太太自负是个妇运健将,就不应当突然摩登起来。至于袁太太那样腰大十围,怎样美得起来?"李南泉笑道:"有志者事竟成,她那大肚囊子,被她一饿二运动,至少是小了一半。"李太太笑道:"还有第三,你不知道呢,她那肚子是把带子活勒小的。我真不懂,为什么那样要美?美了又怎么样?"李南泉道:"你要到了那种境遇,你就知道人为什么要美了。"李太太道:"我决不要美。"她只交代了这几个字。有人叫道:"老李呀,到我家里去吃午饭罢。我家来了女客,请你作陪。"李南泉向外看时,是那位石正山太太。今天换了一件黑拷绸长衫,不是花的了。不过这件黑拷绸长衫,黑得发亮,像是上面抹了一层蜡。这是当年重庆市上最摩登的夏装了。穿这种衣服的人,以白皮肤的人最为适宜。衣服没有袖子,露出两只光膀子。下襟短短的,露出两条光腿。石太太就是这样做的。而且为了黑白分明一点,她赤脚穿了双白皮鞋。李太太笑道:"呵!真美。我忙了一上午,你等我洗把脸,拢拢头发罢。"说着,望了李先生笑道:"我这可不是要美。"

李南泉笑道:"哪个男人,也希望他太太长得美一点。我对此事,并无拖你后腿之意。"他们说着话,石太太也就走近了。她听到李先生的话,就在门口笑道:"谁来拖谁的后腿?"李太太笑道:"我说石太太近来美丽极了。真是那话,'女大十八变'。"石太太伸起手来,遥遥地要作打人的样子,笑道:"作兴这样骂人的吗?"李太太笑道:"你不要忙,让我解释这句话,我以为南泉一定会问我,我为什么就不变呢?"说着,牵着石太太的拷绸长衫下襟,弯着腰看着,笑道:"这实在不错。是新买的料子了。"她笑道:"我钱在手,为什么不化一点呢?以前我是错误,养了一个贼在家里害我。我家的石正山,简直是无法批评的人,说他的中国书,在家乡读过私塾。说他的外国书,在外洋多年。你看,他会在家里做出这种丑事来。"李南泉笑道:"石太太,你又何必看得这样重大。石先生也不过是未能免俗而已。"石太太一摇头道:"不行,这个俗,一定要免。"她那大圆脸,本来是浓浓地抹了两腮的胭脂,这时,却是红上加红,那是有点生气了,李南泉就没有跟着说下去,抬头望了窗子外道:"今日天气很好,恐怕有警报吧?"说着,就搭讪着走到廊子下面去了。石太太在那里看守着李太太化过装,换过衣服,手拉着手就走出去。她们经过走廊下的时候,并未和李先生打招呼,嘻嘻哈哈,笑着走去,李先生看了这两个人的后影,只是摇头微笑。

李南泉站着出了一会神,自有许多感慨。回到屋子里,见书桌上纸笔还是展开着,于是提起笔来,在白纸上写了一首打油诗:"放眼谁民主?邻家比自由。夫人争试验,聚赌又抽头。"写完了,高声朗诵了两遍,廊子外有人接嘴道:"李先生,你怎么谈这样的新鲜字眼,也不怕犯禁律?"看时,是那位刘副官来了。他左手提着一只酒瓶子,又是一只大荷叶包。看那荷叶上油汁淋淋的,可想里面装的是油鸡卤肉之类的下酒菜。右手拿了根云南藤的手杖。他今天的打扮也不同:穿了一套灰色拍力司的西装,戴着白色的盔形帽,真有点绅士派头。李南泉立刻起身相迎道:"我是久候台光了。这篇序文,昨夜就已经作完。因为自己看着不大如意,今日早起,又重新作了一篇。怕老兄来了,交不出卷子,那可是笑话,因之我化了些本钱,将文字赶起来。"刘副官道:"你化什么本钱呢?"李南泉道:"香烟和茶叶,这都是提神的。"说着,在抽屉里将那张誊清了的寿序稿子交给他。刘副官看到是李先生亲笔写的字,首先点头说了两个"好"字,把稿子向西服口袋里一揣。看到书桌上行书写的那首打油诗,字大如钱。就摇摇头道:"老夫子,你怎么也谈民主?这是摩登字眼,也是骗人的字眼。他妈的,干脆,我只要挣钱发财,管它什么主义不主义!"

李南泉笑道:"你又不做官,你怕什么民主不民主?"刘副官道:"我虽然不作官,我们院长是个大官。口里乱说民主的人,就反对我们院长。老实说,反对我们院长,那就是打碎我们的饭碗。"李南泉道:"老兄一趟昆明,就赚钱无数。你当这个副官,根本是挂个名,你为什么放在心上?我有个朋友,在省政府里当秘书,他就写信问我,为什么不到昆明去玩玩?"刘副官把手上的东西,全都放在茶几上,然后拍着两手,大叫一声道:"这是好机会。"这还不算,他又将帽子揭了下来,笑道:"李先生没事吗?我得和你谈谈。来支好烟。"说着,在衣袋里掏出烟盒子来,反向主人敬烟。他吸着烟,使劲喷出烟来,烟在半空里射出几尺长的箭头子,笑道:"若是云南省府有熟人,那是天字第一号的发财机会。得着一封八行,不但过关过卡,可以省了许多钱,省了许多手续,而且要在昆明买什么东西,都可以找到路子。由重庆带了东西到昆明去,也可以免掉许多地方的检查。你若是愿意去,我陪你走一次,川资不成问题,我和你筹划。你愿坐飞机或者走公路车子,我全可以买到票。"李南泉笑道:"要说对我们这条路线,感到兴趣,或者有之。你院长手下的副官,有中央来人的身分,还要借重地方政府吗?"他笑道:"云南的局面,你还不知道吗?你真是个书呆子,有朋友在云南政府当秘书,你不去昆明,你在这里穷耗着,可惜可惜!"

李南泉笑道:"不会作生意的人,那总是不会作生意的。现在慢说让我去昆明,我没有办法,你就是让我去黄金岛,见了满地的金,我照样发愁。因为我实在不明白怎样去利用它。"刘副官对主人看看,又对这主人的屋子四周看看,笑道:"唉!你老夫子,实在可以说是安贫乐道。既是这样想法,那就没法子和你说什么了。你不是提到黄金吗?这也就是生意。昆明的黄金,现在比重庆的价钱高,由重庆带了金子到昆明去卖掉,这就大赚其钱。昆明的卢比,比重庆的便宜,你把赚的钱,在昆明买了卢比回来,到了重庆,又可以赚他一笔。带这类东西,还不用你吃力,揣在身上就行。"李南泉笑道:"你说得这样简单,在重庆,到哪里去买金子?在昆明,哪里买卢比,我也全不知道。难道满街去问人吗?"刘副官昂起头长长叹了口气道:"中国就是你们这些念书的人没有办法。"说着,把帽子戴起来,提起酒瓶和荷叶包,就要走去,可是他忽然想起一件事来,然后又把东西放下,向主人笑道:"大概在两个星期以后,我又要到昆明去一趟,你能不能够写一封介绍信,让我认识认识那位秘书?"李南泉道:"朋友介绍朋友,这没有什么不可以。不过在信上,我不便介绍你是作生意的。"刘副官笑道:"那是当然,我不是院长公馆里一名副官吗?我也不能挂出作生意的幌子。我到了昆明,还是见机行事。"说着,伸出手来,紧紧地握着主人的手,连连摇撼了一阵,笑道:"我拜你作老师,我拜你作老师!"说着,还再三邀李南泉到他家去细谈。

李南泉笑道:"你拜我作老师,你跟我学什么呢?学着我假如有黄金在手上的话,我不知道到哪里去卖?"刘副官点点头笑道:"可不就是这样。因为我太会买会卖了,反是感到许多不方便。"李南泉笑道:"奇谈!会买会卖,反有许多不方便?"刘副官已是把帽子戴起来,将东西提着,作个要走的样子。这就回转身来向他笑道:"这当然是很奇怪。可是说破了,就一点也不奇怪。因为我们总是在外面跑,不发财也带上一种发财的样子,很是让人注意。我们养成了一个坏习惯,有钱在手,就是胡用胡化,你让我们装成那穷样子,可装不出来。没有穷样子,在这抗战期间,那不是好现象。我们住家,又住在这山窝子里,仔细人家吃大户。"李南泉笑道:"你说教人有好本领,我不会。教人作书呆子,我有这点长处,保证作到。"他说着话,将客送到走廊外。刘副官已是走上过山溪的木桥了。他突然又跑回来,低声笑道:"你那位女学生,接受了你的劝告没有?你也是教她作书呆子吗?"李南泉道:"哪个女学生?"刘副官周围看了一看笑道:"你又装傻了。听说杨艳华红鸾星照命,婚姻动了。她和她母亲闹着别扭,不肯嫁。那个茶叶公司的小伙子,风雨无阻,天天向她们家跑。她母亲不是还要你劝劝她吗?"李南泉笑道:"事诚有之。可是人家婚姻大事,我一个事外之人,劝她作什么?"刘副官将酒瓶提起来,高举过了肩膀,笑道:"来,到我家去喝几杯,我和你谈谈这件事。我比什么人都明白。你不劝她,我非常的赞成。"

李南泉看他这副情形,就知道他是什么用意。虽然向他点两点头,当然没有打算去赴约。过了十来分钟,刘副官就派了个小孩子来请,而且还拿了他一张名片来。在名字上面,添着"后学"两个字。在抗战的大后方,纸张已是宝贵的东西。像印名片的洋纸,那价值很是可观的。许多提倡节约的人,收了人家的名片,总是给人家退回去,让人家再用第二次。李先生也有这个习惯。但这张名片,上面已另添了两个字,退回去也已无用。拿了名片,在手上想了一想,于是将名片的反面,楷书了自己的名字,也在名字头上,附添了"愚弟"二字。这就交给那孩子道:"对刘副官说,我在家里等城里来的一个朋友,商量门口这所房子的事情。这事情刘副官也晓得的,你一提他就明白了。"那小孩子举着那张名片向回家路上走,正好邻居吴先生缓缓地走回来。他后面跟着两个孩子,将一根竹棍子,抬了一只斗大的木桶。吴先生左右两手,提着两只大瓦壶。他走在门外桥头上,等后面抬小桶的两个孩子,把瓦壶就放在地上。正好一弯腰,看到那张名片,便笑着"咦"了一声,在小孩子手上接过名片看了一看。因见李南泉站在走廊上,点个头笑道:"老兄想入非非,节约更进一步,许多人利用朋友来信的信封,翻个面写了再寄出去,这已经够程度了。你竟利用到了朋友的名片。"李南泉笑道:"你看,那样好的东西,背面是空白,岂不可惜。"

吴春圃道:"本来这种卡片是多余的。在抗战期间,我们还要什么排场?试用一张草纸,写着自己的名字,人家也不会见笑。"李南泉道:"我连草纸也不用。到什么地方,我也不用名片。"吴春圃笑道:"你节约得不彻底。我是任什么要报门而进的地方,我都不去。朋友介绍的地方,我的口就是名片。自我介绍,报告姓名,我就说口天吴,春夏秋冬的春,花圃的圃。山东济南府历城县人氏。"说着,他来了句戏词:"家住山东历城县。"

李南泉笑道:"吴先生真是乐天派。"这时,吴家两个孩子,已经抬了那只木桶过去,原来里面装的是水。他就指着木桶道:"学校里的校工,这两个月又在怠工,不肯送水了。若是临时抓人送水,这价钱是可观的。为了和平抵抗,我就采取了甘地的精神,自己带了孩子们去舀水。除了孩子们的一小桶,我还自己提上两小壶。这样,我一天有三、四次跑,就连煮饭和洗衣服的水都有了。这也可以说斯文扫地之一。"李南泉笑道:"老兄,你这精神是够伟大,我非常之佩服。不过身体是太苦了。我们要笔杆儿的,根本就没有力气可言,再加上营养不够。这条身子,就有点支持不住,若是再找些柴米油盐的事,加重我们这条身子的疲劳负担,来个竭泽而渔的手腕,把这条身子弄得油干火净,将来抗战结束,连回家的一条穷命都没有了,这是不是合算,也很可考虑吧?"

吴先生笑道:"人身是贱骨头,越磨炼他就越结实。水呢,倒不要紧,这两天的校米没有发下来,我全是在朋友家里借米来吃。谁家有富余的米?老借人家的米,这也不是办法。"说着,他家的两个孩子,全走了过来,每个人提着一瓦壶水走了。吴先生也不拦他们,继续向李南泉说话。他笑道:"我不怕饿,不怕渴,更不怕累,我就是不愿精神受痛苦。现在社会把我们当先生的人,看成什么材料了?什么都不给也罢了,瞧着我们穿了这一身破烂,好像我们身上有传染病,远远地离着我们。掏出钱来买东西,多还一声价钱,他脸上那分难看,就不能形容了。"说着,又唱了一句摇板:"好汉无钱到处难。"他唱时,还摇着脑袋。李南泉笑道:"吴先生今天和《卖马》干上了。"他笑道:"我现在还不是被困天堂县的秦叔宝吗?我正打算把我一套测量仪器卖了它。可是拿出来看看,我觉得仪器上画的每一个度数,都有我的心血在里面,实在舍不得……"他正要向下说,吴太太在身后插言道:"俺说,伲又拉呱拉上了。那一小桶带两壶水,够

第二十三章 未能免俗 | 603

作什么用的,俺还去掮两桶水来是正理。站在这里念穷经,天上会掉下馅儿饼来咱过日子?"说时,她正用一只大竹筛子,端了平价米出来。米是黄黄的,谷子占有百分之二十的成分,掺杂在米里。她将两只青布褂子的袖口,卷得高高的,正是有个筛米的样子。

李南泉道:"吴太太还有这分能耐。"她两手端了筛子,站在廊檐下,伸手将筛子播弄着。那米在筛子里打着旋转,所有米里掺杂的谷子,都旋转到一处。然后她放下筛子,将那谷子抓起来,放到窗户台上。她笑答道:"俺哪里会这个。当年在济南的时候,也下乡去瞧过几次,看到庄稼人是这样筛,咱就学来了。学是学来了,也不过好玩,现在咱就用得着了。俺说,打日本鬼子,还有完没完啦?咱这苦哪年熬出头?"李南泉道:"这倒是件没法子答复的事。幸是吴太太有这种手艺,吃起饭来,不用挑谷子。我对于这事,都十分苦恼。带了谷子吃下去,怕得盲肠炎。要一面吃饭,一面挑谷子,把碗里谷子挑完,桌上的饭菜,完全凉了。这生活真没法子形容。可是也有人认为这日子是好过的,化装的化装,打牌的打牌。"他说到这里,那边路上,有人插言道:"李先生,不作兴这个样子,太太不在家,你就在邻居面前胡乱批评,这非常之不民主。"山溪那边,隔了一丛竹子,看不到人影。可是听那口音,知道是下江太太,这就笑道:"这是事实,也不算叛逆大众吧?"说到这里,下江太太由竹林子里出来了。她今天也换了一身装束。上面穿的是翻领子白衬衫,下面系一条黑绸短裙子,成了个女学生打扮。裙子下面光着两条腿,穿了白色皮鞋。而且她真能配合这装束,手里还拿了个大书包。

李先生笑道:"下江太太,不,胡太太。你若是不嫌我冒昧的话,我有一个字的批评奉送。"下江太太站在路头上,向他望了笑道:"你就批评罢,我是愿意接受朋友的批评的。"李南泉道:"胡太太是到过北平的。北平人对于十分美好而又不是'美好'可以形容的,叫着'劲儿'。这'劲儿'两个字拼音,念成一个字。现在对于胡太太这番装束,我也打算用这个'劲儿'两个字来拼音,恭赞你一番。"下江太太笑得将身子一扭,将一个手指指了他,连连地指点了几下。李南泉道:"下来坐一会罢。"她笑道:"你太太不在家,叫我下来,这是什么意思?"她说着,只管拿起书包向李先生指点着。李南泉本来是一句客气话。经她这样一说,臊得满脸通红,捧着拳头,连连作揖道:"言重言重。"下江太太笑道:"盐重,多掺一点儿水罢。我要看牌去了。"说着,她也自行走去。吴太太在走廊上筛着米,低声问道:"这位太太,还上学念书哪?"李南泉笑道:"她有工夫还多摸两圈呢,念什么书。"说着把声音低了一低道:"这位太太满口新名词,却是识字无多,她认为这是生平莫大的憾事。真的要她补习补习,她又耐不下那个性子去。所以她兴来,就全身打扮女学生的装束,聊以解恨。"本来这种学生装束,还是战前高小和初中的学生打扮,大概她也最憧憬着这个时代,所以并不装出一个大学生的样子来。吴先生叹口气道:"这年头儿什么花样都有。"

甄先生在廊沿那头,笑着答道:"可不就是这样,这年头什么玩艺儿都有,各位。看我在干什么!"李吴两个人看时,见他将一块赶面板放在凳子上。面板上堆了很多的干面粉。甄先生将一只矮竹凳子放在那面板面前。他俯了身子坐着,鼻梁上架起了大框眼镜,手上拿了个小镊子,只管在面板上钳了东西向地下扔。他这脚边上,有两只鸡,脖子一伸一缩,在地面上啄甄先生扔下来的东西。李南泉问道:"甄先生,你这是什么意思?"他两手取下鼻梁上的眼镜,放在面板上,然后叹口气笑道:"我这和吴太太用筛子筛米,有异曲同工之妙。我那机关在大轰炸以后,已经无法在重庆城里生存。前几天疏散到乡下去了。为了路远,我实在不能跟着去。自请放在遣散之列。于是机关里给了我两个月的遣散费和两个月应得的粮食。这粮食有米也有面。面本来坏。只为了日子多一点,既有点气味,而且里面还生有虫子。让我把虫子在粉里和面,明知吃了也不会毒死人的,可是心理作用,作了任何面食,我都吃不下去。这粉里的虫子,我不知道有什么法子可以把它爬剔了出去。只得把粉给它分了开来,用手和镊子,双管齐下,把虫子挑选出来。好在这虫子是黑的,虽然它的体积小,可是用镊子一个个地摘出来,那事情实在是大大容易的。"吴春圃笑道:"此甄先生所以为南方人也。在我们北方人是认为没有什么问题的。"

甄子明笑道:"有什么良好的办法呢?若是一袋粉,全用筛子过滤,那是太麻烦的。"吴春圃笑道:"这办法非常简单,你摊开粉来在太阳里一晒,所有的虫子,自然就飞的飞,爬的爬,完全离开面粉了。"甄子明道:"这也许是可以办到的。不过万一太阳大了,将虫子晒死在面粉里呢?"吴春圃笑道:"那不会的,以我们人来打比,在大太阳里晒着,你能够不走开吗?"甄先生站起,抱了个拳头,向吴先生连连拱了两下,笑道:"受教良多,若不经你这番提醒,我家里还有两袋多面,天天让我挑虫子,这困苦的工作,那可不知道要出多少汗。抗战以来,关于日用生活的常识,我实增加得多了。"三人一谈到生活问题,情绪立刻感到紧张,这就三个人站在一处,继续向下谈着。总有一小时,还不曾间断。又有人在竹林子外面,嘻嘻哈哈笑着道:"不要见笑,这是未能免俗的举动。现在谁也谈不上高雅,只有从俗,俗得和所有的老百姓一样,这才算是民主。民主就是俗啊。"这声音说得非常的尖锐,不免引得三个人都向那边看着。原来这又是奚太太发生了事故。她身上还是穿起那件蓝绸长衫,似乎在袁家作的室内运动,已经告一段落了。她左手提了一串纸银锭,右手拿了一把佛香,恭恭敬敬地举着,像是到什么地方去敬佛爷似的。她所谓未能免俗,大概就是这一点吧?李南泉对她这行为,尤其感到有趣。在一小时内,她竟变成两个时代的人了。

奚太太虽是在那边路上走着,她对于这里三位谈话的先生,却是相当注意。她看到李南泉那种含笑不言的样子,就把右手拿着的佛香交到左手,腾出右手来,老远地向他招了两招,笑道:"李先生,怎么?你对我这个作风,有什么批评呢?"李南泉道:"不敢不敢。"她笑道:"你不说出来,我也明白。你必定心里这样想,奚太太那样一种思想前进的人,为什么还拿着这迷信的东西呢?可是我这是有原因的。一个人到了中年以后,必定要有一种宗教的信仰,精神才有所寄托。我觉得我也当有一种精神上的寄托才对。"李南泉道:"你这话根本不合逻辑。"奚太太一听到他说出这样严重的批评,脸色就是一变,瞪了眼道:"怎么会不合逻辑呢?"他笑道:"你说中年以后,应当有精神上的寄托才好。我也很赞成的。可是你不但没有到中年以后,你根本还赶不上中年,怎么还说这暮气沉沉的话呢?以前我就有这么一个感想,老远看着你,我以为是由这里来了一位十八岁的摩登小姐呢,你不要妄自菲薄呀。"奚太太立刻笑了,笑得两道眉毛弯着,让隔了二十丈之远的李先生,全看得清清楚楚。她抬起手来,在鼻子尖上,横着抬了一下,笑道:"我们这样的老朋友,开什么玩笑。"李南泉道:"我说的话你若不相信,你可以问问甄吴两位芳邻,我这话是否属实?"奚太太听了这话,非常高兴,径直向走廊上走来,伸了颈脖子,笑着问道:"二位先生,我真的看不出来是中年人吗?"

她在远处,还只是看到她满脸的胭脂粉而已。及至走近了,就把原形露出来了。大概是粉擦多了,而汗也流得不少,于是,这张粉脸,就像湖南的湘妃竹,左一块斑,右一块斑。尤其是那个嘴圈子,左右上下,泛出个黄色的圈子。那样子实在是不怎么好看。但她自己并没有什么感觉,拿了那佛香和纸锭,慢慢走近前来。向李南泉道:"谁都愿意看出去年轻,女人更是这样。不过我的想法,还有不同之处,就是在抗战的期间,什么人都把身体拖得疲苦不堪了。我假如也是这样,我就当考虑,怎样把身体修养好来,经过这个严重艰苦的阶段。若是我身体果然看出去年轻呢,我心里先落下一块石头,我也有我的打算。究竟是不是年轻,自己看镜子是没有用的。因为自己哪一天也看镜子,天天看镜子,是不会有什么比较,所以朋友对我的观感,那是客观的,应该是靠得住。所以我要问三位先生,是不是真的?"吴甄李三人这又异口同声道:"真的真的!"她听到这个说法,闪动了嘴上那个黄嘴圈子,闪动了身子格格地笑。李南泉道:"我们还是谈到本题,你怎么突然信仰起菩萨来了?看你这样子,那是到庙里去进香的样子。"奚太太道:"我听到说过,山后仙女庙的仙女,非常的灵验,我倒要去试验试验。"吴春圃道:"你怎样试验呢?菩萨也不像一瓶药水,可以拿到化学室里去化验的。"吴太太还在筛米,她就插嘴道:"俺说呀,你也不怕罪过!"

吴春圃笑道:"奚太太,你也当请俺太太加入你们太太群。论起敬菩萨这一类的事,那只有她在行,由买香烛到进庙磕头,吃花斋,吃长斋,什么菩萨管什么事,她全在行。"吴太太笑道:"吃斋念佛这是好事,这个伲也笑俺吗?"吴春圃笑道:"不是说你内行来着吗?可是俺也不外行。咱应当敬马王爷,马王爷三只眼,专管咱事。"李南泉听了他这话,呵呵大笑。李太太刚是由外面回来,将近走廊,也是缓缓地移着步子,听他们同奚太太开玩笑,听到吴先生说"敬马王爷"这句话,也是"嗤嗤"笑着,向屋子里一钻。其余的人,莫名其妙,都向吴先生瞪了眼望着。他笑道:"这也不值得这样大笑。这是北方'老妈妈大全'上摘下来的一句话。说是别的菩萨两只眼,管事有限。马王爷三只眼,中间那只眼,在额头顶上长着,和鼻子一条线,那眼专看着人家庭闹纠纷。所以老戏里《双摇会》那出戏,大奶奶、二奶奶闹别扭的时候,就向空祷告马王爷了。"吴太太对于戏剧也是个外行,见吴先生这样有源有本地说着,便正了颜色道:"不要拿佛爷开玩笑,行不行呢?这罪过俺受不了。"奚太太站在旁边看这样子,又像不是什么撒谎的事了,这就向吴太太问道:"真有马王神吗?"吴太太点点头道:"怎么没有?俺济南还有马王庙,庙大着呢。"奚太太道:"他是三只眼吗?"吴太太一摆头道:"对佛爷不要那样称呼,要说他老人家。马王爷是有三只眼。"奚太太道:"马王爷专管女人的事吗?"

甄子明先生是不大和奚太太开玩笑的。这时他看到她对吴先生的话非常相信,也就笑道:"我对这事,实在太外行。原来我在各地看到马王庙的匾额,总以为这像火神庙管火,雷祖庙管雷一样,马王必是管马的呢。原来这位佛爷倒是管人事的。"奚太太望了他道:"甄先生也看到马王庙?重庆有吗?"他笑道:"重庆有没有我不知道,不过这也是相当普遍的一尊神,可能各处都有。奚太太是不是要亲自到这庙里去进香?"她把手上的佛香,举了一举,笑道:"这个我是预备敬仙女庙的仙女。今天是来不及去马王庙了。"吴春圃道:"敬佛爷,心香为上。怎么叫做心香呢?就是心里已经决定了去敬这佛爷了。佛爷都是前知五百年后知五百年的。你有了这个心,他老早就受了你这番感的。不去都行。若是心里并不是诚心敬神,假装进香到庙里去混上一起,那反是大罪。"奚太太笑道:"哪里有假装到庙里去敬香的呢?"吴春圃道:"奚太太,你算是幸运,没有赶上那个时代。当年专制家庭,妇女就不能无事出门。当年的妇女,又没有朋友,只有亲戚家里可走。到亲戚家也必得有点原故。至于小姐们,就是亲戚家也不能去。简单地说罢,小姐们是在家庭里坐牢的。人总是人,男人们成天在外跑，女人怎不羡慕。于是就在走亲戚以外，想到一个出门的好理由，就是进庙焚香。这个理由，任何顽固的父母公婆全不能反对。哪里知道，这就是个漏洞，许多小姐们就在佛殿上去会她要见的白面书生。你说这敬神不是假的吗？"

奚太太撇着嘴，将下巴连连地点上了两下，笑道："你们这话，挖苦得旧式女子没有道理。旧式女子，都是迷信很大的，她们怎敢在庙里作这样非法的事？"吴太太笑道："那倒是真的。旧式家庭，真讲规矩的，连大姑娘进庙烧香，也是不许的。不过大家都是这样，做姑娘的人，也没有什么稀奇的。我们老一辈子，不也是都活着吗？"奚太太是很相信吴太太的，听了这话，她站着出了一会神，笑问道："那末，像这一类找爱人的，到马王庙去烧香，是最好不过的了。我们杭州西湖，有个月下老人祠。因为那里是说明了管人家婚姻的，闹得女人倒不好意思去。我想马王神既是专管人家庭纠纷的，哪个女人要到马王庙去敬香，就是告诉人她家里有了纠纷了，那倒反而不好。"李南泉笑道："这个你倒不必和那些女人操心，她们在家里预备好了香神，猪头三牲，向空一拜，口里念念有词，说着马王爷，我求求你了。神的感觉最是敏捷，比无线电还要快，马王神他立刻知道是谁在敬他。他若对人表示好感，立刻就腾云驾雾，前来消受香烟。至于男子们更是不会错敬了别的神，他用一张黄表纸，恭楷写了马王大帝之神位，供在桌案上，清清楚楚是敬马王神，也就没有别的散神来受香烟了。"奚太太道："我不会写楷书怎么办？"李南泉道："奚太太要敬马王神，这件事我可以代劳。"奚太太摇着头道："我敬他……不，他老人家。我，哦，对佛爷是不许说谎的。我这里一说话，无线电打过去了。我倒是不敢否认。"她"嗤嗤"地笑了。

李南泉笑道："这是真话，孔夫子这个人，你不能说他是迷信分子了，他就说过祭神如神在。若是心里要敬这尊神，那就要把他当作一位有威严的活人坐在面前。奚太太打算敬马王爷，那就当心口如一，不能随便开玩笑的。神就是这样，你不信他，他不怪你，这是各人的自由。你若是信了他，那就把他当作时刻都在头上。俗言道得好，举头三尺有神明，也许我们在这里说马王爷，马王爷就在这头上。"他说着这话，伸手向头顶心里直着一指。奚太太随了他这手指向头上看去，恰好有一朵白云，凝结在半天空里。那白云是多边形的，而且又很有层次。奚太太看时，很像那道士给人念经，挂的神似的。有个神人穿甲顶盔，手里拿了一柄大刀，骑在白马上。她心里想着，这莫非就是马王爷？马王爷有三只眼，看这云里的像是不是三只眼？她这样想着，看那云头幻成的神像，果然是三只眼。她倒觉心里有股凉气，直透顶门心，情不自禁地，把手里拿的佛香，高高举起，向白云作了三个男子揖。而且她还怕别人不知道，连说"马王爷来了"。别人罢了，吴太太看到她触了电似的，要相信，就得向空中敬礼，有点儿不好意思，不相信又看到她那诚惶诚恐的样子，好像有神附体。不敬礼，也怕得罪了神佛。她手扶了走廊的柱子，呆呆地望了奚太太，作声不得。吴、李、甄三位先生，三人六目相视，都忍住了笑。正不知怎样是好。可是奚太太给他们解了围，掉转头就跑。

吴春圃对她的后影望着，不觉发了呆，笑问道："这又是怎么回事？"李南泉道："你别忙，可以正视她的发展。"大家带着一分笑容，向她注视着。果然，不到一会儿，她就搬了一个茶几在廊檐下，接着就是两个大萝卜，一大碗米，随后把她家预备的腊肉腊鱼，也搬了出来，放在茶几上。她将两支蜡烛，插在两个萝卜上，将几根佛香插在米碗里，抢忙着擦了火柴，把香烛点起。他们家的周嫂，捉了一只活雄鸡来。两只腿和翅膀，都是用大粗草绳子，紧紧缚住，那雄鸡挣扎着颤动了身体，咯咯乱叫。奚太太手上拿了一柄雪白发亮的剪子,就在鸡冠上一剪。立刻,红血点点滴滴地向地面上流着。她在茶几下面,抢着拿出一只杯子来,将鸡冠血接住了,两手捧着高高一举,向天空作个敬献的姿态。然后把它在腊肉、腊鱼中间放下。她又将插在米碗里的佛香提了起来,两手十指交叉地捧着,对天空高高三举,再插进米碗里去。那样子看来,实在也够得上李先生转述孔夫子的话,"祭神如神在"。这时,周嫂自然是走开了。那只剪了冠子的雄鸡,她们并没有给它治痊伤痕,就把它扔在地上。这时,经它过度的挣扎,缚着翅膀的草绳子已经挣扎脱了。两只翅膀松了绑来,它就有了武器,使劲一张,飞了起来。鸡的身体重,加之两只脚被缚着,飞起来不多高,立刻就向奚太太摆的香案上一冲,把香烛一齐打倒。

奚太太要伸手去扶那香烛时,雄鸡在茶几上又是一跳,而且张着两只翅膀,"呱呱"乱叫,向奚太太脸上直扑过来。奚太太虽然"呀"的一声,将身体让开了,但这只鸡却已扑到她肩膀上。翅膀上的硬毛,在她脸上重重地刷刺了一下。奚太太身子倒退着,也是"哇哇"乱叫。同时,伸了两手,打那雄鸡。那雄鸡被她打得惊了,更是乱飞乱跳乱叫,把茶几打翻,米碗砸在地上,撒了满地的白米。两个萝葡带着蜡烛,在地面上滚着,直滚到屋檐下干沟里去,把沟里长草燃着,直冒青烟。那供马王的腊鱼腊肉,也都滚到屋檐的滴水沟里,沾着许多烂泥。奚太太退到自己房门口,将手扶了自己的头发,睁了眼骂着鸡道:"该死的东西,把什么东西都弄得这样稀糟。早一刀把你杀了,省掉多少事。周嫂哪里去了?还不把这鸡捉了去。"那只雄鸡飞跳了一阵,恐怕也是太累了,伏在走廊的柱子下,一点不动。只是偏着头,将一只眼睛向奚太太看着。奚太太大怒,走向前,对雄鸡一脚尖踢了去。她穿的是高跟黑皮鞋,底子是相当的坚硬。一脚尖踢去,不偏不斜,踢在那鸡的胸部,雄鸡"喔喔"两声,像足球一样,在半空中飞跃了出去。落下去的地方,正是沟沿上一块大石头,"扑笃"一声,鸡滚了两滚就不动了。随着这鸡叫的声音,却是一位老太婆的怪叫声,连喊:"不得了,不得了!"

这个叫的人,就是奚家的周嫂,她拍了两只手道:"朗个做?朗个做?这是我借来的一只大鸡公。把别个踢死了!鸡公的主人家,要扯闲咯。我不招闲,太太去和别个打交代,该歪哟①!"奚太太听到说把那只雄鸡踢死,始而还不肯信,跑到沟边,提起那只鸡来看看,确是被马王爷收去了。她怔怔地站在沟边上,不知如何是好。那边走廊上站的李、吴、甄三位先生,看得实在忍不住笑,各各向屋子里跑。李先生到家,李太太正将一条手绢,包了一大包零碎票子要向外走。李南泉道:"饷筹足了没有?"李太太将手绢包举了一举,笑道:"今天你猜石太太为什么这样高兴?是她生日,我们总也未能免俗,该当应酬一下。"李南泉道:"这也难得很!古称竹林七贤,你作竹林之游,这还是未能免俗吗?这正是未能免雅。奚太太割鸡祭神,那才是未能免俗哩。"李太太道:"我没有工夫和你说闲话,我走了。"她说时,将手上的手绢包,捏着像个白兔子似的,在空中又摇撼了一阵,抢着步子就向外走。李南泉追出门来,正还要奚落太太几句,只见甄、吴两位先生,还有甄家的小弟弟,分别拿着盆和钵子,舀了水,陆续向奚家门口那段沟沿泼了去。那沟沿上的长草,有未烧尽的焦糊,还在冒烟。他说了句"了不得",跑进厨房,将瓦盆舀着水,加入了救火队。

---

① 川语,此处指"不成体统"之意。常作叹语用,示"了不得"之意。

## 第二十四章　月儿弯弯

原来四川的秋初，异常干燥，在大太阳下，那些活草，也晒得焦枯了，经着那雄鸡打翻的烛火，滚到深草里去燃烧着，把活草也烧着了。那活草燃烧了，像扇子边沿似的，向外延长着。环着这山沟，左右前后，都是草顶房子，万一火势再向上伸张着，这草屋子就难于保险。所以甄、吴两位先生看了着急，都拿了水向草上去浇泼着。李南泉加入救火队以后，添了一支生力军，就没有让火蔓延开去。直把火头都打熄了，三位先生，都在奚家走廊上走着，把眼睛对那火睁了望着。奚太太烧这炷马王香，原来是求求马王神的第三只眼，好管管家庭里的纠纷。不想接二连三地出了乱子。她也只有呆呆地站在走廊上望着。这时火已熄了，她才向三位先生深深地点了个头，笑道："多谢多谢。万一这火烧大了，我们这里全是草房子，那可是个麻烦。"李南泉笑道："大概今天马王神不在家，到哪里开会去了。而刚才头上经过的，却是火神爷。所以……"吴春圃摇着头笑道："那也不对。若是火神爷由这里经过，奚太太割鸡滴血敬他，他为什么还在这里放火呢？"李南泉道："可能奚太太刚才献香献血的时候，口中念念有词，说明了是敬马王爷。火神听了这话，当然不愿意。明知火神由这里经过，为什么敬马王呢？那不是有意侮辱吗？"奚太太抱着两只光手膀子，正呆着听了出神，这就摇着手道："冤枉冤枉，我怎会明知是火神由这里经过呢?"

吴春圃笑道:"这是奚太太运气不好。你烧香的时候,口里念念有词,是供奉马王爷。假如那个时候,是财神爷经过这里,他一发脾气,至多由半天云里摔下两个元宝来,那还怕什么的。"甄子明笑道:"假如财神发怒,是拿元宝砸人的话,区区胆大妄为,就愿意常引着财神爷生气。"于是引着在场的人全哈哈大笑。只有那位周嫂,却是噘了她的两片老嘴唇皮,手里提着那只死雄鸡,呆呆地站在走廊尽头,向大家望着。奚太太道:"你发呆干什么?那只鸡死了,算我买下就是了。值多少钱,我给多少钱,那还不行吗?"周嫂把那死鸡提着举了一举道:"这是刘家里的报晓鸡公,别个不卖哩咯。"奚太太道:"那什么意思,还要讹我一笔不成吗?"周嫂道:"不要说那个话。别个借了鸡公你敬神,那是好意嘛!别个又不是鸡贩子,他讹我们作啥子?"奚太太道:"鸡已经死了,我除了折钱,还有什么法子?他们若是肯等两天,我就去买只雄鸡赔他们罢。"周嫂道:"那是当然,不过大小要一样,毛也要一样。"奚太太道:"我手上没有金元宝。假如我有金元宝,我一定拿出来,向你乱赏一阵。别的东西,还可以找同样的来赔偿,这活的东西,总有大小颜色不同之处,那怎能够找同样的东西来赔呢?这种不讲理的人,只有拿金元宝砸他。"李南泉笑道:"好阔气的手气,砸人是要用金元宝的。"

吴春圃笑道:"这个作风,恐怕美国的钢铁大王、煤油大王,都有难色吧?何必金元宝砸人,就是拿铜子砸人,也就很够出一阵子气的。"周嫂听他们这样说笑着。甄子明笑道:"周嫂,你有点不明白吧?打人,那总是让人家生气的,若是拿钱砸人,人家还会生气吗?可以白打一阵。"周嫂道:"现在还哪里去找洋钱铜元,你拿票子砸我,也要得!"李南泉操着川语道:"你好歪哟!票子每元一张,十元一张,打了人不痛,又值钱,朗个要不得？"这样说着,大家都笑了,奚太太也是扛了肩膀格格地笑个不了。三位先生看到火已熄了,自行走去。奚太太也就向自己屋子里走着。周嫂提了那只死鸡,跟到屋子里向她问道:"太太,你倒是说一句话,赔不赔别个嘛！"奚太太对着那只花鸡,出了一会神,看看外面屋子无人,这就低声向她笑道:"你说,我肯无缘无故,受这番损失,杀一只鸡吃？我应当借了这机会,请一次客。"周嫂自从这雄鸡死后,她就噘着两片嘴唇,头发散了两仔,披到布满了皱纹的脸腮上。听了奚太太这话,突然高兴起来,就伸手把脸上的散发摸着向耳朵上放着,近前两步,笑道:"要得！那些太太们,天天打牌,一抽头钱,就好几十块。我们家里请她们来打一场牌,说是杀鸡给她们吃,她们一定会多打几个头钱。太太请了客,我也落几个零钱用。硬是要得！"

奚太太看了她这样子,就禁不住要笑。因道:"这样的事,你比我聪明得多。我只提到一半,你就晓得全局。打牌的话,你先别提。可以到石太太那里去看看。据说,今天是她的生日。她若说请我去吃饭,你就说我明天请她吃早饭。为她补祝生日。"周嫂道:"吃早饭,朗个来得及？"奚太太道:"我们这鸡,今天下午就得炖熟了。晚上天气凉快。我们把炖鸡的瓦钵,用凉水冰着,或者还可以留到明天早上。若请她们吃午饭,一定要等到明日两三点钟,天气一热,顶好一只大鸡,那就馊了。"周嫂道:"就是请人家吃一只死鸡公唆？"奚太太道:"废话。什么东西可以活的吃？不都是杀了吃吗？什么叫死鸡呢？家里还有腊肉腊鱼,再煎上三个鸡蛋,你看这菜还不能请客吗？"周嫂道:"说起了烟肉①,我倒想起了一件事。太太把烟肉和咸鱼祭菩萨的时候,落到沟里去了,我捡起来,放到灶房里桌

---

① 四川腊肉,以柏烟熏之,甚香,故曰"烟肉"。

子上,预备拿水洗洗。大家抢着救火,我就……"奚太太两手一拍道:"糟了。厨房门敞开的,野狗和猫都可以进去。快!"她说着,就向厨房里跑了去。总算她有先见之明:一只大花猫,两爪按住了那咸鱼,伸着脖子"吱咯吱咯"在啃嚼着。她大叫一声。大花猫衔着鱼一溜烟地夺门而出。奚太太喊道:"救命罗,救命罗!"

这几声"救人",当然把邻居们都惊动了。大家都以为是那山沟里的长草,死灰复燃。于是大家全跑了出来。可是并不看到什么,都发了怔。但奚太太却光了两只赤脚,追到屋角上,捡着石头,向山沟里乱砸。幸而山沟里有几个打猪草的孩子,远远地和那抢鱼的野猫相遇,大家齐声叫喊,把那猫吓着了,便放下嘴里衔的鱼,打猪草的孩子捡起来,周嫂正赶上,摇着手道:"我们太太还要请人吃寿酒,你不能拿去咯。"一个满脸鼻涕的小孩子,手里拿了条咸鱼,跑了过来。站在沟底,将鱼向上一抛,打得干皮"扑通"一声响。他道:"好稀奇哟!哪个要你这家私。比树皮还要硬!"周嫂弯腰捡起来,举着向奚太太笑道:"不要紧!还可以作大半碗菜。"奚太太道:"拿到厨房去放着罢,总不能再让猫拖去了。"周嫂拿了这半条咸鱼,慢条斯理地走向厨房,她又大声叫道:"朗个搞的?烟肉又让野狗叼起走了,有两三斤咯。"奚太太"哇"地怪叫一声,向厨房里跑去。果然,一条黄毛狗,口里衔着一刀腊肉,半截拖在地下,顺了这里的走廊,向大路上跑去。奚太太看到李南泉站在他们家走廊上,就抱了拳头,乱拱着手道:"李先生,快快!帮个忙,把那狗拦住。"李南泉见她面无人色,这倒也不可袖手旁观,只好一面吆喝着那狗,一面向前伸了两手,作个拦阻之势。狗是邻居家里的,不免常来打点野食。它也不愿决绝,见追赶得急,也就把肉放在路头石板上,夹了尾子跑去。

李南泉人情作到底,跑到大路上,将那块烟肉捡了起来。四川的烟肉，照例是挂在土灶的墙壁上，让灶口里的柴烟，不分日夜地熏着。那肉的外表，全涂抹上一片黑漆。而且那肉块上的油，陆续向外浸冒。这时落在地上，又涂抹上一层轻灰，乃是黑的上面，又抹上了一层赭黄色的灰尘。看这样子，简直无从下手。不过这肉块的头上，还有一根黑绳子。他就将一个手指，勾住了那绳子，远远地伸了出去，免得挨住了身子。奚太太看了这块肉已经由狗口夺下来了，赶快就跑上前去，像捧太子登基似的，两手搂抱着，拿回家去。那周嫂看到太太亲自忙着，就跑拢来接力，伸手要将肉块接着。就在这时，她那鼻子里，忙着黄鼻涕直流，将手背在鼻子下一捧，又将右手作个猴拳式，捏着鼻子尖，"呼叱"一声，将鼻涕挤出，然后向地上一摔。那鼻涕在空中旋转着打了个圈子，不歪不斜，正好落在那块烟肉中间。奚太太顿着脚，重重"唉"了一声。周嫂笑着将头一扭道："该歪哟！比飞机丢炸弹还要准，就落在烟肉上。不生关系嘛，总是要拿水洗的。"奚太太道："那是当然，难道我煮腊肉，把鼻涕煮给人吃吗？"周嫂笑道："悄悄儿的。不要吼。吼出来了，让别个晓得了，那是不好意思的。"说着，把那块烟肉夺了就走。边走边笑，苍白的头发乱扭。

　　李南泉在走廊上看到，心里也就暗自计算，她们主仆二人，简直有点当面欺人。这里大叫大闹鸡是踢死的，咸肉咸鱼，是猫口里狗口里夺下来的。而咸肉上还有老妈子的鼻涕。她们却是要把这个来请客。无论所请的客是谁，这种佳肴的来源，一定会传说到客人耳朵里去的。这岂不让客人听了恶心？自然，她所请的若是生客，自也不必理会。若请的是太太群，就有自己的太太在内，这样的酒席，一定不能让她去赴会。心里这样想着，当时带了微笑回家。在夏末秋初的时候，当时的重庆有个口号，叫着"轰炸季"。而没有大月亮的时候，自上午十时起，到下午三时止，也就正是敌机来袭的时候，所以遇到天晴，这几小时以内，正是大家提心吊胆的时候。要忘记这个时候的危险,只有太太们打牌,先生们看书。李家夫妻,也就是这样做的。李南泉在茅屋的山窗下,陪着小孩子们吃过一顿午饭,把锁门的锁,逃警报的凳子袋子全预备好,直到下午三点半钟,还没有警报到来。他放下书本,在走廊上散着步,自言自语地嘘了一口气道:"今日又算过了一天。"吴春圃在屋里答道:"李先生等警报等得有点不耐烦了吗?"李南泉笑道:"春圃兄可谓闻弦歌而知雅意,我只说了这么一句,你就知道是等警报的原故。"吴春圃笑道:"这是经验而已。我同事张先生,怕孩子在防空洞里吵闹,总是预备一点水果饼干。到了下午点把钟,小孩子们就常是跑到山坡上去看挂了红球没有。并问他们的妈妈,怎么警报还不来。张太太说是丧气,把水果饼干免了。"

李南泉笑道:"我觉得这也是对日本人一种讽刺。他们将空袭的手段,对付中国人民,作为一种心理的袭击。可是像这些小朋友对于空袭感到兴趣,而希望能够早点来空袭的事实上来看,这是日本人的失败。因为农村里的老百姓,像小孩子这样想法的,那还是很多的。"吴春圃笑道:"那是诚然,不过这还是阿Q精神。最现实的事莫过于我们这里的太太群,她们能够在放过警报之后,就在屋子里摊开桌子打牌。理由是看到十三张,把头上的飞机炸弹就忘记了。请问,那敌机的驾驶员能够预测下面在打牌,他就不向下面扔炸弹吗?"李南泉道:"还不算阿Q精神。敌人不是拿死来威胁我们吗?我们根本就不怕死。你又其奈我何?"正说着,却见石太太在前,下江太太压阵,带了一大群太太,顺着大路向这边走来。李太太满脸带了笑容,也夹在人群里走着。吴春圃低声笑道:"这是什么意思?"李南泉笑道:"她们的作风,我无法揣测,像奚太太那样祭马王爷的故事,不是我们亲眼得见,谁肯相信?"正是这样说着呢,那些太太,忽然哗然大笑。虽是在太阳地里,她们还是两三个人纠缠在一处,花枝招展的,笑得大家扭在一处。对此,吴春圃绝对外行,不知道这是怎么回事。就是李南泉对于太太这些行动向来注意的,这时也不知是什么用意,只是各睁两只眼睛,向她们望着。最后看到她们笑了一阵子,又扭转身向原来的方向走回去。

李先生看了这样子,实在忍不住不说话,这就抬起手来,远远向李太太招了两招手。李太太没有看到,下江太太却看到了。她回转身来,点了头道:"我们并不游行示威,没有什么了不得的事。我们到街上去吃午饭。刚才我们走错了路,挑着一个向山里的路走了,回头见,回头见!"说着,她也就扭转身向街上的大路走去。吴春圃笑道:"这是怎么回事?青天白日,大门口的大路,又是这么一大群人,竟会走错了方向。"李南泉笑道:"那有什么奇怪,她们的神经,都整个地放在十三张上。走着路,也许后悔着刚才那一条龙吃错了一张牌,以致没有和到。若是少吃一张牌,那手牌也许就和了。你想,她们的心都在牌上,哪会有心看到眼前的路。"说着话,向村子里那条大路看时,那里还遥遥地传来笑声。吴春圃笑道:"果然的,他们这种高兴,必定有奇异的收获。但不知道这收获究竟是些什么?"说着手扶了走廊上的柱子,挺起脚尖来,只管向那条路上看着。这些太太们把那条路都走完了,还遥远地传来一种嘻嘻的笑声。吴春圃道:"这是一件新闻,石太太向来是和这些太太的作风不同的。怎么这两天突然改变,大家这样水乳交融起来?"李南泉道:"这原因还不是很明白吗?这是由内部发生出来的。"正说到这里,只见奚太太又换了一件白翻领衬衫,下面套着蓝绸裙子,肩上扛着一把花纸伞,手里却用了一把小如掌的小花折扇,慢慢在路上走。

李南泉笑道:"奚太太,你府上的问题,已经解决了?"她站着将扇子招了两招,笑道:"我家里还有什么问题吗?雄鸡捣乱,我烹而食之,咸肉、咸鱼已收回来了,我煮而食之。米落到地上,我用水洗上一洗,照样吃它。还有什么事吗?"李南泉笑道:"这样解决得干脆。怪不得你的态度是这样的潇洒自如。"奚太太听到人家这样称赞她,自然是十分高兴,把刚才祭马王爷的那一幕趣剧,就完全抛到了一边,为了表示潇洒起见,索兴把扛在肩上的那柄小纸伞,提着柄儿一晃,在身上周围,晃出了个圈子的姿势。当然,那伞就张开了。这伞并不是完整的,缺了一个很大的口子,舞起来,像是狮子大张嘴。奚太太看了这样子,立刻把伞收折起来。依然扛在肩上,另一只手将小扇子展了开来,伸在鬓角上,将脸子微微地遮了半边。李南泉这就明白了,她所以把伞扛在肩上,而不肯张开来,就为的是要带伞,希望有个点缀品。同时,这把伞又是不能张开来的,只有当了手杖带着了。这事不便再问,笑道:"刚才我看到你们的民主同志,成群结队,到街上吃馆子去了。奚太太也是加入这道阵线吗?"她笑道:"哦,忘了一件事,今天是石太太的生日,她自己请客,我明天和她补祝生日,请你太太作陪。你当然不肯加入我们群的,为了表示我有诚意起见,我明天把我家作的四川烟肉,特别切一碟子送给你尝尝。"李南泉想到她家周嫂甩鼻涕的事,不觉"哎呀"一声。

奚太太笑道:"你为什么这样吃惊?"李南泉笑道:"你有所不明,我到了夏天,就禁止吃烟肉。你若把烟肉送我吃,我接受了,吃不下去。我不接受,又顶回了奚太太的人情。我在受宠若惊之下,所以哎哟一声了。"奚太太笑道:"我知道你这是嫌那烟肉,由狗口里夺下来的。你想,我就是个白痴,也不会那样办事。我能把那肉送给你吃吗?"李南泉实在没有什么话说,只有站在走廊上,微微地向她笑着。奚太太看了看他的情形,将那小扇子张开,将扇子边送到嘴唇里,微微地咬着。彼此虽是站在相当远的地方,还可以看到两只眼角,辐射出许多鱼尾纹。脸上的胭脂粉只管随了皱纹闪动着。那个枣核脸的表情,实在不能用言语去形容。李南泉忍不住笑,只好念出诗来道:"欲把西湖比西子,淡妆浓抹总相宜。"奚太太竟是懂得这两句诗,把小折扇子收起来,远远地将扇子头向李南泉笑着啐了一声,然后扭着头走了。李南泉站在走廊上还是呆呆地望着,可是身后忽生了一阵哈哈大笑。回头看时,吴春圃弯着腰,将手掌掩了嘴,笑着跑了出来。李南泉道:"老兄何以如此大笑?"他道:"这样的妙事,你忍得住笑,我可忍不住笑。不过当此抗战艰苦之时,难得有这样的轻松噱头,我们有这位芳邻,每天引我们大笑两次,倒也不坏。"

吴、李二人说着话,那边邻居甄子明先生也出来了,笑道:"这两天,这些太太们,好像来了个神经战,不知道要有什么新事故发生。"李南泉道:"倒不是将来有什么事故发生,乃是已经发生了事故。"甄子明道:"这些太太们是集体行动,难道这些太太们的家庭,也是集体发生了事故吗?例如李太太也在他们这一群里,可是李先生家里,并没有发生什么事故。"吴春圃听了这话,站在李南泉身后,只管耸了小胡子,呲着牙齿微笑。甄子明笑道:"难道李先生家里会有……"说到这里,吴先生抬起手来,连连地摇着。甄子明看到,当然不说。吴春圃道:"李先生,你家里有客来了。在大路走着呢!"李南泉回头看时,是杨艳华同胡玉花两人先后走着。两人都是光着手臂,光着腿子,身穿黑拷绸长衫,肩上扛着一把花纸伞,撑开了,挡着身后的太阳,脸上笑嘻嘻地,带说着话。李南泉道:"你说的是那两位小姐,她们不见得是来看我的,这村子里,他们有很多熟人。"说着话时那两位小姐,已在对面的大路上站着。杨小姐笑道:"李先生,你没有出去吗?我们来看你。"吴春圃站在旁边,向他点了两点头,还是微微地笑着。那意思就是说:我所说的并没有错误吧?这两位小姐说着话,已是向这廊沿上走来。李南泉道:"杨小姐笑容满面,一定有什么高兴的事情吧?"胡玉花道:"她特意来给你报一个喜讯的。"

李南泉听到"喜讯"两个字,就知道是怎么回事,于是向杨艳华笑着点了两点头道:"恭喜恭喜。"说着,还抱着拳头拱了两拱。杨艳华站着呆了一呆,将眼光向他瞅了一下。李南泉看这情形,就知道这事情已到了车成马就的阶段,笑着点了两点头道:"那末,请到屋子里坐罢。"两位小姐跟到屋子里来,杨艳华道:"师母不在家?"李南泉道:"她是忙人。开庆祝会去了。"她听了这话,就知道这里面另有文章,不便再问。笑道:"我也没有什么事,不过请她去吃顿晚饭。"李南泉笑道:"是吃喜酒?"她笑道:"我请吃一顿饭,这问题也简单,何必还有什么原故。你看那刘副官,隔个三、五天,就大吃大喝一次,那又算得了什么?他家哪里又有这样多次的喜事?"李南泉向胡玉花望了,只是微笑。她笑道:"人家究竟是个女孩子。这和戏台上抛彩球招亲的事,到底有些不同,亲自来请你去吃喜酒,那就很大方了。你还一定要人家交代明白,未免过分一点。"李南泉笑道:"好罢。喜酒我准去喝的。是哪一天的日子?"胡玉花道:"中秋前五天。喜事过中秋,这是最合理想的办法。"杨艳华将手拍了她两下肩膀,先是笑着,随后又微微叹了口气道:"别人开我的玩笑,你胡玉花也开我的玩笑,那是说不过去的。我的事,哪里还有一个字瞒你不成。就是李先生他也很能够了解我,我决不是愿意把结婚当为找职业的女子,但我究竟走上了这条路,这不是我的本意。"说着又微微地叹了口气。

李南泉看她的样子,似乎还抱着很大的委屈,便笑道:"二位没有什么事吗?可以在我这里坐着多谈谈。"杨艳华笑道:"实不相瞒,自昨天起,我也不知有了什么难过的事,总是坐立不安。说有事,我想不起有什么事。说没有事,可是我心里总拴着一个疙瘩。"她微微叹着气,在椅子上坐下,刚是屁股挨着椅子边沿,又站了起来,向胡玉花道:"我们还是走罢。"李南泉对着这两位小姐看了看,料着这里面有深的内幕,点点头道:"好的,等我太太回来了,我让她约你来谈谈。我相信她能和你出点主意。"杨艳华好像忍不住心里的奇痒,低着头"噗"一声笑。李南泉道:"你以为我是开玩笑的?我也不能那样无聊,在你心里最难过的时候,还和你开玩笑,那也太不讲人情了。现在我们这村子里的太太群,有个无形的集会,一家有事,大家同出主意。你虽没有加入这太太群,可是你杨艳华这三字,就很能号召。假如你愿意和她们拉拉手,她们二三十个人,遇事一拥而上,倒也声势浩荡。"胡玉花笑道:"这话倒是真的,刚才我就看到这一群太太到街上去吃馆子。不过妇女若不愿受委屈,可以请她们出来打抱不平。若是自己愿意受那分委屈,那还有什么话说?人家出面多事,碰一鼻子灰,那也太犯不着吧!"她说着,脸子就板了起来。杨艳华道:"玉花,你也是这样不原谅我。我……"说到这个"我"字,便哽咽着嗓子,说不下去,两行眼泪,挂在脸腮上。

李南泉不觉轻轻地"哟"了一声,向杨艳华道:"杨小姐我是很了解你的。不过那位陈惜时先生,倒也少年老成,而且我看他,风雨无阻,每日总是来看你一次,那也很可以表示他的诚意嘛!"杨艳华在衣襟纽扣上抽出来一条手绢,将眼泪缓缓地抹拭,默然坐着。李南泉道:"天下事,都是互为因果的。现在你对于这婚事,觉得委屈一点。也许十年八年之后,你觉得这委屈是对的。"杨艳华还是默然坐着,看看自己的鞋尖,又扯扯自己的衣襟,然后低声道:"十年八年之后,这委屈不也太长久一点了吧?"李南泉笑道:"小姐,你要知道我不是算命。我是根据人生经验来的。你还是想开一点的好。"杨小姐笑道:"这不是想开得很吗?我若是想不开,我也不会自己来请客了。"她交代完了这句话,又是默然坐在椅子上。胡玉花笑道:"你有什么话,马上就和李先生说说罢。老是这样沉默着,不但李先生受窘,我坐在这里陪你的人,也跟着受窘。"她还是轻轻叹了口气,微微摇了两摇头。李南泉觉得和她正面谈话,那是不好,说不出什么道理来的。便侧面地只和她谈些艺术的事情。先问她自小怎么学艺的,后又谈她到四川来,是哪几场戏叫座。最后就问她,她自己觉得哪一场戏最为得意。这样说着,杨艳华的脸色就变得和缓,而且也常有笑容了。

　　李南泉把杨艳华说得解颜了,又慢慢把话归到了本题,笑道:"小姐,天下没有完全如意的事。人也总是不满于环境的。据我个人的经验,男女之间,有三种称谓,第一是朋友,第二是爱人,第三是夫妻。这个异性朋友,只要彼此在事业或性情上,甚至是环境上,有点相接近之处,都可以相处的。没有时间,也没有空间的限制。第二是爱人,杨小姐,胡小姐,你恕我说得鲁莽一点。这是男女之间一种欲的发展,而促成的。这个欲念,倒是千变万化。有的是属于精神方面的,有的是属于肉体方面的。作爱人的目的,是图享受,是图快乐,也是将彼此的欲念尽量发泄,对其他一切不管,是纯情感的,不是理智的。第三才是夫妻,旧式婚姻,不要谈它,那是中国人的一种悲喜剧。新式婚姻,男女成为夫妻,不外两个途径,一是由普通朋友而来,一是由爱人而来,由于前者好像是结合得还不够成熟。但我看多了,由一个普通朋友才变成的夫妻,结合是由第一步进到第二步,往往是变得更好一点。男女之间的情爱,已发展到了顶点。男的迁就女的,女的也迁就男的,总怕拆散了。作了夫妻,没有这种顾虑,不会互相迁就,而男的只要有事业,要接受负担;女的要维持家庭,也要接受负担,像作爱人时代,挽着手膀子进出,一来就是一个亲密的吻,这工夫没有了。"说到这里,两位小姐都情不自禁"嗤嗤"一笑。李南泉道:"这是真话。外国人说,结婚为恋爱之坟墓,就是为这类人说的。所以由爱人变到夫妻,是退步了。"

胡玉花笑道:"我们今天算是到李老师这里来上了一堂补习课。原来朋友、爱人、夫妻,是有这么一个三部曲的。受教良多。"李南泉还没有答复这句话,外面有人接嘴笑道:"失迎失迎,二位小姐几时来的?"随着这话,李太太春风满面地走了进来。杨艳华笑道:"师母回来了?我是特意来请老师和师母吃顿晚饭。"李太太道:"你不看我脸色红红的,闹了一阵酒。我只喝了十分之二的一杯酒,就晕头晕脑了。谢谢了。"李南泉笑道:"你真有点醉了。人家不是请的今天,请的日子,还有两天呢。"杨艳华笑道:"这是我说急了,对不起。就是后天,请老师、师母到舍下去喝杯淡酒。务必赏光。"李太太道:"为什么这样客气呢?"李南泉道:"杨小姐订婚了。这是喜酒。"李太太连说:"喜酒一定是要喝的。"杨艳华本来没有打算在这里多坐,正因为听李先生的劝导,把话听下去,没有走开。现在话已告一个结束,客也请妥了,就向他夫妇点头道:"我告辞了。后天务必请到。"胡玉花又独向李太太笑道:"她不是虚约,务必请到。我们就等着李太太回来请的。"李太太在这两位小姐当面都是有好感的,也就客气了几句。二人走后,李太太舀水洗手脸,李先生随便拿了一本书看。李太太由后面屋子里走出来,突然问了六个字:"这是怎么回事?"李先生放下书,望了她有点愕然。李太太道:"我不在家,你对这两位小姐,有说有笑,谈个滔滔不绝。我回来了,你就闷闷不乐,一言不发,是讨厌我回来得不是时候吗?"

李南泉笑道:"先发制人,后发制于人。你是先给我一个打击,让我无话可说。"李太太道:"笑话,我为什么要先发制人?我不过是为朋友祝寿,加入个宴会,这也没有什么怕你之处。"她说着话时,本是拿起桌子上的茶壶来斟茶,但没有看到杯子,把茶壶又重重地向桌面上放了下去。她道:"回家来,水都喝不到一杯,我还是走。"李南泉站起来,向她拱拱手道："且慢，我有两句话解释解释。"李太太手里捏着个手卷包，向口袋里塞了去。她一方面沉住脸色道："有什么话你只管说。"李南泉满脸是笑，一点不生气，笑道："我很明白，你并不是回家来，故意做这个先发制人的姿态，不过是会逢其适，就这样利用机会而已。我猜着，今天这一场庆寿麻将，你是全军覆没，不能不回家来补充粮弹。补充完了，你再上战场。可是你就怕我不愿意。因为家里这笔现款，是我那篇寿序换来的。菜油灯下，双眼昏花，上身流着汗，下身蚊子叮着大腿。这钱说是挣来容易，可也不怎么好受。何况精神上，我就是勉为其难，为了几个钱，用文字去恭维那不相干的人，和口头上叫人家老爷太太，那有什么分别？这样得来的钱，我们不买点柴米油盐，在十三张上送掉，这实在不合算。不过我替你说这分甘苦，你绝对知道，你所以还要回来补充粮弹，完全是为了骑虎之势已成。其实，这没什么，不过是不义之财，输了就输了吧，我也没化本钱换来的。"

李太太听了他这一大篇解释，越说是越对劲，不知什么原故，装着生气的那个面孔，就板不起来了，笑着一摆头道："没那回事，你现在无事可做，就专门研究女人的心理。你大可以著本妇女心理学的书了。"李南泉道："不是那话，夫妻之间，彼此犯不上用什么政治手腕。有什么话尽管公开。人生在世，都免不了有朋友，有朋友就免不了有应酬，你今天既是为应酬化了几个钱，那也是正当用途，你输光了，也总要终局。回来取钱也是情有可原的。今天我这分谅解，我想你一定知道的。你回来的时候，干脆，你就告诉我回来拿钱得了，何必……"李太太伸出两手，同时摇着道："不用提了，不用提了，算我错误就是，这还不成吗？"说时，自然满脸都是笑容。李南泉笑道："那就行，只要你说实话就行。那末，刚才两位小姐来请我们去吃饭，并不算我什么轨外行动了。"李太太笑道："你要作什么轨外行动,也不得行了。人家一位是早有主儿的,一位是要订婚了。人家都要找她的青年如意郎君,会找着你这半老徐娘?"李南泉笑道:"半老徐娘?还是城北徐公那个故事,妻之美谀我也。"他说着话,还是站在房门口。李太太道:"站开点罢,让我出去。吃饱了饭,两口子在家里要骨头,什么意思?"李南泉回到椅子上坐着,将桌上放着的那本书举着,叹了口气道:"我还是这个打算,预备一点稿费,交给你去当应酬费。"李太太一面笑着,一面向外走着。

石太太正在这张作梦的桌上占庄,看到李太太来了笑道:"你不忙来呀,我还要永久地占庄下来呢。今天我赢几个钱,好作明天的赌。哦!我还没有告诉你,明天老奚请我们吃饭,你一定要到的。"李太太猛然想起李先生对她谈过的那些话,连连摇着手道:"罢了罢了,我不想吃她那高贵的菜了。"石太太正将手上一副大牌看定了神,把两手遥遥地围抱着,回转头来问道:"怎么回事?她是你的近邻,你不会不肯赴她的约会呀!"李太太一看里面两间屋子有十几位女同志,怎好当着人说明奚太太家的咸肉,是有鼻涕扔在上面的?这就笑道:"没有什么。不过我想她请的客一定不少。我和她是近邻,随时都可以在一处吃饭,又何必挤到一处?"石太太倒不疑心她这是什么用意,这就向她笑道:"你这叫多余的顾虑。奚太太请多少客,她必有一个统计。有多少人,她自然就安排多少座位。何至于挤着了你?"正说着这话,奚太太由外面屋子里走了来,高高举着手,向大家招着道:"不成问题,不成问题,我预备下两桌,每桌坐六个人,可以坐得松松的。"石太太笑道:"我得问问你,你到底预备了什么菜?"奚太太道:"有辣子炒鸡,有咸肉、烧肉,有四川烟肉,有鸡蛋⋯⋯"她说到"有鸡蛋",觉得这项菜,未免太平凡。便拖着口气,没有把这话说完,转了话锋道:"反正总够大家饱啖一顿的罢。"

李太太一听她所报的菜,正是李先生所说不可过问的那几项菜。这就望着她苦笑了一笑。奚太太道:"你不赏光吗?"她笑道:"只怪我口福不好,明天我正要到城里去取一笔款子,恐怕不能赶回来吃你这顿四川烟肉。"奚太太将身体扭着道:"那不好,少了你,就不热闹了。我们希望你能在吃饭之后,来一段余兴。"李太太向她望着道:"你为什么这样高兴呢?你今天敬的是马王菩萨,并不是敬的财神爷呀!"奚太太道:"你不要问这些,关于这些,那我完全是失败的。我现在只是需要找一点麻醉。过一天是一天。若是明天开始第二次疲劳轰炸,一下子把我炸死了,我大吃大喝之后死去,倒也落个痛快。"说着,白太太在隔壁屋子里插言道:"不要说丧气的话了,街上已经挂球了。"石太太在牌墩上摸了一张牌,正是堪当二筒的自摸双。将牌摊了下来,连连摇着头道:"不管了,不管了,我又和了。"说着,把摊下来的牌,一张一张向下扒,口里念着:"不求人,姊妹花,无字,八将,……"白太太摇着手道:"不要算了,已经放警报了。"石太太道:"放警报怕什么?放了紧急,我们进防空洞。"白太太提着个旅行袋,举了一举。脸上带了忧郁的样子道:"你看,我已经准备长期抗战,又预备了一批干粮。城里有人来,说是听到敌人的广播,这次疲劳轰炸,要两三百架飞机,炸两个星期。这可是受不了。"

奚太太一拍手道:"这话不假,我向来不大躲警报的人,今天可要远远地躲着了。"石太太究竟和她是最友好的,看了她这样子,倒也有几分相信,便停止了牌,站起来问道:"你又是哪里得来的消息?"她道:"消息我虽是没有得着,据我的观测,日本人会这样办的。因为他们上次疲劳轰炸,相当得意。而且知道了我们的防空力量究竟有多大。一次走熟了,就有二次。"石太太道:"我以为你真是得了什么确实情报,原来你是神机妙算。"奚太太道:"你看我是神机妙算吗?请你看看外面罢。"说着,她把对着大路的窗子打开,将手向外一指。果然,今日的情形,有点特别,逃警报的人,除了成串地由山下向这山谷里走来,而且那脸上的神色显得十分惊慌。石太太看到人阵中一个老头子,是街上摆零食摊子的,倒相当的熟识,就问道:"王老板你今天怎么也向山上跑?山下的洞子不好吗?"老人家都是喜欢说话的。他就站着向里面道:"今天情形厉害,听说有三百多架飞机,要分无数批来联珠轰炸。从今晚上起,要轰炸两个礼拜。"石太太道:"你要准备准备呀!这不是闹着玩的呀!"说着,将手向天空乱指点道,好像敌人的飞机,就在头顶上乱飞。他更不答话,扯腿就走了。奚太太本来就有点惊慌,听了那王老板的话,立刻脸上青一阵白一阵,直了两只眼睛的视线,两手扶了椅子靠背,手掌心里的冷汗,像泼水似地向外流着。望了石太太道:"这这这……"说着,嘴唇皮子直管抖颤。

李太太平常对于警报,就不大安神,现在听了这紧急的消息,而手摇警报器的悲鸣,又刚是由耳朵里经过,这就摇着手道:"不打了,不打了。等解除了警报,再算帐罢。"她反正是没有上桌的,扭转身躯,就向外走。一个人走动,全体也走动了。石太太家里的热闹场面,立刻一哄而散。奚太太看到李太太放快了步子走,跟着在后面叫道:"老李,你今天躲哪里?我们躲到一处罢。"李太太道:"我原来都是躲村口上这个洞子的。不过传来的消息,有点吓人,洞子里坐久了,人是不舒服的,我打算躲到山里人家里去。"奚太太赶上前两步,握了她的手道:"这话说得对极了,我和你同去。我还有点重要的东西带着。"说着话,抬头向天上看看,笑道:"不要紧的。今天是初七,月亮很小,只有一把钩。而且在十二点钟以前,它就落山了。没有月亮,敌机还是不能来的。我们还是可以回来睡觉。我希望你们全家和我全家,今晚上同回家。"她说这话,李太太也不懂什么意思,只是含糊答应着。李太太回家时,李先生和王嫂,已把逃难的包裹预备好了,大家都在走廊上等着呢。李太太道:"我们就走罢,今天我们应当走得远一点。有人听到敌人的广播,说这是二次疲劳轰炸开始。"李南泉手里照样拿了两本书,举了一举道:"疲劳轰炸有什么要紧?你有你的抵抗武器,我也有我的抵抗武器。听说二条暗二坎叫高射炮,回头在防空洞口,摆起场面来,多来几回二条暗坎,就把敌机打跑了。"这时,奚太太在她家门口"哎呀"大叫一声。

大家都是在心惊肉跳的情形下,突然有人大叫,自然都向那里看了去。只见奚太太两只手乱抓,有时摸着前胸,有时又摸着后背,好像有一只耗子钻到她衣服里去了,不由得她不伸手乱摸。李南泉跑过来,正要开口去问,奚太太两只手,却摸到了肩膀上,忽然笑道:"在这里!"李南泉看那情形,好像她身上有什么东西,失而复得,所以立刻之间,神色屡变。笑问道:"芳邻,发生了事情吗?有要我为力的地方没有?"奚太太将右手按了两下左肩膀,又把左手按了右肩膀,笑道:"没有什么事,我有点东西,放在身上,怕是失落了。还好,依然在身上。"李南泉听了她这话,向她肩上看去,发现了两只肩膀上,各各高起了一块,因道:"这是什么东西,可以拿出来看看吗?"奚太太向前后看看,并无别人,这就抓着他的手,低声笑道:"你是我们邻居的老大哥,我有什么事,也不能瞒着你。我有十四两金子,这是早已对你说过的,这是我全家的第二生命,平常我不大逃警报,就为了这金子不好带走。因为夏天衣服穿得少,十几两东西,无论揣在什么地方,人家也是看见的。现在我一定要去躲警报,这就不能不把这东西带着了。原来我是用个袋子盛着,挂在脊梁后衣服里的,我试验了几回。实在不好受。现在分着两个包,在左右肩膀各捆着一包,每肩七两,倒是舒服的。不过两只肩膀,都高出了一块吧?你看不看得出来?"

这时,李家一家人,已经各拿着逃警报的东西,走上了大路。李南泉见奚太太还表示着亲密的态度,只管低声说话,心想这样子肯定是引起太太的不快,就向她大声笑道:"你若是小心过分,就跟着我们一路走罢。最妥当的办法,你不如化几个钱雇一乘滑竿。"说着,扭身就走。奚太太为了两肩的金子,倒真是需要两人保护。看到他要走开,伸手一把就把他手臂扯着,笑道:"不忙不忙,带了我们这小队人马一路走。"她说话急促,手上用力,也就过分一点,那右肩上绑着的一只小布口袋,脱了绳索,由衣服里面坠将下来,打在地上,"扑笃"一声响。李南泉看那口袋,是青布缝的,四四方方,有豆腐块那么大。她"哟"了一声,立刻蹲在地上,把那只布口袋捡了起来。可是就在她弯腰的时候,左肩上那个小布口袋又落了下来。她再捡起来,两手托着,却是没有个作道理处。李南泉明知道这两只小口袋里都是金子,一来避嫌,不敢看人家的东西。二来太太在路上等着,他不敢久耽误,就离开她向大路上赶了去。李太太皱了眉向他低声道:"你大概有这么一个毛病,见了女人说话,不问好丑老少,都是话越说越多。"李南泉笑道:"这样的人,不但我没有法子对付,你是女人,不也无法对付吗?"李太太道:"你也应当知道放了警报多久了。紧急警报一放,可能敌机马上就临头。拖儿带女这样一大群,你是对人家的安全要紧呢还是对自己的安全要紧呢?"

李南泉对于这位奚太太,在闹笑话上是感到兴趣的。无论在什么场合上,他不会遇到这样一个妙造自然的小丑。所以尽管太太不满意,他也不能忘情这位奚太太,他很了解,这决不会让自己太太疑心到别的事情上去。尽管把她看下去,并没有关系。所以他走着路的时候,不住回头向奚公馆看。果然,不到五分钟,奚太太带着一群儿女飞奔而来。她在跑警报的时候,不能穿着花的衣服。她穿了件蓝夏布长裤子,腰身紧紧的,在瘦小的身上箍着。老远就看到她胸面前,异乎寻常的女人,拱起了三个峰包,那左右两个,自然是给小孩子吃的粮库。而中间一个,正在胸口,却很是触目。人像枯树,顶起了个秃节。马王爷有三只眼,不能奚太太有三只乳。于是大家都望了她。她气喘吁吁地跑到了面前,向李太太道:"老李,今天你要帮我一个忙,我们要在一处躲警报。"李太太笑道:"这也是很平常的事。躲警报的地方,大家都能去。"正说到这里,街市的紧急警报声,顺了风吹进这山村里来。这时,太阳已经偏西,照着乱草丛山,是一片黄黄的颜色。热风由谷口吹到山村里,草木发出瑟瑟的响声,似乎就有股肃杀之气。这紧急警报的声音,是"呜呀呜呀"地叫着,十分凄惨。李氏夫妻看到奚太太胸前,顶起了三个包,本来是忍不住笑的。听到了这悲惨的叫声,把心里那股子高兴,就完全消失了,大家还是开了步子快走。他们害怕,当然,奚太太也害怕,她就跟着他们后面跑,但终于没有跟上。

奚太太见人都对她胸口望着,她也就感觉到这三个峰包在胸前顶着,一定是不雅观。正自想分辩自己为什么胸前有这个大包。现在看到李氏夫妇跑步走,而在这路上的人,也在找地方藏身,只得也就跟了人群走。这人群寄居的山,依着一条长谷,稀稀落落地盖着房子,拉长了总有两里路长。现在跑着,只走了村子的三分之二,还有些人家,散聚在村子的尾上和村子中心区,隔了一段空地。所以奚太太这群人虽是跑了几分钟,依然未跑出村子去。放了紧急警报以后,这些住在村子尾上的人,也都开始疏散。他们所以这时候才疏散的原故,就是出了村口,完全是空山空谷,总有两里路长,没有房屋。而且人行路两旁,随处山上山下,都有石槽和石洞。飞机临头,就可以随时随地把身子掩藏起来。奚太太和李氏夫妇脱了伴,却和这村子尾上的人相连起来了。那些人看到奚太太胸前堆着三个大包,走快了路,就不免把胸脯顶得更高些。而且走起路来,三个包都随了步子的高低,上下颤动。因为她那三个包颤动得厉害,连带着周身

第二十四章 月儿弯弯 | 633

肌肉也颤动起来。谁看到都觉得是件怪事。有多嘴的小孩子看到,就指了奚太太道:"你看奚太太哟,人家逃警报,把包袱挂在衣服里面,这是什么原故呢?"奚太太见人家指明了,倒不是有什么难为情,她觉得收藏金子让人看到了那却是老大的不便。天色晚了,可能让人把金子抢了去。

奚太太看到大家都向她注意,又难为情,又害怕,而胸前的这个大包,一时又想不出一个遮掩的法子。小孩子手上,正拿着一把雨伞,她立刻取了过来,将伞面撑开,就在胸面前顶着。其实这个时候,太阳偏了西,不在前,也不在后,却是在左手旁边山头上,雨伞在前面顶着,一点儿都没有遮挡着。反之,却是挡住了自己的视线。在发警报的时候,大后方的人,都是神经过敏的,看到任何不顺眼的东西,都说是给了敌人的目标。雨伞的纸面是黄的,而伞骨子外面,又是绿的,看去却是圆圆的一大块。奚太太这样顶了伞走着,好几处有人叫着:"把雨伞收起来,汉奸!"奚太太因那吆喝声甚厉,而且天空中又遥遥地传来飞机的马达声,可能敌机快要临头,只好把伞收了。也不知道什么原故,伞柄上的撑子恰好在这时候卡住了,尽力量伞也收不下。两旁山坡下的石缝里,随处都藏躲着人。四处都发来了轻轻的吆喝声道:"敌机来了,快躲下,快躲下。"奚太太情急智生,看到人行路旁边,是庄稼地里一条干沟,四围长着乱草,把山沟大半边遮盖了,就把伞向里面一扇,因为用力太猛,人也随了这伞,向干沟里栽了下去。所幸这沟里没有水,都是些湿土。沟又只有四、五尺深,两三尺宽,人跌在里面,倒像是藏在防空壕里。这时,飞机马达声,哄哄地破空而至。她在沟里,由乱草堆里张望出来,就看到三架日本战斗机,成品字形,在谷口山顶上,顺着长谷飞了来。

奚太太伸出一只手来,对小孩子乱招着,三个小孩也都吓慌了,像蛤蟆跳井似的,跳进干沟里去。她的一个男孩子,跳得最猛,头先向下,正撞到她胸口这个小包袱上。小孩子头加上那包袱里的十四两金子,齐齐地向她胸口上一撞,正是一根金条的尖端,在小包裹里面突起,把她的胃部外面皮肤,重重扎了一下,她"哎哟"了一声,痛晕过去,两行眼泪齐流。小孩子的头,碰到包金子的小包裹上,原来也是要哭的,看到母亲流泪,将手揉着眼睛,撇了嘴没有出声。大孩子轻轻喝道:"飞机在头上,不要哭,不要哭。"奚太太忍住了声音,只有牵着衣裳角擦眼泪。呆坐在沟里十来分钟,听不到头上的飞机响声了。奚太太才由沟里的乱草缝里伸出头来。看到行人路上,有一位穿灰布衣服的防护团丁,料着无事,才把小孩子一个个送出。那把伞垫着坐,已是稀烂了。她走出沟来,团丁也是本村子里人,向她挥着手道:"奚太太,你带着孩子走远一点罢。今天上半夜有月亮,一定是接着夜袭,时间长得很呢。小孩子在这里会闹的,受别人的干涉。"奚太太四围一看,深长的山谷里,除了这位防护团丁,并没有第二个人。看看胸面前那个盛金子的小包裹,正是顶出来几寸高,再看看那团丁脸上,很带几分笑容。她一时敏感,很怕这位团丁起非分之想,立刻在地面抓了几次土,然后故意把手摸着脸。把那张枣子脸,变成了蜜枣的颜色,然后牵着个孩子,由团丁身边冲过去。

那位团丁,看到她这样子,倒忍不住哈哈大笑。奚太太看了这样子,牵着孩子,就径直跑去。出了村子,两边是山,中间夹着一条人行石板路。在紧急警报后,一切声音停止,便是乡下人也停止了行动。太阳已经落到山后去,长谷里显着阴暗,十分寂寞。他们一行四人,跑得那石板路"啪啪"作响。山上有个天然石洞,正躲着一群人,被这脚步声惊动着,早有两个人由石头洞口子里伸出头来吆喝着:"不要跑,不要跑。"人家越吆喝,她越跑得厉害。一口气跑了两小里路,到了她的目的地。这里是两个套着的山谷,在四围山峰中,有七、八户人家,让紧密的竹枝和高大的树木遮掩着,不露目标。人家后面,到处有水成岩的深浅石槽和石洞,也很可以当防空壕。村子里下江人到此躲警报,喝茶,喝酒,看书,下棋,打牌,都相当自由。尤其是对付夜袭,大可以在这里打开铺盖卷睡长觉。奚太太到了这里,算是放下了心,放慢了步子走着。这村子口上,就是一大丛竹林子,她的意思,也就是想在竹林下休息片时。这时,竹林子里先有人"哟"了一声,然后下江太太和白太太同时走了出来。奚太太跑累了,已经把脸上的那两片黑泥给忘记了。下江太太执着她的手道:"我的太太,你这脸上是怎么回事?你成了女李逵了。"奚太太两只乌眼珠,在黑脸上转着,笑道:"我好害怕哟,我这样年轻,我怕在路上遇到了歹人,对我强行非礼。急中生智,就把脸抹黑了。"

下江太太回头看看,左右还没有别人,笑着低声道:"真的,前几天,为了逃夜袭,离我们这里二十多里路的地方,就出了一个强奸案子。是一位二十多岁的少妇……"奚太太将手连摆了几下,笑道:"说得这样的粗鲁。"白太太笑道:"对了,要说强行非礼。奚太太你若不抹这一脸泥土,身段是这样苗条,面孔是这样漂亮,你在无人的山缝里走,那真不敢替你保险。所以在这离乱年头,女人长得太漂亮了,实在不是什么幸福。你们奚先生对于这样漂亮的太太,用那广田自荒的手腕来对付,实在是错误。奚太太万一出了事情,是应当负责任的。"奚太太抓住白太太一只手,另一只手捏了个拳头,在她肩上乱敲着,笑道:"你这个死鬼!"三位太太,于是笑着滚成一团。这时候听到竹林子外面,有人咳嗽了一声。这声音听得出来,正是李南泉。奚太太摔开了白太太手,回手就向竹林子下的田水沟里蹲下去,两手捧了田沟里的水,向脸上乱抹着。先抹了一遍,然后再把头伸到水面上,将水在脸上乱泼,泼了四、五分钟,然后掀起一片衣襟,将脸子抹着。她这分化装工夫的耽误,李南泉已走到竹林子里了。看到她蹲在田沟边洗脸,这就笑道:"奚太太,高雅得很。你还在做这样有诗意的动作。"奚太太站起来笑道:"躲在防空洞里,挡了一脸一身的泥土,所以在这田沟里找点清泉洗洗。"李南泉笑道:"这也很好。泉水里面有落花香,你这无异用花露水洗了一把脸了。"

下江太太听了这话,明知道是李先生打趣奚太太的。这就故意走近她一步,将鼻子吸了两下,笑道:"让我闻闻,是不是有点花露水香?"奚太太将手向她轻轻推了一下,笑道:"飞机又在响了,还要开玩笑哩。"下江太太道:"在这里不怕飞机,你看这是个有诗意的环境,又遇到你富有诗意的动作,我们是应当轻松一下,不要放过这机会。"原来这时,越是暮色苍茫了。仅仅是西边天角,略有点淡红色的云脚,反映出一片轻微的红光。其余当顶的天幕,已变成了深蓝色。一弯镰刀似的月亮,配着三、五粒灿烂的星点,已经是像白铜磨洗出来一样。这四围小山绕着的平谷,就落在幽暗的深渊里。这竹林子更在这幽暗的环境中,发出苍黑的一群影子。人在这种地方,本来就很少听到嘈杂的声音。又是警报期间,乡下人虽不听到警报声,但是这些躲警报的难民来了,也就给他们带来一种恐怖的压力。所以在这情景中,他们也是停止了一切声音。这个山谷里分明藏着很多人,却是连这四围的山,都一同睡过去了。李南泉在太太群里,自也有些不便,就向下江太太道:"天色已经晚了,三位可以到人家草屋子里去坐坐。我在这竹林子下给你们作防空哨,万一飞机临头,我去给你们作报告。"三位太太听了他这样说了,环境也实在过于悄静,大家都走到乡下人家去了。李南泉自站在竹林下,心里静下来,但听到四处草里的虫子,发出各种响声来。

他心里想着,这大自然的美丽,并没有因为战争而减少。好山,好水,好月亮,好的一切天籁,人为什么不享受,而要用大炮飞机来毁灭?世界上的侵略国家，用大炮飞机去毁灭别人的国家，他自己的国家，也就未必能安然置身事外。日本本土，现在一切大自然，还是顺着天然的秩序前进，可是能永久这样吗？天上这一弯月亮，照着此地躲警报的人，也照见日本国内在拚命制造军火的人。虽不知道日本国内现在是什么心理，可是他们会替警报声中的中国人设想一下吗？人间天上这一弯月亮，她也许知道。因为她同时也正照临着日本。他这样想着，不免抬起头来，对天上那一弯月亮注意地看着。天色已完全昏黑，那月亮虽是半弯，倒显得格外发亮。她的浅薄的光辉，洒在地面的深草上，洒在树上，洒在山上，都像淡抹了一层粉痕，较远的地方，就模糊着带点似烟非烟、似雾非雾的情景。那草里的虫，在这种光辉下，更是兴奋，大家在暗草丛里，都振动了它的翅膀。有的作嘟嘟声，有的作喳喳声，有的作叮叮声。李南泉听到这响声，更是引起他心里那番空虚寂寞的观念。正抬头观察着东边天角，却发生了轰轰轧轧的响声，这是敌机群又已来临的象征。他心里立刻紧张起来，对西边天角下注视着。就在这时，对面山峰的后身，一道白光，向天空、山上射去。那白光在天空中笔直一条，在半空里摇撼了几下。平地又是一道白光直射上去。

山后那两道白光，在天空里来回摇撼，最后就在天空里把敌机照着。那敌机像是一群白燕子，在巨大的白光条里向上升，可是第二道也照到了，正好像夜空里拦上了个十字架。随后第三道、第四道白光，都由山后涌起，全像架花格子似的，把这群白燕子照着。敌机走，这若干条白光，也随着移动。那群敌机，除了尽量升高，同时也向外兜着圈，用高和远，躲开白光的探照。最后，它们逃出了白光的花格子。但在更远的地方，又在平地向半空里射出了几道白光，每道白光同时晃动着，又把那群敌机捉住了。这次不是仅仅捉住而已，顺着这白光十字架的交叉点，地面上已发射了高射炮。那高射炮像联珠一串,向天空里发射着小红球。那红球就在那群白燕子中间射去。可是并看不到有一只白燕子碰在这红球上。由肉眼看去,有一个红球,在两只白燕子中间穿过去,相隔简直不到一尺。李南泉看到,不住顿着脚说:"可惜可惜!"这威胁给予那敌机群大概是不小,机群分开了。白光所笼罩的,现在只有一架敌机,其余都以爬高战术,逃出了天罗地网。不到三分钟就听到"哄隆哄隆",一阵炸弹声,分明是敌机已于目标所在地投弹。李南泉站在竹林下手扶了一根竹枝,对天上一弯冷月,不由得叹了一口气。心里想着,这一片响声中,又不知道有多少人已经丧失了生命财产。中国人若不能对日本人予以报复,这委屈实在太大了。正想着呢,一片哄哄之声,又很清楚地送进了耳朵。

那飞机的马达声越来越近,而天上探照灯的白光,正好向这里斜过去。在白光顶端,已看到几只小白蛾似的影子。飞机的头,正是向这里指着。李南泉不敢再看了,掉转身子就向村子里跑。在人家后面,无数的石槽,那都是藏躲惯了的,哪个石槽,比较的深曲,都有经验。他晓得这人家围墙靠近一道斜坡有个四、五尺深的洞子,而且洞门直立,非常之像防空洞。他就直奔那里去。他走得快,飞机也飞得快。飞机脱离探照灯强烈的光线网,已经在探照灯淡光顶端。而探照灯在天空上,已斜着倒下,高射炮也就不能射击了。敌人对这种角度的选择,自然是很内行的。他们飞到这面前一带山峰天空,已低下了一半。转眼过了山峰,更降低了,而探照灯就无法擒捉它。他们已不怕高射炮,自己和自己的飞机联络,机身四周,放出信号枪。那信号枪放出之后,像是红绿四彩的带子,在天空中曲折飞舞。这信号枪和马达的重响,有声有色地向头上跑来。李南泉看着飞机临头,虽明知在这山谷里,不会盲目投弹,可是在神经过度紧张之下,两只脚情不自禁地向斜坡下小洞子边跑去。到了那洞口,飞机已正到了头顶,他弯着腰就向洞里钻去。这时,他发现了洞里已有人预先藏着了,因为有了喁喁的轻语声。他只好伸出两只手在面前试探,手摸了石壁前进。洞里有人"呵哟哟"一声,怪叫起来。李南泉吓得身子向后一缩,不敢再进。

洞里的人,连连问道"哪个哪个?"在这南腔北调的当中,李南泉就听出是奚太太的声音,便笑道:"别害怕,邻居姓李的,飞机已过去了。"奚太太道:"我活该有救,偏是李先生也躲的是这个洞子。你进洞子来罢。"李南泉道:"不必了。飞机已经过去了。等第二批敌机来了,我再躲进来。"奚太太道:"飞机还在响呀,你躲进来罢。"李南泉道:"不要紧,我站立在洞门口,可以看到飞机的,他们一路都放着信号枪呢。"他说了,果然不动。奚太太道:"你果然不进来,我就出来了。有男子在场,我的胆子大多了。"随了这话,洞里先挤出奚太太三个孩子,随后她带了笑音道:"这天然洞子躲不得。又小又没有灯亮,只有摸进摸出。"李南泉站在洞口,怕挡了她的路,正要闪开。奚太太一只手就搭在他肩上,笑道:"对不起,李先生你扶我一把,这洞口上正有一个大坑。"李南泉只好伸着手,将她搀出洞口,自己也跟着出来了。防空洞里,总是漆黑的,无论白昼,或月夜,出洞的人,总会感到是两个世界。奚太太站定了脚,抬头对天上望着,先赞叹了一声道:"好月亮,这样的新月之夜,不在月光底下,作些有诗情画意的事,而是钻防空洞躲警报,真是大煞风景。"她说这话是有理由的。在这山村的人家四周,正簇拥着参天大树。把这个山谷,罩得阴沉沉的。那像把银梳子的新月向西微斜着,正是在高大树影的边沿上。月亮的光,落在山谷里和树的阴影,略微地画出了阴阳面。看眼前的山影子,也是半边光,半边暗,就很有趣味。

奚太太道:"李先生,你看这夜景是多么好!记得有支情歌,说是'月儿弯弯照九州,几家欢乐几家愁'。今天这月亮就是这样,你看有多少人家在躲警报,又有多少人家在吃西瓜赏月,还有在屋顶花园跳舞的呢,那更是安逸。"李南泉哼了一声,他还是看了月亮出神。奚太太道:"李先生会不会跳舞?"他随便道:"跟人学过,不算会。"奚太太道:"那你就一定会。你教给我好不好?"李南泉笑道:"教你跳舞?你可知道跳舞是怎样的教法?"奚太太道:"那有什么不知道,无非是男女搂抱着在一处跳。这是交际,那没关系。"她说着,从旅行袋里,抽出一方手绢来,把身边一块大石头,拂了两拂,笑道:"李先生,我们坐着谈谈,不要离开这个洞,说不定飞机又来了。"李南泉道:"你带着孩子在这里躲吧。这里是相当安全的。我得看看我太太去。"奚太太笑道:"她比你更宽心。她和白太太几个人,在那草屋子里打麻将。我今天需要你保护,你不要离开我,行不行?"李南泉听了这话,倒是愕然,重声问道:"这是什么意思?我不懂!"奚太太笑道:"你有什么不懂?我的秘密都告诉你了。"于是将声音低了一低道:"你看,我身上带了十四两金子,让我在这山窝里孤单单地躲着,不害怕吗?"李南泉道:"原来如此。可是你那秘密,有谁知道?不还有几个孩子陪着你吗?你若不放心,可以去看她们打牌,那比我陪你坐在这里强得多。奚太太你不要遇事神经过敏。若是遇事都过敏去揣测,这个年月,人会疯狂的。"她道:"那何须你说,我根本就半疯了。"

李南泉笑道:"这可是你自己说的。你为什么自己要承认已经半疯了?"奚太太作出了演话剧的姿态,两手高高举着,作一个叹气的样子,摇了几摇头,然后低声道:"天啊!我为什么不疯呢!我们的家庭是个美满的家庭,而且我和老奚是患难夫妻。远的不说,就是到了重庆以来,我和他带着这群儿女,在乡下茅草屋子里过这惨淡的生活,始终没有怨言。他回得家来不是炖肉,就是煮鸡蛋,宁可我们三个月不开荤,我们也不让他回家来吃素。可是他在重庆街市上,大吃大逛,那都不算,又在重庆玩女人,看那情形,还要和那女人结婚呢!我在这乡下住着,还有什么意思?我继续地吃苦,他倒是在城里继续地高兴。我要找他理论,他躲着不见我。我要告他,又是投鼠忌器,怕损害了我的名誉,断送了我孩子们的前途。我曾托过新闻界的人,要在报上登一段新闻揭破他的秘密,说什么人家也不登。这样,逼得我走投无路,我怎么不疯呢?不过我情感虽是竭力地奔放,可是我的理智还能克服一半情感。我仔细想了一想,我现在只有一着棋可以对付他,就是你胡闹我也胡闹,我闹到不可收拾,看你怎么样?至少我先报复他一下,闹得他啼笑皆非。无论怎么样,我心里先痛快了一阵。"她一连串地这样说着,李南泉站在石头边静听。他将一只脚踏在石头上,横架了一条单腿,两手按在自己腿上,像搓麻绳子似的,在大腿上搓着,始终不发一言。等她说完了,抬头望着月亮,微微叹了口气。

奚太太笑道:"李先生,你对于我这话作何感想?怎么只是叹气?坐着坐着。"她这样说着,把原来弹拂石头的那方布手巾,继续在石头上弹拂着。在清微的月光下,还可以看到她的脸色,是带了几分笑意的。他不愿再和她说什么,还是仰了头望着天上的半弯月亮,缓缓移着步子向月亮地里走去。晚风在四围的树梢上,向这山谷里吹了来,凉飕飕地拂到人的衣服上,只觉周身毫毛孔都有点收缩。于是挑着山梁上的乱石坡子,一耸一跳地向前走着。奚太太也在后面跟着,抬起手来,在月光下乱招了一阵,笑道:"喂!老李,你这是干什么?若是有什么话要和我说,你就站着远一点说也可以,何必像小孩子逃学似的躲开?"李南泉道:"我觉得在这山岗上看这一钩新月,非常有意思。银河是这样的清淡,星点是这样的稀疏,晚风是这样的凉爽,再看到这月光下重重叠叠的山峰,发出那青隐隐的轮廓,这风景好极了。"奚太太手抬起来向他招着,两只脚不肯停住,还是向这边山坡脚下走,口里问着:"李先生,你说天上的银河,真是星云吗?我觉那牛郎织女的神话,倒是怪有趣的。我现在就是织女在天河边上的心情。"她说着话,人是越走越近。李南泉突然一个转身,作个惊恐的样子,然后低声道:"不要走,那边人行路上,好像有三、四个人影子走了过来。让我来大声喝问他们一下。这深山冷谷,来歹人是太可能的。"

奚太太根本就有些怕鬼,尤其今天在身上藏着十四两金子,她简直是草木皆兵。这就吓得身子向回一缩,转身就走。当紧急警报放过以后,照例是不许点灯的。这对于城郊附近的村落,也不能例外。因为地下有若干点灯光,就可引起天空上的误会,把来当了城市目标。这山谷里的灯光,原来也可以不受限制。但是两三里路外,有了几个学校,又有了几个疏建区,受着防护团丁的干涉,也照样熄灯。所以奚太太在人家外面躲洞子,对于这个小村落,却是看不见,它已隐伏在树阴里面了。这时,回转身来,却看到竹林子被风吹动,里面闪出几道灯光。这正是人家所在。她猜想,这必是那几位跑警报的太太,牌打得高兴,忘记把灯光掩盖起来。她对了那竹林子跑去,打算死心塌地去看牌,不再在外面躲野洞了。同时,她自然也不能忘记那个袋子,于是伸手到胸面前摸着,以便好跑。可是她这一摸,把她的魂魄,抛到了九霄云外了——胸前挂着的那个装金袋子,早已不翼而飞。她"呀"的一声,呆站在竹林子外面,静静地把时间回溯过去。记得清清楚楚,进那天然洞袋子还挂在脖子上的。于是奔回那天然洞子,掏出旅行袋里的手电筒,寻找了一遍。洞子里并无踪影,她又想着站在洞口上和李南泉谈过话的,也许落在洞口上。于是,亮着白光手电筒,在小谷里四处乱晃。这时,飞机声又在远处有点唰唰之声了,李南泉在小山岗上看到这电光,也是呵呀怪叫。

奚太太知道这一声叫是为了灯光,便道:"不要紧的,我是拿手电筒朝地面上打。李先生你快来帮个忙，我丢了我的生命了。怎么办呢？我只有自杀了！"李南泉虽知道她是半神经病。可是她这样高呼大叫，也是扰乱秩序的行为。只管让她叫喊着，自是不便，只好下山跑到她面前来。因道："太太，你为什么这样大声疾呼，还亮着手电？飞机又在响了。"奚太太道："你不知道，我遭遇着一件大不幸的事，我身上挂的那个袋子，整个丢了。我这半辈子的生活，完全摧毁了，怎么办？"李南泉道："真的？这事可严重。"奚太太全身颤抖着，带了哭声道："这不完了吗？这不完了吗？"李南泉道："你不要急，反正你我都没有离开这里，在草里摸索摸索罢。哪怕熬到天亮，我们都不要走开，这东西总可以找出来的。"奚太太倒真的听了他的话，弯着腰伸手在草里和石头上，就着浑浑的月色，带看带摸，在她刚弯腰之后，她忽然"哟"了一声，接着又反过手去在脊梁上摸了一下，"噗嗤"笑道："在这里了，在这里了！"然后她站了起来。李南泉道："怎么回事？我的太太！"奚太太道："老李，你怎么老占我的便宜？刚才叫了一声太太，这次索兴叫'我的太太'。"李南泉"呵呀"一声道："误会误会！这是习惯上的惊叹之词。你说正经的罢。"她伸手到衣襟里面拨弄了一阵。立刻她胸面前拱起了一个包，然后拍着胸道："在这里不是？当你也躲进防空洞的时候，我悄悄把这个袋子移到脊梁上去挂着，绳子还是套在头上的，刚才我只顾胸前，我就忘了背后了。你可别误会，我这样做，不是怕你抢我的袋子，我完全是好意。"

这一幕喜剧，在李南泉先生看来，简直是啼笑皆非。他也不敢在这屋后山谷里徘徊了，立刻找出石缝乱草里的一条小路，背着西斜的半边月亮，向树林子外面走了去。那月亮照着自己的影子，斜斜地在面前草地上，步步向前移动。西南风由侧面吹来，把自己这件当保护色的蓝布大褂，吹得离开了身子，不停地招展。白天很热，到了晚上，地面的暑气已退,这凉风拂到身上,让人有一种说不出的清凉滋味,他觉得这个环境还是不错。虽然是在躲警报的场面下,那天角边的飞机马达声,已经没有了。抬头看四面山峰的山顶,中间透出一片深蓝色的夜幕。因为天气非常晴朗,这半边月亮还发出很充足的光辉。山谷下,全撒下了一片银粉。那树木的影子,一丛丛的深黑色,在这银粉世界里挺立着,很像是一幅投影画。觉得比起刚才看探照灯高射炮的情怀,完全是两样了。因为心里轻松,就走出了一个小山谷,踏进一个大山谷里来。这山谷里有上十亩地,都栽着高粱和玉蜀黍,这两种植物,全长得一丈高上下,把这个大山谷,变成了绿叶之海。人在山谷里走,也就是在绿海的叶浪里游泳。所以,前后几尺路,都是看不见的。他走了一截路,看到一块石头,就在上面坐下。抬头看高粱叶子,在月光里反映出油漆似的绿光,颇感到有趣,只管看了出神。就在这时,却有一片唧唧哝哝的声音,传入耳鼓。虽不知道这声音来自何方,猜想着也不太远。

## 第二十五章 群莺乱飞

李南泉听了这声音,不由得吃上一惊。虽然这惊骇是无须的,可是他心里的确怦怦然地连跳了几下。但是他沉静了两分钟,第二个感想,就是这在跑警报的时候,这种事情很多,那很算不了什么,也就不必再去研究了。为了避免冲破人家谈话的机会起见,自己还是走开为妙。于是缓缓地站起身来,扭转身躯,想由原来的路上走回去。这就听到有个男子的声音,嘶嘶地笑起来。接着他就低声道:"这个不成问题,过了几天,我要进城去,你要的是些什么东西,我一块给你买来就是。"随后就听到有个妇人接着道:"你说的话,总是要打折扣的。东西是给我买了。要十样买两样,那有什么意思?老实告诉你,这次你买东西要是不合我的意,我就不理你了。"那个男子笑道:"这话不好。若是这样说,那我们的交情,是根据了东西来的,那很是不妥,觉得你为人,很合我的脾气,我是想把我们的交情拉得长长的远远的。虽然我们还不知道抗战要经过多少年,可是我相信总也不会太远,到了抗战结束了,我的家眷,都是要回下江的。我私人还要在重庆作事,那个时候,我对你就好安顿了。"那妇人笑道:"你信口胡说,拿蜜话来骗我,到了战争结束,怕你不会飞跑了回下江。"那男子连说:"不会不会,一千个不会。"说到这里,李南泉听出那个男子的声音来了,那正是芳邻袁四维先生。他是个自诩正人君子之流的,而且处人接物,又是一钱如命的,怎么会带了一位女友来赏月呢?

这当然是一件奇怪的事。李南泉并不要知道袁四维的秘密。但既然遇到了这事,他的好奇心让他留恋着不愿走开。他又在这高粱地的深处站定,这就听到袁先生带着沉重的声音道:"你这样漂亮的人,跟着一个勤人,哪天是出头之日?虽然他年轻,可是年轻换不到饭吃。你若不是遇到我,像身上这一类的新衣服,从哪里来?在这一点上,可以证明我决不是骗你。我现在大大小小盖了好几所房子,随便拨你一所住,比你现在住那一间草屋子都舒服得多吧?"那妇人道:"这房子是你和人家合伙盖的,你也可以随便送人吗?"袁四维道:"现在就不算和人合伙了。那几个合伙的人,我用了一点手段,分别写出信去,说是遇到空袭,这地方并不保险,村子附近已经中过两回炸弹了。还一层,这里晚上出土匪。"那妇人道:"你这些话,人家会相信吗?"袁四维笑起来了:"戏法人人会变,各有巧妙不同。我当然不是这样直说。我说必须在这乡下,再找一个疏散的房子,最好离村子在五里路以外,各位股东,有自用武器,最好带了来。否则一家预备两三条恶狗。这些股东都是有钱的人,要搬到这里来住,本是图个安全,现在无安全可言,他们还来作什么呢?所以都回了信不来了,只有李南泉介绍的一位姓张的,我还没有法子挡驾。我想把钱照数退还给那个姓张的,也就没有什么事了。所怕的就是李南泉从中拿了什么二八回扣,那就不好办了。他不退给姓张的,姓张的也许不肯吃这亏。"

李南泉听了这话,不由得一腔火要自头顶心里冲出去。但他转念一想,这本是偶然的巧遇。若挺身而出,把这事揭穿了,袁四维很可反咬一口,说是有心撞破他的秘密,就是他不这样说,撞破他的秘密,那是件事实,他也会一辈子饮恨在心。于是站着沉思了一会儿,还是悄悄地走开。他心里想着,谁人不在背后说人?他这只是说着,李南泉要佣金。若是他要说李南泉欺骗敲诈,亲自没有听到,还不是算了吗?他越想心里倒越踏实。慢慢走着。他到了那村屋子里去,见掩着门的人家,由门缝子里露出一条白光来。同时,也就由门缝里溜出整片的烟。在下风头,就可以嗅到那烟里面有着浓浊的气味。这是熏蚊子的烟味。他走近了将门一拉,那烟更像一股浓雾向人身上一扑。在烟雾外面看那屋子正中,四、五个打牌的女人,六、七个站着看牌的男女,还有两盏菜油灯,全都埋葬在腾腾的烟雾中。四个打牌的女人,也有李太太在内。他便笑道:"你们这样打牌,那简直是好赌不要命。你们鼻子里嗅着这砒霜味,不觉得有碍呼吸吗?"下江太太正好合了个一条龙,高兴得很,她就偏过头来笑道:"各有一乐,我们坐在这里熏蚊烟,固然难受,但看到十三张就可以把这痛苦抵销了。你在竹林子里喂蚊子,那也是痛苦的。可是你也有别的乐趣,也就把蚊子叮咬的痛苦抵销了。"最后她还补了一句文言:"不足为外人道也。"

李南泉听到她这话,心里倒是一惊。下江太太为人,口没遮拦,什么话都说得出来,刚才和奚太太躲飞机的一幕,很是平常,若是经她口里一说,那是不大好的。因此对她和自己太太看了一眼,并没有作声。那位奚太太虽不大会打牌,可是她身上那布袋子里装有十四两金子,她也不敢在野地里再冒险。所以她也远远地站在牌桌后边,看大家的举动。下江太太这几句话,她就多心了,笑道:"喂!让我自己检举吧。刚才在这屋后躲月亮的时候,正好一批敌机来了。那里有个天然洞子,我带着三个孩子躲了进去,李先生随后也来了。这是不是有嫌疑?有话当面言明。大丈夫作事,要光明磊落。"李南泉隔了桌子,向她作了两个揖,拱了两拱手,笑道:"这是笑话说不得。罪过罪过。你是我老嫂子。"下江太太抹牌,正取了一张白板,她右手将牌举了起来,笑道:"看见没有?漂亮脸子是要加翻的。当年老打麻将,拿着这玩艺那还了得!"说着,她左手蘸了桌角杯子里一点茶水，然后和了桌面上的纸烟灰，向牌面上涂抹了，笑道："你又看见没有？白脸子上抹上一屋黑灰，这就不好打牌了。奚太太今天来的时候，就是这样子做的。一个女人长得漂亮了，处处受着人家的欣慕，也就处处惹着嫌疑。"李南泉对于她这些比喻，不大了解，可是桌上三位打牌的太太，笑得扶在桌面上都抬不起头来。原来奚太太在和奚先生没有翻脸以前，化装不抹胭脂，雪花膏抹得浓浓的，干了以后，鼻子眼睛的轮廓都没有了。太太们暗下叫她"白板"。

就在这时，门外有一阵喧哗声。有人叫道："就在这里，就在这里，一定躲到这里来了！"听那口气，多么肯定而严重。李南泉一想，一定是捉赌的来了，自己虽是个事外之人，可是自己太太在赌桌上，真的被拉到警察局里去了，这事可不大体面。为了这些太太说话，不好应付，正要躲开。现在倒可以迎出门去，替她们先抵挡一阵。于是先抢着到大门口来。在月亮下看看，倒并不是什么捉赌的。乃是袁四维太太带着她一大群孩子，还有男女二位帮工。李南泉受了这一次虚惊，很有点不高兴，笑道："这可把我骇着了，我以为是防护团抓人。"警报期间，本是不应该打牌的。袁太太手上拿了根粗手杖，还是那天赶场买米那个姿势。手杖撑在地上，顶住了她那腰如木桶的身体。她笑道："对不起，小孩子们不懂规矩。我们家里有点事，找袁先生回家去商量。他在这里吧？"李南泉是拦门站着的，他并不让路，摇摇头道："他不在这里，这里是太太集团。我也是刚进来看两牌。现在并没有解除警报，你怎么能邀袁先生回去？"袁太太道："不回去也可以，我要和他说几句话。"李南泉笑道："他实在是不在这里的。他不会到这里来熏蚊烟的。"袁太太见他这样拦着，越是疑心，将手杖对她的一个大男孩子身上轻轻碰了一下道："你先进去看看。"那男孩子倒有训练，就在李先生腋下钻了进屋去。李南泉笑道："我不会帮袁先生瞒着的,你自己进去看罢。"他说时,故意把声音放大一点,然后放开路,自己向外走去。袁太太以为他是放风,更抢着向里。李南泉和她碰撞了一下,好像是碰了棉絮团子。

这给李南泉一个异样的感觉:人碰人居然有碰着不痛的。但也唯其是碰得没有感觉,这位袁太太于李先生慢不为礼,竟自走向屋子里面去。李南泉事后又有点后悔。尽管这位芳邻不大够交情,也不常和她开玩笑。她找不着袁四维,证明了受骗,那倒是怪难为情的,赶快走开这里为妙。他于是不作考虑,顺了出村子的路走。远远地听到两个人说话而来,其中一个,就是袁四维。这就有点踌躇了,是不是告诉他,袁太太已经总动员来搜索他呢?于是闪在路边,静静地等他。这就听着他笑道:"我家里太太,向来是脾气好的。这回到你那里去把东西砸了,完全是受人家的唆使。好在东西我都赔了你,过去的事不必谈。她已经和我表示过,以后再不胡闹。而且你新搬的家,也不会再有人知道。若再有这种事情发生,那我就不管是多少年夫妻,一定和她翻脸。"说着话,二人已慢慢走近。在月亮下,李南泉看得清楚,袁先生学了摩登情侣的行动,手挽着一个女人走了来。只得先打了他一个招呼道:"袁先生也向这里找休息的地方吗?不必去了,这几间草屋子,家家客满。"袁四维听了,立刻单独迎向前来,拱拱手道:"呵!是是。我遇到一位亲戚,在这荒僻的山谷里,又已夜深了。不能不护送人家一程。"李南泉近一步,握了他的手低声道:"袁太太也在这里。大概……"袁四维不等他报告完毕,扭转身来就跑,口里道:"大概敌机又要来了。"然而他跑不到三、五步,老远地有袁太太的声音,叫了一声"四维"。

袁四维听了这郑重的叫喊声,只好站住了脚。突然向李南泉道:"李先生,前面你那位朋友还等着你呢,你过去看看罢。"说着,还向前指了一指。然后转身就去看他的太太。当他挨身而过的时候,虽看不到他太太脸色,可是在月光底下,还见他偏过头来向自己很注意地看着。身子走过去了,头还倒过来看着,他那内心的焦急是可知的。李南泉那份同情心,不觉油然而生,这就向他点了个头道:"多谢多谢,我实在也应该送人回去了,月亮快落山了,夜袭不会再有多久的时间的。"他说着,人就向前面走去。路头上有两棵不大的树,在树下现出两个桌面大的阴影,有个女人,手扶了树干,站在树阴里。这样,那自然就看到一个更浓黑的影子,什么样的人,是分不出来的。而且她还是背过脸去的,只能看到一个穿长衣的人影,肩上拖着两条小辫子。由此也可知道这位女士,也是很怕袁太太的。这就站近了她身边,低声向她道:"张小姐,快要解除警报了,我先送你回家罢。"他本不知道这位女人姓什么,这不过信口胡诌这么一个称呼。那女人倒是很机灵。也不说什么,就走了过来,在他前面走。一直走出了村口。她回头看看,才向李南泉笑着点了个头道:"李先生,谢谢你了,我不怕什么。我是一个穷人,为了吃饭,没有法子。袁四维的那胖子老婆,她要和我闹,我就拼了她。不过那样袁四维面子上很不好看,所以我就忍下来了。迟早我要和她算帐。"

李南泉笑道:"我不管你们的私事。因为袁先生叫我送你回去,所以我送你一程。"她道:"你怎么知道我姓张?"李南泉:"我并不知道,刚才是我情急智生,张三李四,随便叫出来的。张小姐要到哪里?我可以送你出我们村子口上。"她大声笑起来了,接着道:"李先生,我知道你是老实人。你也怕伤了邻居的面子。可是那没有关系的。姓袁的夫妻两个,向来就不作好事。大路上人人可走。只要我不和袁四维在一处走,那个胖女人她敢看我一眼吗?这条路上,哪天我不走个三、四、五回的?笑话,我走路还要人送?"李南泉一听这口气,倒是怪不好意思的。又默然地送了

第二十五章 群莺乱飞 | 651

她几步,这就笑道:"张小姐,过去不远,就有人家了。你一人走罢。"她停住了脚,对李南泉周身上下打量了一番,笑道:"你生我的气?刚才我这句话,并不是对你说的。你送送我,我也欢迎呀。你想,姓袁的那个老头子,我还可以和他交朋友,对你这个人我还有什么不愿交往的吗?走罢走罢!"说着,她就伸手拖着李先生的衣襟。李南泉这就不客气了,身子向后一缩,把衣襟扯脱开来,沉重的声音道:"现在不是在躲空袭吗?严重一点说,这是每个人的生死关头。在这个时候,若还是有点人性的人,也不会痰迷心窍。你要我送,我送你就是。不要拉拉扯扯。"那妇人将身子半扭着,偏过头来,对他望着,"哟"了一声道:"说这一套干什么?你在月亮底下,对我也许看不清楚,在白天你见见我看。我要人家送我走路,恐怕还有人抢着干呢。"

李南泉也只有随了她这话,打上一个哈哈,不再说什么。又默然地走了二三十步路,抬头看那一弯月亮,已是落到对面山顶上。那金黄色的月亮,由山峰上斜斜地射下来,射到这高粱簇拥的山谷里,浓绿色的反映,使人的眼面前,更现出一派清幽的意味。唯其是景色清幽,所以在这高粱小谷里走路的人,也感到有清幽的意味。他有点诗意了,步子越走越缓,结果和那妇人脱离了很远。也就在这个时候,顺着风吹来一阵呜呜的响声。那是解除警报了。路边正有一条小路,他就悄悄地插上小路。因为周围都是高粱地,这样一转,就谁也看不见谁了。在路旁挑了一块干净石头,又悄悄坐下。那中国旧诗文上颂祝月亮的好字句,不断涌上心头。料着在山村里躲警报的人,一定会随着解除警报的消息陆续回家,自己也就在这里等着。等了一会,但来的不是自己家里人,而是袁氏夫妻。袁太太打破了她向来在家庭的沉默,一路说着话走路。只听到她道:"女人的美有什么一定的标准,不都是在胭脂花粉、绫罗绸缎上堆砌起来的吗?"袁四维拖长着声音,每个字和他的腿步响,都有点相应和,他道:"那也不尽然吧?譬如瘦子,那是肉太少,胖子,那是肉太多。这与胭脂花粉绫罗绸缎有什么关系?嘿嘿,你说是不是?"他笑着是"嘿嘿",而不是"哈哈"。分明这笑声是由嗓子眼发出,而憋住了一大半没有发出来。袁太太以很重的声音道:"胖子有什么不好?杨贵妃还是国色呢!你嫌我胖?"

袁四维笑道:"杨贵妃是个胖子,这也是书上这样传下来的罢了。她有多胖,胖成个什么样子,有谁看见过?我想,她纵然胖,也不会是个腰大十围的巨无霸。"说着,他又是"嘿嘿"一笑。袁太太最苦恼的,就是她生成个大肚囊子。最近为了治这个毛病,既是拚命少吃饭,而且还作室内运动。自己觉得是很有成绩的。就是邻居们也都看到她的肚囊子减小,为她庆祝。这时,袁先生的语意,又是讽刺她的大肚子,坐在暗地里的李先生,也想到袁太太将无词以对。可是袁太太答复得很好,她道:"你是个糊涂虫。你以为现在还是个大肚子吗?我已经有三个多月的喜了。假如你嫌我的肚子大,我就把肚子里这个小生命取消他就是。"袁四维笑道:"你何必多心?我也不过是一种比喻话。"说到这里,他们已经走了过去,说话的声音,也就越来越小,不过一连串的全是袁太太的话。李先生独自坐着,发生了许多感慨。觉得男人对于自己太太,无论怎样感情好,总是打不破这个爱美的观念。袁四维夫妻,在打算盘一方面,可说是一鼻孔出气的。而袁太太实在也能秉承他的意志,和他开源节流,而一个大肚囊子,他却是耿耿于怀。他这样想着,不免幻想出袁太太穿了短衣,顶着大肚子在屋子里作赛跑的姿态。越想越笑,借了这笑破除寂寞,开始向回家的路上走。

他这笑声,引起了身后一大群笑声。正是那些打牌的太太们,也由先生们护送回家。他的太太,自然也在内。下江太太在后面问道:"李先

第二十五章 群莺乱飞 | 653

生,你什么事情这样高兴,一个人这样大笑?"李南泉道:"我想起了个笑话。"奚太太也在后面,就接了嘴道:"我就知道你说的是什么笑话,准是说我半疯了。世界上是两种人才会疯,一种是最愚蠢的人,一种是最聪明的人,我总不是那最愚蠢的人吧?"下江太太道:"你当然是最聪明的人。你若是不聪明,胸面前怎么会长三个乳峰。"这样一说,大家又是一阵哈哈大笑。他们走着路,月亮是正落到山后去,长谷里已现着昏黑,抬头看去,满天的星,繁密了起来。星光下的山,不像月亮下的人那样好看,但见两条巍峨的黑影,夹住人行的深谷。虽是成群的人走路,各人的心情,都觉得很沉重。虽是人群里有两三支电筒,前后照耀着,可是大家要留心脚下的斜坡路,就停止了说笑,沉默地走了一程,将近一家门口,却有一阵低微的哭泣声,呜呜咽咽,随风送来。警报声中,人是恐怖的。解除了警报,这恐怖的心情,还未能完全镇定。这种哭泣声,颇是让大家不安。走近了那哭声,却是袁四维家里。李南泉很明白,这袁太太伤心那大肚囊子,为丈夫所不喜。下江太太是喜欢热闹的人,首先问道:"刚才看到他夫妻两个,还是有说有笑,怎么到家之后,立刻有人哭起来了,我们看看去。"

奚太太在这人群里,是个急公好义者,"呀"了一声道:"天暗月黑,不要是出了什么乱子吧?"下江太太笑道:"老奚,你心眼里大概只有桃色纠纷这些事件。"奚太太道:"我猜着是不会错的。这世界上只有两个大问题,金钱和女人。"她说着话,径直向袁家走去。躲了几个钟头的夜袭,大家也都要回去休息,并没有人理会她的行动。李氏夫妇带着孩子们回家,喝点儿茶水,也就预备睡觉。这时,房门敲得咚咚的响,奚太太在门外叫道:"李先生你开开门,我有要紧的话和你说。"李南泉只好将门开了。她点个头笑道:"对不起,我问你一个字。"李南泉道:"你问一个字罢。"她道:"两个字行不行呢?"李南泉道:"你说罢,只要是我所能知道的。"奚太太将一个食指,在他家打开了的房门上比划着,问道:"鞋子的鞋字,革字在左呢,还是在右呢?大概是在右。"李南泉随便答道:"在右。"她道:"郁郁不乐的郁字,一大堆,我有点闹不清。是不是草字头下面一个'四'字。四字下是个必须的'须'字。"他随便答道:"对。"奚太太道:"算了罢,我问什么,你答什么,一点也不纠正我的错误。外面漆黑,你把菜油灯照着送我一节。行不行?"李南泉道:"好,我送你一节。你可别再问什么,大家都该休息了。"李南泉举了菜油灯在前,她跟随在后,直送到奚家走廊下,回身要走。奚太太一伸,低声笑道:"我告诉你一条好新闻,袁先生那样大年纪,还不学好,还要闹桃色纠纷。刚才我看袁太太,她就为了这事哭的。"李南泉道:"我们又何必要知道这件事呢?我也并没有打听人家家事的瘾,大家作邻居,总是相当和睦的。若是彼此打听对方的家事,很可能卷人是非漩涡呢!"说着,端了灯自转身回家去。遥远地听到奚太太说:"这个人简直是个书呆子。听话是死心眼子地听。"她虽是自言自语,那声并不小,每个字全都可以听到。那分明是取瑟而歌之意。李南泉心里好笑,回家去放灯,自将门关了。李太太站在屋中间,向他连连点了几下头,笑道:"你这行为,可以写在标准丈夫传里。"李南泉挺起腰干子,竖着右手的大拇指,指了自己的鼻子尖,嘻嘻笑着。李太太笑道:"你得意什么?假如杨艳华对你这样卿卿我我、表示好感,你也只好是逆来顺受吧?"李南泉笑道:"你还不放心她,人家就在中秋的前一天订婚了。"李太太道:"订婚算什么。刚才和你表示好感的女友,她不是几个孩子的母亲?"李南泉笑道:"罪过罪过。我们固然是很好的邻居。就算我们不是好邻居,我们试闭着眼睛想一想,在你也不堪一击吧?"李太太笑道:"你这样说,难道就不罪过?"说着,她又点了点头道:"这种人要和我闹三角故事,当然是不堪一击的。"于是夫妻两人都笑了。在他们正高兴的时

第二十五章 群莺乱飞 | 655

候,斜对过的袁家,还是有细微的哭泣声,隐隐地传了出来。他夫妻对这哭声,自也感到奇怪。在他们睡醒了一觉之后却听到袁家很多人说话。半夜里的说话声,是很惊人的。李先生赶快起来,打开头门来看,却见袁家灯火通明,很多人进出来往。

这当然是一件怪事。不免就走到长廊上向那边呆望着。看到那里停着一乘滑竿。有两个白纸灯笼亮着,有人提在手上晃摇。李南泉慢慢向长廊小木桥上,背了两手,向袁家后门走去,那是他家的厨房,灶火熊熊,正在烧饭。他们家的厨子端了盆凉水要向外泼,李南泉就大声叫着"有人"。那厨子笑道:"李先生也是这样的早?"他笑道:"被你们的声音惊动了。你们家今天有什么举动?"厨子道:"我们太太要去看病。要进医院。走晚了恐怕在路上遇到警报,所以半夜里就走。"李南泉对他们家探望了一下,也不见有什么惊慌的气氛,因道:"这就奇怪了。上半夜我们还在一处躲空袭的,这几小时的工夫,她怎么病得要抬到医院去?"厨子道:"不但上半夜是好好的,现在也是好好的。我们作好了早饭,先送给她吃,她还吃了两碗呢。"李南泉道:"若是这样,根本就用不着看病,还抬着上医院干什么?"厨子道:"太太要这样办,我们院长也赞成,我们哪里晓得?"李南泉笑道:"那是你们太太骗你的。"厨子道:"我们叫的滑竿,就说明了到歌乐山中央医院,那一点不会错。"正说着他们房子前面院子里一阵喧嚷,李南泉绕过屋角去观望着,但见灯光照耀之下,袁太太左右两手都提了包袱,跨上了滑竿。袁先生在后面,笑道:"我一定去。我坐第一班车子进城。进城之后,就赶上歌乐山的车站,可能赶上第二班车。那末我十一点钟以前可以到医院,恐怕你还在半路上走呢。"

听他们这个口音,的确是上医院。袁太太对于胖病,是很伤脑筋的。原来就有意治这个胖病。和袁四维一度口角之后,大概是到中央医院去治胖病去了。李南泉站着出了一会神，觉得晓星雾落，东方天角，透露着一片白光。那南风由山缝里吹拂过来，触到人身上，很让人感到轻松愉快。信步走到竹子下面，那低垂的竹叶，拂到人的皮肤上，还是凉阴阴的。这更是感到兴趣，索兴顺了人行小路，放着步子往前走。不知不觉到了村子口上。自己很徘徊了一些时间，便觉得眼前的山谷人家，渐渐呈现出来。正是天色大亮，赶早场的人，也就继续由身边经过，那村口上有个八角亭子，高踞在小山峰上。由亭子上下视，山脚下一道小山河，弯曲着绕了山脚而去。正有一只平面渡船，在山脚浅滩上停泊着，不少人登岸，在沙滩上印出一条脚印，那也是到这山脚下街上赶早市的。这些人都走了，那船静悄悄地半藏在一株老垂杨树里，这很觉得有点诗意，更是对山下看出了神。耳边上忽然有人叫了一声"李先生"。回头看时，那是个摩登女郎，新烫的飞机头，其不蓬松之处，油水抹着光亮如镜。她穿了件花夏布长衫。乃是白底子，上面印了成群的粉色蝴蝶，鲜艳极了，正是晨妆初罢。脂粉涂得非常的浓厚。尤其是她的嘴唇，那唇膏涂得像烂熟了的红桃子。这是谁？看那年纪，不过二十岁，还难得见这样一个熟人呢。

那女人见李南泉只管望了他，这又笑道："李先生怎么起得这样早？这两天看见正山吗？"李南泉被她这样一提，就想起来了。她是石正山的养女小青姑娘。她现在已升任为石正山的新太太，所以她径直地称呼他的号。李南泉点头道："好久不见，由城里而来吗？"她道："昨天下午回来的，住在朋友家里，今天回家来取点东西。石正山的那个阎王婆这几天闹了没有？"李南泉道："我不大注意石正山家里的事，似乎没有发生什么问题。"小青索兴走近了两步，向他笑道："李先生，你是老邻居，我们家的事，你是知道的，我在石家的地位，等于一个不拿工薪的老妈子。他们认我为养女，那是骗我的。请问，谁叫过我一声石小姐呢？不过有一句说一句,正山总是喝过洋墨水的人,他还晓得讲个平等。他对我处处同情。为了这一点,他和我发生了爱情。我原来姓高,他姓石,我们有什么不能谈爱情的呢?又有什么不能结婚的呢?"李南泉也没说什么,只是点头笑着。小青道:"我听到那阎王婆昨天晚上不在家,我趁个早,把存在那里的东西拿了走。我并不是怕她,吵起来,正山的面子难看。在这里遇到李先生,那就好极了。请你到石家去看看。阎王婆在家里没有?我怕我得的情报,并不怎样的准确。"李南泉心想她说了这样多的话,原来是要替她办这样一件差事,便沉吟道:"大概石太太是不在家。"小青向他鞠了半个躬。笑道:"难为你,你帮我去看看罢。"她不会说国语,说了一句南京话。

这时,天色更现着光亮了。大路上来往的人也多了些。小青又向李南泉笑道:"我看到李先生和杨艳华常来往,对我们青年女子,都是表示同情的。还是请你到石家去看看。若是那个人在家里,我就不进去了。"她说着话时,带了一种乞求哀怜的样子,倒不好怎样拒绝着,就向她点个头道:"我倒是不愿意给你去探听一下消息。不过石太太现在变了。和我太太很要好,在一处说笑,在一处打牌。我若是和你去问问消息,她在家,我不作声也就算了。她若不在家,我把你引去了,她家的孩子们知道的。将来告诉了石太太……"小青笑道:"你是邻居,她还把你怎么样吗?她是石正山的太太,我也是石正山的太太,看在正山面上,你也应当给我帮个忙。"她说着,只是陪了笑脸。李南泉道:"好,你就站在这亭子里,我和你去看看。"这里到石家,正是一二百步路。他走到石家大门外,见门还是关闭着的。绕墙到了石先生卧室的外面,隔了窗户叫道:"正山兄在家吗?我有点消息报告。"里面立刻答应了一声,石正山开了窗户,穿条短裤衩,光了上身,将手揉着眼睛。李南泉低声道:"有个人要见你,怕嫂夫人在家,让我先来探听探听。"石正山立刻明白了,脸上放满了笑容,点了头低声道:"她昨天下午就走到亲戚家去了。她来了?在什么地方?"李南泉道:"她要回来拿东西。"石正山且不答话,百忙中找了面镜子,举着在窗户口上先照了照,再拿了把梳子,忙乱着梳理头上的分发,又伸手摸摸两腮,看看有胡子没有。

李南泉笑道:"你何必修饰一番方才出去?要你去见的人,并不是生人。"这句话倒把石正山抵住了,他红着脸道:"我刚起床,总也要洗一帕脸吧?"他一面说着,一面穿衣服。最后,他究竟不能忘记他的修饰,就扯下了墙钉子上的湿毛巾,在脸上脖子上乱擦乱抹。他也来不及开门了,爬上窗台,就由窗台上跳了下去。脚底下正是一块浮砖,踏得石头一翻,人向前头一栽,几乎摔倒在地。幸而李先生就在他面前,伸着两手,把他搀扶住了,笑道:"老兄,你这是怎么回事?怎不开门,由窗户里跳了出来呢?小青小姐是要回家拿东西的,你叫人家也由窗户里面爬了进去吗?"石正山"呵唷"了一声,他又再爬进来,然后绕着弯子,由卧室里面开了大门,一直走将出来。这时,小青已经远远地站在人行路上。看到石先生出来了,抬起一只手来,高举过了头,连连地招了几下。只见她眉毛扬着,口张着,那由心里发出来的笑意,简直是不可遏制的高兴。石正山也是张了大口,连连地点了头,向着小青小姐面前奔了去。但是,他走路虽然这样的热烈,而说话的声音却非常的谦和。站在她面前,弯下头去,对她嘻嘻地笑道:"这样早你就回来了?城里下乡的样子,有这样的早吗?"小青见李南泉还站在他身后,向前瞟了一眼,就不再说什么,只是微笑着。她同时拿出一条小花绸手绢捂住了自己的嘴,而将牙齿咬着手绢角的上端,把手扯着手绢角的下端,连连地将手绢拉扯着,身子扭了两三扭。

李南泉也觉着人家冒了极大的危险来相会,自己横搁在人家面前,这是极不识相的事,抬起一只手来,向石正山招了两招,说是"回头见",也就走开了。他直到自己家门口,向石家看去,见小青已是回了家了,这事算告一段落,自也不再介意。他们的屋子和石家的屋子,正是夹了一条山溪建筑的。李家的屋子在山溪上游,石家的屋子,在山溪的下游。两家虽然相隔几十丈路,可是还是遥遥相对。在李南泉家走廊上,可以看见石家走廊。石家的走廊,在屋子后面,正是憩息游览之所。那也是对了山溪的。他们的走廊相当的宽敞,平常总是陈列着一套粗木桌椅,还有两张布面睡椅。向来,石正山夫妻二人横躺在睡椅上向风纳凉,小青送茶送水。这时,见小青睡在布面椅子上,单悬起一只脚来,只管乱摇着。石先生坐在一张矮凳子上,横过了身子,半俯着腰。看那情形,是向她说些什么。过了一会,石先生燃了一支烟,递给小青姑娘,随后又捧一只茶杯过来。小青躺在睡椅上,并不挺直身子来,只是将头抬着。石正山一只手撑了椅子靠,一只手端了那杯茶,向小青面前送着。小青将嘴就了茶杯,让石先生喂她茶。李南泉看了,情不自禁地点了几点头,心里正有几句打油诗,想要倾吐出来。可是还不曾在得意之间吟咏了出来,忽然一阵尖锐的声音,破空而至:"你们好一对不要脸的东西,青天白日作出这样无耻的事!"看时,正是石太太在村口上飞奔而来,奔向她家的门口。

李南泉看到了,倒是替石正山先生捏一把汗,料着这是有唱有打的一出热闹戏。也就赶着站在走廊沿边上向前看去。这时,石正山一扭身避开了,小青却是从容不迫地站起来,将两手叉了腰,作一个等待拚斗的样子。石太太口里骂着道:"好个不要脸的东西,还敢跑到我家里来!"小青道:"你少张口骂人。重庆是战时国都所在,这是有国法的地方,我要到法院去告你。你不要凶,我有我的法律保障。你若动我一根毫毛,你就脱不到手。"石太太骂着跑着,已走到了走廊上,听到小青说的话这样强硬，就老远站住了脚，指着她道："你这臭丫头，你忘恩负义，你作出这样不要脸的事！"小青道："你骂我臭丫头，你要承认这句话。你不要反悔。你自负是知识女子，你蹂躏人权，买人家女孩当奴隶。你没有犯法？"石太太指了她道："好！我白养活了你这么多年，你还咬我一口。你没有叫我作妈妈，你没有叫石正山作爸爸？你和义父作出这种乱伦的事，你还要到法院里告我？"小青道："哪个愿意叫你妈妈，是你逼迫我的，这也就是你一大罪行。我们根本没有一点亲戚关系。你丈夫爱我，不爱你，这有什么关系？你又有什么法子？你有本领，叫你的丈夫不要爱我。你说我乱伦，你也未免太不要脸，我和你石家里五伦占哪一伦？你是个奴役人家未成年女儿的凶手。你到现在还不觉悟，还要冒充人家的尊亲，就凭这一点我也可以告你公然侮辱。"

小青姑娘已不否认是丫头出身。这样的人，会有多少知识？现在听她和石太太的辩论，不但是理由充足，而且字眼也说得非常得劲。凭着她肚子里所储有的知识，可以说出这些话来吗？唯其如此，她所说的话是更可听了。这就更向廊沿边上走近了两步。同时，左右邻居，也都各走到门口或窗子边，观看他们所能看到的戏剧。远邻如此，近邻也就不必作壁上观，都跑到石正山家来。而来的也都是太太们。这些太太，虽然有正牌的有副牌的，可是到了石家新旧之争的战斗场面上，她们表示着袒护旧方的情形，大家全在石太太前后包围着，向她笑说了劝解。石太太看到同志来了，气势就更兴旺。拍了手，大声说话。有两位小姐来了，也把小青拉开。小青一面走着，一面歪着脖子道："我并不要到这种人家来。但是这屋子里有我血汗换来的东西，我当然还要拿走。这还算是我讲理。我若不讲理的话，我把这国难房子也要拆掉一角。这房子上不也有我许多血汗吗？日子长着呢，我慢慢地和他石家人算帐。不过石正山除外，他很爱我。我也很爱他。"小青说着最后一句话,还回过头来,向石太太看了一眼。石太太就最是听不得这一类的话,望望左右的女友道:"你们看这丫头,多……多……不要脸。我看不得这不要脸的女人。"她说着这话时,把两脚乱顿。看到身边窗户台上有只铁瓷脸盆,顺手拿了起来,就向小青砸了过去。其实她这时已经进屋去了。只听脸盆"呛啷啷"由墙上滚到地上,一阵乱响。

小青已经是走到屋子里去了,对于这个打击,当然没有理会。石太太觉着这一瓷铁盆打得对方并无回手之力,完全占了上风,越是在众人面前破口大骂。旁人劝一阵,她接着骂一阵,不知不觉,骂了有三四十分钟。有一个小孩子报告道:"石太太,你不要骂,他都走了。石先生说,他走了,叫我们小孩子不要告诉你,让你骂到吃午饭去。累死你。"石太太听了这话,料着石正山正和小青同路走了,赶快追了出来。直追到村口亭子上,向山下一看,见那道山河里漂着一只小平底船。船后艄有个人摇着摧艄橹,船中舱坐着男女二人,女的是小青,男的是自己的丈夫石正山。两个人肩膀挨着肩膀,并坐在一条舱板上,那还不算,石正山又伸了一只手,搭在小青的肩膀上。小青偏过头来,向他嘻嘻地笑着。石太太看到,真是七窍生烟。可是这里到山下,有二百级石头坡子,而且这种山河是环抱了山峰流出去的,要赶到河边总有一里路。赶到那里,河水顺流而去,那一定是走远了。还有什么法子将他赶上呢?待要大声喊骂几句,那又一定惊动了全村子里的人,必是让着大家来看热闹,这和自己的体面也有关系。只有瞪了两只眼睛,望了那只小船载着一双情侣从容而去。当时,她鼻子里呼呼地出着气,只有在亭子外面来回地走着。在石家劝架的人,都跟着走到亭子上来,还是将石太太包围着。石太太两手抓了下江太太的手,全身发着抖道:"你看这事怎样教我活得下去呢?我恨不得跳下山去呀！"说着，两行眼泪齐流下来。

下江太太笑道："你又何必这样生气？石先生虽然走了，他今天不回来，明天不回来，还能永远不回来吗？等他回来了，你总有法子和他讲理。"石太太将两手环抱在怀里，只管在亭子檐下来来去去地走着。白太太也就拉着她的手道："回家去罢。把自己的身体气坏了，那才不值得呢。"说着，拉着她的手，就向她家里走。石太太的鼻孔呼呼作响，两只脸腮，像是喝醉了一样。一群太太如群星拱月似的，把她护送到了家里。石太太一屁股坐在椅子上，将手肘拐子撑了椅子靠，手掌托了头，眼皮都下垂着，不能张开眼睛来。白太太站在屋子中间，四周看了一看，笑道："那屋子一切寻常，倒并没有什么漏洞。"这漏洞两个字，又引起了石太太的一腔怒火，她将手拍了一下茶几道："我就知道石正山这东西，太靠不住。非时刻监督他不可。可是我昨天下午五、六点钟才走开的，预定今天一大早就回家，料着也不会有什么事情。可是到了半夜里，心惊肉跳，我还是不放心，今天天不亮就起来向家里跑。走到村子口上，孩子们向我报告，这贱丫头已经到了我家里了。我听了这话，真是魂飞天外。"在屋子里的太太们，听了这话，哄然一笑。下江太太笑道："这事情何至于这样的严重？他们也不是今天才成双成对，你魂飞天外，早就登了三十三天了，到现在你还能在这里坐着吗？"石太太听了这话，也就笑了。她点点头道："我急了，说话没有一点次序。我是说听到这个消息，实在太气了。我怕什么，石正山跟她跑了也没关系。"

下江太太笑道："有你这句话，什么问题都解决了。我们还劝导些什么呢？"石太太看到有友人吸烟，伸着要了一支，然后擦着火柴，将烟点上，深深地吸了一口，将烟像标枪似地喷了出来。下江太太笑道："石太太虽然不会吸烟，这个姿势好极了。"石太太笑道："我什么不会，我样样

第二十五章 群莺乱飞 | 663

都会,我就是不肯干。"白太太看她这样子,走向前,轻轻地拍着她的手膀子道:"不要生气,奚太太不是还要替你补祝生日吗?她是难得请客的人,她一切都预备好了,你若不去吃喝她这一顿,那她是大为扫兴的。"石太太将两手环抱在怀里,把那支烟衔在嘴角里,偏了头向大家斜望着:"那也好,你们先回家去预备,趁着上午天气还凉快,我们先来个八圈。牌打饿了,多多吃奚太太一点。"

大家听了石太太的话,信以为真,各自分手回家。白太太家到石家最近,相隔只有一条人行路。白家大门对了石家后门的竹篱,由白家的窗户里,可以看到石家人的进出。一小时后,见石家来了一位老太太。这是石正山的同乡,倒是常来给他们管家的。又过了半小时,却见石太太带了个手提包,坐着滑竿走了。白太太在家里是穿短汗衫的。披起长衣,追到屋子门口来。在大路上看时,滑竿已是无影无踪的。白太太还不知道石太太是什么意思,就把石家的大女孩子叫出来,问道:"你妈妈呢?"她道:"我妈妈追我们家的那个大丫头去了。"这位小姐也有十三四岁,她提了大丫头这句话,脸色沉了下来,把眼瞪着。仿佛这大丫头就站在面前。白太太笑道:"你别叫她大丫头了。她是你的姨娘了。"那小姑娘"呸"的一声,向地面吐了一片口沫。白太太笑着,只是望了她。这时,石太太的好友奚太太,也走来了,望着这石小姐道:"刚才我看你妈坐滑竿走了,到哪里去了?"女孩子道:"我妈想起来了,明天就是八月十五。我爸爸不在家过,跟那大丫头到城里去团圆,那是决不能放过他们的,追到城里去,让他团圆不了。"奚太太听了这些话,先是呆了两分钟,突然脸色一变,拍了手道:"我活不了了!"说着,像发了疯似的,扭转身子,径直地就跑回家去。这路边上正有砍柴人丢下来的一株野刺,她跑得后衣襟飘飘然,挂在野刺上,拖得那野刺就地滚着跟她跑。

白太太看着,笑道:"这是怎么回事,奚太太中了魔了吗?"石小姐也笑了,想了一想道:"她是要在今天请我母亲吃午饭的。东西都预备好了。现在我妈进城去,她请了许多客,预备下许多菜,很可惜了。"白太太摇了两摇头道:"不大像。我去看看。"说着话,她向李南泉家走来,因为李家和奚家是走廊连着走廊的,白太太慢慢地向李家门前走来,口里叫着:"老李呀,今天天气凉快呀。"正好,李太太由屋子里迎到走廊上来,挥着手向她摇了两摇,又伸手向屋子里指了一指。白太太道:"我们还是谈民主的人哩,你先就泄了气了。难道说天气凉快,一定是请你打牌?不许看书或者作点儿针线活儿吗?"说时,走到她身边,把刚才奚太太的行为说了一遍,接着低声道:"我看她是要玩什么花样。"李太太道:"只要她不放火烧房子,无论她有什么表演,我都不含糊。"正说着,见奚太太四个男女孩子,在她家走廊上一排站立着。奚太太站在他们前面,喊了口号道:"向左看齐!立正!"白、李二位太太一怔。心里想着,她跑回来是给孩子教体操的?奚太太等孩子们站好了,她就正了脸色,向孩子们说了一大套话,最后是:"我有办法,一定把你爸爸找回来,大家过个团圆节。不然的话,我不回来过节的。你们好好跟着周嫂。吃的喝的,我全预备好了。散队!"孩子们也真有训练,直听到"散队"两个字的口令,方才散去。李、白二人这才明白,原来她是训话。

奚太太训话完毕,掉转身就向屋子里走。她左手倒提了一柄纸伞,右手提了旅行袋就走了出去。走到大路上将伞举了一举道:"孩子们,你们若是和我合作,就要听话,不要在家里吵。你们相信你妈妈。你妈无论作什么事,是不会失败的。"说着,她就撒开了跑警报的步子,奔向村子外去。李、白二位太太站在走廊上,她的行为,使她们呆了。白太太直把她的影子看没有了,才问李太太道:"这位半神经什么意思?"李太太笑道:

"我已听见她说了。她和石太太是棋逢敌手,石太太能作到的事,她也可以作到。石太太到重庆去抓丈夫回来,她也要这样作。不过我看这事成功的希望很小。"白太太笑道:"不过她说请我们作陪客的,这一顿吃给她赖了。"李太太听到,向地面上吐了一下口水,笑道:"现在你们是不叨扰她了,我告诉你罢。"于是把奚太太踢死的鸡,猫衔的咸鱼,狗咬的腊肉,以及腊肉上有老妈子鼻涕的话,详细叙述了一遍。白太太骂了句"该死",也就不再提了。这一大早晨,经过奚、石两家的事,也就到了八、九点钟。四川秋日的太阳,依然是火伞高张。蔚蓝色的天空,望着空洞洞的,偶然飘了一两片大白云,那太阳晒照在山谷里,有一片强烈的白光,反射人的眼睛。这样晴朗的日子,表示川东一带天气都很好,那也正好是日本飞机肆虐的日子。大家正注意着警报,半空里又有"哄咚哄咚"的声音。有这种声音,表示是敌人侦察机来了。

照着向例,侦察机上是不带炸弹的。所以侦察机机临市空,警报台上,只挂一个式的灯笼,俗话叫做"三角球"。这虽是个矛盾而不通的名词,可是大家相习成风,也没有什么人见怪的。这个名词有趣,在挂三角球的时候,也就不为什么人所注意,所以直到临空的头上,听到"哄哄"的声音,大家才知道敌机到了。这侦察机给人一个印象,就是两小时之内,一定有大批轰炸机来到。这理由是敌人知道侦察机来逼之后,我方必有准备。要来就是大批,以便有恃无恐。大家听到侦察机声,就赶紧准备逃警报。精神一紧张,大家把袁、白、奚三位太太的故事,也都忘了。这天的警报,趁着充分的月色,由早晨直闹到晚上两点钟。在两点钟以后,四川山地,每有薄雾腾空而起。这才解除了警报。大家回家,自是精疲力尽。第二日起来,便是八月十五。四川的中秋,依然不脱夏季气候。李氏夫妇刚起来,就见杨艳华穿一件白底红花的长衫,撑了一把同样的花纸伞,穿着高跟鞋,走得风摆柳似地过来。李太太迎到廊子上笑道:"杨小姐,好漂亮。趁着警报还没有放,先美一阵子也好。"杨艳华笑道:"师母,你忘记了吗?今天我们请你吃午饭。"李太太道:"哦,今天是杨小姐大喜的日子。你是诚心诚意地请客,还要自己来呢。假如今天上午没有警报,我们一定来吃喜酒的。"杨小姐道:"有警报也不要紧,我们家旁边就是防空洞。"

李南泉道:"我一定来。你那里的防空洞小,我太太要带着孩子逃警报,只好谢谢了。"杨艳华笑道:"不要老向警报上想,我们要干什么,还要干什么。若遇事先估计着警报要来,那就什么事都干不了。师母,你一定要来。"她说着话,还向李太太深深一鞠躬,那就是表示着十分诚恳的样子。李太太笑道:"既然这样,我就再捧你一场。一直捧到你订婚,我这个捧场的,可就也够交情的了。"她说着,望着李南泉微微一笑。这里面可能含着什么双关的意思,李先生不便说话。杨艳华笑道:"老师和师母成全我的意思,我是十分明了的。以后可能我还要唱戏。还有请关照的日子。那并不是说姓陈的不能供给我生活,我想一个人生在社会上,无论男女,最好是各尽所能。我就只会唱戏,除了唱戏,我就是个废人。我怎么能把废人永久作下去呢。"她站在走廊上和李氏夫妇说着话,左右邻居,都各自走出了门,三三两两站住,远远向这里望着。李太太点着头笑道:"这就很好! 你看,我们这些邻居,听到说你不唱戏了,都是大失所望。看到你来了,大家全是探头探脑的,看着恋恋不舍。"说着,她伸手向各处的邻居,指点了一番。杨艳华笑了,探看的邻居也都笑了。她点个头道:"老师、师母一定赏光,我还要去请几位客呢。"她说着走了。李太太立刻把脸色沉了下来。李南泉道:"你看她多么喜气洋洋。"李太太将手一摔道:"你不要和我说话。人家请我去吃喜酒,你为什么当面代我辞了？我偏要去！"

李先生摇了头笑道："我真愚蠢，我想不起来，你为什么要发脾气。难道我留你在家里，免得逃警报，还有什么坏意不成？"李太太道："我的应酬，我愿去不愿去，有我的自由，用不着你多管。你在人当面说了这话，那是表示我出门作客，全没有自由，都得听你的命令。谁都有个面子，教人怎么不难为情？"李南泉先是有点生气，沉静着想了一想，也笑起来了点头道："我粗心，真没想到这一点。你要挽回这个面子，那非常之容易。回头我们一路到杨艳华家去，我随在你后面，给你拿着大皮包，像是个听差的样子。你并可以当着众人的面，叫我给你倒茶点烟。我对于这个很无所谓，怎么着也不会取代我这个作丈夫的资格的。"他是站在走廊上说话的，连邻居们听着都笑了。李太太道："你也不怕人家笑话？"李南泉道："我若怕人家笑话，你怎么能挽回你的面子呢？我故意在这里大声疾呼，就是给你挽回面子呀。各位邻居，你们都听到了，我是愿意给太太当听差的。"吴先生在他自己屋子搭腔道："我们听到了，李太太面子十足。"邻居们又是一阵狂笑。这样一来。李太太就什么都不能说了。到了十一点钟，她整理衣妆完毕，也就预备去吃杨小姐的喜酒了。隔了窗户，看对面人行路上，来往的人，又在放开步子跑。跑的人口里说着："挂了球了，挂了球了。"李太太叫了声："糟糕！所有吃喜酒的人，都不会去的，我们也不算失礼。"李南泉道："不去不合适吧？等紧急警报来了，就躲她附近的洞子好了。"

李太太道："拖儿带女，跑到人家那里去吃喜酒，根本就不像话。若是遇到警报，又拖一大群去躲人家的防空洞，那是很勉强人家的事。"李南泉道："放了空袭，你再回来就是。"李太太笑道："你不必只管将就，反正我原谅你就是。放了警报向家里跑，再收拾好了东西出去，要费多少工夫？要去你现在就去。他们那洞子实在不好，我希望你也早点回来。"她说着，将一件灰绸大褂，一把折伞，一根手杖，都交给了他，口里还连连说着："去罢去罢。"李先生看看太太的脸色，似乎还不太坏，只好接过东西，交代清楚，放着警报就回来，这才穿起长衫，向杨艳华家走去。平常挂起预行警报红球之后，总在半小时之后才放警报。甚至敌机不来，警报器也就永远不响。所以李南泉走着缓步，并没有当着什么急事。当他走到杨家门口还有十来步的时候，长空里发出呜呜的悲号声，空袭警报终于发出了。这让他很尴尬，到了人家门口了，纵然不吃饭，也应当进去向人家打个招呼。可是今天的警报，又来得急迫。也许十分钟之内，紧急警报就来了。那时候是在人家那里周旋着，还是立刻走开呢？他正是这样犹豫着，恰好杨老太由大门里出来。她笑道："李先生快请进来坐，不要紧的。我们这里，隔壁就是防空洞。放了紧急，也可以来得及躲洞子的。李太太没有来？"李先生在人家这殷勤招呼之下，实在也不能抽身向回走，只有点了头，随了人家进去。

杨艳华家楼上楼下，倒还有十多位男女来宾。除了她的同行，还有左右邻居。他们都是附近洞子里的主顾。所以虽然放了警报，并不慌张，依然在这里谈笑。楼上有一张麻将牌，和杨小姐订婚的陈惜时，就是牌角的一个。他新理的头，头发梳拢得油光淋淋，脸上笑嘻嘻的，也是喜气迎人。他穿了一套纺绸裤褂，没有一丝皱纹。看到李南泉来了，他两手扶了桌上的牌，站立起来，笑着点点头道："李先生，你来玩两牌。"杨老太也随着上楼来了，她笑道："放警报很久了，不要打了。"陈惜时笑道："没关系，防空洞就在门口，不用三分钟就进了洞，老早地预备干什么呢？李先生给我来看两牌罢。"李南泉对于他这个请求，自然不必婉谢，就在他身后椅子上坐着看牌。杨艳华来回地伺候茶水。陈惜时的手气很好，打四牌就和了

第二十五章　群莺乱飞　｜　669

三牌。因为警报放过去很久,并没有紧急警报,大家也都将警报这件事忘了。又打了几牌,陈惜时正把牌要造成清一条龙,长空里又放出了"呜呜"的声音。这个警告,是让人不能安神的,牌客都随着声音站立起来。陈惜时笑着摇摇手道:"不要忙,可能是解除警报。"大家听了他的话,沉默着听下去。可是那警报声到了最后,是"呜呀呜呀"的惨叫。这告诉人飞机已临市空,是最紧急的时候了。杨艳华道:"不要打了,从从容容地进洞子,也可以找一个好一点的地方。"陈惜时还想说什么时,同桌的人都放下牌走了。

李南泉立刻站了起来道:"这紧急警报过了许久,突然又响起来,可能是敌机在外围绕了个大圈子来个空袭。不用提,来势是很猛的,大家还是提防一二,回头见罢。"陈惜时笑道:"没关系,我们这乡下,有什么值得敌机轰炸的。"但是在楼上的人,都不能像他那样镇定,全站起来了。都是半偏了头去听那警报器的悲号声。结果,那警报是"呜呀呜呀"继续叫,证明那警报确是紧急,大家一窝蜂地下了楼。李南泉想着,这时也无须去和主人客气,提起刚脱下的长衫,也随着众人下楼。杨家的屋子,面对了一个山麓,下斜对门,都只一两户人家。人家两头上通山峰,下到山溪,倒是相当空阔的。走出屋子来的人,一面走路,一面抬头向天空里张望。当时就有一片马达声直临到头上。看时,两架驱逐机,由山头上飞过去,便是用肉眼,也看到飞机翅膀上,涂着两块红膏药。李南泉心里暗叫声不好,看到斜对面山麓上有一条斜直的石缝,赶快缩了身子,钻到那石缝里去。这当然只有一两分钟的事,天上的两架飞机,对这个乡镇,绕了圈子,也就过去了。不过这也是敌机临头了,李南泉要由这里回家,还有两三华里的路,在半路再遇到了敌机,可就不容易找着躲避的地方。只好舍去了原来的计划,就在这山麓上找附近的洞子躲去。这洞子是依照天然洞子,由人工在里面加深加宽的,并在洞旁开了个侧门。

李南泉觉得这个洞子,相当的安全。立刻就奔向这个洞子。好在看守洞门的,都是镇市上的熟人,并不拦阻,就让他进去了。这时,洞子里挂着两盏菜油灯,昏黄色的光,照着男女老少,分在洞子两边长凳子上坐着,已经没有了一点空当。便是洞子中间,放下矮凳和小箱子,也都坐满了人。直到洞子半深处,有人叫道:"欢迎欢迎,李先生也来了。就在这里坐着罢,里面挤不下了。"昏暗中听到是这里的保长说话,这得听人家的指挥,觉得脚下有个布包袱,也不管是谁的了,便缓缓地坐了下去。刚坐下,洞子口上的人,就是向里面一阵拥挤,李南泉身上,就有两个人压着。这不用说,是洞口上的人,已经看到敌机临头。他不便和人争辩,正要站起来,突然一阵猛烈的风,夹着飞砂石子,就向洞子里一扑。两盏菜油灯同时熄了。耳朵里但听到风声大作。他感觉到挨着旁边坐的两个人,周身都在发抖。洞子深处"哇"的一声,有两个人哭着。也有人喝道:"不要作声,敌机在头上还没有离开呢。"可是这哭的人,并不肯停止。在这样紧张的情形下,李南泉也是无法镇定,身上被两个人斜压着,也不敢动,只觉得这一颗心,"扑突扑突"跳个不住。那两个人哭声停止了,洞子里挤着一二百人,全沉静了,死过去一般。忽然有人在洞口叫起来道:"不好!炸死了人了!这是谁呀?"又有人道:"是陈先生,杨小姐家的客人!"

这一声喊叫,首先把洞子里的杨太太惊动了,"哎呀"一声,就向洞子外跑去。有人叫道:"杨太太,跑不得,敌机还没有飞走呢!"杨太太哪里管,自己就直奔洞口。到了洞口,她见新定身分的姑爷陈惜时,倒在地上,伏面朝下,下半身给血糊了,一条新的纺绸裤子,已有一大半是红的了,她又"哎呀"一声,蹲在地上,手扶着他问道:"惜时,你怎么了?哪里受了伤?"他哼着道:"不要紧,我是让一块碎片,打在屁股上了。也不知道,……"他说不下去了,继续哼着。杨艳华随也跟着来了,看到陈惜时下半身全是血渍,一声不响,就哭了起来,站在洞门,只是掀起衣襟角去擦眼泪。李南泉入洞不深,洞子口上的声音,他全都听到。为了彼此的交情,实在不能含糊,他就挤到洞口上来。低头一看陈惜时的脸色,已经成为一张灰色的纸,这就向杨太太道:"不要惊动他,就让他躺着罢。等解除警报了,送他上医院,这个时候,没有人送,有人送,医院也是没有人的。"杨太太顿了脚道:"哪知道什么时候能解除警报呢?病人能等着这样久吗?"杨艳华道:"现在有个救急的办法,就是先给他一点云南白药吃。这东西家里现成。你想,他下身这样流血不止,还能等下去两三个钟头吗?若是……"她口里说着话,人就向洞子外奔走,径直回家去。杨老太招着手道:"跑不得,敌机还在头上呢!"可是杨艳华并不听她的话,竟自走了。

　　李南泉也觉得杨小姐激于义奋,并没有顾虑到危险,这很是可取。便点了两点头道:"杨太太,你随她去罢。到家不远,好在第一批敌机已经过去了。"杨太太面对着这位受了重伤的女婿,也没有什么法子,只好呆望着。等着杨艳华把白药取来的时候,洞子里人把紧张的情绪,已掀了过去,也都纷纷来到洞门口观望着。大家七嘴八舌说着,让杨氏母女站在人丛中,更是发了呆没有主意。纷乱了一小时之久,还没有解除警报。镇市上的防护团,搬了一张竹床来,将陈惜时放到上面,陈惜时已是不发哼,昏沉地睡过去了。有几个人建议,他实在耽误不得,应当赶快救治。杨艳华就站在人丛里举着手道:"歇了这样久,敌机并没有来,大概不会有第二批了。我出一百块钱,把病人抬到学校诊疗所去。"在人丛中有个乡下人,口里衔着短旱烟袋,青布裤衩,露出两只光腿,赤着膊,黄皮肤里,胸骨外挺,肩上搭了一件破烂白布褂子,斜斜地站着,缓缓答道:"这张竹床,总要三个人抬。一百块钱不好分,加二十元嘛。"杨艳华道:"救人要紧,就是一百二十元,你们快收拾。"那人就四面张望着道:"哪个抬?一百二十元,两个人分。"于是人丛中又出来一个卖力气的汉子,点点头道:"要得,两个人抬。"他走到竹床前,弯着腰,将竹床端了一端,立刻向下一丢,叫道:"抬啥子?人全都完了。"杨太太低头看着,人已面如白纸,一点气没有了。

  杨艳华看到这情形,说了句"我真薄命呀",身子向上一耸,头向旁边一歪,就要向旁边石头崖上撞了去。李南泉正站在她身边,赶快两手将她扯住,正了颜色道:"你这不是太欠考虑吗?死了一个,你们老太,已经伤心透顶。你再有差错,那还了得?"杨老太看到陈惜时死去,也是泪如雨下。她擦着眼泪,摔了鼻涕道:"惜时,这虽是你自己大意,也是我害了你呀。谁让你们挑着今天这个日子订婚呢?今天订婚,你今天就过去了,也害得艳华好苦呀!"这个话勾动了杨小姐的心事,又号啕着哭着,跳了起来。李南泉目观此情,也真觉得杨艳华是红颜薄命,陪着几位熟人,将她母女劝说一阵。糊里糊涂地听到了解除警报声,大家分途散去。李南泉也陪着她母女回家,周旋了几分钟然后才回家去。李太太老远地迎着他笑道:"今天这顿喜酒,你吃得够热闹的吧?"李南泉叹口气道:"还提呢,喜事变成丧事了。"因把陈惜时被炸的事说了。李太太道:"嘻!杨小姐也是运气太坏。他们家到防空洞那样近,为什么还来不及躲洞子?"李南泉道:"说句造孽的话,这位陈先生也是该着。已经过了紧急警报了,他在牌桌上还不肯下来。我一出她家门,就遇到两架战斗机,若是开枪的话,也许我都没命。我进了洞子了,这位陈先生还站在洞门口。一块炸弹碎片,大概打在他腰上,当时就不行了。他要是再进洞一尺路,就没事。这岂不是命里该着?"

第二十五章 群莺乱飞 | 673

李太太叹了一口气道："每到逃了警报回来，我心里想着，又捡到了一条命。假如中了炸弹，两分钟内，不就什么都完了吗？人生在这大时代里，继续活下去，就算侥幸万分，何必把事情看得太认真。你看那位年轻的陈先生，兴高采烈，耗费了多少金钱，耗费了多少光阴，盼得今天订婚，得着杨艳华这样一个如意太太。可是理想刚变成事实，就结束了他的人生，假如把订婚结婚这件事，稍微看淡百分之几十，就不会有这样的结果。"李南泉道："以后的杨艳华，也决不会再唱戏了。我猜想着，她一出家门口，看了那个防空洞，心就要动一下。那里不能继续住下去了。她一定会离开这里的。"李太太不由"噗嗤"一声笑着道："你何必兜了这么一个大圈子和我解释。我不是说了吗？凡事都看破一点。我既是说看破一点，我岂能在心里头又怀疑到你捧角？话又说回来了，就凭你来回跑三十里的路，去买两斗便宜米来论，你若有那闲情逸致去捧角……"李南泉接了嘴道："那也是不知死活。"李太太摇了两摇头道："不对，那也是应该的。你捧角是不化钱的，正如你常说的，清风明月，不用一钱买。让你精神上轻松愉快一下，那也是无所谓的。尽管人家叫你老师，我很相信，这年头不会跑出一个柳如是来。"李南泉笑道："你骂人不带脏字，把我比钱牧斋，那无异说我是汉奸文人啦，这可承当不起。"

这时，有人在桥那边叫起来："李先生，今天赶着热闹了吧？君子人不跟命斗。命不作主，白费力气干什么呢？订婚？订鬼！哈哈！"说话的正是捧杨艳华的刘副官。他穿了身短装，左手拿了根手杖，右手提了两个月饼盒子，站在路头上，对了这里望着。李南泉走出来向他点个头道："刘先生，到舍下喝杯水罢。"他将手里提的月饼盒子，高高举着，笑道："时候不早了，该回家去预备过中秋了。晚上到我家里吃月饼去。我家里缺少火腿馅的，我这可补齐了。晚上我家里预备一桌果子席，有云南来

"我真薄命呀"……

的梨,贵阳来的石榴,最难得的,是成都来的苹果。四川种苹果,还不到五年,现在苹果上市,可说是第一批新鲜玩艺。我自己找了几枝好嫩藕,用糖醋腌上,晚上准吃个爽口。"他说着这话,非常得意,不觉手之舞之,足之蹈之地,在路上跳了起来。李南泉道:"是呀,今天已经是中秋了,一闹警报,我把这事都忘记了。"刘副官道:"那末,你府上大概连过中秋的菜都没有预备了? 那不要紧,连太太和小朋友我都请了。请到我家吃晚饭。我东西办得很充足。"李南泉笑道:"这一类的事情,太太是不会忘记的。"刘副官道:"吃饭不来,赏月不能不来,晚上很有些朋友来,高兴还消遣两段。可惜有了杨艳华这件不幸的事情,恐怕几位小姐是不会来的了。我也看穿了。这年月我们乐一天是一天。晚上来呀!"说着,又把两盒月饼高高举了起来,然后一路笑着走了。

李太太笑道:"这真是南枝向暖北枝寒。杨艳华今天这样的大不幸,什么叫过中秋,什么叫赏月? 我想她一齐都忘记了。这位刘副官,你看是多么高兴,既然办了酒肉过中秋,晚上还有果子席,要消遣皮簧。"李南泉笑道:"你现在对于杨艳华,充满了同情心。"李太太道:"根本我就同情她。世界上男女相承的场合,女人无罪,全是男子生出是非来的。"李南泉笑道:"那末……"说着,他向太太拱了两拱手,接着笑道:"我们揭过这页辩论去。今天不是中秋吗? 人家都在谈中秋团圆,我们纵然不欢喜欢喜,可是也不必在今天抬杠。"李太太向他笑着,似乎想说什么,但是她抿嘴笑了一笑,又忍回去了。李南泉点点头道:"这最好,缄默是最大的抗议。"李太太笑道:"我没有抗议。你大概喜酒没喝成,连干粮也没尝到,我们是带了烧饼到防空洞里去吃了的。警报解除得大早,今天晚上中秋月夜,正是夜袭最好的机会,可能下午又是一场猛烈的空袭。我也买了点肉,现在帮着王嫂,赶快把这顿饭弄出来。晚上躲警报,我希望我们在一处。你不愿躲洞子,我带着孩子们,和你到村子外面踏月去。反正是悠闲这一晚上,只要是安全地带,走远一点也不妨。"李南泉笑道:"你那意思,就是今天晚上必须团聚。"李太太笑着,也没多说,换了件旧布衫,将一只竹筲箕,端了猪肉、粉条、小白菜之类,向厨里送去。一路走着笑道:"吃不起广东月饼,自己做一顿馅儿饼吃罢。"

李南泉对于太太这种动作,觉得女人的心,也是不容易窥测的。也就引动了他许多文思。他坐在横窗的那张小桌子边,心里反而感到有一种说不出来的滋味。正好奚家、石家的孩子,合并了在一处,都在涸溪对过竹林子下面玩。李先生的孩子小山儿,拿了个土制的芝麻月饼,高高举起,向那群小朋友,操着川语道:"安得儿逸①,今天过中秋,你们家发好多?"石家孩子道:"我们爸爸妈妈都不在家。"奚家的孩子道:"我妈妈说,找爸回来过节,还没有回来。"小山儿道:"你们今天吃不到月饼吗?好惨罗。"奚家的孩子道:"好稀奇!明天我妈回家,会带了来。"小白儿拿了一大把新花生,一路剥着来,他笑道:"你们割了肉没有?"石家一个大女孩子,她特别的聪明,噘了嘴道:"我们家过阳历,不过节。"两个孩子和他们说着话,也终于加入了他们的集团。这在李先生看到,倒很为这些天真的孩子难过。他们老早要过节,为什么到了今天不想过呢?正自替他们伤感着呢,忽然如潮涌一般,来了一阵突发的哭声。伸头看时,这哭声来自袁家的屋子里。这哭声来得猛烈,而且不是一个人哭。李先生跑出来看着,听到小孩子哭声中,夹带了惨叫"妈"之声。这把所有的邻居都惊动了,全跑出了屋子来观看。袁家有个女工,正自廊子上过去。李南泉问道:"你家怎么回事?"她道:"嘻!我家太太过去了。"李南泉道:"没有的

---

① 川语,意为舒服之至。

话！好好的怎么死了？"

那女工道："今天是大中秋节,我们能张口乱咒人？死了自然就是死了。"李南泉道："这真是奇怪。前天我们一路出去躲警报,她还是生龙活虎的一个人。就是她坐滑竿去医院的时候,一路说着话出门,也不见有什么重病,这么短的时间,怎么说过去了就过去了？"邻居们这时站在走廊上,除了惊愕之外,大家又有些惆怅的情绪,彼此互相望了一眼。李太太听了这些话,也是相当奇怪的,看到袁家小男孩子,站在他家后门口,靠了门框,呆呆站着,就向他招了两招手。那个小男孩跑了过来,昂了头问道："叫我有啥子事吗？"李太太道："你妈妈好好儿的,怎么过去了？"他道："哪个晓得？说是诊肚子诊死的。我妈妈肚子里有个娃娃,没有打得出来。"李太太向李南泉看了一下。低声道："这样子,是打胎？"李南泉道："现时医学进步,在医院里取胎,不会有什么危险,那怎么会把这条命送了呢？"这句话恰是让那小男孩儿听懂了。他道："先上大医院,大医院劝她不要打下娃娃。晓得朗个的,格外又找了个医生,吃了一瓶药去,昨天晚上,就在城里我爸爸办事处那里死了。我们看不到妈妈了。"他说着这话,脸上平常,可是在旁边的人,听到都心里为他跳了一下。就在这时,李太太向隔溪路上指着。只见杨艳华换了件白布长衫,头上将一条粗白布扎了个圈圈,三、四个人圈着她,向山缝里走去。那里原是一片客籍人葬墓之地。人家全是悄悄的,没有一个人说话。正有一片白云,遮住了偏西的太阳。山谷里阴沉沉的。一阵风吹得山草瑟瑟作响,这环境立刻显得凄惨了。

## 第二十六章　天上人间

在这个村子里住的人,百分之九十几,都是由重庆市疏散来的人。而这百分之九十几的住民,也都是流亡的客籍。他们住着那一种简单的房屋,只有简单的用具,加上每日窘迫的生活费用,这日子就有些如坐针毡。遇到了年节,除了办点食物,敷衍小孩子,整个情绪,都是十分恶劣的,再加上整日地闹警报,可以说没有人欢喜得起来。这时,大家正为了袁太太打胎而死,各人感到十分惊异。偏是杨艳华穿了一身缟素,带了一群人去参观坟地。在夕阳乱山的情况下,大家都是黯然的。眼望着杨艳华低了头随在人后,走到山谷小径里面去,那个最难于忍住话头的吴春圃,就望了这群人,连连摇了几下头,然后向李南泉道:"人死于安乐,生于忧患,我看这话,实在是不磨之论。那位茶叶公司的副经理,若不是手上有几个钱,何至于忙着在这种闹警报的日子订婚!就是订婚,没有钱的人,也就草草了事罢,他可要大事铺张。这好,自己是把性命玩儿完了,连累这位漂亮的年轻杨小姐,当一名不出门的寡妇。虽然当寡妇并不碍着她什么,可是这个薄命人的名义,是辞不了的了。"他正在很有兴致地发着议论,吴太太在屋子里接嘴道:"你哪里这样喜欢管闲事?你自己还不是为了穷发脾气吗?"他笑道:"李兄,我没有你这君子安贫的忍性。刚才为了过中秋吃不到一顿包饺子,我曾发牢骚来着。于今我为人家杨小姐耽心,太太拖我的后腿了。"

李南泉笑道:"老兄虽然慨乎言之,不过中秋吃月饼,而不吃包饺子。"吴春圃还没有答复这句,他的一位八岁公子,却不输这口气。他手臂上挽了个空篮子,手里拿了一大块烙饼,送到口里去咀嚼,正向屋后的山上走。于是举了烙饼道:"我们有饼。我们到山上去摘水果来供月亮。"吴春圃哈哈大笑道:"你还要向脸上贴金,少给你爸爸现眼就得。你瞧,我们该发财了。这山上竟是随便可以摘到水果!"那孩子已走到山斜坡一片菜地里。这里,有吴先生自己栽种的茄子、倭瓜和西红柿。尤其是西红柿这东西,非常茂盛,茎叶长高了,有二、三尺,乱木棍子支持着,蓬乱着一片。上面长的西红柿,大大小小像挂灯笼似的。那孩子摘了个茶杯大的,红而扁圆。他高高举着道:"这不是水果?"吴春圃笑道:"对了,这是水果。你把茄子、倭瓜再摘了来,配上家里原有的干大蒜瓣,我们还凑得起四个碟子呢。"李南泉道:"不是这么说。迷信这件事,大家认起真来,讲的是一点诚心。果然有诚心,古人讲个撮土为香呢。"吴太太道:"李先生,不怕你笑话。小孩子们早几天就叫着要买月饼。那样老贵的零食,买来干什么?敷衍着他们,答应中秋日子买。今天中秋了,大清早,孩子睁开眼睛就要吃月饼。我就把学校里配给的糖,和起面来,烙了几张饼给他们吃。"吴先生笑道:"没错。什么月饼,不是糖和面做成功的吗?"他这么一说,邻居们都笑了。

这时,王嫂已经把馅儿饼烙好了二三十个,将个大瓦瓷盘子盛着,向屋子里送了去。她喊着小孩子们道:"都来都来,吃月饼。"吴春圃回头看见,笑道:"李府上的月饼,也是代用品。"李南泉道:"虽然是代用品,我们家的孩子,已很足自傲。今晚上,我们这村子里的小朋友,就很有几家,连代用品都吃不到的。"吴春圃道:"的确,人生总得退一步想。"说到这里,把声音低了一低道:"像我们这几家芳邻,根本就无事。何必闹得这样马仰人翻。"吴太太道:"这是你们男子们说的话,那全是为了自己说的。像石先生作的这件事,石太太还不应该反对呀?"李太太在屋子里叫道:"馅儿饼凉了,可不好吃。你应该懂得儿童心理。孩子可不和你客气,等一会可都全吃完了。"李南泉向邻居笑着看了一眼,向家里走。大路上突然发了呜咽的哭声,他又站住了。

大家正是让不如意的事袭击得多了,一听到这哭声,就不由得都向那大路上看去。只见奚太太左手倒拖着一把纸伞,右腋下夹了一卷报纸和一个包袱,将手捏了手绢,不住地揉着眼睛走了过来。她看到这边走廊上,站了许多人,就抬起一只手来,向大家招了几招。叫道:"老李,你来你来!"李太太料着她是失败而归,倒不好意思不理,就迎了上去。她把手上的东西丢在地上,两手拿了李太太两只手道:"我受骗了。"只这四个字,她一咧嘴又哭了起来。李太太道:"有话慢慢说,我们村子里,今天层出不穷,有了许多不幸的事。你别乱了,镇定一点,有什么要朋友帮忙之处,我们并不辞劳。"奚太太揉擦了一阵眼睛,才道:"我们那个不争气的东西,他偏知道我会去找他。昨天在公事房里静静地等着我。我去了,他表示十分欢迎。昨晚上陪着我看了一次话剧,今天又陪我上街吃东西。警报来了,陪我躲防空洞,约了一路回家过节。我看这样子,就没有提防他。下午他还和我一路到车站买票,一路上公共汽车,我就更不会想到什么意外了。上车子的时候,挤得很。他找着一个座位,让我坐下。我以为他还挤在车子前面呢。车子一开,我就发现了他不在车上。车门已经关上了,我要下车,已不可能,这是直达车,一直到了此地,才开车门。我想再搭车回重庆,今天的班车又没有了。这样好的团圆佳节,由他去陪着那臭女人呀!"说着,顿脚直哭。

李太太笑道:"我问你一句话。"说着,她回头看了看,身后还不曾有人过来,然后笑道:"昨天奚先生请你看话剧,不能只有这个节目吧?"奚太太对于她这一问,倒没有怎样的考虑,便答道:"在他昨天的态度上,可以说殷勤备至,我若不是因为他殷勤备至,也就不上他这个当了。看完了话剧之后,他是约我去消夜的。重庆现在染了不少的下江风味,半夜里,小面馆子里生意还很好,口味我们也都合适。"李太太道:"吃过消夜之后,还有什么节目呢?"奚太太道:"到了那样夜深,街上还有什么可玩的呢?"李太太笑道:"反正不能抄用一句小说上的言语'一宿无话'吧?"奚太太这才明白了,也不免破涕为笑,将手在她肩膀上轻轻敲了一下道:"人家满腹是心事,你还和我开玩笑呢!"李太太摇了两摇头道:"不是开玩笑,这和你今天的情形,有极大的关系。假如不是昨日的节目周到,今天的情形,就会两样的。"奚太太道:"你不是外人,我就告诉你罢,他在旅馆里开了一间上等房间。"李太太笑道:"够了,假如用我作福尔摩斯的话,这个案子,我就完全可以破案。"奚太太和她说着话,已是把她两只手都放下来了,听了这话后,又握住了她的手,笑着表示出很恳切的样子,只管摇撼了她的手道:"你到底是我的好朋友,我……"李太太笑道:"你家里孩子,盼望着你回来吃月饼,眼泪水都要等出来了,你快回去罢,什么事今天也来不及办。"

奚太太被她一句话提醒,捡起地面上的包袱、雨伞,就向家里奔了去。他们家孩子,也看见了母亲了,口里叫着"妈妈",蜂拥而上。奚太太叫了一声"我的孩子",在大路上高举了两手,"哇"的一声又哭了起来。那哭声非常尖锐,像夜老鸦叫那样刺耳。李南泉站在走廊上,有点受不了,只好缩进屋子里去。这时茅屋里唯一的方漆桌子上,两个大搪瓷盘子,堆叠着油烙得焦黄的馅儿饼。上位空着,放了一只大玻璃杯子,可以看到里面茶叶整片的沉淀,正泡好了一杯新茶。另外有一碟麻油拌好的辣椒酱,一碟油炸花生米。三个小孩子围了桌子吃得很香。李太太进来,指着上席的竹椅子道:"虚席以待,这把椅子,也是你写字的椅子,临时移过来用一用。"李南泉道:"随便搬个凳子就行了,既要让我上座,又把竹椅子移过来,吃馅儿饼还这样的郑重其事?"李太太笑道:"你忘了今天是中秋,这是中秋团圆宴,你是一家之主,不能不让你上座,没有酒,给你泡好了一杯龙井茶,馅儿饼蘸着香油辣椒酱吃,一定可口。"李南泉向桌上看看,笑道:"还有一碟油炸花生米呢?"李太太道:"虽然是吃馅儿饼,若是不带一点菜,那太不像样子。今天早上去菜市晚了,遇到了警报,什么也来不及买,只有将家里存的花生米炸一盘出来,这也不是很可以品茶的吗?这个中秋,对于你是太委屈一点,等着款子来了,我们补过这个节。"

李南泉笑道:"人有悲欢离合,月有阴晴圆缺,此事古难全。"说着时,他昂起头来摇晃着。李太太道:"你若是赏光,你就赶快吃罢。小孩子吃得很来劲,他们回头把两盘馅儿饼都吃光了。中国的文人,真没有办法,有吃有喝,会来点酸性。没吃没喝,更会来点儿酸性。"李南泉笑道:"这也就是文人的一点好处。我们还有猪肉白菜的馅儿饼吃,多少是过中秋的味儿。人家吴先生家里吃烙饼、生西红柿,决找不出中秋的味儿来,你看吴先生有说有笑,哪里放在心上?"他说着这话,似乎因赞赏吴先生的行为,而心向往之。他就在屋子里来往地踱着步子,背了两手,口里沉吟着。李太太站在旁边,看看他这样子,先是笑了,然后把桌上的筷子拿过来,递到他手上,又托着一盘馅儿饼到他面前,笑道:"请赏一个罢,味儿倒是怪好的。"李先生接过筷子,就夹着饼吃了。李太太见他如此,又把那玻璃杯拿了来。李先生一手拿着筷子,一手端着茶杯,而太太又端了盘馅儿饼在面前,这倒是怪不方便的,只得到椅子上坐着,向太太笑道:"为什么这样客气?"李太太道:"我若是不这样客气一番,你还是在屋子里徘徊寻诗呢。"李南泉笑道:"原来你的用意在此,多谢多谢。我倒不是见了东西不想吃。难得这样通量地吃一回馅儿饼,就让小孩子们吃个自由吧!我若坐下来吃,他们就有了顾虑,又不能通量了。我无非也是为他们设想。大人到现在,还过什么节,这不都是小孩子的事吗?"

这时,彼此的心境,静止了一点,屋外的声音,可又陆续地传了过来。南腔北调的尖锐的演讲声,就由奚家的走廊上发出。李南泉吃着馅儿饼,微偏了头向外听去。这就听到奚太太道:"孩子们,我们要抵抗外侮,必须精诚团结。我也想破了,我们不快活,人家快活,我们发愁,人家并不发愁,我们愁死,气死了,那更好,人家得着我们现成的江山。我们死了,岂不是冤枉?来,我们乐一下子,唱个歌,以解愁闷。你们会唱什么歌?"这就听到孩子们说:"会唱国歌。"奚太太道:"国歌不能乱唱,那是有时间的,你们还会唱什么歌?"孩子们答应:"会唱《义勇军进行曲》。"奚太太道:"好!我们冒着敌人的炮火前进。一二三!"由这句口令喊过,"起来,不愿作奴隶的人们……"歌声高昂地传达了半空。这不但是李先生一家人惊动了,就是左右邻居也惊动了。大家都看到奚太太在路上哭着回来的,不料没有半小时,这激昂的歌声又唱起来了。一个人弄得这样歌哭无常,这不是有点发疯了吗?于是所有的邻居,都跑出屋子来张望。奚家三个小孩,像奚太太出门训话的时候一样,还是一排地站着。奚太太作了个音乐导师,手上拿了根鸡毛掸子,当了指挥棍,领导着小孩子们唱。她唱一句,小孩子们和一句,唱到"前进,前进"的最后一句,奚太太右手举了鸡毛掸子,高高过了头顶高声疾呼,颈脖子涨得通红。

这时,对溪的人行路上,也有人站成了一串,向奚家走廊上望着。这群人后面,立着一匹枣红色的大马,马上骑着一位穿藏青短裤衩,披着米黄色夏威夷衬衫的人。她有一顶大草帽子,并没有戴着,挽在手臂,露出她溜光的西式分发,圆胖的脸儿,远望着有红有白,又像是个女人。李南泉也在走廊上,是碰过她的钉子的,认得她,乃是名声在外的方二小姐。于是回转头来,向站在身边的吴春圃低声道:"看罢,这就是鼎鼎大名的二小姐。"吴春圃看时,见她骑在马上,两手拿了根很软的鞭子,绷得像弯弓似的,嬉笑自若,高高在上。她左右前后,不少的西服壮汉,围绕了那匹马。她将鞭子指了奚太太道:"那个女人,是小学教员吗?怎么只教三个学生?今天中秋节,她连假都不放,这个人倒还不错。"这就有那过于奉承的人,跑到奚太太走廊上来,问道:"我们二小姐问你,是在哪个小学里教书?"奚太太对于大路上那些人望着她,正是高兴,以为自己的行动,引起人家的注意。现在这个人跑下来问,她更是得意,正昂着头等问话,及至人家说出二小姐来,她不由身子一颤动,问道:"是方二小姐吗?"那人道:"是的。这样有名的人,你难道都不认识?"奚太太听说,老远就向大路上行了个九十度的鞠躬礼,又笑嘻嘻地叫了声:"小姐!"二小姐坐在马上,微微地点了一下头,然后提起马鞭子,向她招了几招。

奚太太对她的小孩子道:"你们看,方二小姐叫我去说话呀。"说着,她就走到人行路上去,又向方二小姐行了个鞠躬礼。这个鞠躬礼,行得未免太早,到马前还有好几丈路。她行过礼抬起头来,见相距还有这些个路,二小姐还是两手扳着软马鞭子游戏,对于行礼的人,只是微微看了一眼,并没有加以回答。奚太太想着,也许我这个礼行得太快,人家没有看见吧?于是又向前两步,再向她行了个鞠躬礼。奚太太这个礼,还是行得功夫周到,两手垂下来,双放到腹部,然后直立了身子,深深地弯着腰,行了个九十度的弧形礼。方二小姐一天不知经过多少行礼,经过多少人奉承,对于这种应享受的礼貌,本来是不在意的。不过奚太太再三的鞠躬,这印象给予她就深了。在这三度鞠躬以后,她居然受到了感动,向奚太太点了个头。笑问道:"你姓什么,倒是很不偷懒,今天还教学生呢。"奚太太道:"我姓奚,这是我自己三个孩子,今天不上学,过节又没有什么吃的,那给他们一些什么娱乐,让他们混过半天的时间呢?所以我就想了这么一点办法,和他们唱两个歌。"二小姐笑道:"这也很好,不化钱,也不会浪费时间。"说着,回过头来向她的随从道:"倘若人人都能这样想,这日子不也都是很快乐地过去吗?何必天天叫着生活过不了?"奚太太听了,心想,她这样天下闻名的有钱小姐,倒是主张在家过苦日子的。

她在路上站着,想了一想,觉得不管怎么样,对于二小姐,总是一个接近的机会,这就又向二小姐鞠了个躬道:"我们这破草房子,也是很有意思的。二小姐要不要下马来参观一下呢?"二小姐举着马鞭,向山溪两旁的房子,横扫着指了一下:"就是这些房子,不都看到了吗?你们全是公教人员的家庭吧?"奚太太道:"是的,都是公教人员家庭。公教人员的生活……"二小姐对于哭穷求救济的话,听得实在太多了,凭了她的经验,不但人家说完了上句,她就知道下句是什么,而且只看人家的颜色,她就知道人家是什么意思了。所以奚太太说到这里,她立刻就拦阻着道:"公教人员的生活,现在不算坏呀。你们没有到战区去看看,我们在前方作战的士兵,那都过的是什么生活!人家不但生活苦,而且还要拼了性命去打仗呢!这地方风景很好,柴水又很便宜。你们住的这房子,既然是风景很合宜,而且空气新鲜,这太舒服了。还有一件好处,就是这里四围是山,中间是个深谷,对于躲避空袭,乃是很安全的地方。现时在重庆住家,要找这样一个安全地方,那是很不容易的,你们住在这里,实在是应该十分满意的。"奚太太想着,有新鲜空气,人就该满意,难道人生在世,光呼吸空气,就可以过日子吗?她心里这样想着,脸上自也透出了一点犹豫,对二

第二十六章 天上人间 | 685

小姐勉强地笑着,像是有话要说出来,却又忍了回去,只是对着人家扬着眉毛。

站在马前马后的那些护从人士,看奚太太那种吞吞吐吐的样子,不用多所揣测,就可以知道她是求援助的。无论所求的是经济或权力,这都是二小姐向来讨厌的事。等到她开口出来,二小姐再予拒绝,倒不如不让她开口。这就有名护从,走了向前,挡着马头向二小姐道:"时间不早了,二小姐快回公馆罢,恐怕院长有电话来。"二小姐向奚太太看了一看,又向远处站在各家门口的人看了一看,然后将马鞭子指着奚家那几个小孩子道:"他们倒是怪好的,歌唱得不错,回头送点月饼来给他们吃罢。"说着一兜缰绳,马抬头便走。奚太太正是站在去路上,想鞠躬道谢,抢着偏身一躲,这路边就是一堵四、五尺高的小悬崖,身后没有了立足之地,她身子向后仰着,两只脚挣扎着要站立起来的时候,重心已失,来了个鲤鱼跌子,翻着滚到崖底下去。所幸这崖下是一片深草地,她在深草丛中,滚了几滚,却自行爬了起来,坐在草丛里。原来二小姐看她滚下去,骑在马鞍上,是怔了一怔的。现在看到她又坐了起来,却耸着双肩,格格地笑了。她将马鞭子在马屁上,随便敲了两下。那匹枣红马,四蹄掀起,踏着石板路,笃笃有声,径直走了。那些护从们,有的跟在马后跑,有的站着对奚太太看了一看,也继续跟着走了。奚太太眼望了他们走去,慢慢由深草里爬了起来,低头向身上看着,衣上、腿上、手臂上,粘遍了两三分长的软刺。

大家看到她这样子,都忍不住要笑,有些邻居,已经缩回到屋子里去了。奚太太站了起来,两手互相摩擦着手臂上的软刺,无奈那软刺粘得紧紧的,无论如何,搓不下来。她走出了那草丛,将手抖动着衣服,连抖了十几下,刺毛也不曾落下来一根。再走到石板路上,将脚连连跳跃了十几下,那在腿上鞋子上的刺,依然不曾掉下来一根。她看着左右邻居,全向她望着,她也不免恼羞成怒了,将手指着大路的去程道:"中国就亡在这财阀手上,他们家只知道挣钱,只知道搜括民脂民膏,不把这些人打倒,中国没有打败日本的希望。"她这样说着,那三个孩子也追过来了。大家围着她,七手八脚,在她衣服上钳刺。她顿了脚道:"满身几十根刺,钳到哪一天,我回去洗个澡罢。真是倒霉极了。"大孩子道:"妈妈和骑马的人那样客气,她还把妈妈撞到崖下去,真是岂有此理。"小孩子道:"我们和妈妈鞠躬,妈妈和那个人鞠躬,真是好玩得很。"奚太太板了脸道:"胡说!我和她鞠躬,她也得配!我是有心骗她下马来,让她看看公教人员的家庭。她倒是很乖巧的,不肯下来。我迟早看到他们财阀垮台,我们老百姓要努力打倒中国的财阀。"她说到这句话,十分感到兴奋,就抬起一只手来,高举过额头,高声叫道:"打倒中国的财阀,打倒搜括民脂民膏的财阀,打倒财阀的女儿。"她越叫声音越大,叫得所有忍住笑进屋子的邻居,又走了出来。

　　吴春圃先生,实在也不愿和她开玩笑的。可是看到她这样大为兴奋,实在是忍耐不下去。这就先耸了两耸肩膀,老远望了她道:"奚太太,你怎么了?在空旷里演说吗?"她依然举着手道:"这些财阀,没有一点良心,把国家弄成这个样子,他们还要搜括民脂民膏,我们不把他打倒,那怎么能让老百姓抬头?老百姓不抬头,抗战是不会有希望的。谁要发起打倒财阀,我决定参加。"她说着,非常得劲,脸皮涨红了,颈脖子也气涨了。就在这时,大路上有两个二小姐的护从,一个人提了一个大包袱,匆匆地向这里走了来,远远地抬了手,叫道:"奚太太,等着,二小姐有东西送来了。"奚太太还是红着颈脖子,余怒还没有发泄干净。听到人家叫着说是二小姐有东西送了来,这就先把脸上的红色,平淡下去了。站在路上,等了那两个人,到面前向他们点了两点头。那两人不是先前在二小姐当面那样昂头天外了,到了面前,就含了笑道:"奚太太,我们二小姐,对你的印象很好。这里两个包袱,一包是月饼水果,还有几斤猪肉,这都是交给你的孩子们吃的,这个包袱呢,是两斗米。过两天,你可以去谢谢二小姐,快接过去罢,沉甸甸的,我们拿不动了。"奚太太对这些东西,倒只是看了一眼而已,对于"二小姐印象很好"这句话,比喝了一剂清凉散,还要高兴十倍,笑着身子一扭道:"怎么着?二小姐对我印象很好吗?她真是个贤明的人啦!"

现在这两个方家随从,要到奚太太家里去,她倒是不好拒绝,点头笑道:"你们是住那高楼大厦的人,到我们这茅草屋子里去,我可是招待不周呀。"她这样说着,还是在前面引路,将上客引到家去。吴春圃是为着奚太太的口号声,惊异地注视着的。这时候,见她在两三分钟内,就把喊口号的态度变更过来了,这确乎是件奇事,越是要看个究竟。因之,他就站在自己走廊上,没有离开。十分钟前后,奚太太送着那两位贵客出来了。她伸了手臂,向两人先后握着手,然后笑道:"二位回公馆去,除了替我向二小姐请安之外,多多给我道谢。明天我就会到方公馆去登门叩谢。"那两个人点着头走了。奚家的孩子们,早是一拥而上,奚太太道:"好!你们站着不动,我把月饼拿来,分给你们吃。你们不许到家里来看。"小孩子倒不疑心母亲有别的作用,以为母亲是把月饼收起来,不让大家看见,也就依了她的话,在走廊下站着。一会儿奚太太从屋子端了个大盘子出来,里面堆着切开了的月饼。她将两个指头夹住一块,高高举着道:"这是广东月饼,火腿馅的。"放下一块,再夹一块,报告这是"五仁馅的"。一直报告了七、八回,才笑道:"孩子们,不是方家二小姐,你们哪能得到这样好的月饼?方二小姐,是一位女中丈夫,她一个人,足抵十个部长的能力,我们应该佩服她呀!"

688 | 巴山夜雨

在自己走廊上的吴春圃,不但是对之十分奇怪,而且是气破了肚。他想,天下有这样变幻莫测的思想吗?他心里是这样想着,态度也是随着表现了出来,只是不住地摇头。李南泉已经把那月饼代用品——馅儿饼吃完了,也是望了外面,只管出神,看到吴春圃横叉了两手,还是不住摇头。这虽是在身后看他的后影,料着他有些大不以为然,便隔了窗户,轻轻叫了两声"吴兄"。吴先生那种北方人的爽直脾气,立刻发作了。回转头来向李南泉笑着,低声说了四个字:"岂有此理。"在隔壁走廊上的奚太太,正是把这句话听到了。她抬起手来,向这边招了两招,笑道:"二位芳邻,我必须和你们解释一下,要不然,你们又说我奚太太犯了神经病了,二位不要走开,我马上就来。"说着,她回家去了。李南泉伸手搔搔头发,笑道:"老兄何必多事,这场辩论,可能是半小时以上的事。"两个正议论着,奚太太两手各端了一只碟子,笑嘻嘻地走了来,点了头道:"这是不义之财的东西,二位尝尝。这两碟广东月饼,是方家二小姐送我的。送我,我就收了,丝毫不用客气。严格地说,这月饼我们就出过钱的。他们搜刮民脂民膏,人人在被搜刮之列,难道我们会例外吗?我们把我们的脂膏收了回来,有何不可?"说着,她交吴、李各一碟。她是先声明理由,然后把东西交出来的。这让吴、李二人都说不出个拒绝不受的理由。

李南泉端了那碟子笑道:"我们的器量未免太小一点,吃大户,就是闹着这一碟月饼吗?"说着,他把那碟子放在窗户台上,向奚太太一抱拳道:"我有两句话,不知当说不当说?"奚太太笑道:"老李呀!你到现在还不大了解我呀。我对你是以师礼相待的。自然,我不能像杨艳华那样老远就叫老师。"说着,她将肩膀乱扛了几下。李南泉道:"既是这么着,我就说了。我们当公教人员的,虽然现在清苦一点,风格依然存在。尤其是教书匠,我们还负责国家民族的正气呢。这方家的人物,三岁的孩子,也

第二十六章 天上人间 | 689

不会和他们表示好感。自然也寻得出和他们表示好感的,那正是捧着他们饭碗的人。哪一天不捧他们的饭碗了,也就哪一天和他们不表示好感。我也知道,你并不想找方家二小姐为你搞份工作,更不想向她请笔救济金,你以为和方家认识了,就可以利用他们的压力,解决家庭纠纷?其实那是一种错误。他们的脑子里只有政治和金钱。要谈金钱,脑子里就挤不下人类同情心,因为有人类同情心……"他这串话,说中奚太太的心病,她正是睁了眼睛,向他望着。路那边有人叫了来道:"呵哟,奚太太,我不晓得你转来了。要是晓得,我早来和你拜节。咯罗!这里有几斤地瓜,送给你们小娃儿吃。你吃了方完长家里的月饼,也尝尝我们的土产。你硬是要升官发财,方完长的小姐,都送东西你吃,好阔哟!"说话的是刘保长的太太。她满脸是笑,手里提了一串绿藤蔓,下面挂着十几个茶杯大的地瓜。她的身子扭着,扭得一串地瓜全都摇摆起来。

刘保长太太提地瓜来,当然是奚太太欢迎的。不过这保长太太的东西,严格执行私有制。连住家所在,山上柴草,田地里野菜,都不许人损坏一根。而且这些田地,根本也不是她的产业。现在,她会送一串地瓜给邻居吃,那实在是破天荒的举动。因之站在走廊上,又把这一举动当了新鲜事。她口里恭维着,走到了奚太太面前,笑道:"刚才你和方完长的小姐说话,我看到的,你朗个认识的?她的架子好大哟!平常她骑马、坐轿走街上过,好远好远别个就要躲开她。哪个有那样大的胆,敢跟她摆龙门阵?奚太太跟她说了话,她又派了手下的官员送你东西,怕你不会发财。该歪!我早不晓得,要是早晓得的话,我就叫刘保长对你家里的事,多多照应些。"

奚太太对于刘保长太太这番恭维话,倒是却之不恭,受之有愧,勉强笑道:"你们只知道拿了收款条子,到老百姓家里去收钱,你分得出什么方家圆家?"保长太太笑道:"朗个不晓得?中国要出啥子官,大官小官,都是方完长派出来。县政府收来的款子,也都送到完长衙门里去。对不对头?官由那里出,钱由那里进,你怕不是阔人?天上玉皇大帝,也不过那样安逸。认得这种人家,怕没有官做?怕不发财?"吴春圃站在旁边点点头道:"这些话虽然欠雅一点,倒是至理名言。"保长太太笑道:"我说得对头不是?奚太太,你要是作了官,你硬是要帮帮我们咯。由不得我想咯。若是做上县长,做上乡公所的区长,进进出出坐滑竿,后面前面两个卫队跟起,好威风哟,就怕做不到。那天我到县政府去,看到隔壁县银行里,也有女的,阴丹大褂穿起,头发烫起,黄色皮鞋着起,手上戴起金箍子,脚底下柜柜里,整大捆钞票放起,看了都心爱死人咯。我做一天那个差使,我死了都闭眼睛。"李南泉笑道:"原来如此,你和你们刘保长怎么的想法呢?"保长太太道:"管粮仓嘛!你看乡公所那个管库的管事,好阔哟,坐在藤椅上,香烟标起,啥事不管,就看手下人量米,一担米里抓一把,一百担米里抓好多?当周年半载管库,比作皇帝还安逸些咯。"

奚太太笑道:"保长太太,送我一串地瓜就为的是运动我给你夫妇找钱粮两便的好差事吗?"保长太太扭了身躯,"哟"了一声道:"没有那个话,这是我们的土产嘛。"她也只能交代到如此明白,她不能说丝毫没有贿赂的意思。那串地瓜放在地下,她倒搞得进退两难,手扶了廊柱,发出尴尬的笑容。奚家的孩子,对此都大为高兴,刚有人送了月饼,又有人送地瓜。跑过来,提着那串地瓜,就向家里跑。保长太太笑道:"要得!还是这个弟侄儿懂事。"奚太太倒也不嫌家里多有收入,就一笑了之。李南泉抬头看看天色,笑道:"太阳落山了,天空里还是这样明亮,月亮不久就要上升。日本人对于中国人过中秋的习惯,最为明白。这样好的月色,他们的飞机,一定会来扫兴,大家吃饱了饭,还是预先去准备一点罢。奚太太,虽说是不义之财,究竟是由你手上交来的,我谢谢了。"说着,他端着碟子进屋子去了。奚太太觉得吴春圃这个人爽直,也不敢和他多说话,向他微笑了一笑,就回家去。这给予了吴先生一个暗示。她所说的话,是靠不住的,也就很愿留心她的行为,以作消遣。两小时后,明月满空,把眼前的山峰树林,照耀得像水洗了似的。而且最近的草木,在绿叶上还浮着一层银光。抬头看看天上的月亮,悬在蔚蓝色碧空里,四周是一点云彩渣儿都没有,真像是悬起来的。当人仰了面看的时候,就觉得清凉的空气,缓缓由面上经过。四川的中秋气候,依然是夏季的温度,而在这大月亮下面,却多少有点秋意了。

这种风光,很给予人一种轻松之感。李南泉的那一脑子的故纸堆,这时就不免翻动起来。他走到月亮下面,在空地上来回走着,看到路边上有一块浑圆的青石,月光照着没有一点尘埃,在地面上画了一块影子,觉得这倒是可以休息之处,于是抱着膝盖坐在那里看山景。这块石头,正斜对了奚太太的家。虽然隔一条山溪,可是对她家的情形,还看得很清楚。他看看碧空的月亮,有时也回转头向她家看去。她似乎在家里有所作为。三间屋子的窗户,都透露着灯光,人影子在窗户上不住地摇晃。因此,李先生发了一点诗兴,觉得"嫦娥应悔偷灵药,碧海青天夜夜心",这十四个字可以送给月亮,也可以送给奚太太。有许多烦恼,在奚太太是多余的。这样想着,不免对奚家的窗户,又多看了两眼。窗户上一个人影子不动,而奚太太的话也在清静的空气中传过来了。她道:"是,对不住,我来晚了。"李南泉听了这话,大为吃惊,她到哪儿去了?又向谁道歉?这更引起了他的注意,又很凝神地向下听了去。她接着道:"我昨天晚上就想来向二小姐致敬的。可是因为这山下的公馆守卫,恐怕不让上山。而且我也想到,昨天晚上月亮很好,二小姐一定在这山上赏月,我若来了,烦劳二小姐赐见,未免扫了二小姐的兴。"李南泉听得清楚了,更是奇怪。奚太太在家里作梦说梦话吗?听这口吻,分明是和方家二小姐说话,方家二小姐难道在她家里吗?不在她家里,她又是向谁说这些话?

他越听越奇怪,就缓缓起身,走到溪岸边向奚家听了去,听她继续道:"我虽然没有什么学问,可是这一点忠心,倒是很坚强的。二小姐若有什么命令,我一定遵守了去办。"说到这里,顿了一顿,她又继续道:"多谢二小姐,你这天大的恩惠,我一辈子不忘记。"李南泉到了这时,也听出来了。奚太太实在是一个人说话。他的好奇,遏止不住他的越轨行为。轻轻走到奚家廊檐下,然后找了一条透光的门缝,向里面张望了去。这让他看清楚了,屋子里实在只有奚太太一个人,她面前放了一把有靠背的木椅子。在椅子靠背上,披了一件女衣。奚太太半俯了身子,像是向那椅子行礼似的。然后自握着女衣的一只袖子,像是和人握手的样子,微弯了腰道:"我告辞了,改日再来拜见。"说完了这句话,她自言自语道:"行了。无论她二小姐多么骄傲,这个样子和她去说话,她实在是不能不动心了。我就是这么办。今天晚上早点睡觉,明天一大早六点钟就到方公馆去等候接见。这是我一生上升的大关键,可不要失掉这样好的大机会呀。"李南泉这算明白了,原来她是在训练自己怎样去见方家二小姐。这与其说她有神经病,倒不如承认她是个绝顶聪明人。他暗暗地叹了一口气,悄悄走开。不过奚太太想早一点睡觉的这个计划,却没有实现。就在这时,警报器又在天空里"呜呜"地放出哀鸣,在这清凉的月夜里,那声音还是相当的惊人。在警报放过之后,老百姓又实行躲飞机的一套功课,直到深夜两点多钟,方才完毕。

这个时候,当然大家都要抢一个时间去睡觉。谁知明日什么时候又有警报来到呢?可是奚太太的见解不这样,她怕一觉睡去之后,天亮起来

第二十六章　天上人间　｜　693

不了,因之泡了一壶沱茶,枯坐一夜。天亮以后,洗脸梳头,换了件蓝布长衫。将奚先生留在家里的名片,用毛笔在旁边注了一行字,写着自己的姓名。可是自己向来没写过正楷字,而且也少用毛笔,连写了几张名片,全都不像个样子,只好把那些名片,全都扯个粉碎,还是空了两手出门。这时,太阳还没有由山顶上爬出来,只是东边山后,一片灿烂的金光。山的阴处,凉风习习,吹到人身上,倒很是爽快。她顺着人行的石板路走,脚踢着路草上的露水珠子,光腿的脚背都是凉的。她这时猛然想起一件事。昨天看到二小姐的时候,记得她是穿了袜子的,自己光了两条腿,这是不是有点失礼呢;慎重一点,还是穿上袜子为妙。于是转身回家,找了一双丝袜穿上。这丝袜是肉色的,还是战前的遗物,穿上之后,将腿伸直,来回看着,又感觉得不妥。这袜子颜色鲜艳光滑,不是寒酸的公务员家中所应出的现象。二小姐见了,可能把她的同情心,完全减少,于是把那丝袜子脱下,重新换了一双灰色的线袜子。而且这袜子上有跳纱。用棉线缝联起来,正可以代表着穷苦。换好了袜子,又站着出了一会神,觉得再没有什么破绽,才二次出门去。

　　方公馆在这乡下,是第一等的洋式房子,恐怕这地方自有史以来,也没有建筑过这样好的房子。在高达两里路的山巅上,用青石和青砖,建筑了三层楼的大厦,由山脚下直到屋子的走廊,全是大青石块,砌着宽可一丈的坡子路。这路砌得像洋楼的盘梯一样,旋转着上了山坡,而四周都是松林环绕,风景也十分好。奚太太平常也走山麓下过的,抬头看着这立体式的洋楼,涂着淡绿的颜色,矗立在高山上,倒觉得这是人间的神仙府。抗战期间,到后方来的人,谁不是冒着莫大的牺牲,来挣这口硬气的?这里就是数人住着竹片黄泥夹壁的屋子,屋顶上只盖了些乱草。而方家却是这样舒服,单说这大青石砌的山坡,也够穷公务员盖几百间瓦房的。所以她每次经过这里,受了正义感的冲动,总得在路上吐出几片口沫。这次不然了,她到了山脚下,首先定一定神,对那青石山坡的起点所在,先注视了一下。因为那地方对峙着立了两根石柱,好像是个山门的形势。那里就站着一位守门的卫士。要上山,首先就得说服这个人。她注视过后,她高兴起来了。这个卫士,就是昨天送东西去的一个。他必然认识。于是缓步前去,先向那个人点了个头,笑道:"这位先生,你还认识我吗?"他笑道:"我怎么不认识?昨天下午,我还送东西到你家去的。你真到公馆来回谢吗?"奚太太道:"那是当然呀。我怎么上山去呢?"

那卫士对于她这个要求,并不认为是意外。点了头笑道:"你来得正是时候。二小姐早上起来,要在屋外面散步,没什么事。我送你到第二段岗位罢,你随我来。"奚太太虽不懂他是什么意思,也就跟了他走,走到半山腰里,山坡路转弯的地方,有个六角亭子,那里又有一个卫士。护送上山的人,向前对他说了,他引着奚太太,再向山上走。她这才明白了,这就是所说的第二段岗位。由第二段岗位再上百多级梯子,就到了那立体式的洋楼下。在山脚抬头看这所别墅,高高站在山顶上,好像并不怎样宽大。及至到了面前,一片大广场,就在楼面前,虽然是山顶,也栽满了各种花草。立体式楼墙外,留有一排四、五丈高的松树,每棵树的枝叶,修剪得圆圆的,像一把伞。在楼和广场之间,长了一道绿走廊,有钱的人,真也能够利用天然的风景。奚太太正在赏鉴这建筑之美,那楼底下正门里,就同时出来两个人。他们都是穿了白卡叽布短裤,紫色皮鞋,上身是草绿色绸子的夏威夷衬衫。而且,各人手上戴着金链子手表。奚太太认得,他们是经常由村子里经过的,乃是刘、王二位副官。刘副官点了头笑道:"奚太太早哇,这个时候,就到这大山上来了。"她道:"专诚拜见二小姐,不敢不早。我可以请见吗?"刘副官对她周身上下看了一看,笑道:"昨天二小姐回来,倒是提起你的。我替你去请示一下罢,你也不会白来,我让你在公馆里参观参观。"

奚太太道:"那还是请你在二小姐面前,多美言几句。我到这里来,就是感谢二小姐,必须向她鞠躬致敬,方才能够心里痛快。"说着,她连连向刘、王二位副官点了几个头。刘副官笑道:"这也好,你随我先到楼下客厅里坐着罢。"她跟他由门廊里进去。左右两方,是个对照的客室门,悬着碧色珍珠罗的垂帘。刘副官引她到左边的客室里坐着。那里是绿色皮的大沙发两套,中间围着一张矮圆桌,也是由绣花绿绸子蒙着的。那脚底下的地板,更不用说,漆得像镜面子那样光滑。这在战前,当然不算什么,可是在这避难的疏建区里,无往不是泥墙草屋。屋子里的家具,除了竹子的,就是白木不上漆的。现在看到这样堂皇的布置,实在耳目一新。尤其是在这样的高山上,向来是人迹不到。这样贵重华丽的东西,居然搬到这里来陈设着。这简直是个天堂。墙上挂的字画好歹是分不出来,可是那作家的题款,却多是很有名的人。

她走上山来,本就是一身热汗。现在到了这里,耳朵里一点声音没有,第一就感到这身子换过了一个环境。屋子外的树木,和屋子里的家具,全是绿阴阴的。山风由窗纱里吹了进来,不但一点不热,而且那凉气扑到身上,却是让人毫毛孔有点收缩。她心里想着,若是这样抗战,就是抗战一百年,那又有什么关系?怪不得在这里服务的人,连轿夫都是欢天喜地的了。这时,听到一阵脚步响,有人操着上海音的国语道:"这个人倒算是多礼。既然是表示敬意的,就让她来罢。到二层楼见我。"那脚步声就由客室外的门廊,走上楼去了。奚太太晓得这是二小姐,赶快牵牵自己的衣襟,又理理自己的头发,然后站在屋子里等着。刘副官一掀纱帘,向她招了两招手,她也就跟着他走了出去。这门廊转弯,有个靠壁的衣帽架子,配合了两块大玻璃砖的镜子,奚太太向镜子里看时,一个枣子脸的人,穿了一件旧蓝布大褂,瘦削着两只肩膀,像是衣服沾不着身。尤其是那脸色不正常,又好像是被捕的犯人,要到法庭上去听候宣判,满脸带了恐惧的情绪。她心想着,这不就是我奚太太吗?怎么会弄成这样一副形象?

她这样一怀疑,对那镜子就多看了两眼。刘副官回转身来,向他又招了两招手,轻轻地叫着来。奚太太为了要把镜子里所表现的缺点,予以纠正,她就极力耸起两块腮肉,并翘起两只嘴角,当是由内心里发生笑容来。两只肩膀,也微微地抬起。因为如此,这两只垂下来的手,就有点像张着翅膀似的。走到二层楼口上,刘副官回过头来看到,却吓了一跳,低声问道:"奚太太,你这是干什么?"奚太太道:"我不干什么呀。我怕我的样子,过于愁苦。特意放出一点笑意来。这样,也免二小姐见了我们说是来求事求钱的。"刘副官摇着头,同时摇着两手,笑着一弯腰道:"不用,你还是自然一点的好。我看了都受不了,何况是二小姐。"奚太太没想到自己特别的谨慎,倒反惹起人家的不满,只得强笑道:"专诚来见二小姐,我是怕太随便了,对二小姐失敬。"刘副官笑道;"若是你怕失敬的话,倒是照老样子去好些。你两只手别张开来呀!这好像是沾了两手油,不敢挨着身体似的,那是怎么回事?"说着,他还亲自把她两只手扶了一扶。奚太太到了这里,也只好一切都由着他摆布,把姿态恢复了平常的样子,跟了他走去。到了楼中间,有两扇阔大的白漆门,张开着,又是垂着白纱的垂幕。隔了漏纱,就可以看到里面的陈设,摆得富丽堂皇。因为她到这里,已没有工夫,也没有勇气,敢去仔细端详。她已看到二小姐身上穿了件杏黄色绣牡丹大花的睡衣,在屋子里端坐着。她坐的是一张极大的沙发,上面铺了织花的龙须草席。在沙发面前,摆了一张茶几,上面放了一方福建

第二十六章 天上人间 | 697

乌漆的托盆,里面有西洋瓷的杯碟,有银制的刀叉。这不用说,是二小姐进早点用的。在这个疏建区里,不要说用这些洋东西是不可能的事,而且也很少听到说。连整个大重庆,西餐馆子的西餐,每人就只有刀叉一把,杯碟早就改了国产瓷器。二小姐在家里,就是这种排场,这实在把整个大重庆都比下去了。她还没有进去看主人翁,早已震惊,这已不是重庆人家了! 她这样怔怔地站着,听到二小姐说了句"叫她进来罢",刘副官就代掀着垂下来的纱幕,点了头请奚太太进去。她走到那大客室里,还是先来个鞠躬礼。二小姐向她将下巴颏点了两点,问道:"你来到我这里什么意思,要找什么事情工作吗?"奚太太心里,当然是如此。不过她想到了,原来是说明了向二小姐致敬的,现在决不能见面就承认这句话,便笑道:"承二小姐赏了那些东西,今天特意来致谢的。"二小姐提起托盆里的牛乳罐子,向咖啡杯子里斟了去。很不在意地向她回话道:"那些月饼呢,是人家送我的。我在这里也只住几天,吃不了这么些个。都赏给底下人了。赏完了还有余,所以送点你的孩子吃,放在我这里,也许是白喂了耗子。至于猪肉和米,也是这样。我赏给公馆里的听差、轿夫们各一份。给你的多些,大概够两三份,这算不了什么。"奚太太一想,好哇,原来是给轿夫吃的。可是她依然满脸堆笑地道:"我们穷公务员人家,过节哪有这些吃的,真是全家都沾了恩惠。"二小姐斟完了牛乳,将托盆里的白手巾,擦抹着刀叉,笑道:"你老远跑了来,就是向我道谢,那也太客气了。你总还有什么事要找我吧? 我先声明,你若是向我募捐要钱,可免开尊口。凡是中国人,都说我家有钱,都向我家募捐,我还捐不了许多呢! 就算是我家有钱吧,也是本分。为什么人家看了都眼红?"奚太太看看二小姐的脸上,略带了几分怒色,心里一嘀咕,更不敢说什么了,笑道:"不敢,不敢,我实在是向二小姐道谢来的。"这时,刘副官在垂幕外,伸头张望了两次。

二小姐将手上的刀叉，向外招了两招。刘副官进来了，笔挺地站着。二小姐望了他道："这位奚太太，她起个大早，爬上山来见我，她说只是表示谢意，什么也不要求。"刘副官道："是的，她在外面见着我也是这样说的，她是很钦佩二小姐的。"二小姐点点头道："这倒让我过意不去。她家住在这里，有便，也不妨周济她们一点。这附近的机关，若是有用女职员的，你给她留点意，顺便向我提一声，我可以给她介绍介绍。"奚太太真没有想到二小姐一转念头，就有这样大的好处，怎样也忍不住内心发出来的笑意，简直连眉梢、眼角全活动了，立刻垂着两手，深深地向二小姐鞠了个躬，不够九十度，也有七八十度。二小姐将手上的叉子，指了刘副官道："以后有什么事，可以和他商量。这个地方，我一个月来不了几天。好啦，没什么事，你就走罢。我怕人家站在我面前要求事情。"奚太太又鞠了个躬，说一声"谢谢二小姐"。她觉得二小姐有恩惠了，不能把背对着她走出去。她竟是半侧了身子，作螃蟹走路，走到垂幕边，手掀着纱幕，第三次又鞠了个躬，才背转身出去。刘副官随在后面，将她送到楼下。她回转身来伸手和他握着，还俯了半截身子，笑道："刘先生，多谢你的盛意。改天我请你。"刘副官因二小姐对她果然有好感，也向她客气着道："往后有机会，我再去奉看罢。"

这时，奚太太真是踌躇满志，带了笑容，走下山去。在第二、第一两个岗位边经过的时候，那卫士也没有向她打听什么。她却自我介绍地向人家点了个头笑道："我见着二小姐了，对我非常的客气。她答应我以后还可以来见她。以后免不了还要麻烦呢。"卫士们对她，也就换了一副颜色，向她嘻嘻地笑着。到了山下，首先遇到的，就是村子里的地方权威人士刘保长。他原是在路旁一块石头上坐着的，看到奚太太来了，老远地站起，向她深深一个鞠躬。假如奚太太向二小姐行的鞠躬礼，并没有超过九十度的话,她这就算捞了本了。刘保长笑道:"奚太太已经见到二小姐了?"她一昂头道:"那是什么话,她约我去的,有见不着的道理吗?她和我足谈两小时,谈得非常得劲。我还是在她那里吃的早点。"刘保长笑道:"是的,他们家有下江厨子,一定做好了鸡丝面,大肉包子。"奚太太淡笑道:"你们乡下人,就只知道肉包子,鸡丝面罢了。人家讲卫生,早上要进营养品,吃的是西餐,乃是乳油面包,真正咖啡,还有麦片粥,云南火腿,鸡丝汤。"刘保长笑道:"我还是猜到了一样,有鸡丝。奚太太,晓得这样清楚,自然是二小姐把这些东西,全都请你吃了。"奚太太道:"那是当然啦。她约我早上去,一来为了天气凉快,二来就为的是请我吃早点。假如她这两天不进城的话,一定还要大大地请我一次。我临走的时候,她拉着我的手,亲自送到半山腰,约了再会呢。"

刘保长笑道:"昨天我就听到我的太婆儿说,奚太太在大路上和二小姐说了好多话。二小姐对奚太太的意思,硬是不错。现在的二小姐,我是晓得的。别说啥子县长委员罗,就是部长也没得她那个身分。她要是和哪个谈交情的话,怕不官运亨通,财源茂盛!我就常说,我们这个疏建新村,风水不错,迟早要出一个阔人咯。你府上那两间房子,盖在龙头上,要发的话,先发你府上。我的地理,自负的话,投过名师,硬是有几分灵咯,想不到我只看中了一半。我谙①你府上发起来,发在奚先生身上,今年子要升官。哪个谙得到是发在奚太太身上。别个升官发财,我不招闲。只有奚太太升官发财,我应当伺候。你问那个是朗个说法,就为了奚先生展到敝地来,就是我的介绍人。我叫别个看看嘛,我刘保长是不是有眼睛的人!确实,奚太太你要是发起来了,我们保长就有个面子。二天你有啥子

---

① 川语,猜测、估计等意。

事要我,你只要吩咐一声。我要不拿出三条腿来和你跑路,我就不姓这个刘。"他一面说着话,一面半侧了身子,在前面引路。奚太太听到他这一说法,自是心里好笑。不过人家一副笑脸相迎,自也不便拒人过甚。笑道:"我本来和二小姐认识,我们是妇女运动会里的同志。不过我没有什么事,也就不去麻烦人家。现在大概有什么事需要我去作,所以特意派人来接我去谈谈。"刘保长道:"呵哟,二小姐没有把轿子送你,我去给你叫乘滑竿来。"

那位刘保长,对奚太太说的话,虽不免要打点扣头。可是他亲眼看到她由山上方公馆里下来的,就是那门岗的卫士,对她也相当的客气。这决不会完全架空。便笑道:"奚太太,这山路不大好走,你在这石头板上稍歇一下,我到街上去给你找乘滑竿儿来,要得不?"奚太太道:"那倒不必。我既可以走了来,自然也可以走了回去,而且二小姐看得起我,也就因为我能吃苦耐劳。若是我走这一点路都得坐轿子,那显着我是太无用了。"她这样说着,表示她精神饱满,在后面走得更快。他们在前面走路,却没想到身后有人听着,"呼哧"一声,有人在身后冷笑着。奚太太回头看时,那个人穿着灰色短布褂裤,赤脚踏着草鞋,虽然黄黄的面孔,却还精神饱满。尤其是两只眼睛,显然有两道英光射人。她想起来了,在村子外山谷里躲空袭的时候,常可以看到他。这人平常不多说话,若是有人攀谈起来,他又激昂慷慨,能说一大套。不过他在村子里并没有什么朋友,也就不知道他姓甚名谁。不过面孔是很熟的,这就向他点了个头。这人笑道:"奚太太,今天很得意,由财神宫里出来。"她知道这人爱批评人,却没敢再说,点个头道:"偶然到山上参观参观。"那人冷笑道:"不用参观,可以想得到的,里面一切的布置,还是像战前人家大公馆里一样。其实,那些东西,也都是我们老百姓贡献的。在这里,我们看出现在是一种什么社会。我是连这山脚下都不愿意经过的。"

刘保长笑道:"这话不大对头。你若是不愿意过这条路,朗个现在就走这条路?"那人翻了眼向他望着,冷笑道:"你不认得我,我认得你,你不就是那疏建新村里的保长吗?你懂得什么?你就只知道拿了收据,到老百姓家里去,要粮要钱,再要威风一点,就是拿着绳子带了甲长到老百姓家里去抓人。可是你若遇到了我这种人,你就一点办法没有。第一,我没有钱。第二,我没有粮。第三,人我是一个,可是你还不敢抓我。"刘保长看他穿一身旧灰布衣服,至多是个穷学生,所以说起话来,先用言语吓唬他。倒不想他反攻得这样厉害,立刻气得颈脖子都涨红了。站住脚道:"你……你……啥子家私?走拢就和我绊灯①。你乱说,我拿住你当汉奸办。"那小伙子听他说了声汉奸,丝毫没有考虑,伸过手去,就给他一个耳光。刘保长猛不提防,被他打得头向旁边一偏。他站稳了脚,要向那小伙子回手时,他跳到山坡上,攀了小松树,连枝带叶,折了一大枝在手上,指了他道:"你来,我带你到山上松树林里去比比。解决了你这小子,多少在人类里面,去了一匹害马。你开口就骂人汉奸,教训教训你。"说毕,举起手上松枝,哈哈大笑。他也不管这山坡上有路无路,一步步踏着向上,直往山腰松树林里走去。走得不见人了,还听到他叫道:"姓刘的,你有胆子,你就来,这松树林子里,也没有伏兵,就是我一个。你若不来,就白挨了一耳光了。痛快痛快!"说毕,又是一阵哈哈大笑。

刘保长断定了松树林里不会有伏兵,可是在力量上比较,决不是这小伙子的对手,若上山去和他较量,一定吃亏,就指了山上骂道:"龟儿!你不要逃嗻!老子认得你的鬼脸,二天在山脚底下遇到我,我会剥你的

---

① 川语,捣乱也。

皮。"奚太太因他前来欢迎自己,而遭受了委屈,就再三安慰他。刘保长将手抚摸着那被打的脸腮道:"我若不是欢迎奚太太,我朗个会遭龟儿子的打。你硬是要给我找一份好事,才能赔补我这次损失咯。"奚太太心想,我自己的事,还是人家一句淡话,哪有能力给你找事?便带了笑容向他点着头道:"你今天就是不来接我,我也会替你想办法的。昨天二小姐送了我两斗米,几斤肉,米可以留着,天气热,肉是留不下来的。回头我叫小孩子送半斤肉你吃。"刘保长的手,还在抚摸着被打的脸,听到说给肉他吃,立刻笑了,点着头道:"要得!这龟儿子打我一下,我身上怕不了落了半斤肉,你赏我一斤肉吃,也不算多,让我多进一点补品。"奚太太也就点头答应了。同他经过这截山路,到了街头,口子上停有几乘滑竿,站着一群轿夫等生意。刘保长抓着一个小伙子道:"杨老幺,你把奚太太抬回家去,她是由方公馆里回来,是正当公事。你送了这一趟,明天补修公路,我不派你的差。"站在杨老幺身边,还有个四十多岁的穷汉子,刘保长瞪了眼道:"李老二,不要发呆,你同老幺抬这乘滑竿去,这是公事,懂不懂?不为公事,哪个能到方公馆去?"

刘保长这个命令,非常的灵验。那两个轿夫,一点也不踌躇,抬着滑竿过来,就放在奚太太的身边。她想着:"今天看了二小姐一趟,虽然承她不弃,答应了代谋工作,可是这事情丝毫没有着落。现在就摆了架子坐滑竿回去,实在尚非其时。"她这样想着,因之站在滑竿边,就含着笑没有移步。刘保长向前一步,想挽她上轿,可是只略微伸了伸手,立刻止住了,抱了拳头拱揖道:"奚太太你请坐上,决不要你化钱。他们抬你一趟,那是比明天修公路要好得多呀,他为啥子不抬呢?你坐这滑竿去,你是帮了他们的忙。"那两个抬滑竿的,倒不否认刘保长的话,只管催她,奚太太看那样子,大概是不必给钱,也就让他们抬着了。她这些疏建新村的太太,大都是由南京、上海、北平来的,坐汽车也早认为平常。但是到了这地方以后,上等的是有警报才跑路,次等的每日提着篮子上街采办食物,下等的都是在屋后山上种菜,养鸡,不生病,教人抬着到村子里来,那简直是新闻。这时奚太太坐着滑竿回来,邻居都不免向她遥远地望着。她见邻居这样对她注意,大为兴奋,就在滑竿上高高举起一只手来,笑道:"对不起呀!我实在是体力太坏。一大早上方公馆去,就累得上气不接下气。下山的时候,他们一定要我坐轿子,我觉得却之不恭,坐了回来也好。到方公馆的山坡,已经够爬了,而且还要上他家的三层楼。主人待我是太客气了,一直把我让到最高的一层楼上去。不要看我们这疏建区国难房子,也有伟大的建筑呀。可惜能到方公馆去的人是太少了。"

邻居听了她这话,就没有人和她表示好感,都淡淡笑着,没有什么人理会她。她到了这时,已是兴奋得自制不住了。高举了一只手大声呼道:"孩子们,快快来接我呀。我由公馆回来,你看看妈妈多阔呀!"在她欢笑声中,滑竿抬到她家走廊旁,方才停住,她的三个孩子,当然是一拥而上。奚太太由滑竿上跳下来,一手牵着一个孩子,连连摇撼了一阵,笑道:"孩子,你看妈妈的脸色怎么样?一脸的喜气吧?"说着,她伸了一个食指,指着自己的脸。小孩子蹦着跳着,叫道:"妈妈给我糖吃呀。"奚太太牵着孩子,走进了屋子,向自己家里一看,但见白木桌子,黄竹椅子,不成秩序地摆着。里面是钵子、罐子、破布、烂棉花,什么地方堆得都有,恰好她不在家,这些孩子又造了反,弄得满地满桌子,全是纸片草屑,奚太太不免跳了脚道:"你们这些孩子,真是不给我争气呀。我在方公馆回来,真是由天堂降到了地狱了。你这不是气死人吗?将来二小姐给了我一份工作,我就不要这个家了。"她的大孩子道:"那是自然,他们那里,天天有肉吃。"正说到这里,屋外有人接嘴道:"你们要搬到方公馆去住,那太好了。一切问题,都解决了。"说话的,正是奚敬平先生。他穿了一套灰色拍力司西服,手里拿着盔式帽子,一步一摇地走回家来。这对奚太太,是意外的事情发生,她不由得"呵唷"一声,叫起来了。

在中秋的前夕,奚太太让丈夫骗着,还是一个人回家。本打算把中秋节过去了,和丈夫作殊死战,来解决这个问题。现在他竟是自行回来,这倒不知是何原故。她一腔怒火,看到了奚先生就减除了一半,情不自禁地迎到屋子外来,笑道:"今天回来得这样早?"奚敬平淡淡地道:"坐第一趟车子回来的,怎样会不早呢?"他走进屋子来,取下头上的帽子,对屋子周围看了一看,并没有把帽子放下。奚太太赶快把一张白木椅子上堆的杂乱衣服挪开,还向椅面上吹了两口灰,笑道:"请坐请坐,我不知道你今天会回来,要是知道,我早就把屋子收拾好了。"奚敬平道:"这倒无所谓。"说着,将帽子放在桌上,把腿伸直着,算是伸了一伸懒腰,摇摇头道:"这几天我忙死了。"奚太太道:"好了,你回家来了,一定是忙过去了,在家里好好休息几天罢。"奚敬平道:"我们哪里有工夫休息呢?下午我就要回到城里去。"奚太太正是在打开桌上的茶叶瓶子,要取茶叶,给奚先生泡茶。听了这话,立刻怒向心起,将手上的茶叶瓶子,向桌上一扔,"扑通"一声响。她掉转头来,瞪着眼道:"什么?你下午就要走?你还回来干什么?这里现在不是你的家了?"奚敬平道:"我知道,我一回来,你就有得罗嗦,你也等我坐定了几分钟之后,再和我办交涉,也不嫌晚,为什么立刻就冲突起来?你若是不愿意我回来,我马上就走。"说着,手取了座上的帽子,就站将起来。

## 第二十七章　灯下归心

奚太太跑上前,一把拉住奚敬平的衣服,瞪了眼道:"你放明白一点。你若是和我翻了脸,我告你一状,让你在重庆站不住脚。我老实告诉你,我今天去见了方家二小姐,把家庭的纠纷都告诉她了,她当然站在女人的立场上,是同情我的。她一个电话,就可以叫你吃不消。"奚先生道:"方小姐、圆小姐又怎么样?谁管得了我的家事?"奚太太道:"管不了你的家事?你有本领,马上就和我一路去见二小姐。"说着,扯了他的衣服就向外拖。奚敬平瞪了眼道:"你也太不顾体统了。滚开!"说着,两手用力将她一推,她站不住脚,就倒在地下。这一下,她急了,连连地在地面打了两个滚,口里连叫"救命",那声音叫得是非常的凄惨。随了这声音,左右邻居,一窝蜂跑了来。奚敬平叉了两手,站在门外走廊上。奚太太原来是在地下打滚的,李南泉看了这副情形,伸手扯她起来,有些不便,不扯她,眼看她坐在地上,又像是不同情。只好虚伸两只手,连连向她招着道:"有话站起来说罢。"奚太太哭着道:"不行呀不行呀,姓奚的把我打得站不起来了。我不想活了,我死了,请你们和我伸冤罢。"说着,两手在椅子上面敲敲,又在地面打打。那眼泪、清鼻涕、口水,三合一地向下流着。李南泉没法子叫她起来,就回转身问奚敬平道:"老兄本是刚才回来的吗?"他"唉"了一声道:"其可恶就在这一点了。我一落座就和我吵,而且随着也动起手来了。"

李南泉笑道:"事情的发生,决不是突然,总有些原因在内。老兄还是应当平心静气地想上一想。或者,你到我那里去坐坐。"说着,牵了他向自己家里走。奚敬平看了太太这种撒泼的情形,料着就是这样走去,也不能解决问题,托李先生转圜一下也好。于是就到他家里去。他见李家外面这间屋子,拦窗一张三屉桌,配上一把竹制围椅,而手边就是一个大书架子,堆满了西装和线装书。正面靠墙一张方桌,配上两把椅子,还擦抹得干干净净。空着什么东西也没放。书架对面,放了一张竹子条桌,上面两只瓦盆,栽了很茂盛的两盆蒲草。又是个陶器瓶子,里面插了一束野菊花,配着山上的红叶子。地面上固然是三合土的,却扫得像水泥地面一样平整。奚先生点了头笑道:"老兄这屋子,可说窗明几净,雅洁宜人。"李南泉笑道:"什么雅洁宜人。你指的这三样盆景吧?这蒲草在对面石板路的缝里就长得有,只要你肯留心去找,不难找到像样的。这瓶子里的东西,屋后山上更多,俯拾即是。"奚敬平道:"话不是这样说。东西不在贵贱之分,只要看你怎样利用它,住草屋子,也有布置草屋之办法。珍珠玛瑙,自然搬不进这屋子。野草闲花,可随地就有。但是你家里可以布置得这样干干净净,还很有生气,何以我家里就弄得猪窝一样?有道是人穷水不穷,干净是不分贫富都可以做到的。而我家……"李南泉笑道:"不要发牢骚,我们慢慢谈谈罢。我愿意和你们作鲁仲连。"

奚敬平笑道:"提起鲁仲连,我自己真好笑。我现在免不了请李兄作鲁仲连,而事实上,我就是作鲁仲连下乡的。"李南泉道:"你和谁作鲁仲连?"奚敬平道:"中秋节前,石太太进了城,找着正山,在大街上扭起来,实在不像个样子。最后,这位太太就跟着石先生,他到哪里,她也到哪里。她不吵也不闹,就是这样老跟着石先生。上街买东西,看熟朋友,不怕她

第二十七章 灯下归心 | 707

跟。若是接洽一点什么事情,或者看生疏的朋友,太太跟着,就怪不便当。一连三天,他熬不过太太,只好和她一路回家来谈判,共谋解决之道,而且约了我来作证。其实这无谈判可言,也用不着朋友作证。石太太只希望丈夫抛开了那位小青姑娘,一切没有问题,不但过去的事,她可以忘个干净,而且往后愿改变态度,绝对好好地伺候先生。"李南泉道:"这问题似乎是很简单了,石先生的意思怎么样呢?"奚敬平将两道眉毛皱了起来,摇摇头道:"越简单越不好解决。正山的意思,认为小青这个女孩子,孤苦伶仃,若将她抛弃了,人海茫茫,叫她依靠谁去?而且站在一个男子的立场,始乱而终弃之,在良心上说不过去。他固然不希望石太太在家里容留她,可是把她另安置在别的地方,并不干犯石太太什么事,却要石太太不过问。依我看来,这本来是无所谓的,然而石太太有个更简单的原则,要石先生守一夫一妻制度。但石先生不守这个制度,她也不离婚。她也不去告石先生重婚,她认为小青不配作她的对手。"

李南泉笑道:"这论题,颇有点别扭。一个是把小青离开了,什么都好办。一个是只要不离开小青,什么都好办。"奚敬平道:"所以这问题越简单越不好办。其实正山对石太太的爱情,只要不变更的话,就是把小青安顿在别的地方,这和家庭并无妨碍,大可接受。"李南泉还没有接嘴呢,只听到走廊外面有人接了嘴道:"这像人话吗?简直是放狗屁。姓奚的,你要想存这么一个心思,打算另盖一个狗窝,安顿那个臭女人,我就把这条性命拚了你!"这正是奚太太在门外走廊上窃听之后,忍不住的发泄。奚先生站起来向窗子外骂道:"你不知道这是朋友家里?"奚太太道:"你知道是朋友家里,你就不该来。"这时,那涧溪对岸,有人叫道:"老奚呀,你不要为我的事加入战团呀!"说着话走来的,正是石太太。她两张脸腮,像戏台上的关羽,胭脂漫成了一片。身上穿件绿底子带白花的绸长衫。手里拿了一把花折扇,展开了举在头上,遮着两三寸宽的阳光。当然谁也不怕这两三寸的阳光,她的目的,是要展开那把花扇子,或者是表现举扇子的姿式。她走到走廊上,早是一阵很浓的香味,送到了屋子里来。李南泉道:"呵!石太太,请到屋子里坐罢。"石太太走在走廊柱子边,身子一扭,将折扇收起,将扇头比了嘴唇道:"叫石太太,为什么加上一个惊叹词?我来不得吗?"李太太在屋子里迎出来笑道:"岂敢岂敢?他是惊讶着你今天太美了。我们村子里的美化,是和抗战成正比例的,抗战越久,大家越美。"

石太太听到人家说她美,也是掀开了两片红嘴唇,露着白牙齿笑了起来。她一扭头道:"我倒不是一定要化装,不过人家若误会我们不能化装,我不能承认这种谬误的观察,也化起装来,给人家看看。老实一句话,我们美的时候,那些黄毛丫头,她作梦还没梦见呢。"奚太太在屋子外拍了手道:"还是石太太的话,说得非常中肯。要不信,黄毛丫头们就和我们比着试试。"李太太笑道:"奚太太说这话,和石太太说的,有些不同。石太太说的黄毛丫头,那话是双关的,你说这话,可就滋味不同了。"石太太听了这话,抢着走进屋子,抬起手来伸到李太太面前,将大拇指和中指夹了一弹,"啪"一声响,笑道:"偏是你看得这样周到。"这三位太太一阵说笑,就把刚才奚敬平生气的那段故事,扔到一边去了。他也是感到无聊,就在口袋里掏出烟盒子来。李太太没有考虑到奚先生的环境,就笑道:"嗯!奚先生现在也正式吸纸烟了。"奚太太还是在门外走廊上站着的,她遥远地指了他骂道:"你看罢,这是个十足的伪君子,现在是图穷匕现了。他原来根本就吃烟,只是瞒着我而已。他有时在家里有二十四小时以上的,你看他就忍住了烟瘾不吸。可是一离开了我,身上就带纸烟盒子了。"李南泉道:"这就是你的不对了,人家能在太太面前,忍住二十四小时的烟瘾,这对于太太,是怎样的恭敬!这正是标准丈夫的美德。你为什么还要说他伪君子?"奚太太道:"美德?你问他干了什么好事?"李南泉道:"那还怪你管制得不彻底呀。"于是大家都笑了,连奚氏夫妇也笑了。

这一阵笑声,应该是解开这里的愁云惨雾。可是相反的,有一个凄惨的对照。在那边人行路上,沿着山麓,走来一串男女,最前面是个小伙子,挽着一篮子纸钱,沿路撒着。他后面是个道士,头戴瓦块帽,身穿红八卦衣。手里拿了一面小鼓,和一只小鼓锤。半响,咚咚两下。而这位道士上面是古装,下面却是赤脚草鞋。道士后面是三个赤脚短衣农人,一个打小锣,一个扯小钹,一个吹喇叭。这几项乐器全不合作,鼓响锣不响,锣响钹不响,于是"狂"一下,咚两下,且又三、四下,喇叭等这些声音过去了,"呜哩啦,呜哩啦",断断续续,像是人在哭。这后面就是八个人抬口白木棺材了。四川的扛夫,有个极不大好听的呼喊,就是大家喊着"呵呵嗐"。这"呵呵嗐"的声音,代替了蒿里和薤露歌。老远听到这"呵呵嗐"的声音,就可以知道是棺材来了。在屋子里的人,听到这声音,就知道这大路上在出丧,齐奔出门来看着。棺材后面,跟着一群送葬的男女,其间有位青年女子,穿件粗灰布长衫,手臂上绕了个黑布圈。而她的头发上,又绕了一圈白带子,在鬓角上斜插了一朵白的纸花。大家认得,这就是杨艳华。石太太拉着李太太的衣襟低声道:"你看,这位女伶人,到了这送丧上山的时候,还打扮得这样俏皮,这不是要人的命吗?"李太太道:"反正要不了你的命。"石太太道:"前面那口棺材里的人,已经被她把命要了去了。不知道她现在又打算要谁的命?"说着,她向李南泉身上瞟了一眼。那路上的女伶人,正低了头走。目不斜视,走得非常慢。李南泉看远不看近,叹了口气道:"红颜薄命"。

他这声叹气,正和石太太的眼风相应和。李太太也觉着他这一声叹息,太合了人家的点子了,也就忍不住"噗哧"一笑。李太太一笑,大家都随了这笑声笑起来了。李南泉道:"哭者人情,笑者不可测也。"李太太道:"什么笑者不可测?人家说杨艳华还这样的俏皮,会要了谁的命。石太太说:前面那口棺材里的人,已经让她要了命,不知该轮着谁?人家正向你看着呢。你就说起她红颜薄命来了。这不是答复了人家的推测吗?"李南泉道:"那只有太太能替我解释了。"李太太摇摇头道:"我没有法子和你解释。我们这里不正有几件公案摆着吗?"奚太太在走廊上鼓了掌道:"欢迎欢迎,李太太也加入我们的阵线呢。"奚敬平道:"李兄,你不要听她胡说八道。你们好好的家庭,为什么要加入她们的阵线呢。"奚太太道:"姓奚的,你出来,我们回家去说,我若不要你的小八字,我算你是好的。"李太太向大家摇着手,笑道:"今天没有警报,大家高高兴兴地谈一谈风花雪月罢。"奚敬平看到主人有点烦恼,也就起身向石太太一点头道:"正山在家吗?我到你府上去谈谈。问题总是要解决的。"说着,他起身就走。当然,石太太跟着去了,奚太太也回去了,各家的邻居,原都站在各家的门口探望,以为这是一出热闹戏。不想大路上抬口棺材过去,把这问题就冲淡了,大家也一笑而散。在两小时以后,有了个奇迹,石正山夫妇,反送奚敬平回家,石太太又换了一件衣服,乃是翠蓝色的漏纱长衫,里面托了白衬裙。学着杨艳华的样子,旁边也斜插了一朵茉莉花排。

李氏夫妇在这一番谈笑之后,也就把事情忘过去了。又是两小时的工夫,石正山夫妻,先由对面大路上过去。随后是奚敬平过去。最后一个,却是奚太太了。她又把那套最得意的学生装束,穿了起来。上身穿着对襟的白绸衬衫,敞着上层两三个纽扣,露出一块胸脯。下面将紫色皮带束着一条蓝绸裙子。头发为了自己这套衣服的配合,也就梳了两个老鼠尾巴的小辫子。在辫子根上各扎了一朵白粉色的绸辫花。自然裙子下是光了两条腿子,踏着皮鞋的。手上还是提了那柄曾经裂了大口的花纸伞。这时她并没有将伞张开,那裂口自然也不会透露出来。她这时一步三摇摆,皮鞋拍着石板路在下面摇,两只老鼠尾巴,在上面摇,手里提了那把花纸伞在中间摇。这样的三处摇着,远看去可说婀娜多姿了。而她还嫌不够,另一只手,拖了一条花绸手绢,不时提了起来,捂着自己的嘴。她走到李家山窗外那段路,要表示她已经胜利,故意站住了脚,举起伞来,横平了眉额,挡着前面的阳光,半回转了头,向这边看了来。其实,这时天气已经阴了,灰色的云,遮遍了天空。李先生因为受了她太太一点制裁,心里究不能无事,只是坐了闷着看书。这时,李太太觉得是说和的机会,闪在窗户旁边,笑道:"你看看我们村子里这个人妖,现在又出现了。"李南泉在窗下头看着,先是一笑,然后点点头道:"若用另一副眼光来看她,我倒是对她同情的。为了挽回丈夫的心,三十多岁的人,竟是以这少女的姿态出现了。"

石正山教授,紧紧跟随在太太后面,神色十分平常,似乎他家并没有争吵过似的。奚敬平,放着步子,又在他两人后面走。大家都默默地没有说什么。李太太由窗子里向外张望着。她也很引为稀奇。见李南泉正低着头在书桌上写文稿,就走向前,轻轻地摇撼了他的肩膀,低声道:"你看看对面大路上,这是怎么一回事。"李先生向外看过,笑道:"这有什么不明白的?男子都是这样,他无论如何意志坚强,一碰到了女人的化装品,就得软化。你想为什么化装品这样值钱?又为什么抗战期间,太太小姐们可以跟着先生吃平价米,而不能不用化装品?"李太太笑道:"女人用化装品,也不是为着降伏男子。我们黄种人,脸上有些带有病容的,擦点胭脂粉,可以盖遮病容。"李南泉道:"这话也不尽然。白种人不会有面带病容的情形，为什么白种女子，也化装呢？而且我们黄种人现在用的化装品，百分之八十，就是由白种人那里买来的。"李太太正了颜色道："这很简单，假如你反对女子化装，我就不化装。可是人家要说我是个黄脸婆子，就不负责任了。"李南泉站了起来，一抱拳笑道："我失言，我失言，你可别真加入了奚太太的阵线。我绝对拥护太太化装。何以言之？太太化装以后，享受最多的，还不是太太的丈夫吗？言归本传，唯其如此，大路上行走的石正山，就跟随在太太后面不作声了。反过来说，太太不化装，是最危险的事。石太太老早不谈妇女运动，早这样爱美，小青的那段公案，就不会产生了。所以太太们为正当防卫起见，也不能不化装。"

奚太太站在那面大路上，看到李南泉向外面笑着，她就索兴扭过身来，向窗户里面点了个头，笑道："你们笑我什么？以为我作得太美了吗？"李南泉站起来，向她连连欠了两下身子，笑道："到我们舍下来坐坐吗？"奚太太将伞尖子向前一指道："他们在街上吃小馆子，约我作陪呢。你二位也加入，好不好？"李太太道："你们的问题，都算解决了吗？"奚太太道："谈不到什么解决，反正总要依着我的路线走。而且老奚现在他也知道，我和方二小姐已经认识，二小姐有个电话，怕他老奚的差使不根本解决。加之我这么一修饰，他把我和人家比试比试，到底是哪个长得美呢？他也该有点觉悟吧？"她说到了这句"美"，将身子连连地扭上了几扭。李南泉实在忍不住心里的奇痒，哈哈大笑起来。奚太太左手提了伞，右手向他一指道："缺德！"她就颠动着高跟鞋，踏得石板路"扑扑"作响，就这样地走了。李太太在窗子缝里张望着，笑得弯了腰，摇着头道："我的老天爷！她自己缺德，还说人家缺德呢！"李南泉道："你现在可以相信我的话不错吧？女人的化装品，就是作征服男子的用途用的。"李太太叹了口气道："女人实在也是不争气。像袁太太为了要美，打胎把小八字也

第二十七章 灯下归心 ┃ 713

丢了。结果,为男子凑了机会,他又可以另娶一位新太太了。我想起一件事,刚才我看到有几个道士向袁家挑了香火担子去。袁四维还和他的太太作佛事吗?"李南泉道:"祭死的给活的看,这倒是少不了的。"

李太太道:"这是作给新来的人看吗?新来的人还不知道在哪里呢?"李南泉笑道:"你是桃花源中人,不知有汉,而你也太忠厚了,以为男子们都是像我姓李的这样守法。你向外看看罢。"说着,他将嘴巴向外一努。李太太在窗户里伸着头一看时,只见那边人行路上,有一个青年妇人,穿了一身白底红花点子的长衫,在袁家屋角上站着。她也带了个皮包,却将皮包带子挂在肩上,左手拿了一面小粉镜举着,右手捏了个粉扑子在鼻子两边擦粉,头发自然是烫的,而且很长,波浪式,在肩上披着。李太太道:"这是个什么女人?在大路上擦粉。"李南泉道:"你说的新人,就是她。在躲夜袭的时候,我会见过她的。她还是真不在乎。"李太太道:"当然是不在乎。若是在乎,会在大路上擦粉吗?这真要命!"正说着,袁家屋子里锣鼓声大作,而且还是"劈劈啪啪",一大串爆竹响着。李太太道:"这是什么意思?"李南泉道:"和死去的袁太太超度呀!"李太太道:"我说的是大路上那个女人。人家家里,正在超度屈死鬼的亡魂,她为什么来看着?"李南泉道:"据我所闻,这里面有新闻。原来袁太太在世,袁先生不过是和这个女人交交朋友而已。现在袁太太死了,他要正式娶一位太太。这样,站在大路上擦粉的女人,就不十分需要了。可是这个女人,她在袁四维的反面,正要去填补袁太太那个空额。她不能放松一天的任何机会,就在这屋子外面等着袁先生了。可能袁先生为了超度亡魂,没有去看她。"

李太太道:"那末,这又是一幕戏,我们坐包厢看戏吧?"这样,两个人说着闲话,不断地向窗子对面路上望着。那个女人带着粉镜擦完了粉,又在皮包里取出一支口红,在嘴唇上细细涂抹着。胭脂涂抹完了,又将手慢慢抚理着头发。她对了那面举起来的小粉镜,左顾右盼,实在是很出神。她似乎有心在大路上消磨时间,经过了很多时候,她才化装完毕,接着又是牵扯衣襟,手扶了路边上的树枝,昂起头来,望着天上的白云。这样的动作,她总继续有半小时以上。而袁家的道士,锣钹敲打正酣。那妇人几次挺着胸,伸着颈脖子,正在叫人的样子。可是这锣鼓声始终是喧闹着,她又叫不出来。她睁了两眼,向袁家的房屋望着。最后,她于是忍不住了,在地上抓了一把石子,向那屋顶上抛掷了过去。这人行路是在半山腰上,而袁家屋子,却是在山腰下面。这里把石沙子抛了过去,就洒到那屋瓦上沙沙作响。这个动作,算是有了反响,那屋子里有个孩子跑了出来,大声问着"哪个?"那妇人第二把石子,再向袁家屋顶上砸去,同时将手指着小孩子道:"你回去告诉你爸爸,赶快给我滚出来,我有要紧的话和他说。他不出来说话,我就要拆你袁家的屋顶了。袁四维是个体面人,玩玩女人就算了吗?他若是不要脸的话,我一个乡下女人!顾什么面子,看你这些小王八蛋,就不是好娘老子生的。"那孩子听到她恶言恶色地骂着,"哇"的一声,哭着回家去了。

这当然激怒了那屋子里的主人。袁四维就跑了出来。看到那妇人在山路上站着,左手叉了腰,右手攀了路上的树枝,正对了这里望着,这就笑着点了两点头。还不曾开口说话呢,那妇人就两手一拍道:"袁四维,你是什么东西?你玩玩女人,随便就这样完了?现在这前前后后几个村子,谁不知道我张小姐和你袁四维有关系?除了你糟踏了我的身体,你又破坏我的名誉。你不知道我是有夫之妇吗?幸而我的丈夫不知道。若是我的丈夫知道了,我的性命就有危险。你现在得保障我生命的安全,赔偿我名誉的损失。"说着,她拍了手大叫,偏是那作佛事的锣鼓停止了,改为道

第二十七章 灯下归心 | 715

士念经,这位张小姐的辱骂声,就突然像空谷足音似的,猛可地出现。而且她的言词,又是那样不堪入耳,引得左右前后的邻居,全跑到外面来观望。袁四维为了面子的关系,不能完全忍受,就顿了脚指着她骂道:"你这家伙,真是岂有此理,怎么这样的不要脸?"张小姐听了这话,由坡子上向下一跑,直冲到袁四维面前来。她将手抓着他的衣服,瞪了眼道:"姓袁的,你是要命,还是要脸?"袁四维见她动手,当了许多邻人的面,更是不能忍受,他伸着两手,将那女人一推,把她推得向地面倒坐下去。那妇人大叫"救命,杀了人了"。声音非常尖锐,像天亮时被宰的猪那样叫号,袁家的道士穿着大红八卦衣,左手里拿了铜铃,右手拿了铁剑,奔将出来。看到那妇人由地上爬起,披了头发,一头向袁四维撞了过去。道士叫句"要不得",横伸两手向中间拦着。

这道士伸着两手,自是铜铃在左,铁剑在右。那个蓬头女人,只是在铜铃铁剑之下乱钻。李南泉在自己山窗下遥远地看到,笑道:"这有些像张天师捉妖。的确是一出好戏。"李太太也忍不住笑。叹口气道:"女人总是可怜的。不能自谋生活,就只有听候男子的玩弄。这个像妖怪的女人,还不是为生活所驱?她要是生活有办法,又何必弄到这种地步呢?"他们这里批评着,那边的打骂,是更加厉害。男主角家里男女小孩,一齐拥上。那女人拍着手,跳着叫道:"你们都来,我要怕死,我就不来了。"邻居们有好事的,看到这样子实在不忍袖手旁观,也就奔了向前去排解。在远处遥观的人,只见一群人乱动,已看不出演变的情形了。正好起了一阵强烈的风,吹得满山的草木,呼呼作响,向一边倒去。站在山麓上的人,也有些站立不住。那妇人被几个人簇拥着走开,男主角也跟随了道士回去作佛事。中止了的锣鼓声音,又继续敲打起来。这大风把一场戏吹散了,却不肯停顿。满天的乌云,更让风吹着,挤到了一处,满山谷都被乌云照映,呈了一种幽暗的景象。树叶和人家屋顶上的乱草,半空里成群乱舞。四川的气候,很难发生大风。有了突起的风势,必有暴雨跟在后面。李南泉走到屋檐下,向四处看望一番天色,回来向太太道:"我们不必仅看别人的热闹戏,应考虑自己的事了。这一阵大风,把屋顶上的草吹去不少,随后的雨来了,我们又该对付屋漏了。"李太太道:"我们要不是过着这种生活,那一样唱戏给别人看。"

李南泉笑道:"你总还是不放心于我。其实我并没有什么意外的行为与思想。抗战知道哪年结束哟?长夜漫漫,真不知以后的年月,我们怎样混了过去,哪里还有邻居们这些闲情逸致?"正说着呢,突然一阵"哗哗"的声音,由远而近,直到耳朵边来。李先生说句"雨来了",就向屋子外奔了去。他站在檐下向外一看,这西北角山谷口子外,乌云结成了一团,和山头相接。那高些的山头,更是被雨雾笼罩着。那雨网斜斜地由天空里向下接牵着,正是像谁在天上撒下了黑色的大帘子。这帘子还是活动的,缓缓地向面前移了来。在雨帘撒到的地方,山树人家,随着迷糊下去,在雨帘子前面,却是大风为着先驱。山上的树木和长草,推起了一层层深绿色的巨浪。半空的树叶,随着风势顺飞,有两三只大鸟,却逆着风势倒飞。还有门口那些麻雀儿,被这风雨的猛勇来势吓到了,由歪倒的竹林子里飞奔出来,全钻进草屋檐下。李南泉看了这暴风雨的前奏曲,觉得也是很有趣的。站在屋檐下只管望了出神。李太太走了出来,拉着他向屋子里走。皱了眉道:"怪怕人的,你怎么还站在这里?"李南泉道:"这雨景不很好吗?只有这不化钱的东西,可以让我们自由向下看。"正说着,头上乌云缝里,闪出了一道银色的光,像根很长的银带子,在半空里舞着圈圈。便是这人站的走廊上,也觉得火光一闪。李太太说句"雷来了",赶快就向屋里奔去。果然,震天震地的一声大响,先是"劈哩哩",后是

"哗啦啦",再是轰然一声,把人的心房都震荡着。

四川是盆地,非常潮湿,夏季的雷,既多而且猛烈。尤其大风暴的时候,那雷,一个跟着一个,山谷里的土地,都会给雷电震撼着。李太太怕雷电,比怕空袭还要厉害。她下意识地将李先生拉进屋子去,把房门关上,把窗户闭了,端把椅子放在屋子中间坐着。三个小孩儿,当然也怕雷,就环绕了母亲。在闪电中,小孩子就向母亲怀里挤着,大家全将两只手伸着指头,塞住了耳朵眼。那闪电之后,自然是雷声的爆炸。"劈哩啪啦"一声长响,竟可以拖长到一分钟。李太太呆了脸子,将手搂住了两个小孩。李南泉衔了一支纸烟,背了两只手,在屋子里散步,喷出一口烟来微笑道:"天怒了。也许恼怒着日本人的侵略与屠杀。也许恼怒着囤积居奇,发国难财的人。往小地方说,也许恼怒着我们这村子里先生太太们的嚣张之气。要不然,这雷怎么老是在这附近响着呢?爆炸罢,把……"李太太向他瞪了眼道:"你怎么了?这时候,你还开玩笑?你……"她不曾把话说完,又是一阵极烈的雷声,好像几十幢大楼,由平地裂了开来,一直透上了屋顶。李太太把话猛可地停止,闭上了眼睛,两手环抱了小山儿和玲玲,紧紧地搂着。就是较大的小白儿,也紧贴了母亲不敢动。随了这声猛雷,就是如潮涌的雨阵,已在屋外发生。李南泉道:"不要紧,雨下来了,雷声就该停止,让我到屋子外面看看去罢。"李太太猛可地站起来,挡了门抵着,正了颜色道:"开什么玩笑?"

李南泉笑道:"你们女太太,就是这么一点能耐,怕雷。"李太太道:"为什么不怕雷,电不触死人吗?"李南泉笑道:"我也不敢和你辩论。正打着雷呢。"李太太那苍白的脸上,听了这话,也泛出笑容来。李南泉呆呆站着,只听到门外的大雨,像潮水一般下注。李太太还是抵了门,站着不让出去。因为雨既下来了,雷声就小了一点。李太太神色稍定,扭转头由门缝里向外张望了一下。李先生笑道:"你怕雷,靠了墙根站着,那就相当危险,墙壁是传电的。"她听了,赶快就跑到屋子中间的椅子上坐着,两手环抱在胸前,也只是昂了头向窗外望着。李南泉没有拦阻,立刻将门打开来。随了这门的打开,那雨点像一阵狂浪,向人身上飞扑着。他只是开了门,倒退两步,向外看了去。那门外的雨阵,密得像一丛烟雾,遮盖着几丈路外,就迷糊不清。那茅草屋檐下的雨注,拉长了百十条白绳子,由上到下,牵扯着成了一片水帘。对面山上的草木,全让雨水压倒在地。山顶上的积雨,汇合在低洼的山沟里,变了无数条白龙,在山坡上翻腾不定,直奔到山脚下,一直奔到大山沟里来。这门口一条山涧,已集合了大部分的山洪,卷着半涧黄水,由门前向前直奔。屋子前面就是山沟的悬崖,山洪由山上注到崖下,冲击出猛烈的"哄隆"之声。这屋子后面的山,也是向下流着水,直落到屋檐沟里。以致这屋子周围上下,全是猛烈的响声,这屋子在雨阵里面,好像都摇摇欲倒。

　　李太太坐在屋子中间,身上也飘了三两点雨点。她摇摇头道:"好大的暴风雨。已经是秋天了,还有这样的气候。究竟四川的天气,是有些特别。"李南泉道:"不如此,怎么叫巴山夜雨涨秋池呢?"李太太说着话,突然凝神起来,不说话了。偏着头,向屋子里听了一听,失声道:"别闹唐诗了。里面屋子里,恐怕闹得不像样了,你去看看,恐怕有好几处在漏雨。"李南泉奔到屋子里去看时,东西两只房角,都有像檐注一样的两条水漏,长牵着,向下直流。东面这注水,是落在里外相通的门口,仅仅是打湿了一片地。西面这注水,落在自己睡的小床铺上。所有被条褥子,全像受过水洗似的。他"呵呀"了一声,赶快把被褥扯了开去,然后找了个搪瓷面盆,在床头上放着。小孩子们对于接漏,向来就很感到兴趣,立刻将瓦盆、痰盂、木盆,分别放在滴漏的所在。大小的水点,打在铜、瓷、木三种用具

第二十七章　灯下归心　｜　719

上,"叮当的笃",各发出不同的声音。小山儿拍了手道:"很有个意思,像打锣鼓一样。里面屋子中间,还有一注大漏,我们再用一样什么东西去接。"小白儿听说,跑出门去,在廊檐下提进一口小缸来了,笑道:"这东西打着好听。"李太太迎上前,伸手在他头上打了个爆栗,瞪了眼道:"家里让大水冲了,过的是什么日子,你还高兴呢。这种抗战生活,不知道哪一天是个了局,真让人越过越烦。"说着,把脸子板了起来,向李南泉瞪着眼。李先生笑道:"一下大雨,房子必漏,房子一漏,我就该受你的指摘,其实这完全与我无干。"

李太太道:"怎么与你无关,假使你肯毅然到香港去,怎么着也不会受这份罪吧?"李南泉笑道:"绕上这样一个大圈子,还是提到去香港的这件事。其实我们就是到了香港,也不见得有多大办法。"李太太道:"我想也总不致于住这种外面下小雨,家里下大雨的屋子吧?"李南泉被太太这样驳着,却也显得词穷,不声不响,走出房门。这时,天上的大雨,已经停止了,满空飞着细雨。那雨网里,三丝两丝的白线,在烟雾里斜垂着。好像那棉絮上面牵着丝网似的。山溪对岸,那丛竹子被积水压着,深深下弯,竹梢几乎被压倒下来,和那山溪的木桥接触。山洪把所有山上的积水,汇合在一处,把整个的山溪都塞满了。那水浪的翻腾,像一条大黄龙,直奔到崖口上去。那浪声,代替了刚才的烈雷,"哄哄"响个不断。所有的山峰,都让云雾迷漫着。就是对面的这一排山,也被那棉絮团似的云层,锁上了一道白围裙。白围裙上面一层,那苍绿色的山峰,就隐隐约约地露了出来。最好看的是两山缝里的树林,变了乌色,在树头飘起一排白云,和半空里的云层牵连着。这样,这山峰好像是在天上生长着一样。平素,这山谷的风景,时刻在眼,并没有什么奇异之处,甚至看着都有些烦腻了。这时,却是颜色调合,生面别开,看着非常有意思。他背反了两手,在走廊上来回走着,觉得心里倒很是空阔。

李太太也走到廊子下来了,问道:"你怎么了,又动了诗兴了?"李南泉道:"可不是有了点诗兴吗!在四川住了这多年,雨和雾是最腻人的事情。不过配合好的话,雨和雾,也还是可喜的东西。"李太太道:"家里的漏,滴成了河,你觉得还有可喜之处,这不是件怪事吗?"李南泉道:"诗以穷而愈工。诗兴上来,倒不一定在高兴时候。杜甫的茅屋顶,让风刮去了,他还作了一首长诗呢。我们家屋顶虽然漏雨,屋顶却还依然存在,怎能无诗?"李太太正了颜色道:"家里弄成这样一团糟,你不管,我也就不管。今晚上不能睡觉,是我一个人吗?"说着,她"哄咚"一声,把房门关了起来。李南泉还是带了笑容,来回地在走廊上踱着。左邻吴春圃先生,先是左手提了一个铺盖卷,右手挟了把大竹椅子出来。他将椅子放下,把铺盖卷放在椅子上。随后吴太太提了一只网篮出来,篮子里东西塞得满满的,衣袖裤脚,篮沿外全拖得有。那匆忙收拾的样子,是看得出来的。随后,吴家的小孩子,很起劲的,把细软东西向外搬着。李先生问道:"怎么了?吴兄家里也在下小雨?"吴先生两手抱了口箱子出来,摇了头道:"了不得,全家逃水荒。外面大雨过了,家里就下大雨。现在外面下小雨,家里还是下大雨。眼见这外面的大雨丝,一条条加密,屋子里,少不得又要加紧。干脆,把东西都搬出来罢。我想接雨的盆子罐子,不久都要灌满的。天晴躲警报,下雨躲屋漏,这生活怎么过?"

李南泉笑道:"我有个好办法,自杀。"吴春圃道:"好死不如赖活着。我们得拿出勇气来活下去。"甄先生在走廊那头答话了,他笑道:"不要紧,这一点折磨,还不足难倒我们。屋里漏雨,我们廊檐下坐。廊檐下漏雨,我们到邻居家里借住。邻居家里再不借住,这里还有两所庙宇,我们到庙里去住着罢。"他口里如此说着,两只手抱着铺盖卷向走廊上搬。他家的孩子,已经在走廊下架起两张竹板床了。李南泉道:"怎么着?甄先生家里,也在下雨?"甄子明将手一摸下巴,作个摸胡子的样子,昂了头道:"那怎么会有例外呢?"他虽然没有胡子,这样一摸,也就是掀髯微笑的姿态。因为雨大转凉,甄先生已穿上一件深蓝色的旧布长衫,赤了双脚,斜靠廊柱站着,口里衔了一支烟,昂头望了天空的雨阵。喷了一口烟,他就微微地点上两下头,好像是在深思的样子。李南泉道:"甄先生这一套穿着,颇有点意思,你有点什么感触吗?"他喷了烟笑道:"当学生的时候,我们也偶然念念《唐诗三百首》。巴山夜雨这四个字,念到口里,好像是很顺溜,富于诗意,但想不到巴山夜雨,是怎么一个景象。现在实地经验这种风光,似乎不怎么好享受。"吴春圃手扶了门口的一根走廊柱子,正是昂起头来,无声地叹着气,笑道:"这首巴山夜雨的诗,不就是给我们写照吗?第一句就说着君问归期未有期。咱哪年回去?唉!"他说着话,咬住牙齿,连连摇上了几下头。大家都这样烦闷着,那隔溪的大路上却传来了一阵笑声。

这笑语声由大雨里走来,自然是引起大家的注意。大家向那边人行路上看去时,奚太太高撑了一把雨伞,将长个儿的奚敬平,罩在伞底下。奚先生倒是坦然处之,奚太太可是扭摆着身体,格格乱笑。她右手撑着伞,左手却把她的一双高跟皮鞋提着。看这样子,他夫妻两人是言归于好了。李南泉看到,就忍不住打趣,笑问道:"奚太太,你这倒是很经济的算盘。宁可两只脚受点委屈,也不能把这双高跟鞋弄坏了。"奚太太笑道:"我可没有打赤脚,穿了草鞋的。现在的高跟鞋,前后都是空的。"还怕人不相信,就抬起一只脚给人看。抬脚的时候,也就离开了奚敬平的身子,奚先生就暴露在雨里头。但是他对于有雨没雨,并不加以注意,依然放开步子,继续向前走。奚太太撑了伞追了上去,还是伸到奚先生头上盖着,口里连说"对不起"。但是奚先生没有表示,也不说话,木然地向自己家里走着。吴春圃走到李南泉身边,低声笑道:"奚先生作得有点过分,太太对他是这样恭敬,他简直不睬,我看到都有些不过意。"李南泉笑道:"也许到家以后,问题就解决了。因为遭遇屋漏的命运,邻居们全是一样的,甚至他们家的屋漏,比我们家还凶。回了家逃水荒要紧,彼此就不会争吵了。"他们作邻居的是这样预料着,不想过了十五分钟,奚先生家里,就是一阵狂叫,接着那桌子面"哄咚哄咚"拍着响了两下。

这种声音,分明是表示奚家的内战,又继续发生。李南泉笑道:"政局的演变,实在是太快了。这边如此,不知道石家的谈判决裂了没有?"吴春圃站在走廊的尽头,反背了两手,正观看着山谷口外的雨景。听到李先生的话,这就带了笑容,向他招招手。这走廊的尽头,是遥遥地正对了石家那幢沿溪建筑的草屋。李南泉走过去,就看到洗脸盆,凳子,竹篮子,陆续由窗户里抛出来,向山溪落下去。石正山教授两手抱了头,由屋子里窜了出来,靠了墙根站住。石太太在屋子里大声叫道:"石正山,你有胆量,正式和那丫头结婚。你也不必隐瞒,那丫头原来是叫你作爸爸的。你还有一口人气,你就作出来试试看。"说着话,石太太两手举了根棍子,也就奔将出来。石先生身边,并没有武器,只有一只装炭的空篓子,扔在地上。他情急智生,把空篓子举着。正好石太太一棍子打下来,他将炭篓子顶住。吴春圃笑道:"好家伙,若不是炭篓子防御得快,石先生马上就得上医院。这让我们长了一点见识,烧完了炭,空篓子可别扔了,这东西大有用处。"李太太为了家里漏雨,正是十分懊丧。听走廊上说得热闹,忍不住出来看看,笑道:"现在社会上,还没有真正的男女平等,像石太太这种态度,也是需要的。空作好人,是不会等着人家同情的。"他们正这样说着,那边石太太为雨阵所阻,听不到小声说话。摇着手道:"不劳各位

第二十七章 灯下归心 | 723

劝解,我今天和石正山拚了。"

李南泉道:"刚才我还看到各位谈笑风生,怎么又翻了案了?"石太太道:"他没有诚意和我们谈判,完全用外交词令拖时间。他以为拖得时间长了,就算生米煮成了熟饭,那简直是个骗局,要欺侮我们不幸的女人呀!这种骗子,天地所不能容!"她说着,气就上来,立刻举起棍子。石正山一只手把炭篓子举了起来,一只手凭空乱舞着,顺了墙角就跑。他跑出了屋角,也不管天上的雨点有多大,将炭篓子当了伞,举在头上,冒了雨走着。石太太追到屋角上,把棍子举了起来,向石正山身后,胡乱指点着,叫道:"姓石的,你尽管跑。你是好汉,从此不要回来!"石先生连头也不回,就这样走了。大家看了这情形,倒很是替石先生难受。可是这一幕戏还没有完,奚敬平先生却是一样的葫芦,在大路上冒雨奔走。不过在他手上,没有举起那个炭篓子而已。奚太太在他身后,倒是撑了一把纸伞的。这回她手上不提那双高跟鞋了。她倒拿一把鸡毛掸子,像音乐队的指挥棒似的,不住在空中摇撼着,摇撼得呼呼作响。她口里叫骂道:"奚敬平!我看你向哪里走。你是好汉,从此不要回来。"李南泉听到,心里想着,这倒好,她和石太太说的话,如出一辙。那奚先生的态度,也正是和石先生一样,冒着雨阵向前走,简直头也不回。奚太太手上挥了鸡毛掸子,口里骂道:"我怕什么?我的家庭问题,也是公开了的。你走到哪里,我闹到哪里,让全村子、全镇市都看我们这一番热闹。李先生,你们看我家这一场喜剧罢。"

李南泉笑道:"得啦,奚太太!大雨的天,你就在家里休息休息罢。家庭问题也决不是三天两天可以解决的。请到我们这里来坐坐。天快黑了,点起蜡烛,我们来个再话巴山夜雨时罢。"奚太太什么也不说,将伞高高撑起,只是在大雨里摇撼着。她板着脸,后面梳的两只小辫子,结子已脱了,几寸长的双辫,又变成了老鼠尾巴。她挺起胸脯走着,把那两条辫子,一撅一撅地在肩膀上磨擦着。她对于李南泉这位芳邻,始终表示着好感的,现在虽是好意奉约,但她在气头上不愿予以考虑。而走了一截路之后,想起李南泉那句"再话巴山夜雨时"的约会,就回转身来,深深地向走廊上点了个头道:"李先生,你还有这样的雅兴啦?我是很愿参与你们这个雅叙的。晚上见罢。那时,我打着灯笼来,不是更显着有诗意吗?"这时,李南泉看到溪上木桥下,水里漂泊着一件衣服,很像是自己的小褂子,便冒雨走上桥去,要去拾起他这件褂子。奚太太以为李先生追着上来了,自己正跟踪丈夫,还没有工夫和邻居闲谈,就遥遥地向李南泉摇摇手。摇手之后,又感到这拒绝并不好,于是把三个手指比了嘴唇,然后向外一挥,学一个西洋式的抛吻。李南泉看了,真觉得周身都在起鸡皮疙瘩,只得哈哈大笑一声,振作自己的脑筋,以便镇压自己的肉麻。也是笑得大着力,身子一歪。幸是雨压的竹梢,已低与人高,赶快将竹梢子拉着,才没有滚下桥去。

甄子明在走廊上看到,笑道:"李先生究竟是中国人,招架不住一个抛吻。"李南泉倒趁了这俯跌的势子,看清楚了沟里那件衣服,提起向家里走着,笑道:"谁受得了哇?"吴春圃道:"俗言说,乱世多佳偶,那简直是胡说。就我们眼前所看到的而论,没有哪家朋友的家庭,不发生问题。这事情不能说是偶然。不过甄先生家庭是个例外。"甄太太还在屋子里将东西向外搬移着,她摇摇头笑道:"不,一样有问题。不过不像别家那样明显。这也是有原因的。一来甄先生不大在家,二来我们都老了,三来我遇事隐忍。一个巴掌拍不响,自然也就没事了。四来,我和甄先生,都有点宗教观念。"吴春圃点点头道:"听了甄太太这话,就可以知道家庭问题。'甄先生'这个称呼,是多么亲切而且尊敬。而且甄太太又说了,这是宗教观念。也可见信道之笃,遇有机会,就要勤道。"甄先生笑道:"这我们有了为宗教宣传的嫌疑了。我们虽然是教徒,但是我们主张信教自由,绝对不劝人入教。这在教条上原是不对的,但在中国的社会上,这个办法是比较适当的。"李南泉道:"这个办法是正确的,我得跟着甄先生学学,从即日起,我得找个教堂去找本《新旧约》来看看。假如我看得对劲的话,我就入教了。现在求物质上的安慰求不到,精神上的安慰是求得到的。只要精神上求得安慰,管他归期有期无期,我们就这样安居下去了。说安居就安居,不发牢骚了。来,烧壶开水泡茶喝。"

李太太靠了门框站着,对于先生因奚太太这个抛吻而发生反感,她相当感到满意。这就插嘴道:"这雨老下,我看这个晚上,不在西窗剪烛,倒是要在西廊剪烛了。我来自告奋勇,到厨房里烧开水去沏一壶好茶。让三位在这里谈一晚上。我看我们这三家,没有一家在屋子里安睡的。"吴先生搓了两只巴掌道:"好嘛,我家里还有两盒配给的纸烟,没有舍得吸,现在拿出来请客。"甄先生回转头,由窗户里向屋子里张望了一下。见屋正中两注漏水,正牵连地向下滴着。他摇摇头道:"今晚上的确没法子安睡。我家里也还有一点纸烟。一律公诸同好。现在天气还没有十分昏黑,这一个漫漫的长夜,看来真是不好度过。"吴太太笑道:"我也凑个趣儿留下了一点倭瓜子,炒出来大家就茶喝。"李南泉笑道:"好的,好的。我不能光出一壶茶。我预备下面粉葱花,我们谈天谈得饿了,晚上还可以烙两张葱花饼当点心吃呀。"大家这样说着,真的预备去了。雨,紧一阵,松一阵,始终不曾停住了点滴。那屋子里盛漏的盆罐,都已盛上了大半盆水,漏点来得缓了,一两分钟,向盆里滴上一注,漏下来,总是"嘀笃"一声。三家人家,各有几个盆罐子接漏。各盆里继续地滴着漏注,"嘀笃嘀笃",左右前后,响个不断。天色已经昏黑了,紧密的细雨,落在草屋上和深草地上,是没有什么声音的,只风吹过去,拂着檐梢的碎草,和对溪的竹子,发出那沙沙瑟瑟之声。在昏暗中,与漏滴声配合,让人听到,说不出来是什么滋味。

在这种环境里,人是会感到一种凄凉的意味的。李南泉穿起一件旧布夹袍子,光了双腿,踏着一双旧鞋子,在走廊上来回踱着步子;那屋檐外的晚风,吹穿了雨雾,吹到人身上,让人感到一种冷飕飕的意味。他情不自禁地吟起诗来:"君问归期未有期,巴山夜雨涨秋池。"他只念这十四个字,却不念下面这两句。吴春圃笑道:"我是个搞点线面体的人,肚子里没有千首诗,不哼则已,一哼就全哼出来。所以冬天我哼春天的诗,晴天我也哼雨天的诗。"李南泉道:"不过我们的环境,现在恰好是这十四个字。我正想改了下面十四个字,来符合我们这时的意境。可是,我改不出来。我们这意境,不光是自己躲屋漏的情绪。除了我们这所屋子里三家,所有前后邻居,都在制造桃色新闻。要说生活艰苦,这些新闻不宜产生。若说不艰苦,很少人家是不吃平价米的。"李太太将搪瓷托茶盘,托着一把茶壶几只茶杯过来,笑道:"不谈人家的是非,好茶来了,喝着茶,谈远一点罢。"吴先生赶快搬了一张竹茶桌,放在窗子外面道:"窗子是关着的,隔了玻璃,点一盏菜油灯,很费了一番巧思。点灯在走廊上,会让风吹灭。不点灯而摸黑坐着,这好像又不合于我们这一点穷酸的诗意。这样隔窗传光,最是有趣。"甄先生在屋里拿半支洋蜡烛来,笑道:"我也凑个趣,这是我贪污的证据。是由机关里带回来的。"

于是大家在说笑声中,隔窗又添了一支烛,窗子里放出来的光,又充足些了。大家搬了椅子凳子围着那张竹茶几坐下,闲谈起来。天昏黑了,那半空的烟雨,又极其浓密,在山谷里的人家,就像是沉入了黑海里,屋檐以外两尺路,就什么都不看见。村子里的邻居,隔着烟雨亮上了灯,看着好像是茫茫夜海里,飘荡着几点渔舟的星火。李南泉道:"看了这情景,让我想起一件事,当我们坐着大轮船,在扬子江里夜航的时候,遇到了星月无光之夜,两边的江岸,全看不到,只偶然在远处飘荡着几点灯光。当时,也就想着,这每点灯光,代表一只小船。船里照样有家人父子、男女老少。不知道他们看着这庞然大物,带了一船灯火经过,他们作何感想?这一点感想,是非常有意思的。不知何年何月,我们能够再领略这种景象?"吴春圃道:"可不就是!一人离着家乡久了,家乡的一草一木,全都是值得回忆的。"甄子明在黑暗中吸着一支纸烟,在半空里只有一星火光,闪烁着移动,可想到他在极力地吸着烟。他忽然叹了口气道:"提到家乡,我真是心向往之。现在初秋的天气,江南正是天高日晶的时候,在城里也好,在乡下也好,日子过得都很舒服。尤其是乡下人,这日子正是收割以后,家家仓库里,有着充足的粮食,我们江苏家乡,正吃着大肥螃蟹呢!"

李南泉道:"不过论起橙黄橘绿来,重庆还是很有这番诗意的。将来我们有一日东下了,这倒是值得我们最留恋的一件事。"甄子明道:"我所爱重庆的东西,和大家有点异趣。我第一爱的是雾,第二爱的是雨。"吴春圃道:"雾和雨还有可爱之处吗?"甄子明道:"假如说,今天若不是下雨,我们也许不能够这样自自在在地泡一壶茶,在这里剥瓜子。而很可能从防空洞里出来,还没有作晚饭吃呢。"吴春圃道:"原来如此!这也就更觉得我们的生活可怜。在战前,秋夜在院子里看月亮,是最好的事。假如家里或邻居家里有一棵桂花,这就是无异登仙。我的办公地点,常是在几里路以外,办公到了天亮,我也得回家,觉得家是最可安慰的一个地方。现在怎样呢?我们被这个家累苦了,若是没有家,也许这个时候,我在浙赣最前线,也许我在西康,躲在那最安全的所在。有了家就不行了,绳子绊住了脚了。从前人说，无官一身轻。其实这话不通之至。没有官还混什么，应该是无家一身轻。"李南泉听了这话，在暗中先赞叹了一声，还没有说点什么，对面邻居袁家叮叮哨哨道士摇铃念经的声音又起。同时，看到那走廊上点起一丛火光，正在焚化着纸钱。袁四维像是逢到什么大典一样，身上穿了一套中山服，头上戴了一顶圆顶礼帽，两手捧了几根点着的佛香，对空深深地作了三个揖。也不知道是他家什么亲友，一个穿长衫有胡子的人，站在他身后，望空说话。他道："我说，袁太太，你在阴曹里得显显灵呀！现在袁先生正在请道士超度。你丢下那一群儿女，你教袁先生又在外面挣钱，又在家里带孩子不成？"

天下事自有发生得很巧的。当那个人正在向空念念有词的时候，忽然半空里"哇"的一声，有个夜老鸦飞过，就在头上叫着。那个人说句"鬼来了"，回身就向后走。袁四维原没理会到什么鬼怪。经那人这么一惊一叫，他下意识地把手里的佛香一丢，也就扭头便跑。只听到有人喊着敲锣鼓，立刻在袁家那些打醮的道士，把所有的法器，像开机关枪似的，全都敲打起来。同时，还有一个人燃了一挂长爆竹，扔在走廊上响着。这一阵响声，在寂寞的夜里，突然爆发，的确是把村子里的人惊动了，更不用说鬼了。这样闹了约莫十分钟，所有的声音，方才停止。在茅檐走廊上品茶夜话的三位先生，都被震惊着没有敢作声。这些声音停止了，隔溪传来一阵硫磺硝药味。吴春圃笑道："这是什么意思？若在我们北方人，这就叫抽疯。"李太太已把葱花饼给烙了，将个大瓦盆子盛着，送到竹子茶桌上，笑道："我没有预备筷子，三位就拿手撕着吃罢。你们在这里清谈，乃是细吹细打。未免太单调了。应该有个大吹大擂的，才可以高低配合。"正说着，奚太太的屋檐下，撑出三个白纸灯笼来，听到奚太太发着凄惨的声音道："我是能够忍耐的，他不能忍耐，我有什么法子呢？"她亮着灯笼在前

第二十七章 灯下归心 | 729

面走。身后有两个大些的孩子跟着,也提了个灯笼。李太太道:"奚太太这样的黑夜,你向哪里去?天上还在下着雨呢!"奚太太道:"我家奚先生,在天快要昏黑的时候就负气走了。今天根本没有公共汽车进城,他到哪里去了呢?山河里发着大水,这不很可怕吗?"

李南泉道:"你是说奚先生和石先生,双双携手跳河了?"奚太太心里那句话,原是不肯说出来的。李先生这么一喊叫,把她的恐惧情绪,更引起来了,她"哇"的一声哭着,那发音非常像刚才夜老鸦在半空里叫。她道:"李先生,各位邻居,你看这事不是冤枉吗?我决没有要把老奚逼死的意思呀。无论如何,我得把他找到。我们家庭的纠纷,何至于严重到这种地步?"她一面说着,一面撑了灯笼,摇晃着走去。到了石正山家门口,那石太太似乎和她一样神经过敏,遥遥看到她们家也举出两盏灯火来。这是雨夜,村子里人早是停止了一切的声音。空间是非常的寂静。这里虽有一条山溪的流水声,而石家那边的喧哗声,还可以传过来。但听到石太太叫着:"他要拿死来拚我,我也没什么法子,那只好跟你去看看罢。"在这说话声中,石家门户里,也就随着举出了几盏灯火。慢慢的,这丛灯火,在夜的雨雾里消失了。那尖锐的叫嚣声,已经停止。隔溪道士超度鬼魂的法器,也都没有了声音,这个山谷,立刻感到了异样的寂寞。那山溪里的流水,虽已猛勇地流了几小时,因为雨是不断下着,这山溪里的水,也就陆续流着,由"哄隆哄隆",变成"嘶嘶沙沙"的响。还有水经过那石头分叉所在,发出"叮叮"的响声,更觉着大自然的音乐,在黑夜十分凄凉。而小声音经过之后,偶然有一阵风经过,吹动了草木屋檐,和雨丝搅在一处,让人听到毛骨悚然。

这毛骨悚然的情绪,是两种原因造成的。一种是这些凄凉的声音,把人震动了。一种是半空里的雨风,吹到人身上,让人觉得身上冷飕飕的。

李南泉道:"二位的意思怎么样?我们就这样谈下去吗?"吴春圃道:"我们西窗夜话,一句话没说,仅看了戏了。再谈谈罢。不谈,屋漏,没有停止,我们也没有法去睡觉呀。"李南泉道:"我们各加上一件衣服,在这里才坐得下去。"他这样说着,李太太先就送了一件夹袍子来。接着吴太太由屋子里伸出一只手来,手里举着一件毛线背心,笑道:"穿着罢。带进四川来的衣服,就剩这一件了。"吴春圃操了川语道:"要得。太太们都是这个样子,我想这村子里的桃色新闻,也就很少发生了。"李太太道:"那倒不一定。凡是家庭发生的纠纷,多半是男子先挑衅,哪家的太太,不是像医院里看护似的,伺候着先生?"李南泉笑道:"这么说,男子们都是病夫呀?"李太太道:"女人可叫作弱者,比病夫还不如。"李南泉道:"我觉得……"他只说了这三个字,突然把话止住,又笑道:"不要觉得了。大家说着怪协调的,不要为了这事又冲突起来。"这时,甄家小弟弟提着一盏灯笼,甄太太提着一个小包袱过来,送交甄先生。她道:"天凉得很,换上罢。"甄子明道:"什么意思,这很像上洗澡堂子。"甄太太道:"不是那话,你还赤着一双脚,没有穿袜子呢!你就是加上一件衣服,坐在这走廊下,大风飘着雨,可会向你身上扑,索兴把这件雨衣也在身上加着,那不是很好吗?"吴春圃笑道:"我该吹喇叭了。"

甄子明道:"吹喇叭,那是什么意思?"吴春圃道:"这是台上传下来的。戏台上当场换衣,那是应该有音乐配合着。"甄子明哈哈大笑道:"的确,我这是有点当场换衣。太太,你可给我闹了个笑话了。"甄太太听说,也"咯咯"地笑着走了。李南泉道:"甄太太实在是我们村子里反派太太的典型人物。我说这话,甄先生不要误会。因为我们村子里的太太,是以奚太太这路人物为正宗的。自然,甄太太就是反派人物了。当然,在奚太太眼里,我们这类男子,也是属于反派的。想当年我们在京沪一带住家,不要说北方的大四合小四合罢,就是住一幢苏州式的弄堂房子……"吴春圃笑道:"我得拦你的话,弄堂式的房子,怎么还分个苏州式的呢?"李南泉道:"当然有,苏州城里盖的弄堂房子,只是成排的小洋房连着,并没有弄堂,前后都是空旷的地方。这空旷的地方,栽些花木,固然是美化一点。就是不栽花木,那空地上会自然长着绿草。而且这些地方,大半是前后临着小河沟或小池塘,那里会自然长着一两棵小柳树,甚至长一棵木芙蓉。由春天到秋天,上面可以看到燕子飞,下面可以听到青蛙叫。虽曰弄堂房子,那两上两下的格式,脱离不了上海鸽笼子规矩,可是在屋子外面,是没有一点洋场气味的,这样的房子,安顿一个小家庭,又得着我们现在这样的好邻居,那是让人过得很痛快的。"吴春圃道:"你是说这种弄堂房子,搬到这个山谷里面,我们也会住得很舒服吗?"吴太太接了嘴道:"这里有金銮殿,我也不愿意坐。"

吴春圃笑道:"没有这山坑,我们也许给炸弹都炸成灰了。我决不讨厌四川,也不讨厌这山窝子。"吴太太也没再说什么,将只旧脸盆,端了一大盆水出来笑道:"劳你驾,把这盆水给倒了。"吴春圃说了句"好家伙",将那盆水泼了。吴太太又捧了大瓦钵出来。笑道:"把盆交给我,这个交给你。"吴春圃将瓦钵子里的水又泼了,吴太太提了个小木桶出来。吴先生笑道:"怎么老有呀?"吴太太道:"你不是决不讨厌这山窝子吗?在哪里住家,有这样的滋味?"吴先生哈哈大笑道:"你在这里等着我呢。这事当分开来讲,太平年间,慢说这里照样盖琉璃瓦的房子,就是搬到西康去,也没有关系。现在抗战期间,公教人员到哪里去不过苦日子?隔了一座山,那是方公馆。奚太太去过一次,她就说那是天上,这巴山不穷是个明证,穷的是我们自己。我们住在这山窝子里嫌穷。我们搬到香港去,也还是穷。你说在这里住漏房,心里怪别扭。我们若是搬到香港去,漏雨的房子住不到，恐怕人家屋檐下还不许我们站着呢。"李南泉笑道："我太太老是埋怨我没有去香港，我一肚子的抗战伟论，只觉一部二十四史，无从说起，今天吴先生简单明了地把这问题给我答复了。感谢之至。"李太太道："你们这班书生，开口抗战，闭口抗战，我最是讨厌。抗战要上前线去，在山窝子里，下雨闲聊天，天晴跑警报，这也是抗战吗？还是谈谈故乡风月罢。故乡风味，谈得人悠然神往比吹大气就受听多了。"

这时，大路头上，突然有人叫道："喜怒哀乐，痛快之至！"大家听了这话，却没有看到人。只是昏暗中，有个不大亮的手电筒，偶然将光亮闪一下。李南泉听这是湖南朋友说话，而且声音也相当熟，便向暗空中问道："是哪一位朋友？"那人道："我知道问话的是李先生啦。我们在一处躲警报，曾爽谈过。"李南泉想起来了，是那位穿灰布短衣踏草鞋的少年，这人意志非常坚决，慷慨言谈天下事。记得他是复姓公孙，可能是假的。不过也不知道第二个姓，便笑道："我想起来了，是公孙白先生！请到家里来坐罢，我们正在煮茗清谈，趁着这巴山夜雨。"那人哈哈大笑道："清雅得很。不过我不能加入。你们的芳邻奚太太，她不满意我。尤其是贵保保长，他们由方公馆出来，带着一番骄气凌人的样子，让我教训了一顿。敌机轰炸得这样厉害，在这村子里的公教人员，还在大闹其桃色新闻。说什么幕燕处堂，简直行尸走肉。李先生，再见罢，我也离开这地方了。"说着，那微弱的手电筒灯光，又晃了几下，隐约地看到有个短衣人，顺了人行路走去。甄子明是个老于世故的人，听到暗空中这番激昂的语词，就没敢说什么。等着那一线微光，晃荡着出了村子口了，便低声问道："这是什么人，说话是气愤得很。"李南泉道："青年人气愤，现在还不是应有的现象吗？这位仁兄倒是个有志之士。只是我不知道他是干什么的。"

吴春圃道："这是一位青年，当然是学生了。"李南泉道："不一定是学生,反正很年轻吧。于今年轻人,都会有这正义感的。"甄子明道:"他那意思说,从即日起,要离开这里。这样阴雨之夜,到处奔着,就为着辞行吗?"李南泉道:"在后方住得过于苦闷的人,都想到前方去。这位仁兄,又是湖南人,大概回湖南了。"吴春圃道:"这真让我们大动归心。你看这小伙子说是要离开重庆,那是多么兴奋。"李太太在屋子里叫起来道:"大家停止一下谈话。闻闻看,哪里来的这一股子浓浊的烟味?谁家烧了什么东西?"吴春圃跳了起来,四处观看,忙着叫道:"我也闻到了,准是蚊烟烧着什么了。"于是大家一面将鼻孔去作急促呼吸,一面分头去找焰火。阴雨的天,只有李家厨房里,还有些烘烧开水的炭火,并没有燃烧着什么。甄太太在这屋角上巡逻,她猛看到屋檐的白粉夹壁,并没有灯烛照着,却有一抹橘红色的光亮。就指了墙上问道:"大家来看,这墙上,怎么会无灯自亮?"甄先生还开着玩笑,他道:"果有此事,那是活鬼出现了。"他说着话,走过来向墙壁上一看,果然是一片红光,而且这光亮闪动不定,还是活的。他道:"那是反光,不是还有隔壁邻居屋脊的影子吗?让我,……"说着话,回过头去,即刻叫道:"不好,村子北头失了火了。这样阴雨天,怎么会失火呢?"随了这话,大家都向走廊外伸出头去看。只见村子北头,一股烈焰腾空而起。上面是黑烟,下面是火光,飞出了人家的屋顶。

失火的所在,是村子顶北头。以距离论,大概在一华里上下。这时,飘了一天的雨还在下着。虽然全村茅屋,是容易着火的,但有了这两个条件,大家还相当安心,都从容地走到雨地里来看。那边的火势,并不因为阴雨天而萎缩,极浓的烟头子,作出种种的怪状,向天空里直奔。浓烟的下面,火光吐着几丈高的大舌头,像长蛇戏舌似的,四周乱吐。在火光上面,火星子像元宵夜放的花炮,一丛丛喷射。随了这火焰的奔腾,是许多人的叫嚣声,情形十分紧张。李南泉道:"吴先生,我们应当去看看吧?

……隐约地看到有个短衣人,顺了人行路走去。

风势是向北吹的,家中大概无事。这些人家里面,很有几位朋友,我们不能隔岸观火。"吴春圃道:"对的,我们应当去看看。说一声守望相助,我们也不能不去。"说着,两人拔步就走。这时,大路上有一阵脚步声,正有两个人自发火的地方跑过来。吴春圃道:"是哪家失火,火势不大吗?"那人道:"是刘副官家里失火。火来得很凶,有好几个火头,恐怕是来不及救了。"李南泉道:"我们应当去看看。"这过路的人,已经跑远了,但他还低声道:"不必去看,人家不在乎。跑一趟昆明,作一次投机生意,方院长还不会赏他几个钱,重盖一所房子吗?"吴春圃道:"嘿,谁这样说话?"那个人越走越远,并没有答复,却是一阵阵哈哈大笑。吴春圃道:"李兄,这才叫人言可畏呀!怎么回事?"

李南泉道:"这把火烧得有点奇怪呀。我们赶快去看看吧!火要烧得大一点,这么个茅屋村庄,也是很可虑的事吧?"两个人说着话,顺着石板路,就向村子北头跑了去。这虽然是阴雨的黑夜,可是那茅草屋顶上发生的烈焰,照得满谷通红。两人顺着石板路走,却是看得十分清楚,到了那村子口上看时,果然是刘副官的那幢瓦房着了火,在门窗里和屋顶上,正向四处吐着火舌头。在刘公馆左右,是两家整齐的草屋子,火并没有烧到,却是经人先拆倒了两间屋,草顶和竹片夹壁,倒了满地。因而这火势只烧刘副官这一家,还没有向两边蔓延了去。这火光自比燃了百十个火把还要通明,照见刘副官和他家几口人,全都在湿草地上站着。大树底下,乱堆了几件箱子、篮子之类。左右邻居也是这样,都把东西在前后树阴下放着。大家都是一副发呆的情形,仰了脸,向火烧的房子望着,刘副官倒是很安定地站着,两手叉了腰,口里衔了一支纸烟,斜站了身子,向那屋顶上的烈焰看了去。他那口里,还不时地向外喷着烟,虽然他左右前后,都站着家里人,嘀嘀咕咕地埋怨着,可是他就像没有听到一样,还是继续地抽着烟,向前看了去。李南泉倒是忍不住了,跑到他面前,点了点头道:"刘先生,你这是大不幸呀,抢出一点东西来了吗?"刘副官竟不带什么凄惨的样子,冷笑了一声道:"算不了什么,不过是全光罢。"

李南泉没想到他是这样的大方,便道:"这是想不到的事。这阴雨天,怎么会失火呢?"刘副官毫不犹豫地,将头一歪道:"没问题,这是人家放的火。"吴春圃听了这话,心里倒是一动,问道:"不会吧?刘先生何以见得?"他道:"在我后面这几间房子,堆些柴草,向来是没有人到的。尤其是这样的阴雨天,经过一大截湿地,更没有人到后面去。没有人去,也就没有了火种。可是刚才起火的时候,我到后面去看,是两间屋子同时起火。那还罢了,我这前面屋檐下,堆了几百斤柴棍,原是晒过了一个时期,就要搬到后面去的。不想我到后面去救火,前面这些柴棍子也着了火。所以烧得非常猛烈,让我措手不及。什么东西,都没有抢救出来。这是火烧连营的手法,前后营,左右营,一齐动手,我几乎成了个白帝城的刘先主。"说着,他惨笑了一下。李南泉道:"真有这事,放火的人,什么企图?"刘副官道:"瞧我姓刘的有点办法,有点不服气吧?"这时,有几个乡下人来了,都拿着水桶水瓢。刘副官迎向前去,向他们摇摇手道:"我这屋子,四处是火,泼两桶水,没有用。两旁邻居的屋子,已经拆倒了,也用不着泼水。大家只要监视着这火星子,不要向远处的人家屋顶上飞,那就行了。我这个人是个硬汉,烧了就烧了,不在乎救两块窗户板出来。多谢各位的好意。"说着,他向各位来救火的人,连抱了两下拳头。

这时,来看热闹的邻居,也就益发增加了。听到刘副官对家里失火,抱着这样一个毫不在乎的样子,都很惊异,呆呆地瞪了眼睛望了他。他越发得劲了,将嘴角里衔的那半截烟卷向地上一丢,两手插在西服裤子袋里,将两只脚尖站着,悬起脚后跟来,把身子颠了两颠,笑道:"这的确算不了什么！我姓刘的到川来，就是两肩扛一口。什么根基也没有。现在呢，不敢大夸口，大概抗战胜利了，我回去吃碗老米饭，还没有多大问题。那些放火的人，有些想不开，他以为我刘某苦了这多年，就只盖了这所国难房子，一把火放着，我就完了。那真是鼠目寸光。老实说，有我们院长在，盖这样的国难房子，连里到外，他就是搞一万所，也毫不在乎。这种人只知道打我们这种芝麻大的苍蝇，他敢到我们院长公馆的山脚下多溜两趟吗？"说着，他高兴起来，还是将两手乱拍着。李、吴二人原是抱了一分守望相助的同情心而来，看到他这样狂妄的态度，把那份同情心，完全给冷水浇洗过了。他根本不需要人家怜惜，若去说安慰的话，反是要讨没趣。因之两个人倒是呆呆地站在火场边上，开口不得。这一幢国难房子，究竟不过七、八间，几个大火头燃烧着，那腾空的烈焰，就慢慢地把势子挫了下去。四围的人家，又拿出全副的精神，监视着火势，料着也不会再有蔓延的可能，有些远道来的人，不愿在雨里淋着，也就开始后退了。

李、吴二人，对看了一眼。李南泉道："这火大概不要紧了。太太们在家里是害怕的，我们回去看看罢。"刘副官道："的确，二位赶快回家去看看。这年头，人心隔肚皮，难保府上茅草屋檐下，不会有人添上这么一把火。"李吴二人对于这话，都是答复不会的。但是他们只能在心里答复，口里却说不出来。增加了一句"我们回去了"，也就走了。他们背着火场的红光，向回家路上走。而对面山路上，隔了两三里路，却射出两道白光来。这两道白光，像是防空的探照灯，直射着这边山峰，照得草木根根清楚。白光所照的地方，果然是如同白昼。吴春圃道："谁把探照灯带到这地方来玩？"李南泉道："这不是探照灯，这是汽车前面的折光灯。你想，在这泥泞的山路上，一九四几年的新式座车，知道跑得有多快，若是没有强烈的折光灯，坐车的主儿，就太不保险了。"正说着，路上有人大声叫着:"刘副官,院长到了。"这人是刘副官的好友王副官。吴春圃是个爽直人,有话搁不住,两下相遇,就代答道:"刘副官正遇了不幸的事情。家里被火烧了。"王副官一面走着一面笑道:"火烧了屋子有什么要紧?刘副官火烧了眉毛,院长回来了,他也应当去迎接。我们这行当,是干什么的?不就是送往迎来吗?"说着,他又大声喊:"院长到了!"他这喊叫,非常灵验,刘副官真丢了家里失火不管,摇晃着手电筒来了。

李、吴两人还没有到家,两位副官,已是很快地走了过去。只听到他们说:"到了到了。今晚上,阴雨天,为什么还下乡来呢?"他两个人过去了,吴春圃站在路上呆了一呆,回头看看刘副官家里抽出来的火苗,还是两丈多高。在那火光中,还隐约看到他那瓦房的屋脊,分明还是不曾倒坍下去。他就叹口气道:"这样看起来,作官的确是不自在。刘副官所作的官,拿等级分起来,恐怕还是小数点以下的。连家里着了火,都不去顾,而是接上司要紧。"李南泉笑道:"他不是自己交代清楚了吗?只要有院长一天,他烧掉房子并不算什么。不过这样看来,抗战的前途,那还是相当的危险。作官的人,逢迎上司,比倾家荡产还要紧呢。"他们说着话,走近了家门。李太太举了一盏菜油灯,迎到茅檐外来,拦着道:"你们说话,还是这样口没遮拦。人家愿意,你管得着吗?雨止了,漏也止了,我们该休息了。"吴先生暂不回家,站在屋檐外,抬头向天上看看,又向周围看看。那村子北头的火光,照得头上的乌云,整个变成紫色,并不露一粒星点。只有那草屋上飞出来的火灰。山谷对过的人行路上,探照灯似的白光,又奔来了四道,像白虹倒地,在漆黑的夜空里,更觉得晶光耀眼。在这白光后面,却是汽车的喇叭声,发着"呜呜"怪叫。甄子明也在廊下,他淡淡笑道:"巴山夜雨环境之下,这情形,够得上说是声色俱厉吧?"

吴太太道:"放了警报了?"吴春圃笑道:"不要吓人,这是汽车喇叭响。"吴太太说着话,由屋子里走出来,站在廊檐下,静静地听了一阵,便道:"的确是警报,你们仔细听听。"这样说着时,太太们也都被那夜空中呜呜的响声催着走出来了。李太太跳了两下脚道:"这不是要命吗?既是夜里,又是这样的阴雨天。白天都没有警报,怎么晚上会有警报呢?"李南泉慢慢走回家里,笑道:"假如敌机真会来的话,今天晚上,我们这村子里不太稳便,一来是村子里这把火,是黑夜里很大一个目标。二来,阔人坐着汽车回来了,多少是讨厌的事。"甄太太也是战战兢兢地走了过来。问道:"阔人怎么会和警报有关呢?"李南泉道:"敌机当然找阔人炸呀。"甄太太道:"敌机怎么就知道阔人下了乡呢?"李南泉道:"你不看那面公路上的汽车折光灯。"大家随了他这话看去,果然,那平地射出来的白虹,一双双地朝乡镇上探照,牵连不断。喇叭虽然不响了,可是若干辆汽车在泥浆路上飞驰,在寂寞的深夜里,也发出了很大的声音。甄子明站在走廊上,淡淡地道:"人作有祸,天作有变。我们这村子里,这两天发生的事情太多了,今晚上不要真发生惨案吧?"他这句话,加重了大家的忧虑,在黑暗中彼此微微地叹着气。村子北头的火慢慢地熄下去,屋角上已不见红光。对过公路上的汽车忙乱了一阵,声音也都停止。眼前的雨雾,依然浓重,四周又浸入了黑海。不过这汽车喇叭声和警报,已是惊醒了所有村子里的居民。隔着暗空,可以听到埋怨的言语和太息声。因为去天亮还早,又尚幸还没有放紧急警报,各人家预备避难,陆续地亮起灯。人家在黑海里彼此遥望,可见散落着几点鬼火似的灯光,让人民在恐怖情形,暂喘一口气。此外是黑茫茫的,什么也看不见。各家都有人站在屋檐下,听候二次警报,用耳代目,像死人似地等着。鸡犬无声,也不知到了什么时候。只觉得是长夜漫漫的,长夜漫漫的。